O TRAPICHEIRO

PRIMEIRO TOMO DE
O ESPELHO PARTIDO

MARQUES REBELO

O TRAPICHEIRO

PRIMEIRO TOMO DE
O ESPELHO PARTIDO

EDITORA
NOVA
FRONTEIRA

© 1959 by Marques Rebelo
1984, 2002 by José Maria Dias da Cruz e Maria Cecília Dias da Cruz

Direitos de edição da obra em língua portuguesa pela EDITORA NOVA FRONTEIRA S.A. Todos os direitos reservados. Nenhuma parte desta obra pode ser apropriada e estocada em sistema de banco de dados ou processo similar, em qualquer forma ou meio, seja eletrônico, de fotocópia, gravação etc., sem a permissão do detentor do copirraite.

EDITORA NOVA FRONTEIRA S.A.
Rua Bambina, 25 – Botafogo
22251-050 – Rio de Janeiro – RJ
Tel.: (21) 2537-8770 – Fax: (21) 2537-2659
http: //www.novafronteira.com.br
e-mail: sac@novafronteira.com.br

Revisão
Rosane Preciosa
Cláudio Estrella
Oscar Lopes

CIP-Brasil. Catalogação-na-fonte
Sindicato Nacional dos Editores de Livros, RJ

R234t Rebelo, Marques, 1907-1973
3. ed O trapicheiro / Marques Rebelo. – 3. ed. – Rio de Janeiro : Nova Fronteira, 2002
. – (O espelho partido ; v.1)

ISBN 85-209-1216-8

1. Romance brasileiro. I. Título. II. Série

CDD 869.93
CDU 869.0(81)-3

*"A memória de todo homem
é um espelho de mulheres mortas."*

George Moore
Memórias da minha vida morta

1936 — 1938

"...*era uma alma fácil e macia,
claro e sereno espelho matinal!*"

Raul de Leoni
Luz mediterrânea

1936

10 de janeiro

Entrou em passos de borracha e vestido amarelo — Jurandir farejou possibilidades — espremendo a bolsa de camurça contra a ilharga. Tosca, informe, adivinhei-a como se na fosforescente massa de uma nebulosa antevisse o universo, claro e úbere, silente e apaziguante, que se formaria num futuro milenar. Era a múltipla visão salvadora — seio e umbela! — em mil sonhos sonhada, essência misteriosa de um mundo sem mistérios, sufocado de anseios e de portas cerradas. Tocou-me o sorriso compreensivo e maternal. As máquinas dominavam as vastas salas com seus batidos metálicos — cartas, cartas, ordens, agressões, tabelas, sede de ganho, de lucro, de controle, cartas, cartas, relatórios, memorandos. Sentou-se na mesinha estreita de acaju como em um nicho, o sol da manhã jorrando por trás em calorosa fluidez. Seus dedos brancos, menos brancos que infantis, menos infantis que levemente masculinos, começaram, velozes e traquejados, a produzir cartas, ordens, agressões, tabelas, lucros — a folha-de-flandres subira quarenta mil-réis a tonelada! — cartas, cartas, memorandos. E ela, impassível como um anjo perdido que se sujeitasse às exigências da terra, ao capricho dos homens.

11 de janeiro

Não, não poderia perdê-la, visão salvadora, poma materna, cordão umbilical que me arrancaria do limbo!

12 de janeiro

— Que tal a nova secretária? — soprou Zilá, sentindo na intrusa uma ameaça de rivalidade.

— Poderia ter o nariz um pouquinho menor — ressoprou Edelweiss com habilidade subalterna.

Há respostas que afagam corações — Zilá, muito pescoço e poucas nádegas, respira como quem se tivesse livrado de um estúpido e extemporâneo empecilho. O Chefe observa, julga, cruza a perna, chupa a extremidade da engenhosa lapiseira tricolor. (Das amplas janelas avistava-se o mar anil pelos vãos dos arranha-céus. O sol tomava o mundo, levantava o aqueduto, exaltava o severo convento colonial pendurado na encosta entre verdes ridentes. Navios iam e vinham. As chaminés sujavam o céu, mas o vento limpava-o, paciente.) Chamava-se Luísa.

13 de janeiro

Um nome. Linguodental, sibilante, sonoro — mais um nome! Que nomes temos nós? Que é um nome? Que pandemônios de contradições não polarizam as sílabas que nos marcaram, sílabas que não pertencem à nossa matéria original, que terminam esquecidas em lápides esquecidas, fonemas de discutível eufonia que nos foram impostos como ferrete? De que álgebra alucinada as letras dos nomes não são símbolos? Que incógnitas representam, em equações intransponíveis?

14 de janeiro

E palavras! Torvelinho das palavras para a escolha da expressão exata, sublime ou vulgar. Tem acento? Não tem acento? E consulto o dicionário, presa de indecisões ortográficas, lamacento e pegajoso terreno que pisarei até a morte, atolando-me a cada passo.

Zilá está aflita pela falta de respeito. O Chefe dirige-me repetidos olhares de suspeita por trás dos óculos dourados e germânicos. Continuo impassível a tentar resolver prosaicos e suburbanos problemas literários e gostaria que ele tivesse a coragem de vir até mim, para esfregar-lhe o escrito na cara.

(Seu Silva veio, pé ante pé, hirsuto e casposo, para tomar o que eu estava lendo por baixo da carteira tatuada a canivete e a gilete:

— Me dá isso, menino!

Dei. Eram seus apontamentos de aula, duma estreiteza sem par.)

De repente deixo os papéis sobre a mesa como fáceis vestígios de um crime e vou lavar as mãos, como se, limpando-as e refrescando-as, facilitasse a corrente de inspiração sempre penosa. Zilá atira-me um olhar de quem quer me defender — cuidado! — quando gostaria de me delatar. Retribuo-lhe um impávido sorriso. Tenho a tranqüila certeza que o Chefe não terá coragem de averiguar os trabalhos em que me empenho. Nós sabemos com quem fazemos as coisas. Pelo menos, supomos, e disso deriva muita decepção ou ruína.

15 de janeiro

Permaneci longo tempo contemplando a paisagem, a minha paisagem. Há quanto tempo não o fazia? Esquecera-me dela como se se esquece das linhas dum rosto familiar e amado. E o mar era o meu mar, e a montanha era a minha montanha, e tudo estava calmo e imóvel.

16 de janeiro

E absorto me ponho, na espera do bonde, acompanhando o lento trajeto do caramujo na folha malhada do tinhorão, pequeno caramujo que medroso se encolheria na sua frágil carapaça à menor ameaça, como se enroscavam, defensivos, os gongolos da infância, cinzentos gongolos de cem patas no jardim com Elisabete, jardim de samambaias, avencas e pererecas, jardim de sempre-vivas, margaridas e cravinas, de roseiras que mamãe cuidava cada dia, retiro onde purgava solitário as minhas queixas e incompreensões.

13

17 de janeiro

As manchetes são altissonantes: "Todos os arquivos e planos comunistas caíram em poder do Governo! A correspondência recebida por Luís Carlos Prestes é a chave que faltava à Polícia para uma ação decisiva e fulgurante contra os últimos focos do extremismo no nosso país."
Délio Porciúncula é fiel espelho da opinião geral:
— O que estes cachorros mereciam é serem queimados vivos! Traidores! Assassinos!
E morre Kipling, o poeta do imperialismo britânico, que não gostava de se chamar José. Será um aviso?

18 de janeiro

Se coruja gargalhava de noite no sapotizeiro era aviso. Se tesoura caía de ponta e ficava espetada no chão era aviso. Se agulha sumia na hora da costura era aviso. Se borboleta preta entrasse em casa era aviso. Papai — o incréu! — sorria. E Mariquinhas, uma alma superior, olhava-o com desprezo, e admitia ainda várias manifestações de sincretismo percussor: estalo de armário, estalo de teto, estalo de vela se queimando... Quem avisa amigo é.

19 de janeiro

Se ouve passos estranhos, ela avisa. Pura raça do Canil Dachshund, nas Águas Férreas, recomendado por Garcia, que está a par de um milhar de problemas desse gênero, por Laurinda foi chamada. Os nomes importam em razões sentimentais. E nossos nomes deveriam ser escolhidos por nós mesmos, nos envergonharíamos menos, não perturbariam a nossa personalidade, impediriam dalgum modo o jogo pundonoroso dos pseudônimos.

20 de janeiro

A onda vinha, nós fugíamos a tempo, e, numa lambidela, apagava o nome de Maria Berlini na areia noturna e deserta do Leme.

— Escreve outra vez — pedia, ligeiramente alcoolizada, os pés descalços, e os sapatos na praia como duas canoas viradas, os cabelos em desalinho, as pernas cobertas de areia como lixas.
O dedo escrevia. Novamente a onda vinha e apagava-o. Era um jogo. Com o dedo na areia, com o canivete na casca da árvore, com o lápis na rodela de chope — jogamos muito. A frase é ambígua: como ser claro? — jogamos muito.

21 de janeiro

Último pensamento de cada noite, primeiro de cada manhã. Mas no prado da esperança persiste a pequena rosa espúria da náusea.

22 de janeiro

Rosas! Durante o dia, quando os afazeres serenavam por algumas horas e o sol já caía oblíquo sobre os canteiros, mamãe descia ao jardim com a tesoura podadora, grande tesoura ferrugenta que escondia cautelosamente no seu próprio quarto, sob piadas de papai, e o primeiro cuidado era para as roseiras, que formavam uma espinhenta fieira rente ao muro. Nenhuma havia que não tivesse sido plantada por suas mãos, vindas de diversas procedências — de Magé, pedindo-as a Mariquinhas, de Petrópolis por gentileza de tio Gastão, da Boca do Mato, no regaço de Mimi e Florzinha, regateadas da casa de Ataliba em São Francisco Xavier, trocadas por begônias na chácara do desembargador Mascarenhas — ou multiplicadas por seu amor como se fossem novos filhos, sem dor e sofrimento, que pusesse no mundo. Com elas conversava como se fossem gente, e gente amada, e se floridas, brancas, mate, róseas, purpurinas, cor de carne, isoladas ou em cachos, o colóquio era mais terno e demorado, e os calejados dedos trabalhadores como que pediam desculpas para acariciar as pétalas de seda.

Cada botão que apontava era uma festa para o seu coração. Quando se desfolhavam, recolhia as pétalas, enterrava-as junto às finas hásteas, que lembravam as pernas de certas aves, guardando umas que outras para imprensá-las nas páginas do livro de orações. Se ventava forte, e os galhos se vergavam, se contorciam, ela sofria, a todo o momento encostava aflita o rosto na vidraça, procurando se inteirar dos dolorosos estragos, e, quando o vento amainava, ela sorria e ia socorrer as vítimas, empinar as estacas tombadas, enterrar as suas mortas. E foi coberta por um lençol das suas rosas que se enterrou Cristininha. A dor não impediu que escolhesse as mais belas e viçosas para a coberta mortuária, algumas levando ainda o vestígio do orvalho como lágrimas escorridas.

23 de janeiro

A mijadinha de Laurinda foi como uma gota de orvalho no encerado.

24 de janeiro

A pulseira de prata, antiga, com bolota lavrada, cuja escolha levou tempo, é a primeira oferenda natalícia.
— Gostou?
— Adorei!
E aceitou ainda o convite para um sorvete depois do expediente — o primeiro sorvete, na Confeitaria Colombo, onde a apresentei a Adonias. Zilá, com ares experimentados e maternais, deu-lhe conselhos contrários.
— Intrometida! E você não disse nada?
— Não. Que é que eu iria dizer?

25 de janeiro

A grande sabedoria é tudo fazer para nunca se dizer nada. Que magia seria o amor se os homens fossem mudos!

26 de janeiro

Mas as línguas se soltam. As conversas são a grande atração, breves ou intermináveis, inócuas ou carregadas de significado, pondo barreiras ou despindo véus, nos bondes, nas esquinas, na sala de espera dos cinemas, no banco de jardim, de cá para lá nas ruas solitárias, no atropelo insosso do escritório, indiferentes aos ouvidos das Zilás.

27 de janeiro

E aquele emprego não o procurara, não procurara nenhum mesmo, um pouco aturdida que ficara após a formatura. Estava destinado a uma colega, que nem íntima era, apenas uma moça prestimosa, boa companheira de classe, e que sabia das suas dificuldades e do desgaste de dona Carlota, a madrinha. Mas a colega estava noiva, o noivo melhorara repentinamente — era laboratorista, fora convidado para dirigir um instituto de pesquisas em São Paulo — e determinara abreviar o casamento. E ela, então, fora lembrada — queria? Se queria! Dona Carlota exultara. É o destino...

— E quando vi você trabalhando, pensei que tivesse grande prática...

— Bem, fui sempre uma boa aluna de datilografia e taquigrafia. Talvez a melhor da turma. O resto foi por conta do nervoso, do medo de perder o lugar. Sentia-me milionária!

28 de janeiro

E Dick é o nome do vira-lata de dona Carlota, confusão de raças e sub-raças, rabinho torcido, focinho petulante, malhas nas ancas, independência absoluta. Boêmio inveterado, mal desce a noite, ganha a rua, tornando-se inútil prendê-lo, pois o estardalhaço que fizera nas tentativas de retenção, ensinou que melhor seria atendê-lo, que suportar o escândalo canino, cuja presunção poderia ser a de que o estavam barbaramente espancando.

De madrugada volta, arranha de leve a porta para que dona Carlota vá abri-la, e como o sono dela é leve também, nunca ficou do lado de fora. Algumas vezes, porém, não volta, permanecendo dois, três, até sete dias ausente. Nas primeiras fugas, cujo caráter amoroso ficou suficientemente comprovado, dona Carlota se alarmara, e batera até o Depósito de Cães, nos cafundós de São Cristóvão, temerosa de que tivesse sido apanhado pela carrocinha. Jamais, deixou-se cair no laço, graças aos seus hábitos notívagos, quando os guardas não estão nas ruas perseguindo seus irmãos vadios e, nas prolongadas ausências, que somavam noites e dias, talvez por pura e exclusiva sorte. A manchinha preta, que circula um dos olhos, dá a impressão de um monóculo, que destila brejeirice e ternura. Tem um cantinho certo de dormir, que é ponto estratégico, pois sendo a casa diminuta, dele pode, com o olhito monoculado, vigiar dona Carlota em todas as evoluções caseiras.

Luísa nunca fora a um baile digno de tal classificação, mas o de formatura, que se realizou nos salões do Fluminense, gentilmente cedido, havia sido esperado com encantamento, como se participando dele entrasse numa maravilhosa ordem de coisas, em qualquer coisa assim como o reino das fadas. O vestido fora uma áfrica da madrinha. A fazenda e aviamentos tão caros, e ainda os sapatos abertos, a pequena trusse dourada, o colar fantasia combinando com os brincos — um descalabro de dinheiro! Mas às duas horas do dia ansiosamente aguardado, Luísa pavoneava-se diante do espelho do guarda-vestidos, achando-se mais elegante e linda que uma princesa! Dona Carlota não pudera acompanhá-la. Seus achaques não o permitiam, e mesmo que assim não fora, as despesas com o vestido de Luísa esgotaram todas as possibilidades de haver uma veste também condigna para ela. Contentara-se, portanto, com a missa de ação de graças — que fora uma beleza! — e a entrega dos diplomas, no Teatro João Caetano, onde houvera muita balbúrdia. Umas coleguinhas, com as respectivas mães, passariam para apanhá-la. E, justamente às sete horas, deu-se o desastre. O vestido, caprichosamente passado, fora estendido sobre a cama de Luísa, que tinha sobre a cabeceira o colorido diploma da primeira comunhão. E haviam terminado de arrumar a cozinha, quando deram conta da desgraça — Dick, antes de se afundar na rua, fora roer o osso da sopa em cima do vestido. A mancha gordurosa tinha três palmos de redonda, as patinhas sujas passearam por toda a saia rodada, as unhas deixaram rastros terríveis na saída-de-baile que era de filó.

Luísa caiu em prantos. Sentiu-se infeliz, desgraçada, pedia a morte, desabou na cama. Dona Carlota foi levantá-la — era um trapo choroso, uma pobre alma desfeita em lágrimas. Levantou-a, tomou-a nos braços, encorajou-a:
— Não chore, querida, não chore! Você irá ao baile! E meteu mãos à obra. Água quente, sabão de coco, terebintina, ferro de engomar, tudo entrou em cena. A meio trabalho, Luísa já começara a sorrir. Às dez horas o automóvel buzinou e ela saía radiosa para o seu primeiro baile, os olhos marcados pela congestão do pranto.
— Quando Dick chegar, não bata nele não, ouviu? — recomendou.
— E eu ia fazer isso, por acaso? — respondeu dona Carlota.
— E o baile?
— Para todos os efeitos me diverti à grande. Para que afligir madrinha? Mas sobrei. Senti-me como uma agulha perdida naquele palheiro. Dançar, só dancei duas vezes. Também eu não sei dançar...

29 de janeiro

Não, não sabes, Luísa. Não és, como Catarina, uma alma dançante. Não és, como Estela, leve, dócil cintura que eu manejava como leme nas vertiginosas figurações da valsa moribunda, suplantada pelos ritmos forasteiros de que Tatá era antena captora e guia escrupuloso, não tão leve nem tão dócil quanto Aldina, que trazia no sangue oitavão o saracoteio da terra, marcado em cada compasso suarento pela saudade surda e profunda da perdida liberdade africana.

30 de janeiro

Mas falar em dança é falar de Nazaré. Como nadam os peixes, Nazaré dançava. Fechava os olhos, abandonava-se como se um espírito houvesse baixado no seu corpo, poderia manter-se horas assim, possuída, infatigável. Fecho os olhos e me vejo

19

no salão de serpentinas. O organdi espetava a mão com que enlaçava a cintura vibrátil. As pernas ora se chocavam, ora se afastavam, e cada choque era como uma faísca que me acendesse. O coração batia-me acelerado, a cabeça ia tonta. Onde a dançarina me levasse, iria. Desejei ir, ardentemente ir, cego, algemado, escravo, para sempre — fogo sobre palha, logo cinza, nada mais que cinza. Ela se manteve distante, mas delicada. Distante, delicada e fiel. Seu coração estava entregue. A quem o entregara, não dançava. Vi-a dançar sem ciúmes, usufruía-a pela metade, menos que metade — Alfredo Lemos.

31 de janeiro

Madalena, Pinga-Fogo, Natalina... "31 de janeiro" era um brinquedo gritado nas tardes do Trapicheiro! Hoje é um dia para viver e decidir.

1.º de fevereiro

Vivo, mas não decido — contento-me. Como se me faltassem asas, alento, senso do arremate, como se me satisfizesse com o jogo das protelações, como se fosse prematuro, como se me faltasse qualquer coisa parecida com a coragem.

2 de fevereiro

Deixo-a em casa, volto-me da esquina para um adeus, faço o mesmo trajeto da ida. Pode-se levar uma canção na alma!

4 de fevereiro

Dou um balanço, facultado com risos e negaças, na bolsa de camurça: o pentezinho imitação de tartaruga, o espelhinho retangular metido num envelope de seda, o batom muito vivo, o lencinho vermelho para o batom, o lencinho branco, o estojo dourado de pó-de-arroz, o porta-perfumes nada hermético, e grampos, alfinetes, lixas para unhas, a carteirinha de níqueis, o calendário de celulóide, a caneta-tinteiro, a carteira de identidade com o retratinho tão policial, o caderninho de endereços com poucas direções, a amostra de linho, o vidrinho de homeopatia e o vidrinho de esmalte, e a carta que devia ter sido posta no correio há mais de três meses.

5 de fevereiro

E também há balanços inquietantes: permanece o estado de sítio e jornalistas são presos; vota-se um abono provisório para o funcionalismo, porque o custo da vida cresce sem peias; o escritor Lobato explica, em violenta e documentada cartaaberta, por que o Brasil não tira petróleo, nem deixa ninguém tirá-lo; a Itália invade a Abissínia em guerra de expansão colonialista, e os abexins, superiores em número e inferiores em armas, infinitamente inferiores, ante a conivente apatia das nações ditas civilizadas, se defendem como podem, infligindo não poucas vergonhosas derrotas ao conquistador; e Getúlio falando aos brasileiros, na noite de São Silvestre, anatematiza o comunismo, "que se alicerçando no conceito materialista da vida, constitui-se o inimigo mais perigoso da civilização cristã", rememora em cores trágicas a quartelada de novembro, como se fora a única que o país já vira, e promete perseguir e esmagar a hidra moscovita, porém, o alarmante das suas palavras é que são elas como que o combinado eco das de Hitler, discursando na mesma noite e quase à mesma hora, nas comemorações do terceiro aniversário da tomada do poder pelo seu partido totalitário.

6 de fevereiro

O piano e a voz: *"I'm gonna sit right down and write myself a letter"*... *"I'm gonna sit right down and write myself a letter"*... *"I'm gonna sit right down and write myself a letter"*... *"I'm gonna sit right down and write myself a letter"*... *"I'm gonna sit right......"*

8 de fevereiro

Seu Silva era meio gago, gagueira que se pronunciava nos momentos graves e que disfarçava com insistentes e providenciais pigarros; proibindo, categórico, o uso de compêndios, que considerava globalmente falhos e mentirosos, ensinava História do Brasil por um método rudimentar de perguntas e respostas, que ditava lentamente sem mudar uma vírgula, há mais de dez anos, se fôssemos aceitar os cálculos dos alunos veteranos.

Acumulando com o magistério a função de bedel, pobre, sem família na cidade, morava no colégio, num quartinho que confinava com a pretensa sala-de-armas, depósito do material pseudomilitar com que o batalhão colegial, ensurdecedoramente encabeçado por frenéticos tambores e desafinados clarins, brilhava nos desfiles de 7 de setembro pelas ruas do bairro, em repulsiva simbiose de civismo e propaganda.

Cabelos, tinha-os ruços, empoados por um fubá de caspa e encaracolados como o dos carneiros, com um caracol mais recalcitrante, que se pendurava, oscilando, na testa estreita, semelhante a uma saltada mola de relógio. Também de ovino tinha o jeito de olhar e manter a cabeça, com o queixo colando-se ao peito como quem vai dar marrada. Embora asseado de corpo, se não andava esfarrapado, pouco faltava — fundilhos remendados, colarinho invariavelmente puído, gravata que era um trapo de indescritível coloração, joelheiras nas calças, paletó furado nos cotovelos. Mas aos sábados, que era seu dia sagrado de folga, seu Silva se transformava! Esmeradamente barbeado, as faces tamisadas de pó-de-arroz, brilhantina perfumando e domesticando a rebelde guedelha, surgia como um cavaleiro de estampa inglesa — culote de último corte, altas e reluzentes botas de montaria, casaco comprido e azul com botões dourados, boné de jóquei e chicotinho na mão. Surgia sabatinalmente o impecável ginete, à mesma hora, com a regularidade de um planeta no seu caminho sideral em direção à estrela Vega — atravessava o corredor, cortava em diagonal o lateralmente arborizado pátio de recreio, e ganhava a rua pelo portão dos fundos, portão enorme, férreo, de gemebundos gonzos, por onde saía o batalhão para as paradas, e por onde entravam a lenha e o caminhão de mantimentos para a cozinha do limitadíssimo internato. Ia para o clube de equitação, que ficava nas imediações da Quinta da Boa Vista, só retornando pelo cair da tarde, e somente visto, então, pelos internos sem saída, ou pelos externos que cumpriam castigos.

Não poucas vezes as revistas ilustradas estamparam instantâneos das suas proezas eqüestres — saltos sobre sebes, sobre toras empilhadas, sobre fossos — elegantes, arrojados saltos em que cavaleiro e animal se confundiam no mesmo e destro esforço de centauro. Ganhara medalhas, dezenas de medalhas, ganhara taças, esbeltas e pequenas taças de prata, com o seu nome inscrito, troféus que enfileirava na estante do quarto, sob o retrato ricamente emoldurado de um puro-sangue de orelhas acesas, animal que fora sacrificado após quebrar uma pata, perda que nunca deixara de lamentar com um turvo baixar de olhos e a gaguez mais acentuada.

E um belo dia, o tordilho que cavalgava não obedeceu ao comando — pregou-lhe uma peça, estacando subitamente ante o obstáculo e atirando-o ao solo. Feriu-se no rosto e luxou o braço direito. Do ferimento logo sarou, o braço demorou na tipóia quase um mês, o que não impediu que, no sábado imediato ao trambolhão, com a aristocrática indumentária e na hora precisa, atravessasse o pátio com destino ao clube. Poderia não participar dos torneios, poderia deixar de se exercitar, mas de comparecer, não! Um sábado sem as suas paixões eqüestres era o mesmo que morrer!

E morreu montado. A descuidada infecção dentária traiçoeiramente se alastrou no correr da noite e, pela manhã, ele foi levado para o Hospital da Penitência. Em vinte-e-quatro horas sua sorte estava selada pela septicemia. Nas vascas da agonia, sentou-se na cama como se cavalgasse um árdego corcel, manejou rédeas e chibata, esporeou o nada. Ensaiou dois pulos; no terceiro, a face em êxtase, caiu na outra margem do Letes, quando mais uma aurora, risonha e com pássaros, iluminava a ainda deserta pista das suas vitórias hípicas, cuja lembrança para sempre olvidaria nas desmemoriantes delícias dos Campos Elísios.

9 de fevereiro

As aulas foram suspensas, a estridente campainha não anunciou horários, o pátio não se encheu de selváticos berros e correrias nos espremidos minutos de recreação e a bandeira do colégio, posta a meio-pau, abraçava-se ao mastro no dia sem viração, como para esconder a herética desconexão de cores e símbolos. Seu Camilo, diretor, opôs objeções de variegada natureza, inclusas as mercantis, todavia acabou cedendo, e o salão nobre, comprido e arrebitado, mui raramente franqueado, se transformou em câmara ardente, os alunos, dez a dez, se revezaram em guarda ao defunto, que era estimado, apreço que a morte ativou levantando do esquecimento, qual sentimental espanador, uma poeira de incidentes, ínfimos conflitos, desimportantes situações discentes, partículas do estéril atrito disciplinar, que lestas voltariam ao seu horizontal lugar para nunca mais se erguerem. Emanuel, aferrando à fisionomia uma máscara de intenso e calado sofrimento, pisava as circunvizinhanças mortuárias com respeitosa precaução, falava em surdina, como se velando um sono receasse despertá-lo, dobrava seu tempo de custódia ao caixão, de pano negro e largos galões dourados, mantendo-se perfilado e atento como o mais zeloso decurião.

A diretoria da Sociedade Hípica compareceu em peso, com uma extraordinária coroa em forma de ferradura, ferradura de dálias brancas, cujos cravos eram cravinas vermelhas. Um velho professor apareceu de sobrecasaca, a última que me foi dado ver. Os longos círios queimavam com tremelicante pipoquear, luz que não vencia a penumbra das janelas entrecerradas, que emprestava aos circunstantes um quê de conspiração. Na hora culminante da encomendação, e o reverendo era adiposo e calvo, muita lágrima não se conteve e se acompanhou de convulsivo choro. Os sapatos de seu Silva, pretos, de verniz, tinham ainda pregados na sola os verdes selos de consumo.

. . . .

Sentei-me na cama, reacendi a lâmpada de cabeceira. Não conseguira avançar nas façanhas de Ivanhoé, nem conseguira dormir — seu Silva não me saía do pensamento. Não que nos ligasse um laço de amizade — nossas idades díspares, nossos hábitos antagônicos, nossas posições escalonadas, não o permitiam. Não que nos prendesse um elo de mútua simpatia — a sua secura e a minha timidez não se conjugavam. Mas era a primeira vez que via um homem morto, que a morte se revestira para mim das suas convencionais roupagens e da sua certeza. Cristininha fora uma morte de boneca e o enterro, em caixãozinho azul-celeste, tivera para nós, ainda muito pequenos, um quê de alvoroço e festa, em que a casa ficara de pernas para o ar e em que papai e mamãe, manietados pela dor, nos largaram de banda, entregues à nossa peraltice. Tio Gastão finara-se num improvisado hospital, fora enterrado em vala comum, envolto num lençol de emergência, e só tivéramos conhecimento alguns dias depois de tudo consumado, quando a epidemia diminuíra de intensidade e os serviços públicos recomeçavam a funcionar. A idéia de que nunca mais veria seu Silva, de que nunca mais seria chamado à atenção por ele, a idéia de que àquela hora, na asfixia subterrânea, já entrava em decomposição, de que uma máquina necrólatra reduzia indiscriminadamente cérebro e vísceras, músculos e aponevroses, artérias e cartilagens, a uma substância única, amorfa e imponderável, que se integrava na terra e em terra se tornava, parecia-me absurda, inadmissível, porquanto me colocava diante do problema, escuro problema, que até aí não me preocupara. Pouco tempo mais tarde, o passamento de mamãe me daria outros dados para a equação.

10 de fevereiro

Foram dados rudes — os valores são mutáveis. De maneira formal ninguém faz falta, ninguém — é o que aprendemos na incontestável matemática vital, quando queremos aprender, relegando o sentimentalismo incompatível com as ciências exatas. Na equação doméstica, que as águas do pequeno rio acalentavam, substituiu-se o x, que fora mamãe, pelo y que era Mariquinhas, e a vida continuou como máquina de roldana bem lubrificada. Na mesa os mesmos pratos exalando os mesmos temperos, sobre os móveis a mesma posição de vasos, terrinas e bibelôs, os mesmos crochês e as mesmas alfaias, o carrilhão marcando as mesmas horas com precisão suíça, as flores do jardim, em obediente floração periódica, como se fossem as próprias mãos de mamãe que as cuidassem e as regassem, que as livrassem de lagartas e pulgões.

12 de fevereiro

Mariquinhas acreditava pouco na farmacopéia do doutor Vítor, que seu Políbio manipulava com duvidoso rigor, substituindo, no amargo das poções ou no dulçor dos xaropes, muito ingrediente faltoso nas suas claudicantes prateleiras por aqueles similares que lhe ditava a prática profissional, trinta anos de botica, sombrio laboratório — o gral esbeiçado, as espátulas consumidas, a balança vetusta, o almofariz de ferro para a paciente pulverização de resistentes raízes, os boiões de fina porcelana, ornados de florões com misteriosas inscrições latinas: *Crocus sativus, Boldus boldus, Datura stramonium, Chinolaena latifolia, Chenopodium ambrosioides, Sufur purissimum, Cariniana brasiliensis, Exogonium purga.*

E impôs para o combate de tosses, febrículas, lombrigas, desarranjos intestinais, postemas e torceduras, o uso sistemático de chás, chás mageenses, dos quais Mimi e Florzinha tinham também a receita, embora com emprego mais moderado — tília, louro, erva-doce, erva-cidreira, erva-de-bicho, quebra-pedra, guaco, laranja-da-terra, poaia, barba-timão, capim-cheiroso, carqueja, cipó-chumbo — milagrosas mezinhas guardadas em cilíndricas latinhas de cacau ou de canela, enfileiradas na estante de parede do seu quarto, atrás da porta, como os tubos de um órgão em miniatura.

13 de fevereiro

A farmácia de seu Políbio cheirava a iodofórmio, a cozimento de ervas, a ácido fênico, a ungüento de basilicão. Era escura e triste, duma tristeza decrépita, as paredes com manchas de bolor e as armações de peroba bichadas, com um que outro vidro partido e remendado com papel manilha. Duas ânforas de vidro, cheias de água colorida, verde uma, topázio a outra, ladeavam a alta escrivaninha com cercadura de grade, na qual, com pincenê para vista cansada, ele escrevia os rótulos e copiava as receitas num grande livro negro e sebento. A serpente, obra de talha, se enroscava no cálice, na cornija da armação do fundo, dividindo as palavras Farmácia e Políbio pintadas a ouro com sombras brancas. Diante do balcão, com parte dedicada aos artigos de perfumaria, com uma descomunal caixa redonda, propaganda do pó-de-arroz Lady, junto às desconjuntadas cadeiras austríacas de espera dos fregueses, o homem com o bacalhau às costas era quase do tamanho natural, anúncio de papelão da Emulsão de Scott, repulsivo martírio que doutor Vítor nos infligia regularmente por via oral.

Tinha duas portas de vaivém. Uma dava acesso à escadinha de caracol que subia para o sobrado de sacadas permanentemente cerradas, moradia do boticário sem filhos e em constantes desavenças com a mulher, conflitos que não raro terminavam em pancadaria e berreiro. A outra vedava às pessoas estranhas o laboratório onde o prático, cada seis meses um, mas sempre de guarda-pó imundo, auxiliava-o na manipulação do receituário, menos no das pílulas que era a sua grande arte. Amassava-as na ponta dos dedos com ligeireza e perfeição extremas, enquanto assobiava, como num rito sacrílego, "As divinas promessas" ou "Adoráveis tormentos", valsa esta que Caruso tornara célebre e que fazia parte do seu gramofone noturno. Ficavam esféricas, primorosamente iguais, como se tivessem sido feitas a máquina. Não sei se era uma necessidade para as pílulas pegajosas ou de desagradável sabor, como as de fel de boi, que Mariquinhas esporadicamente consumia, certo é que prateava algumas. De tanta admiração e perguntas, seu Políbio, um dia, consentiu que eu penetrasse no laboratório e me desvendou o argênteo mistério. Dentro da caixinha redonda em que acondicionava as pílulas, em vez do usual quenopódio, punha com cautelosa pinça uma folha finíssima de prata ou substância prateada. Jogava nela, então, o precioso produto da sua exímia digitação e sacudia-a — a folha se reduzia a pó impalpável, que revestia inteiramente as pílulas.

Num canto do laboratório, lembrando as estampas de medievos alquimistas, havia o alambique, artefato de esverdeado cobre, com o tubo longo e curvo como pescoço de cisne, e assim chamado, do qual a água destilada pingava gota a gota; havia o caldeirão para a lenta cocção de folhas e raízes e, pregado sobre uma mesa de mármore, o jacaré de ferro para amassar as rolhas de modo a adaptá-las hermeticamente aos gargalos.

Aos domingos seu Políbio fechava as portas ao meio-dia, mas antes de fazê-lo recebia a pontual visita de papai, que após ter lido de cabo a rabo o *Jornal do Comércio*, ia dar uma prosa com o vizinho, leitor assíduo do *Correio da Manhã*, de cujas idéias políticas compactuava sem discrepar, decorando os mais causticantes e desaforados argumentos oposicionistas para despejá-los na freguesia desprevenida.

Que será feito de seu Políbio? Vendeu a farmácia, pretendendo descansar um pouco e depois montar outra num subúrbio, em Ramos ou Olaria, não me recordo, que prosperava a olhos vistos. Despediu-se protestando a mais inquebrantável amizade, presenteou Madalena, por acaso presente, com um original estojo de perfumaria francesa, mas nunca mais deu notícias. Também papai já estava morto e dele é que era amigo.

14 de fevereiro

Foi inútil tentar ler esta noite. O dia fora cheio de Luísa. O pensamento fugia a cada instante, escapava pela janela, atravessava bairros, ia pousar na casa onde ela está. Fechei a luz, a noite entrou na sala, nivelou os recortes, neutralizou as cores, aniquilou o espelho, deixei-me ficar como num sonho acordado, em que o fatalismo é que impulsionasse as coisas. Por um milagre, a outra dormia àquela hora e a sua respiração vinha do quarto, ritmada e profunda. Um portão bate, seu Duarte tosse, tosse de quem protesta. No escuro Laurinda pode ter os olhos dourados!

15 de fevereiro

Francisco Amaro reclama, quase agressivo, a minha falta de notícias — que há?! Respondo-lhe numa linha: Não tenho tempo para nada!

17 de fevereiro

O tempo escorre entre os meus dedos como areia. Sempre foi assim, mas agora se agrava a frustração. Perdulário, enamorado, perco-me em mil contemplações, em mil coisas antagônicas, fragmentárias, líricas, dispersivas — relâmpagos de ilusões, enxames de instantes preciosos. Se fechasse bem as mãos, com coragem e usura, poderia retê-lo, consolidá-lo, transformá-lo em substância una, vívida, minha e conquistadora. Por que não o faço? Que impotentes reflexos condicionam a liquidez das minhas ações?

19 de fevereiro

De súbito, no meio do sonho, o império de uma realidade ou de um vício — carnaval!

23 de fevereiro

As máscaras foram proibidas pela Polícia, como ridícula e ineficaz medida preventiva de perturbações da ordem, e Mário Mora é o mais valente marujo de camisa listrada do iate "Laranjas", belonave ímpar da esquadra da folia, almanjarra de sarrafo e pano pintado, ancorada, num drapejar de garridas bandeiras, na Esplanada do Castelo, oceano de barro vermelho e de capim rasteiro.

— O Brasil espera que cada um cumpra o seu dever! — brada Mário Mora, no vasto portaló, mais voluntarioso que o barbudo herói de Riachuelo.

E, massa compacta, sob densa nuvem de pó que os pulmões não sentem absorver, os carnavalescos cumprem o seu dever, molhados, gotejantes no calor descomunal, impulsionados pela orquestra infatigável, sacudindo a nau com a vibração dos seus cantos, com a cadência, ora acelerada, ora dolente, dos seus requebros, com o fragor sincopado dos pés no assoalho sonoro. De espaço a espaço, Neusa Amarante, de cartolinha e lornhom, lacinhos de fita preta nos pulsos, eleva-se sobre o nível das cabeças, suspensa nos ombros do atlético futebolista, eventual proprietário das suas graças e caprichos. Gravou para o carnaval e a sua marchinha faz furor. Maria Berlini, bêbada como um cacho, esplende a maravilha do colo nu e, no contínuo choque dos corpos endemoninhados, salta para fora do largo decote, ora um, ora outro seio, qual gordo pássaro branco de arroxeado bico. Entre gritos, mãos próximas avançam sequiosas para pegá-lo, prendê-lo, esmagá-lo, mas, num golpe que não seria de pudor, o pássaro volta à desguarnecida gaiola de seda e Mário Mora grita:

— Oh, isso em preto!

Conquanto não desdenhasse nenhuma coloração feminil, conhecida e glosada era a sua predileção pelo pigmento escuro, do qual a sua própria pele pronunciada e orgulhosamente partilhava.

Godofredo Simas ostenta boné de almirante e uma lourinha infernal, e Garcia me cutuca:

— Que infanticídio!

Cinara tem um ar cansado — não me vê. Jurandir e Ivonete pulam como possessos. Entrevejo Loureiro arrastado no turbilhão gigante, e não sei se é Waldete a marinheira que ele protege, abraçando-a pelas costas. Alteiam-se os trombones em elétrica descarga, o frenesi da bateria atinge o ápice, a improvisada coreografia se transmuda em coices, patadas, corrupios, encontrões. O cordão me lambe da fita de assistentes que se cola às paredes —, Catarina estava de molho com uma crise hepática, Luísa não gostava de carnaval, nem se meteria naquela bagunça —, me envolve, me chupa para o epicentro do delírio, a catinga do negro era insuportável, e a moreninha perdida pendura-se a meu pescoço como uma bóia salvadora, num hálito de batom e cerveja:

*"Um pierrô apaixonado,
que vivia só cantando,
por causa de uma colombina..."*

Esganiçava a palavra "colombina", dando a entender que ela era a colombina fatal por quem o pierrô acabou chorando, porque era uma colombina, de saiote ciclame e corpete escarlate, o cone de pompons, que nem chifre de unicórnio, escorregando para o lado por bambeza do elástico. Faço o inventário minucioso daquela coisinha grátis: as marcas de vacina são três no braço delicado, narinas microscópicas, obturaçãozinha de ouro, orelhinha polpuda, o buço leve e orvalhado de suor.
— Está sozinha?
— Não. Vim com uma amiga. Está solta por aí.

Mas, dentro em pouco, era ela que se soltava no atropelo do bufê, quando me pedira que pagasse mais uma cerveja. Não a procurei muito. Todo o arcabouço oscila ao convulso, unânime bater de pés. Maria Berlini, saindo do cordão, se agarrava a mim, como em outros tempos para sempre esquecidos. Gasparini vinha na sua esteira e se esgoela:

*"Quisera amá-la,
mas não posso amá-la.
De que serve a mala
se não tenho roupa..."*

Maria Berlini se desprende e protesta:
— Como não pode? É sem roupa mesmo que eu quero!

Gasparini a enlaça com furor, beija-a no colo, na nuca, na boca enfim. Todo mundo está rouco! A moreninha já lá vai enganchada em outro sujeito.

. . . .

Raiou a madrugada, o iate apagou os seus fogos, os últimos tripulantes o abandonavam. Bandos de garis varrem as serpentinas e os confetes da Avenida, que a chuva transformara num mingau, a escadaria do Teatro Municipal, úmida embora, é um albergue de foliões desmantelados. Gasparini enfiou-se

num táxi com a acidental companheira, que mal se sustenta nas pernas, e eu sinto uma tristeza que não é ciúme. Gerson Macário vai de mão dada a um jovem de macacão, o Café Suíço, aberto dia e noite, tinha filé com fritas de fama universal.
— Vamos? — convidou Garcia.
Aquiescemos. Mário Mora, porém, não atingiu o porto restaurador — apoiado à parede, vomitava litros de bílis. A mulata encarregou-se dele:
— Vão vocês. Eu levo ele pra casa.
Enfrentamos, arrependidos, um bife triste, solitariamente mastigado.

2 de março

E ensimesmado, avesso às palavras, fugindo delas, as mais triviais, como se pudessem me perder, arrependido sem me sentir culpado, culposo sem me sentir condenável, mastigo, rápido e desgraçado, o bife doméstico, as batatas, a salada preconizada por Gasparini, dobrado sobre o prato, vencido pelos humilhantes imperativos da víscera.

3 de março

Seio e umbela!

5 de março

O temporal que desabou à tarde, após um dia sufocante, reteve, a mim e a Garcia, três horas num bonde, e, quando os cigarros acabaram, foi angustioso.
O Catumbi, o Estácio, o Largo da Segunda-Feira, tudo se reduzia a um lençol d'água suja, somente vencido pelas carroças de tração animal, de altas rodas, cuja marola ia se quebrar nos degraus das casas alarmadas.
Tenho aversão irracional à chuva urbana. A roupa molhada, o sapato úmido e a impossibilidade de chegar em casa põem-me fora de mim, me dão calafrios, me flecham de temores mortais, enchem minha boca de imprecações.

Garcia é alma paciente e normal. Tentou me distrair, tal como de outras vezes, mas a verdade é que me torno intratável e o amigo ardilosamente se refugia no mutismo. Em casa, nenhum comentário, como se penetrasse num frigorífico. Deixo traços de lama no encerado, as crianças já estão dormindo, Laurinda fareja a bainha da calça, suspeitosa, tranco-me no banheiro para me despojar da roupa que me arrepia, a custo me reanimo. No cimento do quintal a chuva continua crepitando como fogo líquido. O rio estreito transborda, urrando contra os muros que o limitam, levando troncos e galhos no seu ímpeto.

6 de março

Um verso, não mais que um verso: Veio de outros mundos, de repente!

7 de março

"Luís Carlos Prestes caiu finalmente nas mãos da Polícia. Após pacientes e exaustivas investigações, as autoridades conseguiram localizar o esconderijo do antigo comandante da Coluna Invicta, em modesta morada suburbana. Surpreendido em seu aposento, ao amanhecer, o chefe vermelho não ofereceu nenhuma resistência. Em sua companhia foi presa a sua amante."

. . . .

"Após uma série extremamente longa de diligências, durante as quais foram presos dezenas de indivíduos suspeitos de manter ligações com o famoso ex-capitão revolucionário, as autoridades da Segurança Política e Social puseram a mão no indivíduo norte-americano Vítor Allan Barron, sobre o qual recaíam fortes suspeitas de estar a par dos movimentos de Luís Carlos Prestes. Submetido a rigorosíssimos interrogatórios durante dias seguidos, o extremista caiu em contradição mais de uma vez, deixando transparecer que não estava alheio às atividades de Prestes e sabia algo do seu paradeiro. Contudo, mantinha-se sempre no firme propósito de negar, negar tudo.

A Polícia aplicou, então, processos mais hábeis de interrogação e Allan acabou confessando ser chofer de Luís Carlos Prestes, indicando, também, seu paradeiro." E contemplo o clichê do cadáver de Allan, fotografado momentos após o suicídio, verificado na Polícia Central, onde "ao chegar a notícia da prisão, conseguindo iludir a vigilância de um agente policial, atirou-se do segundo andar ao pátio, fraturando o crânio".

8 de março

Há formas de heroísmo que não compreendo. Admiro, mas não compreendo, às vezes me irritam num jeito muito de meu pai. Que sabemos de nossas reações? que espelho nos põe nus? Será que a minha pusilanimidade se disfarça em pregas de inconsciente, mas calculada incompreensão?

9 de março

Esperava por Luísa na porta da sapataria, o ansioso peito tomado pela dor fina das esperas que imagina tropeços e desastres. Ele vinha, de piteira em riste. Esquivei-me, não me viu. Tenho horror àquela mão mole, fugidia, que parece temer o contágio duma boa qualidade. E é o homem meticuloso. Organiza a vida como se ninguém pudesse fazer mais nada, se morresse de repente.

10 de março

A idéia de que possa morrer de repente me agonia. Não pela vida que deixo, mas pela vida que deixarei aos que de mim dependem. Que rudimentar instinto, ainda não domado, é o que nos leva à procriação, que nos impele a atirar na inconstância do mundo a multiplicação das nossas angústias e utopias!

Precisamos ser práticos. Nada há mais imaginativo que a praticidade! Penso em seguros de vida, estacas que ajudarão a sustentar a planta nascente na falta do jardineiro. Mas quanto custa um seguro? De que prêmio poderei fazê-lo com as minhas reduzidas disponibilidades? Não tenho a menor noção. Vou procurar Loureiro sem tardança. Ele lida com isso também. Já me falara, aliás, para que me segurasse, abrindo mão da sua comissão em meu favor.

11 de março

No canto da sala, o fugaz refúgio a todo momento dissipado pela necessidade de mudar o disco. A viola do quadro conversa com a garrafa, diálogo da forma verde e da forma marrom. Laurinda coça-se com ardor — é um meigo e volante ninho de pulgas.

13 de março

A Europa fica aturdida — a Alemanha de Hitler rompe o tratado e invade a Renânia.
Helmar Feitosa fez mítingue na livraria. Pró. Humberto não disfarça o contentamento e me olha de soslaio, irônico, gozando. Puxa conversa depois com o Chefe sobre o assunto. E o Chefe sacode a cabeça entre a prudência e a imbecilidade.

14 de março

Procurei Loureiro. Não sei se não o entendera, ou se mentira de oferecido que é. Certo, não era ele quem abriria mão da comissão do seguro. Era um amigo, mas pessoa em quem mandava. Não achei conforme extorquir o ganha-pão de alguém que não conhecia.
— Deixa de ser besta! Corretagem de seguros não é trabalho, é roubo mesmo. E ele ganha um despropósito, tem uma carteira ótima. Aliás o que perder na comissão, que não será

lá estas coisas, não fique constrangido, ganhará no montante do seguro. Eles têm que perfazer, mensal ou trimestralmente, uma certa cota mínima para terem direito a certas bonificações extras, certos prêmios no fim do ano. Topará de cara!
— Vou pensar.
— Não pense nada! Você deve fazer este seguro. — E pegou no telefone: — Vamos falar com o bicho.

Fiz o seguro, vinte contos, seguro educacional, uma modalidade de que o agente, moço cativante, bem-falante e escorreito, explicara as extraordinárias vantagens. Mostrou-me o *fac-símile* da apólice: "Por morte de......" — o espaço em branco seria preenchido com o meu nome. E foi uma sensação estranha.

15 de março

Há dias piores, dias em que não consigo encará-la, suportar ao menos sua voz, seus passos pela casa. Hoje foi assim. O recurso é sair, voltar tarde.

16 de março

Voltei tarde. Tentei um cinema, mas acabei não encontrando, o calor pesava, o filme seria mais uma tediosa banalidade. Vaguei pelo Passeio Público, contornei o Aquário fechado e moribundo, os compartimentos desfalcados, alguns já vazios e derrocados, as bolhas oxigenadas gorgolhando num rosário inútil, Aquário onde, num domingo primaveril, Aldina me propusera uma das suas incertezas — peixe dorme ou não? Contemplei os jacarés de bronze em estática alcatéia no meio das samambaias da fonte, fumei num banco e a brisa vinha fraca do mar, decidi tomar um bonde. Adonias, de luz apagada, ouvia vitrola, o busto nu, o copo na mão.
— Que milagre não estar ouvindo "Saudades do Matão"!
Ele não se dignou retrucar. Suspendeu o copo:
— Não ofereço porque você não toma.
— Tomar uísque com este calor é inteligentíssimo!

— Uísque é como sopro de homem. Serve tanto para esquentar como para refrescar. Mas quer uma cerveja, um refrigerante? Vou buscar.
— Sozinho?
— Fritz foi fazer seu *trottoir*... Voltará de madrugada, "pando, enfunado, côncavo de beijos"... É um Gerson Macário sem pruridos poéticos. Felizmente fica nos pruridos anais. Quer que acenda a luz?
— Não. Assim está bem.
E estava. A iluminação da rua, de espaçados globos leitosos entrava pela sacada em arremedo de luar, imprimia um paralelogramo rendilhado no assoalho, enchia o cômodo duma calma penumbra.
— Tira o paletó.
Tirei, desafoguei a gravata, desabotoei a camisa encharcada. O disco terminava. Adonias desligou a vitrola:
— Chega. Vamos conversar.
— Ainda bem! Este seu Sibelius é xaroposíssimo.
— Ora, o requintado! — Deu uma chupada no copo: — — o requinte não te assenta. Deixe-o para Catarina. Como vai ela?
— Acho que vai bem. Há oito dias que não a vejo.
— O amor de vocês continua como digestão de jibóia, que come um bezerro e depois passa um mês digerindo, não é?
— Jibóia não come um bezerro.
— Oh, o verista!
— Mas não come. A imagem é errônea e pífia, indigna de um Petrônio.
— Nem um bezerro pequenino, um bezerrinho recém-nascido?
— Vá lá! — ri.
Adonias estava loquaz. E falou de Francisco Amaro, contra quem tinha sua birrazinha, antagonismo aliás retribuído e do qual o mútuo ciúme não estava ausente. Repisou coisas já mil vezes repisadas, o que é próprio das longas amizades. E Altamirano passou a ser assunto e discussão. Altamirano e Julião Tavares. Altamirano, de quem ele perdoava as safadices pela poesia, Julião, de quem ele perdoava as lambanças e a prática

comunista pela mordaz vivacidade, mesmo porque quem apreciava o uísque nunca podia ser pessoa inteiramente sem méritos.

Mas ressalvou: — Na verdade se emborracha com freqüência e facilidade e isso é suspeitíssima prova de mau caráter...
Era meia-noite batida, quando Tabaiá telefonou. Ficaram de prosa e gargalhadas uma hora marcada a relógio.
— É inacreditável! E eu plantado aqui feito um bobo.
— E não te mandou lembranças...

17 de março

Descobri hoje com surpresa que as mãos de Luísa, quando sem esmalte nas unhas — não tivera tempo! —, são as mãos de Tatá.

18 de março

Descobrimos a cor verdadeira dos olhos, a penugem do antebraço, o jeitinho grave de ajustar o papel carbono entre o original e a cópia. Descobrimos o anelzinho de pérola falsa, descobrimos a botininha marrom e branca estreada no trabalho, descobrimos o dentinho entortado, que custou a nascer, descobrimos músicas no bater das teclas, tec, tec, tetec, — ó mundo de ordens e memorandos!

19 de março

Tudo é revelação e amor.

20 de março

Vasco Araújo não faz contrato com seus editados, pelo menos que eu saiba. Não é procedimento muito canônico, mas é tão garantido quanto se fosse — paga prontamente, às vezes contra a entrega dos originais, conforme as necessidades do autor, não infesta tiragens, gasta sem medo na propaganda dos seus editados, tanto em anúncios, cartazes, catálogos e folhetos, quanto em larga distribuição de exemplares à imprensa, à crítica e a personalidades. Nada de contratos. Tudo com ele é de boca, como nas faladas transações dos probos homens antigos, cujos fios de barba valiam mais que assinaturas em papel. E o engraçado é que não é um negociante retrógrado. É arrojado, tem visão, renovou muito método editorial entre nós.

Hoje nos encontramos, o que é raro, passa os dias metido no escritório, seus domingos são para o turfe ou esporadicamente para o futebol. Encontramo-nos no barbeiro, ficamos de conversa miúda de cadeira para cadeira, amortalhados em folgados aventais brancos.

— Como vai o seu América?
— Pelo jeito não repetirá o brilhareco do ano passado.
— É, este ano parece ser do Fluminense. (Tem simpatias pelo Fluminense.)
— Sim, parece. É um esquadrão! Praticamente quase toda a seleção paulista. Se não foi feliz no ano passado é porque talvez os jogadores sentiram a diferença do ambiente e o meu América estava bem armado.
— E o que é que você está escrevendo agora?
— Ando parado.
— Mas bolando outro, não?
— A gente está sempre bolando outro...
— *Rua das mulheres* é um belo romance. Gostei muito.
— Folgo que você assim o ache. Não foi lá muito bem recebido.
— Não foi bem lançado. Livro é como criança, a gente tem de proteger quando nasce. Cercar de carinhos, amparar para os primeiros passos, enfatiotá-lo decentemente. Gostaria de editar o primeiro que escrever...

Não soube responder. (O barbeiro passou-me a olhar com respeito.) Meu editor é forreta e burro, mas foi quem editou o meu primeiro livro, por sinal porcamente impresso, e guardo-lhe essa gratidão, guardo-lhe principalmente fidelidade. O êxito de Vasco Araújo roubou-lhe muitos editados, coisa com a qual ele não se conforma. É claro que cada um deve procurar o que melhor lhe convém, mas tenho pena daquele pobre-diabo que envelheceu no comércio dos livros sem nunca os ter lido e sem nunca aprender a lançá-los no mercado.

Vasco Araújo não consentiu que eu pagasse o meu corte e juntos saímos para tomar um café. Na despedida reafirmou o seu desejo:

— Não se esqueça. Traga-me o primeiro livro que escrever.

21 de março

O primeiro livro que escrever... Sim, estou sempre escrevendo, mentalmente escrevendo, não um, mas cem livros; transformar, porém, o arquitetado em matéria escrita é para mim extremamente difícil, penoso, duro como carregar pedras. Por mais que me esforce, que esprema o cérebro, as coisas caem da caneta com a mirrada parcimônia dos conta-gotas. A alguém, jovem e interessado, que se queixara da dificuldade de escrever, Colette teria dito que se regozijasse, que esta dificuldade era o sintomático sinal de um autêntico escritor. Embora não seja mais jovem, tudo pode ser consolo!

22 de março

O pesadelo da ameaça de guerra na Europa foi aliviado, após os entendimentos franco-germânicos, enquanto o imperador Selassié continua se defendendo com seus soldados de pé no chão e estilingue e os camisas-negras lançam sobre eles bombas de gases de mostarda.

23 de março

O melhor do amor é não esperar.

25 de março

— Luísa — gritei e o meu grito foi se misturar ao quebrar das ondas contra as rochas, como se o seu nome quisesse se transformar em espuma.

O vento vinha do infinito, trazendo sal para a alva carne que o amor jamais tostaria, colava o vestido ralo contra o corpo imóvel no tope da pedra sobre o mar, denunciando seios, ventre, coxas, fazia a saia vibrar para trás, amarrada às pernas, bandeira azul contra o céu azul.

— Luísa! — gritei. — Desce!

Desfez-se a estátua em três pulos súbitos, atirou-se na areia que a onda alisara:

— Ó, meu amor, me sinto tão feliz!

E cerrou os olhos, os braços estendidos de crucificada, e um resto de onda veio borbulhando qual água fervente e morreu a dois passos do corpo abandonado, num abandono que lembrava Aldina escondida entre as pedras pojadas de ostras numa noite límpida de verão.

26 de março

Tinha o corpo como o de certas santas antigas, talhado em madeira branca e branda, por canivete místico e improvisado. "É uma beleza malfeita", definira Francisco Amaro, pouco amante de definições.

Andava com leveza de pluma, os pés ligeiramente para dentro como um patinho. Sorria claro e suave, com o sestro de morder o lábio inferior nos momentos de preocupação.

Há corpos modelados por uma luz interior, vencedora de sonhos ou penumbras. A dela era uma luz branca e branda.

27 de março

Uma luz branca e branda... O olhar espremido como se saísse de duas frestas.

28 de março

Mas o meu olhar me traiu — olhos de vidraças quebradas, que herdei de papai, olhos nada oblíquos, que fitam, insistentes, mesmo mentindo.

— Que tem você? — pergunta Catarina.

— Nada.

— Então, tem! Você mente mal. O que diz não confere com a cara, como o enguiço daquelas primeiras fitas de imagem e som combinados. Que é?
— Embrulhadas...
— Isto não precisaria dizer...
— Coisas domésticas... As aporrinhações de sempre... Que adianta contar? Você está farta de saber.
— Cada embrulhada traz a sua marca peculiar. Conte. Pode ser que alivie...
— Não creio.
— É pena você não ser sempre sincero...
— Por que me diz isso?
— Porque acho uma falha. Especialmente imperdoável numa pessoa inteligente. A sinceridade pode ser uma utilidade.
— Rima.
— Rima e é verdade! Pensa nisto, sim?

29 de março

Penso em tudo, e Catarina bem o sabe, penso muito, penso demasiado — que é minha cabeça senão a moenda que não cessa de esmigalhar os grãos, que o mundo e a vida me fornecem em infindáveis cornucópias, sem que contudo saia da ininterrupta trituração uma farinha para o pão que sacie a minha fome? Palha, somente palha. Palha e dor.

2 de abril

A vida precisa ser paixão para ser vida, calada ou faladora, taciturna ou desvairada, mas paixão. O meio-termo cabe às almas medíocres, prudentes, formalistas, das quais Ataliba — "A contabilidade é uma ciência!" — seria um símbolo ou quase um símbolo. E passa-se um dia e o pensamento se apura ou se complica: a vida precisa ser sofrimento para ser vida, renunciar à dor é cessar de viver. E Lobélia transformou-se em duro espinho.

3 de abril

Não é fácil arrancar espinhos. Às vezes nos é menos custoso amputar o membro todo, mesmo correndo o perigo das hemorragias. E fica-se à espera da coragem.

4 de abril

"A Polícia deteve, hoje, às 20,30 horas, o prefeito do Distrito Federal, doutor Pedro Ernesto Batista. Esta providência foi tomada após acuradas diligências, em virtude das quais resultaram indícios veementes da culpabilidade do doutor Pedro Ernesto na preparação dos movimentos subversivos que abalaram o país, ultimamente.
A Polícia, com serenidade e energia, prossegue no cumprimento da sua missão."

5 de abril

Mamãe era uma alma ingênua. Sacrificada pelo trabalho insano, não tivera mocidade, ou melhor, não gozara a mocidade. Filha única, órfã de mãe muito cedo, casara-se muito jovem, namoro de vizinhos, feito com muitas cartas às escondidas por cima do muro divisório, extenso muro de pedra, limoso, crivado de avencas, ninho de medrosas lagartixas. Papai não estava em condições de se casar. Ganhava pouco no comércio. Mas como era muito trabalhador, vovô não fez oposição: — É deixá-los. Morarão comigo. Eu os ajudarei.

Os propósitos eram ótimos, mas a morte não admite propósitos. Nem bem mamãe se casara, veio com a curva foice e — zás! — levou vovô. O inventário foi cruel. Salvo a casa do Trapicheiro, muito estragada e onerada por algumas dívidas, vovô nada tinha. As aparências e um aconchego discreto, que só depois de seu passamento ficou apurado, consumiam-lhe os razoáveis ordenados de desembargador. Papai assumiu a responsabilidade das dívidas e entregou-se à luta sozinho, moço, inexperiente, sem dinheiro, corajosamente. Mamãe não se amedrontou. Foi um inverno de tristezas. Eu nasci.

6 de abril

1906. Sob o bico de gás chiante — o bom sorriso, a Ceia do Senhor e o "Sapo-cururu" para adormecer a criança. E mamãe tricotava. E já outra vida dentro da vida — semente germinando novo fruto na secreta noite placentária, para a morte colher, maduro ou não, doce ou amargo, na árvore da vida. Iria se chamar Madalena.

8 de abril

Madalena, de braços abertos, em pé no galho bem alto da caramboleira, que derramava sombras e frutos no vizinho:
— Todos de olhos fechados, se não...
— Se não o quê?
— Nada! Olhos fechados, já disse!
Nariz para o ar, nós atendemos — eu, Pinga-Fogo e Emanuel, acostumados aos inexplicáveis imperativos de Madalena:
— Pronto!
— Bem fechados!
— Estão bem fechados!
Foi um baque surdo. Oh! — e nós corremos aflitos. Madalena estava estendida no chão, meio de lado, suja de terra, o rosto lívido. Não podia se levantar sozinha:
— Ai! Ai! como dói! Me suspendam.
Nós a levantamos. Mal se sustinha de pé:
— Me segurem. Não digam nada, hem! Não contem nada!
Doutor Vítor veio vê-la urgente. Não era nada, uma luxação à-toa na perna, antes de casar passava — mas casasse cedo! E lá se foi com a sua maleta, diligente, recomendando repouso e compressas de água végeto-mineral.
Papai não compreendia o acidente:

— Mas como foi isso, minha filha? Não entendo... Conte direito. Você escorregou?
— Acho que não, papai...
— Acha que não... Será possível que você não saiba?!
Os olhos sonsos se esconderam ainda mais sob as longas pestanas:
— Quando dei por mim...
— Mas vocês não viram?
— Nós estávamos de olhos fechados, papai.
— Fechados?!
— Sim, ela pediu que nós fechássemos os olhos, então...
Papai pôs as mãos na cintura, perplexo:
— Ela pediu que vocês fechassem os olhos?!
Madalena sibilou:
— Idiotas!
Mariquinhas se benzia:
— Esta menina está tomada pelo demo! Quem já viu uma menina deste tamanho...
Mas papai interrompeu a prima, com um tom sério e mortificado:
— Minha filha, eu acho que você é meio maluca.

9 de abril

Quantos anos teria? Sete? Oito? Não sei e como certificar-me, se tudo agora é cinza enterrada ou espalhada? Mas suponho não muito confusamente que, quando descemos do bonde, a praça noturna era cheia de luzes e homens, parecia imensa, a senhora de preto e véu me afagou o queixo, e papai entrou numa bomboneria para me comprar chocolate suíço, que trazia figurinhas e deixava entre os dentes uns restinhos recalcitrantes de amêndoas. Lembro-me que o portão era de ferro, flores de ferro, e a grade, de lanças, vedada por folhas de zinco pintadas de cinzento; que havia um alpendre com trepadeira e que fiquei sentado no sofá com capa, ouvindo a conversa de caçadas, cachorros e espingardas (a onça dera três botes antes que o presidente Roosevelt a abatesse), as pernas balançando, na casa de teto de estuque, onde não havia crianças. Lembro-me de que o homem de barba pontuda tinha sapatos de verniz como bico de pato e gesticulava muito; de que havia um tapete de pele de tigre com a cabeça feroz rente à escarradeira de louça e de que a moça de perfume inebriante, que apareceu depois, foi me mostrar, com sotaque estrangeiro, os mais lindos guardados de um armário enorme na sala de jantar, ensombrada por pesados reposteiros — taças de todas as cores e formatos, estatuetas, bibelôs, cupidos e marquesas, garrafas com música, a banda de música de gatinhos e o aparelho para se ver vistas de Paris, amareladas como o retrato da minha bisavó baronesa.

10 de abril

E-va vê a a-ve
Vo-vó vê a u-va
O quadro negro e o quadro azul com o dia lá fora.

11 de abril

Que o tempo faz mais amplo e mais luminoso, Luísa, lá fora está o dia, e mais agreste o caminho que sobe, cobreando, para a caixa-d'água do Trapicheiro, infestado de borboletas. O chão é úmido. Os olhos são infantis, mas cautelosos — há perigo de jararacas. As sombras das altas árvores, entremeadas de cipós, põem um frio arrepio na pele, e a certa altura, por entre frestas de galhos, vê-se um pedacinho do mar. Vêm silvos da enredada folhagem — silvos, pios, gorjeios. Vêm estertores de cigarras. Saltam pequenos gafanhotos pardos, como se fossem de mola. As grandes pedras lisas constroem para o rio um estreito leito tortuoso e sonoro, e a água corre como um sussurro, dividindo quintais lá embaixo, depois da pontezinha e do largo dominado pelas duas amendoeiras, que é o ponto de descanso e merenda dos mascates.

São rendas finas, as que vendem. Finas e baratas — gritam, batendo com o metro de pau na caixa de pau — rendas do Norte. E lenços, meias, grampos, pentes, perfumes, sabonetes, quinquilharias. E é penoso nos adaptarmos a um outro mundo, Luísa, menos simples, sem rendas nem mascates.

12 de abril

"Não são, em absoluto, exatas as afirmativas do cidadão norte-americano Joseph Brodsky, em torno da morte, nesta Capital, de Vítor Allan Baron. O suicídio desse comunista, nas condições em que se verificou, além do testemunho das pessoas que o assistiram, não oferece elementos para conclusões capciosas. Se esse senhor Joseph Brodsky, que veio ao país comissionado pela Terceira Internacional, tivesse procurado entrar em contato com as autoridades brasileiras e, mesmo, com a Embaixada Americana, aqui, teria, sem dúvida, obtido dados positivos sobre o suicídio de Vítor Allan Baron. As autoridades americanas estão perfeitamente a par dos fatos, através da Embaixada dos Estados Unidos no Rio de Janeiro, que, desde os primeiros dias da prisão daquele extremista, se manteve em entendimentos com a Polícia Civil do Distrito Federal. A documentação referente a Allan Baron está à disposição de quantos pela mesma se interessem, como sempre esteve, aliás, à disposição da Embaixada Americana. Dessa documentação, como peça essencial para uma apreciação definitiva e completa em torno do suicídio de Allan Baron, consta o laudo de autópsia que, assinado por médicos de reconhecida honorabilidade profissional, oferece formal contestação ao tendencioso relato do advogado Brodsky."
Adaptar-nos-emos?

14 de abril

A vassourada prossegue. Hoje mais um lote de funcionários demitidos por suspeita de atividades extremistas. Venâncio Neves e o velho doutor Sansão, que tinha uma cátedra de otorrinolaringologia e era íntimo amigo do doutor Pedro Ernesto, estão na lista.

15 de abril

Só hoje comentei com alguém as palavras de Vasco Araújo, que ficara remoendo na cabeça. Foi com Garcia. Acha que não devo enjeitar o convite, que não haveria nisso nenhuma traição ao velho livreiro — Vasco Araújo era editor de outra estirpe e isso tem a sua importância.
— É. Vou pensar.
— De pensar morreu um burro.

17 de abril

A Turquia rompe também o tratado e reocupa militarmente os Dardanelos. E Humberto para o Chefe:
— A coisa vai...
O ídolo de Zilá arrisca uma opiniãozinha:
— Quando os tratados são vexatórios...
Contra o retângulo azul, Luísa é uma silhueta. E silhueta era Aldina sumindo, de noite, na entrada de serviço, cujo cimento rinchava qual areia seca. Silhueta era Estela dobrada sobre a máquina de costura em fatigantes serões. Silhueta era o brinquedo dos dias de chuva, no porão da casa da Tijuca. Estendia-se o lençol como se estivesse a secar, a três passos dele colocava-se o castiçal e, entre a chama e o branco cretone, Madalena, Natalina e Elisabete se exibiam, como sombras chinesas, para o público que era eu e Emanuel, propenso tanto ao aplauso injusto quanto à vaia imerecida. Na competição de contorsões e esgares, Madalena se agigantava, insuperável prima-dona da imitação, cuja máxima caracterização era a de velha coroca, se arrastando apoiada em bengala, ralhando com os netinhos, com uma voz que seria o caricato arremedo da de Mariquinhas.

18 de abril

Mariquinhas resmungava? Já se sabia — alguém, que não fosse Emanuel, tivera uma vitória, uma alegria, um momento feliz. E Madalena inventava êxitos escolares, promessas mirabolantes de presentes e aquisições só para forçá-la — era tiro e queda!

Quando tio Gastão ganhou cinco contos na loteria federal, e trouxe presentes para todos, e ainda um colossal bolo da Colombo e uma garrafa de champanha para comemorarmos o evento, e mamãe fez sair da cristaleira as lindas taças que foram de vovô desembargador, ela ficou verde, mal-e-mal agradeceu o corte de crepe da China que lhe tocou na bulhenta distribuição; trancou-se na alcova, somente reaparecendo quando titio foi embora, e resmungou tanto que se ouvia da sala.

Papai, alegrete com a bebida, perguntou-lhe, mordendo o riso:
— Que estava fazendo trancada no quarto, prima? Teve um acesso de soluços?
— Não, Nhonhô. Estava rezando a Nossa Senhora da Cabeça. Quem joga precisa de salvação.

19 de abril

Quando acordamos, e houvera gritos e atropelo na madrugada, papai nos levou pela mão para ver Emanuel no quarto de janelas cerradas. Era uma coisinha enrugada e roxa, com os punhozinhos fechados e espasmódicos, no fundo do berço trescalando a alfazema, os olhos fixos no cortinado que não via. Mamãe estava muito pálida, sob lençóis de fresco linho, os cabelos desmanchados sobre os travesseiros, o terço pendurado na cabeceira da cama com papoulas pintadas.

Mimi e Florzinha compareceram com touquinhas e sapatinhos de tricô. Mariquinhas descera de Magé para assistir mamãe e vigiar pelos quarenta dias de resguardo sem feijão. Trouxe a imagem de Nossa Senhora do Parto, chá de erva-cidreira para as flatulências e carradas da sabedoria mageense — sereno constipa, camarão é quente, batata-doce é quente, banana-prata de noite mata.

Cristininha nasceu gorda, rosada, chorando forte — vai ser uma meninona! profetizava doutor Vítor. A profecia falhou. Cristininha tornou-se uma criaturinha enxuta, quebradiça, buliçosa e espevitada.

20 de abril

Mariquinhas retornara a Magé com a imagem de Nossa Senhora do Parto, volante guardiã dos nascimentos tribais, que não impedira dois insucessos e algumas febres puerperais. Mamãe terminara o resguardo, já presidia os labores caseiros, um pouquinho magra, o tênue buço sobressaindo mais na face descorada. O raspar dos chinelos de ourelo dizia-me que ela estava na cozinha, fervendo cueiros. Entrei no quarto, meia luz de capela, na ponta dos pés. Queimara-se benjoim, purificação freqüente, ímã de benesses, afugentadora de miasmas. O berço! O berço que foi meu, de ferro e arame, que foi de Madalena, mas Madalena não me importava, como não me importaria que ainda fosse de Cristininha, e aí com o enquadrado cromo de Nossa Senhora de Lurdes, à frente da gruta, pendente da cabeceira. Lá está Emanuel, coisinha enrugada e roxa, que viera na madrugada de gritos como um ladrão, pequenino ser repulsivo, rival e impostor, para ele os seios se mostravam e eu me escondia para não ver. Debrucei-me sobre seu sono de verme, as pálpebras como cascas de cebola, protegido dos pernilongos pelo cortinado de filó. Abri uma fresta no filó.

21 de abril

O cometa tomou o céu com seu clarão inesquecível, belo e terrível como se fosse incendiar o mundo. Os corações tremiam. Mamãe postou-se aos pés da imagem e o mundo não se acabou. A vassourinha da modinha vinha varrer os corações.

23 de abril

Se com Santos Dumont a Europa se curvara ante o Brasil, como exaltava patrioteiramente a canção — e tio Gastão, às vezes, de farra, imitava, acompanhando-se de um violão imaginário, a maneira berrada de cantar do preto Eduardo das Neves, pastiche que quase matava mamãe de tanto rir —, com Edu Chaves, ligando, solitário, pelos ares, Rio e Buenos

Aires, num monoplano frágil como libélula e assemelhando-se à libélula, era a América que se curvava. Estávamos em 1921. Não houvera canção alegórica, mas o Brasil vibrara. Papai não se conteve:

— Que bichão! Tem tutano de bandeirante mesmo!

Se o desembargador Mascarenhas, em parêntese magano na austeridade dos seus conceitos, sentenciara que havia mulheres e francesas, papai, com um fraco pelos paulistas, considerava que havia brasileiros e paulistanos, gente dinâmica esta, empreendedora, peituda, corajosa, espécie mais adiantada na escala regionalista nacional. Três viagens fizera a São Paulo, uma de noturno, duas de diurno para ver bem o vale do Paraíba, todas por negócios da fábrica de meias, e guardava delas a veemente impressão, progressivamente veemente, de que fora ao estrangeiro, e em muito serão ou cavaqueira dominical relatou, circunstanciado e edificante, com Mariquinhas mostrando a incredulidade escrita na cara, Emanuel fingindo se interessar enormemente pela peroração e Ataliba aprovando de cabeça como boi de presépio, o espetáculo da cidade garoenta que crescia espetada de chaminés, ciclope não de um, mas de cem olhos, entre um povo de pigmeus. E quando deflagrada a revolução de 1932, ele que jamais se pusera ao lado de qualquer rebelião, que sempre considerara o pior governo preferível à melhor revolução, não escondia a simpatia pelo movimento, rejubilando-se com os sucessos armados dos insurretos, augurando uma era de melhores políticos e administradores, compartilhando, pela primeira vez, das inclinações revolucionárias do doutor Vítor, que voltara à sua específica excitação de boateiro.

Talvez que não fosse exagerada a impressão. A primeira vez que a visitei, ratifiquei a sensação paterna, sentindo-me um pouco forasteiro nela, respirando um ar que não me parecia pertinente ao Brasil, ar de alho e azeite, de *chianti* e torta de maçã, ar acelerado, de afã, de progresso, algo áspero, algo inumano, que os dez milhões de rosas paulistanas não conseguiam amenizar, e aprendi em todo o seu orgulho o verso de Mário de Andrade, em 1920, chamando-a de "galicismo a berrar nos desertos da América".

24 de abril

O entusiasmo pela façanha do aviador patrício atingiu o professor de português, pessoa estimável e esforçada, que dissertou sobre o reide com candentes metáforas e, para incentivar o respeito discente, passou como redação caseira o relato e elogio do acontecimento.

Antônio Ramos foi sucinto, porém eficiente, conseguindo encaixar no texto uma imagem de albatroz arrancada de Castro Alves, que era o poeta de cabeceira do professor.

— "Albatroz! albatroz! dá-me estas asas." Muito bem, Antônio, muito bem. Seis.

Mac Lean não chegou a tanto, mas o professor conhecia e perdoava a sua incapacidade redacional, convencido que se tratava de econômica frieza, genuína e irredutível característica albiônica, da mesma forma com que considerava artistas todos os italianos, e toureiros e gabolas todos os espanhóis.

— Sempre esquemático, Artur, sempre esquemático. Quatro.

Alfredo Lemos não ingerira à toa a poética latina sob o jugo paterno. A memória regurgitou restos de epopéias, Ícaro compareceu sem asas de cera, deuses e heróis encarapitaram-se providencialmente na sua caneta, o professor aplaudiu:

— Ótimo, Alfredo. Oito!

Se Alfredo foi ótimo, Emanuel foi sublime! Foi condoreiro, mitológico, ufanista. Foi épico, autóctone e cristão. Especialmente foi copioso — oito páginas e meia de caderno, oito páginas e meia de arrancada em letra bonita, sem uma emenda, sem um erro de concordância, sem um pronome fora do lugar.

O professor é um homem justo, é principalmente um crítico literário cônscio da sua penetração:

— Grau dez! Soberba, Emanuel. Deveras soberba! Acima de qualquer expectativa. Merecia ser publicada.

Não foi, mas circulou no público doméstico. Papai leu-a para Ataliba, para seu Políbio, para desembargador Mascarenhas, que era árbitro severo e que aprovou laudatoriamente — *aliquid memorabile!* Mariquinhas quis uma cópia e teve-a, tesouro que foi emprestado a Mimi e Florzinha.

— E você como se foi com a sua? — perguntara papai.
— Não fui bem. Fui até muito mal.
— Pois é para estranhar. As suas redações sempre me pareceram interessantes.
— Há dias que a gente está com a cabeça ruim.
— Lá isso é.

O meu caderno era o último da pilha e seria a última das notas. Não conseguira mais que uma página, apesar de espremer os miolos, apesar de reconhecer a grandeza do feito, uma página apenas, chocha, banal, envergonhante.

— Insuficiente, seu Eduardo. Três e por muito favor. Estou levando em conta que é a primeira vez que escreve tão pouco, tão sem calor, tão sem substância. Que houve?

Apenas isso: o grandioso me inibe e enaltecer é difícil.

25 de abril

Enaltecer é difícil, mas sonhar é fácil.

26 de abril

O vilino do inventor, e inventor fracassado, palacete creme e avarandado, com telhado de ardósia, ficava nos fundos da nossa casa, separado pelo rio espremido entre muros de pedra grossa, vetustos muros escuros de imperial construção, que suportavam com sólida bravura a pressão das águas turbulentas nos dias de enchente, que tudo levavam de roldão. Se subíssemos ao muro, peraltice que mamãe proibira inutilmente, e que Elisabete praticava com risonho destemor, podíamos devassar o seu quintal bem cuidado, com caminhos de ladrilhos brancos e vermelhos, com estufas para as begônias e flores-de-maio, viveiros para passarinhos e estátuas nos canteiros, e ver sob o galpão adrede construído, o aeroplano que não conseguira forças para voar nos terrenos do Derby, que era a pista obrigatória dos aeronautas pioneiros, gigantesco inseto imóvel com rodas em lugar de pernas, com hélice em lugar de antenas, de asas cor de café com leite, asas de pano, que às vezes era coberto com um oleado protetor.

Durante anos quedou-se debaixo do sobrecéu de zinco, ora à vista, ora coberto, sujeito a periódicas e platônicas inspeções do inventor, cavalheiro esportivo e viajado, dono de elegante *landaulet*, que enriquecera com uma sorveteria chique no centro da cidade, até que um dia, nos meados da Grande Guerra, quando voltávamos da escola, o galpão estava vazio — o aeroplano fora removido para um destino ignorado e somente seu Políbio, de longe, da porta da farmácia, infalível observatório do universo arrabaldeiro, presenciara a remoção e nos forneceu detalhes do inopinado acontecimento:

— Levaram-no numa andorinha, mas tiveram que desatarraxar as asas. Veio um mecânico para fazê-lo, um sujeito de perneiras, com cara de estrangeiro.

Foi com melancolia que mais uma vez infringi a proibição materna e, do alto do muro, contemplei o desobstruído galpão. Acostumara-me a ver a máquina voadora pregada ao solo como ave embalsamada, máquina que eu ocupava em pensamento e em pensamento manobrava, alçava vôo, furava nuvens, varria os céus da cidade e do mundo tendo Elisabete como companheira, tal qual a fotografia de tio Gastão. Aparecera ele com a novidade — o seu retrato pilotando um biplano, tendo atrás um amigo como passageiro! Era o último truque dum fotógrafo da Rua Uruguaiana, que estava fazendo sucesso. Mamãe recebeu-o com gargalhadas, Madalena não cansava de contemplá-lo, só papai depreciou-o:

— Você nunca perderá a alma de caixeiro, rapaz!

Tio Gastão não perdia o passo com pouca rasteira:

— E que sou eu senão um caixeiro graduado?

Era chefe de escritório de conhecida chapelaria.

27 de abril

Se falamos em chapelaria, tiremos o chapéu a Pinto Martins, que, um ano depois de Edu Chaves, era recebido estrondosamente na pátria como herói de uma grande façanha aviatória — inaugurou o percurso Nova Iorque—Rio, embora que aos trancos e barrancos, quase perecendo afogado quando o hidravião com que decolara, delirantemente ovacionado, de Nova Iorque, depois dum primeiro pouso em Charleston, caiu no estreito entre Haiti e Cuba, sendo substituído por outro oferecido pela Marinha norte-americana. Papai via nele um outro paulista!

— Não, papai. Ele é pernambucano.
— É? Não sabia. Pensei que fosse paulista.
— Todos os jornais deram.

Rejubilara-se, porém. Mesmo não sendo paulista, patrioticamente reconfortava. Vivíamos o tempo das temerárias travessias pioneiras e era um brasileiro que procurava retrucar, e poucos meses depois, ao glorioso feito de Gago Coutinho e Sacadura Cabral. Quando os ases portugueses baixaram nas águas da Guanabara, todo o orgulho do seu sangue, fortemente lusíada, gritara alto na cidade embandeirada, enlouquecida de foguetes:

— Raça de desbravadores! Bisaram a primazia de cruzar o Atlântico. Primeiro com as naus, agora com um aeroplano.

Não era aeroplano, e sim hidroplano. Não foi com um, foi com três. Dois se destroçaram pelo caminho, por milagre os aeronautas se salvaram num dos desastres no mar encapelado, somente com o terceiro puderam chegar ao Rio, após quase três meses de peripécias, e com que triunfal recepção!

A proeza de Pinto Martins reafirmara a nossa predestinação aeronáutica. Papai rejubilara-se:

— A terra de Bartolomeu de Gusmão, de Augusto Severo, de Santos Dumont, de Edu Chaves não podia ficar para trás!

E quando Ribeiro de Barros, com os seus companheiros, viera em 1927, aos saltos, de Gênova ao Rio, papai pôde gritar ainda mais alto:

— Estes são paulistas!

Talvez todos não o fossem. Mas Ribeiro de Barros era. Nascera em Jaú e "Jaú" se chamava o seu aparelho, que ficara

exposto à visitação pública, e papai foi dos primeiros a comparecer, acolitado por Ataliba.
— Vocês ainda não foram ver o "Jaú"? — perguntou ao jantar, como um remoque.
Eurico e Madalena, já noivos, trocaram uma piscadela de cômico entendimento — lá vem pregação... Emanuel ostentava o buçozinho elegante de futuro diplomata:
— Estou empenhado em vê-lo. Uma casquinha de noz, não é?
— Você disse muito bem. Uma casquinha de noz!
Emanuel sorriu, lisonjeado:
— Logo que tiver um tempinho irei vê-lo de perto.
— É estranhável que os jovens de hoje custem a achar um tempinho para os deveres cívicos.
Madalena e Eurico não puderam conter o riso. E papai, desconfiado:
— De que vocês estão rindo?
— De nada, papai!
— Porque não creio que tenha dito nada de jocoso.

29 de abril

É impossível rememorar os acontecimentos em ordem cronológica. À solicitação de um nome, perfume ou rótulo, de um armário que estala em quarto de hotel, duma chave que emperra, de céu chuvoso, reflexo de sol, porta entreaberta ou cheiro de bife, eles nos acodem com infinda versatilidade. Anotemos a corrente das lembranças e, quando menos esperamos, teremos formado, ponto a ponto, o manto que veste a nossa vida. Esquisito manto de retalhos! Quanta cor enganosa, quanto som desafinado, quanta forma adversa. E nos é vedado, quanta vez absurdo, compreender os fatos imediatamente — seríamos vítimas de fantasmagoria universal que nos cerca, e as nossas conveniências como deformam tudo! Como é possível compreender Madalena, Laura, Catarina, a tosca Aldina, a imagem do poeta que se crê claro e imortal, os beijos sem êxtase, o orgasmo fracassado, a esperança que teima em cruzar nossa vereda?

30 de abril

Iminente a queda de Adis-Abeba, e conseqüente abatimento de Garcia, cujo ingênuo otimismo em relação à marcha de certos acontecimentos internacionais é extraordinário.

1.º de maio

Nomes! Nomes! E a Rua dos Ourives passou a ser Rua Miguel Couto, dado que nela o conspícuo servo de Hipócrates teve o seu consultório de recém-formado. Nada tenho contra esta homenagem (foi um grande clínico, segundo doutor Vítor), embora não me esqueça do seu parecer, quando deputado, contra a imigração japonesa para a nossa carente agricultura, forjado em bases pseudocientíficas de discriminação racial, no qual procurava alertar dramaticamente o país contra o perigo da infiltração amarela; e Gasparini, que foi seu discípulo, e com mais autoridade do que eu, não o considerasse mais que um típico produto da nossa paupérrima mas encartolada ciência médica — nunca concebera uma idéia original, jamais se aventurara numa pesquisa pessoal, ignorava os laboratórios, e seus livros de clínica médica, nos quais enfeixava suas catedráticas lições, não passavam de respigações sem aspas dos superados mestres franceses.

Mas, positivamente, não vejo por que quebrar, com essa moda de trocar placas, uma tradição de nomenclatura, que não afeta o progresso da cidade. Sempre haverá novas ruas e praças, novas avenidas e travessas para nelas alcandorar o nome dos recentes e graduados mortos.

E quem também mudou de nome foi a mulher presa em companhia de Prestes. Identificada, apurou-se ser natural de Munique, ter 28 anos e estar grávida. Vai ser repatriada. E se outros nomes usou — Olga Bergner, Olga Meireles, Olga Vilar, Ivone Vilar, Maria Vilar, Maria Prestes, Frida Wolff Behrens ou Erna Kruegger, a Polícia pregou-lhe a placa real — Olga Benário.

E imagino se, num futuro remoto, a cidade quiser consagrar em logradouro público a memória desta dama, qual dos nomes dela escolherá?

2 de maio

Papai acompanhava com o dedo aliadófilo os mapas nos jornais. Os canhões de Verdun vinham ecoar na casa da Tijuca. Sombras de mangueiras e tristes serenatas ao frio luar das madrugadas. E o gato cinzento, sorrateiro, maldoso, espreitando pelo jardim o vôo colorido das minhas borboletas.

3 de maio

Diferente de todos os outros da casa, o bico de gás do corredor era de porcelana leitosa, com finos desenhos de um dourado nobre e trevos violeta pálido, que lembravam um tecido parisiense. Torneado, elegante, parecia um antebraço de mulher saindo da parede forrada de papel estampado. O antebraço de uma mulher alva, preciosíssima, como a mulher de doutor Vítor, que era loura e fumava! Onde devia ser a mão, saía, como pulseira metálica, a roseta cor de ouro velho, que segurava a manga de cristal lavrado, com delicadas ondulações na borda.

Jamais passei pelo corredor, e era cem vezes por dia, que não o olhasse, enamorado. Não chiava como os demais. Sua camisinha incandescia numa luz azulada e discreta, como dama, penso agora, cautelosa do seu amor.

4 de maio

— Piss! Vem gente!...

Cautelosos, espreitamos — não vinha ninguém. O silêncio do parque, na tarde que caminha, consumiu as suspeitas e ela voltou a consentir, estendendo-se na sombra protetora e barrando com o corpo a passagem das minúsculas formigas.

Nossos olhos se entenderam. Por um minuto, o céu desceu sobre a relva num frêmito. Depois o silêncio ficou maior, os membros relaxaram-se num feliz cansaço, com a alma expurgada.

— Cansada?

— Não — responde mole a mentirosa.

O silêncio vibra como um som. Só o esguio raio de sol é que conhece os segredos da relva e breve morrerá.

— Querida!

Ela não ouve e dá-se, então, o milagre nunca visto — a louca borboleta vem em ziguezague, cruza o raio de sol e pousa na boca de Aldina adormecida!

5 de maio

Ocupada Adis-Abeba. O Negus fugiu a tempo, irá se refugiar na Suíça, provavelmente em Londres depois.

O espírito carioca funciona:

— Sei lá se é...

6 de maio

Verdun! terra de nada e de ninguém, tomada e retomada nos vaivéns da carnificina, necrópole de insepultos onde dois primos de Blanche desapareceram, anônima elevação da geografia pacífica transformada em cratera estratégica, em alavanca para as ofensivas arquitetadas nos quartéis-generais, não foram somente os teus canhões, Verdun, que ecoaram na Tijuca. Também ribombaram os de uma extensa toponomástica de lama e sangue, incrustada no vocabulário de todos os dias: Marne, Aisne, Somme, Yser e Ypres, Champagne, Artois, Arras e Chemin des Dames, onde Blanche perdeu o irmão mais moço, Flandres, Armentières...

Doutor Vítor e tio Gastão cruzavam tiros. Titio amava a discussão, o médico perdia a paciência:

— Respeite ao menos a dor de Blanche, pascácio!

Blanche angariava donativos para a Cruz Vermelha, tomava parte em quermesses, desfiava roupas velhas para fazer ataduras. Os medicamentos franceses escasseavam nas prateleiras de seu Políbio. Papai, precavido, armazenara alguns vidros da sua Gastrosodine. Ataliba se queixava:

— Procurei Iodalose Galbrun em toda a cidade e não encontrei!

7 de maio

Fui ver papai, o que fazia três vezes por semana, pois continuava proibido de sair, com crises quase diárias, e lá se encontrava doutor Vítor, mais avermelhado e rouco, misturando visita de médico com visita de amigo. Viveram às turras, discussões que se amiudaram à medida que envelheciam.

— Vítor, você é mais cego do que uma toupeira! — e papai foi buscar o livro. — Ouve lá! "Ao contrário do que ocorria em outros países, com largas tradições militares, a tendência inabalavelmente pacífica do Império, por um lado, e os defeituosos processos de recrutamento para a tropa, por outro, faziam do Exército uma classe distinta e separada no seio da nação. A norte e a sul do Brasil menos do que no centro, mas neste reinava certa indiferença quanto aos oficiais, quando não lhes era manifestada antipatia positiva; eles, como era natural, se ressentiam dessa mal disfarçada malevolência e reagiam pelo debique, pela crítica acrimoniosa, pelo desprezo do elemento paisano."

Doutor Vítor torceu o nariz, acendeu o cigarro na bagana do outro, papai pulou umas linhas:

— "Do influxo conjunto de todos esses fatores, nascia uma repugnância zombeteira para com o parlamento." Está compreendendo, Vítor? Calógeras com isso revela essa característica do nosso Exército, ou melhor dito, da oficialidade do Exército, afastada do povo, desprezando os políticos e julgando-se por eles desprezada, envolvendo-se num espírito de casta através de uma tendência messiânica. Uma espécie de mística corporificou-se entre os oficiais: estavam predestinados a ser os salvadores do Brasil das ignomínias partidárias. Não adianta você torcer o nariz. É uma verdade irretrucável, muito bem exposta por Calógeras e muito bem exemplificada. É esse espírito de casta que fez com que uma simples punição disciplinar a um oficial, e não foram poucos os casos, como você sabe perfeitamente, se transformasse numa ofensa a todo o Exército, anomalia que ainda perdura hoje e não vai ser fácil corrigir. Essa é a verdade. O resto — idealismo, espírito democrático, patriotismo, honra da farda — é balela! Como era balela atribuir ao Exército convicções republicanas. Que havia alguns elementos republicanos no seio do Exército é claro que havia. Mas o Exército mesmo não tinha a menor inclinação republicana. Se foi o Exército que derrubou o Império, não o fez por qualquer ideal político, queria apenas desafrontar supostas ofensas. A queda do Império ultrapassou os seus objetivos. A República foi proclamada por um Exército não-republicano. Na verdade, o Império não foi derrubado: caiu. Sua base estava minada. O Exército o que fez foi dar o espurrão sem saber.

8 de maio

Morreu o Barão! Meu pai estava comovido — Rio Branco era um dos seus ídolos; vestiu-se de preto, levou-me pela mão, postamo-nos diante da Escola Normal, que era no Estácio, com um relógio parado na fachada. Por ali viria o enterro, a pé, inacabável, rumo ao Caju, ao som funéreo da banda, passo a passo. O carnaval fora transferido. Dos lampiões pendiam crepes. Falava-se baixo, chorava-se. A bengalinha com castão de ouro, idéia e presente de tio Gastão, me atrapalhava.

E nove anos mais tarde, numa esquina da Avenida Rio Branco, outra vez papai comovido, severamente trajado, esperava por despojos mortais.

A lei de banimento da família imperial fora revogada com caneta de ouro. O encouraçado "São Paulo", que levara de volta os reis da Bélgica, os primeiros soberanos que nos visitaram após o advento republicano, tornara com os esquifes dos Imperadores mortos no exílio.

Havia um silêncio de missa por toda a extensão da artéria, cujo tráfego fora paralisado e cujo asfalto cor de ardósia era, ali e acolá, salpicado de folhas, silêncio côncavo, cavo, de cochichos, com crepes e véus negros, e insígnias imperiais pendendo das sacadas. A multidão, nas calçadas, aguardava a passagem dos féretros com simpatia ou contrição. O sentimento monárquico platonicamente reavivara-se e a régia visita contribuíra eficazmente para isso.

Papai tinha os supercílios grossos e alongados, quase se unindo, por contração, nos momentos graves ou apreensivos:

— A República era inevitável, mas foi prematura. Poderia esperar que o Imperador fechasse os olhos. Estava ele velho, gasto, no fim, e amava a sua terra, não merecia ser enxotado como foi. Os erros de que o acusavam, quem não os teve politicamente? Que é a política, monarquista ou republicana, senão um cipoal de erros e conjunturas? A República está aí, e as mesmas falhas imperiais se repetem. Todos os nossos problemas fundamentais permanecem sem solução, com retóricos panos quentes alguns, nada mais que panos quentes e discursos. A Abolição, que deu com o trono por terra, agravou-os, por sinal. Não estávamos aparelhados para a emancipação, absolutamente não estávamos, como ainda não estamos para a efetivação de transformações radicais. Se a escravidão era um crime, não menor crime foi o de liberar repentinamente criaturas que não tinham condições para criar a sua própria subsistência. Arrasou-se a nossa débil economia, criminosa, cega, mas secularmente baseada no braço escravo, e não se construiu uma massa de entes livres e conscientes. Substituiu-se uma nódoa por outra, não sei se ainda mais grave e ignominiosa. Tínhamos cativos e hoje temos párias. Quantos anos teremos de suportar esse desequilíbrio social, essa falsa alforria, se não foram estabelecidos meios que pudessem amparar essas crianças grandes e indefesas?

O retrato imperial foi exumado da gaveta, pendurado solenemente na sala de visitas, para motejo de doutor Vítor:

— Ora, cá temos o nosso Pedro Banana!

— Você é injusto, Vítor. Não era frouxo. Era crédulo às vezes, ou muitas vezes. Confiava nos que o cercavam. Quem escapa ao envolvimento dos sabujos, quem se livra da constância dos áulicos? Que diferença encontra você entre os favores da corte e os favores presidenciais? Que negociatas não se fizeram no Império, que não se fazem hoje? Não, Vítor! Não seja injusto, não seja parcial. D. Pedro II não era um grande homem, contudo foi um bom brasileiro.

Doutor Vítor gargalha:

— Você não soma o ridículo daqueles versinhos de poeta de água doce?

9 de maio

Madalena teve o maior desencanto com o Rei Alberto, por não usar ele nem manto nem coroa, desencanto que evoluiu automaticamente para um supino desprezo.

Não fosse o rigorismo paterno, que não admitia escusas, e, burlando a diretora com algum pretexto, não teria ela participado da concentração escolar, que em homenagem aos coroados hóspedes se efetuou na Quinta da Boa Vista. E pagou pela obediência. O dia foi de um calor descomunal. Desde as oito horas da manhã as crianças, com laços de cores belgas e brasileiras no braço, se enfileiravam nos caminhos do parque. A visita fora marcada para as dez, mas os encarregados das cerimônias eram tão inexperientes, tão trapalhões, que quase nada do anunciado nos programas dava certo, e antes das duas os monarcas ainda não haviam aparecido para a colegial vistoria. Não providenciaram merendas para a meninada. Não havia nem água. O sol, a despeito do arvoredo, tombava como clava ardente sobre aquelas cabecinhas cansadas. O estômago vazio e a insolação abriram dezenas de claros nas fileiras, ante a angústia das professoras, desorientadas galinhas na defesa dos seus pintainhos. Madalena foi uma das inglórias vítimas. Ficou dura, roxa, perdeu os sentidos, sujou-se toda. Papai foi buscá-la na Assistência Pública. Passou uma semana em casa, bombardeada, mas fazendo também um pouco render o restabelecimento. Uma professora veio visitá-la, desculpou-se e disse cobras e lagartos da comissão organizadora.

10 de maio

Muitos anos depois tivemos também os nossos desencantos reais — o Príncipe de Gales. Bebia demais, a face vermelha de pimentão. Brigava aos socos com o irmão, que o acompanhava. Usava calças de xadrez. A moda pegou. Não aderi.

11 de maio

A severa pintura preta da carroçaria combinando com o brilhante amarelo dos raios das rodas; a buzina em forma de agressiva cabeça de cobra e o rutilante pára-brisa; os freios externos, as polidas lanternas de carbureto, as cadeirinhas desmontáveis; a radiosa águia do radiador pronta para alçar-se num vôo de flecha, a caixa de ferramentas na traseira, os pneumáticos sobressalentes presos nos estribos, tudo concorre para que não haja nada mais deslumbrador e maravilhoso que um automóvel, e eram raros aí por 1913.

— É Berliet?

— Não, menino — responde o chofer lusitano. — É Delahaye. Último modelo.

Havia muitas marcas: Benz, Delage, Lloyd, Pope, Mercedes, Pic-Pic, Fiat, Bayard-Clement, Protos, Daimler, Metz, Mièle, Humber... E subi para a viatura, empurrando Madalena.

Tio Gastão, jogador inveterado, de vez em quando, ao acertar numa centena, fazia uma das suas perturbadoras surpresas. Aparecia num carro de aluguel, de capota descida, e carregava alegremente com todos para um passeio pela Avenida Beira-Mar, de árvores adolescentes, passeio que culminava com o jantar de peixe e vinhos portugueses no aliás suspeito restaurante do Leme, onde terminava, então, a parte praiana da cidade, restaurante que era como desmesurada latada, com um estreito palco ao fundo para a exibição de artistas de variedades.

Encarapitado ao lado do chofer fardado, sentindo a importância da situação, daria a vida, ou mais que a vida, para tocar a buzina — fon-fon!

— Você não tem juízo, Gastão! — ralhava mamãe, enluvada e espartilhada, num olhar venturoso, lutando com o vento, por causa do véu que envolvia o vasto chapéu com compridos grampos, perigosos como estiletes.

— Pois se engana redondamente, Lena. O que não me falta é juízo. Tenho para dar e vender. Para emprestar é que não! O mundo está cheio de caloteiros e eu não gosto de tomar calotes.

— E passar? — ria ela.

— Bem — e titio forjava um semblante entre grave e zombeteiro — é preciso atentar nas extremas sutilezas da vida. Há calotes e calotes...

— Mas será que você não pensa mesmo no futuro, Gastão?

— Não.

— Nem um minutinho?

Titio endireitava o pincenê:

— Nem um segundinho! O futuro a Deus pertence, e como eu o respeito muito (piscadela brejeira), não fica direito que interfira nas coisas desse senhor.

— Maluco!

— Maluco é quem não vive, e a vida é curta — retrucava titio, com Madalena no colo, que era sua afilhada e predileta.

O motor bate compassado e forte como um estranho e orgulhoso coração. Olho de cima da alta boléia o mundo dos passantes como um desprezível mundo de pigmeus. A Avenida da Ligação lembrava uma vista de Paris. O Pavilhão Mourisco parecia feito de escamas multicores. Emanuel armava uma pose grave. Papai, de colete e chapéu-coco, acendia majestosos charutos, cujos dourados anéis pertenciam por indiscutível direito a Cristininha, que andava com eles uma semana nos dedos, e o vento levava a leve fumaça para confundi-la com a fumaça do carro, espessa, azul, açucarada, de inesquecível odor.

Voltávamos com os lampiões acesos, Cristininha tonta de sono, tio Gastão sempre irremediavelmente embriagado e, em conseqüência, improvisava-se uma cama na sala de visitas, onde cozinhava a mona, babando abundantemente o travesseiro.

— Qual, Gastão, você não se emenda... — dizia, de manhã, mamãe, que gostava do cunhado, só não lhe perdoando o incrível desmazelo.

E titio, de cara esgrouviada e boca salobra, reafirmava seu pendor epicurista:

— A vida é curta, senhora! Um fugaz minuto, como diz o poeta.

13 de maio

E Lobélia não sabe rir. Nunca aprendeu a rir. O ambiente fica irrespirável.

14 de maio

E a mentira em cada cômodo, em cada canto, como um gás venenoso contaminando os objetos, poluindo as mais inocentes intenções. A mais trivial palavra descarrega temporais, solta ódios, largamente represados, suscita as mais absurdas suspeitas, desenrola um extenso cortejo de nunca imaginadas queixas e recriminações.

Lambido o dia todo por Laurinda, muito gordo, o menino engatinha, um pouco atrasado, nada falando ainda. A menina é nervosa, desconfiada, medrosa, parece que compreende tudo.

O quarto das crianças é cor-de-rosa, com um lampião antigo adaptado à eletricidade, presente de Garcia, e duas reproduçõezinhas de Rubens em molduras douradas, por cujo preço se pagou um mês inteiro de indiretas sobre a falta de mil reais ou pretensas necessidades.

Da escrivaninha na sala podem-se ver as duas caminhas de grade, a estante de brinquedos, a cestinha onde dorme Laurinda e a agitação do sono da menina.

Cada manhã os papéis da escrivaninha aparecem remexidos. Todavia, o romance continua sem pressa, como uma válvula, com centenas de emendas a cada página.

15 de maio

Soam sete horas no velho carrilhão, cuja voz durante tantos anos a fio levantou papai para as suas lutas e muito mais cedo acordava mamãe para as canseiras domésticas. Não foi necessário nenhum ardil para que ficasse comigo. Emanuel não o queria. Muito grande, um trambolho, explicava por carta de Bruxelas, preferia o relógio de algibeira — um Patek de ouro que pertencera a vovô desembargador — se não houvesse inconveniente. Não havia. Madalena, por seu lado, odiava velharias. E ele veio para a minha parede, seu primeiro dia em casa me deixou comovido, a cada quarto sua música me reconduzia à infância, me abafava de lembranças, e como é objeto de primeira qualidade (vai durar um século — me garantiu desembargador Mascarenhas, que se diz entendido em pêndulos), acredito que nele será marcado o meu último minuto.

Soam sete horas no velho carrilhão. Para quem ficou lendo ou escrevendo até as três da madrugada é um bocado penoso levantar, mas não há outro jeito, pois o bonde das 7 e 45 não espera. De passagem para o banheiro dou a habitual espiada no quarto das crianças com um pronunciado olor a mijo. Vera é preguiçosa como Cristininha. Antes das oito não abre os olhos e se for obrigada a despertar fica nervosa, ranzinza, intratável o dia todo. Lúcio é um menino quieto. Acorda com os pardais, mas fica na caminha brincando, sem fazer barulho, até que seja hora do café.

— Então, rapaz, como vai?

Mostra-me um sorriso de poucos dentes e continua a brincar. O banheiro é estreito, a luz cai mal no espelho, o lado esquerdo da barba fica sempre bastante a desejar, mas também a exigência não é muita. Da janelinha domina-se a pequena área cimentada, a cantoneira com gerânios, as roupinhas na corda são recortes jocosos, Alexandre, o jabuti, é capaz de ficar oito dias imóvel no canto do tanque e, como se fosse pouco o que dormiu de noite, Laurinda dormita ao calor ainda brando do sol, a barriguinha passeada de pulgas.

Leite não é bom, manteiga muito menos, o pão não passa na garganta, uma inapetência, quase aversão, matinal — própria dos nevropatas, como assevera Gasparini — faz com que baste um simples cafezinho, e de cigarro na boca é tocar para o poste de parada, onde há caras conhecidas. Dona Sinhá sacode lençóis na janela, Lina vai lá no fundo da rua, rebolante e provocadora, a caminho da Escola Normal, e se Délio Porciúncula está tirando a limusine da garagem com infinitas precauções, retardo o passo para que ele não me ofereça "uma carona para a cidade", como complacente suserano que, do alto da carruagem, não repugnava o contato com a plebe ignara dos pedestres.

16 de maio

Aborrecimento, quase poesia.

17 de maio

Morre Spengler. É a morte de mais uma contrafação. Helmar Feitosa deitou artigo. Pró. Altamirano também. E a Liga das Nações foi oficialmente notificada da anexação da Etiópia ao Império Italiano. João Soares toma ares científicos e sensatos:

— O lucro será dos etíopes. O estágio social da Etiópia era primitivíssimo. O Negus, na ordem legítima das coisas, não diferia muito dos demais sobas africanos. A colonização italiana os levantará a um nível condigno, preparará o povo para a verdadeira ascensão. Tempo virá em que a emancipação abexim poderá ser uma conquista da civilização.

18 de maio

Por mais que fizesse não consegui escapar — Délio Porciúncula me pegou. E lá fui com esta flor para a cidade. Fui com o coração nas mãos, pressentindo um desastre a cada esquina, a cada curva. Velocidade é coisa que não sabe regular, bonde é coisa que não pode ver sem querer ultrapassar. Guia mal e porcamente, mas piamente convencido de que é um ás do volante e considerando todos os outros motoristas uns barbeiros:

— Viu que animal?! Se não me desvio rápido este barbeiro tinha me trombado. São uns irresponsáveis, uns bandidos, uns criminosos!

O escritório prospera e faz questão de nos pôr ao corrente da prosperidade. Pegara um inventário importantíssimo, estava nos últimos passos para ganhar uma vultosa questão de desapropriações, a chicana que lhe moviam no caso duma herança fraudada não surtia resultado. E tinha admitido um companheiro na tenda de trabalho, Marcelo Feijó, a quem teceu os mais rasgados elogios — ilustradíssimo, inteligentíssimo, um crânio em direito penal:

— Você sabe, não é possível dominar-se hoje todo o vasto campo do direito. E com ele podemos também trabalhar no crime. É o sustentáculo que precisava. *The right man in the right place.*

Deliberei chateá-lo, como vingança pelos sustos automobilísticos que me pregava, como desforço pela ofensiva vacuidade:

— Sim, conheço. Foi colega de turma. Se o seu escritório fosse botequim, a sua citação seria ainda mais adequada. Um brilhantíssimo cachaceiro!

Délio virou-se surpreendido:

— Mas o Marcelo bebe?! Não será engano seu?!

— Não, meu caro, não é engano. Não creio que Marcelo tenha feito outra coisa na vida senão beber. Até este seu vasto conhecimento de direito penal, que você me acentuou, deve ser cachaça, pura cachaça.

— Estou verdadeiramente perplexo. Nunca o vi embriagado, por mais leve que fosse.

— Há quanto tempo ele trabalha com você?

— Há um mês mais ou menos.

— Está numa das suas pausas. Ele tem as suas pausas... Daqui a um mês me diga se estou mentindo. Vai te dar dor de cabeça.

19 de maio

O bonde estava repleto, mas Edelweiss encontrou um espremido lugar ao meu lado, num dos últimos bancos:
— Bom-dia!
Suspendi, resignado, a leitura de Jacques Chardonne, que andava me seduzindo, como um perfume francês que a moda lança, embora Francisco Amaro ache estético demais para ser bom. Ela não percebeu o gesto.
— Ufa! que quase perdia este bonde!
— Não sabia que morava para estas bandas.
— Desde ontem só. Morava em São Cristóvão.
Apetitosa, um nadinha suja, usa penteados mirabolantes, cada dia um, e é novata no escritório. Da fitinha de veludo no pescoço balança a avantajada rodela rendilhada de madrepérola. Notei-lhe o ar amarfalhado:
— Você está com cara de sono. Não dormiu?
— Dia de mudança ninguém dorme direito, não é? Imagine que quando cheguei do escritório ainda estavam descarregando os móveis — um atraso louco! A casa estava um verdadeiro frege e, por cima, a Light não ligou a luz, de maneira que foi um horror para encontrar as cobertas na hora de dormir. Não preguei olho!
— É, esta história de mudança é muito chato. Abomino mudanças. (Cuidado com o espelho! — reiterava aos malcheirosos carregadores. Era um grande espelho redondo, com moldura dourada, que fora do meu avô paterno. Viu-se, depois, que o prego partira de ferrugem. Foi uma coisa tremenda quando, no meio da noite, ele despencou da parede, arrasando o vaso chinês na sua queda, acordando toda a vizinhança, não se partindo por milagre, enchendo, talvez para sempre, de um grande susto a alma das crianças.)
— É como eu. Detesto! Infelizmente lá em casa não são da mesma opinião. Vivem com os móveis nas costas. Parecem formigas carregadeiras.
— A gente só devia se mudar para o cemitério, não acha?
Ela riu:
— Deus me livre!

— Deus não livra.
Ela não sabia o que dizer. Compareceu o condutor de boné tombado na testa, chocalhando níqueis — faz favor! Paguei a passagem dela.
— Oh! não precisava se incomodar.
— Não é incômodo. É um prazer.
— Muito obrigada!
E o motorneiro meteu o bonde na curva com desmedido entusiasmo. Os corpos se juntaram inclinados, numa transfusão de calor.
— O homenzinho está com a doida.
Ela confirma de cabeça. A transfusão foi cortada. Há um desses silêncios que parecem não acabar mais, que trazem uma espécie de repugnância ou animosidade no bojo. É preciso vencê-lo, falar mais alguma coisa:
— Está satisfeita com o emprego?
— Estou. São muito gentis. (Sorri do cândido adjetivo.) Mas chego em casa exausta, sem coragem para mais nada. Onde estava antes, havia menos que fazer. Muito menos.
— Onde é que você trabalhava?
— Num escritório de comissões e representações. Na Rua Sete.
— Por que não ficou nele?
— Fechou. Os sócios brigaram.
— Ahn!...
— Mas trabalha-se de fato muito lá, não é mesmo?
— Sim, trabalha-se... mas em compensação ganha-se muito pouco.
Edelweiss mostra os alvos dentinhos:
— Você é tão gaiato, tão irônico...
— Você acha?
— Todos acham no escritório. Então não sabe?
— (Quem vê riso, não vê coração.) Vejam só!...
A conversa continua desaborida, puxada a gancho, os corpos separados. Chegamos juntos ao escritório e Jurandir, na entrada, piscou o olho malicioso. Malícia é um negócio contagioso. Penso no calor de Edelweiss.

21 de maio

Um defronte do outro, como dois desgraçados. A noite no meio como um muro, um imenso mar inavegável.

22 de maio

O piano e a voz: *"I'm gonna sit right down and write myself a letter"*... *"I'm gonna sit right down and write myself a letter"*... *"I'm gonna sit right down and write myself a letter"*... *"I'm gonna sit right down and......"*

24 de maio

Era um hábito diário, depois das cinco, reunirmo-nos, Francisco Amaro, Adonias Ferraz, Garcia e eu, com alguns adventícios — Pedro Morais, Plácido Martins, Ribamar Lasotti e Gustavo Orlando, entre os mais freqüentes — num barzinho vienense da Rua da Assembléia, recatado e limpo, famoso pelos sanduíches e pela frescura espumante do chope.

Loureiro comparecia às vezes:

— Como é, gente, não se abre uma vaguinha aí para mim não?

Ajeitávamos as cadeiras, mal que mal, à volta da mesa quadrada e ele pedia logo um duplo, que bebia de emborcada, terminando com um bom suspiro e a gasta piada: "Não vendia esta sede nem por dois contos de réis!" Tomava conta da conversa — mulheres, negócios, mulheres! — e implicava cordialmente com Antenor Palmeiro, se se dava o caso de o romancista estar presente:

— Papagaio! que este cara só fala em literatura. Muda a chapa, homem!

Loureiro se enganava, ou melhor dito, não sabia. Não é de literatura que Antenor falava, era da literatura dele, aquela aventurazinha oportunista e licenciosa — o estupro, o incesto, a perversão, o sexo ardendo em cada linha — e que estava tendo aceitação espantosa, além do recalcado âmbito estudantil, como se algo de original valesse ou significasse.

Antenor demonstrava o maior desprezo pelo ex-remador e atual homem de negócios:

— Que culpa tenho eu que você não compreenda, chefe?

— Que não compreendo! Compreendo muito bem. Não seja pateta! Já li um romance seu. Não vale um caracol! Bandalheira não se escreve, rapaz, pratica-se. Faça como eu!

Antenor não se dava por achado:

— Bebe mais um chope, que isto passa.

— E bebo mesmo! Fritz, bote mais um duplo aqui.

O rubro e roliço garçom atendia com feminil solicitude, sob a terna mirada de Adonias, e ele se esparramava de confidências amorosas e comerciais, rindo muito, paletó desabotoado, ostentando camisa de fino pano, dando palmadas na barriga que ameaçava crescer.

Às seis e pouco debandávamos e, no ato de pagar, se Antenor está, encolhe fatalmente o corpo, não repugnando, para tanto, oportunas visitas ao lavabo. Francisco Amaro vai para a zona sul, e eu e Garcia para o lado oposto.

— Acho chato, sabe? ir para casa. No entanto, gostaria de nunca sair de casa.

Garcia limita-se a franzir o nariz. O bonde apinha-se, penduramo-nos no balaústre. Súbito, volta-se:

— Puxa! você tem dinheiro para o bonde?

— A conta da minha passagem...

— Pois eu não tenho nem um tostão.

— Por que você não disse isso antes? Teríamos pedido ao Chico.

— Confiei que você tivesse.

— Lembre-se sempre do glorioso Marechal de Ferro: "Confiar, desconfiando sempre..."

— E em casa, você tem?

— Tenho sim. Pouco, mas tenho. Este mês ando muito no contado. O médico das crianças me deu uma boa chupada. E você não tem uns níqueis guardados?

— Acho que não. Só vendo.
— Se não tiver, passe lá em casa, depois da janta, que se arranja.
— Acho que vou passar. Vamos descer?
— Bobagem! A gente fala com o condutor. Amanhã se paga.
— Não. É humilhante.
— Grande humilhação...
— É chato. Vamos descer.
Descemos e marchamos a pé. É longe, mas a tarde está bonita, fresca, de estrelas precoces, animadora.
— Ser pobre é um negócio besta, não é, Eduardo?
— Talvez que ser rico não o seja menos. Não sei.
— Nunca saberemos!
— Enquanto há vida, há esperança, como dizem os esculápios.
— Você está muito otimista.
— Sou cético, pessimista nunca.
— E há diferença?
— Se você pergunta é porque não distingue. É o tal *distinguo* do arsenal escolástico.

25 de maio

— Confesso que Alberto de Oliveira é uma das minhas fraquezas. Perturba-me. "Alma em flor" é poema de cabeceira, está bem?
— Não há que ter pejo. São puerícias... (Ribamar Lasotti, que só conhece o parnasiano de antologias escolares.)
— Você não queria dizer "puerilidades"? Puerícia é outra coisa... Não é, Plácido? (Garcia.)
— O que você gosta em Fulano é o que não gosta em Sicrano, entenda-se! (Plácido Martins.)
— Deus é tudo o que não podemos compreender. (Adonias.)

26 de maio

— Graça Aranha era o dionisismo a ouro-banana. Nada houve de mais falso e imbecil que *Canaã*, mas que consagração!
— Não se iludam com o mérito de João do Rio. É defunto demasiado fresco ainda para ser julgado com isenção e clareza. O homem que era, mundano e vicioso, perturbou a valorização real da obra, eivada de futilidades e de facilidades, impregnada do terrível sal do mundanismo. E o Movimento Modernista contribuiu sobremodo para o momentâneo esquecimento. Mas tempo virá, não tenham dúvida, em que seremos obrigados a reconhecer a importância da sua contribuição. *As religiões no Rio, Vida vertiginosa* e *Alma encantadora das ruas* são formidáveis documentários, que não pretenderam, quando escritos, ser mais que reportagens para jornal. Caramba, foi o nosso primeiro repórter, o reformador da nossa imprensa mambembe, dando-lhe vivacidade, trepidação, contato com o povo, com a realidade! Acham pouco? Marchamos sobre as suas pegadas, mas depreciamos o semeador — é irrisório! É como o caso de Medeiros e Albuquerque, que também está olvidado, e que outrossim vai ser revisto e colocado no lugar que merece. Não foi um criador, mas foi um polígrafo, um sôfrego curioso, e um incansável, quase nunca compreendido divulgador em nosso acanhado meio de botocudos. No que ele combateu os modernistas, tinha razão — era fácil ser moderno... E nós sabemos bem quantos milhões de modernistas brotaram, oriundos dessa facilidade. Mas como nenhum homem do tempo, salvo este eterno moço que é João Ribeiro, percebeu a importância do movimento e de alguma maneira corroborou para a expansão dele, não negando encômios aos autênticos valores que surgiram. Vou a mais — foi um precursor. Só o fato de afirmar e reafirmar intrepidamente, em plena glória de Rui, que a Águia de Haia não passava duma descompassada besta com pruridos gramaticóides e vaidade de pavão, merece a classificação de moderno e o reconhecimento da posteridade. (Adonias.)
— Você sabia disso? (Garcia.)
— Não. Mas, se for mentira, que interesse temos em contrariar o Adonias?

28 de maio

A missa de sétimo dia de Antônio Alcântara, já se lá vai um ano, fulminado estupidamente por uma peritonite aguda, quando exercia, moço, sério, de nobres ambições, o mandato na Câmara, foi na Candelária, com todos os altares iluminados, orquestra e coro.

Da família ninguém que eu conhecesse, creio que voltaram todos para São Paulo, acompanhando o corpo, que desejara orgulhosamente ser enterrado em chão piratininga, quando se certificou que para ele, que tanto amava a vida e o comando da vida, estava terminado inopinadamente o seu papel.

Sobrava eu entre deputados, políticos, funcionários da Câmara, magnatas da indústria e do comércio, gente tão avessa à literatura do amigo, procurando às apalpadelas encontrar um rosto familiar naquela turba estranha, quando vislumbrei o Poeta, corcovado e prognato, boiando também na maré de plutocratas, e acheguei-me a ele como a um igual. Timbra em ser igual — simples, fraterno, interessado nos problemas alheios. Recebeu-me com disfarçado sorriso:

— Reparou que música escolheram para o ofício fúnebre?
— e não esperou por minha inquirição de ignorante: — "O Alegre Camponês", de...

Schubert, Schumann? — continuei ignorando. A tosse seca com que, desde rapaz, pontuava a conversação, impediu-me de entender o nome do autor e ele se pôs novamente grave, fitando o sacerdote, de casula dourada e gestos plásticos, entre votivas baforadas de incenso.

A manhã era de sol e azul, pombos furta-cores passeiam nos frontões do banco de avermelhado mármore, fresca era a rua estreita, de sabor antigo, que as casas de crédito invadiram. Escalamos no café fronteiro à igreja, antes de nos separarmos na Rua do Ouvidor. Ficamos rente à porta, o raio de sol pousava em nossos pés. Falamos de Antônio, mas falamos pouco, como se fosse grosseiro ou fingido extravasar o abalo da perda. E ele sacou o papel do bolso:

— Leia isto. Fiz ontem. Saiu de uma assentada.

Era o "Momento num café". As minhas mãos tremiam, senti a vertigem da emoção, a integração total, a vibração de um grito que se fazia meu, que seria meu para toda a vida:

"E saudava a matéria que passava liberta para sempre da alma extinta."

É preciso salvar a carne.

29 de maio

1.º de junho

— A Direção deliberou que (pigarro) de hoje em diante os pedidos feitos por telefone serão tomados somente nas duas primeiras vias do talão. A rosa, passe-a ao Departamento de Vendas, e a azul entregue-a ao estoque, que remeterá a mercadoria diretamente. Como é fácil deduzir (ligeiro pigarro) os vendedores não terão comissão sobre os pedidos feitos diretamente. O senhor assine a Circular 64, que está na sua mesa e passe-a ao subchefe de Vendas.

2 de junho

Da escrivaninha na sala, razoavelmente espaçosa em relação aos outros cômodos, pode-se ver o quarto das crianças. Bem agasalhadas, elas brincam, e Laurinda com elas, convalescentes, mas ainda assim tossindo muito, duma gripe meio alarmante com suas bruscas quedas de temperatura e convulsões, aflição que gerou um tácito armistício doméstico, já na iminência de ser rompido.

A tradução, tão aborrecida e mal remunerada duma novela policial, marcha a passo de cágado, nem adianta acelerá-la, porquanto não será paga antes do prazo, que é relativamente dilatado.

Há um atrito infantil, logo serenado, e na sua frente é posto, por mão mecânica, um não solicitado cafezinho. Custa ter palavras:

— Está bem.

Ela desaparece na casa mínima. Em meio dum cheiro de frituras, começa no vizinho, exageradamente alta, a irradiação esportiva dominical, entrecortada de insistentes anúncios. Larga de vez o trabalho, põe-se à escuta, interessado, queimando cigarros, recordando, por entre as peripécias do jogo, passadas e entusiasmadas tardes de futebol. Sente saudades. Pensa em Tatá, companheiro inseparável de torcida, afastado pelo casamento. Pensar em Tatá é pensar em Dagmar, em Dulce e Afonsina Sampaio, em passeios, danças, piqueniques, noites propiciadoras e soterradas liberdades. Diminuem de tal maneira o volume do rádio, que é impossível entender. Levanta-se e vai acender o seu pequeno aparelho no canto da sala, sob o desenho de Zagalo, que foi uma das lindas surpresas de Francisco Amaro. Vera vem um minuto ouvir, não gosta, gosta é de música, volta com Laurinda sempre atrás. O Bangu continua dando trabalho ao Flamengo e c espíquer não esconde o íntimo desagrado. Dona Sinhá grita uma ordem à empregada. Seu Duarte tosse. Estouram foguetes longínquos. Por onde andará Lina de olhos de sombra e mavioso riso? Estará dormindo, estará estudando, terá ido ao cinema com o garboso guarda-marinha do 57? E o domingo escoa, um bonito domingo de inverno, estúpido, mas não vazio, nenhum minuto é vazio desde que possamos sonhar. E Garcia prometeu vir de noite para umas partidas de xadrez, em que estão se iniciando e está progredindo com morosidade. É apaixonante! E ao lembrar da promessa fica sensivelmente ansioso

— Garcia é danado para chegar atrasado!

Quis convencer Francisco Amaro das vantagens do anestésico, mas não houve jeito. É irredutível a respeito de jogo

— detesta!

— Não sei como é que vocês podem perder tempo com uma bobagem destas!

Erro de Francisco Amaro! Não perdemos. Enganamos a morte, enchendo de animado esquecimento os minutos que nos separam dela.

. . . .

À maneira de corrigenda ou pós-escrito: Não devemos pensar muito na morte, pois podemos esquecer de viver e viver é capital.

4 de junho

Ataliba apareceu queixando-se duma dor na altura do cóccix e constatei que Gasparini tem faro clínico:
— Bote umas palmilhas nestes sapatos, que amanhã estará bom. Você não está pisando direito.
Ataliba botou e a dor passou. Os sapatos eram novos.
— Primeiro eu pensei que fosse maluquice do Gasparini, depois meditei sobre o assunto e meti as palmilhas. A dor passou como por encanto. Sabe? criei fé no Gasparini. Fosse outro e me encheria de remédios! Médico burro é assim. Quando não sabe o que temos, nos enche de remédios!

5 de junho

Tentei começar um novo romance. As primeiras páginas saíram num ímpeto, oito páginas sem interpolações nem emendas. Ao relê-las, rasguei-as.

6 de junho

— Afinal, vamos ou não vamos ver *Perséfone*?
— Não tenho um tostão! — declarei francamente.
— Que é que tem? Eu pago.
— Contanto que depois não vá me atirar na cara a caridade.
— Eu já fiz isso, por acaso, alguma vez?

— Que esquecida!
Catarina riu:
— Esqueça você então...
— Tentarei. Mas vamos de torrinha. É mais barato.
— Torrinha?!...
— Ofende muito a sua dignidade?
— Ofende muito as minhas pernas. É escada demais para subir. E que calor faz lá em cima! E como são duros aqueles bancos. Você não sente não?

Houve uma recíproca concessão e acabamos nos balcões simples, cujo calor e dureza não são muito inferiores aos das torrinhas, mas é localidade que facilita, nos intervalos, a descida para os corredores dos balcões nobres, onde Catarina se namora em todos os espelhos e esbarra com maior número de conhecidos para rápidas impressões.

Arnaldo Tabaiá filava um camarote, e acenou-nos. Saulo Pontes delirava, férvido admirador do autor de *Petrusca*. Anita, envolta em estranhas rendas, com um coque à romana, fazia restrições ao cantor solista, que fora uma improvisação doméstica, um tanto pegada a laço. Susana, se me vê acompanhado de Catarina, não se digna falar, passa de largo, numa homenagem personalíssima à indissolubilidade conjugal. Travei Mário Mora pelo braço:

— Você não acha que é um pouquinho chato?
— Não, é importante.
— Que é importante eu sei. Mas que está chato, está.

Mário sorriu budicamente, num jeito muito seu de concordância, que podia esconder perfeitamente uma discordância — não lhe interessavam discussões.

E sorriam os críticos oficiais daquelas cacofonias com ar entendido e superior. O teatro estava de meia casa. Stravinski regendo parecia um imenso pássaro bicudo.

Na noite fresca, Catarina, enluvada, colou-se a mim:
— Tem suas coisas, não?
— Tem. Grandes coisas! Mas não empolga. Se arrasta demasiado. Claudica... Não é uma coisa una, maciça, tem buracos como um queijo.

— Não é música para uma única audição. Nos escapa muito. Demais a nossa orquestrinha não ajudou. É preciso ouvir mais vezes. Só apelando para o disco.
— Procurei, não encontrei.
— Vou te trazer de Paris.
— Bobagem!
— Vou. E vou ter saudades, sabe. Estou quase arrependida da viagem, se fosse capaz de me arrepender dalguma coisa...
— Ainda bem que confessa.
— Confesso. Tudo, menos mentirosa!
Fui deixá-la em casa. A despedida foi longa, entrecortada de reminiscências. Amanhã Catarina partirá mais uma vez para a Europa, acompanhando o pai, em missão comercial. Estreará a via aérea.
— Você não tem medo da travessia do Atlântico? Tantas horas em cima d'água não é brincadeira!
— Só na hora é que poderei saber.

7 de junho

Prezo e respeito Pedro Morais. É polido, comedido, não responde a esmo, cada resposta é passada lentamente no rigoroso crivo do raciocínio e da ponderação, rodando no anular o anel de grau, frouxo, sem valor, que pertencera ao avô, notável jurisconsulto do Império.

Foi figura da primeira hora no Movimento Modernista. Com Martins Procópio, Luís Pinheiro e Natércio Soledade, participou daquela tarde de junho de 1924, na Academia, sessão que abalou os bichados alicerces das nossas letras, carregando nos ombros Graça Aranha, que depois se tornou Avenida, em oposição aos literatos cafusos, que suspendiam nos braços a figura mirrada de Coelho Neto — o último heleno!

Levado pelos acontecimentos, fundou e dirigiu *Cadernos de Estética*, mensário de curta existência, mas que tanta importância desempenhou na aglutinação de valores esparsos. Morta a revista, calou a pena de crítico, passou a espectador, porém aparecia uma que outra vez às tertúlias de café ou de porta de livraria.

Nos fins do ano passado, rompendo a posição que mantinha, aceitou os encargos da resenha literária na *Gazeta,* e pessoalmente corrige, nas oficinas, as provas do rodapé, já que preconiza a adoção duma ortografia fonética brasileira, elaborada por um filólogo temerário, e a que os tipógrafos e revisores não estão afeitos.

E com surpresa dedicou, hoje, meio rodapé à *Rua das mulheres.* Não é um romance — diz —, são dois contos se entrecortando. Poderíamos responder que não existe uma fórmula para o romance; se tomarmos um grande romance do século XVIII e um grande romance deste século, quase nada têm de comum, como se fossem coisas de gênero diverso. E que mesmo um romancista pode achar para seus romances os mais diferentes caminhos e processos. Mas o que convém a um escritor é não responder à crítica, sob hipótese alguma, não como prova de humildade ou submissão, mas, pelo contrário, como prova de respeito por si próprio e pela obra que é autônoma — livro impresso é filho que já não nos pertence, é fruto que se libertou da árvore, é domínio público, aberto a todos os comentários, sujeito a todas as restrições.

E penso no ridículo de Euloro Filho, que não se conforma com a mais insignificante beliscadura na carne assaz opilada das suas obras-primas.

9 de junho

A melodia perseguiu-me o dia todo. Medíocre e afável. De Rachmaninoff. Mário Mora é encontro sempre alegre:
— Não há nada como uma mulher depois da outra!

11 de junho

Humberto está radiante. Mussolini promete mobilizar quinhentos mil homens no passo de Brenner, num gesto teatral de protesto contra as sanções que o Conselho da Liga das Nações, convocado, ousar propor.

— É de machão! Disto é que nós estamos precisando aqui. Um homem forte! Um homem que cante de galo, que não tenha medo de caretas, não é, dona Luísa?
— Não sei. Não entendo de política.
Jurandir é quem toma na unha a provocação:
— Machão?! Que ilusão! Se aqueles negros miseráveis fizeram o Duce roer um osso, imagine se ele tiver homens armados mesmo pela proa... Vira vaca!

13 de junho

Férias ou fuga? Fuga por uns dias do nó que não consigo desatar, porquanto meus dedos não são sábios, nem me socorre nenhuma espada alexandrina, por horror às espadas.
O sol caustica. A areia rebrilha, fere a vista. A aldeia pescadora estende as redes que se engravidaram de escamas e de guelras no alvorecer. As canoas — "Boa Esperança", "Sereia", "Estrela do Sul" — adernadas na praia, indiferentes à monção, são brinquedos de crianças barrigudas.

14 de junho

Se o vento zumbe temível (como agora, na noite clara, sobre as salinas), não recriminemos o vento — ele desempenha o seu papel. Desempenhemos os nossos papéis. Eis tudo. Quantas vezes já não fomos ventos devastadores na vida das criaturas? Quantas ruínas já não deixamos atrás de nós? Quantas vestes inocentes já não arrastamos para valas e pauis em nossos torvelinhos? Quantas embarcações de amor já não viraram aos nossos sopros?

15 de junho

Hoje, diante do mar e dos cata-ventos salineiros, diante das redes secando nos varais, diante dos esfarrapados homens subnutridos remendando as malhas que o peixe furara, sentindo, por natural e intrínseco embotamento, a incapacidade de escrever mais que duas linhas secas sobre o prodigioso cenário que abarcava e a sofrida humanidade que nele se locomove, lembrei-me salvadoramente de um livro português, *Os pescadores*, de Raul Brandão.

Nunca pensei em relê-lo, guardo dele, como salutar antídoto e íntimo apaziguamento, a esmagadora, inapagável impressão duma adjetival, gongórica falsidade, que entusiasmou o poeta Nabor Montalvão, abencerragem do fraque, da guedelha e do cravo na lapela.

— Não conhece? É soberbo! — dissera, admirando-se no fundo da minha ignorância, o emprestador, que raras vezes defrontara o mar, filho e prisioneiro da sua Campina Verde, engastada num planalto montanhês, com álgidos plenilúnios e geadas nas manhãs.

Levara o coração cheio de Aldina e os pulmões adolescentes ameaçados, para aquelas balsâmicas paragens, abrigara-me na casa hospitaleira de um primo distante, doutor Pires, que lá fenecia, severo e conformado, numa entrância sem horizontes.

À ação daqueles melhores climas temperados de eucaliptos, coadjuvados pelas prescrições terapêuticas de doutor Vítor, o termômetro vespertino dentro em pouco normalizava-se, as dores torácicas cederam, uma química sutil enriqueceu a minha seiva. Estava bom, poderia voltar. Mas fui dilatando a permanência, entre o receio, não de todo infundado, duma recaída e uma doce preguiça, uma estranha indolência, a que a saudade de Aldina vinha emprestar seu grão de melancolia. A casa tinha silêncios sedativos de claustro, a biblioteca do primo era um silo generoso de trigo eterno para a minha fome, os seus amigos, Zé Bernardo, Genaro Pimenta e Aristóteles, esse com os seus deformados e satíricos rifões, davam para a conversa na varanda e nos longos passeios pelos campos. Nabor não falava, declamava, mas era um tipo. Fui ficando até que Margarida de Oliveira precipitou a minha volta.

. . . .

Começa-se com uma idéia, reminiscências nos torcem, acabamos por nos perder. Retornemos ao caminho: continuemos enxutos. Talvez que quando não tenhamos nada mais para dizer, a nossa vaidade nos empurre para as adiposidades das metáforas, das antíteses, das inversões, para o luxo vocabular, para a invenção de palavras como se os dicionários não contivessem riqueza bastante para a nossa imaginação.

16 de junho

Morreu Chesterton. Obeso como Altamirano, cá está um cavalheiro de que não lamentarei a falta, nunca me interessou. O que fez de melhor foi servir de escarnecido personagem para um romance de Aldous Huxley, escritor tão sedutor e cientificista que é lícito colocá-lo de quarentena.

17 de junho

Só hoje te escrevo e são pobres linhas as que te mando. Pobres e curtas. Estou bem, aliviado, ao sol. O tempo é imenso. Come-se mal, mas como muito — comida gordurosa, pesada, entorpecente, que pede cama, espreguiçadeira, areia. O sal, que é muito, facilita a flutuação de corpo e sonhos, corpo que se debate pela sobrevivência, sonhos em que você está sempre presente como um farol. À noite esfria, o sono desce como chumbo, sem deixar uma brecha para qualquer devaneio.

Se os governos fossem inteligentes teriam pombos-correio para determinadas correspondências. Como não o são, não os têm, e assim este bilhete vai pelo veículo comum, entre mil outros, como uma pequenina pérola perdida num mar de ostras.

Que dona Carlota melhore é o meu desejo. Que você tenha esperança é mais do que desejo.

18 de junho

Em letras garrafais: a Inglaterra adotará oficialmente a política anti-sancionista.

Pensando bem, o criador do detetive padre Brown pôde nascer onde devia.

E no arrastão:
— Que peixe é este, compadre?
— É robalo, seu doutor. (E ele, rabejando, embaciava-se na areia.)
— E este?
— Xaréu.
— E aquele?
— Aquele é corvina, seu doutor. Quem bota um osso de corvina na carteira nunca mais que tem falta de dinheiro.
— Que osso?
— Um redondinho, da cabeça.

Os santinhos no pescoço escanifrado de Guaxupé não o livravam do chorrilho de gols, e Gasparini descompunha-o em pleno campo sob o fleumático sorriso de Mac Lean, como não livraram Mariquinhas das tenazes do caranguejo que, constatadas pela biopsia, morderam a sua carne crédula. Que valeu a Solange a sua medalhinha com um cabalístico 13, que fizeram, por Madalena e seu microcosmo niteroiense, os elefantes de trombinha para cima?
— Não pode me arranjar um?

As gengivas se mostraram inchadas, violáceas, num riso cariado:
— Posso sim senhor. Amanhã eu arranjo.
— Está bem. Não se esqueça.

A bolsa de Luísa teria mais um objeto para a dona esquecer.

19 de junho

Sob a palmeira, fina, inclinada, sem cocos, o Studebaker, último tipo, traz a marca da estrada — poeira, poeira, poeira! Ricardo Viana do Amaral e Zuleica, em trajes de esporte, contemplam a paisagem, desentorpecem os membros.
— Que fazem por estes páramos?
— Paramos... (Ricardo fez uma pausa) para dar uma olhada. Nunca passo por aqui sem parar para dar uma olhada. Isso é um lugarzinho de futuro, compadre. Futuro garantido. Ideal para o turismo.

— Turismo entre nós é jogo, e para jogo qualquer lugar serve.
— Não te incomodes que porão jogo. Mas com jogo ou sem jogo, esta zona vai dar um dinheirão, e vai ser bem próximo. Que praias maravilhosas! Penso sempre em comprar uma gleba por aqui e esperar os tempos.
— É negócio. Comprar terras entre nós é sempre negócio. Mormente para quem não tem pressa de lucro, não é?
— Este lugar vai depressa. O que o tem atrasado é o mosquito. Impaludismo aqui é mato, você sabe, não?
— Sei.
— Mas estão saneando. Naturalmente que é trabalho moroso, contudo parece que tem dado já resultados.
— Sim. Não os tenho sentido demasiado. E trouxe a minha bomba de Flit. Antes de dormir, fumego o quarto todo.
— Mas você, que faz aqui?
— Descanso uns dias. Andava meio arriado.
— Está em casa de alguém?
— Não, estou no hotel mesmo.
— É um hotelzinho rambles, não?
— Podia ser pior.
Zuleica foi indiscreta, sem maldade:
— Veio sozinho?
— Vim. E o Loureiro? Não o tenho visto.
— Anda abafado! Quisemos arrastá-lo, mas não foi possível. É um chato!
Iam a caminho de Campos por uns dias, o pai de Ricardo andava acamado e a usina precisava de olhos de dono, pois o administrador era um bom homem, mas muito frouxo, muito preguiçoso.
— Vão direto?
— Não. Passaremos a noite em Cabo Frio com uns amigos. Têm uma casinha deliciosa! Depois ainda dormiremos em Macaé, com outro amigo, que tem negócios com a usina. Preciso conversar com ele, acertar uns parafusos...
Macaé! Nome que formara uma ilha nas minhas recordações, ilha de alguns dias, poucos, cheios de sol, de mar azul, de noites enluaradas, à palpitante espera de um inimigo que

não chegava, nome que mais tarde se me aparecera como fonte da gota que se tornou rio, rio que viera desaguar em bruto, e turvo, traiçoeiro e penoso, na minha vida, borrando a lembrança feliz.

O casal se refizera, tomara lugar nos assentos, acionara o motor:

— Como é, não quer dar um passeio em Cabo Frio? É lindo!

— Não, obrigado. A volta seria difícil.

— Sim, isso seria. Bem, bom proveito. Até!

E na curva me disseram adeus. O braço moreno de Zuleica, nu, roliço, sensual, agitou-se mais demoradamente para fora do carro. Respondi aos acenos até que o carro desapareceu na curva perigosa. Macaé!

20 de junho

Se estas linhas são tão pobres quanto as que te mandei primeiro, são compridas. Pelo menos, mais compridas, garanto.

O hábito é a vergonha da natureza humana, ou a sua salvação —, já me acostumei aos graxos, plúmbeos, indigestos manjares que me servem com rigorosa monotonia e me sinto vacinado contra seus conseqüentes poderes embrutecedores e narcóticos. De olho aberto, lépido como um punguista, o dia todo é meu e, como já disse que aqui o tempo é infindo — o tempo não tem uma medida universal, mas local e até infralocal — ando, corro, nado, estico-me ao sol como um bom lagarto, leio, rascunho, rumino alimentos e pensamentos, e, nababo dos nababos, ainda me sobra tempo que nem o cigarro enche!

Um conto já está feito e recopiado com letra esmerada de modo que eu mesmo não tenha dificuldades em lê-lo depois... Não será menos banal que os demais, a eterna vidinha das vidinhas, contudo traz a marca minha tal qual os zebus da mesma manada, ajusta-se à fieira dos anteriores com a uniformidade dos pés duma lacraia, o que não deixa de ser um mérito literário — a unidade!

Também um pedaço de romance andou para a frente, romance aquele que você sabe, arrastado, contrapontado, fragmentado, suspenso no espaço como galáxia sentimental, que precisa de muito fortificante ainda para ter o esqueleto firme, de muitas doses de reconstituintes para enrijar a musculatura bamba. Mas vai. E se não for, louve-se a intenção e a paciência, esta também um mérito literário. Perdão, meiguinha, por estas duas incursões no altiplano da vaidade. Foram inevitáveis e não fica bem riscá-las. Nada esconder. Nós como somos nós! — correndo todos os riscos da evidência.

E passemos a duas flores da nossa divertida e tremelicante escada social. São elas: Ricardo e Zuleica. Por aqui passaram rumo aos seus canaviais, que os olhos não abarcam. Vão inspecionar a capitania, como recomenda o bom apólogo das cotovias, cuja análise lógica é um capítulo especial dos meus tormentos ginasiais. Nada como a solerte presença dos donatários para que a lerda gentalha da bagaceira morra com mais energia, de enxada na mão de sol a sol e farinha e rapadura como combustível, para que os senhores por direito natural possam desfrutar no Rio, nas Américas e nas Europas, modas, perfumes, automóveis, cavalos, amantes, vícios e prestígio social.

Reparei, detalhe que sempre me escapara, que a boca de Zuleica é má e mentirosa, como eram maus e mentirosos os olhos da sua conterrânea Capitu, chamados de ressaca. Maldade e mentira que se escondem sob densa camada de batom, que ultrapassa, em doce e hipócrita curva, o recorte dos lábios. Dado que a pintura enfraquecera na viagem, a verdade se mostrava.

É ridícula, primária, esta história de se classificar o caráter pelos traços fisionômicos. Tenho um opúsculo muito engraçado sobre a matéria, que vou te emprestar qualquer dia, e cuja parte referente a narizes é arrebatadora. Dentro das suas generalizações, meu apêndice nasal, com as suas esborrachadas imperfeições, me incluiria irremediavelmente na família dos debochados!

Mas a realidade é que há bocas más, maldade que o corte denuncia. E a de Zuleica é má.

Falei acima que ando lépido como um punguista. Esclareçamos a imagem — sou um batedor de imagens, apenas, como os há de carteiras. E assim respeitamos o caçador de imagens de Challon-sur-Mayenne, terrível camponês que você irá conhecer no momento azado, ao mesmo tempo que exemplificamos o "Mau mas meu", do suscetível suicida de *O Ateneu,* o qual você achou cacete sem me decepcionar — mas não é.

Suporte com resignação cristã a estrebaria dos Chefes e dos Humbertos. Melhoras para dona Carlota. Com que ternura me despeço!

21 de junho

Uma pausa no último romance de Montherlant, que Catarina me enviou por avião, de Lausanne, com maldosa dedicatória. Como um gorjeio, através do tabique:

— Viu como eles andam agarradinhos? Eu queria ser formiguinha para entrar no quarto deles e ouvir o que estão dizendo. Dizendo ou fazendo...

A outra moça ri, o mesmo riso de carne nova e sangue novo que solta na praia, as pernas sólidas e esgalgas, rebatendo a peteca emplumada. E volto ao livro. Por que alpinas paragens, que jamais pisarei, andará Catarina?

22 de junho

O hotel tem pouca gente, a comida é monótona, a luz insuficiente, um fio apenas, amarelada e trêmula, reforçada no salão de refeições por lâmpadas de querosene zumbidoras como besouros, salão onde se forma um arquipélago de mesas de pôquer sob a inspiração interessada do gerente, desprovido da mais mínima qualidade de gerente.

Como os quartos não são beneficiados com essa luminosidade suplementar, a leitura torna-se impraticável e portanto, na impossibilidade de dormir cedo demais, refugio-me na praia de conchas trituradas, onde os pescadores de camarões acendem seus fachos e, no silente dossel, em avassalantes distâncias, recamam-se as cintilações estelares, de heterogêneas grandezas, mas de único e imperscrutável mistério.

Recosto a cabeça nas mãos entrelaçadas, defendendo-a da grossa areia, que já se libertou de todo o calor solar que o dia armazenara. E como se a posição favorecesse o afluxo dos instantes passados, encontro-me estendido ao lado do quente corpo em flor numa outra praia em que o mar não era aquele, pacífico e chiante como se viesse de dentro de um búzio, mas rugidor e perverso, inimigo dos nadadores imprudentes ou fracos.

23 de junho

Paro na praia nua, o rosto ardendo, a tarde desmaiando. Eis uma coisa que Nicolau ainda não compreendeu — o céu pode ser realmente verde. E o noroeste encrespa de branco a superfície do mar, como se milhões de carneirinhos estivessem se afogando.

24 de junho

Aristóteles era alto como um poste, menos elegante que um poste. O bigode de enceradas guias não calhava bem no rosto de rugas tão fundas, dava-lhe a aparência de fantoche, desagradável, grotesco. Era dentista, viúvo, gostava de máximas, que modificava à sua feição: "Quem dá aos pobres e empresta — adeus!" "Muito bem se canta na Sé, quatro sentados e quarenta e quatro de pé." Cantava de pé e cantava desafinado. Casou-se pela segunda vez, ou melhor, atenuando a maledicência municipal, que não era um privilégio de Campina Verde, legalizou a situação com a filha de Genaro Pimenta, que antes fora a desabalada paixão do agente da estação.

25 de junho

Leio num jornal atrasado a resposta de Martins Procópio ao inquérito instituído por Godofredo Simas — qual o brasileiro mais útil ao país?

"Não é possível se apontar um brasileiro útil assim no sentido absoluto e total. Diria que foram vários brasileiros, em diversos setores. Caxias, na ordem da unidade nacional e política. Dom Vital, no restabelecimento das atividades religiosas. Alencar, no romance. E assim por diante."
A do professor Alexandre é típica:
— Rui foi o *primus inter pares!*

26 de junho

Catarina, ó Catarina! o que eu prometo, cumpro — aqui vai a única carta que prometi lhe escrever, num legítimo ato de violência, pois, como sabe, não consigo ser epistolar para você, sem me arriscar a cair no lamecha, de que o pobre Fradique Mendes é o mais deplorável exemplo.

Vai embalsamada neste incrível envelope, o único que encontrei aqui e esperará por ti em Londres, conforme o combinado. Para o caso de haver *fog,* levará nas suas dobras um pingo de luz fluminense, luz praiana, e algum fiapo azul do empíreo que me suporta. Porque na praia estou, praia esticada entre oceano e lagoa. E estou só, só com a minha solidão, que é numerosa, solidão que faz a caneta-tinteiro, que é um presente de você, pesar uma tonelada para te dizer coisas bem leves.

Se o tempo aqui não é de todo propício, porque é inverno e o vento é consentâneo, sempre é repouso e isolamento, tebaida ideal para a cura dos pensamentos, que cada dia andavam mais pobres, como você aliás pôde constatar.

Poderá, talvez, perguntar por que não me abriguei à sombra de Francisco Amaro. Respondo logo: porque queria ficar só, mas só mesmo. E como tinha uns cobrinhos (pagaram a tradução, que creio horrorosa apesar de tua ajuda!), aqui estou gastando meus nada pingues proventos intelectuais. Concorda?

E dado que a concórdia seja um seu atributo, concorde também que eu vá parando por aqui, em atenção ao peso da caneta. Não antes de agradecer o livro; recebi-o na véspera de vir; achei os selos lindos e a dedicatória suportável, sem embargo não a considere precisamente uma carapuça que possa

abrigar o tamanho midesco das minhas orelhas. Trouxe-o na mala, aquela que você conhece e zomba, e que, pensando judiciosamente, é prima-irmã do envelope que hoje te sobrescrito. Li e gostei. Mais um favor que te devem o meu coração e os meus miolos, que continuam a aspirar a uma consagração, que embora módica, os caciques da crítica, desalmadamente zuras, estão custando a largar. E a propósito te esclareço que não nutro a menor inveja do êxito espetacular de Ribamar Lasotti, como você delicadamente deu a entender.
Bem, divirta-se e sonhe comigo. Cá te espero, ponto final.

27 de junho

O vento é frio e fino, não há viva alma na praia, a maré sobe cochichante como conversa de amor. Paro, passeio os olhos no céu, as estrelas piscam, cintilam, fulguram. Localizo o Cruzeiro do Sul, localizo as três Marias. Mas Alfard, Riger, Archanar, Canopa, Antares, a gigantesca, Sírius, Mira, onde estarão? Verme da terra tão pequeno, entre dois bilhões de estrelas, não identifico nenhuma!

30 de junho

— Você viu as declarações de Churchill? São inquietantes.
— Não, Garcia. Não vi. Lá quase não lia jornais. São esporádicos.
— Pois disse que a situação da Europa é muito pior do que a de 1914.
— A situação européia está sempre pior do que a de 1914...
— Catarina escreveu dizendo alguma coisa?
— Não. Só recebi dela um livro.
— De quem?
— De Montherlant.
— Já leu?
— Já. Li na praia. Recebi-o na horinha da partida.

— Bom?
— Bom. Bastante bom. Você sabe que eu gosto muito do que ele escreve. O Chico Amaro não tem razão. Trata-se dum autêntico escritor. Somente o seu sentido stendhaliano já é uma prova de superioridade.
— Sou peru, então.
— Te empresto. A dedicatória de Catarina é engraçada. Um pouquinho pérfida.
— Como se explica que você, um camarada feio, pobre, nanico e antipático, arranje estas deusas, hem?
— Deve ser um fluido particular. Mas lembre-se que não tem sido infalível... O lar que o diga!

De vez em quando, Garcia deixa escapar uma camuflada queixa:
— O lar é o ambiente menos propício para as deusas.

2 de julho

Madalena arrependida, Madalena magra, maltratada, mas ainda bonita, tivemos a visita de Madalena. Falou mal de Pinga-Fogo — é um déspota, um sovina, nada lhe dava, vivia a chorar os tostões e ela trabalhando como uma negra! Falou mal de Emanuel — aquilo não era irmão, nunca fora, aliás. Eu sim. Eu é que tinha coração. Os olhos ficaram vermelhos, manejou o lenço, pediu depois cem mil-réis — Pinga-Fogo (o miserável) deixava-a nua, as crianças estavam nuas. Era uma grande desgraçada! Chorava abertamente: — Triste destino o das mulheres... Deu um suspiro: — Feliz fora Cristininha, que morrera cedo.

3 de julho

Era uma sexta-feira e o dia convidava, claro, fresco, azul como deviam ser os feriados. Não foi nada fácil convencer o probo Emanuel, mas afinal acedeu e, em vez de irmos para o colégio, rumamos para o Alto da Tijuca. Fomos a pé e não ultrapassamos o valezinho da Estrada Velha, recortado por um

regato. Houve o ataque às framboesas silvestres e Madalena tinha zelos da marca Mariquinhas:
— Olhem bem! Cuidado com os bichos dentro.
Nessa altura éramos quatro. O novo companheiro ia conosco. Era sardento, tinha os dentes espaçados e o cabelo cor de cenoura, bastante relaxado na roupa. Aderira a nós no meio do caminho.
— Onde vão vocês? — perguntara.
Madalena parou, inspecionou-o dos pés à cabeça, exame que terminou por um franzir de nariz, que não significava mais que realengo desprezo.
— Não temos que dar satisfações — dissera, pondo-se de novo a andar.
— Como ela é brava!
Madalena voltou-se, furiosa:
— Não se enxerga, Pinga-Fogo?
— Não!
Nós rimos e o apelido nasceu. Madalena, que saíra num repelão do grupo, distanciando-se, olhando uma vez que outra para trás, em breve se reincorporava e ao fazê-lo já nos encontrara em franca intimidade — havíamos confessado a mútua gazeta, trocado nossos nomes, revelado as nossas idades. Eurico desarmou-a:
— Você me desculpe se fui intrometido, mas não fiz por mal.
Madalena nos surpreendeu:
— Não tem nada que desculpar. Eu é que fui grosseira. Mas é que há muitos moleques por aqui, atrevidos, e a gente precisa guardar distância, não é?
Eurico concordou:
— Muitos. Mas não se fala mais nisso. Agora somos amigos. Vamos!
Nós o seguimos alegremente. Era jovial e resoluto, desvencilhava-se agilmente dos obstáculos — raízes, pedras, tocos, valas, poças d'água, formigueiros. Conhecia a mata, palmo a palmo, como se ela fosse um pequeno jardim de sua propriedade. Os borrachudos nos atacam e só ele é insensível às suas dolorosas e encalombantes picadas.

— Vocês gostam de grumixamas? Eu sei onde tem.
Se gostávamos! E batemos para as grumixamas. Das grumixamas para a represa, cercada de palmeiras, velha, misteriosa, úmida, com um frio de coisa abandonada, de coisa morta, coberta de limo.

....

Paramos ao fim de certo tempo para descansar. As merendas saíram das sacolas. Apesar das framboesas, dos morangos, dos tamarindos, das grumixamas, dos cocos-de-catarro, de que nós nos atulhamos, ainda houve fome para os pães com manteiga e goiabada. Eurico entrou num pedaço de cada um:
— Me dá uma tasca só.
— Tira mais.
— Não. Chega.
Madalena foi a última a ser solicitada. Estava inteiramente mansa, trocara muitas palavras com ele na correria pelo bosque, olhava-o muito de soslaio.
— Quer me dar também? — pediu ele.
O pão de Madalena, um periquito, redondo e lustroso, estava intacto:
— Fica com tudo.
— Não. Tudo não.
— Pode ficar. Não tenho vontade. Estou empanzinada.
— Tudo, não.
— Eu não quero.
— Metade ao menos, Madalena.
Ela sacudiu os ombros:
— Vou jogar a minha parte fora. Para os passarinhos.
— Pois jogue. Tudo não quero, já disse.
Madalena não jogou. Passou a comer devagar, deitada de lado, no capim rasteiro, uma das mãos apoiando a cabeça. A saia curta repuxava e mostrava as coxas roliças. Tinha o cabelo à inglesa, com forte redemoinho na altura da testa. Os seios despontavam. Pequenas bagas de suor escorriam-lhe pelo canto da face, junto às orelhas, como bagas de orvalho sobre uma folha penugenta. Sentado ao lado dela, encostado ao tronco de

uma árvore, Eurico contemplava-a. Eu e Emanuel, estrompados, comíamos.
A voz de Eurico era de quem pedia perdão:
— Está cansada?
Madalena levantou os olhos castanhos:
— Mais ou menos.

4 de julho

E o amor começa cedo. Eurico nunca mais nos largou. O assobio com dois volteios indicava o seu comparecimento diário. Madalena resmungava:
— Está aí o enjoado.
Outras vezes chamava-o de sinapismo. Era risonho e desembaraçado. Este é um que não se aperta na vida, dizia papai, que gostava dele, conversava com ele.
E era assim:
— Pinga-Fogo, vem cá.
— Eu tenho nome.
— Pinga-Fogo, vem cá.
— Eurico! Eu me chamo Eurico!
— Pinga-Fogo! Pinga-Fogo!! Pinga-Fogo!!!
E a cabeça se curvava.

6 de julho

Prima Mariquinhas, agarrada ao terço e ao orgulho de que não se casara porque não quisera, não via nada com bons olhos, muito menos a intimidade de Eurico em nossa casa. Fez conscienciosa menção disto a papai, que não ligou:
— Deixe as crianças, Mariquinhas.
— Você é que pensa que são crianças, primo. Já não há mais crianças!
— Que insensatez!
Ela, ferida, entregou tudo a Deus com um gesto pessimista — sua alma, sua palma. Mas não deixou de fazer ou dizer toda sorte de indelicadezas ao rapaz, que as suportava mansamente com a estratégia obtusa dos namorados, e de endereçar a Madalena, sempre que podia, tenebrosas visões das penas

reservadas no inferno aos que não andavam na lei de Deus.
 Quando a alusão era mais clara, Madalena protestava:
 — Ora, Mariquinhas, me deixe em paz com o Pinga-Fogo.
 É mais fácil uma galinha criar dentes do que acontecer o que você tanto insinua.
 — Quem insinua, amiga é...
 — Sabe do que mais?! Vá pentear macaco e não me aporrinhe não!
 — Boca suja!
 — Mas que não inventa nada de ninguém!
 — Beócia! Mal-educada!
 — Pode xingar! Entra por um ouvido, sai pelo outro...
 Mariquinhas, olímpica:
 — Mal-agradecida!

7 de julho

"Qual a sorte da Alemanha se confiasse na Liga das Nações ao invés de confiar nas suas esquadrilhas de bombardeio?" — arenga belicosamente Goebbels, numa advertência ao mundo.

E como há quatro deputados presos, acusados de ligações com os movimentos extremistas verificados no país, discute-se na Câmara se, na vigência do "estado de guerra" em que nos encontramos, cabe a licença para processá-los.

8 de julho

— Os homens se agitam e Deus os conduz, diz esta velha pega que é Martins Procópio, plagiando não sei quem. E os conduz com misericordiosa imparcialidade, digo eu, uns empurrando para o fascismo, outros para o nazismo, deixando a maioria espremida mesmo no capitalismo democrático. Os que vão para o comunismo são empurrados pelo diabo... (José Nicácio.)

9 de julho

Na casa de Adonias:
— Viver duas horas em dois minutos, eis a minha regra e o meu conselho... — arremata José Nicácio.
— Como dormes! — zomba Arnaldo Tabaiá.

10 de julho

Descoberto e sufocado um complô extremista na Vila Militar — informa a Polícia. Vários inferiores do 2.º RI, organizados numa célula comunista, planejaram um movimento sedicioso nesta capital. E, na mesma noite, "vultos divisados pelas sentinelas da Polícia Especial, no morro de Santo Antônio, trocaram tiros com aqueles soldados". A fuzilaria alarmou o centro da cidade, mas os vultos desapareceram. Manduca acredita em tudo. As crianças dão trabalho, mas crianças dão trabalho, tudo dá trabalho, e Lobélia enfarruscada:
— Quer que cante, é?

11 de julho

E das conversas de Plácido Martins:
— Estamos apenas engatinhando no limiar do conhecimento do homem, praticamente vivemos ainda sobre incógnitas. A mais maravilhosa descoberta do homem será o próprio homem!

12 de julho

Trinta e um anos. Diazinho melancólico.

13 de julho

Outra circular do Chefe, que pende para o integralismo: "A Direção determina que, a bem da boa educação, os senhores funcionários deverão sempre usar gravata e, quando sem paletó, não será permitido o uso de suspensórios." Felizmente que só uso cinto, se não teríamos conflitos.

14 de julho

De outras conversas com Plácido Martins:
— Às vezes temos o governo que não merecemos...
— A Sociologia e a Geografia Humana são assuntos que só agora entre nós têm oportunidade, o que afinal não é sem tempo. Se houve precursores, limitaram-se a tinturas, a borboleteamentos, talvez somente Euclides da Cunha tenha mergulhado na essência. *Os Sertões* é sociologia, pena que em estilo cipoal. Mas, na nossa desorganização cultural, na nossa imaturidade, melhor será dizer, a oportunidade abre brecha para o exercício dos charlatães, dos aventureiros, dos sabidos, dos nossos pais-de-santo da ciência. Veja este nosso aclamado sociólogo... Nem sociologia à minuta é. É a crônica, o pitoresco, o subsídio documentário, elegante e fascinadoramente escrito. Escritor, sim. Sociólogo, nunca! Veja o nosso destemido nutrólogo... É a coragem que nos perturba... A terrível coragem da ignorância. Não tem o menor pudor. Todas as suas pesquisas são à base de tesoura e goma-arábica como o jornalismo de notícias telegráficas. Mas a verdade é que se fazem consagrados, donatários, latifundiários dos assuntos. Criam claques, os leigos os consideram, as faculdades os chamam, os governos os consultam. Quantos anos serão precisos para serem destruídos? Faz uma idéia? Quantos anos passou Ramiz Galvão como sábio?

15 de julho

Humberto (o cadavérico) conseguiu o que tanto ambicionara. Depois de um pertinaz ano de bajulações e capachismos foi aumentado em cinqüenta mil-réis e transferido para o Departamento de Propaganda, como auxiliar. Extensão telefônica na mesa, ventilador e pirâmides de planos publicitários para Luísa copiar, o que, além de comprovar o afã do publicista, era forma funcional e insuspeitada de forçar aproximação e intimidade: Que tal? Não acha interessante? A senhorita não acredita que esta campanha resulte em ponderável ampliação das vendas no Nordeste?

16 de julho

E o mancebo matou o dragão, casou-se com a filha do rei e viveu sempre pensando, com arrependimento, no dragão.

17 de julho

O rádio repisa:

"*As lágrimas rolaram
na face da mulher
que eu mais amava e deixei...*"

19 de julho

Ribamar Lasotti apresentou-me a esposa, uma carinha redonda de índia, cuja simpatia é transbordante:
— Aqui a minha companheira...
Soou falso como quê. E não só ele, mas Antenor, Julião Tavares, Gustavo Orlando, todos do grupinho, enfim, fazem questão de chamar as esposas, ou não-esposas, de companheiras, quando chamar de "mulher" é tão simples, tão povo, tão mais bonito. Mas é o insuportável jargão comunista, insuportável, postiço, que me irrita. Como me irrita — e não sou puritano — a liberdade com que falam de relações sexuais e a facilidade com que alguns, com um ar de avançados, de seres que superaram os preconceitos burgueses, praticam entre si o uso comum das suas mulheres.

20 de julho

Não sou puritano, bem longe disso, enoja-me o puritanismo, capucha de inconfessáveis tendências e frustrações, mas repugna-me, outrossim, e sem nenhum travor de burguesia, embora especificamente burguês seja o ingrediente que mais conta no meu ser, admitir que a moralidade possa ser matéria tão insensivelmente elástica, que tão primariamente se possa interpretar a latitude pascaliana. Como são tolos esses rapazes, felizmente não muitos. Se não tolos, como são insensatos, inconscientes, comprometedores, tão desprezíveis quanto os agentes provocadores que os órgãos repressores engajam para um aviltante serviço. Não compreendem o que representam, para um meio a conquistar, as suas declaradas licenciosidades. Oferecem, de mão beijada, positivos argumentos de combate aos inimigos poderosos. Que resistência é possível opor à voz dos que capciosamente condenam o regime como o das mulheres comuns? Gostaria que sua mãe fosse de todos? — perguntam. Gostaria que sua irmã fosse de todos? — perguntam. E podem estribar a execração em exemplos tão próximos e irrefutáveis, exemplos correlatos de tal promiscuidade, que nada têm com o marxismo.

22 de julho

Estala na Espanha uma revolução chefiada pelo general Franco e cujas finalidades são extinguir o marxismo internacional e implantar uma ditadura militar. As tropas rebeldes marcham aceleradamente sobre Madri.

Plácido Martins é de opinião que os revolucionários derrubarão o governo popular, e que esta guerra civil, cuja crueldade poderá servir de modelo, sem que haja um novo Goya para ilustrar os seus horrores, foi fomentada e municiada pelo binômio nazifascista, interessado em fazer da Espanha um campo experimental para os modernos aparelhamentos guerreiros e para as possibilidades universais do poderio totalitário da direita.

23 de julho

A arte poderia salvar os homens, mas como os artistas são tão mesquinhos quanto os demais homens, salva apenas algumas memórias.

24 de julho

Do canhenho paterno, ou o anexim bem temperado:
Mulato de costeleta ou é idiota ou é falseta.
Com mondrongo de olho azul, cautela! Poderás ficar mais nu que índio.
Ladrão não se regenera.
Quem casa mal uma vez, fica freguês.
Marido morto, viúva viajando. Se não, está de bote pronto.
Mulher que escorregou uma vez, sempre conserva um pouquinho de casca de banana no salto do sapato.
Com Mariquinhas, nem de bem, nem de mal — omisso.

26 de julho

Ainda das conversas com Plácido Martins:
— A ciência é o nosso destino e salvação. Onde os nossos antepassados só viram milagres que escapavam a toda a previsão, distinguimos cada dia mais a ação de leis rigorosas.
— Você já imaginou o espaço curvo de Einstein?
— Lembre-se do que Bergson disse. A nossa existência desenvolve-se mais no espaço do que no tempo. Vivemos mais para o mundo exterior do que para nós. Falamos mais do que pensamos. Somos atuados muito mais do que em nós próprios atuamos. Agir livremente é reaver a posse de seu eu e colocá-lo de novo na pura duração. Mas os momentos em que novamente nos assenhoreamos de nós próprios são raros e por isso mesmo somos raramente livres.

27 de julho

Escrevo longamente a Francisco Amaro. É como um desabafo, uma sangria. Não pelo conteúdo, que não vai além de casos corriqueiros e pouco pessoais, mas pelo simples mecanismo de escrever a alguém a quem nos sentimos ligados indestrutivelmente por um laço raro — o do total respeito mútuo. A pena corre fácil como sangue de veia lancetada. Enche de azul o papel como encheria de vermelho uma vasilha de hospital. Que alívio!

28 de julho

Sinto falta de Francisco Amaro, uma desmesurada falta que ele ignora ou não denuncia. Levando como mascote um esquemático desenho de Matisse, comprado vantajosamente de Adonias, que o trouxe de Paris, tornou ao burgozinho natal para cuidar dos zebus paternos e iniciar uma pequena indústria pastoril, cansado de tentar clientela no foro federal. Como impedi-lo? Não peca por competência, competência teórica, vamos dizer assim, e sua inteligência é larga e viva, embora um pouco ingênua, algo teimosa, da desconfiada teimosia dos montanheses. Mas não era dotado de umas tantas condições indispensáveis, que empurram para diante os da sua abandonada profissão, a capacidade por exemplo de, com a consciência muito serena, pôr, até a vitória, em suprema instância, toda a habilidade, astúcia e saber na defesa de um safado ou vicioso contra um homem honrado que tem razão ou que foi iludido.

— Nós nos formamos errado — disse ele com um sorriso que forçava não ser melancólico.

— Não pela parte que me toca — protestei. — Você bem sabe que nunca pretendi exercer a profissão. Abomino tanto quanto você agora toda essa mistificação selada e rubricada que se chama Justiça, mas, levado não sei se por desculpável incoerência, eu, que jamais pensara em cursar escola superior, achei que devia aprovisionar-me de um título, e o de bacharel é o mais fácil nesta terra de títulos fáceis. E o que me parecia engraçado, embora nunca tivesse dito nada, é que você tentasse vencer, quando, amassado em outro barro, jamais se utilizaria das armas que proporcionam essa espécie de vitória.

— Sim, é patente. Não nasci para isso, não nascemos, aliás, não é? Mas foram o diabo esses dois anos perdidos!

— Que bobagem! Na vida nada se perde. Pense bem. Não acha que a experiência valeu?
Refletiu para responder:
— Você tem razão. Quanta futrica aprendi, quanta ilusão desvaneceu — oh, os meritíssimos juízes! E afinal nem posso me queixar mesmo, porquanto de fome meu pai não me deixou morrer. Foi uma manutenção em regra do meu tempo de causídico.
O velho Durvalino Amaro pensionara a tentativa com mão aberta e sem pressa. O apartamento acanhado, mas bem montado, dava janelas para a Avenida Atlântica, ainda habitável nessa época, e as manhãs, Francisco Amaro as consumia de olho ora no livro, ora na água, porque a literatura era o seu apoio e o oceano, o movediço espelho onde soltava soçobrantes batéis de fantasia.

30 de julho

O amor muda ou acaba — o coração é egoísta, não suporta empecilhos. Como poderia atender aos desencantos de Lobélia se ele também tinha aspirações, que se opunham fundamentalmente às dela?

2 de agosto

As máquinas estavam silenciosas, o pessoal ainda não voltara do almoço e a sala parecia maior, mais cheirando a poeira, mais estúpida e hostil com as mesas enfileiradas e simétricas como túmulos. Aproximei-me do estreito nicho, cauteloso, de olho na escada:
— Não foi almoçar?
— Fui, mas voltei logo. Nem almocei, tomei apenas um chá. Estou ainda um pouquinho indisposta.
— Faltou ontem por indisposição?
— Sim, estive adoentada.
— Nunca me constou que anjos ficassem doentes...
— Quem te disse que sou anjo?

— Quem? Seus olhos.
— E não acha que os olhos podem mentir?
Acudiram-me de borbulhão vários e graves erros oculares, mas insisti:
— Acredito nos seus.
Houve a pausa trançada de moscas. Ela passou os olhos no relógio, passeou os dedos brancos sobre o teclado da máquina, eu criei coragem:
— Gostaria de te fazer uma confissão, mas tenho receio, não sei se me leva a mal...
Levantou o olhar:
— A mal? Por quê?
— Bem, porque talvez haja razões.
— Para tudo há razões, até para as coisas sem nenhuma razão... Mas o que é?
— Eu... eu senti muito a sua falta ontem.
Ela pôs-se séria, mordeu o lábio inferior, desconversou:
— O Jurandir deixou a gravata ali...
Lá estava ela embolada sobre a mesa, uma gravata bem Jurandir, pelo espalhafatoso dos desenhos e das cores — tantos roxos, tantos laranjas... Respondi sem graça:
— O Jurandir não é muito desses luxos e mesmo hoje está bastante quente.
— É. A rua estava um forno. Abafadíssima. E aqui não está muito longe disso, não é?
— Sim, está penoso. Porém, mais um pouco entra o inverno e então você vai ver o que é uma geladeira.
— É frio aqui assim?
— Mortal! Quase tão frio como a alma e os miolos dessa gente!
Ela sorriu:
— Você detesta isso aqui, não?
— E será possível não detestar? Você já imaginou gente mais asquerosa, mais crassa do que esta?
— Sim, é melancólico. Vi logo. Mas somos pobres, temos que ganhar a vida, o que é que se há de fazer?
— Dar o fora!
— Você vai sair? — fez ela com moderada surpresa.

— Vou! Já suportei muito! Estou saturado desses Chefes, desses Humbertos, dessa miséria. Saturadíssimo! Cinco anos que parecem uma eternidade.
— Mas para onde vai?
— Já arrumei outro galho. Há mais de dois meses. Precisamente na semana em que você entrou. E sabe por que não saí ainda? Por sua causa.
— Por minha causa?!
— Sim, por sua causa. Exclusivamente por sua causa. Desde que você botou o pé naquela porta. Minha situação é tão encrencada que, longe da convivência, que poderia esperar de você? Por esta convivência é que suportei isso mais esse tempo todo! Queria te falar, adiava cada dia... Você...

Ecoou o rumor de passos na escada, depois a voz de Zilá e o riso quase parvo de Odilon, para quem a vida se resumia numa obsessão — o Flamengo! Afastei-me para a minha banca:
— Estão chegando esses pobres-diabos!

E a voz me alcançou a meio caminho como um raio de sol:
— Eu também senti a sua falta... embora não devesse.

3 de agosto

Foi uma ceia comemorativa, com 24 horas de atraso, do aniversário de Garcia. Loureiro tem dessas liberalidades. E o local escolhido foi um restaurante novo, no Leme, cuja decoração era do gênero rústico, entre cocheira e estrebaria, com uma avantajada roda de carro servindo de candelabro, e lanternas de tílburi, adaptadas à eletricidade, pregadas pelas paredes.
— Mulheres, não! — recomendara o anfitrião.
— Estou te estranhando — dissera Gasparini.
— As nossas, entenda-se bem!

Não as houve de nenhuma espécie, quatro marmanjos numa mesa redonda, com um vaso de flores no centro da toalha axadrezada, logo removido por Gasparini, que não podia ver a cara do parceiro fronteiro.
— Leva isto daqui, rapaz! Flor só em casamento ou enterro.
— E aniversário não é um enterro de ilusões? — aduziu Garcia, satisfeito com a homenagem.

— Não sou filósofo! Sou prático. Filosofia, praticidade... Como era burro, espaventosamente burro, como era bom médico, como era, principalmente, grande amigo! E o garçom apresentava o cardápio. Loureiro facilitou as coisas:

— Cada um peça o que quiser. É o melhor. Mas na bebida mando eu. Quero um bom vinho.

— Temos cá um rosê, que é uma especialidade. Leve, português... — recomendou o garçom, defendendo a produção pátria.

— Ótima idéia! Que venha o rosê.

Não recusei metade de um copo de pé, para molhar os lábios, brindar o amigo. Gasparini aprovou:

— Isto mesmo! Quanto menos quiser, mais sobra para nós.

Bebia forte, não se refreava, e pensei, melancolicamente com os meus botões, que mais uma vez teríamos de levá-lo carregado para a casa — ainda bem que não armasse um sarilho, pois quando entornava um pouco mais da conta, era briga na certa, estivesse onde estivesse, fosse contra quem fosse, com a obtusa preferência de desacatar policiais. Felizmente que nada disso se registrou. Em dia de anormal resistência, após ingerir litros de rosê, fora uma certa agressividade nas discussões, portou-se com comedimento e recolheu-se aos penates com as suas próprias pernas.

Mas foi uma noite de aborrecimento infindo. Estava ali porque quisera, não me violara o convite, até que me sentira feliz com a homenagem que Loureiro prestava a Garcia, mas, tomado de estranho mal-estar, me sentia deslocado e alheio, indispondo-me com a culinária servida, com a luz mortiça, com o vozerio circundante, com Gasparini e Loureiro, que, eufóricos, com estridor de leiloeiro, abriram as torneiras da toleima e da chulice. A vontade era me levantar, ir embora, pelo menos sair daquela atmosfera, e duas ou três vezes inventara a necessidade do lavabo para ajudar a me conter. Suava frio e abundante, se bem que não fizesse calor, o coração taquicárdico, a face como numa dormência. E me irritava com a disposição de Garcia, embalado pela generosidade da bebida, regalado pela frescura da lagosta que saboreava, gargalhando com as piadas, sempre obscenas, com que os outros dois adubavam a conversa. E o tempo não passava. E as garrafas se sucediam e se sucediam os pratos. A todo instante consultava o relógio, furtiva ou abertamente, medindo o tempo perdido, calculando a capacidade da minha aflição, esperançoso de que aquilo terminasse. E chegou um momento em que Gasparini desconfiou:

— Está tão calado... Está sentindo alguma coisa?

Neguei. Nem frouxamente. Apenas mentiroso, como que inocentando-os:

— Não. Apenas um pouco cansado. Hoje foi um dia cheio para mim.

— Pois então coma e beba, homessa!

Afinal, o suplício teve fim, já íamos avançados na madrugada e afável monção acariciava o nosso rosto. Senti-me bem instantaneamente. A praia era um deserto, e a luz dos globos parecia mais forte, côncavo palco de tantas recordações — recordação de tio Gastão e mamãe, de luvas compridas e chapéu a *canotier*; recordação de Aldina e de Clotilde numa vertigem de esmegma; recordação de Maria Berlini, ninfa desgrenhada e saloia, livre dos sapatos, em correrias pela areia úmida, desafiando os sonolentos cavalarianos encarregados da ronda noturna. O mar estava manso, as ondas espaçadas, respirei fundamente o ar fresco e salgado. Estúpido que era! — ia pondo a perder aquela noite de amigos.

4 de agosto

Leme. Leme dos passeios automobilísticos e gastronômicos de tio Gastão, Leme das cervejadas de Maria Berlini, das serestas com Tide, Zuza e Otílio, que faziam acudir gente às janelas! Vamos pela praia de sol tombante, o mar braveja, se esfarela contra a pedra. Agora há bancos, bancos novos, de cimento, incômodos, sem encosto. Sentamo-nos.

— Foi ali, Luísa.

O cargueiro, com um carregamento de milho, era belga ou holandês, o comandante estava embriagado, e vai daí, na calada da noite, ao transpor a barra, perdeu a direção, enfiou-se pela praia com toda a força dos motores e lá ficou, pois as vagas do mar encapelado ajudaram as turbinas. Não houve vítimas, mas o barco se perdeu, destruído pelo irresistível martelo das ondas, afundando-se, afundando-se até que dele só restou o tope do mastro grande, que muitos anos levou para desaparecer.

Em tempos idos, de quase perdida memória, duas baleias andaram encalhando nas areias de Copacabana. Não tão remotamente, um desgarrado leão-marinho fora morto pelos pescadores nas pedras da Igrejinha, sobre as quais mais tarde se construiu o forte. Navio, porém, era o primeiro que se encravava naquela praia, o que redundou em sensação jornalística e conseqüente romaria popular. Papai soube-o pela *A Noite*, que trazia fotografias do barco encalhado e adernado aquém da arrebentação, e sobre o nunca visto acontecimento teceu compridos comentários, e relembrou desastres marítimos ligados à vida da cidade, como o incêndio da barca Terceira, o naufrágio da Sétima, em que morreram dezenas de alunos do Salesiano, quando voltavam de uma homenagem ao cardeal, como a explosão do "Aquidabã", em Jacuecanga, que enlutou a marinha de guerra, relatos que vieram perturbar a minha noite, atrasando o sono, povoando-a de sinistras visões e de temores.

No outro dia, Ataliba, que apareceu cedo, fez trocadilho:

— Estava de leme errado...

E papai nos informava da insalvabilidade do cargueiro, o que já sabíamos, pois os jornais noticiaram e no colégio não se falava doutra coisa:

— Não tem jeito não. Enterrou demais na areia e o casco está fendido. É no que dá a bebedeira!

E, no domingo, não resistiu à curiosidade que a imprensa excitava:

— Como é, pessoal, vamos dar uma olhada no bicho?

O convite não poderia ser mais bem recebido. Madalena bateu palmas, num instante estávamos todos preparados. O bonde ia apinhado, o dia era de sol, mamãe levava uma sombrinha, cujo cabo de massa, imitando marfim, era um mulher lânguida, retorcendo-se. A Avenida Atlântica, com imensas áreas devolutas, trama de silvestres cardos, amendoeiras e pitangueiras, tinha por pavimentação uma estreita fita de asfalto, que as ressacas de inverno destruíam às primeiras lambadas, pavimentação que por muitas vezes fora refeita em idêntica precariedade, garantida negociata para empreiteiros mancomunados com mandões da Prefeitura, mamata que a oposição zurzia sem pôr cobro, e que só terminou por pepineira ainda mais gritante — os interesses duma firma de apadrinhados em abocanhar a construção duma sólida e funda muralha, como se fazia preciso. E o calçamento se encontrava em pandarecos em vários pontos, e sobre a destruição o povo presenciava a outra que também o mar efetivava, batendo incessante, com ribombos, no negro casco, que já só mostrava de fora a popa tombada, com um emaranhado de cabos se agitando ao capricho da água espumante como estranhas serpentes marinhas. Os vagalhões arrombando o casco, que já se partira ao meio no choque, fizeram os porões vomitarem o seu conteúdo, e o milho, atirado à praia, rapidamente apodrecera. Nunca poderei esquecer a areia coberta pelo fétido, fermentado lençol, amarelo, preto, chiante, como nunca poderei me esquecer da água cheia de grãos, cheia, tão cheia, que parecia um empipocado manto úmido e oscilante que, de vez em quando, se quebrava em ondas.

— Meu filho, você tem visto coisas!
— Sim, tenho. Mas vamo-nos daqui, que está ficando frio.
— Friorento!
— Eu?! Quem fala...

5 de agosto

Sim, tenho visto coisas, muitas coisas. Se umas poucas eu guardo, a maior parte faço por esquecer. Muitas coisas! E não porque tenha os olhos abertos, nem perfeitos. Bem míopes são. Míopes e astigmáticos. É que mesmo de olhos fechados se vêem coisas e, então, com uma nitidez e alcance que deixam longe o lince, que nenhuma pupila dá. Fechemos os olhos!

6 de agosto

— Todos de olhos fechados! — Mandava Madalena no alto da caramboleira. — Bem fechados!

Obedecemos — eu, Pinga-Fogo e Emanuel. Foi um baque surdo. Alguma coisa estará errada na teoria dos olhos fechados, ou o mal é estabelecer teorias?

8 de agosto

— Seu avô, rapaz, era um homem de grande valor. Outro dia andei correndo os olhos por uma velha coleção da *Revista Forense* e encontrei vários processos de que foi relator. Serenidade, independência, sólida cultura jurídica. O seu parecer na célebre questão das minas de Sapopemba é, *in extenso*, obra de mestre! (Desembargador Mascarenhas, punhos de celulóide, severo como um ataúde.)

— A vida é curta, senhora! (Tio Gastão, que tinha a volúpia das cartas-pneumáticas.)

— É inútil você vir por este caminho. Não me sensibilizo mais, estou embotada, você, aliás, sabe bem disso. (Lobélia.)

— Acho que você nunca deveria ter se casado. Não se força a natureza. Casamento é vocação. Veja Francisco Amaro... (Garcia.)

9 de agosto

Como um jardim que tivesse cabelos. Como um lago de amor sem nuvens na pele branca.

10 de agosto

MacLean me garantiu que grandes banqueiros ingleses estão adiantando dinheiro aos rebeldes espanhóis. Francisco Amaro andou em palpos de aranha com o sarampo de Maria Clementina, que se complicou, e participa que Turquinha espera outro rebento. Catarina — tão mulherzinha! — só manda de Paris notícias artístico-literárias. Tem uma gravura de Picasso para mim.

12 de agosto

Iniciei efetivamente o novo romance. Quatro páginas, apenas, que refiz várias vezes e que passadas a máquina ficarão reduzidas talvez a menos de duas. Não há ímpeto, há segurança e controle. Desde o princípio já vou sabendo com relativa clareza o que quero, principalmente o que não quero. Vai se chamar *A Estrela*.

13 de agosto

Para um Manual do Escritor: Escrever, fatiga. Descansemos lendo o que os outros escreveram. Mas escolhamos estes outros.

14 de agosto

Mais quatro páginas cavadas do romance e nenhum açodamento. Por que razão, me pergunto, como já o fiz tantas vezes, não consigo escrever sem cortar, acrescentar, retocar, inverter, remexer, incapaz dum fluxo normal, retilíneo de pensamento? Por que as lembranças me acodem picadas, desconexas, e a clareza e lógica que lhes procuro dar são fruto de tanto esforço e paciência?

16 de agosto

A luta é desesperada em toda a Espanha, e Madri mantém-se firme. A torcida pró-legalistas se avoluma. Por todo o mundo há um pouco de Espanha em cada coração livre. Antenor Palmeiro, Ribamar, Julião Tavares, Helena, Nicanor de Almeida, Gustavo Orlando, entre os mais ativos, nos perseguem com manifestos para assinar e listas de auxílios. Garcia, que tem inata ojeriza a Julião, diz que dinheiro não dá porque sabe para que bolso vai e não nasceu para sustentar malandros. Saulo Pontes aceita a presidência duma Sociedade Pró-República Popular Espanhola.

E, hoje, a Polícia trancafiou com todas as regras do estilo o tesoureiro do Socorro Vermelho, que era um médico dos subúrbios muito conhecido por seu caráter esmoler. "De algum tempo a esta parte" — informa — "a delegacia de Segurança Política e Social vinha tomando conhecimento de uma circulação clandestina de bilhetes de rifas, cartões de esmolas, entradas para espetáculos que não se realizavam, e bilhetes para excursões fantásticas, apurando por fim que não passavam de truques comunistas para conseguir fundos para as suas atividades."

18 de agosto

Mais duas páginas, que se engrenam com as anteriores, criando corpo e calor. E o secreto orgulho de compô-las como se fossem a minha salvação.

20 de agosto

Lobélia atirou-lhe umas palavras hoje, na porta da cozinha, que o feriram muito. (Alexandre se arrastava.) Ela tinha razão. Mas o vaso chinês ficou. Muita coragem nasce da preguiça ou pudor de reagir.

21 de agosto

O bárbaro vale-tudo que o tesoureiro do Socorro Vermelho sofreu nas garras da Polícia, conta-nos Mário Mora, eventual testemunha de alguns dantescos episódios, nem o diabo inventaria se fosse policial. Não se acredita que escape às sevícias — tornou-se uma posta pisoteada e sangrenta de ossos triturados, de dentes e unhas arrancados, de vísceras esmagadas. Mas as razões da sua morte, não serão dadas a lume. Impingirão outras como se fez praxe, como aconteceu com Barron. E, em última análise, a quem cabe a culpa senão ao chefe do Governo? Sua indiferença é de conivente, nunca de quem ignora tão sinistros e desmoralizantes acontecimentos. Porque é inadmissível que não tenha notícia dos horrores que, à sombra do seu poder, são praticados. Por mais enclausurado que viva um chefe de Governo pela camarilha palaciana, sua sagacidade de político, sua experiência humana faria suspeitar e, suspeitando, investigar, coibir, punir. Afinal, Mário Mora é uma testemunha fortuita, mas não única. Tem havido clamor público, já que as barbaridades transpiram. E como conceber que o chefe do Governo não se inteire de tal clamor?

23 de agosto

Dor física fulgurando o coração, pondo um vácuo no peito. Vontade de desaparecer como um líquido — morte, aniquilamento nunca mais!

Sofrimento inútil pelas quedas alheias, por outras almas que pareciam tão radiosas e são tão escuras, tão sem ar, tão cegas para as flores do amor, tão sem grandeza!

24 de agosto

Não é fácil agüentarmos a convivência das criaturas. Mais que difícil, é perigosa. Certas vezes nefasta. Mas é um laboratório de estudos prodigioso, e do qual podemos sair com substancial saldo credor. Cada experiência, cada reação, uma palavra íntima, um gesto íntimo, que convulsões nos mostra dentro das almas que julgávamos diversas, que se escondiam sob atitudes mansas ou coléricas, previdentes ou descuidadas.

Francisco Amaro faz-me bem. Sua presença é como floresta remansosa, imensa floresta adormecida pelo canto dos pássaros, embalada por perfumes humildes e castos. Ao seu lado sinto que estou numa sombra.

27 de agosto

E o inominável general na Rádio de Sevilha: "Eliminaremos do dicionário a palavra *piedade*! Acabo de ordenar que sejam fuzilados cinco membros de família marxista por cada parente de revolucionário morto pelos governistas fora de combate."

E, pensando bem, quantas palavras já, por medo ou conveniência, não eliminamos do nosso dicionário particular?

28 de agosto

Adonias tem razão: Mauriac é perturbador. Sabe armar um romance. E já não armou poucos. Mas romance não é armadilha.

29 de agosto

O Presidente da República assinou decreto, na pasta da Justiça, expulsando do território nacional, por se ter constituído elemento nocivo aos interesses do país e perigoso à ordem pública, a alemã Olga Benário. Seu destino é a Alemanha, onde tem contas a ajustar por crimes políticos. Irá em adiantado estado de gravidez. E Nicanor de Almeida bateu-se sem resultado, pela ilegalidade da medida, invocando a existência de um ser, gerado no Brasil e filho de brasileiro, que, se ainda não nasceu, a ciência poderá provar irrefutavelmente que está vivo e que, portanto, não poderia ser expulso sob nenhum pretexto.

30 de agosto

Eis uma data particularmente desgraçada.

1.º de setembro

Olga Benário não será mandada só para o machado do carrasco. Uma certa Elisa Sobovski irá com ela, esposa de um certo Harry Berger, que a Polícia reduziu a um molambo demente, sem possibilidade de recuperação — dos noventa quilos que tinha, está reduzido a menos de cinquenta, segundo espalha Nicanor de Almeida. E, não menos afetada das faculdades mentais pelo que sofreu, irá ela para a moenda da Gestapo. O rosto, que fora formoso, vai sulcado pelas rugas de uma velhice súbita. O corpo, que fora belo e airoso, vai curvado, consumido, tatuado pelas vergastadas, marcado pelas queimaduras dos cigarros acesos. Durante dois meses, colocaram-na no alto de uma escada amarrada e nua, para forçá-la a declarar, ou a delatar, enquanto dois algozes lhe puxavam os seios numa ordenha sinistra. Andara de prisão para prisão, ora em celas de prostitutas contaminadas, ora em cafuas de ladras e ébrias, com hora certa para apanhar, que à meia-noite buscavam-na religiosamente para os interrogatórios, que não terminavam antes das duas horas da manhã.

Eventualmente presente e interessada, Lobélia diz-se horrorizada. Para Ataliba, porém, o patético relato cheira a invenção de prosélitos e simpatizantes, ao qual é preciso dar um bom desconto, pois são atrocidades demais para serem verdade. E Eurico, que nunca deixou de ser cerimonioso com Ataliba, procurou dissuadi-lo:

— Senhor Ataliba, acredite que isto não é nem metade da missa. Tenho ouvido horrores! Um colega meu de escritório...

E contou rapidamente o caso: o colega de escritório tinha um primo, tipógrafo de profissão, que fora pilhado numa célula que a Polícia varejara. Durante um mês a família não conseguiu saber dele, negavam informar, diziam ignorar seu paradeiro. Afinal apareceu em casa derreado de pancada, as unhas arrancadas, as costas que eram uma chaga só, um olho seriamente ofendido, acovardado, sobressaltando-se ao menor ruído. Mas o digno contabilista agita a cabeça, que papai achava adequada para um cabresto, e continua parcialmente incrédulo:

— Não digo que a Polícia não seja por vezes violenta. Sei que é. De anjos não é composta. Mesmo porque para sua missão não é possível ter anjos. Mas não posso acreditar que seja composta de monstros, de sádicos, de degenerados, diabo! Quem fala dela, passou por ela, tem portanto todo o empenho em descreditá-la, em mostrar-se vítima. É preciso compreender isso.

Perdi um pouco a paciência:

— O que é preciso mesmo compreender é que há muito São Tomé neste mundo. Só vendo para crer. O que não lhes

cai no lombo não merece crédito. E é pena que não tenha contas a prestar a ela, Ataliba. Assim verá a pimenta que usam e a capacidade de seu rabo.
— Respeite os meus cabelos brancos, menino!
— Gostaria muito de respeitar, mas para que você os pinta? E por que você não respeita a palavra de pessoas insuspeitas, de pessoas que você conhece bem, que não considera empulhadoras? Ou por acaso acha que o Pinga-Fogo é um mentiroso, que o Mário Mora é um mentiroso, que eu sou um mentiroso?

Ataliba era de boa paz, ou talvez continuasse a nutrir através de mim, o respeito por papai:
— Meu Deus do céu, que idéia! O que você é, é seu pai. Escrito e escarrado! Sobe a serra por qualquer nonada. Bem dizem que quem é filho de peixe peixinho é... Contudo não queria se render tão prontamente: — Mas afinal eles têm que manter a ordem...

— Pois que mantenham a ordem, ou aquilo que imaginam que seja a ordem! Está bem. Estou de acordo. Mas manter a ordem é uma coisa e martirizar, seviciar, arrebentar criaturas indefesas é história muito diferente!

Ataliba entrou em definitivo na corrente:
— Tem razão, tem toda razão. Certamente eles abusam, forçam muito a mão. Podem se fazer respeitar sem cometer desatinos. Realmente cometem muitos desatinos. Naquela primavera de sangue procederam como criminosos.

Falava dum remoto distúrbio estudantil, no Largo de São Francisco, dissolvido a tiros e de que resultara a morte de um acadêmico, acontecimento que assanhara a opinião pública, transformando o enterro num solene, grandioso movimento de indignação e protesto, que alarmara o Governo.

— Eles têm tradição...

Apareceu uma salada de frutas e Ataliba, pouco após, não demonstrando estar ressentido, se retirava — que no outro dia o trabalho o esperava, minha gente!

Eurico veio macio:
— Você não acha que foi um pedaço brusco com seu Ataliba? Que diabo, ele é um velho...

— Um velho idiota!
— Que seja. Mas é nosso amigo, amigo leal, foi dedicado a seu Nhonhô... Merece respeito.

Arrependia-me da brusquidão, que Ataliba merecia, mas prossegui:

— Sei. Mas me exaspera gente assim, sempre disposta a tolerar a arbitrariedade, a justificar tudo que pareça defender as instituições. São uns poltrões ou uns safardanas!

— É que você anda nervoso.

Calei-me. Sim, ando nervoso. Há quantos anos convivia com Ataliba? Desde que nascera. Há quantos não o reconhecia como uma besta chapada? Desde que me entendia como gente. Que importância teria a sua opinião? Deixasse-o falar. Dizer sandices, emparedado nos preconceitos da sociedade que o formara, preconceitos de que não se eximia papai em grande parte e que, dalgum modo, me atingiam. Importante era um Altamirano, um Martins Procópio, um Silva Vergel, um Marco Aurélio, prevalecendo-se da farda, um Camilo Barbosa, um Helmar Feitosa, que tinham crédito público, que influenciavam, que criavam adeptos. E a esses ainda não dissera nada!

2 de setembro

Dos gestos muitos insultantes, imperdoáveis. Arrancou a aliança e atirou-a fora pela janela, na noite funda como poço. Parecia uma fera.

4 de setembro

Remember! As estrelas no escuro céu. As ondas no escuro mar. O vento imperceptivelmente alisando a praia com rastros de siris. O amor precipitado por trás das pedras, sem gemidos, misturando carne, areia, promessas, olhos grandes, sem medo dos holofotes que iluminam anjos.

5 de setembro

Imprevisto Sherlock Holmes, encontrei hoje vários retratos meus na lata do lixo. Picados.

6 de setembro

Consulto o espelho e ele me responde que, se há imortalidade, depende ela da natureza dos nossos amores. Se há inferno, também. Não, espelho! não foi isto o que te perguntei. E abro livros, e encosto-me à janela, e contemplo a janela de Lina, de desfraldada cortina. E Laurinda acompanha os meus movimentos com os seus ladinos olhos solteiros.

7 de setembro

Por que há paradas?

8 de setembro

— Você não vê o céu. Vê sempre uma bambolina. E a vida não é uma representação. (Saulo Pontes.)
— Eu compreendo. Você é prato raso. Como poderia receber a sopa Dostoievsky? (Adonias.)

9 de setembro

Enquanto seu Duarte e dona Sinhá se trancavam no quarto como num casulo, receosos das eólias frescuras noturnas, que trazem bronquites e agravam lumbagos, Lina dorme de janelas abertas, arredadas as cortinas, e o silêncio da noite estival é bom condutor. Ouço-a respirar e remexer-se na cama, cálido e não sei se casto suspiro de adormecida, e a cama range, e eu me excito. Já a vi nua, foi isto! — nua da cintura para cima, os seios empinados, os ombros de cetim, no ato distraído de se despir, e adivinhava o resto — o ventre, as coxas, o pente, adivinhava-a toda, confundido com o escuro da minha janela como jaguar na espreita da gazela esquiva, que seu pisar é de gazela, gazela que merece um gazel, vestida de azul e branco, minha bela normalista!

10 de setembro

Animados com os sucessos hitleristas e mussolínicos, e com as vitórias dos falangistas na Espanha — Madri está cai, não cai! —, os camisas-verde ativam seu trabalho e criam complicações, mormente nos Estados. As ruas estão pintadas de sigmas. O indecoroso pasquim que editam, graficamente e espiritualmente da roça, trombeteia vitórias. O Palácio do Catete está infestado. Mestre Getúlio olha-os com oportuna ternura, anima-os sem palavras diretas. Corre à boca pequena — e Helmar Feitosa é mais digno de crédito, pois seria chefe do gabinete — que o corifeu verde seria convidado para ministro da Educação, levando frei Filipe do Salvador para magnífico reitor, uma indicação cardinalícia.

12 de setembro

— Os anjos beliscam...
— Que é isto?! estou comendo como uma onça!
— Deixou o prato cheio. Será que não gostou?

Almoçamos juntos pela primeira vez, galinha com gelatina, pão de centeio e chopes obrigatórios, num restaurantezinho alemão da Rua dos Ourives, franjado de canecas hamburguesas.

Não tinha pai nem mãe. A madrinha e tia, dona Carlota, é que a educara, sustentando-se dum insignificante montepio e de intermitentes costuras, e finando-se, então, dum câncer.

. . . .

O pai de Luísa — seu Augusto — trabalhava num escritório de despachantes aduaneiros. Graças ao seu dinamismo o movimento triplicara. Os patrões, homens já maduros, foram aumentando o ordenado, que lhe proporcionava um passadio folgado e, em contrapartida, diminuía-lhes os próprios encargos. Em pouco era o pai quem mandava e desmandava no escritório, e a ausência dos patrões se amiudava. Mas, quando no melhor dos pés andavam as coisas, entrou o pai a se sentir explorado e com direitos a maiores ganhos. Houve choques, atritos, que culminaram com o pedido de demissão do pai, que forçava a mão com isso, pois se acreditava imprescindível. Os patrões não se intimidaram — aceitaram a despedida, meteram um moço no lugar e prosseguiram ganhando dinheiro e trabalhando sem suar a camisa. O demissionário ainda teve ilusões duma readmissão honrosa, mas prestes se desvaneceram. Como nunca primara pela economia, gostava de comer bem e se vestir melhor, e como não conseguisse emprego, começaram as privações. Mudaram-se para uma casa menor na Aldeia Campista (moravam na Muda), empenharam jóias, venderam louças, pratarias e móveis, o piano alemão inclusive, no qual, muito barulhentamente, ele tocava de ouvido peças de Nazaré, Marcelo Tupinambá e Chiquinha Gonzaga. Tomado de desânimo, viu semanas e meses se escoarem sem nada conseguir. Valeu-lhe, afinal, um chefe político de arrabalde, alma prestativa que o encaixou como amanuense na Administração da Limpeza Pública. — "Livra! que por mais um pouco eu acabava era no lixo mesmo..." — comentou, quando se viu colocado. — Mas isso é só para tomar fôlego — acrescentou. — Tenho de arrumar outro ofício. Para a burocracia não nasceu o filho de meu pai!" Mas assim não procedeu. Era outro homem — quebrado, dominado, medroso — deixou-se ficar entregue à desesperançosa, anestesiante rotina da repartição. Em um ano, se tanto, estava enterrado, vítima de um edema pulmonar fulminante.

A mãe — dona Mariana — se abrigou na casinha de quarto e sala da cunhada, viúva de um major da Polícia Militar, no Rio Comprido. Mas um infortúnio parece que nunca vem só. Nem bem se passara um mês e começou a sentir perturbações na vista, e tonteiras, e dores atrozes na cabeça. De nada serviram os tratamentos gratuitos na Policlínica Geral, nem o sacrifício que fez dona Carlota de umas curtas economias — o tumor cerebral progredia. Ao cabo de seis meses estava cega, padecendo lancinantes, irremovíveis dores e, nesse martírio, durou dois anos.

Luísa acabara o curso numa escola de comércio da Prefeitura, e, com o diploma na mão, procurava emprego, exatamente quando se positivava o diagnóstico dos achaques da madrinha — carcinoma no útero. Tinha dezoito anos.

13 de setembro

Faz nove anos que assisti ao casamento de Madalena, ato modesto, com pouca gente e poucas flores, sem música e sem véus se maculando sobre tapetes pulguentos. Mariquinhas foi uma das madrinhas — erecta, espartilhada, de castanho escuro da cabeça aos pés. Mimi e Florzinha fizeram questão de bordar a almofada em que os noivos se ajoelharam ante o altar. A família de Eurico parecia uma família de mudos, toda junta num canto da sacristia, acanhadíssima. Eurico ganha trezentos e cinqüenta mil-réis. Foram morar longe, no Viradouro, porque o emprego dele é em Niterói, e principalmente porque a vida lá é mais barata. Eurico estava com as sardas mais acesas, o cabelo penteado, sapatos de verniz, bastante comovido. Madalena chorou ao assinar o nome.

— Então, Pinga-Fogo, sempre acabamos cunhados!

Olhava para Madalena — nem me ouvia. Madalena estava muito bonita. Tinha um ar de madona.

14 de setembro

Mimi e Florzinha não aplicaram suas habilidosas agulhas noutra almofada esponsalícia — pretoria não tem altar. Bordaram, a toque de caixa, uma colcha com festonê, que Lobélia pôs deliberadamente de banda porquanto não ia com a cara das primas. Dava, porém, outra razão — achava-a medonha:

— A primeira cozinheira que se casar já tem presente.

— Não faça isso.

— Faço!

Não fez, mas valem as intenções. E como não havia altar nem água benta, Mariquinhas não considerou casamento, pretextou imprescindível companhia para papai, proibido de sair, com uma suspeita de edema, e ficou em casa, rezando pela salvação da alma dos nubentes. Mas lá estavam os tios da noiva e um casal de amigos dela, para a casa do qual, no Encantado, ia chorar posteriores misérias e arrependimentos; desembargador Mascarenhas e Susana; doutor Vítor e Blanche, com uma mecha de cabelos brancos sob o chapéu transparente; Ataliba e a cara-metade, atochada nas barbatanas de anacrônico espartilho; Madalena implicando a três por dois com Eurico de fatiota nova; Francisco Amaro e Turquinha, que foram padrinhos. Gasparini, Garcia e Adonias, três mosqueteiros sem damas, fechavam o grupo, que não contou com Loureiro e Waldete, também convidados. É que tinham viagem ulteriormente marcada e intransferível. Compareceram, porém, com a nota chique duma salva de prata para a modesta corbelha nupcial.

Se o juiz demorou, e a impaciência, que o calor agravava, atingia mais as contadas testemunhas que os noivos, o ato teve duração dum relâmpago:

— Em nome da lei, considero-os casados.

Houve os abraços. Susana forjou uma lágrima. Gasparini fez graça:

— Amarrar é rápido. Desamarrar é que são elas!

— Que agouro! — protestou Madalena dum jeito que me pareceu suspeito.

Desembargador Mascarenhas foi o último:

— *Ab imo pectore*.

Quando saímos, chuviscava. Já sabia — chuva não quebra osso! E fomos todos almoçar no restaurante do Mercado, uma delicadeza de Francisco Amaro, que se sentou a meu lado:

— Olha, papai te mandou isso e muitas felicidades.

— Ora, seu Durvalino se incomodando...

Mandara-me um alfinete de gravata, que nunca usei.

15 de setembro

"Se nós devêssemos seguir as nossas disposições e autorizar uma demonstração exemplar de simpatia à Espanha nacionalista, eu só deveria fazer isso (o senhor Hitler estalou os dedos) e quinze milhões ou mais de alemães correriam ao meu chamado, para encenar uma demonstração tal como o mundo nunca viu até hoje, uma demonstração que daria ao mundo e mesmo a Moscou o que pensar, e não seria nada agradável!"

16 de setembro

Era mansa, discreta e distraída. (Comoção de um minuto ao vosso lado!)

17 de setembro

O Congresso Sionista reunido em Genebra: "Não foi o judaísmo, mas antes o militarismo germânico que facilitou durante a Grande Guerra a ascensão do bolchevismo ao poder."
— O que é matéria para discutir com Marcos Rebich.

18 de setembro

Não queria. Tinha uns tantos princípios estabelecidos, muitos dos quais ruíram como construções de areia ao sopro insidioso do amor e da amizade, ou foram substituídos por outros não menos sujeitos a erosões sentimentais. Todavia esforçava-me por respeitá-los, vangloriando-me intimamente quando conseguia resistir às investidas, aos alçapões do comércio cotidiano. Pinga-Fogo, porém, abstêmio, insistiu com a pertinácia aborrecida dos bêbados. Mesmo havia outras pessoas com mais direito a serem convidadas, insinuei para ver se escapava. Não escapei. Pinga-Fogo tomaria então como ofensa. E, constrangido, arrependido, sentindo-me hipócrita e perjuro, lá fui ser padrinho da sua primeira filha, Eurilena, que esperneou valentemente à água e ao sal batismais, e pela qual Madalena passou bem mau pedaço, escapando por um triz duma cesariana. Fiz tudo para o pai arranjar outro nome. Não consegui.

Um ano depois vinha ao mundo Lenarico, afilhado de papai, apanhado também a gancho. E soube, triste e vexado, que Eurico estava sentido porque eu ridicularizava os nomes dos seus filhos. Não, não basta amar. Essencialmente não ferir as almas delicadas, essencialmente não ferir os mansos de coração.

19 de setembro

E é notória, irreprimível a tendência para ferir aqueles que mais amo, aqueles de quem compartilho todas as aflições e desditas, aqueles por quem seria capaz dos maiores sacrifícios.

20 de setembro

Dos postulados ortográficos de Pedro Morais: esagêro, milhor, esplicação, ezemplo, aprossimado, ecelente, inesorável, déla, éla, estraordinária.

21 de setembro

Das virtudes não odiosas de Mariquinhas: sopa de marmelo, batatas fritas, omelete com salsa e cebolinha, farofa molhada, lombo de porco desfiado, tutu com torresmo, pastéis de nata, rosquinhas de sal amoníaco e biscoitos de polvilho — tudo de fina origem mageense.

22 de setembro

Não é método, processo, técnica. É a natureza irresistível ao método e à técnica. Ir construindo os personagens, e com eles a ação e o meio, pelo acréscimo constante de ínfimos cristais, impalpáveis às vezes. No fundo, o galho de Salzburgo!

24 de setembro

Mais belo é um pássaro no ar, que dois na mão.

25 de setembro

Não basta entender. Seria preciso fazermo-nos entender, unirmo-nos no amor sem beijos. Cansa ser inútil, quando se tem o coração saturado de amor para espalhar. Vem um pensamento de morte em cada fracassada tentativa.

26 de setembro

Gustavo Orlando me deu um atrasado recorte do *Diário de Recife*. O jovem crítico é benevolente com o romance e severo com o escritor, tentando identificá-lo com um dos personagens: "Se isto constitui um autoperfil, o autor teria dado à sua inteligência e à sua literatura uma direção indigna da altitude que realmente têm, porque a ironia e o prazer de rir dos outros constitui arma dos fracos. E a literatura não pode ter este negativo de fraqueza."

O que inferioriza *Rua das mulheres* não é apenas isso. Nunca poderá ser admissível um livro escrito, às carreiras, para um concurso literário. Tenho que reescrevê-lo para atenuar esta nódoa, se houver o ensejo de uma segunda edição.

27 de setembro

A estrela. Os personagens é que me levam — chegamos a isto. E vou por um caminho escuro, serpenteante, beirando abismos. Tenho que ir devagar, às apalpadelas, para não me despencar e arrastá-los na queda. Um que outro lugar-comum pode servir de amparo, de cerca protetora. Nem é possível excluir os truísmos dos romances.

28 de setembro

Encontro-me com Marcos Rebich, mas não discuto nada. Não que o momento fosse impróprio. É que estava ele apressado, anda sempre apressado, iria se encontrar com o Julião Tavares. Achávamo-nos, eu e José Nicácio, refocilados nas cadeiras de vime do *Simpatia*, diante de inocentes cajuadas, quando Marcos passou e parou uns instantes. E os breves minutos voaram, exclusivamente dele, de pé como ave pernalta, brilhantes os olhos verdes de felino, na humorística síntese duma entrevista que acabara de fazer com um líder da situação, figura de relevo na lendária Coluna Prestes, e fora uma catarata de sandices!

O prêmio a quem o merece — não é fácil contar com graça as coisas engraçadas.

29 de setembro

Há várias espécies de temporadas. Esta agora é a das discussões noturnas, com ameaças. Os galos, o leiteiro, a aurora, o choro do menino mijado vêm encontrar os derradeiros ecos das palavras inconciliáveis.

30 de setembro

Remexo o baú velho, pesado traste de couro com desenhos de tachas cercando o monograma do barão. Trapos, retratos, contas, revistas — *Kosmos, Fon-Fon, Revista das Famílias* — moldes recortados em jornais, álbuns de versos, coleções de postais, fitas se espuindo, caixas... No fundo, bem no fundo, a caixinha de madeira com frágil fechadura em forma de coração. Dentro dela, cartas. Ó muro que aí estás, ó muro antigo! Aqui tenho as cartas trocadas sob a tua benevolente proteção. Velhos papéis encardidos, tinta roxa sentimental, e tantos pensamentos! Uma ilimitada e curiosa ternura me leva através dessas linhas de amor. Papai... Mamãe... Vou reconstruindo o passado. Vai ele surgindo, numa onda de piedade, ah! muro discreto, o que sabias tu e nunca revelaste!

2 de outubro

Escrever é vencer dificuldades, problema que Antenor Palmeiro ignora e que a Euloro Filho não interessa — tem bossa, satisfaz-se com ela, com ela construiu fama e proveito. A mão é fraca, corta, substitui, modifica, pára a cada linha, angustiosamente, o talhe variando como um desafio aos grafólogos. A cinza do cigarro estimulante tomba sobre o papel sem pauta. Um ventinho tépido chega da noite avançada. Baratas aparecem por trás dos dicionários.

3 de outubro

Lobélia. Um riso que não é riso, como há lágrimas que não são lágrimas.

5 de outubro

Se a maré sobe, a imundície que bóia atinge os lábios, inunda e emporcalha em voz roufenha — detritos, carniças, podriqueiras. Se a maré baixa, deixa ver a lama ainda mais pútrida, que a água imunda escondia, loca e pasto de porcos guaiamuns.

6 de outubro

— Eu te odeio! Pior que ódio, tenho nojo de ti! Nooojo! Verdadeiro nooojo! És a criatura mais sórdida, mais egoísta, mais miserável que há neste mundo. Estás ouvindo?
Responde com um gesto neutro.
— Maldito, mil vezes maldito, o dia em que te conheci. Antes tivesse morrido naquele dia! Morrido esmagada!
São conversas da madrugada. A cachorrinha vem espiar um momento da porta, depois volta para a cesta, as unhas crescidas, tique-taqueando no assoalho uma telegrafia indecifrável.

8 de outubro

Cada noite uma linha. Cada linha um pouco da nossa miséria.

9 de outubro

Casa	230$000
Empregada	60$000
Luz	17$000
Gás	28$000

Armazém .... 90$000
Açougue .... 45$000
Quitanda .... 50$000
Leite .... 18$000
Padaria .... 30$000
Lavadeira .... 30$000
Lavanderia .... 40$000
Rádio-vitrola (prestação) .... 85$000

11 de outubro

  Jurandir comunicou enfermidade e, decorridos três dias, o Chefe encarregou-me de visitá-lo em seu nome e no dos colegas — tinha dessas delicadezas o homem!
  — Olhe, o senhor passe na caixa e leve a quinzena dele adiantada. Eu já dei ordem. A gente nunca sabe quanto gasta com doença.
  Bati para o trem, que era mais prático, peguei um expresso. Jurandir morava no Engenho de Dentro, numa travessa sem calçamento, por trás das oficinas da Central, onde o pai, lusitano de rija cepa, era mestre de ferraria.
  Chovera e a travessa era um lamaçal. Não passara de gripe, mas gripe arrasadora e Jurandir estava abatido, afundado no leito, ainda com febre, o peito duro de catarro, tossindo a valer, um batalhão de frascos de remédio no criado-mudo.
  A visita animou-o:
  — Você por aqui? Não aperte a mão. Gripe pega.
  — Que bobagem!
  — Pega sim! Mamãe, abra aí a portinha da veneziana. Está muito escuro.
  A mãe obedeceu temerosa — ar era perigoso, podia fazer corrente... — e o quartinho morrinhento e sombrio ganhou um tico mais de claridade e ventilação, e deixou entrever retratos e santos nas paredes azuis e a estante de livros num canto.
  Jurandir estava muito comandante:
  — Mamãe, traga uma cadeira da sala.
  — Não precisa, rapaz. Este banquinho está bom.

— Que banquinho! Então você vai sentar em banquinho, Eduardo? Por Deus!

A cadeira chegara, acomodei-me:

— Vim trazer a sua quinzena adiantada. Você pode precisar. O nosso digno Chefe não se esqueceu, e recomendou-me que se precisar mais é só telefonar.

No rosto de Jurandir transpareceu uma ponta de vaidade pela consideração:

— Chegou na hora. Já estava liso. Mas acho que é suficiente. Dentro de dois dias estou lá.

A mãe, parda, obesa e gasta, dentadura falhada, as mãos cortadas de sabão, mostrou-se também num trejeito, sensibilizada pela atenção:

— Só vai quando ficar bom de todo. O pior é a recaída. Nada de imprudências.

— Não, minha senhora. Não tenha cuidados. O nosso Jurandir vai ficar direitinho em casa até ficar completamente restabelecido.

O enfermo tornou a comandar:

— Deixe de dizer tolices, mamãe, e vai tratar dum cafezinho para o Eduardo.

— Não se incomode, senhora. Eu tomei um ainda agorinha mesmo na estação.

— Tomou nada! Anda, mamãe.

As xícaras japonesas saíram da cristaleira, com um São Jorge de gesso em cima, mas não houve água e sabão que diminuíssem o gosto a madeira que nelas se colara. E a conversa descambou, como era fatal, para a vida do escritório.

Jurandir tinha alguns anos de casa. Logo que completara a escola primária e suburbana entrara como *boy* e progredira à medida que tirava, num curso noturno, o certificado secundário. Agora suas responsabilidades eram consideráveis; um setor que exigia paciência, auto-suficiência e acuidade, estava totalmente sob as suas vistas e os resultados faziam crescer seu conceito na direção da firma e o encaminhavam para exercê-la no futuro. O que tinha de rudeza e de mau gosto, tinha de perseverante. Desejava subir, transpor o círculo familiar, analfabeto e estreito, mas onde consolidara uma afetiva e salubre devoção ao trabalho. Demais era jovial e às vezes mordaz, duma mordacidade carregada, campesina, em que as palavras obscenas desempenhavam marcante papel, mordacidade que tinha muito de chanchada lusitana.

E foi sob este ângulo que entraram na baila Zilá, seu Valença, Odilon e Edelweiss — furadinha da silva, sabia?
— Não.
— Pois é. No escritório em que trabalhava, o seu maior trabalho era ir para o divã com o patrão. Acabou dando briga.
— Gozado!
— Gozado, Eduardo, é a gaveta da Zilá. Um sacrário! Um sacrário de retratinhos do Chefe, de cartões do Chefe, de recortes sobre o Chefe, de autógrafos do Chefe, de poesia sobre o Chefe.
— Poesias?
— Poesias, meu velho. Poesias!
— Mas dela?!
— Dela e ardentíssimas! Mas pasme-se mais ainda, caia duro no chão: no meio de tanta incompreendida ternura, aquela dona tem uma coleção de gravuras pornográficas — o amor em doze posições, inclusive as lesbianas!
— Não é possível!
— Juro!
— Não é preciso jurar. Mas é inacreditável.
— Quem vê cara não ve cu.
— Mas como você viu, se ela tranca a gaveta a sete chaves? — estranhei.

Jurandir não explicou bem:
— Devassei-a por acaso. Mero acaso!

E entrava a menina, em uniforme colegial. Era moreninha, moreninha queimada, feiosa — a cara de bolacha, a franjinha falhada, as canelas muito finas, o rosto escalavrado, papinho no queixo, peitinhos já e brigando com o corpo mirrado.

— Esta gracinha que você vê é minha irmã. Não parece, mas é. Até tenho pensado que quando papai saía, macaco entrava cá em casa...

— Engraçado! — disse a mãe, rindo.
— Antipático — emendou a menina, as pupilas fuzilantes.

Inclinei-me para a garota:
— Como é o seu nome?
— Júlia.
— Muito bonito! E quantos anos você tem?
— Vou fazer doze amanhã.
— Amanhã?! Meus antecipados parabéns. Doze!... É o que eu calculava. Está muito bem, quase uma mocinha. (A guria empertigou-se.) E estuda muito?
— Ela diz que estuda — interrompeu Jurandir — mas eu só vejo ela é namorar.
Era despachada, altaneira:
— Estudo, sim. Estudo muito. Nunca perdi ano. O Jura gosta é de me chatear.
— Mas gosta de estudar?
— Gosto.
Dona Carola entrou na conversa:
— É verdade, sim. Júlia tem muito capricho para os estudos, tira sempre o primeiro lugar na aula.
Afaguei o rostinho redondo:
— Assim é que deve ser. Amanhã não me esquecerei. Vou lhe enviar um livro de presente. Você gosta de ler?
— Adoro!
— Se a gente deixasse, ela varava a noite, de luz acesa, agarrada com os livros. Noite é feita para a gente dormir. Ler demais de noite faz mal à vista, não é?
— Não posso dar opinião, porque não fiz outra coisa na minha meninice senão esperar o dia de livro na mão.
Júlia parecia encantada com as minhas palavras. Atentei bem — era atraente a garota, com seu arzinho petulante. E no dia seguinte, não me olvidando da promessa, remeti-lhe pelo correio, *Meu tio e meu cura*, de Jean de La Brète, achando que deveria gostar.

12 de outubro

A dúvida de Garcia:
— Somos sempre os mesmos, apesar das mutações, ou seremos diferentes a cada segundo vital?

133

Francisco Amaro, que chegou repentinamente para passar uma semana de negócios no Rio, sorriu. O pensamento é ágil como a onda, mas as rochas estraçalham os pensamentos que caem dentro dos outros como chuva.

13 de outubro

A grande novidade é que Francisco Amaro chegou ao Rio guiando o seu Dodge verde coberto de pó e barro, com muita biela batendo, com muito parafuso frouxo, num consumo de onze horas de sacolejões, que sujaram e desgastaram também o condutor. Não obstante, trazia ânimo e sorriso triunfadores:

— Estamos melhorando!

Era o princípio de fáceis comunicações. Ilha sem água em volta, Guarapira só era atingida por estrada de ferro — trem único por dia, permanentemente em atraso, que as enchentes imobilizavam com descarrilhamentos e barreiras caídas, e que bem poderia ter servido de modelo para "O trenzinho do caipira", de Vila-Lobos. Ilha sem água, repita-se, ligava-se aos seus estagnados distritos por estradas que não eram estradas, meros trilhos de capivara em que as duras rodas dos carros de bois abriam sulcos cambaios. Anos e anos, a população clamou por uma estrada. Os deputados se elegiam com a promessa de pleiteá-la e consegui-la, mas a válvula de escape não saía. Agora, com o plano rodoviário federal, o sonho se realizava, ainda de terra batida, que é poeirama com o sol e lameiro com a chuva. O traçado, por seu turno, não é um primor. Como os empreiteiros ganham por quilômetros e como os coronéis da situação quisessem-na passando por suas terras e fazendas, ela se alonga por mais um terço, pelo menos, do que deveria. Mas existe, e o guarapirense já não se sente ilhado, na dependência do mísero trenzinho de apito fino e triste. E Francisco Amaro é um guarapirense:

— Estamos melhorando!

14 de outubro

Do canhenho paterno, ou o anexim bem temperado:
De tostão em tostão, seu Gastão, perde-se um milhão.
Quanto mais beato um bípede barbado, mais cautela com ele!
Se remédio curasse, seu Políbio fechava as portas.

15 de outubro

E Francisco Amaro melhora. Seus negócios caminham de vento em popa, e em mente vários são seus planos para outras conquistas, alguns caóticos, outros dignos, não de um visionário, mas de um desconhecedor do acanhado ambiente em que vive, carunchoso celeiro de preconceitos e usanças, projetos que o senso terra-a-terra de Assaf e de seu Durvalino refrearão, o que será pena, pois há fracassos que valem por vitórias, fracassos pioneiros, em que o dinheiro perdido não é muito, sementes que, se não medram na primeira semeadura, vão vingar num outro plantio, com o terreno mais arado e expurgado das saúvas da intolerância, até pela iniciativa de outro semeador que talvez assistira, descrente, à primeira semeação.

16 de outubro

Francisco Amaro cada vez fica mais afobado, parece até doença, querendo fazer num dia o que já com dificuldade se faria em quatro, louco para voltar, saudoso de Turquinha e dos filhos, inquieto pelos negócios que deixou, como se cada hora que passasse ausente deles constituísse um perigo de malogro. À noite está estrompado. E, como além do cansaço natural que a sua celeridade provoca, adquiriu o hábito de dormir cedo para acordar cedo e às cinco da manhã invariavelmente está de pé para o sacramental banho de chuveiro, às onze horas da noite pestaneja, cabeceia de sono, é impossível retê-lo — retira-se para o hotel, pois, por um capricho que me irrita, não aceita hospedagem em minha casa, alegando, irredutível, os maiores disparates. Gasparini troça:

— Lá vai a galinha!

Não posso impedi-lo, mas sinto-o como um desertor. Se não foram os almoços pouco teríamos conversado, confessado, aliviado, posto em dia o nosso comércio de realidades e ilusões. Porque torna-se uma obrigação fazer-lhe companhia ao almoço nos restaurantes, de preferência portugueses, onde se serve sempre de peixe, coisa que Guarapira não tem apesar do seu rio, pois ninguém dá-se ao trabalho de pescá-lo, e de ostras, mariscos, lulas, camarões de frigideira, e polvo, coisa que me dá engulhos só de olhar — como é que se pode gostar de polvo?

— aversão que ele me responde atulhando mais a boca.

18 de outubro

Francisco Amaro se foi hoje. Prometera uma semana, mas em menos resolvera tudo e nada o deteve.

— Você é mesmo imbecil! Por que não fica mais um pouco, descansando, se distraindo? Que tem você lá que não pode esperar mais dois dias?

— Eu sei.

— Sabe nada! É imbecilidade!

Guarapira tornou-se um aquário para ele, que tanto gosta de peixe. E peixe fora d'água morre. Também sou impiedoso:

— Você não desconfiou que Guarapira emburrece, não?

— Já nasci burro — retruca. — E quando você aparece?

— Quando estiver bêbado.

19 de outubro

A letra subia e descia no papel sem pauta, em cândida montanha-russa: "Adorei o livro que o senhor mandou no dia do meu aniversário. Pensei que o senhor não ia mandar. Muito agradecida. Li todo na mesma noite como o senhor fazia quando era pequeno. Há de ficar guardado eternamente comigo. Sua amiguinha Júlia."

20 de outubro

Congresso do Sigma. Os congressistas, que são deputados estaduais, presidentes de câmaras municipais, ou vereadores, visitaram a Câmara dos Deputados oficialmente. O presidente da casa descarregou discurso com a habilidade que lhe é proverbial, meio de matuto, meio de lorde, o que deu motivos a banzé no plenário.

21 de outubro

As máquinas estão frenéticas, Edelweiss classifica faturas, Zilá sua no copiador. Odilon cola selos de cara amarrada, ainda não refeito de uma derrota rubro-negra. Paro a pena, cansado. Os olhos fogem do rascunho. Traço no quadro azul, que repete a infância, o nome singular. Navios iam e vinham. As chaminés sujavam o céu, mas o vento limpava-o, paciente.

22 de outubro

Baixo, recatado, olhos ligeiramente mongólicos, de cabelos lisos e castanhos, barba irrepreensivelmente escanhoada, Antenor Palmeiro tem a boca de corte profundo e sensual, sempre predisposta a um sorriso irônico.

Aparentando menos idade do que tem, mãos úmidas, voz úmida, limpo e bem cheiroso, gravatas de duvidoso bom gosto, não é invejoso, mas político, e sofre secreta e publicamente com o sucesso de Euloro Filho, que explora, como ele, um localismo literário, rudimentar, precário, saturado de sexo, mais de autor que de escritor, mas que é prato novo, exótico e de muita pedida na mesa dos brasileiros.

. . . .

Quanto convencionalismo grotesco nessa mania de recolher material!

23 de outubro

Isaac mora na mesma rua, é companheiro de bonde. Um dia eu pago, outro dia ele paga. Tem nariz bicudo, crivado de cravos, a palavra um tanto confusa. Procedente da Bessarábia, duma destruída aldeia judaica da Bessarábia, tem dez anos de Brasil, é muito viajado. E me conta episódios e impressões das suas andanças. Num naufrágio, ao sul da Grécia, perdeu tudo que tinha, tudo, tudo. Na Turquia passou fome. Não sei se em Budapeste ou Bucareste uma senhora loura... Conta-me também aborrecimentos e alegrias dos atuais negócios de peles e passagens íntimas da sua vida. Não me custa contar por meu turno algumas da minha. Há dois anos que é assim, há dois anos que ele me chama de Oscar...

24 de outubro

Helmar Feitosa é bem um homem, nada mais que um homem — coisa alguma lhe é mais agradável que iludir-se a si mesmo. Sua incoercível vocação de pensador, acentuadamente elíptica, tem uma apreciável roda de admiradores, fanáticos alguns, como Martins Procópio, João Soares e Altamirano, mas interessados todos, pois madame Feitosa, a bem-nascida Baby Siqueira Passos, é encantadora, elegante e liberal.

Olhos levemente nipônicos, penteia-se com aprimorado zelo, para esconder a calva precoce que o deprime. Poderia pentear também o que escreve, irregular, indeciso, sem maleabilidade, mas a impregnação dostoievskiana talvez o não permita. Despreza ostensivamente Antenor e Euloro, que são as forças telúricas do páreo, o que não impede de se abraçarem ruidosamente e, assiduamente, se visitarem.

25 de outubro

Jurandir voltou enfim ao trabalho, com uns restos ainda de tosse:

— Anauê! como diria o nosso estimado Humberto — e suspendeu o braço direito.

Ri-me da sua caricatura e ele:

— Você fez sensação lá em casa.

— Sensação?

— A Júlia ficou maluca com a sua visita. Não fala senão em você, no que você disse, no que você fez, e anda agarrada, dia e noite, com o livro que você mandou. Já o leu não sei quantas vezes, acho até que já o sabe de cor.

— É viva a garota. Parece ser muito inteligente.

— É. Mas é mimada demais. O mimo em figura de gente, ou melhor, em figura de diabo, pois é infernal a pequena.

— Mas infernal como?

— Despótica, impulsiva, rebelde, importante, levando os velhos na conversa que é uma beleza! Ninguém pode com ela. Quando quer uma coisa é de enlouquecer um cristão!

— Você só tem essa irmã, não?

— Só. E é por isto que o diabrete é assim. Mas fomos um bom lote. Sete! Papai trabalhava bem... Mas também morriam com a mesma facilidade com que nasciam. Sobramos só nós dois, exatamente os extremos da ninhada.

— Não conheci seu pai. É idoso?

— Foi pena. Gostaria que conhecesse. É um bom sujeito, forte como um touro, cabeçudo como um carneiro preto. Júlia tem a quem sair. Mas não é velho. Está beirando os cinqüenta. Chegou de tamancos, duma aldeia do Trás-os-Montes, meninote ainda. — Fez uma careta: — Bem... ainda continua de tamancos. Mas não se queixa, sabe?

— E sua mãe, donde é?

— De Pernambuco, com sangue índio nas veias. Está um pouco acabada, como você deve ter notado, mas nunca a vi doente na minha vida.

— Quer dizer que seu pai esteve antes em Pernambuco, não é?

— Não. Conheceu minha mãe aqui mesmo. Meu avô materno bateu para o Rio com a filharada. Você sabe como são esses nordestinos.

27 de outubro

Noite devoluta de cassino, com Loureiro recém-casado — como o tempo passa! — e muito atencioso com a esposa, que é um tipinho banal, mas simpático. Que linda seria a música das fichas se os homens não falassem! E bate palmas, no gril, para todos os artistas, e especialmente para o cachorrinho amestrado com as orelhinhas pretas. Godofredo Simas afundou-se decididamente no bacará. Dançar com Lobélia é como dançar com um cacto.

28 de outubro

Na música do rádio novo, e ainda não pago, vem misturada uma canção do passado. Madalena era sonsa, Emanuel era o importante da família. Cristininha gostava muito de cantar, mas só cantava produções suas. Compunha as músicas e as letras. As músicas lembravam nitidamente as melodias em voga, mas as letras eram personalíssimas. Duma jamais me esquecerei. Era um único verso, repetido em vários tons: "O peixe lambeu o jardim."

30 de outubro

Papai tinha as mãos cabeludas, mas tão macias e rosadas na palma, que dir-se-iam femininas, e tão quentes, que pareciam febris. Cristininha também sabia contar histórias: "Depois, a ratazana saiu da lâmpada e foi comer batatas fritas no telhado."

2 de novembro

Passeio por entre túmulos, avenidas, ruas, becos de túmulos, deprime-me a monótona estupidez estatuária de cruzes, calvários, Cristos, colunas truncadas e anjos chorando, como se a morte, nivelando os mortos, só merecesse moldes pífios e convencionais, como se o mármore, o granito, a gipsita, o bronze, o alabastro, por si sós, não merecessem mais. Identifico nomes — fulano era meu conhecido, beltrano foi um famoso homeopata, sicrano era um sem-vergonha dinâmico e simpático, o general morreu na cama. Contemplo retratos em esmalte — a moça era tão bela, bela como Solange consumida pelas chamas, que bonita não poderia ter sido Cristininha! Confiro datas, releio inscrições de imorredoura saudade em jazigos sem flores. Lembrei-me de seu Silva, de repente. Quem se lembraria dele? Há quantos anos a sua sepultura não veria uma flor?

3 de novembro

Sempre que pode, Isaac me pega na esquina para confabulações, como se quisesse extrair de mim consultas graciosas de toda a espécie. Hoje não escapei. Tem a voz pegajosa, cabelo que não se sabe se é ruivo ou sujo, incomoda-me o desleixo da barba sempre por fazer, aflige-me o seu matinal hálito de cebola. Está preocupado com as novas determinações fiscais, um fiscal de consumo andou pela loja, autuou-o, e transparece das suas explicações engroladas que as peles que vende a prestação não levam os selos devidos e que o registro dos recebimentos é bastante escamoteado.

— Acha que posso ser expulso? O senhor que é *devogado*, que *diz* as leis *da* país? — pergunta.

Acho esquisito que não o saiba, tão finório parece ser, e há tanta lei que não sei mesmo responder. Aconselho um especialista, um contador:

— O senhor não tem um contador?

A resposta é confusa:

— Muito difícil negociar. Muito difícil!

Penso então indicar-lhe Délio Porciúncula, mas não o faço — seria pior a emenda, ficaria sem as peles que vende e sem a pele do corpo. Procuro sossegá-lo:

— Acho que uma multa será o máximo que poderá lhe acontecer. Expulsá-lo, não. O senhor não é casado no Brasil, não tem filha brasileira?

— Sim. Brasileira! Rebeca é brasileira.

E me lembrei de Olga Benário, que levava no ventre um filho brasileiro e que foi expatriada para morrer sob o machado do carrasco. Senti-me aturdido:

— O melhor que tem a fazer é procurar um advogado, seu Isaac. Mas um advogado militante. Eu não exerço a profissão.

— Sim. Procurar *devogado*... Muito difícil negociar! — gemeu.

4 de novembro

Mais circulares: "Em virtude da falta de mercadoria, a Direção houve por bem reduzir de 10 para 5% o desconto especial concedido aos senhores funcionários nas compras de produtos de nossa fabricação."

5 de novembro

"A bordo do 'Itassussê' passou por este porto com destino ao Norte, S.A. D. Pedro de Orleans e Bragança, acompanhada de sua esposa e filho. S.A. desembarcou visitando na Praça Caio Prado a estátua de D. Pedro II. O povo aclamou com entusiasmo o príncipe. A oficialidade do 23.º B.C. e a banda de música cercada de enorme multidão, aguardou a chegada de S.A. naquela praça. Compacta massa acompanhou os distintos visitantes até a Praça do Ferreira, onde o tribuno Q.C. fez uma entusiástica saudação em nome da população. Na volta para bordo, um preto catraeiro, destacando-se da multidão, abraçou o príncipe dizendo: Fique sabendo que as opiniões mudaram, mas os corações são os mesmos."

6 de novembro

— Mate!!! Xeque-mate!!!
— Que mate! Você está sonhando, Garcia!... Eu posso cobrir de bispo.

— Que pode!
— Posso. Olhe!
— Esses católicos...
— Católico é sua avó!

8 de novembro

Altamirano tem qualquer parentesco com as lesmas. É mole, pegajoso, rasteiro, e por onde passa deixa um rastro brilhante. Constantemente o encontro, e ainda hoje, no cair da tarde, numa livraria deserta, dei com ele folheando um recente romance francês, que mais tarde haverá de dizer que leu — Formidável! Formidável! — a uns quatro ou cinco cavalheiros do Jóquei Clube que acreditam nele. Como sempre, me olhou por cima dos óculos de tartaruga. Olhou-me com o seu gordo olhar, gordo e protetor, protetor e lúbrico. Repeli-o com um sorriso. Ainda guardo uma certa ternura por esse cafajeste intrigante e poltrão; vá se entender o mistério dos rompimentos.

10 de novembro

Como o cacto do Poeta, ela é áspera, intratável. Mas não é bela.

11 de novembro

Marcelo Feijó ingressou na magistratura com retrato de beca no jornal de Godofredo. Não foi um baque no escritório de Délio, que não conseguiu do incipiente penalista o rendimento que esperava — a dipsomania o inutilizava.

— Meu caro, você tinha razão. O nosso caro amigo bebe mais do que uma cabra! Andava escondendo o leite... — me dissera Délio há algum tempo, e hoje, na rua, voltava ao assunto: — Felizmente fiquei livre dele sem maiores aporrinhações, e a coisa marchava para isso... Já estava dando o cavaco!

Álcool é muito divertido quando não dá prejuízo aos outros e a mim já estava dando. Parecia até de encomenda, de acinte. Dia que mais precisávamos dele, ou ficava na cama amarrando uma carraspana de meter medo, ou aparecia engrolando a língua, incapaz de uma idéia, uma palavra. Marcelo era cadete, mas tantas continências prestara à caninha que fora desligado da Escola Militar do Realengo. Metera-se, então, na Faculdade de Direito onde a disciplina não era incompatível com o seu pendor ao copo. Mas herdou da fugaz passagem pela militança o hábito de bater os calcanhares quando cumprimenta. Isso quando está ainda em condições de equilíbrio e percepção. A fala é grave e rotunda, eivada de pragmatismos jurídicos. Quando embriagado, é inaudível — grunhe.

12 de novembro

Muito estabanado, Odilon vem com a pasta da correspondência assinada pelo diretor de bigodes ruivos:

— Expedição, dona Zilá.

Sublime para trabalhar além da hora regulamentar, Zilá é o protótipo da dedicação mal remunerada, o paradigma do amor não-correspondido. Ama em segredo o insensível Chefe, mas todo o mundo o sabe em virtude dos olhares, gestos, ademanes e risinhos — suas galinhagens, como diz o realístico Jurandir — que não escondem os apaixonados sentimentos.

Dobra as cartas e memorandos ditados pelo seu ídolo, e enfia-os nos envelopes como se estivesse acondicionando hóstias consagradas. A seção em peso, por um tácito entendimento, acompanha, com rabo de olho irônico, o cuidado com que ela manipula, para espalhar por todas as agências e representantes, os produtos da veia comercial do insensível amado.

No abrir e fechar de gavetas, o ponteiro grande caminha, verde e elétrico, para a hora das datilógrafas descansarem. Um minuto, dois minutos, três... Faltam sete, seis, cinco...

— Seu Eduardo, me apanhe aí depressa a ficha de Alves Martins & Souto.

Sobre o fichário de aço, cheirando a tinta fresca, cai um raio insidioso de sol. O cartaz ri na parede de celotex como um arco-íris; breve rirá em todos os bondes da cidade. É uma das coloridas idéias do Chefe, que tem a mania da precisão inútil:
— Na pasta de atacadistas. A Letra A. Não achou?
— Estou achando. (É em cima da hora que este cretino pede as coisas!)
Edelweiss, num toque sutil, altamente Vivi Taveira, ajeita o caprichado penteado e sorri. Não é tão tola que não adivinhe certos pensamentos. A nuca sardenta é acre como um fruto silvestre. Dá vontade de mordê-lo.

14 de novembro

Dona Sinhá fez uma velada reclamação:
— Como a Laurinda sente a falta das crianças! Late e uiva o dia inteiro!
Fiquei sem jeito:
— Por que a senhora não avisou há mais tempo? Não tinha a menor idéia que ela incomodasse.
— Não, não! Não incomoda absolutamente!
— Eu sei que incomoda. Fique tranqüila que eu tomarei as minhas providências.
Mas que providências poderei tomar?

15 de novembro

Noite desastrada esta! mais melancólica que desastrada. Primeiro: reunião de Susana. Segundo: Natércio Soledade.
Não queria ir, queria ficar em casa tentando avançar no denso livro de Lawrence, tentando adiantar o romance que se arrasta para a frente e para trás como os caranguejos, pondo as coisas em dia — contas, notas, recortes, cartas, papelório — ou entregue aos meus cismares, exaustivos cismares, férteis em enérgicos preparativos estéreis, férteis em ânsias de vida ainda mais livre, vida libérrima, vida acorde com os meus mais fundamentais instintos. Mas a insistência telefônica de Susana foi ta-

manha que me vesti, escolhi gravata como se tivesse muitas, e abalei-me para as Laranjeiras, recanto citadino que exerce sobre mim uma pressão de reminiscências imperiais e machadianas. Havia mais gente que o habitual, enchendo o salão duma celeuma anacrônica, e Susana, que se rejubilava com a maré alta, externando na fisionomia o febril contentamento, foi quem me abriu a porta antiga como se alegremente premiasse meu comparecimento:

— Que bom você ter vindo! Tenho um presente para você!

O presente era Popó Marinho, magricela e frisada, que voltara de longa estada no Norte, onde dera uma série de recitais, onde enriquecera o seu repertório folclórico, porque ela é do folclore, e que se acompanhava dessa celebridade radiofônica chamada Martinho Pacheco, que não conhecia pessoalmente, e cujo solitário no dedo mindinho, solitário custoso, lhe dava um ar digital de bicheiro. Mas antes de sofrer Popó Marinho, em hediondas contrafações feitas a martelo, sofri Délio Porciúncula destilando empáfia e bestice por todos os poros. Sofri Cléber Da Veiga com seu mistifório político, ridicularizando os deputados classistas como se os outros valessem mais. Sofri Martinho Pacheco, empoladíssimo no falar, que teceu loas ao talento de Antenor Palmeiro, pensando talvez que eu desfrutasse da mesma opinião. Sofri desembargador Mascarenhas, cada dia mais obtuso, mais esclerosado, trocando nomes, esquecendo datas, caduco de urina solta.

É uma estupidez minha e da qual não me corrijo, embora não faça muitos esforços para isso, aceitar o que não quero e depois ficar emburrado, monossilábico, hostil, antipaticíssimo. Escondi-me num desvão, a cortina caía em pregas nos meus pés, o lixo plástico de Marcos Eusébio na mira dos meus olhos, e lá fiquei, furioso, arrependido, esperando o massacre, que foi longo e caprichado, entrecortado de aplausos a que não me juntava, e quando Popó Marinho deu afinal por terminadas as suas estilizações de cocos e maracatus, virei-me para o cavalheiro de aspecto valetudinário, que se acomodara ao meu lado como quem quer escapar à evidência e se mostrava muito atento à audição embora não aplaudisse com insistência, apenas umas palmadas delicadas, moles, protocolares:

— Ainda bem que findou a xaropada!
Ele fez uma careta desconcertada:
— Nem todo o mundo gosta, mas tem a sua importância.
— Não sei que importância pode ter estropiar o que é vivo e autêntico!
E Susana, como se adivinhasse, mas na verdade por mera coincidência, atirou-se para nós:
— Maravilhoso, não!? — E para o cavalheiro: — Sua senhora é um encanto!
Levantei-me, peguei Susana pelo braço, arrastei-a:
— Vou-me embora!
— Oh! Por que tão cedo? Não quer esperar a ceia? Preparei os camarõezinhos que você gosta.
— Você é um anjo, mas eu estou cansado.
— Que pena!

Tive pena de Susana — aquelas reuniões eram a sua razão de viver, o palco para o seu brilho, o seu prestígio, a sua armadilha perfumada para a vaga esperança de um satisfatório matrimônio, um consórcio que conviesse às exigências sociais dos Mascarenhas:
— Você desculpará, não é, querida Susana? Mas estou mesmo pregado. Tive um dia terrível. Se vim, já foi um esforço, esforço que só por você eu faria.
Foi brejeira:
— Só por mim?
O bonde custou, vazio, barulhento, acordando os jardins adormecidos. Ruminei a mancada — também por que Susana não apresentava os novos convivas? E quando descia do bonde para a baldeação, eis que me esbarro com Natércio, na porta do Café Chave de Ouro, onde fora tomar a sua canja da madrugada, não por boêmia, mas porque trabalhava numa agência telegráfica, que só o soltava àquela hora.
Acaba de publicar mais um buquê poético e assaltou-me:
— Recebeu?
— Sim, recebi. Muito obrigado.
— Eu sei que você me acha um poeta muito burro, mas eu admiro você, reconheço o seu talento.

Retruquei como num instinto de legítima defesa:
— Que idéia! Nunca te achei burro. Pelo contrário! Donde vem esta intriga, esta perfídia?
Mas há explicações e impulsos que não convencem. Natércio reafirmou:
— Eu sei que você me acha burro, sim. Mas leia o livrinho! Leia! Ele tem coisas. Verá que tem coisas. Coisas que o Altamirano certamente irá copiar...
Tonto, ingênuo, extraterreno Natércio! Há muito que Altamirano desprezava-o, envergonhava-se dos entusiasmos que lhe gerara, indo encharcar a esponja sequiosa da sua lira em outros bem diferentes, esconsos, bebedouros.

16 de novembro

Laurinda me recebeu como uma alucinada.
— Como é, uivou muito hoje?

17 de novembro

O espelho ironiza a episódica metamorfose:
— Anacoreta!
Um anacoreta pode andar nu. Ando nu, quando de janelas cerradas, as janelas de frente, pois Lina, que nunca me olhou com bons olhos, tem a sua janela devassando as minhas, e o espelho, em fase alfinetante, adverte:
— Não penses que és muito apolíneo com esta espinha torta!
— Vá lamber sabão! — retruco-lhe e, de sabão em punho, lavo os meus lenços, com vestígios de batom, as minhas meias, peças que o velho Afonso jamais deixou de chamar de peúgas, penduro-os ao sol do quintalete, sempre nu. E nu dedico-me à cozinha. Meus recursos culinários são parcos — ovos estrelados e farofa de manteiga e banha, metade por metade. Mas o estômago de um anacoreta é frugal e, com pão, frutas e café, muito café, estou perfeito de paladar e metabolismo. Dado

que é triste lavar as vasilhas — a gordura enauseia-me! — este cardápio é de exceção. No mais das vezes tenho comido na rua, em restaurantes salteados, ora com Luísa, ora só —, e que saudade de Catarina para a escolha do cardápio! — na companhia de Maria Berlini, uma vez por coincidência, ou filando a bóia de Garcia, de Adonias, de Tabaiá, de Loureiro, com este um jantar apenas, ágape a que estavam presentes Ricardo e Zuleica e dois industriais americanos, em visita de expansão ao Brasil, ágape em que fiquei ocasionalmente a par do planejamento de altas cavações ianque-brasileiras, às quais não eram estranhos elementos do Catete, em que me admirei de Waldete parecer não desconfiar da inequívoca intimidade que reinava entre o marido e a amiga dileta.

Não sei se o leão de São Jerônimo se sujeitava ao repasto de gafanhotos do anacoreta. Laurinda não tolera nem ovo, nem farofa, neste ponto participando da opinião do ilustre Chefe para quem farofa não passa de pau ralado. Acomodo-a com leite, pão no leite, e a prescrição veterinária: carne de coração, que o açougueiro põe na soleira da porta cada manhã, embrulhando no jornal de Godofredo Simas, embrulho que moscas curiosas inspecionam — um grande coração bovino, grande e rubro coração inerte, de oxidado sangue!

18 de novembro

Maria Berlini fincou os cotovelos na mesa apoiando o queixo com as mãos, num jeito muito seu, enquanto esperava a lasanha ao forno:

— É indecoroso que eu peça massa com essa banha toda! Mas sou esganada mesmo!

— Que bobagem! Você não está mais gorda uma grama do que sempre foi. E é como você fica bem. Já imaginou uma árvore sem folhas?

Falava a verdade. Todavia verdade era, e não falável, que a sua carnadura já perdera visivelmente a rigidez, a frescura, meu Deus, a mocidade! E em torno dos olhos, de penetrante verde, nas têmporas, nas asas do nariz, surgiam os extemporâneos indícios de suas lutas, dos seus sofrimentos, das suas dissipações — gretaduras, manchas, empapuçamentos, que os cremes de beleza não removiam, não revitalizavam.

— Você é o mesmo anjo. Nasceu anjo! Há quantos anos nos amamos?

— Nunca nos amamos, Maria. Nunca! Mas eu, pelo menos, te desejei muito, desatinadamente. A mocidade vai com muita sede ao pote... Lembra?

— Não tenho memória fraca, meu bem, para os momentos felizes. Apenas um pouco confusa. Talvez um pouco ingrata... Que coisa é a vida, não? Que confiança eu tinha em você!

— Perdeu?

— Não. Apenas nos separamos. Quantas vezes senti falta! Você é de fato amigo. Não tive muitos amigos.

— Mas teve tantos desejos...

— Ora, quem fala!

— Você se lembra da primeira vez que saímos juntos? Cheguei de táxi, voando! Parei na esquina...

— Leme, chopes, areia!

— Por que você se negou? Nunca me deu a confiança de explicar.

— Talvez porque nunca o soubesse. Foi talvez um momento de pureza, quem sabe? Você merecia pureza. Eu vinha de mão em mão. De outra coisa em outra coisa seria dizer melhor...

— Maria!

— É! As mulheres do seu livro não são piores não! E talvez não tenham sido sempre mais baratas... Ah, Vicente Berlini, que minha mãe não era santa, não era, mas que você é meu pai, ninguém pode ter dúvidas!

— Ah, Maria, se você soubesse como eu gosto de você, como te compreendo, como eu te defendo de tantas acusações!

— Então não sei? E sabe, digo-te hoje, não gostaria de morrer sem te dizer que eu quis ser fiel a você. Não sorria assim, estou falando sério. Também sei falar a sério. Quis sim. E fui

fiel seis meses! Fiel e feliz! Mas o dinheiro acabou, você era pronto, o trabalho me exasperava. Mas lá vem a lasanha. O sangue que tenho nas veias não nega mesmo não!
(Ao saber que eu ia jantar, Maria Berlini desenvoltamente se convidara:
— Janto com você. Antes mal acompanhada do que só.
Encontráramo-nos na porta do restaurante e ela gritara:
— Você! Há quanto tempo, puxa!
Exagerava. Há coisa de três meses havíamos nos encontrado na entrada de um cinema, fita chata, mas que ela não achara
— para passar o tempo, serve, não é? Duas horas de escuridão, lado a lado, trocando idéias simples, duas horas tranqüilas, sem nenhum desejo, com a apaziguante certeza de que ao lado estava alguém que me queria, que me conhecia um pouco, que desfrutara comigo muitas horas de prazer, de alegria, de descobertas. Nenhum desejo, como se a vida que nos separara tivesse impermeabilizado os nossos sentidos. E, se sua mão por momentos procurou a minha, nada a movia senão a doçura de repousá-la ao calor de mão fraterna.)
— E agora, para onde vai?
— Vou para a rádio. Tenho programa.
— Posso acompanhá-la?
— Como não?
Deixara definitivamente o teatro, em que fracassara, nunca passando de fazer pontas, já porque a política teatral era uma realidade no mundo das chinfrins companhias, já porque o que tinha de vivo e natural na voz tinha de postiço e desajeitado na gesticulação, na movimentação em cena, o que era um mistério para quem se movia com tanta exuberância e naturalidade na vida. O microfone fora a sua salvação. O sentimentalismo rampeiro das novelas encontrara, nas suas inflexões calorosas e desgraçadas, levemente roucas, um intérprete ao gosto popular. Seu nome passara a brilhar nos noticiários, seu retrato na capa das revistas, sua vida íntima muito mentirosamente esmiuçada em entrevistas ilustradas, os ouvintes a reconheciam na rua, o luxo e o conforto chegaram com a percepção de salários nunca sonhados — uma estrela!

20 de novembro

Sábado. Aqui estou no silêncio da casa vazia, sem coragem para nada. O sol canta na rua com as cigarras. Canta inutilmente. Ela não irá pelo meu braço, leve e graciosa, por estas ruas de claridade, sob este céu azul, na alegria desta primavera. Mais um dia perdido, inteiramente perdido.

21 de novembro

Almoço dominical com Ataliba. Cozido completo — o orgulho é ser completo! — na mesa patriarcal e rumorosa de vinte lugares — filhos, genros, noras, netos, e ainda faltosa de filhos, genros, noras e netos, entes saudosamente lembrados entre garfadas, médicos, engenheiros, militares, espalhados pelo Brasil.

Sobremesa de ovos nevados. Não consigo conjuminar cozido — completo! — com ovos nevados, pois que Catarina deixa-me os seus ferretes. Todavia a liberdade que desfruto na casa, agradável apesar de tudo, me permite recusar sem cerimônias, naturalmente apelando para a incapacidade estomacal de engolir mais o que fosse:

— Depois deste cozido não é possível mais nada, minha gente!

— Nem um tiquinho? — insiste uma nora, sabidamente saliente, uns olhos de terrível namoradeira.

— Nem um tiquinho! Espero o café.

Ataliba mostra-se vaidoso da recusa:

— Eu o acompanho. Também estou abarrotado! Quero só café.

O café de Ataliba é famoso — o café menos café que se pode coar, e papai já dizia que pouco diferia de mijo. Mas sempre é melhor do que ovos nevados — a eterna ingratidão dos convivas!

Depois toca a ressonar na espreguiçadeira da varanda. Quando despertei, a primeira coisa que vi foi um beija-flor. Para os beija-flores não há domingos. E a mulher de Ataliba:

— Você tem um bom dormir. A criançada aí fez um barulhão e você nem nada!

Despedi-me:

— Já é hora, minha gente. Tenho um compromisso.

A norazinha saliente abre um sorriso magano:

— Que seja um bom compromisso...

Tem traços de Dagmar, tem modos de Cinara, positivamente é dessas que pisam em galho verde. E o marido enlaça-a com efusão:

— Mulher, deixe de trancinha...

Não resta dúvida que sabem de tudo, a minha vida conjugal não é segredo para eles, mas talvez pensem que vou me encontrar com Catarina, já fui mesmo uma vez advertido amicalmente, quase paternalmente por Ataliba — não se exponha tanto, rapaz!

Rio, deixo a suspeita no ar e zarpo. Luísa me esperava na porta do cinema.

22 de novembro

Ataliba pensa, e portanto vive, em função das partidas dobradas. Se faz sol, sentencia que sol é saúde. Se chove, pondera que é bom para a lavoura. E assim é pacífico, sofrível. Se sai dessa batida, deixa de ser Ataliba, Renato Ataliba da Silva Nogueira, torna-se irritante, insuportável.

24 de novembro

Ele pensa — na casa vazia de Lobélia, que foi passar um mês fora, com os tios, e permanece há quase dois sem anúncio de regresso — estaremos tão medonhamente ligados às nossas lutas, aos nossos conflitos e desgastes, que até a idéia da liberdade absoluta nos pareça dolorosa e intransponível?

25 de novembro

Pedida a prisão preventiva dos implicados no movimento comunista de novembro de 1935. Venâncio Neves e doutor

Sansão não estão na lista dos acusados, mas também não foram reconduzidos aos cargos, e Nicanor de Almeida iniciou o processo de reintegração, que Cléber Da Veiga assevera ser demorado, mas líquido e certo.

Tabaiá me telefonou pedindo que fosse vê-lo, distraí-lo. Está de cama.

26 de novembro

Passei o dia com Arnaldo Tabaiá, almocei com ele no quarto, que não se sentia com disposição para se levantar. Não está de dieta, apenas se obriga a pratos simples, com pouco tempero, mas não demonstrou apetite, conversou mais que comeu. E apesar de ter conversado muito, de ter entremeado seus inesgotáveis casos com sucessivos chistes e pícaras alusões, está abatido e esverdeado. Mas não disse o que tem e, inquirido, respondeu:

— Malacafências...

— Que raio de médico é você que não sabe diagnosticar a si próprio?

Mudou de assunto e acabou falando de literatura, expôs planos, tem sempre planos, não realiza nenhum, seu tempo é todo para flanar e, segundo Adonias, é o homem que faz mais visitas no Rio de Janeiro, quiçá no mundo, tendo especial predileção por visitas a primas caranchosas e a militares reformados, de pendores florianistas.

— Eu te conheço! Não sei como conseguiu acabar *Badu*. Na verdade é quase uma meia-confecção...

Tabaiá esboça o riso:

— É chato escrever, não é? Dá uma preguiça...

Dera-me, certa noite, uma página a ler, curta, fina, sensível, mas a meio dela escrevera, a propósito de determinada dama, que "era bela e formosa".

— Mas bela e formosa é a mesma coisa, Tabaiá!

— Eu sei. Mas tive tanta preguiça de emendar...

Gasparini, valise em punho, apareceu depois do almoço para vê-lo. Expulsou-me do quarto:

— Dê o fora um minutinho. A conversa aqui é para homens! Efetivamente não demorou e saiu asseverando que o trampolineiro estava melhor, mas que continuasse o repouso e a medicação. Sobre a mesinha já se formara um pequeno pelotão de remédios, de cuja ingestão Tabaiá sistematicamente se atrasava e até não tomaria se não fosse a esposa vigilante:
— Tomou as cápsulas?
— Puxa! ia me esquecendo.
Gosto da casa de Tabaiá, nela me sinto à vontade pela lhaneza do trato, pelo risco e aspecto que tem. É uma casa antiga, de espaçosos aposentos, com soalho de largas tábuas de lei, em Santa Teresa, dominando a baía, paisagem deslumbrante que o dono desfrutava com moderação, amava mais a paisagem humana, vivia na rua, trocando pernas, olhando o povo, puxando conversa com desconhecidos, não havia canto em que não conhecesse uma pessoa, que tratava com afabilidade — engraxates, jornaleiros, porteiros, ascensoristas, manicuras, balconistas, sendo capaz de ficar uma hora conversando com um mata-mosquito ou com uma verdureira as maiores bobagens:
— É bonito ver gente, não é?
Gosto da casa, repito, casa antiga, casa cuja compra foi uma pechincha e que ele reformou porquanto estava avariadíssima, muita viga bichada, muito portal com cupim, as paredes interiores, de pau a pique, ameaçando ruir, os aparelhos sanitários em petição de miséria. Pusera-a como nova, "o novo antigo", como ridicularizava Adonias, caiara as paredes para parecer fazenda, parece fazenda, e dado que seus móveis são todos coloniais ou imperiais, e vive rebuscando os poucos antiquários que temos à cata de trastes e de utensílios — sua louçaria de Macau é portentosa, sua prataria é de encher os olhos! — parece fazenda rica, como tivemos bem raras ou não tivemos nenhuma. A imensa arca de jacarandá, que colocou na entrada, é a cobiça dos colecionadores, mata Adonias de inveja. O gigantesco oratório que trouxe de uma igreja de São João Marcos, negócio escuso com o pároco, é obra de museu e de museu exigente. E contrastando com a beleza do mobiliá-

rio e dos objetos, os quadros que tem, felizmente poucos, metem dó, o mais reles academicismo em molduras douradas.
— Você não tem vergonha de ter esse lixo pendurado nas paredes, não? É uma verdadeira ofensa à pura beleza das outras coisas.
Tabaiá não responde. Limita-se a rir.

27 de setembro

Às dez horas, na Praça Mauá, Franklin Roosevelt é recebido por Vargas. É visita curta e decorrente da sua ida a Buenos Aires, para a Conferência Interamericana de Consolidação da Paz, a que presidirá. O povo recebeu-o com sinceras demonstrações de simpatia e Getúlio caprichou nos sorrisos. Um dos elementos da guarda pessoal, que trouxe o presidente americano, estourou com o calor — derrame cerebral. Gasparini deu boas gargalhadas:
— Que cabra frouxo, hem!

28 de novembro

Meu pai tinha uns duzentos volumes de literatura na estante de ferro que ficava no corredor, restos da cultura literária de vovô, pobres livros maltratados pelo tempo e pelas mãos de Cristininha, que engatinhava para eles com uma persistência que não havia palmadas que dominassem. Comecei travando relações com d'Artagnan, Atos, Portos, Aramis, *Quo Vadis, O monge de Cister* e o *Amor de perdição, A cabana do Pai Tomás* me cortou o coração, Guerra Junqueiro me subiu à cabeça, decorei páginas e mais páginas d'*Os simples* e d'*A velhice do Padre Eterno*. Emanuel partilhava do tesouro com moderação. Havia livros cujo papel meio amarelo tinha um cheiro apetitoso de biscoito inglês.

29 de novembro

Preguiça. Torpor. Lassidão. Desejos de coisas vagas, vagas. Gritos metálicos de sol cru. Chiados irritantemente arranhantes de cigarras pela dolência do dia abafado, com vozes de vendedores ambulantes — doceiro, fruteiro, sorveteiro — com o martelar do funileiro, com o arrepiante ranger da pedra do amolador.

Liquidei a estante do corredor. Eça de Queirós foi o emocionante descobrimento que o tempo reduziu aos justos termos. José de Alencar, uma decepção.

30 de novembro

Agenda um pouco perturbadora — Catarina chegará dia 3.

1.º de dezembro

Tracemos um programa para o verão: reler o *Diário* de Renard e *Madame Bovary*, como se toma um reconstituinte; reler Proust é lição perigosa — veja-se o pobre João Soares! — mas que tem que ser enfrentada da primeira à última linha, repisando muitas delas; reler os novos escritores americanos, pioneiros de sendas nas quais os Adonias não acreditam, negam, fazem pouco caso, com uma cegueira entre imbecil e irritante, mas que terminarão em larga estrada real, de internacional concorrência, para opróbrio dos que os negaram. *Babbitt* é importante, apesar do êxito, apesar do insistente humorismo que carrega em todas as passagens. Thomas Wolfe, por quem Francisco Amaro nutre um já fetichista respeito, é um atormentado perseguidor de imagens proustianas, temperadas habilmente com uma revivescente ternura dickensiana. O'Neil fez-se luz original na cansada ribalta. John dos Passos só este ano deu o volume terminal da sua trilogia *U.S.A.*, volume que ainda não chegou às livrarias, pelo menos que eu visse. Alarico do Monte, a que nada escapa no mundo do *vient de paraitre*, talvez já o tenha — vou perguntar.

2 de dezembro

Doutor Sansão faz necrológio na Academia Nacional de Medicina: "O ilustre mestre nasceu num dia e morreu em

outro, de doença de quem trabalha, coração cansado antes do tempo. Entre os dois, correu-lhe a vida." Foi Arnaldo Tabaiá quem me deu o recorte:
— Leia e decore!

3 de dezembro

Chegou e telefonou. A vida com Catarina poderia ser limpa, que ela é limpa. Mas seria extenuante.

4 de dezembro

— Este menino me preocupa muito, Lena. Não mostra inclinação para nada, nada! salvo literatura. Mas literatura não dá vantagem alguma neste mundo. É uma atividade muito bonita, muito honrosa, mas sem nenhum futuro. É uma fuga, uma ilusão, e é preciso pensar na vida. A vida tem de ser prática, material, lucrativa, e ele não tem a mínima disposição para a realidade, um verdadeiro sonhador. Lê, lê, não serei eu quem vá tirar um livro da mão dele, você bem sabe, mas estudar mesmo, não estuda. Não gosta.

— Isso, não! Bem que ele estuda. Não como Emanuel, é certo. Mas estuda.

— Você está enganada, Lena. Você pensa que é estudo. É romance, contos, versos... Não estuda nada, não sabe nada. Suas notas são péssimas.

— Você exagera, Nhonhô, não são tão más assim. Tenho visto os boletins. Cinco, seis... Em Matemática é que ele está mais fraco, porém em História Universal até vai bastante bem. Este mês ele tirou sete e meio. E afinal não tem culpa de não possuir a inteligência de Emanuel. Não que não seja inteligente, pelo contrário, mas não é como o irmão. Nós não podemos igualá-los, não é? Exigir de um o mesmo que do outro. E até não podemos nos queixar dele. É um bom filho. Delicado, obediente, incapaz de uma mentira... Não é somente inteligência que vale neste mundo.

— Lá isto é. Mas no que diz à obediência, é só para nós que a tem, creio. Os professores têm reclamado não poucas vezes suas insubordinações. Suas notas em comportamento são sempre inferiores às de aplicação, que afinal são modestas. Você bem sabe que é um campeão de prisões. Não há castigo no colégio que este pequeno não tenha tomado. Quantas vezes este mês ele ficou detido? Você sabe? Oito!

— São coisas de colégio, Nhonhô, de criança, folia... Também os professores reclamam demais. Não têm paciência. Crianças são crianças. Parece que se esquecem disso.

— Bem, você tem certa razão e, para ser franco, não vou muito com a cara do professor Alexandre. Cheira a rato de igreja, a sacristia, com aquele ar muito amarelo, muito hipócrita.

— E Eduardo, afinal, só tem treze anos.

— Quatorze!

— Ainda vai fazer.

— Ora, daqui a dois meses...

— Dois meses são dois meses. Mas treze ou quatorze tanto faz. Uma criança. Que é que você quer?

— Eu queria que ele pensasse mais na vida. Lesse, lesse, sim, está muito bem, mas pensasse mais na vida. Compreendesse o meu exemplo de trabalho, compreendesse que nós somos pobres, não temos nada, e imitasse um pouco Emanuel na aplicação.

— Pois eu penso que cada um deve ser como Deus o fez. Nossos caminhos já estão traçados. Que adianta contrariar?

— Que fatalismo é este teu agora, Lena? Estou te estranhando.

Foi em junho esta conversa. De noite, noite fresca, festiva, bombas, pistolas, pistolões, rodinhas, chuveiro japonês, mil fogos! o cheiro de pólvora excitava como cheiro de mulher. Muitas festas na vizinhança com fogueiras, danças, sortes e cantorias, e balões crivando o céu, fugindo para juntar-se às estrelas.

Mamãe escondia os padecimentos. Não tomava remédios. Em agosto a casa caiu. Papai bem que avisara.

5 de dezembro

Mamãe amanhecera com forte pontada do lado, sem forças para se levantar. Mais tarde os sintomas se complicaram. Doutor Vítor foi chamado, quando nós estávamos no colégio, e durante quinze dias a fio compareceu para vê-la, não raro duas vezes por dia, com as suas poções, suas ventosas e a paciência de santo.

— Agora é preciso ter cuidado — dissera. — Máximo cuidado.

Mas quando mamãe se viu de pé, não ligou mais às prescrições, enganava papai, dizendo que tomava os remédios. Papai zangava-se com ela. Não adiantava.

— Você abusa, Lena. Um dia a casa cai.
— Está me agourando, Nhonhô? — ela ria.
— Não. Estou te avisando.

6 de dezembro

Papai tinha de trabalhar, não podia ficar em casa. Órfão de mãe, entreguei-me à vida, a uma vida minha, sem ralhações, sem peias, sem gritos restritivos, e para que esconder a alegria da liberdade? Prima Mariquinhas, que desceu de Magé definitivamente para tomar conta de nós, era insuficiente. Ainda mais nos separou. Vivíamos na mesma casa, comíamos na mesma mesa, respirávamos o mesmo ar, mas nossas almas ficavam em compartimentos estanques. Madalena requintou-se no egoísmo. Seria possível que Emanuel fosse meu irmão? Que é um irmão? Que é um pai, um tio, um avô? Que bicho somos nós?

7 de dezembro

Refletindo bem, o que mais odeia em Lobélia é a sua semelhança com Emanuel. Notadamente na incapacidade de dizer a verdade, se ela não for proveitosa, imediatamente proveitosa. E nos olhos fugidios, um poucochinho estrábicos, tristes como flores de cemitério.

9 de dezembro

Catarina's Digest:

— Só se não conhecesse o monstro que você é, ou finge ser, poderia duvidar que seria fiel à promessa e somente me escrevesse mesmo uma única vez. A carta para Londres esperou por mim dentro do preestabelecido. Como a achei pedante! Para me vingar é que te escrevi vinte vezes com a maior hipocrisia.

— Encontrei Emanuel e Glenda, isto é, a mão e a luva.

— A coisa mais perigosa do mundo é brasileiro no estrangeiro!

— Acompanhei muito meu pai nas suas parlamentações e, apenas nas folguinhas de intérprete (como esta coisa de negócios é besta!) vi alguns museus, revi outros, sozinha, que ele não é disso. Mas era nas pequenas galerias, às vezes bem herméticas galerias, da Rue de Beaux Arts, da Rue de Seine, da Rue Jacques Callot, do Quai Saint Michel, de Montparnasse ou Saint Germain, que eu me lembrava de você. Lembrava-me e ria do seu aforismo plástico: Quem ama a arte não freqüenta museus, não se preocupa com exposições, não fala muito em arte — silenciosamente compra arte. E foi por isso que te trouxe tantas gravuras, escolha em que entrou muito o coração. E macacos me mordam se você, sob a mesma crase cordial, não vai dar uma a Francisco Amaro, outra a Garcia... Não faça esta cara. Eu te conheço!

— A gente sente que há uma desgraça no ar e que ninguém sabe como evitá-la, de que maneira se desencadeará.

— *"Toujours nous irons plus loin sans avancer jamais..."*

11 de dezembro

Lobélia! Ei-la que volta também — Penélope às avessas.

12 de dezembro

A bagagem! É como se trouxesse nas malas e samburás toneladas de altruística, conformada amargura. As crianças trouxeram piolhos.

13 de dezembro

Catarina's Digest:
— No hotel de Berna, sabe do que senti falta? Do teu cheiro de roupa limpa!
— Não faça esta carinha enjoada. Você havia de gostar de Paris. Paris é uma cidade a seu modo e feitio. Paris é bela. Paris é importante. Toda a Europa é importante. Tenho pensado muito freudianamente que a sua oposição à Europa é uma oposição a Emanuel... Europa para você significa Emanuel! Teria a coragem ou a hombridade de me confirmar?
— E por falar em Glenda, com que ar devastado ela está! Fica entre ruína e fantasma. O que não a impede de se apresentar tosada como um *poodle,* um *poodle* que tivesse a cachimônia de ser louro!
— Os cincerros no pescoço das vaquinhas fazem do diminuto campo suíço uma caixinha de música.
— Fui ao Circo Médrano, uma noite. E, de repente, a serragem do picadeiro foi invadida por uma súcia de palhaços, aos pulos, aos saltos mortais, às cambalhotas. Esfreguei os olhos! Tinha a nítida sensação de que Júlio Melo, Silva Vergel, Lauro Lago, Altamirano, Martins Procópio, professor Alexandre é que se contorciam diante daquela multidão estrangeira. E, desculpe, também seu amigo Saulo, cá pra nós, que ninguém nos ouve, um megatério a seu modo.

14 de dezembro

Para você, Luísa, uma palavra — mansuetude.

15 de dezembro

— Chega de café. Você deve tomar este chá. Está uma delícia! É de primeira qualidade, não havia melhor em Londres, artigo de casa real.
— Sou plebeu...
— Não diga besteira! Chá é uma coisa muito decente.
— Basta os que tomei em pequeno.
— Não exagere! Não tomou muitos não. Você é, sem nenhuma ofensa, a pessoinha mais mal-educada que já vi. Anda, vira a xícara!
— Só você me faz beber esta infusão exótica.
— Pois não devia ser por mim. Devia ser por você mesmo. Sentir a alegria de amar integralmente as coisas boas, as coisas finas. Libertar-se desse nacionalismo cafeeiro que não é nacionalismo, é provincianismo, cá pra nós um pouquinho bronco.
— Ó Catarina! também não devia ser por mim, e sim por você mesma, que devia comer cebola.
Um berro:
— Cebola é coisa muito diferente!
— Devia sentir a alegria de amar integralmente, não foi integralmente que você disse? de amar integralmente as coisas boas e rústicas. Libertar-se desse universalismo que não é universalismo, é cosmopolitismo, é hotelismo, cá para nós um bocadinho pé-rapado.
— Te aturar é dureza! Nem sei como te aturo. Você enerva!
— A verdade é enervante, Catarina. A humilde cebola...
Outro berro:
— Chega de cebola!
— Chega de chá. Mande virar um cafezinho. Depois de umas goladas de chá funcionará como sobremesa.
— Você pretende manter estas disposições a tarde inteira?
— Mas, querida, quem inventou esta história de chá não foi você? Para que forçar a minha natureza? Eu estava tão quieto.
E Catarina ri:
— Você é como bicho, homenzinho!

— Não seria mais acertado dizer que eu sou como certos pepinos que nasceram tortos? A imagem vegetal me parece mais delicada sem perder sua justeza.

16 de dezembro

Seu Assaf me procurou no escritório, esmagou-me bulhento contra o corpanzil, efusão que mereceu da morigerada Zilá o mesmo olhar reprobatório que dispensa às turbulências de seu Valença. Viera a negócios e me trouxera incumbência de Turquinha: comprar um livro bem bonito para Francisco Amaro, um livro que ele não tivesse, presente dela de festas. E para o desempenho da missão mandava-me cem mil-réis.

— Vai ter troco. Mas no fundo este presente sai mesmo do bolso do Francisco Amaro, não é, seu Assaf?

Ele riu:

— Bresente de mulher é sempre assim.

— E como é que vai lá o povo? Dona Idalina, a criançada?

— Tá bem. Vai tudo bem. E o senhor? Tudo direitinho?

— Vou tocando. E seu Durvalino, ficou bom do flemão?

— Ficou. Foi num esbacialista em Juiz de Fora, já tá bom.

— É o que serve. Mordida de carrapato, não foi?

— Mordida de garrabato é muito berigoso.

— E o senhor, onde está para lhe entregar a encomenda?

— No hotel de sembre. Hotel Globo. Tou gostumado.

— Então hoje mesmo eu deixarei lá na portaria o embrulho. Quando sair, passo numa livraria e compro um livro bem bonito. Vou deixar aliás dois, pois quero mandar também uma lembrança para o Chico. Lembranças de Natal. No Ano-Bom estarei lá.

Passei na Livraria Alemã — Saulo vasculhava estantes, Anita ao lado, como comprometidos elementos de tragédia grega — comprei um belo álbum de Cézanne, e houve troco. Da minha parte mandei obra mais barata, um volumezinho de retratos de Holbein, entre os quais o de uma certa Lady Parker

é perturbador pela semelhança com a perdida Elisabete — a mesma testa, as mesmas pupilas, o mesmo queixo redondinho. E na dedicatória: Quem não sabe ler, vê figuras.
E Luísa:
— Você gosta muito do Francisco Amaro, não é?
— É.
— Mais que do Garcia?
— Para que você quer saber?
— Para ver se acertei...
— Pois então confira sem que eu diga nada.

17 de dezembro

— Não começa!
— Não estou começando, estou continuando. Não adianta você querer me enganar, que eu sei de toda a verdade.
— Já disse mil vezes que não estou te enganando. Não engano ninguém. Nunca enganei ninguém!
— Não engana uma ova! Não engana a mim, porque não vou no arrastão. Tenho os olhos abertos, não sou tão estúpida quanto você pensa!
— Tudo menos achar você estúpida. Esperta até demais! As despesas da casa que o digam...
— Sempre batendo na mesma tecla. Pois bato também! Acha que podemos passar fome, andar nus? As crianças têm que comer, não vivem de ar, não se vestem de ar, quem anda nu é índio!
— Deixa de torcer a questão. Você é mestra em torcer as questões, em querer transformar todas as cartas em trunfos para o seu jogo. Ninguém passa fome, ninguém anda nu, o que é realmente preciso nunca faltou aqui. Nunca! Mas a gente deve gastar de acordo com o que ganha. Só os loucos procedem doutro modo. Eu ganho pouco, você sabe que ganho pouco.
— Não sei quanto você ganha, não. Nem me interessa!
— Sabe sim. Te interessa sim. Você sabe de tudo. Eu não escondo nada!

— Você é miserável, isto é que é!
— Não torça, pelo amor de Deus. Gasto o que for preciso, mas não gosto de me ver enganado, roubado, sacrificado sem proveito. É odioso a gente se ver embrulhado.
— Quem fala em ódio! Quem fala em sacrifício! O melhor era você sair logo de casa e ir viver com quem não te sacrificasse, não te roubasse, com quem você não sentisse ódio! Não sei que é que te prende. Eu não sou, posso garantir. Que está esperando? O que está quebrado não tem remendo, abomino remendos! Detesto sapatos velhos!
— Eu que o diga!
— Por que não vai?
— É o que mesmo não sei. Juro que não sei! Já pensei muito em sair. Esta vida é um martírio, envenena, embrutece. Não penso noutra coisa.
— Não pense tanto. Saia logo. Que é que te prende? Será que deu pra ter escrúpulos?
— Para as crianças ficarem entregues a uma desmiolada? Não! Não sou um criminoso!
— Crime é pôr crianças no mundo sem amá-las. Deixa de fita! Quando é que você pensou nas crianças?
— Eu penso em tudo!
— Em tudo que é safadeza, traição, mentira!
— Pare! Quantas mil vezes já te disse que não minto? Quantas vezes terei ainda que te dizer? É exasperante! Mas repetirei sempre! Não minto! Não minto! Não minto!
— Não mente? Ah, ah, ah! Vá dizer isso a essas literatas cretinas, a mim não! Nunca fizeste outra coisa na vida. Se mentir fizesse cair os dentes, não tinhas nenhum para remédio! O que você não gosta é de ser apanhado em mentiras. Não faça essa cara! Conheço já muito essa cara de mártir! Sua fúria é só vergonha de ser desmascarado. Só vergonha! O honesto, o honrado, o homem perfeito, que critica tudo, que acha defeitos em todo mundo. Olhe para o teu rabo!
— Não seja imbecil!
— Imbecil é quem me chama.
— Devia te chamar é de outra coisa.
— Chama se tem coragem!

— Tenho pudor. Tenho pudor e você nem merece nenhum pudor. É como bicho! Mas bicho mau, bicho peçonhento!
— Ladre à vontade! Tuas ofensas não me atingem. Entram por um ouvido, saem pelo outro.
— Oh, essa é piramidal! Bancando a sublime, a superior, a inatingível! Não me venhas com comédia, és péssima comediante. O que você é, é insensível, traiçoeira, pérfida, a mais sórdida egoísta que eu já vi. Você cisca até lixo, o lixo mais porco para aproveitar migalhas que te beneficiem.
— O lixo mais porco que eu cisquei foi você mesmo! Lixo, puro lixo! Com confetes dourados no meio para passar por jóia. Não passa não, não se iluda. Não sou eu só que te conheço. Todo o mundo te conhece. Todo o mundo me dizia, eu é que fui louca. Mas atrás de mim virá quem bem me fará! Deus é grande!
— Você é um pesadelo, um pesadelo atroz, uma tortura!
— Pesadelo e tortura são tuas camisas sujas de ruge, seus lenços sujos de carmim.
— Eu não sei o que até hoje me impediu de te arrebentar a cara!
— O medo!
— O medo? Tome o medo!
— Miserável, bandido, desgraçado!
— Você me cega!

19 de dezembro

"Faça chuva ou faça sol,
No correr do ano inteiro,
Está a vosso serviço
O vosso humilde *Lixeiro*."

20 de dezembro

Escafandrista de arcanos pueris, desço a eles e, em abissal remanso, entre anêmonas-do-mar, polipeiros e astérias, anêmonas das manhãs de correrias e traquinadas, polipeiros de risos incontidos, astérias das conversas do arco-da-velha, reencontro Elisabete. Elisabete e a Meia de Natal.

Era uma meia de filó, a primeira que viam meus olhos estupefatos, resistente filó com um rótulo pregado, rótulo oblongo, vermelho e azul, vermelho do Papai Noel, azul do saco encantado, com verde também, verde do ramo de azevinho, filó que suportava a empanturrada, maravilhosa pressão de dezenas de pequenos brinquedos de forasteira manufatura — carrinhos, trenzinhos de lata, navios de madeira, que naufragavam no tanque ou na banheira, soldadinhos de chumbo, bonequinhos de massa, apito, peteca, o joão-paulino de celulóide, carrapeta, caleidoscópio, bandeirinhas, os lápis de cor, a palheta com sete pastilhas coladas de aquarela, cadernos para colorir, livrinhos de histórias numa língua de trapo que só Elisabete entendia!

Viera com ela nas mãos para que juntos a abríssemos e a esvaziássemos — era a manhã de Natal com calor e cigarras! Encontrara-a, entre outros regalos — bonecas, aparelhos de porcelana para chá e para jantar, caixas de bombons com cromos de caçadas na tampa, livros de gravura, jogos de armar, casacos de malha e vestidos — nos sapatos ao pé da cama, cama de ferro, virginal, vitoriana, de engomado cortinado, barreira da previdência imperialista contra a qual se quebrava, inócua, decepcionada, a zoeira da bronca mosquitada colonial.

Abrimo-la e, acocorados, esvaziamo-la sobre o ladrilho da varanda, boceta de Pandora em que nenhuma esperança ficou no fundo.

— Tira você — pedira a não muito destra inglesinha.

Minhas mãos tremiam. Madalena e Emanuel participavam do alumbramento. Mamãe parou uns instantes, curiosa, sobre as nossas cabeças e sorriu. E cada brinquedo que saía, com cor intacta e cheiro de tinta, de verniz e de bazar, para a efêmera vivência das vândalas mãos infantis, era como se, de prodigiosas entranhas maternas, o parteiro incipiente e deslumbrado arrancasse mais um rebento de sonho para a sua prole de surpresas.

22 de dezembro

Endereçado ao escritório recebi um cartão — casal de pombos se acariciando num galho — com os garranchosos votos de Bom Natal e Feliz Ano-Novo, de Júlia Matos. Pensei em mostrá-lo a Jurandir, mas não o fiz. Enfiei-o na gaveta e não sei que sumiço levou.

23 de dezembro

Catarina:

— Você às vezes fica tão distante de mim, mas tão distante que parece estar em outro planeta!

24 de dezembro

Submeto-me ao protocolo natalino, engajo-me no extremo da cola, seu Valença na minha frente, em atitude acapoeirada, rosnando epigramas pouco asseados, Odilon atrás achando-lhe uma graça insopitável. A gerência desaperta os harpagônicos cordões da bolsa e solta a gratificação, equivalente a um mês de ordenado, munificência acondicionada em envelope azul, da qual se passa recibo na caixa, detalhe mais contábil que bíblico — o que uma mão desse, mais cristão fora que a outra mão não o soubesse. O Chefe põe nos lábios o festivo sorriso convencional, e de pé, ao lado da mesa de trabalho, aperta a mão de todos os empregados, que por seu turno cumprimentam-se uns aos outros, Jurandir, muito moleque, anexando a cada abraço ou sacudidela de mão uma piada adequada, não raro pesada, como a que dedicou a Zilá, felizmente tão etérea na circunstância, que não a compreendeu, ou picante, como a que brindou Edelweiss, a propósito dos brincos que ela inaugurava, de formato levemente obsceno, facécia essa que teve resposta à altura.

Neguei, ostensivo, meu cumprimento a Humberto, que engoliu em seco — Feliz Natal!

25 de dezembro

Foi uma ceia heróica. Garcia veio compartilhar das rabanadas e trouxe Hebe. Inventei um presentinho para ela.

26 de dezembro

É difícil escolher no mundo das vitrines. Decido-me por um raminho de flores, flores de vidro, azuis e brancas, artesanato boêmio, de singela graça decorativa.
— Gostou?
— Adorei! Nunca mais sairá da minha mesinha-de-cabeceira.
Luísa enfia a mão na bolsa:
— Eu também tenho um presente para você...
Abri a caixinha — um par de abotoaduras. Irão fazer companhia ao alfinete de gravata, que me deu seu Durvalino.

27 de dezembro

O presente mais lindo não é o mais caro, é o mais frágil — caixa de cubos com os quais as mãozinhas inexpertas poderão formar um prado florido, dois cachorrinhos brincando, a galinha branca, orgulhosa dos pintainhos.

Há ainda a bola de sete cores como um arco-íris de borracha, a piorra cantadeira e o pelotão de chumbo pregado no papelão.

Paro um instante, comovido — ah, roda da vida, roda da vida rangente ou azeitada! Quando acordei, acordei general — trinta e seis soldadinhos me esperavam ao pé da cama, túnica azul, calça vermelha, baionetas em riste. As trincheiras foram abertas debaixo das begônias, as roseiras deixavam cair as pétalas sobre os heróis, todo o jardim sofreu com as batalhas delirantes, enquanto Madalena fazia comidinhas para a nova boneca e Emanuel folheava, no alpendre, o livro de gravuras de Rabier.

Deposito o último brinquedo com cuidado, não fosse despertá-las. Porejadas de suor, as crianças dormem. Na parede, como prego, dorme também o pernilongo, pesado de sangue que também é um pouco meu, apesar da incredulidade rancorosa de Mariquinhas.

1937

3 de janeiro

De dia o calor escracha, mas à noite a frescura compensa, e uma brisa sopra constante, descendo pelo rio, trazendo queixumes de sanfonas. Maria Clementina é uma beleza de menina, cabelos lisos e finos, pele muito clara, olhos de mormaço, um quê de oriental nas formas cheias. Fala explicado, escolhendo vocábulos, e suas conversas comigo, na varanda, eu na rede, ela embalando-a como gentil escrava, são longas e compenetradas, com mil alusões domésticas e municipais. Não compreende por que não trouxe as crianças, e cada dia repito a explicação — ando adoentado, vim para descansar e elas me atrapalhariam, pois são muito pequenas e ainda precisam de atenção.

— Mas mamãe tomava conta — retruca.

— Eu sei. Mas Turquinha já tem crianças demais para cuidar. Criança dá trabalho.

— Eu não dou trabalho a mamãe.

— De acordo. Você é uma menina ajuizada, uma verdadeira mocinha. Mas Patrícia e Maria Amélia? São ou não são uns diabretes?

E a cidade, muito politiqueira, anda infantilmente agitada com as demarches da sucessão presidencial, em que são lembrados nomes a granel, sem que nenhum obtenha a base eleitoral indispensável para um candidato, que nas circunstâncias atuais depende preponderantemente do beneplácito getuliano. E Vargas, ouvido à passagem do ano, na sua habitual saudação aos brasileiros, anima propósitos de não-intervenção, de liberdade eleitoral, de entregar o leme do Estado ao vitorioso das urnas. Francisco Amaro não acredita:

— Ele não sai... Vai cozinhando em água fria estes bestas e acaba dando uma rasteira em todos.

— Pode ser.

— Não é pode ser, não! É certo. Você vai ver. Não sai.

— O Plácido Martins é da mesmíssima opinião. Acha que a situação internacional favorece inclusive os planos de permanência, o golpe branco para a prorrogação do mandato. A agitação que se verifica no Brasil, diz ele, é muito atiçada e até inventada pelo próprio governo, para explicar, na hora oportuna, um golpe político que iria tranqüilizar a família brasileira, evitar o caos, etc. e tal, e a besteira da quartelada comunista do ano retrasado foi um prato suculento posto de graça nas mãos da situação, pitéu que tem sido explorado intensamente, como vemos.

— Não sou sagaz como o Plácido, mas estou com ele, absolutamente com ele. Vai ver. Getúlio não sai. Mas por que diacho esses comunistas tentaram o levante? São idiotas? Não percebem a realidade? Não viam que não tinham a menor chance de vitória?

— Francamente não sei. Tudo que apurei é contraditório. Parece que foram ordens. Vivem de ordens. As ordens vêm de cima, dos maiorais, da direção do partido que ninguém sabe quem seja, e a um militante o que lhe compete é obedecer, se não é expulso. E a ordem agora seria ainda a de tentar movimentos armados. Para alertar o povo, creio, para dar ao povo a certeza de que o partido existe, que a derrota que sofre na Espanha não o enfraqueceu, uma coisa assim.

— Eu acho idiota.

— Eu também. Eles não contam com o sentimentalismo bem explorado. Você vê. Morreram uns poucos de legalistas. Em todas as revoluções morrem uns poucos de legalistas. Mas as vítimas estão rendendo. São mártires. Vão construir um monumento no Cemitério de São João Batista para elas. Não há semana que não haja romaria aos túmulos. Falam muito em fratricídio. Esse negócio de Abel e Caim pesa um pedaço

no coração do povo e é perfeitamente razoável que pese. E fala-se também muito em brasilidade. É um termo horrendo! Mas como está sendo gasto! O Gustavo Orlando me contou uma sublime, acontecida numa prisão. Todas as manhãs e às tardes, isto é, na hora de suspender e abaixar a bandeira, o general-diretor formava os presos políticos e obrigava-os a cantar o Hino Nacional. Era o que ele chamava: incutir brasilidade naqueles brasileiros degenerados, naqueles dinamitadores da pátria!
— Ah! Ah! Ah!
— Eles, então, fizeram a letra do Hino Nacional do Brasileiro Pobre e cantavam-no a valer, muito especialmente no banho de chuveiro obrigatório, que não sei se fazia também parte do programa de brasilidade. E era quase tão ridículo quanto a idéia de brasilidade do general.

4 de janeiro

Pomba ou nuvem?

5 de janeiro

Também não sai do coração a presença do ser amado, plácido seio maternal, mas como seria possível fazer, do que era esperança, realidade, do que seria liberação, um outro cativeiro? Responda, mangueira carregada; responda, solitário marimbondo; responda, passarinho de papo amarelo!

E Maria Clementina canta no fundo da horta. Canta e ri. E Patrícia choraminga, amuada, em qualquer canto.

— Quantas vezes já disse que não quero que comam mangas do chão? — ralha Turquinha, com estridências de araponga.

E na nuvem que o vento tange, nuvem única, escoteira, barco de gaze, no céu de azul puríssimo...

— Sossega, leão!

Mercedes aprendeu a última moda carioca e não a economiza.

6 de janeiro

E, por acaso, economizo eu os meus sonhos, as minhas taras, os meus impulsos e incertezas, ternuras e ingratidões, os meus egoísmos e as cordas frágeis do coração? Por acaso sei gastar eu a única vida que me foi dada?

7 de janeiro

Francisco Amaro ficou encantado com a tempestuosa litografia de Vlaminck, que já levei emoldurada, moldura sóbria, uma barrinha de madeira apenas, sem verniz, e largo *passepartout:*
— É realmente uma beleza de gravura! Rendo-lhe graças. Onde você a arranjou?
— Catarina trouxe um lote: uma de Degas, uma de Renoir, duas de Bonnard, duas de Vlaminck, uma de Dufy, uma de Marie Laurencin, uma de Redon, todas de primeira ordem.
— Ela te deu só esta?
— Não. Ela me deu todas!
— Todas?!
— Catarina é assim. Eu dei uma de Bonnard ao Garcia. Também é uma beleza! O gozado é que ela tinha a certeza que eu ia presentear vocês...
— Francamente, já que falamos de Catarina, é um trem que eu não percebo esta história, aliás já velha, de vocês dois. Já parafusei muito e não consigo compreender.
— É difícil compreender.
— Como você nunca me disse nada, também não forcei. E não estou te obrigando a explicar hoje não, veja bem. Não sou nada saca-rolhas.
— Que fosse! A rolha não saía. Que explicação poderia dar?
— Afinal nada te impede de solucionar uma situação pública e notória. Catarina é uma moça excelente. Definindo-se, você não estaria fazendo nenhuma injustiça conjugal. Desquite, afinal, foi feito para os casais que não se entendem. Na verdade há as crianças...

— Na verdade não há nada. Filho não é amarra para ninguém.
— É melhor até para elas um ambiente tranqüilo, uma casa onde haja entendimento.
— Viver para você é fácil, não é, Francisco Amaro?
— Não compreendo.
— Ninguém compreende nada!

8 de janeiro

— Podemos dever muito a alguém, mas nem tudo que devemos poderemos pagar com amor.

9 de janeiro

Não se trata de compreender, trata-se de sentir. Francisco Amaro, tal como Adonias, não sente muito Fats Waller, não sente muito o jazz. Inútil ter me privado do álbum de discos, que Catarina me deu antes que fosse devastado pelo irmão e pelos amigos do irmão. Não sente, aliás, a música em geral e sua vitrola teria mais função decorativa, se ele não se esforçasse por penetrar no mistério sonoro, como se fosse uma inferioridade não desfrutá-lo. Suas antenas são mais adequadas às ondas plásticas.

10 de janeiro

"Estou te invejando esses dias aí com o querido Chico Amaro; a temperatura aqui está brava, com borrascas e enchentes. Vi-me obrigado até a fazer uns serões para fechar a escrita mensal, pois durante o dia era impossível de tão sufocante.

Hebe andou meio perrengue, mas já arribou, nem foi preciso chamar o Gasparini, perturbação dos intestinos, provavelmente por causa do calor. Tabaiá é que não tem passado bem.

Catarina telefonou-me. Helmar Feitosa e Ribamar perguntaram por você, coisa que afinal não tem a menor importância, mas que registro porquanto o fizeram com indiscutível interesse e eu estou tão embotado que isto serve para encompridar estas linhas fraternais.

Délio Porciúncula trocou o automóvel; não entendo nada desse material, mas suponho que é Buick a novel posse; quanto a ser azul, eu garanto — azul pervanche para ser mais preciso e acentuar meus conhecimentos cromáticos.

Encontrei-me com Euloro — ia com Mário Mora — e ele me disse estar escrevendo um outro romance, mas quando esse nosso prezado amigo não está escrevendo um outro romance? Diabo é que fiquei interessado na história, embora você decrete que tudo que ele produz seja grossa borracheira, literatura para caixeiros, mas, sem falsa modéstia, que sou eu senão um caixeiro graduado? Mas não se iluda que Euloro te paga na mesmíssima moeda. Nunca se encontra comigo (preciso ser mais explícito?) sem, assim como quem não quer, assim como quem está falando num tom geral, dizer que tua literatura é um luxo diletante, que literatura deve ser para o povo, que não há mais lugar na arte para nenhuma torre de marfim, etc. e tal.

E por falar em torre de marfim, comprei um livro muito bom sobre xadrez, mas ainda não pude me afundar nele."

(Garcia, com menos economia de papel do que lhe é comum.)

11 de janeiro

A fazenda, aprazível e confortável, onde Francisco Amaro instalou a usina de lacticínios, dista meia hora, se tanto, da cidade, onde prefere morar, por ter compromissos muito cedo no ginásio e no Banco Mercantil, de que se viu forçado a aceitar o contencioso. Como o velho Durvalino Amaro é bicho ainda rijo e capaz, apesar dos setenta anos nas costas, ficam, fazenda e usina, aos seus cuidados durante a semana, ao fim da qual Francisco Amaro aparece para passar o sábado e o domingo, mesclando, como ele diz, bucolismo, pecúnia e berreiro de fedelhos em doses equivalentes.

Mas a minha presença altera esses hábitos. A casa da cidade é pequena, os filhos nascem todos os anos, e Francisco Amaro não quer ampliá-la, quer construir uma nova, moderna, ao seu gosto e feitio, mas isso demanda muito dinheiro, tem que esperar ainda uns tempos, estar mais folgado. Assim, recolho-me à fazenda, o que é insofismavelmente mais agradável, Francisco Amaro transfere-se também para ela com a mulher e a criançada, a negra Mercedes fica para fazer o almoço dele na cidade, vindo somente aos sábados, e as noites são nossas, embora a mudança lhe traga o sacrifício de ter de madrugar e dormir mais tarde, pois as conversas são espichadas e muita matéria rememorativa de ordem frascária tem de ser versada fora do alcance da suspicaz Turquinha, que, quando chegam dez horas, não se agüenta mais de sono e boceja e se espreguiça e esfrega os olhos da maneira mais insistente, sem que tais práticas condoam o coração empedernido do esposo.

12 de janeiro

Turquinha, cuja vida é um permanente estado de gravidez, descansa na poltrona de vime, as pernas intumescidas e os cinco pronunciados meses da futura Maria Angélica. Tem os olhos bistrados e levantinos, a cútis mate e penugenta, os cabelos lisos e negros avançando para a testa, diminuindo-a, estreitando-a, obscurecendo-a, e uma voz que arranha como unha de gato.

— Você não acha, Turquinha, que estão tendo filhos demais?

O rosto se ilumina de uma alegria plácida, generosa, celestial:

— Não! Eu acho ótimo.

— Admito. Mas um por ano é exagero. Depaupera, envelhece e você é tão moça ainda...

— Mamãe teve onze e ainda está forte como um jacarandá.

— Exceções não valem, e mesmo dona Idalina tem outro porte, outro físico que não o seu.

— Quando se casou era mais franzina do que eu...

— Então era menos que um tico-tico, teimosa!
— E não tinha a criadagem que eu tenho para cuidar das crianças. Papai não tinha nada. Havia dias que comer era um problema.
— Donde se conclui que a burrice na família Assaf é hereditária. E vamos tomar um cafezinho, que está na hora.
— Vamos. Para você sempre está na hora de tomar um cafezinho, não é?
— Mas não me venham com aquele café ralo e pelando que vocês gostam, não. Ouviu? É indecente!
— O marquês será servido de acordo com as suas determinações!

13 de janeiro

Vou à cidade instado, e com o engodo de que Mercedes preparará, para o almoço, tutu com torresmo e couve à mineira, como complemento ao lombinho de porco em que é emérita:
— Vê lá, hem!
— Garanto.

Guarapira progride — o prefeito mandou cortar metade das árvores da Praça Santa Rita, belas árvores antigas, entre elas o carvalho, que um velho morador português, hoje morto, trouxera da Europa, pequena, frágil muda, que venceu o clima e a terra estranha, elevando sobranceiro a sua ramagem por cima da ramalhada nativa, e cobrindo o chão adotivo de bolotas.
— Não adiantou falar, explicar, protestar — desculpou-se Francisco Amaro. — A burrice é impenetrável. O máximo que consegui foi que não abatessem todas. Pouparam as que circundam a igreja. A idéia era de rapar a praça, transformá-la por inteiro neste capinzal que você está vendo. O Brasil vai todo pelo mesmo caminho: o do horror às árvores urbanas! É um ar que lhe deu ultimamente. Porque as árvores silvestres, estas há muito tempo que não merecem o mais elementar respeito. É a devastação sem freio! Vê a fazendola. Quando papai a comprou não havia uma única árvore à roda da casa. Era pelada, pelada! Uma desolação. Tudo que está lá foi plantado

por nós. E não pode imaginar como os ex-proprietários se riam. que troça faziam.

Guarapira progride mesmo — mais uma agência de banco, Banco da Lavoura, na Rua da Estação, onde Assaf tem o seu armarinho — "A Brasileira de Guarapira", que a população simplifica para "A Brasileira".

— Meus parabéns, Chico! Sete já, não?

— Oito! Pululam como cogumelos. Para uma cidade de dez mil habitantes... Na verdade, há o município. Mas não soma tudo mais que vinte e cinco mil habitantes. É um banco para cada três mil, aproximadamente... Grupo escolar tem coeficiente menor. São cinco para o município todo... Mas dê uma olhada dentro. Vale a pena...

Dei. Era niquelado, gradeado, soturno como um cárcere:

— Mete medo!

— Os juros que cobra, aliás que cobram todos eles, inclusive aquele a quem dou as minhas luzes, também metem medo.

— E atende à lavoura?

— Que pergunta ingênua! Pura casa de agiotagem como as demais. Como na terra quase ninguém produz, e todos têm as suas fumaças burguesas, seus vícios e luxos burgueses, vivem todos pendurados nos bancos no regime da promissória. Quero ser mico de circo de cavalinhos se naqueles guichês jamais um lavrador foi atendido!

14 de janeiro

Pensei que fossem borboletas. Eram folhas mesmo. No vento.

15 de janeiro

— Antenor Palmeiro não tem sensibilidade, Chico, tem esperteza, esperteza de camundongo. São assuntos diferentes. Nasceu para ser ilustrado por Nicolau.

— Agora é que você me diz isso? — retrucou em tom de zombaria. — Por sua causa já comprei um quadro dele, que não custou barato.

— Modigliani mal digerido. Pendure-o no chiqueiro. Não há nada mais repulsivo, mais antiarte, que a habilidade, o maneirismo.

E Francisco sempre irônico:

— Você leu o que o Mário Mora escreveu sobre ele no último suplemento de *O Jornal*? Coloca-o nas nuvens...

— O Mário Mora tem dessas canduras...

— Se você não gostasse do Mário, chamaria de frescuras...

— Está muito engraçadinho hoje! Quando isso te dá, dura muito?

16 de janeiro

Seu Assaf, pai de Turquinha, comparece aos domingos para o almoço. Tem quarenta anos de Brasil, mas fala como se tivesse chegado na véspera:

— Como bassa, bessual?

Deixa-se beijar pela filha, enquanto Francisco Amaro recusa-lhe a mão:

— Não aperto mão de turco. E dentro de casa não está chovendo, ouviu?

Assaf mostra os dentes maravilhosos e, virando-se para mim, revida:

— Não aberta mão de home... Fica com mão dodói...

Pergunto-lhe por dona Idalina. Só então tira o chapéu de feltro preto e aba larga:

— Dalina tá bem, brigado. Não bode vir. Tomando conta de neto. E o senhor, tá melhor? Bassou o febre?

— Já estou bom, seu Assaf. Pronto para outra.

— Onde estão os crianças?

Turquinha grita pela prole e Francisco Amaro sempre sério:

— Bonita voz tem a sua filha, Assaf.

— Já tinha este voz antes da casamento.

Patrícia, a segunda do lote, é retraída, se encosta ao portal, torcendo as mãozinhas, enquanto as outras cercam o avô, que se curva para elas.
— Batrícia, fala bra vovô. Tá vergunhada?
— Fala direito com teu avô, pateta! — ralha Turquinha.
E depois do almoço, tendo comido como um danado, seu Assaf, de palito na boca, vai para a varanda jogar gamão com seu Durvalino, partidas furiosas, com golpes terríveis do copo contra o tabuleiro e insultos mútuos e arrepiantes.
Francisco Amaro chega-se, olha com pouco caso, e fala como se estivesse pensando alto:
— Palito é feito só para limpar dentes. Depois joga-se fora.

17 de janeiro

Turquinha recolheu-se cedo, pesadona, os tornozelos edemaciados; a criançada já há muito ressonava; a lua atraía a bicharada noturna, besouros principalmente, que se atiravam sólidos, bojudos contra a lâmpada, resvalando como pedradas, e me lembrei do que me relatara Rodrigues — contrariando todas as leis do vôo, os besouros voavam, voavam mal, mas voavam!
— Você sabia disso, Chico?
— Não. Não sabia. Que coisa engraçada!
— É como o Antenor Palmeiro, que contraria tudo e é romancista...
— Não contraria tanto assim, deixa disso!
E pegamos de conversa — literatura, negócios, literatura, porque se os negócios são o preço das nossas maiores ou menores necessidades, a literatura é o nosso vício, o nosso arcabouço, o nosso giroscópio. Ezra Pound e Conrado Aiken eram dívidas que tinha com Catarina, confessadas dívidas. Euloro Filho foi escalpelado com impiedosas e não muito afiadas lâminas. Júlio Melo recebeu suas ripadas. Carlos Drummond de Andrade foi exaltado e recitado, ato que recordava o quarto ensolarado da Rua Carvalho Monteiro, quando Francisco Amaro declamava os heróis da campanha modernista, que me transferia mais remotamente à alcova de Antônio Ramos, onde ele, esmur-

rando o ar morrinhento, cantava Guerra Junqueiro com trêmulos a cada rima.

À meia-noite, Francisco Amaro se decidiu dormir, pois tinha que madrugar por causa de encrencas no ginásio, derivadas do aborto que é a nova lei de ensino, a mais copiosa soma de parvoíces que a mente seria capaz de conceber. Bebi um último cafezinho requentado e enfiei-me nos lençóis. Mas talvez pela excitação da conversa e do lirismo, talvez porque tivesse dormido muito durante o dia, talvez ainda por um particular estado emotivo — recebi carta de Luísa, recebi carta de Catarina — o sono não chegou, coisa que muito raro me sucede e, quando assim, não me impressiona, não me deixa aflito, não recorro a hipnóticos. E os pensamentos me assaltaram na vã espera.

. . . .

A madrugada pinta na janela, os pássaros acordam e iniciam a sua música, os galos amiúdam o canto. Levanto-me, a cabeça entontecida, a garganta ardida do incessante fumar. Que importam os róseos contornos com que revestimos os devaneios tanta vez? Que importa o otimismo com que nos colocamos nas cenas da imaginação? Que importa a consecução dos impossíveis sob a onírica égide do favorável fortuito? Pego na pena — ó amada, secreta companheira inviolável!

18 de janeiro

— Adonias Ferraz não sabe que ser um bom esnobe é mais difícil do que parece. (Francisco Amaro, entretendo a pontinha que tem com Adonias.)

— Entre as minhas inconfessadas vergonhas conta-se a de ter aplaudido Marinetti no Teatro Lírico. Fardado de soldado!

— É uma pena que Tabaiá seja tão preguiçoso. Pensando bem, o que chamamos de preguiça talvez não seja mais que a sua maneira de ser. É preciso pôr tento nisso. De qualquer sorte, não tem ele a menor noção da efetiva importância do seu livrinho. Nem ele, nem o grosso dos contemporâneos. Vai ser um outro Manuel Antônio de Almeida.

— Por mais simpatia que possamos ter pelo fenômeno Tobias Barreto, que era ele, no cômputo das coisas, senão um mulato oxigenado, espécie de camelô de idéias que não tinha?

— Não duvido que Martins Procópio acredite em Deus, mas que adianta se não acredita na humildade?

19 de janeiro

Os livros de Francisco Amaro estão na cidade, mas mantém ele aqui uma estante suplementar de que tenho abusado. Travei relações com Dorothy Parker, de quem Alarico do Monte me dera a primeira notícia em singelo e esclarecido artiguete para o *Mundo das Letras*, que só teve um número. É ouro mesmo! Ouro sem filigranas.

20 de janeiro

1922. Há tempo de ler e tempo de reler. No quarto com cama de ferro e marulho de ondas, *Meu tio Benjamim, Dominique,* Daudet, Dickens, *Gil Blás,* o *Sargento de Milícias*, Vítor Hugo, Bret Harte e *Eugênia Grandet* encheram do intenso maravilhoso todo aquele março de calor e mosquitos.

Antônio Ramos emprestava livros franceses, com páginas por abrir e cheirando a desinfetante.

21 de janeiro

O jornal chega atrasado — Alberto de Oliveira deu o último passo do seu "comprido viajar".

Não sei quem disse que a verdadeira glória era ser conhecido de nome pela maioria e de obra pela minoria. E esta glória teve-a o altíssimo Poeta. Todo o Brasil o conhecia de nome e de retrato, mas só de nome e de retrato. Artista de cúpula, não se popularizara a sua rígida, aparentemente fria, impassível ourivesaria poética. Da famosa trinca parnasiana, que alguns querem ampliar para quarteto, popular era Bilac, idolatrado, quase endeusado, pela facilidade das suas idealizações históricas, por seu sensualismo palavroso, por suas tiradas nacionalistas, por sua participação na vida pública, que culminara com a pregação pelo país do serviço militar obrigatório, ação que tanto entusiasmara o imberbe Altamirano de Azevedo a ponto de inspirar-lhe uma ode, ação que Saulo Pontes condenava de mercenária garantindo ter visto recibos, ou coisa que o valha, no Ministério da Guerra, quando andara fazendo lá umas pesquisas sobre Osório — o pai era general —, documentos comprobatórios de quantias, aliás, bastante medíocres, acentuava.

Alberto de Oliveira! Poucos foram os nossos encontros, mas nunca deixaram de ser repletos de surpresas, de comoção. Sua presença me fazia pequenino. De augusta mímica, um deus fora do Olimpo, era ameno com os jovens que o procuravam, se bem que em absoluto não os compreendesse e intimamente, aceitando apenas a vassalagem, mofasse das suas heresias, olvidando as rebeldias da sua mocidade iconoclasta.

Lembro-me, da última vez que o vi, na Livraria Católica, trajado de cinza-claro, colarinho alto e duro, punhos engomados, se arrastando, apoiado à bengala, mas se esforçando para não denunciá-lo (como se fora possível), de elevado porte, bigodeira grisalha, majestático, a voz profunda:

— Meninos, poesia é estatuária!

Estatuária! Como compreender, em vulto de tamanha envergadura, a estreiteza de um conceito que envolvia a sua própria poesia, que tanto me fascinava e que para mim estava longe de ser estátua? E meninos éramos eu e Adonias, que desfrutava da sua intimidade, pois a família tinha raízes na terra, de lindo e sugestivo nome, onde nascera o Poeta — Palmital de Saquarema.

22 de janeiro

Maria Clementina, Patrícia, Maria Amélia... Entre um sabugo e uma boneca, preferem o sabugo. Entre sapato e pé no chão, preferem pé no chão. Penso em Vera e Lúcio. Não sou um pouco seco com meus filhos?

23 de janeiro

Neste repouso de vinte dias, vinte dias iguais, bem alimentado, em bom ar, com largas sestas, longe do convívio dos nossos inimigos cordiais, tipo João Soares, e do aniquilante cárcere matrimonial de porta arrancada e grades destruídas, mas cárcere, contemplando a imutável paisagem, de morros despidos e bois vagarosos, ouvindo a voz dos quero-queros, dos canarinhos-da-terra, dos joões-de-barro, dos sanhaços e o grito dos gaviões, umas tantas idéias entram em ordem. Esclarecem-se horizontes, até então vedados por ardilosa cortina de bruma, chegamos a acreditar na boa fé de alguns corações, ou melhor, no minuto angélico de certos corações. O homem é confuso por natureza. No mais das vezes está na confusão a sua exclusiva grandeza. E tomemos o nosso leite ferrado, a única forma de leite suportável, e de que dou a receita em estilo do *Manual da Doceira,* bem mais incisivo que o do nosso *Código Civil:* tomemos um prego de prender dormentes aos trilhos, ponhamo-lo no fogo até ficar em brasa e com o auxílio de uma tenaz mergulhemo-lo no leite. Eis o leite ferrado! E assalta-me a idéia de compor um livro de receitas de doces e comidas que se possam fazer com o leite. Duzentas a trezentas receitas seria possível conseguir das comadres quituteiras, do caderno cor-de-rosa de Mariquinhas, talvez Madalena. Com algumas ilustrações sugestivas e estaria pronto o livro, que poderia me auferir até pingues e oportunos proveitos (Francisco Amaro ri), se fosse subvencionado discretamente pela companhia de leite condensado, na qual eu tenho facilidades para um bom pistolão, pois Garcia tem um primo que trabalha lá.

24 de janeiro

Volto e encontro Luísa com os olhos empapuçados da chorosa vigília. Dick morrera atropelado por um automóvel.

Fora de noite, quando tornava da sua diária excursão. Ouviram o ganido tristíssimo, e o ronco do motor acelerando e fugindo. Dona Carlota correra em trajes de dormir. Dick ainda conseguira se arrastar uns metros em direção ao portão da avenida, mas não alcançara a calçada.

— Por que Deus me presenteou com esta provação?

25 de janeiro

Retorno ao escritório, mais gordo e mais calmo, e constato que Humberto progride. Ei-lo subchefe do departamento, acalentando esperanças de uma baia especial que o separe do resto da tropilha. Deixou crescer o bigode, um fio de bigode paralelo à comissura dos lábios, exibe unhas polidas! usa camisas de seda com monograma, iguais às do Chefe, lê livros americanos sobre publicidade, gasta termos técnicos, traça complicados gráficos. Apropriou-se de Luísa. E ousou aparecer envergando, sob o casaco, a camisa verde-oliva do integralismo.

26 de janeiro

Três horas para escrever uma linha. Acabar não escrevendo nada.

28 de janeiro

Levando Rebeca, a primogênita, que encantou as crianças com uma vivacidade quase saliência, Isaac visitou-me de despedida. E, doutor Oscar pra cá, doutor Oscar pra lá, informou-me que se mudava para Copacabana, Copacabana era um bairro de muito futuro comercial, fizera sociedade com um patrício numa loja de objetos para senhoras, iria morar em cima da loja para facilitar.

— E o negócio de peles?

Passara adiante, não tivera prejuízo, e com o capital da venda é que se estabelecia em Copacabana. Aceitou o cafezinho,

recebeu com transparente orgulho as minhas felicitações pela saudável viveza da pirralha, terminou por presentear-me com uma carteira de notas, que sacou do bolso:
— É *cracodilo* legítimo, doutor Oscar. Artigo superior.

Havia sido amável, precisava obsequiá-lo também, mas não sabia o que lhe oferecer. Afinal, acudiu-me que poderia dedicar-lhe um livro meu, que havia exemplares sobrando. Escrevi a dedicatória curta e desafetada, estendi-lhe o volume de bem pouco atraente capa:
— Uma lembrança minha para o bom vizinho. Não repare.

Ele pegou o livro com ar suspeitoso:
— É "uma" romance?
— Sim, é um romance.
— Brasileiro?
— Sim. Escrito por mim. Uma historiazinha aí da cidade.

Isaac arregalou os olhos cor de chumbo:
— Não sabia, doutor Oscar. Não sabia.
— E quem é que sabe, amigo Isaac?

E, Isaac saído, quedo-me ruminando, perturbado e arrependido, a dubiez das minhas palavras, que o inocente e operoso comerciante não tinha aparelho para captar. Outro que não ele as teria, talvez, traduzido como de íntima decepção, de insopitada queixa.

29 de janeiro

Sou o leitor de mim mesmo. Isto é importante.

31 de janeiro

Com o título todo em minúsculas e prévias girândolas de publicidade nos suplementos dominicais, saiu hoje o primeiro número de *Arte e Literatura*, quinzenário de pouca arte e pouquíssima literatura, com João Soares no rodapé crítico alinhando maçudas banalidades, e Gustavo Orlando pontificando sobre coisas de que não entende.

— Precisamos ter nossas armas — diz Antenor Palmeiro, que como vedeta brilha em cada página.

Mas dividiu-as imprudentemente com Julião Tavares, chamando este agitado líder estudantil para os encargos da direção, o que é o mesmo que inventar sarna para se coçar, dado que o paranóico rapaz não vacila ante nenhuma espécie de baixeza para atingir os seus fins e bem se saiba quais são os seus fins, embora os incautos não se esgotem, tal como não se esgotam os otários para a prosperidade dos vigaristas e o encanto das crônicas policiais.

E como Julião não perde tempo, já neste primeiro número mostra o dedo inato de delator, cutucando em notas da redação vários cidadãos das letras que não vão à missa das suas ambições ou que meramente não compartilham das suas extremadas atitudes.

1.º de fevereiro

Dicionário de bolso:
Trabalho — horror dos horrores de seu Valença.
Morte — esperteza romântica de Altamirano.

2 de fevereiro

Indiferente aos gritos, imóvel diante de Lobélia, como se a vida só pudesse ser mesquinha. A verdade é que ele já não se preocupava em esconder os sentimentos, o que lhe deixava o coração menos pesado.

3 de fevereiro

Depois de dois peões pretos e um cavalo branco, Laurinda comeu o cofrezinho de madeira e o veterinário foi obrigado a comparecer. Tipo simplório e conversador, ficou até alta noite ensinando doenças e dietas caninas. Na sua abalizada opinião, o único animal incurável era o ministro da Agricultura.

4 de fevereiro

Marcos Eusébio foi à Europa com o prêmio de viagem do Salão, a tenacidade galardoada. Era mau, voltou pior. Montou ateliê com cortinas de veludo carmesim e móveis coloniais espanhóis (imitação). Pintava, afirmava, sacudindo a juba loura, dominado pelo espírito de Velázquez! Está muito próspero.

5 de fevereiro

As injustiças ainda não conseguiram me fazer amargo. Isto também é importante.

7 de fevereiro

Há a inovação de pendurar alto-falantes em postes da Avenida e a zoeira que produzem é diabólica. Armaram-se tablados na Praça Floriano e na Praça Paris, onde o povo se apinha, mas não dança. O número de fantasias de bebê, com chupeta ou sem chupeta, é incalculável. A boçalidade tomou conta de todos os peitos:

"*Mamãe eu quero.*
Mamãe eu quero.
Mamãe eu quero mamar!"

E estávamos na porta do *Amarelinho,* era de tardinha, Gerson Macário, muito sem graça, bicava os passantes com a rubra bicanca de talagarça, e até Júlio Melo, saindo graciosamente do formalismo, ensaiou alguns passos malandros, numa identificação com o povo que dava para sorrir. Chegou o investigador, chamou Mário Mora discretamente para um canto e convidou-o a acompanhá-lo. Mário Mora fez um gesto ainda mais distinto de anuência, e adeus carnaval!

Matou-se a noite no *High-Life.* Catarina, de pintor, tomada de frenesi, não parava um minuto. E às cinco da manhã co-

míamos no *Lamas* um mexidinho de ovos e presunto. Na hora da conta, o dinheiro não dava, e Catarina tentou passar-me uma pelega de cinqüenta por baixo da mesa.
— Não, querida. Passe por cima mesmo. Não me envergonho. Que vergonha pode haver em não ter eu o suficiente? Meu cobre sempre é curto, mas cáften não sou. E assim, às escondidas, parece, não é?
Catarina apertou-me a mão:
— Perdoe, não fiz por mal.
— Sei que não é. Tinha graça que fosse! Mas é uma espécie de mania que você tem, esta de estar sempre dando provas de que não agüento o teu rojão. Que prazer encontra em me amesquinhar?
— Amesquinhar? Que injustiça! Está para briga?
— Não. Mas chateia. Convenhamos que chateia.
— Não estrague a noite, querido. Estávamos tão felizes.
— Já não é noite. É dia claro. Não me faça começar mal o dia. Continuemos felizes.
— De vez em quando você é tão bruto comigo!
— Contigo só?
— Comigo você parece que capricha, que tem prazer em me humilhar, quando sabe que não me revolto.
— Posso garantir que não forço a nota. Sou espontâneo. De muito estava para te falar isso. Hoje calhou.
— Se você imaginasse o ódio que às vezes tenho de você!
— Ódio não se guarda.
— E não tenho vontade de te morder?
— Pois devia então usar mordaça.
— Não, não precisa. É só vontade. Logo fico boazinha.
Saímos, a manhã era clara, ouvia-se o malhar de vagos tamborins, das árvores pendiam serpentinas.
— Vamos tomar o bonde.
— Daqui até lá de bonde?
— Só tenho uns miúdos. Você viu perfeitamente que só tenho uns miúdos. Táxi você teria que pagar. Já pagou muito hoje. Chega.
— Estou tão cansada...

— E por acaso também não estou? Cansaço de dois consola. *Similia similibus curantur*... Como diria o desembargador Mascarenhas.

Catarina riu:

— Você é cínico mesmo. E eu gosto de você.
— Bem, você já me disse que não sabe como gostou de mim...
— E não sei mesmo. Você é feio, enjoado...
— Pobre!
— Pobre não é defeito. Mas é pretensioso, implicante e muito mal-educado!

E tomamos o bonde para a cidade, na Rua Sete pegamos outro para a Tijuca. Catarina ia dormindo no meu ombro, passiva, arfando docemente. Se não fosse Luísa, talvez que... Mas antes de Luísa, por quê? E penso em Luísa — que estaria fazendo? Combináramos não nos ver no carnaval. Sinto a ausência, mas não é penosa, como se tivesse tomado antes um calmante para suportá-la. Catarina nada sabe. Será a sua reação igual à do casamento, de sempiterna indiferença?

Despertei-a com ternura:

— Chegamos, florzinha.
— Estou bêbada de sono. Não quer entrar? Não tem ninguém.
— Não. Estou precisando dum banho.
— E aqui por acaso não tem banheiro?
— Não. A roupa está imunda. Pô-la outra vez seria horrível.
— Bem, até logo. Tenho uma coisa para te contar.
— Importante?
— Eu acho.
— Então, guarde para logo.
— Guardo. Adeusinho.

. . . .

E agora são nove horas e as notas do carrilhão se espalham na casa vazia. Vou arrumar a comida de Laurinda, mudar a água da vasilha, tentar lhe dar o remédio. Depois irei apanhar Catarina, conforme prometi. O espelho me observa. Alexandre, outrossim, debaixo da estante.

9 de fevereiro

A coisa importante, que Catarina tinha para dizer, era esta:
— Estou grávida outra vez.

11 de fevereiro

Lá vou eu! No trem da vida, que parara por quatro dias na estação da Folia, engatam-se os mesmos vagões carregados de horários e obrigações, de limitações e conflitos, de barreiras e chatices, de feiúras e vulgaridades. O apito é o sinal na madrugada. Os transitórios passageiros tomam os seus lugares, embora muitos só os tenham de pé, esquecidos já das canções que loucamente cantaram, que as canções carnavalescas saturam, como que morrem a cada carnaval. Alguns se benzem com as cinzas absolutórias, outros cabeceiam ainda embriagados de dissipação e sonho, em certas cabeleiras persiste um confete teimoso, quase todos levam no peito a descuidada esperança de que por quatro dias apearão, um ano depois, no inconseqüente paradouro. E a caranguejola põe-se em marcha para o vago destino, sacolejante, rangente, desequilibrando-se nas curvas, entre nuvens de poeira, que escondem a paisagem, que sujam e cegam os viajantes, que tornam inúteis os guarda-pós e as janelinhas, que murcham os ramos de flores das despedidas. Lá vou eu, Luísa, lá vou eu!

12 de fevereiro

Foi um baque surdo às seis horas da tarde, chuviscando. O velho ficou estendido no asfalto como um saco mal cheio. O automóvel apagou as lanternas e sumiu. Um passageiro a menos.

13 de fevereiro

Seu Valença arrota:
— Desculpem!
— Grosseirão! — resmunga Zilá, que detesta menos a incivilidade do colega, que o sempiterno desprezo que ele abertamente manifesta pelo descortino do Chefe.

Mas aos ouvidos do displicente escriturário não escapa o epíteto, e ele se justifica, equívoco:
— Não devemos forçar a natureza, dona Zilá. Nunca! É um crime. Li isso numa revista científica.

E toda a sala sorri. Há restos de tosse e rouquidões carnavalescas. Penso em Catarina — coelhinha!

14 de fevereiro

— Trotski asilou-se no México. Está-se realizando a previsão de Lenine. Stalin prendeu, fuzilou ou deportou todos os líderes notáveis da revolução russa. (Saulo Pontes.)
— O surrealismo está fazendo furor em Nova Iorque! (Adonias.)
— Quando não há talento, apela-se para a maluquice. (Marcos Eusébio.)
— É mais fácil sair um ovo da minha cabeça do que uma definição.

15 de fevereiro

— O "senhor" podia me dizer para que há poetas? — perguntou Vivi Taveira, desmanchando-se em sorrisos e vaporosas curvas tratadas a draconiano regime.

16 de fevereiro

O general Marco Aurélio dá mais uma entrevista:
— Não sei por quê, ultimamente, depois que entrou na sua fase aguda a questão da sucessão presidencial, alguns jorna-

listas sempre procuram envolver o nome do grande guerreiro quando se referem ao obscuro soldado da revolução, que eu sou. Ora, uma tal insistência, não tem razão de ser. Em primeiro lugar, não sei a que Napoleão se referem. Os mais notáveis da História foram os imperadores franceses: Napoleão I, o Grande; Napoleão II, que não reinou; e Napoleão III, o Pequeno. O primeiro foi tenente-general, derrubou uma Constituição, foi cônsul e imperador, procurou organizar um sistema político universal, sob a hegemonia da França, e a sua obra grandiosa, por todos os títulos, soçobrou, sobretudo devido à sua grande ambição. Além de grande homem de Estado, foi o maior guerreiro dos tempos modernos. O terceiro não foi tenente nem general, derrubou outra constituição e também se proclamou imperador, para imitar o tio. Foi uma áurea mediocridade, que afundou no campo de batalha de Sedan. O segundo não teve atividade política: a sua vida foi exterminada por obra dos inimigos de seu pai. Não vejo, pois, em que possa haver qualquer paralelo, analogia ou ponto de contato, com esses ou outros Napoleões. Até mesmo uma coisa me distingue do primeiro: ele era um grande adversário da imprensa e eu sou dela um grande admirador, a ponto de nunca deixar sem respostas as perguntas que todos os jornalistas do Brasil me têm feito, pois eles são de fato os verdadeiros donos do país e não as entidades que eles dizem que são. E, como esta, são numerosas e fundamentais as diferenças físico-psicológicas entre mim e o grande corso. Há, é verdade, imitadores *manqués,* ou não, deste grande homem com farda e sem farda: modernamente Ludendorf, Mussolini, Mustafá, Kemal, Trotski, etc.

17 de fevereiro

Penso no velho atropelado. Ouço ainda o baque surdo, vejo-o tombado como um saco mal cheio no asfalto molhado. Foi às seis horas da tarde, as luzes ainda não se haviam acendido. Procurei nos jornais, mas nenhum noticiou o acidente. E estava morto!

18 de fevereiro

Se este livro não fosse meu, eu o acharia realmente mau. Mau e morto.

19 de fevereiro

Laurinda obstina-se em recusar a dieta canina (científica). Encontrei-a mastigando um alfinete.

21 de fevereiro

Luísa combinara o encontro para mais tarde, porque havia marcado hora no dentista. Chegou rindo e um pouquinho atrasada. Vira umas vitrines, entrara numas lojas, encontrara uma colega de turma, esquecera do dentista...

22 de fevereiro

— Que marcazinha é essa que você tem no meio do nariz?
— Quase não se vê, não é?
— É. Quase imperceptível. Mas que foi?
— Caixa de correio.
— Como?!
— Dei de fuça numa caixa de correio. Vinha correndo, fugindo — riu. — Roubara uvas da confeitaria. Sempre que ia à confeitaria comprar pão, dava uma roubadinha. Era louca por uvas. Louca, alucinada! Papai achava graça. Mamãe, sempre que ia comigo, ficava alarmadíssima. Eu me escondia atrás das suas saias para roubar. Mas tinha ido sozinha. O homem viu, me deu uma corrida, eu na disparada não vi a caixa, baft! Como saiu sangue! Foi preciso ir à Assistência, levei pontos, um horror!
— Ficou curada?
— Das uvas?
— Sim.

— Frutinha boba, não é?
— Como é que você era em criança, Luísa?
— Pavorosa!
— Como pavorosa?
— Pavorosa total! E com trancinhas!

23 de fevereiro

Trancinhas eram idéia do pai, que também tinha a mania de sandália para arejar o pé. Custou a aprender a fazê-las — davam um trabalhão doido! Depois usou franjinha. Muito tempo. Era já mocinha, entrara para a escola de comércio, quando mudou de penteado — não lhe ficava bem. Mortificava-se — nenhum penteado lhe ficava bem. Como é possível ter um penteado apresentável, decente, com um cabelo liso, escorrido, sem uma ondinha, assim?
— Não sabia que os anjos se importavam com cabelo...
— É bobice, não é?

24 de fevereiro

Dolorosa disciplina a de se conter no exíguo âmbito familiar. Ignorar o espectro, fingir-se de surdo, de mudo, afundar os olhos no livro, contar até dez. Se falasse seria terrível! — a palavra é o desmando.
No entanto a casa tem uma arrumação de lar limpo e tranqüilo, com cada coisa em seu lugar.

25 de fevereiro

Seremos sempre nós que criamos os nossos espectros?

26 de fevereiro

Cléber Da Veiga atormentou-me toda uma viagem de bonde, presunçoso e estúpido. Escolhe palavras, descobre-se quando passa uma igreja, fala muito em moral e cultura. Tudo nele é artificial, exceto os dentes. Os dentes são naturais — de cavalo.

Tem a pinta do deputado.

27 de fevereiro

Como falam os namorados!

28 de fevereiro

— Só no céu é que a gente descansa. Só no céu! (Mamãe.)
— Poesia não é para compreender, minha senhora.
— Então para que é? (Délio Porciúncula.)
— A fazenda de vovó-baronesa tinha mais de trezentos escravos. Morros e morros de cafezais! A baixela de prata lavrada veio toda de Portugal, quando ela se casou com doze anos. A festa do casamento durou sete dias e sete noites! O barão era figura do paço, de sorte que o Imperador mandou um broche de ouro em forma de um cachinho de bananas... (Mariquinhas.)
— As bananas de Marcos Eusébio são tão perfeitas que enganam macaco. (Nicolau, muito impressionado com a seriedade de Braque, isto é, copiando camufladamente Braque de reproduções medíocres.)
— Papai, que é estado de sítio? (Madalena, 1911.)

1.º de março

Empaquei numa ponta de *A estrela*. Calma, pena minha!

2 de março

Lobélia apagou a luz e preparou-se para o ataque noturno. Era na escuridão, quando os semblantes se embuçam e as palavras ganham o máximo de significação e agressividade, que gostava de ferir o companheiro, como se isso pudesse levar o caso à situação ambicionada. Ela tinha direito à liberdade. Absoluto direito! Era moça, tinha a vida na sua frente, precisava da sua mocidade, não podia ficar amarrada a ele — não havia vínculos eternos, nem tinha gênio para admitir conveniências unilaterais. Compreendeu? Se ele compreendia! Compreendia tudo, sem uma falha, com um rigor matemático, embora a Matemática não fosse um dos seus fortes — era finória! de posse de uma oportunidade invertia a seu favor os dados do problema. Sua resposta, porém, era o silêncio, porque sabia matreiramente que o silêncio irritava-a mais do que o insulto. Ela voltou com todo o fel. Acumulava fel o dia inteiro, longe dele, no convívio dos seus dissabores, fabricados ou não, para despejar de noite na hora em que o apartamento dormia, a voz dos últimos rádios se apagava e só a tosse de seu Duarte feria o silêncio.

— Você precisa dar uma solução urgente a isso. Não é possível se protelar mais. (Ficou esperando a resposta, sabendo que a resposta não vinha.) Está ouvindo?

— Estou, não sou surdo.

— E o que é que vai fazer?

— Não sei. (E na realidade não sabia porque havia as crianças, e as decisões tinham de ser também econômicas.)

— Não sei! Não sei! Sempre não sei! Mas tem que fazer. Não agüento mais este martírio. É insuportável!

— Faça você, que parece ter mais interesse...

— Cachorro!

No fundo o que ela experimentava era uma grande vaidade de ser infeliz — por que não falar em humilhações que dão prazer ou na euforia de se apresentar como ludibriada, atraiçoada, mártir? E caprichava ainda no orgulho de não falar na outra, como se fosse uma alma superior e usurpada, que abre mão das vantagens legais, de todo e qualquer direito garantido e exclusivo.

E voltava à carga como disco defeituoso que repete sem cessar a mesma passagem:

— Mas será crível que você nunca irá resolver nada? Brinca com o fósforo na mão — no mais amargo do desespero sempre se encontra um derivativo de prazer:

— Não sei.

Jogava, inerte, no tempo, como se tivesse cartas marcadas. Por enquanto apenas algumas horas pacificadoras, ou minutos apenas, chegavam-lhe para tolerar a duvidosa situação, aceitar aquela vida esquisita, aquela agonia mofina.

— Oh, você me mata!

Mas a morte não é fácil.

3 de março

Não, não é fácil. Dona Carlota definhava como árvore que perde a seiva, o cerne carcomido por invisível parasita, nas costas as escaras da imobilidade no leito, os dias e as noites não se distinguindo num mesmo amálgama de calado sofrimento. Papai não perdera a boa aparência, mas dormia pouco, não suportava nenhum esforço, não podia sair, não podia nem mesmo descer ao jardim, ver de perto as begônias e os amores-perfeitos que tanto encarecia, colher os raminhos de hortelã para a sua canja domingueira, pois a escada da varanda era vedação expressa de doutor Vítor:

— Juízo, Nhonhô! Esses degraus poderão ser os do teu patíbulo!

A dispnéia era permanente, agravava-se várias vezes por dia, quando a crise se apresentava mais forte, coisa que foi se amiudando até o desenlace fatal, não lhe valiam as gotas receitadas e seu Políbio, que já corcovava, que já perdera todos os dentes visíveis, vinha célere socorrê-lo com injeções antiespasmódicas.

E foram dois anos disso, dois anos! As infortunadas ocorrências do conúbio Madalena-Eurico poderosamente contribuíram para a precoce ruína, da qual não se dava conta, a esperança de restabelecimentos jamais lhe fugira. O rádio era a sua maior distração. O rádio e os jornais. Mariquinhas era uma enfermeira ácida, porém solícita.

4 de março

Pedida pelo Presidente a prorrogação do estado de guerra por mais noventa dias, alegando "que não cessaram as atividades subversivas da ordem social. Diligências policiais ainda lograram, nestes últimos dias, descobrir células extremistas perigosas não apenas pelos seus expedientes sub-reptícios de propaganda, senão também pela pertinácia dos seus propósitos criminosos."

Tirando os sonhadores ou os indiferentes, ninguém tem dúvidas — a Câmara irá ceder. Cléber Da Veiga modula como tribuno que é:

— Caminhamos para uma ditadura, para a total desmoralização! Isso não é mais que a amostra do pano. O alfaiate do Catete está de tesoura em punho.

5 de março

Assino sem entusiasmo o consentimento para uma segunda edição, a primeira que me propõem. Sairá com capa de Mário Mora, que o velho livreiro admitiu sem rosnar muito. Que pena não ficar distinto modificar as dedicatórias.

E a voz de Neusa Amarante, na noite abafada, vem no rádio em dolente rouquidão:

"Saudades do passado, passado que não volta.
Bati na tua porta,
Você não respondeu..."

7 de março

Professor Alexandre em final de oração fúnebre: "No salgueiro que lhe há de cobrir a quieta pousada pendurarei a minha regaçada de roxiscuras saudades, e diante da sua tumba pedirei a Deus que vele pela sua alma e o tenha em paz e réquiem!"

8 de março

Pinga-Fogo tinha nos olhos uma comovente expressão de criatura desamparada, tão oposta ao juvenil entusiasmo de outros tempos, quando a sua vida ainda não fora minada pelo micróbio madalênico.

Há outros micróbios, todos mortais, a quem ninguém escapa — o micróbio mariquinhas, o micróbio lobélia, o micróbio literatura, o micróbio ingratidão sobre o qual repugna falar.

9 de março

Se repugna falar, não repugna pensar. Como fatigados bois de canga e eito remoemos o indigerível capim, no meio do qual não conseguimos, no mais das ruminações, distinguir muito talo daninho medrado nos pedregosos recantos do nosso procedimento.

11 de março

Foi concedida a dilatação do estado de guerra. Uma voz baiana se levantou, inflamada:

— É uma afronta à Nação!

Mas a carneirada parlamentar estava bem manobrada e ensaiada pelo Catete.

12 de março

Garcia perguntou-me pelo romance. Conto-lhe que empacara num ponto, mas que conseguira vencer sem ser preciso contornar o obstáculo. Recusei dar-lhe a ler o que já fizera. Das poucas coisas que Nicolau já disse de bom é que quadro a gente deve mostrar acabado e com moldura, o que aliás nem sempre lhe foi possível — abriu muita exceção... Garcia não é homem que insista:

— Está bem. Mas trabalhe firme.

Como é que se pode trabalhar firme num romance? Há tarefas para as quais não basta ter firmeza, disciplina, força de vontade. Apenas paciência.

13 de março

Respondo:

— O público brasileiro ainda não acredita no conto, quando é o conto o que a nossa literatura tem, por enquanto, de mais alto. Como não acredita na música de câmara. Ele acha que, em música, a coisa precisa ser orquestral para ser séria. E que, em literatura, a história precisa ter trezentas páginas, no mínimo, para ser profunda.

14 de março

O dicionário de cada um. Papai nunca dizia cinema, dizia cinematógrafo. Jamais disse avião, mas aeroplano. Amendoim era mendubi. E a Avenida Rio Branco nunca deixou para ele de ser a Avenida Central, apesar do culto que votava ao barão. Foi a única pessoa que eu ouvi chamar alguém de teúda e manteúda.

15 de março

1912. Madalena canta na roda:

"*Ai, Filomena,
se eu fosse como tu,
tirava a urucubaca
da cabeça do Dudu.*"

Era o achincalhe político na voz da criançada, que tio Gastão incentivava. E encontravam-se retratinhos do anedótico marechal nas latas dos rançosos e pétreos biscoitos Leal Santos, retratinhos e histórias ilustradas em desajustadas tricromias:

"João e Maria", "O Gato de Botas", "Ali Babá e os quarenta ladrões", lidas e relidas, aladas correrias nos prados do maravilhoso, que é a realidade das crianças, antígeno para o futuro que as espera. Que seria de nós se não fora o reino da ficção e das fadas?

16 de março

Os tiros nos acordaram. Mamãe, grávida de Cristininha, estava aflitíssima, queria fugir, queria se esconder no porão, abraçava-se a nós, não sabia o que queria — valha-me Nossa Senhora do Perpétuo Socorro! Papai serenava-a — não havia perigo. Onde estavam, nada lhes poderia suceder. Era ter calma. E como pretendera sair, mamãe se agarrara a ele:

— Não! Não! Pelo amor de Deus, fique aqui! Pense nos teus filhos!

Papai atendeu e mamãe choramingava — deviam ir embora. Comprar um sítio na roça. Viver na roça. Voltar para Magé.

Papai acarinhava-a:

— Se é por causa de revoltas, lembre-se do que aconteceu lá no tempo do Saldanha da Gama...

Uma hora depois tio Gastão apareceu com uma porção de novidades, muito exaltado, muito revolucionário, muito civilista:

— Ou vai ou racha! É preciso botar pra fora do Catete este fantoche, este pau mandado! (Não fazia uma semana que o marechal Hermes tomara posse.)

— Você crê que é a solução? Antes um mau governo que uma boa revolução — retrucou papai.

— Você sempre conservador, mano! Sempre incorrigivelmente ao lado da legalidade forjada.

— Falo de cadeira, Gastão. Não votei no Dudu, você bem sabe. Mas é a legalidade que temos. Devemos preservá-la. Fortalecer o poder constituído, seja qual for, mesmo este que aí temos de bandalhos, de sacripantas, de nulidades, de cínicos politiqueiros. Somente a constância constitucional beneficia o Estado e abre caminho para novas conquistas.

— Mas este poder que aí está não emanou do povo, não foi o povo que o elegeu, mano. Lembre-se disso. É produto muito vagabundo das oligarquias, do coronelismo, da opressão política, da máquina policial e governamental. O povo foi esbulhado nas urnas pelo voto de cabresto e de caneta.

— Nosso sistema eleitoral é falho, nem obrigatório é. Tem que ser corrigido pouco a pouco.

— E você pensa que essa quadrilha é capaz de corrigi-lo, de reformá-lo, de torná-lo compulsório? Uma ova! É com ele que ela se elege, manipula as eleições, galga os postos políticos, mama no Tesouro. Não, mano, isto não pode continuar! Tem que ter um paradeiro. Já começou, aliás.

— Não conte com o ovo antes do tempo... O arcabouço governamental tem muita força. Não se iluda. Continuará assim por muito tempo, apesar de todas as tentativas revolucionárias, de todas as sublevações armadas. E é preferível que assim seja, mano. Que marchemos devagar, mas pacificamente, como rinchante carro de bois, sofrendo governos eleitos a bico de pena e caudilhos marca Pinheiro Machado, até atingirmos um clima econômico e social que nos impulsione irresistivelmente para outros horizontes, outras perspectivas, outras necessidades e outros processos. Somos ainda um povinho muito ignorante, muito pobre, muito sem passado. Esperemos com paciência. Roma não se fez num dia. É o que patrioticamente nos cabe. Formemos um espírito de oposição, mas de oposição legítima, elejamos melhor alguns homens públicos, mas esperemos. Revoluções é que não! Revolução nas nossas condições atuais só podem ser militares. E você já pensou um país nas mãos de militares?

Era madrugada quando tio Gastão foi embora e mamãe não o queria deixar partir:

— Fique conosco, Gastão. Eu estou tão nervosa.

Tio Gastão sabia levar a cunhada. Facilmente a convenceu da necessidade de ir, abraçou-a com meiguice, prometeu que voltaria antes do almoço, que ficaria conosco caso papai fosse à fábrica, ao que papai interveio:

— Tinha graça que eu não fosse!

Mamãe não pôde deixar de sorrir e ficou na varanda, recomendando ainda cuidado a tio Gastão, enquanto papai passava o cadeado no portão. Tio Gastão, tal como doutor Vítor, pegava no primeiro boato que lhe interessasse. E logo de manhã, pelos jornais, se viu que a revolta não visava a nenhuma deposição do governo, mas deixava-o na corda bamba. Era uma revolta da marinheiragem contra o uso da chibata, pois que os castigos corporais continuavam na Armada apesar de todas as leis em contrário. Mataram oficiais e o marinheiro João Cândido comandava o encouraçado de fogos acesos na baía. De quando em quando, um tiro de canhão fazia estremecer a cidade. O povo afluíra para as praias, fugindo aos empurrões a qualquer grito ou suspeita, mas se confraternizando com a marujada, admirando com todos os adjetivos a habilidade com que os vasos de guerra, e nossa esquadra então passava pela terceira do mundo, sem oficiais, dirigidos somente por inferiores, manobravam seguramente os canhões prontos para qualquer eventualidade. Os boatos eram de arrepiar, mas o exato é que os revoltosos haviam enviado um ultimato ao governo, impondo a suspensão dos castigos corporais e a ampla anistia. O governo sentiu-se impotente. Reuniram-se a Câmara e o Senado e a imposição foi aceita. As unidades foram entregues sem um único estrago. Mas as promessas é que não foram cumpridas totalmente. Se a chibata foi suprimida, se as condições de alimentação foram melhoradas, os cabeças da insubmissão não foram anistiados senão pró-forma. Poucos escaparam, fuzilados nas prisões, esmagados pelo rancor de parte da oficialidade. João Cândido, metido num calabouço da ilha das Cobras com dezesseis outros marujos, viu morrer todos eles asfixiados, escapando por ter conseguido, subindo em cima de muitos cadáveres, respirar por um pequeno óculo que havia no alto da masmorra — dizem.

E tio Gastão não faltou à promessa. Antes do almoço já estava lá em casa, trazendo jornais e novos boatos, absolutamente esquecido do que dissera na véspera. A fábrica não abriu as portas, e papai passou o dia em casa. À noite as coisas pareciam ter serenado. Mamãe, acalmada, apareceu na sala, os

cabelos arrumados para dormir. O bico de gás chiava, luz intensa e violácea, que emprestava aos semblantes um aspecto frio e mortuário. Os holofotes haviam desaparecido do céu, do céu profundo e manso, campo de órbitas, vergel de estrelas.
— Vocês não querem tomar um chá?
— Venha! — aceitou tio Gastão — e com biscoitos.
— As crianças como estão? — perguntou papai.
— Só Emanuel é que está um pouco desassossegado, virando-se muito na cama.
Papai voltou-se para mim:
— Vá dormir você também, meu filho. É tarde. Durma em paz.
— Mas deixe o menino tomar um chazinho primeiro, mano — advertiu titio. — Faz bem. Nunca se deve dormir de estômago vazio.
— Onde você aprendeu isso, Gastão? — perguntou papai com ar de mofa.
— No livro da vida, mano. No livro da vida — foi a resposta de titio, pondo-se de pé e encaminhando-se para a janela.

17 de março

Encaminho-me também para a janela, outra janela, tantos anos depois! — e o acalanto do rio elimina o tempo. O luar é como um manto de sossego sobre os telhados, sobre o mamoeiro, sobre a cerca de cedrinho; na casa de seu Duarte esqueceram aceso o globo da varanda, amarelado olho que hipnotiza as mariposas. A cabeça lateja. Tio Gastão! Gostaria que ele me dissesse em que enigmática língua é escrito o livro da vida.

18 de março

A gente por vezes custa a descobrir as parecenças, mas por fim as acha. Tio Gastão parecia-se com São Geraldo, um

São Geraldo ateu e frascário. Júlio Melo se parece com Schubert, um Schubert incapaz dos "Momentos musicais".

19 de março

Há parecenças, porém, que entram pelos olhos adentro. Pelo redondinho do rosto, pela cor e corte dos olhos, as pupilas dilatadas como se usasse beladona, pela fenda das narinas, Ivonete parecia uma gatinha, semelhança que mais se acentuava com a voz miada, com seu jeito manhoso de se espreguiçar nos coxins do bordel. E o execrando professor Botelho era buldogue pelas bochechas flácidas e enegrecidas por espessa barba, pelo beiço caído e brilhante de saliva, pelos caninos inferiores que apontavam à menor contração da bocarra, pelo pescoço curto e enterrado. E buldogue era, sobretudo, pela maneira traiçoeira de vigiar os alunos, pelo rosnido que tinha por voz, pela ferocidade com que atacava as inevitáveis silabadas dos principiantes nas formosuras latinas — *pudet me tui!* Como material insígnia da tirania, ostentava a régua de cedro, régua de côvado e pico, muleta pedagógica sem a qual não entrava em aula, indicador com que apontava os exemplos escritos em arredondada letra no quadro-negro, batuta com que, malhando a mesa, marcava o compasso para o heterogêneo coro dos verbos e declinações, tacape com que ameaçava os cabeças-duras, que em repulsa aos seus métodos eram todos, todos menos Emanuel e Alfredo Lemos, o mano por sua congênita capacidade de a tudo se amoldar para se distinguir, Alfredo porque, além da sua índole submissa, havia trazido para a classe mais que simples rudimentos da matéria — sabia de cor trechos e trechos da *Epitome Historiae Sacrae,* do *Phaedri Fabularum* e do *De Bello Gallico.*

Pudet me tui! Se nós o envergonhávamos, muito mais o temíamos. Não corrigia, feria. Não admoestava, ofendia. Seus castigos eram diários, inflexíveis, traumatizantes, copiar depois das aulas de cem a mil vezes, nunca menos que cem, a sentença latina que lhe viesse à cabeça. Da última que me tocou — trezentas vezes! — jamais me esquecerei: *Non scholae, sed vitae discimus.*

Não aprendíamos para a escola, mas para a vida... Não duvidemos da sentenciosa verdade, que endureceu meus dedos e a minha alma naquela tarde de vento e chuva miúda, nem duvidemos dos salutares propósitos de seu Botelho. Mas não seria com o metrônomo de régua, nem com punições de mil cópias que aprenderíamos para a vida. Inda bem que seu Botelho durou pouco. Não cumpriu o semestre de aulas. Seu Camilo fez-lhe as contas, contas modestas, e ele se foi, com régua e sentenças, ensinar para a vida em outra freguesia.

20 de março

Às duas horas a estridente e ansiosamente esperada campainha, que virgulava aulas e recreios, demorando-se mais na sua elétrica estridência, punha ponto final no dia letivo. A Exposição do Centenário, certame internacional levantado no aterro da praia de Santa Luzia e do Calabouço, nos absorvia, cidade dentro da cidade, babel de estilos e de épocas, o pagode asiático com lanternas de papel pelos beirais ao lado do colonial americano, a altiva cúpula mourisca ao lado do rasteiro chalezinho suíço, o barroco e o retorcido manuelino de Portugal defrontando a reprodução da fachada florentina, o mexicano de floreadas grades a par da tosca casa de madeira escandinava, o greco-romano colado à graça moribunda de Versalhes, sarrabulho arquitetônico cortado pela estrada de ferro liliputiana, cujas máquinas se anunciavam pelo badalo de débil e tristonha sineta, com um cais flutuante para os sensacionais vôos em hidroplano, que custavam cinqüenta mil-réis, fortuna naquele tempo, longe do alcance da maioria dos visitantes, que se contentavam, espremidos, com o espetáculo da decolagem e da amerrissagem, despropósito de pavilhões de que a nossa curiosidade não se saciava, curiosidade e ganância, pois que além dos infindáveis mostruários e divertimentos — o Palácio das Festas com seus espetáculos, o cinema ao ar livre, o Parque das Diversões com a montanha-russa, o chicote-de-aço, a roda-gigante, o tiro-ao-alvo — havia uma permanente distribuição, farta e gratuita, de vidrinhos de tinta, lápis, borrachas, penas Malat de variados tipos, pequenos sabonetes e tijolinhos de saponáceo, biscoitos, balas e chocolates, garrafinhas de groselha e de licor, caixinhas de mate, latinhas de chá e de fermento para bolos, que Mariquinhas imediatamente confiscava, pacotinhos de café, perfumados sachês, ventarolas anunciando mil produtos, e folhetos, calendários, espelhinhos, cartões-postais.

Formávamos um grupinho assíduo, que só deixava o recinto ao baixar do crepúsculo, do qual só dávamos conta pelo acender das luzes — Tatá, Antônio Ramos, Mac Lean, sempre com a mochila escolar às costas, e Beiçola, matula chocalheira a que se agregavam esporadicamente Alfredo Lemos, Guaxupé, Miguel, Emanuel e Eurico, que, freqüentando outro colégio, ia nos esperar na entrada monumental, ao lado do Monroe, cinco arcos que abriam para a Avenida Rio Branco, alva maravilha do estuque e do sarrafo, circundada de frisos afrodisíacos também brancos, festival permanente de festões e bandeiras que o constante vento da barra fazia drapejar com um ar de feriado.

Nem sempre, porém, enchíamos as nossas tardes nessa parte grandiosa da Exposição. Havia uma outra, na Praça Mauá, de menor extensão, onde ficavam os chamados pavilhões das Grandes Indústrias, descomunais, altíssimos barracões, cuja contigüidade ao Cais do Porto facilitava o desembarque e a exibição de locomotivas, vagões, caminhões, automóveis, ambulâncias, gruas e geradores, aeroplanos, tornos, trilhos, lingotes, motores, dínamos e prensas, teares, compressores e gigantescos carretéis de grossos cabos encapados, e máquinas para descaroçar, para moldar, para enlatar, centenas de máquinas... E para lá nos dirigíamos. Os barracões cheiravam a aniagem das divisões, cheiravam a ferro, a pó, a verniz, a graxa, a couro, cheiravam a breu, a borracha e...

21 de março

Foi um dia de gala para Helmar Feitosa. Um dia de aparato partidário, um dia de demonstração de força. Os integralistas desfilaram na Avenida Rio Branco, numerosos e disciplinados, numa manifestação de regozijo público pela liberdade dos seus correligionários presos na Bahia. As famílias dos que partici-

pavam da parada formaram alas nas calçadas, aplaudindo muito, vivando muito, forçando o entusiasmo. Garcia mostrou-se imparcial:
— O estratagema pegou, seu mano. É assim que se fazem prosélitos. Havia gente à beça esperando o desfile.
— Quer dizer que você esperou o desfile...
— É, cooperei... — riu.
— Muita gente conhecida?
— Alguma. Estão saindo da toca.

Humberto delirava, mas com a prudência de não manifestar de viva voz o seu contentamento — era só a alegria do olhar brilhante e zombeteiro, a alegria dos gestos, do assobiar feliz.

Jurandir já tem as suas dúvidas:
— Esses desgraçados vão acabar tomando conta mesmo do Brasil!

22 de março

— Acho que já tomaram. (Seu Valença, baixinho, para que Humberto não ouvisse.)
— No caminho que vamos, vamos mal... (Venâncio Neves.)
— Caminhamos para o abismo! (Oldálio Pereira, cirurgião-dentista.)
— Desde que me entendo por gente o Brasil está à beira de um abismo. Sus! *Abyssus abyssum invocat...* (Desembargador Mascarenhas, numa nuvem de perdigotos.)

23 de março

... e num canto, protegido por um gradil e de frente para o público que se amontoava, ora mudo, ora loquaz de admiração, o rubicundo artesão, de avental de couro, vergado silencioso sobre o zumbido maçarico, de roxa-azulada chama, soprando e moldando com movimentos delicados e precisos, fazia, do vidro informe, tubulado ou em barra, que se avermelhava em brasa, o que bem entendia a sua fantasia, seja flor ou fruto, taça ou bichinhos, perfil de mulher ou calibrados aparelhos para laboratório — buretas, balões, funis, refrigerantes, tubos de ensaio, ampolas e retortas, que o aprendiz que o provia, também com o sangue prestes a estourar das faces, mas de cabelos cor de cobre, ia enfileirando nas compridas estantes de cristal para o entusiasmo dos mirones. Postávamo-nos diante da sua arte esquecidos do tempo e ele, que já nos conhecia, sorria agradecido, com parcimoniosas e rascantes palavras, que não compreendíamos, mas das quais adivinhávamos a controlada efusão, e um dia, tomado por especial ímpeto de simpatia, ofereceu a Alfredo Lemos, do grupo o que mais caladamente manifestava apreço ao seu trabalho, uma pequena lavorada peça leitosa, entremeada de veios cor de champanha, espécie de octogonal camafeu, que reconheci muitos anos depois transformado em broche no peito de Nazaré.

Boquiabertos postávamo-nos a princípio em outro canto, o canto da torneira mágica, alentada torneira, suspensa no ar por um fio de aço, que jorrava ininterrupta e estrepitosamente num receptáculo de folha, sem que se conseguisse ver de que maneira lhe chegava a água que vertia, truque afinal destrinchado sem que isso fizesse esgotar o prazer de observá-lo, como não se esgotava a capacidade de admirar a reprodução duma estrada de ferro francesa, propaganda de poderosa usina especializada, com seus trenzinhos velozes, suas estações, a sua sinalização, suas caixas-d'água e depósitos de carvão, e postes, pontes, túneis, viadutos, passagens de nível, tudo exato, minucioso, funcionando eletricamente como se estivéssemos vendo, não uma miniatura, mas a própria realidade ferroviária por um binóculo às avessas.

E em recinto próximo, como num trono, a caraça gaiata de um Baco abstêmio e de boné, mascarado com óculos de automobilista, sentava-se o obeso boneco feito de pneus, símbolo fabril dos pneumáticos Michelin, boneco que se inflava por artes duma bomba invisível e que, cheio, oscilava alguns minutos num simulacro de alegre bebedeira, os braços e as pernas tremendo, até que o ar se fosse escapando e ele, murchando, murchando, tombasse, juntando cabeça, braços e pernas para a frente, como um polichinelo morto numa cena de marionetes.

Se Miguel e Burguês faziam parte da corriola, eram favas contadas que o primeiro investisse:

— Por incrível que pareça, este boneco tem mais miolos que o Burguês! Toneladas mais!

O rústico Burguês sacudia os ombros, piscava um olho para nós — deixasse ele falar, estava perdendo seu tempo e seu cuspe. E Miguel falava mesmo:

— Se burrice matasse, você teria nascido morto, amigo. Morto de nove meses!

24 de março

Miguel atribuía a Burguês as mais sesquipedais burridades: "mapa-múndi do Brasil", "espelho de vidro fosco", "água destilada em pó", "sofá curul", "roda quadrada" e quantas outras invencionices desta bitola. E vivia atazanando-o com a dúvida, que considerava cruel: não sabia se ele era um quadrúpede de dois pés ou um bípede de quatro patas.

Burguês era de boa paz, não dava trela. Também, caísse na bobagem! Miguel despencaria sobre ele em brincalhonas palmadas e cachações, que nem por brincalhonas e amicais doíam menos, que o colega, mais velho e mais forte, tinha a mão pesada. E como a reação não vinha, continuava provocando:

— Já perguntei uma porção de vezes ao doutor Silveira e ele não me responde categoricamente. Este doutor Silveira está me saindo um lambão, um ignorantão!

Doutor Silveira, professor de História Natural, não era nada tolo e muito menos ignorante. Livre docente da Faculdade de Medicina, percuciente, desprendido, aparentemente sisudo, sempre de livro debaixo do braço e idéias consideradas anarquistas, era uma flor da compreensão, o antípoda perfeito do professor Botelho. Freqüentemente, à entrada da aula, que era a derradeira do horário, nós o cercávamos e não precisávamos de muitas palavras para convencê-lo que não devia dar aula — estava um dia tão bonito!

— Está mesmo! — acedia. — Nada de masmorras de ramos secos e pássaros empalhados! Rumo à Natureza! Vamos para o ar livre!

E íamos para o jardim do colégio, grande, relativamente bem-tratado, com uma imponente aléia de altíssimas palmeiras. Ali havia sombra e frescura, sombra e frescura de troncos, de ramagens, de muros, espessos muros de pedra à vista, capeados de musgo, com samambaias brotando nos interstícios. Os insetos se agitavam amorosos na curta vida que têm. Os vibrantes beija-flores não eram raros. Tico-ticos, pardais, bem-te-vis, sabiás pulavam dos galhos para o chão, da grama para os galhos, riscando os espaços intervegetais com o tiro dos seus vôos. O repuxo, subindo no centro do tanque circular, embora parado, tinha uma silhueta senhorial e a água era de um verde calmo e profundo.

Doutor Silveira escolhia um banco, o mesmo banco, perto da Diana de arco abaixado e dedinho quebrado, branco mármore que se encardira ao esfregaço do tempo. Nós nos espalhávamos em volta, uns ao lado dele no banco, outros em pé, os restantes sentados no chão, sobre as bolsas ou sobre os livros — a *Álgebra* de Serrasqueiro, o *Traité de Physique*, de Ganot, o grosso, não o pequeno, conhecido por Ganot das Moças, e a *Histoire Naturelle*, de Langlebert. Um professor oficial, conhecido por sua irritabilidade em aulas e exames, lançara umas consumidíssimas *Noções de História Natural*, que doutor Silveira expurgara das mãos dos alunos, alegando que o sujeito que tinha a petulância de batizar um prólogo de "Prolegômenos" não merecia mais que absoluto repúdio.

Ao contato dos elementos, longe da mesquinha visão do batalhão de carteiras lustradas por gerações de nádegas inquietas, longe da dosagem dos programas, de horários e compêndios lacunosos e opacos, livre de toda a burocracia colegial, com libretas de presenças, argüições e notas que nada significavam, doutor Silveira se transfigurava. Morria o professor para ganhar mediocremente a vida, nascia o preceptor feliz da vocação. A sisudez desaparecia-lhe do rosto, desatava a língua, contava casos, dava conselhos, apalpava o nosso caráter, soltava piadas, ria e tudo era pretexto para ensinar, ensino amplo, vivo, universal, que em torno tudo era lição, inesgotável armazém de exemplos e ilações. A teoria não se emancipava da prática como matéria mumificada e livresca, as leis decorriam natural e harmoniosamente da observação e da análise, a taxinomia deixava de ser capítulos para decorar, obrigação que confundia, enfastiava e dava sono, para se apresentar como movimento e beleza, sedução e palpitação, arcabouço lógico do conhecimento.

Miguel, o mais velho da turma, estouvado, vagabundo inveterado, docilizava-se, punha-se atento, inquiria, desejava saber. De apurado vestir, gastava chapéu-coco, bengala, polainas, colarinho duro, indumentária de comprovada eficiência para a sedução das empregadinhas. E MacLean entrava com as suas brincadeiras, que vingavam de algum modo o mártir Burguês:

— Como o senhor classifica o chapéu-coco do Miguel?

Doutor Silveira aderia ao espírito juvenil:

— Entre o cogumelo e a cabaça.

— E o nariz do Beiçola?

— Tubérculo apendicular!

— E o professor Alexandre?

Fazia um falso ar de quem achava a pergunta impertinente e desrespeitosa. E era Antônio Ramos quem classificava:

— *Ratazanae Apostolicorum Brasiliensii!*

25 de março

Pinga-Fogo deu um bote de gato e gritou:
— Apanhei!

A rã estava segura na sua unha. Saímos em tropel do esconderijo, com a caixa de papelão pronta para receber a presa.

— Abra a tampa com jeito, Eduardo, se não ela foge. Um pouquinho só...

— Assim?

— Assim.

O bicho deu uns pulos lá dentro, depois aquietou-se como se compreendesse a inutilidade dos esforços. Madalena estava entusiasmada:

— Grande, não é?

— Regular... — respondeu Pinga-Fogo. — Tenho apanhado muito maiores.

— Mentira!

Pinga-Fogo não deu resposta. Ela voltou:

— Você está todo molhado, Pinga-Fogo!

— É. Resvalei um pouco na água. Mas não tem importância. Agora mesmo seca. Vou estender a camisa no sol.

Tirou a camisa — o peito nu tem tons vermelhos e dourados — e esticou-a sobre uma pedra:

— Agorinha mesmo está seca. O sol está forte. Vamos sentar um pouco para esperar?

Sentamo-nos na pedra ao lado, abrigada pela figueira enorme, de rugoso, retorcido tronco e salientes raízes. Vem uma umidade refrescante do riacho, que escorre como um cochicho. Fulgurantes, as lavandeiras cortam a superfície da água com a renda faiscante das asas irisadas. A caixa, como um tesouro, repousa no colo de Madalena, que por precaução a amarrou com barbante.

— Eu acho que ela está mexendo lá dentro...

— Naturalmente! — disse Pinga-Fogo. — Ela não é paralítica...

— Ah! ah! ah! — rimos, eu e Emanuel.

Madalena fechou o semblante:

— Não vejo graça nenhuma.

— Nem eu disse para fazer graça, Madalena. Eles estão rindo de besteira.

E o bem-te-vi entrou a cantar bem em riba das nossas cabeças. Espetamos os olhos no alto inutilmente.

— Você está vendo, Pinga-Fogo? — perguntou ela.

— Estou.

— Mentira!

— Na ponta daquele galho — e apontou-o.

Lá estava o pássaro, beliscando as penas do papo, beliscando as penas das asas, sacudindo as asas. Deu uma olhada em torno e partiu num vôo pesado e caprichoso.

— Eu gostaria de ter um bem-te-vi — disse Madalena.

— Não agüentam gaiola. Morrem logo — informou Pinga-Fogo.

— Mas eu gostaria de ter um.

— Vou ver se pego um para você.

— Para morrer logo é maldade! — protestei.

— Matar borboletas também é maldade — retrucou ela — e você tem coleção.

— Tenho, mas não matei nenhuma! Encontrei todas mortas. Todas!

— Vá contar essa a outro!...

— É verdade!

— Se você é tão bondoso, por que está caçando rãs com a gente? Elas também vão morrer...

Não retruquei. Pinga-Fogo sorria para Madalena, admirando-a. O sol adiantava-se no céu de vivo azul, sem vestígios de nuvem. Emanuel coçou o pescoço — os mosquitos importunavam. Pinga-Fogo com um tabefe esmigalhou o borrachudo que lhe sugava o braço:

— Este foi!

Madalena virou-se para mim:

— Não ficou com pena?

— Não seja boba!

E Madalena queixou-se:

— Puxa! estou com as pernas todas picadas — e levantava a saia e mostrava as pernas roliças com muitas marcas roxas, empoladas, de picaduras recentes. — Estão furiosos!

Pinga-Fogo fugiu com os olhos:

— Quando chegar em casa você esfregue amônia. Passa logo a comichão, e não *inframa*.

— Inflama — corrigiu Emanuel.

— Vá corrigir os porcos no chiqueiro! — emendei eu.

— Mas se é inflamar mesmo...

— Pois guarde a sua sabedoria para si. Ninguém aqui está precisando dela!

Emanuel balançou os ombros, escarninho, e Madalena insistia em mostrar os lugares ofendidos, quase nas coxas:

— Veja, Pinga-Fogo, como está horrível! Vamos sair daqui.

Ele, ainda ruborizado, pondo-se de pé e fugindo mais com o olhar:

— Vamos. Mas isto não é nada. Antes de casar passa, como disse o doutor Vítor.

E Madalena, veemente:

— Eu não quero me casar!

26 de março

Depois Madalena apareceu com umas manchazinhas brancas nas unhas. Doutor Vítor diz que é anemia e preconiza xarope iodotânico. Mariquinhas tem outro sentido clínico — são mentiras.

27 de março

A sutil Mariquinhas atirou a isca no manso lago azul daquele serão recheado de Caruso, Titta Ruffo e Amelita Galli-Curci — dós de peito, recitativos, fermatas, vocalizações — chapas que tocavam de um lado só, emprestadas por seu Políbio, com o respectivo e fanhoso gramofone, cuja corda tinha que ser dada a cada chapa e cuja trombeta de lata era como uma fantástica tulipa grená:

— Eu visitei a Exposição e não vi nada que merecesse ser visto mais que uma vez.

Papai, lambari traquejado, refugou a minhoca daquele anzol, fingindo que não a ouviu e dando à manivela para mais uma execução:

— Foi no Rio de Janeiro que Titta Ruffo se revelou. Toscanini também. Grandes tempos aqueles! Ditosos tempos em que havia verdadeiras companhias líricas e o público competente e exigente!

A mola era comprida e dura, precisava de mais umas voltadas, e dirigindo-se especialmente a Emanuel, que, como ele, se inebriava com a música operística:

— Toscanini viera como violoncelista da orquestra, que as companhias naquele tempo traziam sua orquestra. Aliás um violoncelista de primeira ordem! O maestro adoeceu repentinamente, febre amarela, meus filhos, a terrível febre amarela! e o teatro já estava cheio, impaciente, aguardando. Tocava-se a "Aida". O empresário estava desesperado, sem saber que fazer, quando Toscanini, e ele tinha dezenove anos! se ofereceu para substituir o maestro, empurrado pelos colegas de orquestra que sabiam que ele entendia de regência. E ele empunhou a batuta e regeu de cor! Foi um triunfo! O teatro quase que veio abaixo! Abandonou o instrumento e hoje é o maior regente do mundo!

E papai curvou-se para a operação da agulha:

— Coisa emprestada, cautela dobrada...

E as estrelas da "Tosca" lucilaram no teto tijucano. E papai, ora cerrando as pálpebras, deslumbrava-se interiormente com o fulgor que lhe parecia imortal, ora em passos e esbracejar teatrais pela sala, acompanhava com afinação bastante passável e o mesmo apaixonado sentimento as palavras de Cavaradossi.

Como a cavilação não surtisse efeito, Mariquinhas aguardou oportunidade para ser mais explícita, o que não tardou. O tenor pusera término ao concerto de *bel-canto* com uma famosa ária *a boca chiusa*, que transportava papai, quantas vezes a ouvisse, a um estado de extasiamento quase lacrimejante. Ainda em êxtase foi-lhe anunciada a ceia. À ceia papai bebia mate por convicções calmantes e diuréticas. E não bebera o primeiro gole, não trincara a primeira torrada, quando Mariquinhas elucidou-o:

— Você sabe, senhor meu primo, que seu filho mais velho todos os dias, depois das aulas, se mete na Exposição e só aparece minutos antes de você chegar?

A decepção foi grande. Nhonhô estava ficando cego ou frouxo, disse depois, entre dentes, de modo que só nós ouvíssemos. É que papai calmamente respondera:

— Faz muito bem. Aliás todos deviam ir à Exposição com assiduidade. É instrutivo. Quanta coisa não aprendi lá!

E, juntando a ação à palavra, no outro dia, que era domingo, após o ajantarado com cozido, nos convidou para um passeio à Exposição, convite que tinha o sabor das surpresas de tio Gastão. Fomos e Eurico nos acompanhou.

Caixa do tempo, com que cautela levanto às vezes a tua tampa, temeroso que se evole e se perca no espaço inodoro o perfume guardado!

Era abril, fins de abril, e já um anúncio de frio perpassava as tardes com lâmina de brisa, flavescentes tardes outonais, o amarelo queimado das primeiras folhas defuntas, o amarelo vibrátil das acácias e das falsas acácias nos seus últimos dias, o amarelo pálido das mimosas e o amarelo-citrino das alamandas cortados pelo roxo das quaresmeiras nos morros e jardins. Papai se mostrava de excepcional loquacidade e, quando entramos no Pavilhão da Inglaterra, diante do mapa de todos os mares, feito com água colorida, espesso azul que escondia o mecanismo graças ao qual centenas de navios, ostentando a orgulhosa bandeira, ligavam todos os continentes à ilha da Mancha... Não, não é possível! Cerremos com amor a tampa da minha caixa.

28 de março

O piano e a voz: *"I'm gonna sit right down and write myself a letter"*... *"I'm gonna sit right down and write mysel a letter"*... *"I'm gonna......"*.

E Lobélia:

— Pelo amor de Deus, pare com esta música! Enlouquece!

29 de março

Não é a música obsessiva que enlouquece. Nem o fracasso, a má-sorte, a injustiça, o medo, a aflição do amor contrariado ou desfeito. Nascemos loucos. Como nascemos trazendo já no intrínseco do plasma o tropismo da autodestruição.

30 de março

Hoje Tabaiá veio me visitar. Há muito que não pisava cá os domínios e ficou encantado com o oratório que Francisco Amaro me deu, obra presumivelmente colonial, encontrada, aos pedaços, negra de fuligem de candeia, na choça dum meeiro em fazenda nas cercanias.

— É uma maravilha!! Nunca vi igual. Que formato engraçado... Parece um esquifezinho, não é?

Como Tabaiá tem mania de juntar coisas antigas, especialmente prataria, não passando semana sem vasculhar os poucos antiquários que temos, não discuti:

— Às ordens!

Recusou:

— Está lindo onde está.

Insisti, mas persistiu na recusa:

— Ficaria com remorsos...

— Pois olhe que seriam os primeiros que sentiria!

Tabaiá deu uma risada. Mas não tinha o álacre timbre costumeiro. Era uma risada em que uma nota patética se fazia nitidamente sentir. Aliás, a visita foi toda assim. Tabaiá vinha me anunciar que iria se sujeitar a uma intervenção cirúrgica de certo risco, porém indispensável, intransferível, e Gasparini o assistiria. Estava visitando todos aqueles que verdadeiramente amava, dado que poderia ser a última vez que os via.

— Que bobagem!

— Não é bobagem não, querido! A coisa tem a sua gravidade. Pergunta ao Gasparini.

Balancei os ombros como se quisesse demonstrar incredulidade, procurei abordar assuntos jocosos, forçar os nossos habituais estribilhos de risível maledicência, contudo a nota melancólica se intrometia subterraneamente, fazendo com que um refolho de tristeza envolvesse as palavras e os gestos.

Arnaldo Tabaiá de há muito padecia de complicações renais — emagrecera, a tez se mostrava pergaminhosa, os gestos paulatinamente perdiam a frescura quase infantil da sua alegria, e os colegas consultados não poderiam esconder o que ele próprio diagnosticara, embora não clinicasse.

2 de abril

Entre as duas o coração não balança.

3 de abril

Uma pequena jóia de novela — *Badu*. Novela "mestiça" por excelência, acentua Saulo Pontes, novela de langor tropical, em que os lugares-comuns não chocam nunca, como que até realçam a açucarada selvageria da patuléia, o primitivismo dos dengues — se há novelistas em Taiti, devem escrever assim.

Lançada em 1932, passou despercebida da crítica e do público. Se a obra é pequena, o desinteresse dos outros é que é grande, diz José Nicácio, para quem a infelicidade de Arnaldo Tabaiá foi ter aparecido numa época de transição, quando as escolas se engalfinham na rua. Não encontrou editor para publicá-la. O único que se prontificara a lançar sua novela pedia um prazo de um ano mais ou menos. Tabaiá, que nunca fora de afoitezas — mole, descansado, displicente, capaz de passar o dia todo de sapato desamarrado, pela preguiça de dar o laço — surpreendeu a estrita roda com a pressa da publicação, que acabou por conta própria, volumezinho bonito, de capa meio gauguinesca, de autoria, como dizia, do "Artista Desconhecido", que se desconfiou ser ele próprio, mistério que jamais foi esclarecido, e com um estupefaciente prefácio de Afrânio Peixoto, primor da lambisgoíce pseudoliterária, já que o acadêmico fora professor de Tabaiá e se achara na obrigação de prefaciar o ex-aluno, apesar dos indignados protestos de Adonias, que Tabaiá recebeu com gargalhadas.

Estava fora, passando uns dias com Francisco Amaro, quando saiu *Badu*. Tabaiá enviou-o com uma carta anexa: "Meu livrinho saiu há quatro dias e já tive oportunidade de dá-lo a alguns amigos. A sensação não foi tão grande como eu esperava... O meu espírito é muito conservador e apega-se demais ao passado. Se o livro tiver êxito a minha vida mudará.

E isto será bom? Não sei... A notoriedade sempre me meteu muito medo e, às vezes, eu penso que ela me trará antes infelicidade que felicidade..."

Na volta, contou-me que visitara Humberto de Campos, Coelho Neto e Medeiros e Albuquerque, levando o livreco.
— Visita? Você é maluco! Que é que tem essa gente com a literatura?
Tabaiá ria de dobrar:
— São gozados!
— Que é que disse o Adonias dessa tolice?
— Disse que eu só devia visitar mesmo o Medeiros e Albuquerque.
— Adivinhava...
— Ele é surdo e custa muito a entender o que se fala. A qualidade que ele achou mais recomendável foi a de ser colega de um filho seu.
— O que contraria frontalmente Adonias, que o considerava um "compreendedor" dos verdadeiros modernos, e ele próprio um precursor dos modernos.
— Mas o Afrânio foi gentilíssimo.
— Pudera! Escreveu o prefácio... escreveu a muque!
— Apresentou o livro na Academia e garantiu que seria ele premiado se eu o inscrevesse.
— Você não tem vergonha não?

4 de abril

Doutor Délio Porciúncula realmente adquiriu um belo automóvel: — Esses pedestres são todos uns grandes sem-vergonhas!

5 de abril

Pedro Morais foi espichado e comovente com a jovem estreante nordestina prima de Marcelo e afilhada espiritual de Gustavo Orlando: o que era redação colegial, tachou de prosa viva e sem embages, o que era proselitismo de adoles-

cente, batizou de penetrante sentido social. Mário de Andrade não lhe ficou atrás: Débora Feijó era a mais gostosa mensagem que o Norte nos mandava neste ano de tão gratas revelações.
— Estou ficando maluco, morena — comentei.
E Catarina:
— Você está ficando é burrinho, meu querido. Então não compreende que uma obra de arte pode valer, só pela frescura, pela inexperiência? O que é *Dulcelina*, para não irmos muito longe?

6 de abril

Uma correção — é entre as três que o coração não balança.

7 de abril

Progresso quase sempre se resume nisto: onde havia uma linda mangueira, há uma casa de apartamentos.
E tombaram jaqueiras, jambeiros, tamareiros, cajueiros e cambucazeiros, que só davam frutos depois de vinte anos.

8 de abril

Os nomes! Eram assim os nomes nos canteiros da Boca do Mato: goela-de-lobo, bico-de-papagaio, crista-de-galo, cabelo-de-urso, boca-de-leão, campainha, que Mimi, contrariando Florzinha, chamava de bons-dias, dedal-de-dama, beijo-de-moça, brinco-de-vênus, brinco-de-princesa, onze-horas, jasmim-da-noite, corre-dinheiro, que para Mimi era dinheiro-em-penca, comigo-ninguém-pode e ora-pro-nóbis.

9 de abril

Que flor tu és, Laura, no canteiro antigo? E tu, Solange, que eras narciso, em que ígnea flor de morte te tornaste?

10 de abril

1914. A grande ambição carnavalesca era usar lança-perfume. Havia tubos para crianças, finos como dedos. Bisnagava-se até cachorro!
Na terça-feira gorda, o chão da Avenida tinha um palmo de confetes, os préstitos eram o delírio do ouropel — clarins, marchas triunfais, fogos-de-bengala, caracolantes ginetes abrindo os cortejos — gato, baeta, carapicu! — bamboleantes sóis, planetas, constelações, Vulcano, Júpiter, Netuno, mitológicos deuses paralisados em gestos de sarrafo e papelão, giratórias esferas rutilantes que se abriam em gomos para desvendar, por instantes deslumbrados, deidades seminuas, atirando beijos, para a multidão comprimida, com a ponta dos dedos inatingíveis.
Saíamos de tardinha, providos de farnel — sanduíches, pastéis, coxinhas de galinha — levávamos horas no bonde se arrastando aos arrancos, íamos postar-nos numa esquina propícia, sobre caixotes, para esperar o desfile de proverbial atraso.
Mas se a chama foliona se extinguia na cidade, entre missas, sinos e beatas, na manhã de quarta-feira, prolongava-se em nossa casa por muitos dias além com restos de serpentinas pendentes dos gradis, saldos de confetes tapizando o porão, cantos mascarados e cadeiras sobre a mesa da sala de jantar, trono, capitel, concha ou nenúfar, donde Madalena reclinada, soberana, envolta em rotos filós de antigos cortinados, com faces tingidas de carmim, os cabelos coroados por um desperdício de fitas, atirava em gestos longos cachoeiras de beijos para uma suposta multitude de súditos e adoradores. E a mim, dormido ou acordado, me perseguia incessante, priapística, a luxuriosa visão daquelas deidades apoteóticas, floração de um horto inacessível, habitantes olímpicas, deusas! deusas! pois como poder entrosá-las na fauna feminil que eu conhecia, mesmo a esterlina mulher de doutor Vítor, que era estrangeira e fumava?

11 de abril

A nossa dor, contínua, inexorável, humilhante, acabaria sempre redundando num êxito letal, como dizem os médicos

nas suas observações clínicas, se não fosse da natureza humana transformar a dor em espetáculo íntimo, que em alguns momentos até compraz, mas que termina sempre por se tornar cansativo.
Refugia-se na janela com o cigarro. A voz parou de persegui-lo. As baratas são donas da casa e do silêncio.

12 de abril

Adonias telefonou — morrera Tabaiá, na mesa de operação.

13 de abril

Que tarde de cristal! Que brilhos arrancava o sol do casario! Que clareza tinha o branco de mármore e cal das sepulturas! Diafaneidade, fulgência, claridade, que os olhos sôfregos de Tabaiá não mais poderiam gozar e fixar. Sob o machucado monte de coroas, ramos e douradas letras da homenagem e da saudade, deixamo-lo no seu alvéolo perpétuo, partícula do favo imenso horizontalmente estendido, de ventre enchumaçado de inúteis ataduras e algodões anti-sépticos, operária da beleza, que não fabricaria jamais o mel da alegria e do amor.

Os zangões da literatura estavam ausentes. Professor Alexandre veio preparado para enaltecer as virtudes do ex-aluno, mas foi contido. Alfredo Lemos, que há tanto não via, envelheceu. Doutor Sansão pusera na face uma dobra de tristeza que não podia ser falsa. E verdadeiro, visivelmente verdadeiro, era o acabrunhamento de Gasparini, não porque perdera um amigo e colega, mas porque também perdera um cliente, golpes que o levavam à cama, derrotado, infeliz, se amaldiçoando.

Adonias tomou-me o braço:

— Vamos lá pra casa. O resto é formalismo.

Caminhamos e Eurico nos acompanhou. Anita e Saulo cumprimentam de longe com a cabeça. Os pardais debandaram deixando sobre o jazigo os seus irmãos de bronze. O táxi de Adonias ficara à nossa espera. Não trocamos muitas palavras no trajeto de sol outonal. Quando entramos foi como se Tabaiá nos aguardasse. Sua presença falava por todos os móveis, por todos os bibelôs, por todos os quadros, santos e oratórios, pelos tapetes que ensurdeciam os passos.

14 de abril

— Sou totalmente incapaz de escrever duas linhas sobre meus amigos vivos, o que me deixa aniquilado. É que não é por falta de admiração.

15 de abril

Inventar, não! O ideal é obter-se um máximo de realidade num máximo de adaptação.

16 de abril

Como dois cães raivosos e a noite por arena.
— Pústula!
Cada palavra é uma dentada.

17 de abril

A alma vai em farrapos, mas a roupa é nova, e faz um sol magnífico. O pavão abre o leque de esmeralda. Crianças gritam.

18 de abril

Dezessete anos feitos, o rosto atacado de espinhas, que não chegavam a humilhar apesar do desagradável aspecto que às vezes ofereciam — bem ou mal, acabei os preparatórios, atrasado um ano de Emanuel, por um pouco de malandragem e mais seis meses de pulmão avariado que passei em Campina Verde, donde voltei de pulmão enxuto mas com o sangue poluído. Emanuel se matriculara na Faculdade de Direito (terceiro lugar no exame vestibular), mas neguei-me de pés juntos a fazer o curso de química, cujo futuro era um axioma doméstico — não! não! e não! Tanta coragem afrouxou papai, que me encaminhou para o comércio, não sem a secreta esperança de que eu arrepiasse caminho e acabasse no mundo dos provetes, matrazes, retortas e tubos de ensaio. Entrei como auxiliar de escritório de Silva & Irmão, atacadista de gêneros de primeira necessidade, na Rua do Rosário. O escritório cheirava a rato, a charque, a saco, a cebola. O almoço de uma hora era na Rua Primeiro de Março, num terceiro andar, de escadas quase a prumo, na pensão da viúva dona Jesuína, anafada lisboeta, cujos seios constituem a máxima sedução do guarda-livros seu Afonso, cuja unha do dedo mindinho faria inveja a um mandarim. — Um dia eu pego esta mulher, prometia ele todos os dias, encharcando-se de caldo verde. Mas a diligente e balzaquiana senhora jamais concedeu ao corcovado contabilista as maciezas da sua cama, que se podia ver de um ângulo da sala, pois o quarto ficava junto à sala. Era uma cama gorda como a dona, coberta por empolgante colcha de damasco cor-de-rosa, com dois gordos travesseiros de fronhas bordadas atravessados por fitas também róseas. Os favores da viúva eram concedidos exclusivamente ao senhor Loureiro, jovem gerente da Selaria Modelo. Era um cavalheiro leviano; na vasta mesa redonda contava intimidades da colcha e das almofadas, para desespero do guarda-livros, que não ousava porém reprová-lo, temeroso dos grossos punhos do rapaz, vitorioso remador do Clube de Regatas Vasco da Gama. Os privilégios da alcova passavam freqüentemente para a mesa, em forma de verduras especiais, doces especiais, manjares especiais, guardados para "o senhor Loureiro" — porque ela nunca deixou de chamar o acidental amante de senhor Loureiro, como se isso bastasse para impor decoro à situação diante dos trinta hóspedes. E a circunstância de ter sido posto na mesa ao lado do remador fez com que eu fosse partilhando das abundâncias alimentares do aconchego. As saladas extras, férteis em pimentões, dariam para o regabofe de uma iole a oito. Loureiro seria incapaz de devorar aqueles canteiros do afeto. Repartia-os comigo e com Altamirano, que lhe ficava à esquerda, adiposo, cabeludo, e que nesse tempo usava pincenê com fitinha preta prendendo-o à lapela, o que emprestava o ar intelectual que desejava, aparência que reforçava trazendo sempre um livro debaixo do braço, livro que era substituído após uma semana de exibição.

Quando mudava de livro, era certo colocá-lo à mesa para provocações. Loureiro caía fatalmente:

— Este também é de poesia?

O forte dos livros era poesia, e Altamirano com o peixe no anzol:

— É. Um grande livro!
— De quem é?
— De Natércio Soledade, um grande poeta.
— Natércio Soledade? Nunca ouvi falar. É futurista?

Altamirano fazia a apologia, repisando a plasticidade emotiva, o pinturesco, a subjetividade faustosa do poeta. Seu Afonso metia uma que outra colherada, sempre com Castro Alves no meio. Loureiro brincava:

— Muita poesia vira a cachola da gente, seu Altamirano. Tome cuidado! Você tem cara de poeta.

— A poesia é o farol do mundo!
— O farol do mundo é outra coisa. Não é, dona Jesuína? — perguntava berrando para a cozinha.

E ela, tirando a comida, entre um chocar de louças, respondia rindo, não sabendo de que se tratava, mas seguríssima de que era bandalheira:

— É sim, senhor Loureiro!

Seu Afonso não escondia o desagrado — porco! — e enfiava o nariz no prato. Altamirano, generoso, perdoava com um sorriso sutil.

Durou isto sete meses, os sete meses que funcionei em Silva & Irmão e nos quais me ilustrei a respeito de, pelo menos, vinte marcas importadas de azeite. Loureiro era bom sujeito e levou-me para a Selaria Modelo, com a prévia aprovação de papai — melhor ordenado, saída às cinco e folga aos sábados depois das duas. Tinha funções também na rua, o que oferecia as vantagens de uma relativa imunidade e o meu primeiro conhecimento da verdadeira vida da cidade, pois que a freguesia era dilatada e eu vivia pulando de bairro para bairro com a pasta das faturas em atraso.

19 de abril

A rua é uma mestra. Vale por uma enciclopédia, ó homens sedentários!
Conheci Cinara, a sestrosa Cinara, de ancas de potranca, perdida por automóvel, e que era muito enjoada para comer. Passava os dias, me dizia, com uma saladinha, uns bombons e muitos "solvetes". E, a propósito de rivais, defendia-se: — Não sou nenhuma dessas, não! — o que seria pena, se não fosse mentira.
Conheci Maria Berlini, que não admitia bolinação em cinema — cada brincadeira tem seu lugar! — e que acabou heroína de radioteatro, depois de ter sido chapeleira, caixeira de perfumaria e manicura. Íris de um verde mineral, mais denso na pupila, cabelo querendo ser dourado, carne rosada e tenra, tinha vinte anos incompletos e completa liberdade, tanto nos vestidos como no procedimento, tanto assim que dona Eponina (da pensão familiar com um banheiro só) um dia quis fazer sátira: — "Maria vai com os outros..." — ao que ela respondeu com presteza: — "Porque são os outros que pagam!"
Conheci o andarilho Pepe Hernandez, em roupa de escoteiro, que vendia cartões-postais com a própria efígie retocadamente favorecida. Com o produto da venda deles, me explicou, é que daria volta ao mundo. Já estava na metade. — Metade? — *Mitad!* Puxou-me para o botequim, pediu guaraná (*muy rico el guaraná de ustedes!*), pediu queijo (*muy bueno el queso de ustedes!*), me explicou. Atrás da explicação vieram outras explicações com bafo tabagístico. E ao termo de meia hora deixava formalmente contestadas as palavras de Colombo em que eu por tanto tempo, inocente, acreditei: Andando mais, mais se aprende.

Conheci Eurídice, Maria Auxiliadora (apresentação de Loureiro), Dulce Sampaio e a bela Elvira Taveira — Vivi Taveira como preferia ser chamada. Esperei meia hora por Afonsina, isto é, das quatro às seis.

21 de abril

Na *Pensão Sétimo Céu*, que ficava no bequinho da Lapa, loura, volumosa, a francesa Ninete foi decepcionante, insossa como uma cusparada, apesar da experiência exibida nas práticas que usou: — Ai, ai! que nunca gozei tanto na minha vida! Como ele é gostosinho, safado... Ah! meu valente, por que não nos conhecemos antes? etc.

Já Aldina foi outro caso, inteiramente outro. Cheirava a carne limpa, a objeto fresco e me trouxe a novidade do primeiro randevu, em que entrei de pernas bambas e voz gaguejante, levado por ela e largando uma gorjeta muito forte para as minhas posses, pois o garçom, de costeletas e jaleco, coçava a cabeça, dizia que eu era menor e não queria encrencas com a polícia.

Aldina gostava de falar, tinha graça para falar, misturando rudeza e candura, finura e bobice. Nascera em Leopoldina.

— Que tal?

— Não me lembro. Saí guria de lá. Mas deve ser muito feia. Roça é sempre feia.

Estivera num asilo em Juiz de Fora, fugira para casar, não casara, fora abandonada, batera para o Rio.

— Mas quantos anos você tem, Aldina?

— Dezoito feitos em abril. E você?

— Dezoito também — menti.

— Para homem é ainda uma criança. — E procurando-me com a boca de fadas, se é que há fadas mulatas: — Uma criança louca...

22 de abril

Saudável loucura! Cortina que se descerrava com gosto de mucosa e cuspe, oferecendo sol e combustão, delíquio e

vertigem, desvendando o Jardim das Delícias. Encontro assombroso dos meus poderes hibernados na glande, beijos que me turgesciam, ímã que me eriçava!
— Você não tem medo de ter um filho? — perguntara duma feita.
Riu mais nua do que nunca, a mancha de veludo lustrosa de sêmen e suor — não! Tinha recursos para evitá-los, recursos que não explicava, dando-me a entender, apenas, a sua experiência. Colava-se e descolava-se em paralela, em perpendicular, em ângulos de estonteante geometria, que seu Silva jamais lecionaria. Sabia mais do que livro, ensinava mais do que mil páginas impressas!

23 de abril

E me assaltou uma sede de amor, de carinho, de contemplação de olhos, seios, braços, nucas, de contatos íntimos, cheiros íntimos, de entregas bruscas — uma necessidade premente como o ar para a vida, que a perda de Aldina como que mais ativou, neutralizando o insucesso venéreo com Margarida de Oliveira. E por haver rivais, e rivais decididos, fui encontrado sem sentidos num terreno devoluto, com o nariz em petição de miséria e pela cura do qual padeci horrores com autêntico estoicismo. Alguém, que jamais apurei quem fosse, notificou a rigorosa origem do acidente. Papai nada disse, mas prima Mariquinhas ficou alarmadíssima, menos pelo meu novo desastre amoroso que pelo perigo de ter um sátiro como eu dentro de casa. Olhava para mim como quem olha para uma serpente, socorria-se de poderosas orações. Mas no final das contas, pela sábia habilidade do doutor Sansão, que cobrou barato, o nariz não ficou mais feio do que já era, nem o coração curado para a tentadora repetição de golpes possivelmente infelizes.

26 de abril

A maior amargura não a trouxe o amor, trouxe-a a glória, o que é um privilégio das almas juvenis. Por um ínfimo ponto deixei de ser campeão dos terceiros quadros no torneio principal da cidade. O juiz comprado nos amarrou descaradamente no nosso último compromisso, exatamente contra um dos clubes mais descolocados na tabela. Beiçola foi expulso do campo por pretenso desacato. MacLean levou um pontapé, nas barbas do árbitro, que praticamente o alijou da contenda. Por muito favor conseguimos um empate em cima da hora, tento consignado por um bambúrrio de Tatá, que o juiz não anulou, amparado na confusão do lance, dado que o empate já plenamente lhe servia. O apito final doeu como punhalada! Fiquei sucumbido. Durante mais de mês amarguei duramente a injustiça, a venalidade, a safadeza sem nome, cheguei a tal grau de excitação que me atraquei com um bom companheiro, parente de Miguel e partidário do clube campeão, isto no bilhar do Largo da Segunda-Feira, sede noturna de futebolistas terciários, com alegóricos anúncios de Cerveja Fidalga e mictórios infectos de porcaria e torpeza gravadas a lápis nas paredes.

27 de abril

Amá-lo, sim. Admirá-lo, nunca!

28 de abril

Saímos deliberadamente para comprar um medicamento para dona Carlota. Na farmácia, Luísa virou e revirou a bolsa e riu:
— Esqueci a receita em casa!
— E em casa, onde a terá esquecido?

30 de abril

Guernica foi pulverizada pela aviação ítalo-germânica, mascarada com as cores nacionalistas, empregando uma técnica maciça de destruição, que assombrou o mundo e alarmou-o também. Escaparam somente umas raras casas e o histórico tronco de carvalho, debaixo do qual, outrora, o parlamento basco prestava juramento.

Garcia perde os olhos para além do teto:

— Não haverá mais frente de batalha. Estar na frente ou na retaguarda será a mesma coisa! Tanto morrerão soldados como crianças. Provavelmente mais crianças.

1.º de maio

Pela primeira vez na História um navio de guerra é posto a pique por bombas de avião. É o caso do cruzador "Espanha", da frota do general Franco, atingido pelos republicanos. Dos oitocentos e cinqüenta tripulantes, pouquíssimos se salvaram.

Gasparini, profético:

— Acabou-se a Inglaterra!

2 de maio

Vargas discursou ontem em Petrópolis, no 1.º Batalhão de Caçadores, insistindo em alertar a nação contra "os arremedos programáticos dos autonomistas belicosos e dos extremistas vermelhos". A voz baiana grita da tribuna parlamentar:

— Provocação! Provocação!

O eco é nulo. E a censura da imprensa torna-se uma rotina com decálogo: é proibido o ataque, de qualquer natureza, ao Governo federal; são proibidas todas as notícias sobre movimentos de tropas e conferências militares; é proibida a publicação, na íntegra, dos discursos parlamentares da oposição, desde que não tenha o visto da mesa da Câmara ou do Senado e, mesmo assim, sem manchetes alusivas nem títulos escandalosos; etc. e etc. Adonias graceja:

— Como começo duma futura conversa, é sintomático. Os rabinhos que se avenham. Vai haver pimenta a valer!

3 de maio

Na realidade é como se vivêssemos sob uma ditadura, uma ditadura frouxa, com algumas janelas abertas, menos por gosto que por nacional comodismo, para o bosque da tolerância, mas em flagrante marcha para um governo cesaresco e despótico a molde dos que vicejam na Europa e que tantos adeptos criaram entre nós. A Revolução de 30 não chegou a alterar os hábitos políticos, sacudira-os apenas, mudara somente algumas roupagens e ínfimas práticas substituindo certas oligarquias por outras, não todas, feita que fora, não pelo povo, ainda incapaz duma revolução, mas pelos próprios políticos e pelas forças armadas, atrasados cem anos.

Getúlio, chegado ao poder sob tantas esperanças ingênuas de renovação, como um general Isidoro civil, e nem tão civil pois que adotara a farda de general para desembarcar no Rio, com um lenço vermelho ao pescoço para quebrar a etiqueta militar, se abrira algumas largas perspectivas, cimentara-as logo com a alvenaria mais compacta, se favorecera determinados avanços sociais, paralisara-os com perseguições e policialismo inquisitoriais, e agindo como agiriam todos os seus predecessores no bastão presidencialista, não esconde a sua formação pastoril e reacionária, temperada com uma particular pitada de bonomia sorridente e com uns graves grãos de adquirido ceticismo, que o isolam da ação deletéria da Igreja, e mais do que formação, não esconde os vícios do meio político, de inconseqüente turbulência, em que foi gerado, com a absoluta incultura que a caracteriza.

4 de maio

Uma nova guerra mundial determinaria a destruição, em poucas horas, de várias capitais européias. É a conclusão a que chegaram os observadores internacionais sobre o arrasamento aéreo de Guernica.

5 de maio

As fileiras cariocas sofrem baixas irreparáveis. Em abril Arnaldo Tabaiá desertou. Agora quem fecha os olhos é Noel Rosa, aquele que quando morresse não queria choro nem vela, "queria uma fita amarela, gravada com o nome dela". A fita não a teve. Teve choros e velas. As velas não foram muitas, mas amigas. O choro foi sincero.

Neusa Amarante, que andava rompida com ele — sujeiras de rodinhas malandras, intriguinhas de botequim —, portou-se com decência e com coroa.

7 de maio

Fiz uma experiência. Ditei um trecho, relativamente longo do romance, solilóquio da personagem ante o alvor da madrugada, que Luísa taquigrafou e depois passou a máquina, enquanto dona Carlota, no quarto, ruminava a sua insônia.

— É melhor do que taquigrafar as baboseiras do Chefe ou do Humberto, não é?

— Sim, um pouquinho melhor...

As emendas serão infinitas, mas há uma evidente fluência no borrão, uma abundância de jorro, um aproveitamento da velocidade do pensamento e da memória, que a pena dificilmente consegue, e isso me satisfaz e anima para outras tentativas. Não é possível fazer todo um romance por este processo, mas certos trechos, sejam os monólogos, as análises interiores, os desenvolvimentos exclusivamente psicológicos, creio que ganham com o método. Henry James o utilizava, o que já é uma recomendação.

8 de maio

Condenados todos os cabeças do levante comunista. As penas são de dez anos para cima. O Tribunal de Segurança funcionou com toda a pompa, como se pretendesse impressionar. "As vestes dos juízes foram confeccionadas especialmente para a solenidade dos julgamentos. Também o procurador e o secretário tiveram que se paramentar com trajes especiais..." — eis um trecho que recorto do jornal e guardo preciosamente, na esperança de um dia poder ser útil se me der na veneta escrever um tratado de modas brasileiras, ou para atender a um amigo que desejar fazê-lo.

9 de maio

Para que abrir mais um conflito, cujos únicos prejudicados seriam as crianças? O mundo é das contradições:
— Menina, saia do sereno! Sereno faz mal.
Friagem também. Chuva é que não fazia... Mas Vera é obediente e sobe a escadinha de cimento, que dá acesso à porta de entrada. Laurinda segue-a de rabo triste.

10 de maio

Mariquinhas era uma enciclopédia viva de abusões. O primeiro banho de mar deveria ser tomado após um purgante salino, sem o que dos mais imprevistos perigos estavam ameaçados os banhistas. Sujeitamo-nos humilhados.

O maiô inteiro, de listras horizontais azuis e brancas, ia até a barriga das pernas, fechadinho no peito com três botões. Madalena trajava-se à marinheira, de grossa fazenda com enfeites de sutache branco, touca de borracha e sapatos de corda com âncoras bordadas, tudo figurino de Mariquinhas, fabricado por suas próprias, castas e diligentes mãos. Quando saía d'água, Madalena pesava mais que um cachalote, e a roupa levava, conforme o tempo, até quatro dias para secar. Como não havia duplicata, eram quatro dias sem banho para ela, porquanto o menor vestígio de umidade na roupa era motivo para alarmes da velha prima e guardiã.

Havia ainda o ritual do estômago vazio. Um mínimo cafezinho tomado poderia provocar uma congestão e, como não bastasse a tese indiscutível, enumeravam-se fatais exemplos comprobatórios. E também o banho tinha de ser rápido e cedo. Chegava-se à praia quando o sol mal rompia, desembrulhávamo-nos das felpudas toalhas e entrávamos imediatamente pelo salso elemento adentro. Ninguém nadava, nem mesmo passava da água pelas canelas. As ondas é que vinham nos cobrir, quando nos agachávamos, sob as ordens militares de Mariquinhas, em pé, na areia. Dez minutos depois voltávamos pingando para casa.

Mamãe nunca interviera nos despotismos da prima, a quem queria e respeitava extremamente. Mas num domingo tudo isso acabou. Papai, que nos dias de semana saía cedo para o trabalho, e que aos domingos gostava de ficar na cama, resolveu nos acompanhar à praia, e, quando viu as manobras náuticas de Mariquinhas, deu o brado:

— Mariquinhas, minha velha, você está de miolo mole! Isso lá é jeito de tomar banho de mar? As crianças precisam é de sol, Mariquinhas. De movimentos livres, de correr, de nadar.

— No meu tempo era assim.

— Mas agora é outro tempo, Mariquinhas. Não se esqueça.

Mariquinhas suspendeu a cabeça altiva e altiva retirou-se para casa. Queixou-se a mamãe de que fora desrespeitada na frente das crianças, e ficou sem falar com a família precisamente quarenta e cinco dias, trancada no quarto, só saindo para as refeições.

Papai, afinal, dirigiu-se a ela numa das suas incursões à mesa:

— Olha cá, Mariquinhas. Se você só sai do quarto para comer, é melhor não se dar ao trabalho. Nós teremos o maior prazer em levar a sua comida no quarto.

Ela levantou-se da mesa e declarou, briosíssima:

— Amanhã eu voltarei para Magé!

Não cumpriu a palavra. Após quarenta e cinco dias de reclusão, na qual apenas por uma ou duas vezes foi admitida a entrada de Emanuel, pois mamãe, conhecendo-a, prudentemente não forçava, voltou pouco a pouco a se integrar no ritmo caseiro.

E depois desse incidente na praia, o mar passou a ser uma coisa que a gente ama e a que se entrega. Ficávamos horas e horas brincando na areia, entrando e saindo da água. Os tatuís eram como gigantescas pulgas marmóreas se enfiando na areia molhada e, na areia seca, os siris deixavam a marca dos passinhos como escrita cuneiforme. Emanuel armava-se de latas de banha marca Rosa e, fazendo-as de fôrma, construía compridas linhas de cilindros de areia úmida, que arrasávamos a pontapés. Estávamos pretos, a pele descascando e somente por volta das onze horas, depois que a corneta do Forte tocava para o rancho, é que nós batíamos em retirada, mortos de fome, saturados de sal, levando alguns peixes que roubávamos do arrastão — sardinhas, tainhas, palombetas — apesar da vigilância dos pescadores, de grandes mãos calosas.

11 de maio

Após intensa confusão, foi lançada a candidatura de Armando de Sales Oliveira à presidência da República, unindo as forças políticas do Rio Grande do Sul e de São Paulo em oposição ao Governo.

Duvida-se que haja um candidato oficial. Cléber Da Veiga e Délio Porciúncula estão acesos — chega de Getúlio! Susana apaixonou-se pelo candidato e está insuportável. No seu salão, hoje, não houve outro assunto. Desembargador Mascarenhas, consultado em várias oportunidades, mostrou-se de salomônica prudência — *De gustibus et coloribus non est disputandum.* E Saulo, na rua, dando-me o braço:

— Como é burra a nossa magistratura!

Anita sorriu apenas. Parecia preocupada.

12 de maio

O julgamento dos parlamentares presos foi ontem, mas na casa de Susana não se tocou na questão. Três condenados e dois absolvidos.

Encontro-me com Plácido Martins num sebo da Rua São José e pergunto-lhe o que acha disso.

— É mais um golpinho para solapar a democracia — responde com um esgar.

E Helmar Feitosa metendo a sua colher:

— A democracia está com os seus dias contados.

13 de maio

O mar passou a ser uma coisa que a gente ama e a que se entrega numa alegria vibrátil e franca de fecundação. Íamos sozinhos, fruindo o gosto da liberdade, que Mariquinhas, abespinhada, fechara-se em copas, e papai só aos domingos e feriados podia nos acompanhar. Íamos cedo, com o sol ainda débil, o chão molhado de sereno como se tivesse garoado, a praia de contados banhistas, na maioria senhoras, os pescadores ainda nas sua baleeiras estendendo a rede do arrastão, voltávamos tarde, com o sol queimando, aos pinotes no asfalto amolecido, alertados pelo toque militar, que vinha do Forte, vibrante e triste.

Mamãe, obediente às determinações de papai que nos deixasse soltos, confiava em nós, mas vinha até ao portão, quando partíamos, e recomendava:

— Cuidado!

Frente para a Igrejinha, fundos para Ipanema, e as montanhas da Gávea eram um biombo no horizonte, a casa ficava no centro dum real, com ilhotas de pitangueiras, cardos e cajueiros em volta, a rua marcada apenas pelos meios-fios de granito, que o vento cobria de areia, e era papai quem mandava desenterrá-los, pois, equilibrando-nos neles, é que alcançávamos a casa, e penoso, cansativo seria atingi-la caminhando no fofo e móbil terreno arenoso. Quando soprava o famoso sudoeste, ora constante, ora em lufadas, que sacudia estrepitosamente as vidraças, e Mariquinhas, benzendo-se, agarrava-se a São Jerônimo, a areia branca e fina amontoava-se no portão e na porta de entrada a ponto de não se poder abri-los, e arriscado era sair, que a areia, em nuvens e espirais, sufocava entrando pela boca e pelo nariz, cegava entrando pelos olhos, tonteava entrando pelos ouvidos.

Marchávamos em fila indiana sobre um dos meios-fios, virávamo-nos e, muitas vezes, mamãe ainda estava no portão recomendando cuidado com um gesto, e esta recomendação mais a mim era dirigida por peculiar motivo. Tinha eu uns cinco anos e ajudava-a a regar o jardim tijucano, quando a cigana assaltara-a, através do gradil, para ler a sorte. Recusara apesar de toda a algaraviada insistência, mas, para se ver livre da importunação, acabou por dar uma pratinha, sacada daquele célebre bolsinho de avental, sempre provido para os mendigos que sabatinalmente nos batiam à porta, ou para os vendedores de pipoca, de mariola, de balas de altéia, de algodão-doce, cuja passagem pela rua não se limitava aos sábados. A cigana, com moedas de ouro, libras, florins, piastras, que sei eu, penduradas nas tranças de azeviche, longas e oleosas, beijara a pratinha e predissera, a troco de agradecimento, que deveria ter eu o máximo cuidado com o mar, que o mar me seria funesto. Era tolice, porém mamãe nunca se esquecera da profecia, e de um certo temor era tomada quando me dirigia sozinho para a praia, ou quando íamos a Niterói e Paquetá e ela, na barca, me retinha ao seu lado, com medo que eu, a um oscilar mais acentuado, me despencasse n'água.

14 de maio

Os cuidados de mamãe não conseguiram me incutir sub-repticiamente o temor pelo mar — era uma entrega confiante e total. O contato das suas águas na minha carne virgem, tomava-as como carícia de namorada. As espumas das suas vagas eram para mim limpas como as do sabão. Sabia-o feroz, capaz de mortes e destruições, mas não cuidava que pudesse me trair, desencadear sobre mim as suas fúrias. Acreditava tê-lo domado com a oferta do meu coração amante, e suas manhas e embustes acreditava serem brincos amorosos, partidas de sereias galhofeiras.

E fendia-o com braçadas ternas e descuidadas, campo de eternas férias. Bebia-lhe o sabor de alga e peixe, elixir que purificava a garganta e enrijava os meus músculos adolescentes. Deixava-me levar ao talante das suas correntes, frígidas ou tépidas, boiando, quase sem movimentos, num êxtase de abandono, os olhos na concha do azul, que repetia o azul dos olhos de Elisabete. E enfrentava as suas ondas, procurava-as na arrebentação, via-as dobrarem-se como um arco, e, antes que caíssem qual pesada e retumbante clava, impulsionava-me para a crista delas com o ímpeto de um jovem Tritão, equilibrando-me por instantes, o torso de fora, o riso nos lábios, numa sensação de eufórica e triunfal arremetida. Ou esperava que arrebentassem, projetava-me à frente delas como um torpedo, sabendo que me alcançariam, vindo imiscuído na fervente e veloz espuma até encalhar na areia, algumas vezes com o peito ralado, ardendo como se tivesse sido tocado por uma água-viva. Ou furava-as, mergulhando por baixo delas, ludibriando-as, no momento exato, com a precisão de um esqualo.

E numa manhã, no fim daquela longa estada praiana, quando já preparávamos as malas e os cacarecos para voltar para o Trapicheiro, ele portou-se mal. Foi depois duma noite tempestuosa, quando um dilúvio parecera correr do céu para afogar a terra. Mas o dia acordara sem chuva, o céu limpo, os morros mais verdes, os telhados lavados, as árvores pingando, a areia lisa e úmida. E o mar se mostrava enraivecido, sacudia-se em vagalhões como se quisesse devolver à terra imunda a água pluvial que, barrenta, contaminada, manchava como lepra a hígida limpidez do seu manto ondulante. As bandeirinhas vermelhas, espetadas na praia, proibiam o banho, providência que há muito não fora tomada, e os guardas de salvamento, enfiados nas japonas, faziam passar o tempo de serviço acocorados, em semicírculo, junto à nova muralha, mais alta e forte, que a primitiva, por mal calculada pela engenharia municipal, não poucas vezes o mar, nas suas cóleras, destruíra ou danificara.

Mas para que ligar ao aviso daqueles trapos drapejantes? Estava sozinho, Madalena e Emanuel não quiseram ir ao banho, pretextando mau tempo e afazeres. E entrei pelo mar, confiante, qual domador que entra na jaula do leão para fazê-lo subir em cubos de madeira, saltar através de arcos de fogo, e até enfia a cabeça nas fauces rugidoras ante o público atônito. Entrei apesar das sucessivas ondas me dificultarem o avanço. Um guarda levantou-se da roda, veio até a orla da praia, a onda chicoteou-lhe as pernas, e gritou:

— Volta! Não está vendo a bandeira vermelha?

Mas, embora com água pela cintura, não pude retroceder. A onda me apanhou, rodopiei e, em vez de ser atirado para a praia, fui sugado para dentro da impetuosidade do refluxo. Debati-me surpreendido e sufocado por um tempo inimaginável. A água entrou-me pelo nariz, asfixiando-me. Entreguei-me hirto, abúlico — perdi os sentidos. Quando os recuperei, estava estendido na areia e um grupo de guardas à minha volta me estimulava, me massageava. Vomitei água, respirei sem dor, reanimei-me.

O mulato riu:

— Não foi nada. Não passou de susto. Serve para aprender. Para outra vez, respeite a bandeira.

E um outro:

— Você não tem pai?

Ainda fiquei uma meia hora me recuperando. Depois voltei para a casa e não contei nada. O peito doía, a garganta arranhava.

15 de maio

Até quando um pai pode servir como modelo de procedimento? Para confidente é que, positivamente, não serve.

17 de maio

Foi assim que ela falou, a bichinha:

— Não é de hoje que eu estou te estranhando, meu nego. Você não era assim para mim. Me respeitava. Parecia me respeitar.

— Eu te respeito, Aldina. Eu...

— Respeita, não é? Tem graça! Todos vocês são iguais, feitos da mesma titica. Depois que têm, mudam tudo. Não pense que foi surpresa, já estava esperando por esta. Me admiro é que você venha com uma destas, você que é inteligente, que estuda, que é de família direita!

— Aldina...

— Não! Deixa eu falar! Você devia saber que era mentira, só mentira, despeito, inveja, traição. Falar é muito fácil, provar é que são elas! Quedê as provas?! De mim ninguém poderá dizer isto! (mostrava um tiquinho de unha mulata, arroxeada).

É mágoa, meu nego, você não vê logo? E para os despeitados, tome!... E comam com casca tudo que lhes faz bem. Tripa vazia dá nisso.
— Mas Aldina...
— Não tem Aldina, nem meia Aldina. Se não quer, tem muitos que gostam. O mundo está cheio de homem. É só sair na rua e vêm vinte logo atrás como cachorro! Duvidar de mim, me infamar, é que não! Eu gosto de você. Você sabe que eu gosto. Se não gostasse não estava aqui. Você é rico por acaso? Você é bonito? Eu vivo às suas custas? Estou com você porque gosto. Não preciso te enganar. Nunca enganei homem nenhum. Eu mudo, mas não divido. Você sabe. Já te contei toda a minha vida. Quem é que me viu com este tal cara? Diga! Traz ele aqui para me dizer isso a mim!

18 de maio

Requebrante e provocante, macia como sapoti, a bichinha sabia enfiar um samba no escorregadio assoalho do Clube Recreativo e Carnavalesco Prazer das Morenas, onde era estrela e pastora de primeira grandeza. Sabia encher de gemente e abandonada graça o momento supremo. Foi o primeiro passo no virtuosismo da entrega, na conjugação do ardor, o fruto dos ensinamentos de Sabina. Tornou-se vício. Um vício quase diário, que culminava aos sábados com danças preparatórias e excitantes, alguma bebida e o despertar de domingo nos abafados quartos de aluguel, com inúteis guarda-roupas, inúteis jarros de porcelana, e Aldina sempre atrasada:
— Upa! dona Eunice vai ficar uma onça comigo.
— Que vai ficar onça, nada, Aldina. Fica mais um pouco.
— Nada disso. Dona Eunice é boa patroa. Gosto muito dela.
— Um pouquinho só.
Era inútil:
— Logo. O mundo não vai se acabar agora.
— E se acabar?
— Se acabar, logo se vê! Não te incomode...

— Ingrata!
— Não sei por quê.
— As ingratas nunca sabem por que são ingratas.
— E não sei mesmo.
— Ainda bem que você se acha mesmo ingrata.
— Ah! — muxoxeava.

Vestia-se às carreiras, reforçava o coração de ruge da boca feiticeira, fugia como antílope, corça, gazela, um bicho assim saltador e gentil, deixando-me esparramado, o corpo entorpecido, no leito revolvido:

— Até as nove!

E de noite, nove horas, encostado ao lampião de gás, lá estava espreitando, aflito, o pretensioso bangalô onde ela copeirava. Chegava fresca, serelepe como se tivesse dormido toda a noite e todo o dia:

— Estou cheirando a gordura?
— Não, a flor!
— Eh, eh!... que flor?
— Rosa, jasmim-do-cabo...
— Couve-flor.

Dobrávamos, meio abraçados, a rua de precários lampiões, íamos nos abarracar na vizinhança de um terreno baldio, alto de capim, com mangueiras no fundo. Na hora propícia, as mangueiras diziam:

— Venham!

19 de maio

Muitas vezes não íamos, muitas vezes — ternas e benfazejas noites! Rangeria o cimento da entradinha se não houvesse cautela. Havia. Ela ia na frente, natural, abria a porta, acendia a luz, me esperava. Cauteloso como gato vencia, demorado, o caminho celestial. Celestial era a porta encostada — meu arco do triunfo! Celestial era a fresta luminosa — meu magnético farol! Céu era o quartinho, céu aberto, prêmio, céu imenso! Como cantava cedo a cotovia!

20 de maio

Mariquinhas, neta do barão de Ibitipoca, ostenta os últimos e melancólicos pechisbeques duma esfarrapada nobreza:
— Outra copeira!!!
Odeio Mariquinhas!

21 de maio

Odiava Mariquinhas, mas adorava Aldina. Com mãos para trás, cegas, ela procura abotoar os recalcitrantes e pequeninos colchetes do vestido de seda estampada, que dá um ar de florido caramanchão.
De repente, a boca fica mais linda de impaciência:
— Que merda!

22 de maio

Na manhã feriada, Aldina estendeu-se na areia rutilante com a harmonia de uma onda — cabeleira apanhada por uma fita, carne ao sol, o sol vibrando oblíquo, os lábios como conchas de beijos.
— Te quero tanto, Aldina, tanto!...
— Eu sei como você me quer...
— Nem sonhas quanto! Nem tenho palavras para dizer.
Dá um muxoxo:
— Ah!
— Às vezes sinto tantos ciúmes de ti, Aldina...
Olha com os olhos compridos, líquidos como o mar:
— Não devia, sabe? Não tem direito. Que é que eu faço para você ter ciúmes? Diga!
— Ainda pergunta? Por que você não saiu comigo ontem?
— Ora! não pude, não te avisei antes? Dona Eunice precisava de mim.
— Que precisava, nada!
— Precisava, sim, bijuzinho. Teve visitas para jantar. Uns amigos de São Paulo, gente importante.
— Que visitas! Você não é escrava.

— Não sei, sabe...

Tirara os sapatos, e os pés pequenos, gordos, quadrados, se afundavam na areia. Suspendeu a saia já tão curta e entrou n'água, deixando que a vaga sorrateira viesse lamber-lhe os tornozelos grossos.

— É bom, sabe? Uma delícia!

Caminhou para as pedras, molhadas tartarugas, o vento dançando nos cabelos ondulados:

— Há muitas pedras aqui, não é?

— Deus é pródigo...

— Não brinque com Deus.

— Não estou brincando, Aldina. Dizer que Deus é pródigo não é brincadeira.

— Pois parece. Você é tão ateu...

— Você não gosta que eu seja ateu?

— Não me importo. Eu sei como são os ateus. Falam, falam, depois, na hora da morte se borram todos.

— A morte não me amedronta, boba! Nunca me amedrontou. Mas gostaria de morrer com você ao lado, te ver quando a vida fosse me largando. Melhor ainda seria morrer contigo, te abraçando.

— Ah, que horror! Não! Não! Viver é que é bom!

— Viver sem mim?

— Viver sem ninguém, mas viver!

— Parece é que você não gosta de mim.

— Gosto, sim. Mas gosto de você vivo. Morto, não. Ficou triste? — fez um gesto suave, afagando-me o rosto: — É meu jeito de gostar, amorzinho. Você ainda não acostumou? Pareço uma mulher fria, insensível, sem coração, não é? Mas não sou. Você sabe que não sou.

Travei-a contra mim, o coração palpitando:

— Me diga uma coisa, mas me diga sem pensar um segundo. Quando eu estou perto de você, quando eu te abraço, quando eu te beijo, o que é que você sente?

— Uma dor aqui! — e apontava o estômago.

Deixei-me escorregar, ajoelhei-me aos seus pés:

— Minha santa! Eu te adoro!

— Meu bem, não seja bobo... — ela falou.

23 de maio

Morremos bobos.

24 de maio

Foi a mestra que veio ao aluno, como o catequista ia aos pagãos. Veio com os seus colares — contas vistosas, almiscaradas, tentadoras. Veio versátil, de ébano e mistério, amplexo de babá e lupanar, as axilas recendendo a arruda, as mãos recendendo a salmoura. Mestra da escola viva, pulou a cartilha, suprimiu a soletração, entrou direta no antológico. O aluno era dócil, aplicado, de carne macia, os lábios de pétalas. Sim, lábios de pétalas! — ela dizia, e como destemerosamente o dizia num cruzamento de corredor, da janela da cozinha, com mímica, para o jardim, ao tirar um prato da mesa, em pleno jantar, num sopro aos meus ouvidos! e o coração parecia que ia parar gelado no meu peito. Sabina! Se ria, parecia doida. Se falava, tudo se povoava de sacis, de assombrações, de feitiços. Se cantava, seu canto derramava-se pelos quintais como um óleo espesso e lúbrico. Tinha os pés silenciosos dos gatos. No corpinho de morim trazia um breve ensebado. Não dizia morim, dizia madapolão. Não usava calças. Aos domingos passeava de sombrinha azul.

25 de maio

Lançado de supetão o candidato batizado de nacional — José Américo de Almeida, que granjeou fama de romancista, brilhou na Revolução de 30, e faz da honestidade uma agressiva couraça, ouriçada, caturra e auto-elogiada demais para ser simpática. Délio assevera que não passa de mais uma treta getuliana — o candidato será queimado a tempo com todos os sacramentos. E Cléber, reforçando a opinião de Délio, prova em sensacional artigo que o agreste paraibano, apanhado pelo rabo da vaidade, é o candidato do presidente da República, e não é, por conseguinte, nem candidato nacional, nem candidato democrático.

— O nosso Chuchu — diz ele mais tarde, numa roda de café, repisando o artigo — toma o gosto do petisco que lhe convém. Mas, no fritar dos ovos, fica sozinho, e mandando. Ninguém fica em pé muito tempo ao seu lado. Mas ninguém se emenda e ele vive da cegueira alheia. Apesar de odiá-lo, chego a admirar o seu cinismo. Repete tranqüilamente os mesmos golpes. E o povo ri, porque simpatiza com os malandros.

26 de maio

— Não troque as bolas! Honradez e caráter são atributos diversos. Você confunde-os, Vítor. Ter caráter é bastante mais raro e infinitamente mais incômodo. Gera antipatias, gera incompatibilidades, fomenta incompreensões, cria uma atmosfera difícil, dá parcos lucros e muitíssimos prejuízos. Mas podem acontecer juntos.
— Acontece comigo?
Papai pulou fora:
— Você quer elogio ou quer puxar outra discussão?
Como discutiam aqueles dois! E pegaram-se:
— Você é pancada, Nhonhô! Se separa uma coisa da outra, um bandido, um ladrão, um criminoso pode ter caráter!
— E por que não pode? Até um padre pode ter caráter.

27 de maio

Releio o que escrevi no dia 3. É o estilo de papai... E ajunto: A ambição de Vargas pelo poder é de tal vulto e feitio, transparente e insopitável, que, contentando-o, acenando-lhe sempre com a perpetuação do mandato, seria possível manejá-lo para fins mais altos e melhores, a que jamais chegará por seus pensamentos condutores que são tão rasos quanto o horizonte dos seus pampas natais, sem serem ao menos infinitos. Mas quem poderia influir sobre este homem solitário e vazio, solidão e vácuo a que somente o poder serve de combustível e entulho, se, para exercer a sua onipotência rasteira de caudilho, só se rodeia, em sucessivas substituições, do que há de mais zurrapa e servil, e mostrando, como indisfarçável prova de desconfiança e fraqueza, quase que horror aos que demonstram inteligência, independência e competência? Quem poderia romper com êxito a muralha de ineptos e escrachados que construiu à sua volta qual cerca de espinhos venenosos?

28 de maio

É fundada a União Democrática Nacional para sustentar a candidatura oposicionista de Armando de Sales Oliveira, cuja atuação na Revolução Paulista de 1932 vem sendo cantada em prosa e verso.

Júlio Melo encabeça uma lista de adesão a José Américo — é a adesão dos intelectuais! Pediu-me que a firmasse, passei uma vista no documento, e lá estavam, em muito típica salada, os nomes de Lauro Lago, Marcos Eusébio, Euloro Filho, Camilo Barbosa, Godofredo Simas, Nicolau, Mário Mora, Gerson Macário, João Herculano, João Soares, Luís Cruz, Luís Pinheiro, Martins Procópio, Natércio Soledade, Pedro Morais e Altamirano de Azevedo, com aquela sua caligrafia de aluna do Sion.

Devolvi o papel:
— Que importância terá o meu apoio?
Júlio Melo parecia não compreender:
— Como, não assina?
— Não. Não compreendo muito a nossa política.
— Que intelectuais são vocês!
Estranhei o plural, e respondi:
— Exatamente por esta razão.
Sorriu, insistente:
— Não vai me dizer que tem compromissos com a outra candidatura...
— Do meu procedimento não se infere nenhuma falta de respeito. Mas também não me obriga a dar nenhuma satisfação.

29 de maio

Brincadeiras de Jurandir e seu Valença:
— Cristombo Colóvão...
— Almiroso Barrante...
— Benelito Hipódito.
— Olac Bilavo.
— Anibaldi Garanita!
— Bartolomão de Gusmeu!

30 de maio

Como é que um Emanuel poderia participar de certas tolas brincadeiras de Madalena? E esta aos berros:

"*Escravos de Jó*
Jogavam caxangá.
Tira, bota,
deixa o zambelê ficar.
Guerreiro com guerreiro,
zigue, zigue, zigue, zá!"

Na hora de passar adiante os objetos, Eurico se atrapalhava. Roberto adorava Madalena. Vir passar o dia conosco era um prêmio. Chegava cedinho, trazido por Rosa, depois quando foi para a definitiva companhia de Mimi e Florzinha, por uma empregada. Muito mais novo do que nós. Comportava-se como um rapazinho na mesa, falava muito explicado, muito bem educado. Papai comentava que ele nem parecia filho de quem era.

1.º de junho

Canhão — argumento que já começa a substituir desembaraçadamente os discursos na Liga das Nações.

2 de junho

Os canhões! Em 1922, os canhões alarmaram a cidade na manhã chuviscosa. A granada não explodiu, mas arrombou a casinha da travessa, indo se enterrar no quintal de areia e estorricadas goiabeiras. O pânico das mães não tem limite. E os boatos nascem do ar — os revolucionários vão arrasar o bairro!

O pelotão legalista ordena a evacuação, protege os veículos, encaminha-os para o Túnel Velho, pede celeridade, mas calma, também, a maior calma — o exército estava coeso e leal, a revolução seria esmagada.

A mãe do Burguês encarapita-se no caminhão cambaio, chora como uma perdida, invocando toda a corte celeste, gritando pelo seu homem, muitíssimo portuguesa.

O táxi, apanhado por milagre na Rua Nossa Senhora de Copacabana, se enche como se fosse de borracha. Emanuel, nervoso, vomitou. Mariquinhas não abandona o rosário, ralha a cada instante com Madalena como se a pobre fosse culpada de toda aquela barafunda. Papai, a horas tantas, não agüentou:

— Mariquinhas, assim é demais!

E Mariquinhas emburrou.

Abrigamo-nos em Vila Isabel, como bando de ciganos, na casa de um primo um tanto vago e que nos recebeu com inequívocas demonstrações de apreço e solidariedade, multiplicando-se para atender e agradar. Durante todo o dia as notícias fervilharam: o Quartel-General fora atingido por um obus, a esquadra preparava-se para bombardear o Forte de Copacabana, o presidente abandonara o Palácio do Catete. Papai não parava, saindo e entrando. Ataliba apareceu — conferenciaram gravemente.

— Soube do Vítor?

— Não consegui localizá-lo, Manuel. Blanche também não. Não voltou em casa desde ontem. Saiu para atender um doente de noite, e não deu mais notícias.

— Estou apreensivo, Ataliba. Onde estará metido aquele maluco?

Na boca da noite correu a aliviadora nova de que tudo terminara, com uma carga de baioneta. Mas dormimos mal. A botica portátil de Mariquinhas funcionou.

3 de junho

O marechal Hermes escreveu a um comandante de região — "... os governos passam, o Exército fica." O presidente Epitácio mandou prender, por indisciplina, o ex-presidente. Foi o rastilho da revolta.

— Nós, os estadistas, só desejamos que as forças militares, antes de tudo, sejam obedientes *à outrance*... — disse o presidente Washington Luís, áspero, intolerante, auto-suficiente. Pouco depois era deposto.

4 de junho

Antenor Palmeiro está desarmado... Não sai mais *Arte e Literatura*. Morreu no quinto número, vítima da vulgar, conhecida e talvez benéfica praga que consome as publicações literárias. Julião Tavares, sem satisfazer o mês da pensão, o que é uma faceta desse desassombrado paladino, transferiu-se para São Paulo, palco ainda não explorado por seu talento de histrião. Lá se foi com seu verbo fácil e assaz irônico, com a voz corpulenta e autoritária, que sabe modular blandiciosamente quando visa penetrar e empolgar os seres sentimentalóides, os corações frustrados, os inconseqüentes cérebros femininos, turba onde recruta o grosso dos soldados para sua falange antiburguesa.

No ano que entrou para a Faculdade, eu saía. Eu e Francisco Amaro. Passeava entre os colegas uma superioridade de mestre, de altiva, poderosa águia que consente em se deixar prender numa estreita gaiola para canário, de coabitar com pusilânimes tico-ticos. Forçava a pública, ostensiva intimidade com certos professores, uns quatro ou cinco, notoriamente conhecidos como extremistas. Fazia comícios nos corredores, alastrando-se com fátua e intolerante convicção em matérias que ignorava cabalmente — o que era um dos seus inconscientes e bem-sucedidos truques.

— Qual é a sua opinião sobre o mancebo Julião — perguntava amiúde Francisco Amaro por troça e acentuando a rima.

Respondia invariavelmente sério:

— Um perigo! A existência de fluidos antagônicos é fato insofismável. Reagíamos mutuamente contrários, não nos tolerávamos, embora não alardeássemos a intolerância, dominados por recíproca mas não inexplicável aversão — temia-lhe o poder maléfico, a presença, como se à sua beira houvesse um precipício, atemoriza-me o seu sucesso, que poderia perfidamente me atingir como uma força que precisa de holocaustos, como ele, talvez, temesse em mim um possível obstáculo, um estorvo, um adversário, pelo menos um esclarecido e inquebrantável desprezo por sua falsa dignidade, por suas adulteradas convicções.

5 de junho

E dizer-se que aquele pardieiro da Rua do Catete era a Faculdade Nacional de Direito! — paredes esburacadas, forro saltando, portais arrancados, janelas sem trinco, vidros quebrados, carteiras destroçadas, degraus carcomidos, assoalho podre e balançante, bicas secas, latrinas entupidas, paraíso de ratazanas, aranhas e baratas — a sujeira, a incúria, a decrepitude, a indecorosidade.

Apontando a carcaça, José Nicácio, que abandonou o curso, apostrofara:

— Eis um dos aspectos da nossa cultura jurídica!

Absurdo que pareça, houve quem se ofendesse, quem o interpelasse, quem tentasse até as vias de fato como imbecil desagravo!

Mas nas colações de grau toda aquela imundície e vergonha ficava escondida e esquecida — era no Teatro Municipal que se realizava a solenidade, com banda de música no saguão para o Hino Nacional, quando da entrada do presidente da República. As becas saíam da naftalina, borlas e capelos se aglutinavam no palco como um coro de ópera bufa, e sobre a platéia à cunha, festiva, florida, marcada pelo sorriso feliz das mães, das irmãs, das noivas, das namoradas, desabava a retórica arcaica de oradores e paraninfos, interminável infusão de latinório, de lugares-comuns, de reavivadas tradições caducas, de hipócrita crença na grandeza da profissão e da pátria, no direito e na justiça.

Um dia a nós nos coube participar da pantomima como desinteressados palhaços. Negara-me assinar a lista para o quadro de formatura, para a missa cantada, para o baile de gala nos alugados salões do *Automóvel Clube,* com valsa da meianoite, comovente *intermezzo* rodopiado pelos bacharelandos com suas madrinhas numa aura de gazes e cetins. Mas se o pagamento da taxa escolar, nada barata, incluía a colação de grau, iria receber o meu canudo.

O palco do Municipal tarjava-se com o luto das becas, quebrado pelo verde dos integralistas, que saudavam com ensaiados *anauês* cada militante que recebia o diploma. Francisco Amaro apertava-se em sapatos de verniz, arrependia-se do colarinho duro, suava como uma bica. Antenor Palmeiro recebera do pai um anel descomunal, rodava-o no anular, entre vaidoso e encabulado, Garcia e Gasparini compareceram: — "Queremos ser as testemunhas oculares da História!" — e mal vistos pelos circunstantes, mandamos, afinal, às urtigas o bestialógico do orador da turba e demos o fora.

Durante o dia fizera um calor aterrante. De tarde, pesadas nuvens negras se comprimiram ameaçadoras num canto do céu, dilataram-se, tomaram o céu por inteiro. Na boca da noite, o raio estalou, o trovão ecoou cavo, a chuva desabou, quente, prolongada, diluvial.

Prisioneiros da enchente, num café de incômodas cadeiras, suados, extenuados, infelizes, ficamos até meia-noite, quando as águas baixaram e franquearam as ruas. Gasparini bebera tal número de cachaças que estava imprestável. Carregamo-lo nos braços, fomos deixá-lo na pensão em que morava, na Rua Sílvio Romero, donde foi expulso moralizadoramente pouco depois, por prática de nudismo com porta mal fechada no quarto de uma hóspede espanhola. E quando enfiei a chave na fechadura (a casa dormia, abafada, recendendo a inseticida), senti um travo no peito, um abandono, uma tristeza que não podia explicar.

6 de junho

— Nós estivemos no mesmo colégio da Rua dos Barbonos, um sobradão de azulejos perto da Rua Riachuelo e que hoje não existe mais, porque nada, na verdade, existe mais. Sua mãe era muito bonita. Mariquinhas também. Mas como era ranzinza, implicante, cheia de coisinhas! Sua mãe, não. Era uma pérola, uma verdadeira pérola! (Mimi.)

— Este Dudu é um cretino! (Papai, 1912.)

— A professoral literatura de João Herculano dá náuseas. Ele também. (Garcia a Francisco Amaro, que não esposa a opinião.)

— Você precisa dar uma solução a isto. Está ouvindo? (Lobélia.)

— Quem não for por nós é contra nós! (Humberto, o integralista, papagaiando a advertência partidária.)

— Descobri hoje um negócio engraçadíssimo. O Délio Porciúncula acredita realmente na Justiça! (Adonias Ferraz, que anda metido no Foro por causa de um inventário em que é beneficiado.)

— Não há pecados. Há crimes.

7 de junho

O amor de Natércio Soledade pode ser resumido assim: armou uma arapuca, pegou uma arara, chama-a de ave-do-paraíso.

8 de junho

Ora viva! Há 1.200 anos não se verificava um eclipse tão longo como o de hoje.

9 de junho

As limitações levantam-se como cercas de espinhos, boa parte delas gerada por nós próprios, servos inconscientes de obsoletos códigos.

A que heroísmos nos impulsionam! em que depressões nos afundam!

Para as palpitações e dores nas pernas, a ciência, consultada sob a forma nada sutil de Gasparini, responde com desdém:

— São estripulias do vago.

10 de junho

O consultório era na Rua dos Andradas, em edifício residencial novo, mas de modesta aparência, que o pó-de-pedra entristecia. Catarina estava de castanho, um conjunto castanho, blusa mais clara, saia mais escura, discreto e elegante modelo parisiense, que ela trouxera para a estação, que lhe assentava bem, que lhe realçava o corpo esbelto, flexível, que estreara numa vesperal de Brailovski, com Chopin à grande e histeria na platéia:

— Que tal, mingote, não estou chique?

— Está. Quanto custou?

— Não digo — e requebrava-se. — Você achará maluquice.

Quando apareceu na porta do ascensor, o rosto não escondia o positivo do exame, que temera e duvidara — não, não é possível! — como se estivesse muito confiante da sua esterilidade ou precauções. Vinha pálida, agitada, num ameaço de choro:

— Estou — disse.

Eu esperava por ela na escura portaria de ladrilhos ocres e vermelhos, impaciente, fumando, deliberando decisões, decisões contraditórias, eivadas de preguiça e fatalidade, conturbadas pelo ineditismo da circunstância, enervando-me a cada vez que o elevador descia e não era ela, trazia outras pessoas — uma senhora gorda, uma rapariga parda e assustadiça, um

trôpego ancião, que me cumprimentou. Não quisera que eu a acompanhasse, melhor seria que fosse sozinha, passasse por casada, contasse uma potoca — tinha vergonha. Relutei — vergonha de quê? mas acedi. A consulta demorou. Tomei-lhe a mão, estava fria:
— Está se sentindo mal?
— Doeu horrivelmente! Estou com um medo atroz!
— Medo de quê?
— De tudo!
— Que é isso, menina? Coragem! Que tremeliques são esses? Não há motivo para ficar assim. São coisas que acontecem. Coisas bem normais. Mas é certo mesmo?
— É. Ela diz que é.
Enlacei-a com súbita ternura, ela tremia:
— Vamos, compenetre-se. Um filho será lindo! Bonito como a mãe...
— Não! Assim não! Ela me receitou uma porção de injeções. Talvez dê certo. Tem de dar certo.
— Não tenho o menor direito de te aconselhar neste transe. Embora achasse que você não devia procurar esta senhora, não impedi, te acompanhei, nem mesmo insisti. Nem adiantava. Quando você emburra com uma coisa, eu sei como você é! Mas francamente tenho as minhas suspeitas desses remédios. Estas curiosas são muito imprudentes, umas irresponsáveis. O que acho mais lógico, sempre achei mais lógico, mais decente, é procurar um médico competente e enfrentar a situação.
As lágrimas acudiram, parcas e grossas:
— Não!
— Não por quê? Pense bem. Reflita. Que mal há em termos um filho? Que mal? Que pecado?
— Não, não quero! Não acho mal, não acho pecado, você sabe que não acho, mas não quero. Aliás você fala isso da boca para fora. Você também não quer.
Não, não queria, temera-o tantas vezes. Só queremos o prazer, o descuidado prazer, como se as leis da natureza não existissem ou nos poupassem. Mas fui sincero, sabendo que daria um rumo inteiramente outro à minha vida, rumo que talvez não me fizesse infeliz, mas em que nunca pensara:

— Que engano! Por certo não desejaria nestas condições, mas se o imprevisto acontece, devemos ser decentes. Se veio, aceite-o.
— Decente é a gente só aceitar o que quer.
— Pois aceitarei o que quero, está bem? Quero! Não fique assim. Quero! Pode ser encrencado, pode dar o que falar, mas acabará tudo bem. Enxugue estas lágrimas. Vou dar um jeito, solucionar minha vida...
— Não é preciso você solucionar nada não. Eu soluciono.
— Querida, você está nervosa. Nervosa à toa. Nervosa sem proveito. Isso não resolve. O que resolve é...
— Ah, querido, não fale! Não force a natureza. Eu sei o que vou fazer. Fiquei um pouco zonza, perturbada, mas já estou refeita. Sei perfeitamente o que vou fazer. Deixe passar um pouco de pó-de-arroz para disfarçar esta cara de choro, e vamos. Não podemos ficar plantados aqui.

11 de junho

Que noite! Que indecisões! Que conflitos! Que vontade de procurá-la, demovê-la, ficar ao seu lado! E de manhã, Catarina me telefona — tudo em ordem, pequetito... Ordem e progresso.

12 de junho

Recebi mediocremente, numa tarde de temporal — vento, chuva, relâmpagos, trovões —, as alegrias da paternidade, forçando um contentamento que não sentia e que a Gasparini não passou despercebido. Já me arrasara com a idéia de que o homem repete o homem, fiel a todos os estigmas, riso ou dores. Via o novo ser sofrendo a minha infância, a minha juventude, as agonias da minha idade adulta, possuído do legado de nossas ânsias, sacudido pelos caprichos do sonho e pelos embates do amor. Um senso de dignidade me faz, porém, forjar severos planos para salvá-lo, a ele que chora no berço cor-de-rosa, como se estivesse em nossas escassas mãos o poder de cortar ou modificar a corrente dos destinos. Mas havia também pais orgulhosos e felizes, virilíssimos, na maternidade. Dois eu conhecia — dois refinados canalhas.

13 de junho

Martins Procópio — um dos pilares da sua reputação é citar em alemão.

14 de junho

Antenor Palmeiro, que não se passa para livro fino, abriu uma exceção na sua incontinência e deu-nos um romance de menos de duzentas páginas, mas com poucos diálogos, explorando a vida dos cafezais. Trata-se de filão novo, decorrente de quinze dias de férias numa fazenda do Noroeste de São Paulo — vejam quanto pode a aguda observação! De outros tínhamos já a exploração dos cacauais, dos algodoais, dos seringais, dos canaviais, dos carnaubais. Dos cafezais, não! Era uma falha. Falha gritante, imperdoável dada a importância nacional da rubiácea e daqueles que com ela se beneficiam. Parabéns a Antenor Palmeiro! E esperemos pela vida dos laranjais, pinheirais, buritizais, *etcoetera,* que afinal este nosso querido Brasil é país essencialmente agrícola.

15 de junho

Caneta pingando fel. Que ganhas com isso?

16 de junho

Foram fuzilados oito generais do Exército Vermelho e Trotski declara: "A acusação de que os oficiais eram agentes da Alemanha é tão estúpida e vergonhosa que não merece refutação."

Interpelo Antenor Palmeiro a propósito e ele enquadra sucintas e fundamentais razões. O que os mata é a similitude com o fanatismo católico.

17 de junho

— Quando Martins Procópio cita autores alemães é uma miséria! São erros tão palmares que a gente fica matutando, em dúvida, se são mancadas mesmo, ou se são propositais, dado que a tradução é sempre de molde a fortalecer os seus conceitos críticos ou proféticos.
São palavras de Catarina. Catarina sabe alemão. Teve governanta alemã — dez anos, meu bem, dez longos anos! — não se contentou com a prática, estudou com afinco, conhece bastante a fundo a literatura germânica, a tradução de *Os anos de aprendizado* de Wilhelm Meister, que anda por aí, encalhada nos sebos, em tão mal cuidada edição, é dela sob iniciais. Mas falar de Wilhelm Meister é falar dos choques dos vinte anos. O que representou para mim o encontro com o aprendiz, "a finalidade da vida é a própria vida", resumirei — uma exaltação de diapasões burgueses, estremecimentos que ainda hoje — "Luz! ainda mais luz!" — apesar de tudo, me sacodem e retesam.

18 de junho

Dívidas contraídas com Catarina nas tardes daquele verão inolvidável: Novalis, Lenau, Stefan George, *Miguel Kohlhaas*, de Kleist, e *Fraulein Else*, de Artur Schnitzler. *Fraulein*, pura e simplesmente, seria o título do romance de Mário de Andrade publicado como *Amar, verbo intransitivo*.

19 de junho

Abri a janela, voaram os sonhos mal sonhados, respirei fundamente a frialdade da manhã com cantos de bem-te-vi.

Era domingo e em todas as caras havia um falso ar de criaturas felizes. O sábado fora um dia de ventania. As flores não brincavam na ponta dos ramos.

Lina saía para a missa, cabelos soltos como cascata, peitinhos duros como seixos rolados, as coxas redondas denunciando-se sob a saia de seda justa e curta em listras multicores. Penso que poderia ser minha. Possuir! Possuir! eis o verbo tirânico, dínamo ou esqueleto de todo pensamento.

20 de junho

A noite é minha. A lua espreita a terra. As estrelas espreitam os homens que velam. O galo canta, outro responde, o grilo pára, torna a cantar. O muro é uma sombra. E o rio corre. Corre sempre, manso, quase sem forças como se não quisesse ir para o mar.

21 de junho

Gostaria de ser pintor, gostaria de ser músico, às vezes gostaria até de ser escritor, um escritor que não tivesse pejo de ser poeta.

22 de junho

— Como é possível compreender que quem escreveu *Madame Bovary* e *Educação sentimental* tivesse escrito também *Salambô* e *A tentação de Santo Antão*?

E Loureiro, para chatear Altamirano, na pensão de dona Jesuína:

— Flaubert que eu conheço é marca de espingarda.

23 de junho

E Glorita Barros vem no rádio de seu Duarte:

"*Meu Balão de São João
subiu, subiu...*"

Ela também subia com todo o gás. Ontem, *taxi-girl* de escola de dança e módico michê no randevu onde cintilava Ivonete; hoje, figura nacional, ganhando num mês o que eu não ganho por ano. Mas simpática. Ídolo de Odilon, seu noivado com Manuel Porto, outro nome nacional, porque os locutores são nomes nacionais, é o prato do dia nas coluninhas radiofônicas. Martinho Pacheco, que não a traga, chama-a de "glorita de barro", mas só na intimidade. Quem me disse foi Antônio Augusto.

24 de junho

Balões, balões votivos estrelam o céu, levando buchas fumarentas que incinerarão florestas e lavouras. O balão-piorra levava um balãozinho pendurado — mas isto foi há muito tempo e Aldina, estirada na areia, fechou os olhos:

— Estou pedindo uma coisa, uma coisa bem boa! Vi uma estrela caindo.

25 de junho

— Positivamente a vida brigou com a gente, mas por que não acreditar que um dia tudo possamos resolver? (Luísa.)

— Sou incapaz de escrever duas linhas sobre a literatura dos meus amigos vivos, o que me deixa aniquilado, como se isso pudesse traduzir despeito ou inveja, quando é incapacidade mesmo, total incapacidade.

— Mas a sua colaboração é indispensável! Não quero panelinha na minha revista. Quero-a ampla, aberta, universal! (Antenor Palmeiro com grande ar generoso e impávida camisa grená ao lado de Gustavo Orlando, que sorri.)

— "Caem acácias de ouro sobre a cidade acordada!"... (Altamirano, declamando Natércio Soledade, numa pensão estudantil e caixeiral da Rua Correia Dutra.)

— Não há nada mais presente do que o passado. (Catarina.)

26 de junho

Luto de seu Valença. A única mostra da sua tristeza é a gravata.

27 de junho

Igarapés pra cá, igapós pra lá, como achasse pouca, naturalmente, a exuberância da selva amazônica, o escritor recém-chegado, de mão mole e fria como cobra, enfeitou-a com algumas flores de papel.

Não creio que jamais retorne aos igarapés natais — as passagens que tomam nunca são de ida e volta. Mas é um bicho engraçado. No fundo, boa praça. Com pasta para ir longe.

28 de junho

O que se puder escrever em duas linhas, nunca escrever em três.

29 de junho

— Não, coração. Tem dó. Tudo, menos baile à caipira! Catarina acede:
— Está bem. Não vamos. Não precisa gastar tanto entusiasmo. Convidei só por convidar. Mas pensando bem, como os tempos mudam. Quem é que não dava uma folga na caipirinha Nazaré?
— Ó Catarina, não me fale de bailaricos idos e vividos.
— Recordar é viver outra vez!

30 de junho

A literatura é um baile com casaca obrigatória. Um cavalheiro de terno branco pode forçar a porta e entrar. E pode dançar, se divertir muito, e ser até citado pelos cronistas elegantes, todavia estará sempre sujeito a ser posto para fora do salão.

1.º de julho

A noite é fria, mais úmida do que fria, Luísa treme apesar do suéter de mangas compridas, mas o lápis ágil capta, sem indecisões, o meu ditado um tanto solancado, transformando-o em cabalística escrita oriental, de curvas, laços, travessões e risquinhos, que depois traduziria.
Fora ela que me empurrara para o trabalho:
— Vamos. Deixe de preguiça.
— Não é bem preguiça...
— O que é então?
— Vontade de conversar.
— Conversaremos depois. A noite é grande.
Obedeci como filho submisso. As idéias vinham. Puxando, vinham. Foram saindo, pegando-se umas às outras com o cola-tudo nem sempre muito seguro da coerência, tomando volume e consistência. Dona Carlota, no quarto, cortava o ditado com propostas de café, aceitas ou recusadas, oferecimentos de leite, sempre esquecida de que não gosto de leite, e, às vezes, se arrastava até a sala, de caminho para o banheiro, pondo em nós um olhar de rês que marcha para o sacrifício.
Quando bateram dez horas, arrematei a espicaçada inspiração:
— Agora, chega! Não sai mais nada.
— Talvez saísse. Inteligência é como tubo de pasta de dentes no fim. Parece não dar mais nada, mas a gente espreme e sempre sai um bocadinho, que fornece espuma. Mas está bem. Vamos passar a limpo.
— Ainda? Deixe isso para amanhã.
— Não. É hoje mesmo. Você já leva na mão.
A velha máquina portátil, que Loureiro me dera, recondicionada, prestava serviço. Em meia hora estava traduzido o trabalho taquigráfico de quase duas.

— Pronto! Está muito bonito.
— Abuse mas não ofenda. Não há pior adjetivo para uma coisa literária do que bonito.
— Tiro o bonito. Digo que é bom, serve?
— Não impede que eu vá mexer nisto tudo.
— Eu sei. Por isso mesmo é que eu queria que você já o levasse. Não atrasaria a corrigenda. — Guardou a máquina: — Agora vamos à injeção dessa fiteira.

E foi ferver a seringa na cozinha, de piso e paredes de ladrilho hidráulico, flores-de-lis verdes engastadas num branco gasto e encardido, contra as quais se recortava o seu perfil infatigável, como efígie que fugira de palácio florentino.

2 de julho

As grandes aquisições de Humberto:
— *Layout!*

10 de agosto

Julho, quase todo julho fora tremendo. As crianças enfermaram gravemente, beiraram a morte em desanimadoras recaídas e, à volta das gêmeas camazinhas cor-de-rosa, se congregaram, unânimes, as disponibilidades afetivas. Gasparini foi delicadíssimo. Laurinda participava das vigílias. Veio o período de convalescença, cerca de uma quinzena de paz, como se estivessem para sempre esgotados os mananciais da amargura e da incompreensão. Quebrou-se hoje.

12 de agosto

As decisões incomodam. As grandes decisões que mal se distinguem das pequenas. O amuo, a insondável opressão. As alegrias imprevistas — um ramo florescendo, andorinhas no beiral, a pergunta atônita da criança — que não podem ser retransmitidas por palavras. Qualquer sonho se desfazendo inevitável, por mais sonho que fosse, na hora do jantar. Multidão de sintomas desgraçados, de lágrimas secas, de palavras mortas no coração, que infeccionariam os menores atos. Falta de expressões justas. Inconseqüências apavorantes. Aerofagia.

13 de agosto

Entre as dívidas contraídas com Catarina, lembremo-nos de *Porgy,* de DuBose Heyward. Foi dele que Gershwin tirou o enredo da sua ópera. E lembremo-nos de Gershwin, que morreu há um mês, dum tumor cerebral, com menos de quarenta anos, quando a vida, segundo um filósofo, seu patrício e de meia-tigela, começa aos quarenta. Teve importância em nossas vidas, não sei se tem importância.

14 de agosto

Depois de um mês de ausência, me encontro diante das flores-de-lis acompanhando o ferver asséptico da água, a seringa tamborilando na panela.
— É a mesma injeção, Luísa?
— Não. Gasparini receitou outra. Mais forte.
Gasparini é o imparcial guardião de trincheiras adversas. E também como tu fui improvisado enfermeiro, Luísa. Também apliquei injeções, coloquei emplastos, sinapismos, toalhas embebidas em água fria, vigilei o mercúrio do termômetro e as batidas do carrilhão para o remédio exato. Laurinda acompanhava-me a cada passo. Dos corpinhos sufocados esperava um lume de reação, um frêmito de esperança, e só vinham o acesso e a convulsão. O quiriquiqui dos galos...
— Pronto! Está mais do que fervida. Prepare-se, madrinha! Já lá vou. — E baixando a voz: — Já não sei em que lugar vou dar. É um caso sério. Está toda picada.

15 de agosto

Passeio com Garcia. Também para Garcia as coisas não andam bem, mas é um homem que se queixa pouco, por

discrição ou pudor. A capelinha da Glória é um brinquedo de luzes na noite de frio seco e profundo azul. No adro agita-se a festa da padroeira, com esporádicos, sobressaltantes foguetes.
— Vamos até lá em cima?
— Pode ser.

Subimos arfando a íngreme ladeira do Flamengo, que parece guardar o eco dos passos antigos. Tremem com a brisa marinha as largas folhas das bananeiras, tremem, longínquas, as luzes de Niterói, agitam-se os morcegos, o gato escafede-se.

Na curva, encostado ao gradil, o humilde parzinho ama indiferente aos passantes. E o musgo dos pesados muros, o sobrado de varanda rendilhada e o calçamento secular, de grandes pedras irregulares, fizeram vir à tona a calada ternura pela cidade do passado:

— Se me fosse dado escolher, gostaria de ter vivido no tempo do Império.
— Faz alguma diferença?

Não respondo por preguiça. E a lembrança de Catarina me chega como um afago, ó complicado coração.

16 de agosto

Retomo o fio do romance, que pode ser válvula como pode ser mais aflição. Às vezes um intervalo é necessário. Desata nós, revivifica a disposição. E o sofrimento é bom adubo.

17 de agosto

Adubo podem ser também os nossos atos imundos, a vida ilícita.

18 de agosto

No dia 10 foram inauguradas, com inflação de bandeirolas, foguetes e discursos, as linhas elétricas da Central — adeus, Maria Fumaça! adeus, apitos!

Mas no dia 13, três dias após a festança, já apedrejavam os trens pelo atraso deles. Muito vidro foi quebrado, não houve pintura que não recebesse arranhão, não houve almofada de banco que escapasse ao canivete!

O operoso Chefe, que é um homem da ordem, não pôde calar a sua fremente indignação:

— Selvagens!

Tomei um ar sibilino para perturbá-lo:

— São sintomas duma doença mais grave que vem por aí... que já está minando o corpo do gigante adormecido...

Houve um esbugalhamento de olhos diretivos, que arrastou os olhos súplices da terna Zilá, de lápis em punho esperando o ditado de resolutivas ordens, esbugalhamento seguido de chocante mudez:

E, na rua, Luísa condenou-me suavemente:

— Por que você faz estas coisas com ele?

— Minha querida compassiva... — suspirei.

— Brigão!

O braço pesa menos do que pluma ou aragem, o ar é de gasolina e apressado tumulto, a fricotada garota do cartaz anuncia, contra o andaime de mais um arranha-céu sem luz e sem espaço, cigarros de aristocrático sabor — *Pour la Noblesse.*

A Rua Gonçalves Dias faz parte do itinerário. Paramos numa vitrine — era lindo o vestidinho com bolinhas azuis.

— É um encanto, não é?

— É.

— Estou namorando ele, sabe? Mas custa caro. Esta é uma casa muito chique. O que tenho não dá. Tenho que ajuntar mais.

— Quando tiver juntado o necessário, já terá sido vendido, já estará passeando por aí, enfeitando um corpo não tão merecedor, mas favorecido pela fortuna.

— A vida é assim!

Sim, era, mas não deveria ser — a vida deveria ser para quem a merecesse! E Luísa a merecia. E o pensamento acabrunha: como poderia comprá-lo para Luísa, se andava tão pronto, contando tostões? Por que demônio nunca tinha dinheiro, não progredia, não podia oferecer um vestido, vestido que afinal não custava tão caro quanto Luísa dizia? Por que não ficar devendo, não atrasar a conta do vendeiro, a conta do açougue ou da quitanda para comprar uma alegria como faziam tantos? Por que aquele rigor estúpido de pagar tudo em dia, em não gastar um níquel em coisas supérfluas, em não ser um pouco cínico com os credores?

Ao abrir a porta de casa, pintada de cinzento, pintura lustrosa e imperfeita, veio aquela contração na boca do estômago, que se fazia tão freqüente ultimamente — venci o ímpeto de retrocesso e fuga, torci a chave: ânimo!

E o corpo pedia água, sabão, uma limpeza, um descanso morno e líquido. Reclinei a cabeça na borda da banheira, com os olhos fechados — um vestidinho de bolinhas azuis!

19 de agosto

O sol fugiu da sala. Monocórdia ladainha de dona Carlota vem do quarto de porta encostada. Agora deu para rezar e reza alto. Nos entreatos dos entorpecentes, o alívio que os médicos não trouxeram, busca-o na fé. Alívio e salvação. Luísa levanta os olhos como a dizer — consola!

O que me repugna na enfermidade e na velhice, aversão mista de desconsolado terror, é que é própria de ambos uma concordata com Deus.

20 de agosto

— Se releio estas páginas, como tudo me parece confuso!
— Confuso é o vosso tempo — advertiu o espelho do alto dos seus quarenta lustros.

22 de agosto

— Um dia você escreverá um livro e porá esta frase como epígrafe. — E Catarina assinalou-a com a unha comprida: "A memória de todo homem é um espelho de mulheres mortas."
— Patetinha!

23 de agosto

José Nicácio, cujo livre acesso à intimidade do lar de Julião Tavares é fato para picantes comentários e invejas, quando bebe demais da conta, o que acontece na pior das hipóteses duas vezes por semana, dá com a língua nos dentes, não respeita conveniências. E através da sua etílica tagarelice é que soubemos que Julião, para escapar ao serviço militar, tentara cortar os pulsos, determinação não movida por nenhuma irredutibilidade pacifista, mas por pura farsa, para impressionar as autoridades de recrutamento, o que aliás dera certo — umas gotas de sangue, colódio, esparadrapo, e uma pacova para a farda! Como soubemos das reais razões da luta com o pai, que não o pode ver nem pintado, razões que sempre foram pouco claras ou controvertidas, pois o desentendimento se verificara em Petrópolis e nem mesmo lá tivera grande repercussão. O velho Tavares, negociante aposentado e viúvo, vivendo de rendimentos comanditários e imobiliários, doara em vida várias propriedades a uma instituição de caridade de Petrópolis, onde sempre labutara e residira, disposição contra a qual, ao atingir a maioridade, o filho único se insurgira, de conluio com um advogado local e sem escrúpulos. Comparecera aos tribunais reclamando anulação do ato, acusando o pai de senil e incapaz, além da malversação de bens da falecida mãe. A determinação do doador, porém, ficou de pé, e dos autos em arquivo consta uma carta paterna, que é tremendo libelo contra o filho, como consta como um dos instrumentos de defesa uma outra carta, esta de Julião a um terceiro, e na qual há uma exposição nada sucinta da armação da marosca.

Se o caso da exclusão militar é gozado, o outro é do gênero miserando. E quem poderia tê-los contado a José Nicácio? Julião, posso jurar que não foi!

24 de agosto

Depois de pequena campanha, Luísa compreendeu e decidiu-se. Inscreveu-se hoje no concurso para escriturário do serviço público. E, na saída, com a ficha de inscrição na mão:

— E agora se não passar?
— Não seja boba!

25 de agosto

— Você não acha que já erramos suficientemente, Lobélia, e que mais um erro não se resolve com outro erro?
— Eu não acho nada. Acho que tenho direitos, nada mais. Direitos! Está ouvindo? E defenderei os meus direitos até às últimas, haja o que houver, aconteça o que acontecer, já disse e redisse.
— Você defende caprichosamente os direitos que não tem.
— Não me venha com sarcasmos. Isso é que não resolve nada mesmo. Quero o preto no branco, a coisa em pratos limpos. Estou de sarcasmos até o pescoço.
— Você se engana. Não é sarcasmo. É verdade.
— Quem fala em verdades! Eu também tenho muitas verdades contra você e no entanto...
— No entanto só me atira mentiras, mentiras e mais mentiras.
— Eu sei que são mentiras!...
— Muita burrice também.
— Não sei de nós dois qual é o mais burro.
— Quem fala.
— Mas tenho dado sempre provas em contrário. Carradas de provas!
— É o que pensa. Você dá provas é de fingimento. Mas seu fingimento é mais uma prova da sua fraqueza de espírito. Guarde-o para enganar outro. Quem não te conhece, pode te comprar. Barato, mas pode. Mas eu te conheço como as palmas das minhas mãos. Você mente até dormindo, mulher. Não são dois dias...
— Covarde!
— Tuas ofensas não me ofendem. Um dia você vai se arrepender de tudo. Atrás de mim virá quem bem me fará. Não há como esperar. Quem faz a Deus, paga ao diabo.
— Veremos.

— É o que lhe digo.
Sente-se infeliz como se estivesse manchado, maculado, burríssimo.

26 de agosto

— Eu sei onde está o dinheiro! (denuncia José Américo em discurso de propaganda eleitoral, diante de um público homeopático.)
— Por que não diz logo onde está? (Garcia.)
— Se o Gegê consegue a restauração do estado de guerra, nunca mais tira a bunda do Catete! (Gasparini em casa de Adonias, que o requisitara para inspecionar uma dorzinha no pulmão, com febrícula e tosse de cachorro.)
— Estamos muito sul-americanos novamente. Em sete anos, três revoluções. A primeira, por sinal a maior da nossa história, foi para que se desse a Getúlio, de colher, o fastígio do poder. A segunda foi, pretensamente, para obrigá-lo a devolver as liberdades políticas e pessoais, confiscadas pela ditadura, mas na verdade escondia bem escusas razões. A terceira foi a comunista, que ele próprio favoreceu, distribuindo pelos extremistas altos postos administrativos e políticos... (Cléber Da Veiga, que, com a Revolução de 30, foi chutado duma sinecura no Ministério da Fazenda.)
— Agora o seu joguete é o Chefe Nacional, que desempenha evidentemente uma incumbência: a de atemorizar a Nação, agitando-lhe ante os olhos o fantasma comunista. Tem isso por fim criar uma atmosfera social de pavor, de modo que surja o Baixinho como uma providência de salvação e possa, dessarte, com facilidade, extorquir do legislativo as medidas excepcionais e tirânicas que afaga. Observe-se a mudança sintomática da técnica do Plínio Salgado. Até então seus discursos pelo rádio, e os dos seus lugares-tenentes, eram brutais investidas contra os burgueses apatacados e todos aqueles que não acreditam no Sigma e se recusam a vestir a camisa verde. O último, porém, logo transcrito como matéria paga no *Correio da Manhã*, e gordamente paga, pois inserto em página destacada, é de uma

impressionante untuosidade, todo carinho e blandícia para com a burguesia até a véspera zurzida com dureza... (José Nicácio no bar da Rua da Assembléia.)

— Não vai haver eleição nenhuma. Estes dois papalvos estão pregando no deserto. O Getúlio vai passar a perna neles! (Um homem do povo.)

27 de agosto

Seu Duarte não tem muito brilho na conversa, a memória é claudicante, de modo que repete inumeráveis vezes a mesma história, apelando para dona Sinhá como para um ponto, mas em tudo que diz há tanta humildade e tanta sinceridade que me prendo a ele horas e horas, palestrando, com o gosto meio sádico de admirar virtudes que não tenho. O que torna insuportável a vaidade alheia é que ela sempre fere a nossa.

28 de agosto

Também bom exercício para abrandar a vaidade é assistir a virtuoses de habilidades inacessíveis ao nosso canhestrismo. Por exemplo: Miguel jogando bilhar, Antunes em passes de pequena prestidigitação, João Herculano em orações de paraninfo.

29 de agosto

Se tivéssemos de eleger um objeto que simbolizasse todo o opróbrio, toda a devastadora miséria a que desceu o homem no meu, no nosso tempo, nenhum outro haveria como o relógio-de-ponto, vergonha mecânica e elétrica de elevado preço, que assinala entradas e saídas, carimba de vermelho (como mancha de sangue) os minutos de atraso, coloca o homem como um autômato, medroso e desbriado.

O ilustre Chefe, adepto da Organização Internacional do Trabalho Racional, adota também índices, fichas, gráficos, formulários e mais ultimamente processos seletivos para classificar funcionários.

A prática dos processos seletivos é secreta, entre chefes de departamentos e a direção, mas Humberto insinuantemente colabora. Cada mês os chefes atribuem aos subalternos notas de 0 a 10, sobre inteligência, dedicação à função, obediência (principalmente obediência), cultura, urbanidade, pontualidade, limpeza, caráter, etc. Mas quem são esses filhos da mãe para atribuírem notas ao caráter de quem quer que seja?!

30 de agosto

Homem, filho do homem, procure o seu quarto emprego, mais um na desorganizada série que o destino te propõe. (Depois de convictas bananas para as notas do Chefe e a informação, com absoluta firmeza, que jamais se sujeitaria a um relógio-de-ponto e à aferição de valores pessoais por julgadores tão vulneráveis.) E não se humilhe em pedir, em insistir no pedido, se pode dar algo honradamente em troca.

1.º de setembro

Meta-se numa redação de burros e ficará um deles. Magro como bacalhau, pescoço arroxeado, Antunes tosse a sua tosse tuberculosa, absolutamente indiferente às possibilidades de contágio. Por singular narcisismo, "cretino" é a palavra que Godofredo Simas mais consome nos seus artigos de dupla coluna, em negrita, quer chova quer faça sol, enquanto Antenor Palmeiro gasta o substantivo "honestidade" imoderadamente na seçãozinha que assina com bem pouco modestas iniciais. José Nicácio, uma exceção, ri na cadeira cambaia de secretário:

— São complexos ou são recalques?

— Não sei, meu velho...

Não é nada velho. Vinte e dois anos saudáveis, líricos e agressivos, e há apenas dois anos que chegou do Norte. Perdeu todo o temor provinciano. Equilibra-se na cadeira cambeta, cobiçada como um trono pela avalanche de arrivistas. Tem um talho de letra que dá o que pensar.

Arrepio carreira ao cabo duma semana, incapaz do convívio e da violenta obrigação de encher colunas diariamente sem nenhuma finalidade.

Godofredo não se conforma com a evasão:

— Puxa! você parece que não gosta de ganhar dinheiro.

— Gostar eu gosto. Quem não gosta? Mas vi que não tenho jeito para o jornalismo. Para que insistir, espremer os miolos, me chatear?

Godofredo tem o mais cabal desprezo pela literatura e pelos literatos, mas quer se mostrar magnânimo:

— Ao menos uma seçãozinha semanal você poderia fazer. Uma seção literária, com umas picuinhas, umas perfídias, em cima desses cretinos, como você sabe fazer. O jornal precisa duma coisa assim para movimentar. Ficaria ótimo! Poderia sair aos sábados. Que tal?

Recuso com moderada dignidade, alegando que preferia dispor de tempo para umas traduções que me ofereceram. Godofredo sacode os ombros:

— Se é assim... Enfim, se mudar de opinião, já sabe, aqui estamos. O jornal é seu.

2 de setembro

Os vícios poderão ser os mesmos, as deficiências idem, inclusas as culturais. Mas o que diferencia Godofredo Simas de Marcos Rebich é que este não é um amador do jornalismo, é um jornalista nato, nas suas veias não corre sangue, corre tinta de imprensa. Água e vinho. Não! Vinho e cachaça.

3 de setembro

Do incrível candidato José Américo:

"Senhor do Bonfim! Querem que eu faça de Deus o meu grande eleitor..."

"Deus me poupou ao sacrifício porque me reservava uma visão divina..."
"Se as minhas promessas falharem então é porque não foi possível..."
"Padres da Igreja, que não conhecem as encíclicas, estão contra mim, esquecendo o serviço de Deus..."
"O Altíssimo já abençoou a minha vida..."
E Loureiro:
— Este cabra dá um azar!

4 de setembro

"Não dou confiança ao azar" — é pedaço duma letra de samba de que me esqueci o resto.

5 de setembro

A parcimoniosa carta de Francisco Amaro me deixa comovido, o que não impede de rasgá-la. Está longe, quisera estar ao meu lado e sofre por mim, sofrimento fundo, denunciado em palavras discretas. Bem, meu querido Chico, você sabe como eu sou — renovo-me das minhas cinzas, pequenina fênix com dentes de víbora, víbora como apregoam alguns sujeitos que detestam a verdade, se ela os atinge.

7 de setembro

Compreendi que, muitas vezes, toda a vida se resume nisto: colar selos. Verdes, encarnados, quadrados, triangulares.

9 de setembro

O Supremo Tribunal Militar, como órgão máximo da justiça de exceção criada pela Lei de Segurança Nacional, começou hoje a julgar, em grau de apelação, os cabeças do famigerado movimento extremista de novembro de 1935.

É esperada de Nicanor de Almeida uma ação notável — peito tem! Garcia mostra-se cético quanto ao resultado.

10 de setembro

As fugas para o interior — Francisco Amaro é a sombra remansosa — repousavam-no para o melancólico combate. Teimoso, ceder não cedia. Não suportava a derrota, tinha alma de mau jogador. Tudo o que acontecia, não fora por sua vontade. Não tinha que ceder, portanto, nem pedir perdão, nem perdoar.

Havia ainda as fugas para a janela, fumando, à indiferente suavidade da noite, o céu maravilhoso, fonte de esquecimento na contemplação dos astros distantes que tudo ignoram. Nas suas costas quebrava-se o amargor das mesmas queixas, das mesmas recriminações, dos mesmos insultos, como ondas de um mar interminável. A fumaça, levava-a o vento da noite, diluindo-a na noite. Haveria um secreto, impercebido prazer no sofrimento? Por que as almas são tão complicadas, por que os corações são tão egoístas? Por que não poderia haver um minuto de entendimento em que tudo ficasse esclarecido e liquidado? Depois viria para ambos a paz que as almas necessitam, o alívio, novos caminhos. Por que forçava Lobélia fingir não compreender que tudo tinha sido um erro e que há erros que se podem remediar sem ferir suscetibilidades? Por que estulta razão não usava ele das mesmas armas de que ela lançava mão para atingi-lo? Que pudor estúpido o dominava, não querendo tocar em certos pontos que a poriam no chão, literalmente derrotada? Seria crível que ela — tão sagaz! — não percebesse que ele sabia de tudo, embora não falasse nada? Seria crível que ela não notasse que ele estava a par de todos os seus atos, de todos os seus enredos, embustes e maquinações? E esperava que ela um dia se chegasse com lealdade que ele usava em todos os atos, e com lealdade resolvessem tudo. E os dias passavam. Tudo continuava na mesma, e ele já cansado, cansado de esperar por soluções que não vinham.

11 de setembro

Passei a manhã com César Franck. É boa companhia.

12 de setembro

Tudo preparado para a excursão, anexado que fui a ela por obra e graça de Luís Cruz. Conhecerei o grande rio, vasculharei cavernas subterrâneas na esteira duma comitiva de cientistas do Museu Nacional, confeccionarei literatura deambulatória para apressados leitores. Avante!

14 de setembro

O julgamento foi demorado com réplicas e tréplicas. Os sumários de culpa, imagine-se, devem ter sido feitos de encomenda. E, ao sacolejar do trem, cortando abandonados latifúndios, mato ralo que se desenrola como fazenda que se mede em balcão de armarinho, vou tomando conhecimento do pronunciamento das becas: a condenação de Prestes confirmada, diminuída a pena de alguns, Pedro Ernesto absolvido. Coadjuvado por João Herculano, cuja habilidade de argumentação processual ninguém discute, Nicanor de Almeida portou-se como um herói. E toda a cidade prepara apoteóticas manifestações ao ex-prefeito inocentado, cujo estado de saúde é precário, que o golpe o atingiu fundamente. E agora, como num passe de mágica, o rio, crespo de pedras, vai passando à direita.

15 de setembro

Baldeação para bitola estreita. O trenzinho sacode como se fosse saltar dos trilhos. E mato, mato, mato, cupim, mato ressequido, desolado, rasteiro. Fio d'água que some logo, gavião que espia na ponta do pau, porteira caída. E pó, pó, pó, vermelho e duro, carvão no olho do caixeiro-viajante de guarda-pó e boné, que lacrimeja de lenço na mão. O sábio cochila, o pó se acumula nos seus ombros, a verruguinha mexe como importunada por mosca. E mato, cupim, mato, cupim. Às vezes, nas curvas, pode-se ver a locomotiva com sino. O coronel, de perneiras e cigarrinho de palha, berganhara a novilha... Tirando o bigode manchado de nicotina, era a cara de seu Zé Bernardo. A freada atira os passageiros para a frente, o sábio desperta assustado, o colega ri. Como é longo e triste o apito, longo e triste! Campina Verde me vem naquela acompridada tristeza — parávamos para ver passar o expressinho da tarde, doutor Pires ficava acompanhando-o com os olhos de prisioneiro até que ele sumisse com seu apito longo e triste. Encosto a cabeça na palhinha suja do banco, e só vejo postes, postes, postes.

17 de setembro

Como é grande este Brasil!

19 de setembro

Ela haveria de gostar desta solidão em que me afundei (o rio é largo, barroso, depressivo), solidão tão profunda que até me esqueci da cor dos seus cabelos. O tempo é tão parado, há uma falta de resposta tão dilatada em tudo, que a alma da gente como que se decanta num imenso vácuo e, ao fechar esta semana que nos separa (a canoa parece que vai sozinha conduzida pela totêmica carranca), sinto no fundo de mim uma grossa camada de lama que andava misturada com os meus pensamentos e os meus atos.

20 de setembro

— Cuidado com os mosquitos, moço. Malária aqui é mato!
— recomenda o caboclo curtido de sol e cachaça, as mãos que são um calo só, faca na cinta.
— E você não se cuida?
— Não precisa, moço. Quem já tem uma não apanha outra.
Enjaulo-me no mosquiteiro, a chama de querosene treme fétida e fumarenta, o sono tarda, ouço os primeiros zumbidos

tênues, irritantes, sem conseguir localizar os zumbidores, o que é divertimento, curiosidade, ao mesmo tempo que aflição.

Com a distância, e tudo que a distância proporciona — paisagens novas, comidas diferentes, outros falares, outras necessidades, perigos estranhos — podemos forrar a alma com o algodão do esquecimento e permanecer em estado de neutralidade e indiferença até que o hidrófilo acolchoamento se embeba dos nossos humores peculiares e deixe de ser um corpo isolador.

21 de setembro

Sento-me na grama. Palmeiras estáticas. Vôos pesados de mergulhões paralelos à água. Tons roxos, distantes, da serra do Chapéu. Urubus se misturam na praia com as lavadeiras e com os burrinhos d'água, pequenos, gentis, orelhas muito grandes, que servem a cidade do líquido. Passa o coletor federal, magro como uma ave pernalta, dirigindo-se para casa. O sol desce cada vez mais. Há cores verdes no poente. Verdes e nacaradas. Ecos repetem os gritos dos aguadeiros na outra margem. Sinto-me tranqüilo como se me despedisse da vida com grande saldo de felicidade. Pressinto um outro mundo de estranha paz esperando por mim. Mosquitos zinem. E a cada momento estou para ver surgir da placidez do rio, onde as canoas presas flutuam, a virgem das águas para me levar.

22 de setembro

Na noite de vento e saudade dos lábios quentes, distantes, mostro-me desolado ante as maravilhas da ciência moderna, após a leitura desta sumária brochura inglesa que me emprestou o caro e eletrotécnico Rodrigues, amarrado a estas soledades pela construção de uma usina hidrelétrica. A alegria, a tristeza, a inspiração do artista, o gênio do sábio, a virtude do santo, o desejo ou o desânimo, é provável que não sejam mais que o resultado de movimentos ondulatórios, de vibrações infinitas da matéria.

23 de setembro

A árvore, a sombra, o livro aberto. O vento virando as páginas da tarde.

24 de setembro

Ontem, surubi com abóbora; hoje, piau frito com limão e apimentado pirão de farinha de mandioca.
— Uma abrideira, doutor. É uma especialidade cá da zona.
— Obrigado. Não bebo.
— Nem para fazer a vontade dos amigos?
— É constrangedor para mim, desculpem, mas não posso.
— É por medicina, doutor?
— Não. É por gosto mesmo. Não consigo apreciar bebida. Aliás fico tonto com pouco álcool e me sinto malíssimo após. Para que inventar sofrimentos, não é?

Depois, doce de cidra, cafezinho ralo e a ilimitada sesta de rede, com cigarrinho de palha, à sombra do cajueiro, num relaxamento animal. O cocorocó dos galos, apelando ou retrucando, quebra o silêncio bochornal. O mormaço provoca ilusões ópticas na lonjura. No alto planam urubus, e o horizonte é barrado pelo recorte da serra dos Angicos, que já não tem mais angicos, nem paus-d'arco, cabiúnas, perobas, jatobás, vinháticos, maçarandubas, que não é mais que terra sáfara de erosão, massacrada pelo machado, calcinada pelas queimadas, aviltada pela saúva.

25 de setembro

Mãos à obra! Godofredo aceitara a publicação de uns dois ou três artigos sobre a viagem — interessa, é um assunto palpitante! Não percebia o que ele considerava palpitante, mas fechei a combinação — pagava uma ninharia, mas pagava, e adiantado.

Leio e releio o primeiro da série, já passado a limpo, após uns quatro rascunhos, na mesinha estreita e bamboleante do ascético quarto do hotel cujo único luxo é o cortinado imacula-

damente alvo, duro de goma. Frouxo, inexpressivo, pando de adjetivos, não passa duma mísera vinheta. Mas palavra é palavra e, envergonhado, arrependido, deixo o gordo envelope na agência do correio. A probidade do agente postal é encantadora:
— Não precisa registrar a carta não. Dinheiro perdido. O risco é o mesmo e não anda mais depressa. Está gostando da cidade, doutor?
— Estou.
As meretrizes de fita no cabelo conversam com as famílias.

26 de setembro

O rio parece uma coisa sólida e brilhante sob o sol impiedoso. O vôo pesado dos mergulhões acompanha o nível da água, some entre as ilhotas rasas e estéreis, reaparece além do palmeiral. O silêncio é mais silêncio cortado pelas vozes animais, pelo bater de roupa na margem, pelo ralhar das lavadeiras com as crianças. São mulheres aquilo! Pés disformes, barrigas disformes, pernas ancilosadas, seios bambos, ulceradas, desdentadas, andrajosas, imundas, aquilo são mulheres e amam e são amadas!

Rodrigues destrança as gâmbias protegidas por ressequidas botas empoeiradas, atira o fósforo na areia:
— Não, o nosso país não tem jeito não! Vivemos num atraso secular, entorpecidos pela ignorância, corroídos pelas endemias e pela padrecada, sufocados pelos latifundiários, enganados pela politicagem, explorados pelo capitalismo internacional, que não nos deixa respirar.

E se levanta, e dá uns passos na areia escaldante, e volta à sombra onde me abrigo, ampara-se ao tronco da palmeira:
— Perdi a esperança, sabe? Perdi a esperança completamente! Somos uma carniça!

27 de setembro

Rodrigues acumula descrenças:
— Este rio São Francisco que você vê, sabe? este rio da unidade nacional é uma estrada inútil. No agudo da estiagem

não há embarcação que o galgue. As povoações ribeirinhas formam então uma nova e miserável espécie de ilha, cercadas de incomunicabilidade por todos os lados. Não adianta produzir, pois não há transporte regular e o que há com o rio cheio é caro e precário, precaríssimo! A cheia, que permite o tráfego por toda a sua extensão, arrasa os barrancos, não permite uma agricultura marginal, não consente a pecuária à beira d'água, inunda léguas e léguas num dilúvio inútil. O mosquito devasta a população, pois o saneamento é uma história da carochinha. E não só o mosquito, também os vermes, o bócio, a lepra, as romarias. Escolas, temos uma aqui e até que somos felizes porque a regra é não haver nenhuma. Mas às vezes não funciona, porque não há professoras. Se não é o impaludismo que as leva para a cova ou para a cama, tremendo, imprestáveis, é o Governo que não paga o salário de fome que têm e elas emigram, casam ou se prostituem. Médicos, só temos um e que toupeira! Depois que aqui chegou, há uns vinte anos, não abriu um livro, o máximo que lê é bula de remédio. Dentistas, nenhum. Acontece, uma vez por ano, um prático odontológico aparecer por uma semana para arrancar alguns dentes, colocar alguns pivôs, obturar a ouro os dentes da frente dos mais vaidosos. A luz é a que você conhece. Agora até que está ótima. Há épocas que não dá para acender uma lâmpada de cinco velas e não é por outra razão que me encontro aqui. Quem pode escapole daqui, vai tentar a vida em outros lugares. O que fica é o rebotalho. O retrato que te traço, e que você com os seus próprios olhos tem visto, é o mesmo, ou quase o mesmo, porque ainda há piores, por todo este grande Brasil de dentro. Porque o Brasil por dentro não funciona, sabe? não se liga, não produz, não é socorrido, não pesa na economia nacional senão negativamente. Continuamos caranguejos do litoral. E que litoral o nosso!

— Sim, a solução seria a barragem lá no baixo São Francisco. Mas quando a teremos? Todo o dinheiro de que dispomos é pouco para o suntuário das capitais litorâneas, para a roubalheira desenfreada dos governantes. Como seria lógico aproveitar a cachoeira de Paulo Afonso para a energia elétrica duma

vasta região de miséria e cangaço. Mas é só falar, fazer discursos, mas fazer mesmo é que nada!
— O brasileiro não se alimenta. Come. É coisa muito diferente!
— Em 1936 a nossa exportação de látex foi, em números redondos, de 58 mil contos. Na compra de artigos manufaturados de borracha gastamos, no mesmo período, 63 mil!
— Somos um país dito essencialmente agrícola. Pois em 1936 gastamos 27 mil contos na aquisição de enxadas, pás, picaretas... Não produzimos em quantidade suficiente para o nosso gasto agrícola nem estas coisas humildes, paleolíticas que se chamam enxada, pá, ancinho, picareta! Produzimos a picaretagem, isso sim, produzimos em grande escala.
— Ainda usamos arados puxados a bois nas fazendas mais adiantadas!

28 de setembro

O cemitério é pequeno e pobre. Pequeno, pobre, arenoso, sem árvore, de maltratada cercadura, mas concorrido. Morre-se muito e por obra da malária, que é endêmica, que se apresenta com os apelidos de febre intermitente, febre palustre, maleita, paludismo, impaludismo, sezão, terçã, terçã maligna, tremedeira, sezonismo, carneirada, e que zomba da quinina, pura ou sob todas as fórmulas farmacêuticas; e a tuberculose comparece com bom contingente, e a disenteria e a subnutrição têm grosso quinhão nos enterros de anjinhos.

Quando o rio desce, a freqüência aumenta. Deixando alagados e poças na sua baixa, favorece um viveiro imperturbado para as larvas do anófeles, que voando depois de adulto, e sequioso do sangue sertanejo, leva na tromba sugadora o protozoário mortal.

Hospital não há. Vai haver. Mas a construção se arrasta há seis anos, que as verbas municipais são curtas, informa Rodrigues, e as festas que se organizam em favor das obras dão muito pequeno saldo.

— A Prefeitura tem apenas uns minguados quatrocentos contos de renda anual, porque a atividade da indústria e do comércio é insignificante e porque coronel do Governo não paga imposto nem a tiro. O bispo da diocese, nas suas correições de oito dias, oito dias pastorais de batizados, crismas, casamentos em série e leilões de prendas, arranca cada ano mil e duzentos contos e ainda acha pouco!

29 de setembro

Chega-nos às mãos um jornal de 23, um jornal de Belo Horizonte. Grandes solenidades e romaria cívica aos túmulos dos soldados vítimas da baderna de 1935. Entre outros valores, falaram Helmar Feitosa e Silva Vergel!

Rodrigues esboça um sorriso amargurado:

— Que carnaval! Não respeitam nada.

E a luzinha vai tremelicando, descendo o rio.

— Que é aquilo?

— É uma vela acesa numa cuia, devoção dos vivos aos afogados impenitentes. Passam por aí, boiando, às dúzias. Pensei que já tivesse visto. Mas está frio, sabe. Vamos meter uma cachaça.

As noites são frias, mesmo no verão. Saímos. Não meti cachaça nenhuma, mas achei graça na careta com que o companheiro arrematou a talagada da januária com canela. O remeiro estava perto. Rodrigues puxou conversa, que acabou rolando para o mundo encantado do Caboclo d'Água, do Minhocão, do Romãozinho. Fiquei sabendo que as almas dos que morreram no rio costumam se agarrar ao casco das barcas reduzindo o esforço dos remos e, ainda, que há um momento, por volta da meia-noite, que o rio dorme e ai de quem mexer na água! Acordar o rio é ter desgraça certa.

30 de setembro

Havia uma carta na posta-restante: "Comovi-me com a lembrança que você teve guardando para mim a flor que não morre nunca. É símbolo ou ironia? E adorei as fotografias, embora tremidas. Como você está gordo! Não acredito absolutamente que saudades engordem."

1.º de outubro

Munidos de archotes, nos internamos destemidamente nas cavernas onde viveram os trisavós dos nossos tetravós neolíticos. Como meus conhecimentos são parcos em tal matéria, parcos e confusos, procurei aprender qualquer coisa substancial com os maiorais da excursão, tidos e havidos como autoridades no assunto. Voltei à superfície trazendo para minha cultura de retalhos mais algumas dúvidas e três ou quatro termos técnicos.

2 de outubro

O rádio anuncia o suicídio: foi concedido pela Câmara o estado de guerra! E os sinos dobram pelos defuntos que, em vez de flores, ganham devotas badaladas. Chego à janela, o sol mergulha, canoas abicam. E lembro-me de Rodrigues:

— Nunca houve pesca. Houve matança. Resultado: cada dia o peixe é mais escasso.

3 de outubro

Não adianta fugir. Onde vai o homem, vai o seu desespero. Teria chegado tarde na vida? me pergunto. E a cigarra temporã que vem das flores carmesins:

— Luuuuuííííííííssssssssaaaaaa!

6 de outubro

Manduca saía quando eu chegava:
— Fez boa viagem?
— Fiz. Excelente! Gostei muito.

— É uma zona interessantíssima! Gostaria imenso de conhecê-la também.

Coloquei a mala no chão — quem o poderia ter informado da minha expedição senão ela? Havia um cheiro convidativo de carne assada. Sobre a secretária uma correspondência relativamente volumosa se acumulara. E as crianças reclamavam, ansiosas, a abertura da mala para a distribuição dos pobres presentes que pude trazer dos rústicos cafundós — chapéus de palha, bonequinhos de barro, cuias pintadas ou lavradas a canivete, chinelinhos de couro trançado.

— Vamos já tratar disso. Me deixem lavar o rosto primeiro. Estou que é poeira só!

Laurinda, que andara em festeira correria pela casa, aquietara, farejava a mala. O cristal da alegria foi trincado:

— O dinheiro que você deixou não deu. Pedi emprestado ao Garcia.

— Está bem. Depois eu verei isto.

— Devia ter visto antes.

— Não deixei de ver. Pensei que fosse o suficiente.

— Para outra vez pense melhor. Me agrada muito pouco pedir dinheiro aos seus amigos.

— Por que pediu, então? Não seria a primeira vez que você comprava fiado.

7 de outubro

— Mamãe tem um namorado. (Lenarico sentado no tapete, brincando com o cavalinho de pau.)

— Esse menino tem cada uma! (Pinga-Fogo, entusiasmado com a precocidade do menino.)

— Você sabe que eu te amo na vida, na morte e na outra encarnação. (Luísa.)

— O silêncio não é de ouro!

8 de outubro

Aconteceu hoje. O bonde parou. "Vamos, mamãe" — diz a mocinha. A mãe não compreende. "Desce, mamãe, desce!"

Alguns passageiros se viram, e como ela está nervosa, envergonhada, porque a mãe é cega!

9 de outubro

Os dogmas da Comissão Executiva do Estado de Guerra: "Quem não for contra o comunismo é comunista. Não são inimigos da pátria apenas os adeptos ou simpatizantes do comunismo, mas também os indiferentes."

10 de outubro

Visita de Mimi e Florzinha como um casal de galgos amestrados, num halo de água de rosas. É a visita anual, com cândidos presentinhos de fabricação própria. Roberto não as acompanha desta vez — está acamado.
— Como a Vera está ficando parecida com a avó!
E fala-se do passado — ó cosmo mageense! entre sibilos. Os cafezais viraram pó. Mariquinhas gostara de um primo, que morrera de febre amarela; o descalabro republicano consumira o retrato (a óleo) do barão, que se encontrava na Câmara Municipal, feito por um pintor italiano; o oratório da fazenda fora saqueado pelos judeus — o oratório e o mobiliário. Não restara nada!

11 de outubro

Na mesma casa, estreita como uma ampola, e no entanto era como se toda a distância do mundo estivesse entre eles!

12 de outubro

Assim como mamãe conversava com as suas roseiras, Mariquinhas conversava com jarras, vassouras, panelas, galinhas e, no meio da sua rusticidade, tinha achados engraçados. A doença que inventou é um deles. Ia à cidade todas as quartas-feiras para um eterno tratamento dentário, compras e pequenas obrigações caseiras, como a de pagar a conta do gás. Ia depois do almoço, envergando o vestido preto de pesada e rugidora seda, enfiando até os olhos o chapéu também preto, de palha e veludo — uma indumentária distinta, em suma, para uma senhora distinta.

Na vasta carteira, previdente contra qualquer calamidade, além de breves infalíveis e miraculosos bentinhos, levava uma pequena farmácia de urgência — água de melissa, elixir paregórico, briônia, tintura de iodo, cápsulas antinevrálgicas, frasquinhos de homeopatia, um pacotezinho de algodão.

Voltava de tardinha, quase ao cair da noite, nunca se olvidando de trazer *O Tico-Tico*, que saía precisamente às quartas-feiras, e um pacote de compridas jujubas vermelhas. E acompanhada fatalmente duma dor de cabeça tremenda, que zombava de suas cápsulas.

Mal descia do bonde, arrancava o chapéu num gesto de desesperado alívio. Nem punha os pés em casa, já desabava na cama com uma toalha nos olhos, molhada em água-de-colônia. Jantávamos sem ela, com risonhos comentários à fatídica ausência. Às dez horas, hora da ceia, reaparecia, já melhor, para distribuir as jujubas, entregar *O Tico-Tico* a Emanuel, que era o afilhado e primeiro leitor, tomar um chá de erva-cidreira, fiscalizar a cozinha, dar as providências para o dia seguinte.

Papai gozava as enxaquecas da prima:

— Muito forte, prima?

— Feroz! — e jamais a uma única palavra foi dado resumir tanto martírio.

A doença inventada para os seus sofrimentos das quartas-feiras ela própria chamava-a de "chapelite".

13 de outubro

Sou grato a Alarico do Monte pelos contos de Edna Ferber e por tudo de Willa Cather, que Adonias deprecia, como deprecia todos os escritores americanos, especialmente por não os ter lido. Mas tenho dívidas também para com Adonias — certos fogos-fátuos da decadência, como Daniel Rops e Julien Green, tão caros à alma tremelicante de João Soares.

14 de outubro

Fui levar Luísa para a sua iniciação no concurso, prova de Nível Mental, e eliminatória. Estava marcada para as 9 horas, e pontualmente começou para minha surpresa, no Instituto de Educação, dado o número de candidatos. Eram milhares, na mor parte feminina e animosa, emprestando à espera um ar de farrancho sem farnel.

Luísa mostrava-se calma, confiante, recusara o calmante de água-de-flor-de-laranja que dona Carlota propusera. A prova acabaria às 11, e fiquei de apanhá-la. Marcou-se uma esquina fronteira para o encontro.

— Se acabar antes, esperarei no alto da escadaria. Só atravessarei quando vir você chegar.

— Fique sossegada. Às 11 estarei na esquina, certo como a morte.

Vagueei pela Praça da Bandeira, apreciando o movimento dos trens, que estremeciam o pontilhão, a podridão do rio era insuportável, desci a Rua São Cristóvão, apanhei a Rua Figueira de Melo, escura pela densidade da arborização, que vencia os arcos voltaicos, acabei no Campo de São Cristóvão, quase deserto, o coreto se desmantelando, a cadelinha no cio acompanhada por um séquito de vira-latas. Os antigos domínios da Cinara me atraíram com fria curiosidade. Para lá me encaminhei. A paineira crescera, o muro cobria-se de gilvazes, o sobrado estava às escuras — ainda moraria ali? como estaria? que era feito de Aldina, de Clotilde, de Natalina? que palheiro era este meu Rio para tanta agulha que coseu minha túnica de mil cores e tecidos?

Voltei de bonde, e antes das 11 estava à espera. Pouco depois Luísa saía.

— Como se foi?

— Bem. Tudo foi fácil.
— Eu sabia.
— Você tem confiança demasiada em mim...
— Quer tomar alguma coisa?
— Um cafezinho.

O botequim era fraco, mas era o único perto. Sentamo-nos. E conversamos sobre a prova. É novidade bestificante esta de aquilatar o nível mental através de truques e armadilhas. Não precisariam de tanto artifício. As demais provas, principalmente as de Português, Aritmética e Conhecimentos Gerais, cortariam de maneira muito mais segura e decente os incapazes. Mas a subciência oficial acredita em testes.

15 de outubro

Pedro Morais abandona a crítica, alegando que a advocacia o assoberba de trabalho. Para substituí-lo, a *Gazeta* convidou Luís Pinheiro, que não se fez de rogado. É uma nova fábula: o burro substituindo o leão.

16 de outubro

— Conveniências, conveniências! Sebo para as conveniências! Faço o que me der na cabeça! (Madalena.)
— Moral é uma forma de cinismo. (Catarina.)

17 de outubro

Conquanto Gustavo Orlando externe o varonil orgulho de nunca ter sido achacado por uma doença que costumeiramente ataca os literatos, e que a sua própria patologia classifica de "nostalgia da infância", não é por esta prova de incomum higidez que os enfermos poderiam considerá-lo medíocre ou desprezível. Há vírus literariamente de mais redundante periculosidade — o do papel-carbono, para citar um exemplo.

18 de outubro

Abri o armário de Emanuel, tirei a medalha de aplicação vitoriosamente presa à lapela por uma fita verde-amarela e fui jogá-la soberanamente na latrina (— o que poderia ser um trecho duma moderna versão da história de Abel e Caim).

19 de outubro

Sentada no banquinho de jacarandá, com a cesta de costura no regaço, mamãe, infatigável, aproveitando a noite, remenda calças e camisas, cortando a linha com os dentes. Tem o perfil cansado, mas ainda belo, é nova, morreu nova, o cabelo, abundante e negro, amarrado num esparramado coque no alto da cabeça.
Cristininha era muito perguntadeira:
— Mamãe, que é botânico?
— É o homem que estuda as plantas.
— Para vender?
— Não, só para conhecer as plantas.
Cristininha continua folheando *O Malho,* no canto da mesa, e, como não sabe ler ainda, mamãe pergunta com leve sorriso, sem tirar os olhos, ligeiramente estrábicos, da costura:
— Foi nessa revista que você viu esta palavra?
— Foi.
Mamãe suspendeu o olhar:
— Mas quando foi que você aprendeu a ler, minha filha?
— Ontem — respondeu Cristininha muito séria.

20 de outubro

— Não é ovo, Cristininha, é ouço. Ovo é de galinha.
— Osso também é de galinha.

21 de outubro

Jamais Mariquinhas achou que Lúcio e Vera estivessem gordos. Media-os de alto a baixo, em rápido e sobranceiro escorrer de olhos — estavam é inchados! Apreciação extensiva, com a competente medição ocular, a Eurilena e Lenarico.

Se o compassivo Eurico limitava-se, por gestos e caretas, a dar a entender que não se devia ligar importância, posto que a pobre não regulava da cabeça, Madalena dava o troco em moeda rasteira:

— Inchado estava o rabo dela!

Mariquinhas reagia:

— Eu não sou cega por dentro, lavadeira! Não me iludo com aparências.

22 de outubro

Mariquinhas, quando bocejava, persignava-se.

23 de outubro

A ruptura de Loureiro com dona Jesuína — choro, impropérios, pragas, caçarolas atiradas no ladrilho — arrastou diversos comensais para uma pensão na Rua da Candelária, de maior freqüência e muito gabada pelas especialidades baianas, mas seu Afonso permaneceu, fiel e esperançoso. E foi lá que encontrei Garcia, que conhecia de vista, pois morava no bairro, em rua transversal à minha. Era dez anos mais velho do que eu, entrara como menino de recados na firma em que mourejava, casara-se tarde, enviuvara logo. Do breve matrimônio, e do qual raramente falava, houvera uma filha única, para os cuidados de cuja criação mandara buscar uma irmã, solteirona, em Manaus, que largamente demonstrou uma radical incapacidade para o encargo. Quando o conheci já era viúvo. Complacente com a filha, discreto nas suas aventuras amorosas, era profundo conhecedor da língua inglesa, que aprendera por conta própria, levado por conveniências de trabalho. Da aprendizagem resultara o dilatado cabedal de literatura inglesa, e sempre que penetrava em outras literaturas o fazia através da língua que sabia tão bem.

— Por que você não aprende o francês? — perguntara.
— Acho uma língua muito enjoada, muito feminina. E para que aprendê-la agora, se o inglês me favorece em todo e qualquer conhecimento? Aliás, sem desfazer, eu acho que vocês dão um valor demasiado às letras francesas. A poesia e o romance ingleses têm outra grandeza.

Garcia era dotado de apreciável dose de humor, e não me saía da cabeça que isso fosse produto de contágio britânico, como evidentemente era britânica a sua maneira de trajar. Por ter olhos azuis e cabelo alourado, sofria troças de Francisco Amaro:

— Só te falta o cachimbo para ser um súdito do vil Império Britânico!

— Eis uma ignomínia que jamais botarei na minha boca — retrucava ele.

— Como é que você, com esses olhos e esse cabelo, nasceu em Manaus? Será que há índios ingleses?

— Mas há portugueses louros. Meu pai era português e louro.

— De olhos azuis?

— Azulíssimos!

Adonias interveio:

— Não era seu Nhonhô que garantia que não havia nada mais perigoso que português de olho azul?

E Garcia achava graça.

24 de outubro

Catarina se ajeitando no espelhinho:
— Todas as mulatinhas se parecem, amorzinho. É isto. Mas caia na besteira de duvidar, lá em casa, do nosso arianismo... Te matam!

25 de outubro

Transcreve-se muito Rui Barbosa nos jornais para gáudio de Cléber Da Veiga, cuja declarada volúpia seria a de escrever como o corifeu do vernáculo: "O Comunismo não é a fraternidade: é a inversão do ódio entre as classes. Não é a reconciliação dos homens: é a exterminação mútua. Não arvora a bandeira do Evangelho: bane a Deus da alma e as reivindicações do povo. Não dá tréguas à ordem. Não conhece liberdade cristã. Dissolveria a sociedade. Extinguiria a religião. Desumanaria a humanidade. Everteria, subverteria, inverteria a obra do Criador."

26 de outubro

Caramba! que a arapuca do Nível Mental alijou logo de entrada um terço da gárrula concorrência...
— Hoje vai rodar mais um bom lote — disse Luísa com o cartãozinho de identidade na mão, providência moralizadora, que já houve concursos em que candidatos ladinos puseram outros a fazer provas por eles.
— Imagino... Sabe quantos ficaram?
— Mais de oitocentos.
E, quando o portão foi escancarado, entraram em atropelada para buscar as suas salas, que os cartõezinhos designavam, como se aquilo fosse um cinema e pudessem perder seus lugares. Luísa foi dos últimos:
— Para que pressa, não é?
— Felicidades!
Passava das 11 quando voltou. Trazia o contentamento no rosto sem pó-de-arroz — fora bem-sucedida na prova de Português. Mas não fora canja! Muita perguntinha de algibeira, muita cilada nas questões. Mas tinha a certeza de que passara. Agora era aguardar a próxima eliminatória, que era Aritmética.

27 de outubro

— A lenda dominante é que romance precisa ser documentário para ser romance.
— Quando Altamirano disse "que não cantaria mais o pitoresco", penetrava na literatura com letra maiúscula. O

pitoresco é o caminho mais cômodo, mais fácil para alguém, seja inteligente ou não, se alhear de tudo e de todos. Diacho é que deu marcha-à-ré, cantando o empíreo... (Plácido Martins.)

28 de outubro

Getúlio tece a teia política costumeira — e há cegos que não a vêem — provocando dissidências, antepondo ambições, criando antagonismos, afagando vaidades, açulando conflitos, acalentando compensações, ferindo melindres estaduais e municipais, remexendo com espada de pau o caldeirão das forças armadas, fomentando a inquietação e o mal-estar.

Distribui pelo Brasil seus estafetas. São os pombos-correio dos seus propósitos, velozes portadores de recados no bico, subaranhas que o ajudam na armação da trama do poder, onde tanta mosca cairá por inadvertência ou oportunismo.

29 de outubro

O mapa literário: Falta de equilíbrio, de compreensão. Os cartógrafos não distinguem as serras das planícies, quase sempre as invertem. E as margens! Uma não acredita na outra, diz que a outra não existe. Enquanto isso o rio — o grande rio! — vai passando sem que ninguém tome conhecimento da sua corrente. Os olhos estão propositadamente míopes e o tempo é pouco para odiar suficientemente.

30 de outubro

Casa	230$000
Empregada	60$000
Luz	20$000
Gás	31$000
Telefone	40$000
Armazém	110$000

Açougue	50$000
Quitanda	62$000
Leite	20$000
Padaria	36$000
Lavadeira	33$000
Lavanderia	45$000
Farmácia	34$000
Enceradeira elétrica (prestação)	50$000

1.º de novembro

Dicionário de bolso de Lúcio e Vera:
Bu — chupeta
Peléu — chapéu
Quiném — dinheiro
Lalau — Laurinda
Esquilines — pasta dentifrícia em geral e *Kolynos* em particular, pasta aliás que abomino, mas que sistematicamente é comprada como se só existisse essa marca na praça.

2 de novembro

Encontro no cemitério com Pedro Morais — cumpria deveres. Cumpríamos deveres: eu e Adonias. Não sei se seria mais honesto cortar com os mortos, deixá-los como mortos, poupar-lhes essas espaçadas e importunas visitas sem diálogos. É que não sei se tais deveres contêm a sua dose de hipocrisia, hábito e curiosidade, além de um grão de medo que não se distingue do remorso. Provavelmente um pouco. Mas tal como o ouro, que sentimento está isento de impurezas? O regatear o preço das flores, ou o corte de meia dúzia de cravos na aquisição já não será... bem, depositemos as nossas flores, dando-lhes um arranjo meio artístico como dona-de-casa que enfeita a mesa para um jantar. É um túmulo simples o que reúne os ossos de papai e mamãe, lugar sossegado que poderá abrigar os meus. Pernóstico é o da baronesa que facultou a Adonias a vida de ócio com dignidade, terrivelmente de mármore de

Carrara, com anjos e ânforas, que recebem mais as lágrimas da chuva que as lágrimas dos mortais, branco como coalhada. E o suspicaz amigo adivinha a minha aversão:

— É horrendo! Mas não fui eu quem mandou fazer isto. Foi trazido da Itália pelo próprio barão.

— Eu sei.

Demos uma passada pelo túmulo de Tabaiá. Já não é a cova de terra em que o deixamos naquela tarde esplendorosa de abril — é obra de arte mortuária, com todos os brilhos dos cinzéis sepulcrais, com o bronze das letras na lisa estela, letras que formam palavras, palavras que poucos soletrarão, escondidas que estão entre avassalantes, arrogantes mausoléus de espaventosas saudades. Reserváramos para ele umas poucas flores, mas encontramos o jazigo regiamente enfeitado. Não importa! E embaralhamos as nossas palmas-de-santa-rita com as palmas-de-santa-rita que lá estavam, de tal maneira que não conseguimos depois distinguir umas das outras.

Foi quase ao chegar ao portão principal, com suasória citação do Eclesiastes no alto da cantaria, que encontramos Pedro Morais portando o indefectível guarda-chuva. Plantamo-nos por alguns minutos em frente do milionésimo Cristo, fancaria de metal esverdinhado, enquanto o outro, lá do Corcovado, nos espiava. Ao lado a ampulheta de alabastro, nada menos do que alabastro, não marcava nenhum tempo. E dos tempos é que se queixou Pedro Morais — andavam turvos. Encaminhamo-nos para a saída. Alas de pipas das irmandades esperavam esmolas. Pedro Morais preparou o charuto — andavam turvos.

3 de novembro

— Tenho ouvido por aí uns zunzuns... (Desembargador Mascarenhas.)

— Você, que vive no meio de jornalistas, não tem sabido de coisas, não? Ando meio desconfiado... (Ataliba.)

— O general Marco Aurélio está se mexendo muito. É mau sinal! (José Nicácio.)

4 de novembro

— A qualidade de ser mãe não exige distinção de raça, de classe ou de cor. (Délio Porciúncula, em casa de Susana.)
— O meu ideal é ter o aplauso das famílias. (Popó Marinho.)
— Sou o homem mais imparcial que possa existir, mas quando estou com a razão, não hesito em defender por todos os meios a verdade. Nada me assusta! Basta para isto citar o que se passou comigo durante a Revolução de Outubro. Estava incorporado num dos regimentos do Rio e, como de praxe, pousei no quartel na noite de 23 para 24. Na manhã de 24, quando estourou o movimento revolucionário vencedor, tive bastante coragem para enfrentar tudo, debaixo de uma atmosfera de terror, no meio de metralhadoras, canhões e granadas, prontos para entrar em ação. Com risco, talvez, de ser fuzilado de uma hora para outra, recusei pegar em armas contra o governo então constituído. Fui recolhido sob custódia num dos alojamentos e, na primeira oportunidade que tive, fugi do quartel, desertando por completo de meu regimento. Quando cheguei em casa, rasguei a minha farda, enojado de tudo que presenciei. (Ricardo Viana do Amaral, em casa de Loureiro.)
— Aquele "por completo" foi engraçado, não foi? — comentou Waldete, que está ficando sutil.

5 de novembro

O que Luísa predisse, se concretizou — a prova de Português cortou metade dos que haviam sobrado. Houve os que, inconformados, pediram revisão de prova, sem melhor resultado, pois que os gramáticos que formularam as questões pelo menos uma vez estavam coerentes e confirmaram a punição dos crimes contra o vernáculo. E ela abiscoitara a mais alta nota — 90! — como recebera das maiores em Nível Mental — 85. E o que é que poderia ter errado dentre aquelas charadas, fora questão que me preocupara, coisa muito minha — não me importam os resultados mesmo favoráveis, aflige-me a ignorância dos detalhes, a dúvida sobre certas premissas. Luísa não compreende, e não só ela, o exagero — o que lhe importa é o todo. E acredita que tenha sido uma extensa série de quadradinhos, que teria de riscar em ordem alternadamente quaternária, binária e terciária, e em que provavelmente se confundira — um teste de atenção!

E hoje, como me sinto convictamente incapaz de penetrar nos meandros aritméticos, e nem sei como consegui transpor os meus preparatórios matemáticos, banzeei pelas imediações do Instituto de Educação, saindo dum café para entrar noutro, tragando cigarro após cigarro, temeroso do resultado. Foi alívio e orgulho o que senti, quando a vi descer a larga escadaria de granito trazendo um sorriso nos lábios — resolvera todos os problemas com um pé nas costas!

É lícito duvidar:

— Mas você tem certeza?
— Tenho! Então não tenho?
— Querida, francamente eu tenho inveja de você!

6 de novembro

— As coisas estão ficando pretas! Qualquer dia estou pegando cadeia outra vez... (Antunes.)
— Eu moro perto de um quartel, e tenho observado um movimento meio suspeito de noite... Comigo não! (Antônio Augusto.)
— O doutor não acha que o presidente está preparando uma das dele? — pergunta o meu barbeiro.

7 de novembro

E os boatos prosseguem. São a moeda das conversas — moeda miúda e desencontrada, emitida com o lastro de cada fantasia ou paixão e onde cada qual cunha uma efígie ou um emblema, um preço ou uma inscrição, dinheiro cuja cotação depende exclusivamente de quem o recebe. Hilnar Feitosa aproveita o mercado e põe em circulação os níqueis da sua mendacidade inflacionária. Ando com as algibeiras carregadas.

8 de novembro

Vamos expurgar os livros escolares de idéias comunistas! Em nome da Comissão Superintendente do Estado de Guerra, o ministro da Educação, caniço que se dobra ao menor sopro, constituiu uma comissão (Martins Procópio e Luís Pinheiro fazem parte dela), à qual caberá não só determinar as providências de natureza urgente, no sentido de afastar do âmbito educacional toda e qualquer atividade perturbadora, como ainda a de sugerir (e Martins Procópio irá caprichar) as medidas essenciais à organização da cultura num sentido eminentemente nacional. Serão constituídas comissões estaduais e municipais subordinadas à comissão nacional e esta articulada diretamente ao ministro de Estado. Esta rede de órgãos formará um sistema, etc. e tal...

9 de novembro

Luís Cruz, profético, espetando o ar com a piteira:
— A inana vai começar. Silva Vergel foi nomeado ministro da Justiça! É mais do que sintomático.
E Altamirano de Azevedo, como se não compreendesse nada:
— É um caráter!

10 de novembro

Breve agitação de espadas na madrugada, algumas tropas na rua, e tudo se consumava. Fechados o Senado e a Câmara, temos nova música, partitura composta às pressas por Silva Vergel, mercenário compositor, cujo cinismo é conhecido e cujo talento é alcandorado. Não gosto do andamento, em estrito estilo passo de ganso, que não é condizente com as nossas pernas, mas como meu heroísmo cívico anda assaz reduzido, e nunca foi muito encorpado, não me resta senão entrosar-me sornamente na embrutecedora dança geral, correndo a ameaça de vários e presumivelmente perigosos passos fora do ritmo, o que seria humilhante para quem foi o Pé-de-Ouro do Assírio, como diz brincando o caro Adonias, e deixar correr o marfim.

Os músicos são os mesmos. Os aparentemente desbaratados camisas-verdes mantêm em suas mãos centenas de postos-chave.

11 de novembro

A fala do novo trono:
"A nova Constituição foi promulgada. A transformação se operou de modo pacífico e teve por fim assegurar a paz à Nação. A Constituição será submetida a plebiscito nacional..."
José Nicácio solta retumbantes gargalhadas:
— Plebiscito? Esperem por ele! Você não viu o que o Chuchu mesmo diz?
Leio:
"O sufrágio universal passa a ser instrumento dos mais audazes e máscara que mal dissimula o conluio dos apetites pessoais e de corrilhos. Resulta daí não ser a economia nacional organizada que influi ou prepondera nas decisões governamentais, mas as forças econômicas de caráter privado, insinuadas no poder e dele se servindo em prejuízo dos legítimos interesses da comunidade."

12 de novembro

— Vamos ter panos para mangas, meu amigo! (Pedro Morais.)
— Bambochata sul-americana. Ditadura de opereta... (Alarico do Monte.)
— Talvez sejam as piores, as mais avacalhantes. Tais como a merda, quanto mais mole mais emporcalha. (Saulo Pontes.)

— Puxa, Saulo! você está melhorando. Já diz a palavra merda... (José Nicácio.)

13 de novembro

Não conheci dona Carlota de dentadura. Tanto falaram que botou uma. Tanto incomodou-a que vendeu-a ao primeiro comprador de objetos usados que passou na sua porta. Por quanto, nunca se soube.

14 de novembro

— Não é um engano apenas seu, Ribamar, é de quase todos, pensar que eu acho boa a minha literatura. Não. Longe disso. Tanto assim que nunca a defendi publicamente como é hábito. Mas tenho uma qualidade que não é muito comum, conquanto pouco suspeitada — autocrítica. Usando-a, e você bem sabe como é cruel fazê-lo, concluo que a minha literatura é apenas esforçada. Digo esforçada, para não usar a palavra "honesta", que me repugna particularmente, tão gasta por quem você conhece. (E o romancista emite uma careta.) Mas você não concorda que me sobra direito bastante de gostar ou não daquilo que os outros fazem? Por acaso há alguma lei que o proíba? Não creio que o Estado Novo vá decretá-la... Ou não posso constituir ao menos uma exceção nesta batalha de flores dos suplementos dominicais, uns atirando rosas nos outros, rosas e louros, mas se detestando intimamente da maneira mais torpe?

15 de novembro

Ninguém convence ninguém. Quando uma pessoa se deixa convencer, já estava convencida.

16 de novembro

100 em Aritmética! e uma grossa fornada de candidatos foi eliminada, o que torna os que escaparam numa espécie de

Trezentos de Gedeão a caminho dos ócios burocráticos. 100 em Aritmética! — o que coloca Luísa em segundo lugar na lista, pois há uma ruiva de seios frouxos que tirou 100 em tudo, enquanto que o marmanjo mais bem colocado vai lá pelo décimo lugar, um rapaz que fora sargento, mas que se desencantara da farda. Hoje, porém, terá que enfrentar mais uma prova mimeografada — a de Conhecimentos Gerais — com precisas linhas pontilhadas para se encher após cada quesito. Hoje terá que se haver com Conhecimentos Gerais e sente-se assustada, assustada e de mãos frias, porque são vastos os conhecimentos gerais dos que elaboraram as questões e ela não ignora a sua limitação nos conhecimentos exigidos, que na medida do tempo e do possível procurei fortalecer e exercitar em extenuantes noitadas de perguntas e explanações, nem sempre muito cabais, mas extremamente admiradas pela insone dona Carlota.

E não só Luísa, também o tempo está inseguro, e de previdente guarda-chuva a espero sem que a chuva desabe, como não desabou até que chegasse mais aliviada, acreditando que tenha respondido para passar, passar na tangente, mas passar, porque sabia as capitais estaduais que ficavam em ilhas, e os dez principais portos da costa de 6.000 quilômetros, e os produtos exportáveis, que nos dão o ouro que não sabemos aproveitar, e os característicos da Região Nordeste, e o que era alavanca e balança, e onde ficava o osso hióide, e como fazer a conversão de centígrados em graus Fahrenheit, e outros conhecimentos gerais de 5.º ano primário.

17 de novembro

Garcia tem patetices que me chateiam um pouco. Uma delas é obrigar Hebe a me chamar de tio.

Hebe é um serzinho fino, gentil, desamparado. Tenho pena dela como se pode ter pena de um passarinho doente. Outro dia ela me disse:

— Quando for moça, quero ser bailarina.

E o fez como se estivesse me revelando um extraordinário segredo.

18 de novembro

Hebe traz-me Elisabete. Elisabete, que às vezes assistia ao nosso almoço, de água na boca e olho comprido, não podia se conter:

— Eu "amo" feijão!

E "amava" tutu, farofa, torresmo, quiabo, jiló, aipim, batata-doce, comidas selvagens, comidas que não apareciam na mesa da sua casa, estritamente angla e, para tanto, muito sortida nas lojas importadoras que havia na cidade ou por importações diretas, remessas cuja chegada, em brancos caixões de cheirosa madeira, era espetáculo sensacional para mim — que latas, que vidros, que geléias, que biscoitos!

Mamãe um dia tivera a ingenuidade de pedir à mãe de Elisabete, que a deixasse comer conosco. Recebera uma negativa lacônica, britânica, definitiva, que a desconcertou. Papai riu:

— Bem-feito! Você pensa que inglês é gente?

19 de novembro

Apreensão de livros. "O Serviço de Divulgação do Gabinete do Chefe de Polícia do Distrito Federal inicia, com este comunicado, a propaganda através da imprensa, em todo o território brasileiro, dos princípios fundamentais necessários à cristalização da nacionalidade, no espírito das presentes e futuras gerações de moços, contra o comunismo.

Publicamos, como primeira advertência, uma fotografia, na qual se vêem algumas das últimas edições lançadas no país por verdadeiros criminosos ou inconscientes. Tais livros elegantemente apresentavam, em cores variadas e em títulos mais ou menos *ingênuos*, o veneno das doutrinas de Lenine, Trotski e Bukárine. Vendidos a preços mínimos e, não raro, distribuídos quase que gratuitamente nas escolas superiores do país, estes livros despertaram, no espírito dos jovens acadêmicos brasileiros, que invariavelmente se estribam em bases

falsas." (A falta de nexo do último trecho não deve ser por culpa dos escribas policiais, sempre exatos, nítidos, lapidares, mas da revisão do jornal, que devia ser punida por tal lapso.)
E Adonias:

— Seguro morreu de velho! Vou dar sumiço à minha *Teoria marxista do valor*, de Rabaud, que está na fotografia alertadora. Acho que repousa em princípios algo falsos ou duvidosos, mas até provar que não sou elefante...

20 de novembro

Quanto tempo durará isto? — é o que me pergunto. As opiniões variam, mas todas igualmente pessimistas.

21 de novembro

O distinto cabo eleitoral do poeta foi me convencendo que ele era de fato o mais príncipe de todos os poetas. Bastava ver aquele porte! Bastava ver aquele coração como sabia ser generoso e amigo! E os gestos altos, largos! E a voz rotunda! E aquele imenso amor aos pássaros, que fazia ter a casa cercada de gaiolas, e viveiros, de pios e gorjeios. E os seus versos! Tinham poesia, sim! Muita poesia! Era o último parnasiano. Era o príncipe mesmo.

Abaixei a cabeça, envergonhado e convencido. Votei com serenidade. E afinal não se pode dizer que não há mais **eleições**.

22 de novembro

Passo a noite com Beethoven, tentando, repetindo os discos de empréstimo, que acabarão sendo mesmo meus, pois Catarina não cobra os empréstimos que faz. Por que não consigo penetrar na essência destes quartetos? Por que a minha antipatia pelo estro beethoveniano?

23 de novembro

Encontro-me com o elegante Hilnar Feitosa, sempre encrencado dos rins. Apesar de inteligente, é irritante. Já leu todos os livros, ouviu todas as músicas, viu todos os quadros, assistiu todas as peças, e íntimo de todos os grandes homens daquém e dalém mar — a mentira delirante faz parte da sua fisiologia.

E também com Marcos Eusébio. Como eu estava devoluto, escutei-o. Falou duas horas seguidas sobre o seu único assunto — ele mesmo. É porventura o seu único traço de união com Nicolau. Somente que Nicolau é engraçado falando, engraçado e ágil.

24 de novembro

As convocações se aceleram pela progressiva diminuição dos examinandos, que facilita a correção das provas. Os Conhecimentos Gerais, embora comezinhos, fizeram afundar mais alguns, não muitos, favorecendo Luísa com isso, que o número de vagas já se tornou praticamente igual ao número de aprovados, equilibrando o prejuízo que lhe acarretara, pois que obtendo neles apenas 65 lá se fora para baixo na classificação, que a ruiva continuava invencivelmente encabeçando.

E assim Luísa prestou hoje a sua última eliminatória — Elementos de Direito, decorados e cem vezes repisados, à força de paciência e café, sob a fraca lâmpada leitosa, que era como que uma ventosa aplicada no teto de pinho.

25 de novembro

Matei a noite com Garcia, mas sem xadrez — guardava um saldo de influenza, o nariz entupido, a voz rouquenha, sentia-se estúpido e incapaz.

Mantivemos espichada conversa sobre os problemas da melancolia no meio da qual obrigou-me a aceitar uma laranjada — tome, é ótimo para o fígado. Ri-me — para Mariquinhas constituía um veneno, uma desgraça! E tomei. Não sem pensar que por mais desimportante que seja tomar-se uma laranjada — e o calorzinho era insidioso! — não deixa de constituir um fato real que foi incorporado à nossa vida. À nossa única vida.

27 de novembro

Nos seus olhos vejo um bosque que se chama Solidão.

28 de novembro

Esta noite Luísa está chamada para Escrituração Mercantil. Conquanto Garcia não seja nem guarda-livros, tem mais do que tinturas contabilísticas — entende do riscado, e em muita ocasião discutiu superiormente com Ataliba, impondo-lhe uma opinião, que o contador, esperneando, acabava por aceitar. E prontificou-se a dar um repasso não muito profundo em Luísa, porque dizia não ter competência, e aprovou-a antes e melhor do que a banca que a esperava, elogiando o professor que ela tivera, que através da aluna mostrara ser competente, atilado e prático, e não um rançoso explorador do ensino. E dessa forma, rindo, consideramos que a prova seria mais um macuco no embornal.

29 de novembro

Troca de cordialidades com Saulo Pontes e a filha de trigueiro buço e modos lânguidos. Estão comprando discos — primeiro, Mozart; segundo, Mozart; terceiro, Mozart. Não o julguemos pela aparência da rua ou do escritório com um dourado Coração de Jesus encimando a secretária dos negócios. Dentro de casa é outro. Amável, cordial, atraente, convidativo. Gosta de receber e sabe receber — boa louça, grande comida, vinhos selecionados, quadros dignos nas paredes: Derain, Zagalo, Severini, um pequeno De Chirico, principalmente, cavalos galopando na praia helênica, que impressionou Nicolau. Mas dificilmente chega à intimidade, quando a intimidade é o caminho mais breve do amor.

A filha é insignificante, com inofensivas pretensões literárias. Fala-se muito da sua enrustida paixão por Marcos Eusébio. Antenor, que odeia Saulo, chega a calúnias.

30 de novembro

Quiçá Pedro Morais é quem tenha razão — vamos ter panos para mangas! Os alfaiates da ditadura já estão apertando as cravelhas. Os alfaiates, não — os músicos.

1.º de dezembro

Arrumo a estante, em que ninguém põe a mão. A grandeza do Poeta se revela na simples explicação de um título, transcrevendo um trecho de jornal: "Brejo das Almas é um dos municípios mineiros onde os cereais são cultivados em maior escala. Sua exportação é feita para os mercados de Montes Claros e Belo Horizonte. Há também grande exportação de toucinho, mamona e ovos. A lavoura de cana-de-açúcar tem-se desenvolvido bastante. Ultimamente, cogita-se da mudança do nome do município, que está cada vez mais próspero. Não se compreende mesmo que fique toda a vida com o primitivo: Brejo das Almas, que nada significa e nenhuma justificativa oferece."

Também Mário de Andrade tem um livro de poesia com nome de lugarejo, lugarejo de ribanceira amazônica: *Remate dos Males*.

2 de dezembro

Luísa prepara-se caprichosamente para o concurso. O programa é fácil, asseverou. Quase tudo já estudara na escola, era só recordar. E recordara, desencantando guardados compêndios e cadernos de apontamentos. E servi-lhe de ponto, tudo sabia na ponta da língua, e me admirei de que cabeça tão distraída pudesse reter tanta definição supérflua, tanto bolor didático, e me admiro que alguém possa resolver certos problemas de dízimas periódicas, divisão proporcional, câmbio, juros compostos, reduções de moedas, mistura e liga, questões aliás que nunca terá oportunidade de deparar nas burocráticas funções a que concorre. Mas o exame foi todo assim, enquanto ficam no tinteiro quaisquer noções de administração, de economia, de tecnologia, qualquer conhecimento exato do Brasil com as suas possibilidades e carências, suas grandezas e vulnerabilidades. O programa de português, então, é sublime, não fora feito por êmulos do professor Alexandre! Aumentativo de navio? Naviarra! De cão? Canaz, canzarrão! E diminutivo? Canicho! Aumentativos e diminutivos que devem ser utilíssimos nas atividades de um amanuense de qualquer ministério. E não menos caricata foi toda uma matéria eliminatória — Elementos de Direito, inclusos os de Constitucional, que não passa duma sinopse da Carta do Estado Novo, encaixada à última hora.

— Esse constitucionalismo não estudei eu na Faculdade!
— Mas se não decorar isto, acha que posso passar?
— Não. Vamos lá!

E foi assim que eu tomei conhecimento por alto da Constituição que nos rege, e na qual Silva Vergel tanto esmerou no estilo e no despojamento da personalidade humana.

3 de dezembro

A glória do sociólogo — bússola ou oráculo de Euloro Filho — foi rapidamente construída pelo incondicional aplauso de duzentos sujeitos que nada sabem de sociologia.

A sociologia é inimiga da perfeição.

4 de dezembro

Ela pintou na esquina, os passinhos miúdos, com o vestido amarelo, um vestido amarelo claro que punha reflexos marfíneos na pele muito branca. Trazia o chapéu na mão:

— Que calor, filhote!
— Atroz!
— Esperou muito?
— Não. Cheguei agorinha mesmo. Dez minutos no máximo.
— Saí voando, mas o ônibus atrasou um pouco.

Encaminhamo-nos para o banco predileto, à sombra da enorme acácia, na pracinha deserta àquela hora de mormaço. Nas casas circundantes ninguém espia; no morro, ao fundo, o bosque se estende como um verde animal adormecido.

— Muito trabalho hoje?
— O aborrecimento de sempre. E mais uma relação infinita para Pernambuco, em cinco vias. Agora seu Humberto quer todas as relações de mercadorias em cinco vias. É o que o Jurandir chama de "supercontrole".
— Que besteira!
— É.
— Só mesmo do crânio daquele idiota.
— E não há máquina que agüente, está a ver.
— Ganham muito dinheiro, querida. Compram outras.

Rimo-nos das tolices diárias do escritório, do nervosismo do Chefe, da malfadada paixão de Zilá, da malandragem do seu Valença, do estouvamento de Odilon, dos penteados de Edelweiss.

— É outra que está com o pé no estribo, sabe? Por todo este fim de mês ela dá o pira.
— Verdade? Foi ela quem disse?
— Não, ela não disse nada. Anda espetacularmente reservada... Mas eu apanhei ontem — me esqueci de te dizer — por umas palavras truncadas dela no telefone. Quando voltei do almoço, ela estava telefonando. Pelo jeito creio que vai para um ministério.
— Sem concurso?
— Você acha que ela tem topete para fazer algum concurso? Extranumerária, naturalmente.
— Então não melhora muito.
— Sem futuro por sem futuro, antes num ministério, filhotinho. Ganha o mesmo, mas trabalha menos e come em

315

casa, o que já é uma economia. Só quem é tolo é que fica lá. Aquela gente não tem pena, quer ver a nossa caveira!
— E você querida, já soube de mais alguma novidade?
— Amanhã vão identificar a última prova. A de estatística.
— Você foi bem nela.
— Mais ou menos.
— Que mais ou menos!
— Mais ou menos, sim, meu bem... Depois é que eu vi. Mas esqueci de te contar.
— Esqueceu ou não quis?
Ela riu:
— O último gráfico não está lá muito certo não... Mas dá para passar.
— Não é só passar, Luísa, você bem sabe. A classificação também vale.
Sacudiu os ombros:
— Não vale nada, meu filho! Há vagas para todos. Mais de cinqüenta.
— Você é gozada.
— Você é que é gozado. Para que bom lugar? Primeiro ou último, tanto faz. O importante é ser aprovada e nomeada.
— Eu acho que é importante. Mostra capacidade, merecimento, competência...
— Não mostra nada não! Concurso é sorte. Estou convencida. Mas me diga: como vai nas novas funções?
— O tédio das funções é universal!

5 de dezembro

Ultimamente tenho rareado minhas visitas ao escritório de Pedro Morais. Mas tempo houve em que, se me calhava uma folguinha, ia vê-lo no sexto andar do Banco Francês, escritório espaçoso, com lambris pelas paredes e cerrada biblioteca jurídica, lombadas que infundem uma incoercível tristeza pela inanidade de tanta justiça acumulada.

Entre três e cinco ele sempre estava e mostrava alegria em receber. O servente, troncho e vesgo, com movimentos de boneco de mola, comparecia com repetidos cafezinhos, arrancados duma garrafa térmica, Pedro Morais só os tomava sem açúcar, e havia ventarolas, perfeitamente japonesas, dado que mesmo no inverno o pavimento era quente, abafadiço, recebendo o sol desde que nascia até que se punha, dominando uma paisagem de telhados, telhados velhos, de côncavas telhas, no meio dos quais se elevava a graça antiga da torre do Carmo, recoberta de azulejos, brancos e azuis, com o galo de ferro na ponta, mudo e sobranceiro, torre de repousante perspectiva, que levava nossos olhos à irresistível e retrospectiva contemplação de uma cidade mais calma, mais pacata, marcada pela voz dos sinos e pelo trabalho dos negros, com mantilhas e cadeirinhas nas ruas empedradas e estreitas.

Conto os tostões da minha economia interior, e muitos deles provêm daquelas tardes sossegadas! Pedro Morais nunca foi avaro do seu pecúlio. E com pacífica dialética, raciocínio moroso, seguro e fascinante (fascinação que empolgava Francisco Amaro), tão manso e seguro que nem parecia às vezes partidário, sabia sem alarde fazer escorrer para as bolsas alheias a riqueza do conceito, a perfeição do equilíbrio, a justeza da definição, a probidade da crítica, a rigorosa aferição do valor.

Propôs-me as questões da composição, que tanto me preocuparam, a historicidade do método, a latitude da gramática, como instrumento de precisão que o escritor não podia deixar de manejar, até mesmo para contrariar certos dogmas consagrados, a construção do estilo, cristalizando-se entre duas forças poderosas, a do tempo, sem modismos, e a de cada um, sem cacoetes; reconduziu-me ao misticismo do velho Alfonsus, de que a torre do Carmo seria um eco, reconciliando-me com o alto simbolismo cuja névoa me entediava, suavizou as minhas discrepâncias com o modernismo de que fora impulsor, enfocou-me a problemática do romance do Nordeste por um ângulo que eu repudiava, orientou-me no dédalo dos novos sociólogos com a firmeza de Ariadne, e tudo isto acondicionado singela, despretensiosamente, entre ramas de anedotas e bom humor.

6 de dezembro

Fui ver ontem Pedro Morais. Estava ocupado com um cliente, mas pediu que esperasse:
— Há quanto tempo! Bons olhos o vejam!

O cliente falava muito exaltadamente em hipoteca, qualificava um ex-sócio de cachorrão, Pedro Morais tranqüilizava-o, a espera não foi longa.

— É a tristonha contigência do ganha-pão, meu caro! — disse depois de acompanhar o gorducho até a porta. — Mas vamos a um cafezinho!

O servente dirigiu-se, desengonçado, para o canto onde guardava a garrafa térmica, sentamo-nos, fui direto:
— Que é que você acha disso tudo, hem?
— Poucas palavras diriam tudo: Vai mal! — Fez uma pausa para acrescentar: Não creia que haja despotismos suaves. E estamos numa época de despotismos. O mal não chega a ser nacional, mas haveria meios de se evitar o contágio, ou de intoxicarmo-nos menos, mas o feitio da gente que desde 1930 ocupa o poder não é de molde profilático, pelo contrário, tende para a infestação de todos os parasitismos de força. E estamos infestados com simples golpes brancos. Quanto tempo durará é que não sei, porém terá seu termo, não tenhamos dúvidas. Mas a cura é que vai ser dura! É enfermidade que deixa conseqüências, paralisias, afasias, deformações, de difícil e lento ortopedismo. Em resumo, estamos num buraco e não sabemos quando e como sairemos dele.

— Como iremos resistir?

— No princípio, agora portanto, só passivamente, que as circunstâncias não são para heroicidades...

— Você não acha que a literatura será um refúgio?

— Poderá ser também a única arma, pelo menos a nossa...

— Não sei onde li que as ditaduras sempre foram propícias às artes...

— Talvez seja uma verdade. Precisaríamos pensar.

— Mas muito amiguinho nosso vai aderir, não vai?

— É claro! Mas também aderirão ao restabelecimento da ordem. São soldados para manter qualquer vitória. E é o que nos salva. Engrossam a tropa consolidadora. São utilíssimos mercenários do poder.

7 de dezembro

— Só ouvir a voz de Humberto me dá ímpetos de fuga! (Luísa.)

8 de dezembro

Há véus e grinaldas na manhã, sinos, lírios, epitalâmios. Imaculada Conceição, como Madri continua se defendendo dos vossos terríveis soldados!

9 de dezembro

Choveu e o calor serenou. Puxa a coberta, se enrosca com voluptuosidade, como se o fresco lençol fosse um corpo de mulher, o corpo de Cinara, o corpo de Margarida, o corpo de Aldina, que era fresco como linho. Mais um dia — menos um dia! — e mais experiência. Mas que irá fazer de toda que já tem? Laurinda remexe-se na cestinha. Uma a uma chegam as pulgas da insônia. O travesseiro esquenta. Não é desassossego, até que o coração está calmo, o pensamento sem nuvens, mas não adianta querer contrariar os hábitos. Acende a luz, toma o livro e o cigarro, e espera a madrugada. Tchecov ensina muito.

10 de dezembro

Não posso ir passar o Natal com você. É absolutamente impraticável. Se estou prevenindo com tanta antecedência é porque você está ficando muito besta. Chico! O negócio das minhas férias está rendendo, hem! Tira isso logo da cabeça, se não, me chateio. Se fui visitar grutas e descer o grande rio, e não para aí, é porque era importantíssimo que assim fosse. Não podia perder a oportunidade. Você não compreende que não houve troca, que não houve substituição, preferência, abandono? Será que o mato está te embotando tão pronunciadamente?

Mas Garcia irá. E leva Hebe. Vê se pega a menina aí para passar uns tempos. Uma temporada ao lado das piranhas Maria Clementina, Patrícia e Maria Amélia será de todo favorável. Está muito magrinha, quase transparente, não come. O Garcia não resistirá aos seus argumentos.

O viajante será portador duma lembrança do ausente para enriquecer seu patrimônio artístico, para o qual o mesmo ausente tanto tem contribuído. Trata-se, digamos logo, dum sarape legítimo. Quem mo deu foi o Alfonso Reyes, há muito tempo, e o grande Nicolau tem outro igual mimoseado pelo mesmo embaixador. Estava guardado. Em sua parede ficará melhor pendurado, já que tem no centro o deus Sol, divindade de que você precisa urgentemente para iluminar as trevas mentais.

Posso contar em troca com alguns metros da lingüiça de que tanto se orgulha como se fosse ela obra sua e não da mártir Mercedes?

11 de dezembro

Recortemos a publicação do *Diário Oficial*. Luísa foi classificada em décimo sétimo lugar, que nas últimas provas as notas foram apenas passáveis.

— Na rabada, não, meu filho?

— Não diga bobagem! Foi muito bem. Um ótimo lugar! Lembre-se que oitenta e oito candidatos ficaram atrás de você. E no outro irá melhor.

— Outro?! Você está zeta!

Dona Carlota nunca diz louco, diz zeta. Mas implico com a palavra:

— Louca estará você se não tentar. Trate de ir se preparando...

12 de dezembro

Sob as árvores que envolvem a rua perdida numa frescura macia, agora que Lina está na escola e seu Duarte está tirando uma tora, o vassoureiro lança o seu pregão às casas fechadas, silenciosas como as casas de uma cidade abandonada, e o homem imundo, que conserta máquinas de costura, solta o grito anunciante, um grito cheio de necessidade, que vai morrer nos mirrados jardins com as últimas flores imperiais. Nunca o vendedor ambulante vendeu uma vassoura, nem o homem imundo consertou uma única máquina. Mas passam constantemente lançando seus pregões, depois de, cansados, terem percorrido ruas e mais ruas sob o sol cru. E abençoam, estrangeiros e humildes, as árvores, as boas árvores que derramam sobre a rua uma sombra tranqüila.

14 de dezembro

O bêbedo solitário faz parte do luar.

15 de dezembro

Recebi o romance do estreante com uma dedicatória encomiástica demais para ser sincera, o que me deixa de pé atrás. Escritor novo não pode aparecer de chapéu na mão, chamando ninguém de mestre. Literatura é combate contra os que já estão. Não passei da vigésima página. Dela, pulei para as últimas. Como deduzia, não significa nada, apenas mais um zero à esquerda das capelinhas.

16 de dezembro

Procuro Godofredo Simas, recado editorial rápido, quase fulgurante, na *garçonnière* que mantém na Cinelândia, depois que enviuvou — madame tomou formicida por atrasadas desilusões conjugais.

Com tapetes tenebrosos, desmesurada cama turca, turquíssimos coxins espalhados no chão, luz de abajur e quadros lúbricos, é a coisa mais 1920, mais demodê, mais rastaqüera, que se possa imaginar — parece um tango!
De *robe de chambre* dolorosamente negro, borrifava o ambiente com pegajosa essência, quando cheguei. Iria receber Neusa Amarante, a ex-cozinheira, atenção que retribui com escandalosa publicidade da estrela nas páginas do seu jornal.
Neusa Amarante, que vive oficiosamente com Olinto do Pandeiro, tem um corpo picante, um molejo prometedor. O que a estraga é a boca suja.

17 de dezembro

Medito sobre o que escrevi anteontem e filosofo: Todas as obras que aparecem devem ser olhadas com respeito, mesmo aquelas que não parecem merecer respeito nenhum, isto porque é o tempo, e não os contemporâneos, que irá desrespeitá-las com o esquecimento.
Pensar assim é muito bonito e generoso. Praticar é que são elas... Um besta!

18 de dezembro

Trago de volta para a gaveta dos documentos — a ordem, sem ser excessiva, é uma boa herança de papai — trago de volta para a gaveta da pequena cômoda avoenga, cujo forro de cedro é perene perfume e intimidade, perfume de um mundo familial de que não participei e cuja memória oral deforma ou poetiza, intimidade de certidões, traslados, atestados, contratos, ações, e recibos, promissórias resgatadas, contas a saldar, débitos e créditos, ativo e passivo da instável, trivial balança que é nossa vida, trago de volta a Carteira Profissional, que me pediram para anotações, já que fui aumentado em cem mil-réis por mês.
Carteira de Trabalho! — uma invenção de 1933, talvez inapreciável conquista. Congrega e define classes, não obstan-

te uma elasticidade que repugnaria ao espírito de Lineu, garante ordenado, férias, estabilidade, assistência, aposentadoria, direitos que um empregado nunca tivera, gera em suma um germe de trabalhismo, de avanço social.

As críticas que fazem à legislação criada são, porventura, procedentes — é o eterno caso nacional do carro adiante dos bois, pois na verdade resultou da iniciativa de um político militante e não de um largo movimento popular. Contudo aí está e é prematuro condená-la invocando as prováveis inviabilidades dela, tendo em vista que é mais papelório para a nossa enferrujada e desorientada burocracia, e mais chicana nos novos tribunais de Justiça Trabalhista, que se organizaram muito nos moldes da justiça comum, com muito formalismo e, portanto, muito coimbrismo, muito bizantinismo processual.

Ataliba mostra-se decididamente contrário:

— É uma besteira! Uma palhaçada!

Délio Porciúncula acha avançado demais para o meio, mas tem estudado o problema e pretende até se especializar em causas trabalhistas, escrever um guia de processo.

Cléber Da Veiga diz que o Governo jamais pagará a quota que se atribuiu nas contribuições tripartites, pelo contrário, avançará no que ajuntarão empregados e empregadores, e vaticina, firmando-se na opinião de um amigo altamente entendido em economia e finanças, que dentro em pouco todo o meio circulante do país estará nos cofres dos institutos, determinando um desajuste incalculável e fazendo dessas autarquias poderosas manivelas do poder.

E Saulo Pontes é quem parece mais arguto:

— Que arma política, amigo, não se está construindo!

19 de dezembro

Ao que escrevi ontem, cumpre acrescentar o que ouvi hoje, na rodinha da Rua da Assembléia, que se dispersou mais tarde que do costume. Plácido Martins, que deu um pulo ao Rio, e que está mais forte e animoso, mostrou o perigo do êxodo rural, que da lei trabalhista advirá, como aliás já se está verificando, em razão de que os direitos trabalhistas só foram concedidos ao operário urbano, não se escondendo o temperamento reacionário, caudilhesco e latifundiário daqueles que os manipularam, formações medularmente incapazes de admitir a reforma agrária.

— Ora, — disse, reforçando o pensamento de Saulo — é inelutável que o homem do campo apele para a cidade em busca de garantias e vantagens que não tem. A cidade não lucrará com o entulho e o campo perderá com a escassez de braços, o que é funesto num país que ainda é essencialmente agrícola, embora de agricultura quase paleolítica. Mas os grandes centros urbanos, onde florescerá uma industrialização superficial, criarão, com tal deslocação, um eleitorado imenso e fácil em qualquer oportunidade, massa mais à mão para o falso sindicalismo e para a real demagogia proletária e social.

20 de dezembro

Eram um brinde das perfumarias, os cartõezinhos perfumados, brinde vindo da França, propaganda eficiente dos perfumistas parisienses — *Lubin, Caron, Piver, Houbigant.*

Mariquinhas, encarregada do aprovisionamento caseiro, era mimoseada com dezenas deles, que escondia entre pilhas de lenços e lençóis, toalhas e fronhas, colchas e pudica roupa branca — e abrir o seu grande armário de peroba rosa era receber nas narinas o eflúvio das flores francesas, o heliotrópio, a violeta, o lilás, a verbena, em perturbadora mistura.

Nariz avaro, não se desfazia de um sequer, armazenava todos, orgulhosa da sua arca de odores, riqueza que me atormentava e que eu vivia farejando.

Um dia, não resisti. Mariquinhas tomava o seu banho, demorado e morno, e as chaves ficaram no criado-mudo, junto ao castiçal das emergências. Num relance de camundongo surrupiei uns quatro cartõezinhos, que fui esconder, espalhados pelas páginas dos meus livros. Não deu pela falta, já porque meu quarto não era âmbito da sua predileção, já porque tinha mais horror aos livros que aos escorpiões, que de quando em vez apareciam nas noites calmosas, e de que até já fora vítima, quando passeava rezando no corredor.

Foi o primeiro roubo, e impune! Os de cigarros paternos vieram mais tarde. Por um e outros nunca me senti culpado. Que os psicanalistas elucidem por quê.

21 de dezembro

Mas não somente Mariquinhas ganhava brindes. Também eu os ganhei por obséquio de seu Políbio, que reservava ainda para mim cada almanaque que lhe mandavam para distribuição. Como olvidá-los? Se não eram perfumados e voláteis, eram volantes e cheiravam a cânfora — hélices de celulóide, encarnadas e azuis, com um orifício por onde se enfiava uma haste metálica em espiral, na qual corria um canudinho de lata e sobre ele a hélice vinha repousar. A um empurrão firme e para cima, o canudinho impulsionava a hélice, que girava vertiginosamente, subia pela haste e elevava-se no ar, rodando sempre, zumbidora como besouro, indo cair longe, quando perdia a força, e armávamos disputas a ver quem as lançava mais alto ou mais distante.

Eram brindes dos produtos homeopáticos Coelho Barbosa, cuja marca registrada, um coelho de espetadas orelhas, neles vinha impressa. Infelizmente não eram duráveis. Frágeis, quebravam-se no choque contra as paredes, muros e postes, ou se perdiam no mato, no rio, no capinzal perto de casa, para onde as levassem os seus vôos de pássaro cego.

A perda das hélices, inutilizando o brinquedo, me induziu à inventiva. Engendrei um sucedâneo! Recortei-as na folha macia que impermeabilizava as latas de biscoito. O efeito era o mesmo, até que zuniam mais e mais alto e distante se projetavam. Mas que perigosas eram! E não demorou muito que a periculosidade ficasse praticamente comprovada. Prática e sangrentamente. Terrível como navalha voadora, o meu invento foi cortar a testa de Emanuel, que da varanda, com ar de julgamento, assistia às minhas experiências aerostáticas. Soltou um berro de dor, e com outros de pavor refugiou-se no regaço de mamãe. O sangue escorria, descia pela cara, cegava-o, descia pelo pescoço, empapava a blusa marinheira, lambuzava mamãe, aflitíssima:

— Não terá cortado a carótida?

Seu Políbio é um provecto anatomista:

— Que idéia, dona Lena! A carótida é na região tiroideana.

O farmacêutico acudira, comprimira o corte com tampões de algodão, botara colódio, tudo serenou. Mas a invenção foi confiscada. Mariquinhas me fulminava com feroces, acusadores olhares — um fratricida! E quando papai chegou, foi impiedosa como um promotor público. Não adiantou, porém, a acusação minuciosa e sem atenuantes, exibindo aos olhos do primo o instrumento do crime e a inocente vítima em atitude sofredora. Papai foi juiz justo e sereno:

— Já passou. Não morreu ninguém. São coisas que acontecem. E você quer dar a impressão de que foi de propósito. Não foi e ponto final! Mas nada de hélices de lata mais!

As hélices de folha foram para o lixo. Emanuel, todavia, andava de má sorte. Menos duma semana se passara e era vítima de outro acidente, e desta feita seu Políbio não se responsabilizou e o acidentado foi parar no oculista. O oculista tranqüilizou vítima e família, mas durante um mês o olho direito andou de algodão e colírio e o dono do olho ostentava o curativo com uma atitude resignada de mártir cristão. O projétil fora caroço de mamona, colhido nos grandes pés que nasciam no meio do capinzal já acima mencionado, eriçados caroços que serviam de munição nas brincadeiras de guerra. O improvisado combate entre belgas e alemães (eu era belga!) fez com que o pouco ágil inimigo, mesmo entrincheirado atrás do caixote, não escapasse do caroço. Madalena, belga como eu, ainda foi otimista:

Imagina se fosse com bola de gude!...

Porque bola de gude também fazia parte do nosso arsenal.

22 de dezembro

Alexandre espicha o feio pescoço enrugado, me olha com os pretos olhinhos por debaixo da cômoda. É meu amigo, porém não se aproxima demasiado de mim, talvez por medo atávico dos homens. Se tento afagar-lhe a cabeça, esconde-a sob a carapaça de manchas negras e amarelas, fica lá no fundo me fitando como cobra no buraco. Mas, quando menos espero, eis que se arrastando o meu caro jabuti sai do quintal, invade a casa e vem passar debaixo da secretária, rente a meus pés, como muda e intrépida prova de confiança, absolutamente pessoal. Encolhe-se no canto do escritório ao pé da estante e ali fica oito dias. Já Laurinda é a afeição em forma de mobilidade — a única criatura que se alegra com a minha chegada em casa — correrias, pulos, latidos, lambidelas, mijadas de emoção.

24 de dezembro

A estrela da tarde está subindo no céu com o seu brilho mais puro. Um momento de tréguas na crueza de nossas vidas! — tem vontade de gritar-lhe, sugestionado pelo mito que prenuncia se comercializar. Mas Lobélia não compreende, ou melhor, como todo mundo, só compreende aquilo que quer.

26 de dezembro

Ó coração ainda escravo — por quantas gerações ainda escravo? — ó sangue que não renega o pigmento que a miscigenação das alcovas escondeu!
O batuque desce do morro do Salgueiro, leite negro que escorre na noite, grosso, profundo de percussão, para as minhas mais íntimas, latejantes partículas negróides.

27 de dezembro

O resultado do concurso foi homologado com presteza excepcional. Luísa mostra-se radiante:

— Foi um presente de Natal um pouquinho atrasado...
Queira Deus que me designem para um bom ministério.
Há bons ministérios?
— Não seja mordaz. O que se chama de bons ministérios são aqueles em que o serviço é mais folgado. Você imagina a gente ir parar nos Correios e Telégrafos?

28 de dezembro

Há quatro dias que, por imprevidência de Papai Noel, acordo com terribilíssimas cornetadas. E observo que meu filho, cujos olhos lembram tanto os de mamãe, já tem os seus modos de ver:
— Eu hoje vi um passarinho tomando banho de mar.
Era uma gaivota.

29 de dezembro

Valsa obscura, que Catarina me desvendou a maravilhosa claridade! Misteriosa pavana para uma infanta defunta, que encheu tantos minutos torvos! E morreu Ravel, que já morrera em vida, paralítico, imerso numa escura noite cerebral, não reconhecendo nem mesmo as suas próprias obras.
Dona Sinhá, boa freguesa de rádios, gostava muito do "Bolero", mas fazia também as suas confusões: "Bolero de Raquel". E trauteava-o na janela, escovando calças e paletós de Manduca, enquanto seu Duarte acarinhava seus gatos.

31 de dezembro

Como custa passar uma noite!

1938

1.º de janeiro

Dormira mal, saíra cedo, fora almoçar com Adonias, e Garcia me acompanhara, capengando ainda de um entorse que o pregara uma semana na cama, escorregadela no banheiro que lhe valeu a privação da ceia natalina com Francisco Amaro e, a Hebe, uma chance de engordar. O tédio me expulsava, tédio tenso de mudez, de gestos polares, de olhares desprezadores, insuportável. Pelas janelas parece que o sol não entra, nem o ar; cada porta é abertura duma cova de opressões e desfibradas relembranças, toda a casa uma gruta de soturnos ecos, de passos perdidos, saturada do gás carbônico da animosidade, eriçada de estalactites empiramidadas pelo gotejar intérmino da incompreensão e do descrédito.

Entre a quinquilharia adoniana, diante dos pratos simples da sua mesa, a alegria se restabelecera em mim, talvez nem alegria, mas a descuidada possibilidade de olhar em torno sem ver indiferença ou suspeição, sem pisar espinhos de desilusões. Adonias é bom enfermeiro, sobretudo. Encaminha a conversa de modo que jamais certos assuntos venham à baila, assuntos que mesmo de leve recordem a rede cotidiana em que me embaraço e me aniquilo.

Por volta das duas horas, José Nicácio apareceu. Se o ano velho se encerrou, melancólico, com o habitual relambório getuliano, prenhe de forjicadas considerações sobre a excelência e oportunidade da "polaca", e com um grito de entremeio: "O verdadeiro sentido de brasilidade é a marcha para o oeste!", grito de comando e douradas perspectivas, forjadas nas decantadas conquistas bandeirantes, abriu-se efetivamente o novo com um alegre e complementar opinativo de José Nicácio, quando lhe recordaram o indicativo ditatorial:

— Ou para baixo!

Trazia ainda estampado na face o sinal das libações comemorantes num cassino, em companhia leviana mas excitante, e na mão o espumoso copo de cerveja, dieta de invenção própria, com que pretendia sanar, no decorrer do dia, os efeitos hepáticos e vesiculares da camoeca.

Adonias, pelas mãos de Fritz, corroborava o singular tratamento, como se acreditasse na sua eficácia, não permitindo que o copo do companheiro deixasse ver o fundo, gentileza terapêutica que passava despercebida ao empírico esculápio e inveterado enfermo, que entrou a abordar o tema café, incluso também na peroração da noite de São Silvestre:

— Seis meses após a Revolução, o Governo provisório, que se tornou vitalício, adotou um plano de valorização do café, e em seu abono é preciso declarar que não foi o primeiro que se meteu a complicar a lavoura cafeeira, quer dizer o sangue do Brasil, sangue muito fuleiro, mas sangue. Entre outras estratégias, criou uma nova taxa de 15 xílingues, dez dos quais destinados à compra e incineração da rubiácea para manutenção de preços e consumo. E o resultado mesmo é o que se verifica — o café baixou na exportação e nós ficamos sem divisas, curvados sobre um abismo, crivados de dívidas, pedindo penico a tudo quanto é banqueiro internacional. Por outro lado —, e brandia o copo jocosamente — a sábia medida enriqueceu muito sujeito cuja função era a de comprar e queimar café. Compravam, porém não queimavam — vendiam... Não é outra a origem da fortuna do preclaro ex-líder da maioria, cuja graciosa filha é a mais linda e dadivosa das nossas embaixatrizes.

Garcia deu-nos a ler o recorte que trouxera — a revelação de um certo H. E. Wood, astrônomo de Capetown, de que um minúsculo planeta por pouco colidira com a Terra, a 3 de outubro passado, e se somente agora tornava pública a sua observação é porque desejara comprovar o fato sideral, o que foi ratificado por vários colegas de diferentes observatórios do mundo.

José Nicácio, com a corda toda, interrompeu-o:

— Você disse trêêêês de outubro? Pois foi milagre não termos nos arrebentado todos. Três de outubro é data fatídica! O esbarro não se dera por uma questão de cinco horas e meia, o que é menos que nada na rota dos astros, e jamais se registrara distância tão curta entre o nosso globo e outro planeta. E acrescentava chistosamente o astrônomo sul-africano: "Se houvesse sucedido a colisão, é possível que se tivesse alterado algum tanto a situação internacional."

2 de janeiro

Depressão, reequilíbrio, depressão... Tédio tenso de mudez ou insuportável algazarra daqueles que só têm silêncio no coração, silêncio da soledade, da aridez, da esterilidade, silêncio de charco sem plantas nem batráquios, charco só?

4 de janeiro

Recrudesce a luta na Espanha, como recrudesce o piche nos muros: Abaixo o Estado Novo! — guerra silenciosa das madrugadas, cujos guerrilheiros são perseguidos, presos, espaldeirados e punidos pela toga vigilante, inimiga de broxas e pincéis.

5 de janeiro

Não pode mais, não é possível mais, tudo está por terra e persistem como num inconcebível exercício de suplício. Os dias são elásticos, a voz odiosa, os olhares odiosos, as noites monstruosas.

7 de janeiro

Reprisa-se o "Tudo nos une, nada nos separa", que andava meio esquecido. E como uma ponte é o mais material dos traços de união, lançar-se-á a pedra fundamental da que, de apreciável envergadura, sobre o rio Uruguai de tão vetusta tradição contrabandística, ligará Brasil e Argentina. À solenidade comparecerão Vargas e o Presidente Justo para um abraço simbólico na fronteira, amplexo do maior alcance continental.

Antecedendo-se ao ato, Vargas pernoitou em Porto Alegre, a primeira vez que pisava os pagos natais, depois de ter nas mãos a muxinga e a boleadeira da ditadura. De sorriso e charuto, reuniu jornalistas espontâneos e convocados, e deitou normas de afável brasilismo: Se um gaúcho pode ser o chefe supremo da Nação, por que cargas d'água um nortista não pode ser interventor no Rio Grande do Sul? — com o que entupia os argumentos provincianos, que se opunham bairristicamente à nomeação de um general do Norte para a interventoria sulina. E como o fechamento dos partidos é pedra que ainda dói nos borzeguins políticos, aproveitou o ensejo para defender o decreto de extinção, como resultante da falta total de expressão dos agrupamentos políticos. "Que eram eles senão bronzes partidos, que de há muito haviam perdido a ressonância? Sem eles, Governo e povo não teriam intermediários!"

8 de janeiro

"Tudo compreender é tudo evitar." Da folhinha, brinde do Açougue Flor de São Miguel.

9 de janeiro

— Seu avô, rapaz, era um homem de raro merecimento. Evoco-o sempre! Sua desassombrada atitude ante a pressão do presidente da República foi um exemplo malogradamente sem muitos frutos, mas que alertou um perigo que se alastrava. "Quando o Executivo intervém no Judiciário pela força, pelo despotismo e pela corrupção — repeliu — não há mais razões para a existência da Magistratura e, *ipso-facto*, entrego a minha toga ao poder único, aconselhando também que se rasgue a Constituição como consentâneo procedimento." *Sic loctus est magister!* A toga foi-lhe reposta nos ombros altivos, que os energúmenos recuaram, temerosos. Mas o seu assento no Supremo estava previamente cortado. (Desembargador Mascarenhas, na porta do Teatro Lírico, onde ia aplaudir a "Tosca".)

— Não nos iludamos, Gastão, com a grandeza e riqueza do nosso território, coisas que só têm valor se exploradas. Não façamos poesia das reservas naturais — o mundo todo é rico. E não é bem fadado o Brasil como verseja o poeta colonial da palmeira que domina ufana os altos topos da floresta espessa. Herdamos de Portugal todos os defeitos, sem termos herdado todas as qualidades, mormente as pioneiras. O mal da pequena minoria letrada, na realidade semiletrada, mas dominante, é mal de raiz, de formação, que o Império ia cristalizando de sobrecasaca e colarinho duro num clima que reclama roupa clara e leve. A intoxicação positivista levou-nos a uma república golpista e prematura, conseqüente dum abolicionismo livresco e sentimental, num mundo econômico que se industrializava e em que não cabiam resoluções sentimentais. O resultado é o que aí está. Caímos a zero, não encontramos soluções para o nosso descalabro, vivemos de empréstimos e de *fundings* numa ilusória soberania de opereta. Os escravos agora são apenas livres no papel, mas multiplicaram-se como formigas, são um povo todo. E a mesma minoria, cada dia mais desorientada e mais pernóstica, governa e desfruta da miséria geral da massa. (Papai.)

10 de janeiro

Nossa vida não é um continente. Cada dia é uma ilha que emerge do mar da noite. Férteis ou improdutivas, áridas ou irrigadas, planas ou montanhosas, ermas ou povoadas, guardando em grupos enganosas similitudes, formam o descosido arquipélago da nossa louca geografia, sujeito a terremotos, a maremotos, à fatal submersão e é através de imaginárias pontes e aterros que podemos ligar algumas e nelas tentar um plantio ilusório, um viveiro de sonhos.

14 de janeiro

Transanteontem senti-me mal na Praça Tiradentes, súbita e espantosamente mal, como se fosse morrer de congestão cerebral. Era pouco mais de meio-dia e parecia que se estava numa fornalha de invisíveis labaredas. A vista obnubilou-se, o chão escapava-me, o pescoço estrangulou-se, cambaleando, vertiginoso, a cabeça em fogo, embarafustei-me por um café, atirei-me numa cadeira, impulsionado por inconsciente vigor.

— É do calor, *senhoire*, é do calor. Está de matar pardais! — e o português, saindo do balcão, acudiu-me prestimoso e atilado. Sustendo-me alteada a cabeça com a manopla firme e peluda, desabotoou-me, abanou-me, esfregou-me ativamente o peito e as mãos, fez-me o centro dum círculo de olhos mais sádicos que piedosos, cujas palavras chegavam a mim como longínquo marulho. Com ordens rápidas de gerente, transformou o guardanapo embebido em água gelada num turbante, deu-me a beber limonada e, falando sem parar, somente quando me viu recobrar, tomar alento, desarroxear o rosto e firmar a cabeça —, os retratos sisudos de Gago Coutinho e Sacadura Cabral colgavam da parede — chamou um táxi, meteu-me nele e mandou-o levar-me em casa:

— Não foi nada, *senhoire*! Sangue que lhe subiu à cabeça. Coisas do calor. Está medonho! Vá para casa, chame um médico. Se lhe chamasse a Assistência, levaria ela mais tempo a chegar, que não têm mãos a medir! Já está rijo, com a graça de Deus. Vá com Ele. Mas chame um médico. Sempre é aprovado chamar um médico. — E recomendou ao chofer: — Qualquer coisa, já sabe, pare numa farmácia.

— Muito obrigado pelo trabalho que lhe dei.

— Ora, meu amigo!... Fiz o que devia. Hoje é o *senhoire*, amanhã pode ser eu!

— Qual é a sua graça?

— Ortigão. Vicente Ortigão para lhe servir.

O motorista deu saída. Não foi preciso socorrer-me de nenhuma farmácia no trajeto, o ar que a marcha deslocava ajudou a refazer-me. Mas continuei as aliviantes compressas, até que Gasparini compareceu:

— Estás com sorte. Ameaça de insolação, apenas! Tem havido às dúzias. Mas vocês são uns asnos! Por que não usar chapéu com uma canícula destas? Que novidades bestas!! Isto é terra pra chapéu na cabeça!

— Está bem. Vou voltar ao chapéu de palha no verão. Mas você não receita nada?

Deu-me comprimidos, fez-me ingerir mais líquidos, preconizou um purgante salino:

— Limpar a tripa sempre é recomendável... Mas o que você devia limpar mesmo era a cabeça. Cabeça é para usar chapéu. Novidades bestas! Modas de cinema!

— Vou usar, já disse. Mas não há perigo de uma recidiva? Estou me sentindo ainda muito zonzo.

— Nenhum! O que tinha de ter já teve. E tão vagabunda que até galego de botequim deu jeito. Mas repouse. Trate de dormir. Fique em casa esticado uns dois dias refrescando a sinagoga. E gelinho nela até amanhã!

Passei a tarde em sonolência, uma dorzinha manhosa tomando fronte e nuca. Vera e Lúcio espiavam-me da porta com mil gatimonhas de cautela, pois o silêncio que lhes impuseram era um novo e divertido brinquedo. Laurinda veio se deitar no tapetinho, focinho entre as patas dianteiras, numa atitude de vigilância que o sono de espaço em espaço interrompia. Gasparini, que prometera voltar de noite, após o consultório, não falhou:

— Vai na medida. Vaso ruim não quebra. Mas vocês não têm nada que se coma, não? Estou com o estômago colando!

Havia dois palmos da lingüiça de Francisco Amaro, regalada pelo Natal com um cartão anexo recriminando a minha ausência.

— Pois está na conta! Lingüiça e insolação são sistemas incompatíveis. Deixe-a para mim, que faço melhor proveito!

— E como não era de cerimônias, comeu-a toda, em mangas de camisa, e no derradeiro bocado, ante o desespero da cade-

linha, que rondara farejante a mesa qual ariranha faminta:
— Ah! se mais houvera, lá chegara! Mas barriga cheia, sociedade desfeita. Vamos pra casa que estou pregado. Livra, que dia! Não parei um minuto.
— E eu ainda fui te dar esta caceteação...
— Que caceteação? Você está maluco!

Gasparini se foi, admiti uma última compressa, preparei-me para dormir, uma certa dormência dominando os membros, a dorzinha de cabeça insidiosa, uma leve sensação de balanço de navio.

— Você não quer mais nada? — perguntou o *robot* feminino, crispando com um jeito muito seu o segundo advérbio.

Não queria mais nada, já me vexava bastante tudo quanto me fora concedido naquele dia, apaguei a luz, interruptor periforme, liso, macio e sensual ao tato, fechei os olhos, e na treva ocular irrompeu o fogo de artifício — rodinhas, estrelinhas, girândolas, riscos de foguetes, repuxos de ouro e prata, chuveiro de estrelas, em explosões silenciosas, estonteante pirotécnica sem estouros, sem estampidos, tão-somente luz maravilhosa, caleidoscópio que se foi esvanecendo nos taludes da fortaleza do sono, que me prendeu. Sei que sonhei. Não sei o que sonhei.

. . . .

Abri os olhos, e por eles a manhã entrou, rompendo a ramela noturna, feita de matéria defensiva e resíduos de morte, manhã translúcida, cálida, virginal, com vôos de borboletas e estertores de cigarras, com gritos infantis e pregões de vendedores-ambulantes, clara manhã estival que incorporava à sua substância o espelho da sala, a cama torneada e os retratos sobre a mesinha, complexo de luz e sons que fazia repetir sensorialmente em mim outras manhãs iguais, prismáticas e sonoras matinadas, como se nossas mais belas recordações, por força duma física encantada, não fossem mais que música e paleta.

Sacudi-me entre as cobertas num esforço muscular de reintegração, hauri com profundeza o olor de mato, detergente poderoso que a aragem morna arrastava da montanha com palmeiras no cume, destruí a ilusão espectral e sonorosa, despertando a memória e juntando à conjugação matinal de cores e sons a participação do eu, que poderia singularizar cada manhã por mais interpolada e constante que fosse a sua componência luminosa e sonora. E a manhã que ressurgiu foi a da Boca do Mato, em casa de Mimi e Florzinha, manhã de primavera, não de estio, manhã de milagre, com um cheiro de café e de pão quente!

Seis meses numa cama na angustiosa consolidação da fratura, esmagamento de vértebras e apófises que ameaçara secionar a mocidade, truncar um erecto porvir. Seis meses de sofrimento, não separando o dia da noite, o aparelho urinário funcionando precariamente, morosos os intestinos, as costas transformadas em chaga viva num lento processo de calosidade, e a dor integral percorrendo a coluna, mordendo dos pés ao cérebro à menor aproximação estranha ou movimento, e só o coração batendo, forte e resistente, coração juvenil, bomba sem gastos nem falhas ainda, impelindo sem cessar os glóbulos vitais para a irrigação da carne cruciada.

E afinal a bomba, isócrona propulsora infatigável, saíra triunfante e o corpo refloria. Mas a dor nele fizera sede como hábito arraigado. E foi impossível me levantar, tão fulgurante era a descarga dolorida que provocavam as tentativas.

Doutor Vítor entregou a pasta:

— O que de mim dependia, foi feito. Da fratura, clinicamente dou-o como curado. O que lhe acontece agora já é da alçada de um especialista em doenças nervosas.

E o professor Teixeira Mendes foi chamado. Era modesto, pequeno, mãos delicadas, de doce timbre, doçura que escondia a mais tenaz energia e inflexibilidade. Depois do prolixo exame, entrecortado de carinhosas e animadoras expressões, usou de embuste, traiçoeiro como um felino. Tomando-me imprevistamente pela espádua, com uma força que jamais poderiam prever naquele corpo raquítico, enquanto um seu assistente me segurava fortemente as pernas, dobrou-me o corpo num relance, com um simultâneo estalo de juntas anquilosadas, fê-lo permanecer breves segundos sentado, posição que eu julgava absolutamente impraticável ao corpo que ganhara uma rigidez cadavérica na longa permanência horizontal. O berro animalesco alarmou até a vizinhança, que chegou a acudir ao portão de ferro na expectativa de um desenlace. O suor ensopou o colchão. Todo o meu corpo tremia de dor e covardia, e um sentimento de horror me apossou daquelas mãos diáfanas, mas terríficas, daqueles olhos suaves, mas enganosos, daquela falinha falsamente macia.

— Agora, o meu querido amiguinho, todas as manhãs, irá fazer um exercício para se sentar. Já viu que pode se sentar, não é? — e ria. — Já viu que toda a impressão de impossibilidade não passa de nervoso, que já está completamente restabelecido, e sem defeito algum.

E eram momentos duma crueldade sem limites. O enfermeiro, plasmado ao feitio do mestre, vinha, e auxiliado pela gente de casa, por amigos como Tatá e o fiel Cabo-de-Guerra, encetava cada dia o processo de me vergar, mas com uma cautela, uma paciência que não estiveram presentes na primeira e inaugural intervenção. Ao cabo duma semana, e os exercícios foram se multiplicando e se alargando cada jornada, consegui me sentar sozinho, mediante uma lenta, apalpante seqüência de movimentos que a prudência decorara. Dia sim, dia não, professor Teixeira Mendes vinha observar os meus progressos, e ora eu o tratava como inimigo, ora como benfeitor, mas, quando assim, temeroso que me tocasse e transformasse seu gesto de inspeção num golpe baixo de surpresa.

— Muito bem! Nosso amiguinho vai se impondo. Já se senta bastante bem sozinho, só que com excessiva lentidão ainda. É preciso apressar os movimentos. Vencer a dor, que é apenas nervosa. Você está bom, já não tem mais nada. Ainda não se convenceu? Vamos começar a andar. Quer que eu o ajude?

— Não! Não! — gritei. — Eu sozinho mesmo vou tentar.

— Ótimo! Assim é que eu gosto. Querer é poder. Na próxima visita quero vê-lo dando uns passos. Não precisam ser passos de dança. Passos comuns já servem.

Oh, que começo! A palma do pé, sobretudo o calcanhar, se tornara tão branda e delicada quanto a de um recém-nascido, sensibilíssima. Ao menor encosto, a dor explodia. E ficava horas seguidas, sentado na beira da cama, os pés suspensos, procurando fazê-los encostar no chão, e a dor fulgurava, e o suor escorria, suor de sofrimento e medo, e vinha uma vontade irreprimível de chorar, e as lágrimas como bagas iam molhar grossas, em rosário, o braço dos que me sustinham nos inquisitoriais exercícios, papai, Mariquinhas, Madalena, um pouco afoita e impaciente, o inconsolável Pinga-Fogo. E por fim os pés resistiram à contrária pressão e me pus de pé! Era uma conquista, a alegria inundou meu peito, contudo não podia andar, permanecendo pregado ao assoalho como um paralítico, uma estátua. Mas o coração se animara. Com uma pessoa de cada lado amparando-me, os braços como numa paralela, iniciei outra série de provas, e dar três passos, mesmo escorado e guiado, me extenuava como se tivesse percorrido uma distância infindável.

Foi então que o professor Teixeira Mendes, que conhecera mamãe no colégio da Rua dos Barbonos, sugeriu que eu mudasse de ambiente — era propício, favoreceria um novo metabolismo de iniciativas e invenções. Se a idéia era boa, papai se mostrou inquieto — todas as suas reservas financeiras tinham sido exploradas e consumidas, para onde portanto me mandar? Mimi e Florzinha, que também haviam sido companheiras do professor Teixeira Mendes em saudosos tempos escolares, tendo se inteirado das dificuldades do primo, foram as velhas e leais parentas — a casa delas estaria às ordens. Era aquela casa espaçosa e tranqüila da Boca do Mato, que por várias outras vezes já abrigara a mim e a Madalena, em dias de precisão, pois Emanuel, em idênticas circunstâncias, sempre preferira se instalar em Magé, no sobradão de uns primos de Mariquinhas, mas não nossos, figuras abastadas, as únicas que na decadente cidadezinha ainda desfrutavam de posses e considerações, quando não na casa de Ataliba, casa de mesa farta e moças casadoiras.

As boas senhoras, com fitas de veludo no pescoço, donde pendiam medalhas bentas ou amuletos de coral, já de si gentis, dessa gentileza entre sincera e formal, feita muito na voz do sangue e no apego ao círculo familiar, e que com o tempo se vai extinguindo melancolicamente, se excederam em pequenas atenções ao incapacitado hóspede e parente. Muitos livros novos foram adquiridos para meu deleite, o forno e o fogão trabalharam diariamente para o oferecimento de quanto petisco e doces as páginas do amarelado caderno de receitas mageenses guardavam a cópia e os segredos. Roberto era uma criaturinha sossegada e bem-educada, que não importunava nunca, e que estava sempre atento às minhas necessidades, fosse copo d'água, jornal que caísse, ou o prosaico urinol, cuja entrega era sempre acompanhada de cômicos gestos e espremidos risos. Rosa com assiduidade vinha ver o filho e sua presença era amável e cheia de novidades. E para passar a noite, armavam um víspora na sala de jantar, sob o imenso abajur de opalina, quando me acomodavam na velha cadeira de braço, a única do mobiliário, numa pletora de travesseiros e almofadas.

Há mais de uma semana que estava na casa da Boca do Mato, para onde fora levado de automóvel, o automóvel de entregas da fábrica, com precauções de porcelana, vagarosamente, evitando as irregularidades do terreno, porquanto ao mínimo solavanco todo o corpo reclamava em dores espasmódicas, algo histéricas.

Mimi e Florzinha comboiavam-me pelas dependências da moradia, levavam-me para a varanda ou para a sala de visitas, com panos de crochê e álbuns de retratos, para o almoço sempre na copa, para as difíceis abluções, pacientes, animantes, e seus braços débeis, de carnes chupadas e soltas pelancas, robustos e jovens se tornavam no caridoso mister. Mas na disposição que se apossara de mim, de voltar a andar sem nenhum adjutório ou proteção, no mais breve tempo possível, entregava-me, solitário, ao afã de sucessivos exercícios para a aquisição dos próprios movimentos, e em pouco, sem nenhum auxílio, conseguia me levantar da cama e ir, agarrando-me aos móveis, amparando-me às paredes, ao encontro da vida caseira, proeza que era saudada com estrepitosas aclamações das velhas primas e de Roberto.

E naquela manhã, cromática e cantante, cromatismo e sonoridade que me haviam despertado mais cedo que do costume, quando ia me amparando pelo corredor a caminho da copa, num impulso de coragem e confiança, e mais que tudo, de fé, recolhi as mãos! Recolhi-as como um trapezista recolhe a rede protetora como inútil, e não perdi o equilíbrio, não senti mais, parando o coração, o vácuo da queda. As pernas canhestras se firmaram como em suprema defesa, e se adiantaram, dóceis ao comando nervoso, para uma meta de felicidade que devia ficar no fundo do corredor! E ao transpor o ambicionado umbral, com cortina de ampolas, foi como se passasse do palco, onde por tanto tempo representara um papel infeliz, para a platéia que ressaltava do fundo de azulejos, azulejos azuis, que lembravam um céu de promissão, cujo prêmio fosse o amor!

15 de janeiro

Não encontro descanso senão nos teus olhos. E não é a mocidade que eu vejo brilhando no fundo dos teus olhos de vinte anos — é a eternidade.

16 de janeiro

Mais uma catacumba do Socorro Vermelho que a Polícia sensacionalmente descobriu e eliminou, ó infatigáveis formigas do martirológio — não que os mastins policiais tenham tão agudo faro, mas porque a denúncia é lucrativa e incrementada.

Nada se parece mais com a Igreja Católica, e daí a pendência, do que o Partido Comunista. Só que aquela, de mais poética liturgia, é mais tolerante, se amolda mais habilmente às condições adversas, não se sente inferiorizada em dar alguns jesuíticos passos atrás na ortodoxia.

E o rádio de seu Duarte nos sacode com o "Piccolino", que tomou conta da cidade, que impregnou o andar da formosa Lina duma nova graça coreográfica, graça que desejaríamos ver desfolhada em nosso leito.

17 de janeiro

A cidade conspirava febril e infantilmente em prol dos revoltosos, movida pela mesma intuição que a levava a derrotar sistematicamente nas urnas voluntárias os candidatos do Governo, que iam vencer nas coxilhas, nos sertões, e nos burgos manietados pela máquina do voto compulsório ou no próprio recinto da Câmara Federal, onde se ratificavam as eleições, não raro depurando lídimos eleitos em favor das conveniências do Catete.

Se a Polícia defendia a estabilidade das instituições, vigilando os jornais, proibindo reuniões internas ou ajuntamentos urbanos, cassando direitos, invadindo sociedades, violando domicílios, prendendo suspeitos, martirizando-os nas delegacias, liquidando muitos, o povo persistia numa reação murmurejante, puramente de palavras e de pequeninos gestos rebeldes, a esperar a chegada dos heróis, que os libertassem do jugo deprimente.

A nova rebelião rebentara em São Paulo e o nome do general revoltoso, aureolado por virtudes e capacidades que não tinha, era o de um santo que viesse varrer o bernardismo, redimir a terra de todos os seus pecados e injustiças, e abrir aos homens um caminho para o céu da redenção e da ventura.

Doutor Vítor apaixonava-se a cada movimento armado, com um ardor que lhe rendera perseguições, desacatos, prisões e até maltratos, humilhantes sevícias a palmatória e borracha nas úmidas, execradas enxovias da Rua Frei Caneca. Mas era incorrigível!

Manobrando com o mais convicto canhestrismo o seu Ford de bigode, não havia noite que, tarde já, e com modos de embuçado, não passasse lá em casa para fornecer as "últimas" a meu pai, sempre descrente, mas respeitando o amigo dileto e ouvindo atento, reticencioso, as suas fantasias, às vezes delirantes. Porque tudo que trazia era mentira. Não que fosse mentiroso. Não! É que se vivia de boatos naqueles dias confusos e censurados, e cada um procurava acrescentar um cunho pessoal, uma nota fortalecedora e otimista, às notícias que lhes passavam, na hora de, por seu turno, transmiti-las a outrem.

— Os legalistas foram estrondosamente derrotados em Caçapava! O general Isidoro já se encontra em Resende. A guarnição de Juiz de Fora aderiu afinal!

— Como você sabe, Vítor?

— De fonte limpa! No próprio quartel-general. Estão como umas baratas tontas!

Deixava manifestos, proclamações, ordens-do-dia, retratinhos do general, cartões cujos estranhos rabiscos à primeira vista nada significavam, mas que observados sob determinado ângulo, ligeiramente inclinados, gritavam: Isidoro vem! Mas nem pusera o pé fora da porta e já Mariquinhas confiscava o comprometedor material subversivo e ia pessoalmente incinerá-lo no fogão, num previdente auto-de-fé.

— Este homem não tem miolo, primo! É um insensato. Vir aqui todas as noites... Qualquer dia te prendem também, primo. Aí é que eu quero ver o que ele faz.

Papai não dava trela:

— Vamos dormir, Mariquinhas. Já é tarde. Os meninos já estão na cama? (Para papai continuávamos meninos.)

— Estão. Como não poderiam estar? Mas Emanuel está nervoso...

— Mas nervoso por quê? Não há razão! Só se você está metendo coisas na cabeça dele.

Mariquinhas se escusava:

— Eu não meto nada na cabeça de ninguém. Mas este homem, aqui todas as noites, assusta, como não assusta?

Poucos dias depois, porém, Mariquinhas pôde ficar tranqüila e até lamentá-lo. Doutor Vítor foi preso no consultório e mandado sumariamente para o presídio da ilha Grande, sem ao menos permitirem que avisasse Blanche, que ficou desesperada e mexeu meio mundo para soltá-lo.

Papai não era homem de lágrimas fáceis. Mas tinha os olhos lacrimejantes após receber a notícia:

— Pobre Vítor!

18 de janeiro

Garcia veio para o xadrez, tomou duas sovas, recolheu-se cedo, que muito trabalho o espera amanhã. Tentei ouvir Milhaud, mas não entrosei — a atenção fugia. Folheei o romance que Antenor Palmeiro me enviou com típica dedicatória — é a sua banalidade, a sua vitoriosa desimportância, o seu desprezo pela literatura, desprezo que não é só dele, desprezo que às vezes me põe de pé atrás: quem sabe se não tem razão e eu é que me encasquei num arcabouço ultrapassado?

Acabei neste diário, que vem sendo patentemente devassado por mãos não digamos sacrílegas, mas digamos estúpidas, mãos que pretendem descobrir pistas, quando mais facilmente fora dele as encontraria.

E releio o que ontem escrevi, e a noite era sufocante, e Laurinda, inquieta, latia obstinadamente, rebelde aos meus ralhos e ameaças. Assalta-me o temor de não ir além dum Vieira Fazenda sem mérito, dum Vieira Fazenda sentimental.

19 de janeiro

Reforço os meus temores de ontem. Não é *O espelho partido*. É *O espelho partidíssimo*.

20 de janeiro

Silva Vergel brilha: "As massas encontram-se sob a fascinação da personalidade carismática. Esta é o centro da integração política. Quanto mais volumosas e ativas as massas, tanto mais a integração política só se torna possível mediante o ditado de uma vontade pessoal. O regime político das massas é o da ditadura. Há uma revelação de contraponto entre massa e César. A relação entre o cesarismo e a vida, no quadro das massas, é, hoje, um fenômeno comum. Não há, a estas horas, país que não esteja à procura de um homem carismático, ou marcado pelo destino para dar às aspirações da massa uma expressão simbólica, imprimindo a unidade de uma vontade dura e poderosa ao caos de angústia e de medo de que se compõe a demonia das representações coletivas. Não há hoje um povo que não clame por um César."

Mas que diabo quer dizer ele com *demonia*? Vasculho dicionários, e nada. Plácido Martins aventa a má aportuguesação de um helenismo. Garcia é mais simplório:

— Deve ser burrice mesmo.

21 de janeiro

Vários núcleos da ex-Ação Integralista têm sido varejados pela Polícia Social, que encontra sempre um apreciável estoque de armas, entre as quais não faltam as granadas de mão. E Antunes lança o seu problema: ou tramam alguma baderna, que prevê sem nenhum sucesso ou receptibilidade, ou então é a Polícia que, de comum acordo, prepara o cenário para que a peça do novo regime permaneça mais firme no cartaz.

Saulo Pontes fala-me, bastante por alto, evidentemente reticencioso, do tal Plano Cohen, mas me parece tão absurdo e vil, que me recuso a admitir farsa tão ignóbil.

22 de janeiro

Aviso aos navegantes: até 1940 os Estados Unidos pretendem organizar a mais poderosa força aérea do mundo.

23 de janeiro

— O Japão invadindo a China foi o estopim duma bomba de retardamento. Jamais imaginara que comunistas e nacionalistas postergassem suas desavenças e se coligassem na defesa da terra ameaçada. Chinês não tem pressa. Perguntaram ao embaixador chinês, em Washington, por quanto tempo achava que o seu país resistiria ao invasor. Respondeu que uns duzentos anos, e esfregava as mãos gentis. É bem chinês, sabemos todavia que não será preciso tanto. O japonês não suportará o preço da invasão. A bomba explodirá com muito menos tempo. Dentro de dez anos, se chegar a isso, ouçam o que eu digo, a China será uma outra Rússia, inteiramente comunizada. (Ribamar Lasotti.)

— É patente que a França e a Inglaterra estão agindo no sentido de impedir que a Liga das Nações venha a se transformar numa coligação contra a Itália e a Alemanha. (Marcos Rebich.)

— Vão pagar pela gracinha! E muito breve. (Gustavo Orlando.)

Altamirano sorri, sibilino. E que graciosa estava Baby Siqueira Passos sob o olhar cobiçoso de Julião Tavares!

24 de janeiro

Outra pulseirinha de prata antiga. Nada mais.

26 de janeiro

As ruas se atravancavam num lídimo assanhamento populesco, e os fascistas nacionais e estrangeiros andaram acesos de bandeirinha tricolor na mão e muitos vivas ao Duce, com uns tantos de quebra ao ditador pátrio. É que pousou, com ensurdecedor barulho, no Campo dos Afonsos, a esquadrilha italiana dos Ratos Verdes, lindos aviões, por sinal, desenhados em linhas aerodinâmicas, numa coerente aplicação moderna ao utilitário. Alguns ficaram de asa caída pelo caminho, que a rota traçada foi extensa e a aviação militar é tão afoita quão precária. Um dos aviadores é filho de Mussolini e tem o queixo do pai, mandíbula quadrada, ideal para se dar murros.

De Dacar ao Rio gastaram quatorze horas, que não sei se é recorde condigno, sei apenas que a aviação comercial faz o mesmo percurso todos os dias e chegando sempre. Antunes esclarece:

— Isso é mera propaganda dos ideais fascistas e um cumprimento ao César tupiniquim. E não deixa de ser uma advertência. Afinal comprovar que uma esquadrilha de bombardeio, com base na África, chega até nós, é para pensar que num futuro bem próximo poderá ir e voltar, e o caso é para se botar as barbas de molho.

Mas Garcia é que me parece mais acertado:

— Que bobagem! Querem é vender. A indústria italiana quer empurrar aviões em nós. Sabem que estamos cheios de ferro-velho. Nenhuma propaganda seria melhor, que um vôo intercontinental bem-sucedido.

27 de janeiro

Não é bem ódio o que sente por Lobélia, talvez porque ela não mereça tanto. É um sentimento de perda, de defraudação.

28 de janeiro

Nossas íntimas, secretas perturbações não nos afastam totalmente das perturbações do mundo próximo ou remoto. E ai se não fora assim! É a força centrífuga dos acontecimentos exteriores, e ainda a corrente estabilizadora da memória, que, nos atraindo, impedem que sucumbamos fatalmente tragados pelo vórtice de nós mesmos.

Tenho pensado muito no tal Plano Cohen. Sou incongruente — admito as farsas policiais e neguei-me a acreditar numa pantomima mais sórdida, elaborada em esferas mais altas, a que não fossem estranhos os bordados do generalato.

Amanhã vou procurar Saulo Pontes para ver se extraio dele mais alguma coisa.

29 de janeiro

O democrata Armando de Sales Oliveira refugiou-se em Morro Velho por indicações dos novos poderes, que puseram na pessoa do ex-candidato presidencial a permanência de olhos discretos, mas vigilantes. Isto não impediu, ou quem sabe que até favoreceu, a ida de um repórter, que obteve do prisioneiro sem grades uma longa e bem pouco convincente entrevista estampada como pedra de toque no primeiro número de um novo vespertino carioca, que pelo jeitão da matéria não irá lá das pernas.

"Armando de Sales Oliveira é um homem bem informado a respeito da política de outros países. Em Hitler e Mussolini reconhece essa força, essa convicção íntima, essa integração do homem em idéia certa ou errada, mas profundamente sentida e sincera. Daí a facilidade com que conseguem empolgar o povo: já estão empolgados, eles mesmos, pelo que dizem. E são homens que trabalham intensamente, homens intensamente absorvidos pelo trabalho de governar."

Ainda bem que não votaria nele. Votaria em branco.

30 de janeiro

Procurei Saulo. Ele achou engraçado que fosse vê-lo por tal questão, pois falei francamente nas razões da minha visita.

Repetiu o que dissera, mas escoimando as reticências, muito admissíveis numa rodinha de livraria, com tanta orelha delatora profissional querendo dar serviço. O Plano Cohen era bem uma realidade da nossa realidade política. Fora elaborado por um jovem capitão militante do integralismo, e sob o dedo e beneplácito do ambicioso general Marco Aurélio, cujo prestígio se fizera na revolução de 32, chefiando um dos exércitos da legalidade. Era uma plano terrorista, nutrido de projetos de violência de toda espécie para a subversão da ordem, e que trazia uma única assinatura — *Cohen*, embuço judaico no qual o faro mais embotado reconheceria a pegada anti-semítica. Atribuído aos comunistas, dos quais haveria sido eventualmente subtraído, fora posto nas mãos do Estado-Maior do Exército, que, sigilosamente, encaminhara cópias à Polícia e ao presidente da República. Parecia que a coisa havia morrido, tanto mais que já houvera várias precedências de planos similares, alguns evidentemente oriundos de fontes comunistas e endereçados ao Exército ou à Polícia contra os integralistas.

Mas pouco depois, em face duma exposição do ministro da Justiça, exposição fundamentada em grande parte nele, e com a declaração de que fora o mesmo captado pelo Estado-Maior do Exército, o presidente enviou mensagem ao Congresso solicitando a declaração de estado de guerra, e via-se então que ele tivera utilidade. E o estado de guerra que o plano favorecia não era mais que a certeza da breve implantação de um estado totalitário, como realmente se deu. O plano ignóbil foi um presente régio dos integralistas para Getúlio, dando-lhe o motivo de que necessitava para sua permanência no poder. Aliás, foi nesse ínterim que Plínio Salgado retirou sua candidatura à presidência da República e entrou em entendimentos com Vargas, passando a apoiá-lo, lua-de-mel de curta duração, pois mestre Getúlio em matéria de política é amante volúvel. Mas a mim me parece — arrematou Saulo — que a idéia do plano foi soprada pelo próprio Catete, e que os integralistas manipulando o feitiço repisaram mais uma vez a fábula do feitiço contra o feiticeiro, isto é, perdendo o pulo, porque suas ambições não eram de repartir o poder, tanto assim que Plínio Salgado recusou a pasta da Educação, que lhe fora oferecida de mão beijada.

31 de janeiro

Cumpra-se afinal o sacrifício de um domingo em casa toda a manhã, gozando a cama e os suplementos literários, (João Soares, cada dia mais confuso e hiperbólico; Júlio Melo, já metade estátua com o seu superaclamado ciclo do açúcar), de tarde torcendo pelas cores do América com Tatá. A bondade de Eurico é inexorável. Coloca a questão num ponto absurdo: você não nos quer. Tudo porque, de adiamento em adiamento, há três anos que prometo voltar à casinha do Viradouro, onde me espera uma macarronada, que é o prato máximo da culinária de Madalena.

Enfrento a morosa Cantareira, com violões, chocalhos e cavaquinhos, numa agitação de convescote pré-carnavalesco; enfrento o bonde mais sacolejante do planeta, nas ruas mais poeirentas do planeta. E às dez horas, conforme combinado (e isto foi há quantos anos?), estou diante do 157, a terceira de um correr de casinhas iguais, de duas janelas separadas pela porta com três degraus de pedra — o ninho, a fortaleza, o santuário de Pinga-Fogo.

No meio de um despropósito de terras baldias, a mansão não tem jardim, um minúsculo terreno atrás, apenas cercado de arame, pasto dos desenvoltos galináceos das cercanias, com escassas sombras — a raquítica caramboleira, dois raquíticos pés de laranjas azedas, aproveitadas para doces pela própria dona da casa.

Mal bato com o guarda-chuva na porta de estalada pintura verde, Pinga-Fogo, que surge com as faces recém-barbeadas:

— Parece mentira!

— É o que lhe digo eu! Só mesmo a vocês permito o roubo de um dos meus domingos.

E caio na sala reduzida, soma de sala de jantar e de visitas, abajur de cartolina, crochê por todos os cantos, mas limpa, muito limpa, a meticulosa limpeza de Madalena, que leva o exagero higiênico a só dar água filtrada aos seus canários.

Beijo a mana. Está mais magra (trabalha pesado), mas com o bom gosto que lhe trouxe a maternidade, mostrando, no menor dos gestos, aquele ar de superioridade sobre o marido que não é desprezo, é o seu jeito, herança manifesta da nobreza de Magé, herança que tocou a Emanuel também, de maneira mais lamentável.

Desfaço-me dos pacotes:

— Não reparem no que trago. Umas bobagens aí para as crianças.

— Ora, você se incomodando — condenam uníssonos, e são sinceros.

E tenho que elogiar a beleza da afilhada, a saúde do garoto, que tem a língua presa e que se parece pronunciadamente com a mãe quando era pequena.

— O teu focinho, Madalena!...

— Focinho tem você!

— E você não acha que a garota parece comigo?

Conheço já de Pinga-Fogo esse modesto orgulho. E agrado-lhe:
— Escrito e escarrado.
— Pois Madalena não acha.
— E não acho mesmo! É o retrato vivo de papai.
Eurilena lembra papai. Vagamente, porém. Quem tem mais razão é Pinga-Fogo. Contudo a superioridade de Madalena não cede um milímetro:
— Ter cabelo de fogo não quer dizer nada. Até é desgosto. Só serve mesmo para ganhar apelidos.
Eurico murcha como balão sem gás. Intervenho, pacificante:
— E então a nossa famosa macarronada?!
— Está andando — responde Madalena. — Fiz carne de porco também. Um pernil bem tostado, bem temperado, como você gosta.
O terreno é falso. Fui infeliz:
— Queria saber quem não gosta?
— Este cara que está aí — e estica o beiço para o marido.
— Não, espere aí. Não é que eu não goste, Madalena. Nunca disse isso. Mas prefiro outras carnes menos gordurosas.
— Você diz isso agora, porque não quer contrariar o seu ídolo.
— Ora, Madalena!... — e Eurico olha-me confuso.
Fujo do olhar, dirigindo-me para a cadeira de balanço, no canto, sob a janela, humilde moldura de pobre paisagem ensolarada, com trapos em varais. Madalena volta para a cozinha. Eurilena vem mostrar os seus presentes ao pai, que carrega o pirralho na garupa.
Armo-me de tato:
— A nossa Madalena continua ranzinza, hem.
— Não é ranzinza, Eduardo. Pelo contrário. Mas é muito apaixonada. Muito! É a natureza dela. Você aliás sabe disso tão bem quanto eu. — E mudando repentinamente de assunto: — E você não tem escrito, rapaz? Não tenho lido nada seu nos jornais.
Faço uma cara de tédio, que Pinga-Fogo interpreta mal. E Madalena grita do fogão:

— Apanha a noz-moscada que está no bufê, Pinga-Fogo. Atrás da biscoiteira, numa latinha de chá.
Pinga-Fogo se apressou, mas não encontrou a mísera latinha.
— É para este ano que eu quero, Pinga-Fogo. Anda!
Ele se desculpava:
— Eu não encontro, mulher.
— Arre! Também você não encontra nada!
Era mais uma injustiça que lhe lançava. Ele encontrara Madalena. Isso é o amor.

1.º de fevereiro

A chaleira está fervendo. O presidente Roosevelt, em face da corrida armamentista, pediu ao Congresso mais armas para os Estados Unidos.

E a nossa querida Ação Integralista transformou-se em sociedade cultural, nem mais, nem menos. Helmar Feitosa é um dos quatro vice-presidentes.

3 de fevereiro

Sensação de esquecimento, de ausência — o bonde corre. De repente, volto ao mundo sem que nenhum movimento do mundo me tivesse solicitado. Sol brilhante, céu azul, tantos homens. O mesmo cansaço. Sinto que fiz uma pequena experiência de morrer.

4 de fevereiro

E penso na morte. Na morte dos outros. O sinal verde no caminho sem curvas. O luar de assombro prateando o futuro.

5 de fevereiro

Mais chaleira no fogo! Hitler assumiu o comando supremo de todas as forças do Reich, sob o título de Chefe de

Defesa Nacional, que para Luís Cruz é um delicioso eufemismo.
Há muito não punha a vista no retraído escritor. E, na esquina da Rua Gonçalves Dias com Ouvidor, por um triz não ia sendo chamuscado por sua piteira quilométrica.
— Ora viva! Até as pedras se encontram!
— Não me fale em pedras! Andei com umas nos rins, tenebrosas!
— Mas já está bom?
— Expeli-as, sim. Continuo, porém, de dieta. E, a propósito, vamos a um chá?
— Abomino tal beberagem, mas não quero deixar escapar a alegria de lhe fazer companhia com um cafezinho. Está conforme?
Entramos no Palace, ficamos de prosa, prosa que sempre me apraz. Luís Cruz é homem arredio, solteirão e doente do estômago, permanentemente às voltas com dietas. Mora no Alto da Boa Vista, chalé de caprichado jardim, onde cultiva especialmente orquídeas, descendo do seu tugúrio apenas duas vezes por semana para as aulas da Faculdade de Medicina. É médico, mas nunca clinicou, achando uma paulificação sem limites, e dedicara-se à cátedra. Escritor por vocação, tinha público e prestígio. Contentava, tal como Raul de Leoni, de quem fora amigo, aos novos pela independência da sua obra, aos velhos pela formação clássica da sua cultura, mas recusara sempre o assento que lhe ofereceram os amigos na Academia, na qual tinha muitos.
Seu amor pela cidade — nascera em São Cristóvão, junto ao Paço Imperial, sua família sendo gente chegada à corte — valia-lhe ser fonte de consulta para quantos encontravam dificuldades em efemérides citadinas, e há muitos anos vinha escrevendo uma História do Rio de Janeiro, alentada enciclopédia da vida carioca, que o editor Vasco Araújo já anunciara bastas vezes sem que o autor se animasse a entregar os originais.
— Foi bom te encontrar, Cruz. Andava precisando das suas luzes, e se não te procurei foi porque fui vítima dum ataque de insolação. O Gasparini afirma que foi ameaço ape-

nas, mas não custa a gente engrandecer os sofrimentos. E com ele muita coisa minha se atrasou. Mas estava pra te procurar na primeira folga.
— Que é que você queria?
— Ainda quero. É que ando fazendo umas pesquisas sobre Manuel Antônio de Almeida e tenho encontrado obstáculos de múltiplos aspectos, os mais sérios relacionados com a miséria de nossos arquivos.
— Nós não temos arquivos. Temos quartos de guardados, e mal guardados...
— Pois é. E me sinto desorientado. Pensei que seria fácil levantar a vida do nosso grande romancista, que ninguém até agora havia feito. A ignorância é otimista... E neste saco de gatos, ando desesperado. Por exemplo: onde encontraria material para um esquema dos logradouros públicos que, por volta de 1830, havia no Saco do Alferes e na Gamboa?
— Esquema como?
— Uma descrição das ruas principais, seus entrelaçamentos, seus acessos para quem vinha do centro. Não encontrei nenhuma planta da zona datada desse tempo.
— Bem, a melhor, mais sumária e bastante precisa, é a de Moreira de Azevedo, no *Pequeno panorama,* exatamente o último capítulo do último volume, que é o quinto. Por ela você poderia se orientar e encontrar em outros autores alguma contribuição mais enriquecedora. Mas que é que tem a Gamboa com o nosso Manuel Antônio de Almeida?
— Quase nada... Nosso bichinho nasceu lá...

6 de fevereiro

Consulto o *Pequeno panorama* na Biblioteca Nacional e manchas de fungos arruínam as suas páginas. Quando pesquisei as coleções de jornais, tristeza ainda mais funda me invadiu. Tristeza e desesperança. Quanto tempo poderia resistir aquilo tudo, se coisas de cinqüenta anos parecem ter mil? Não é apenas a incúria dos homens, a estreiteza da administração pública não dilatando as verbas para a preservação daquele tesouro de papel, repositório da nossa vida. O clima conta mais que tudo, num excesso de calor e umidade, que cola as páginas, dilacera as costuras, estufa a cartonagem, favorece a multiplicação dos bichos resistentes aos precários inseticidas, que ainda por sua ação química, altamente corrosiva, inutiliza o papel, ora tornando-o ilegível de tão escuro, ora tornando-o quebradiço a ponto de se desmanchar em farinha.

Creio que foi Saint-Hilaire quem disse que, por causa do clima, jamais poderia haver uma cultura nos trópicos. Talvez seja exagero, é impossível que a técnica, que é uma expressão de cultura, não encontre meios de vencê-lo e impedir a destruição, mas a verdade é que amedronta, desanima, inferioriza.

7 de fevereiro

Repouso a cabeça no teu peito, ao som do mar descem as nuvens do céu para me cobrir. Nem um sofrimento mais! Um sono calmo fecha-me as pálpebras, como se borboleta fosse, que dormisse.

9 de fevereiro

— Vive-se uma só vez — concluiu José Nicácio depois do décimo copo, em casa de Adonias, que aniversariava. — Se for possível fazê-lo com honra, muito bem. Se não, paciência...

Altamirano delirou num misto de exibição e histeria. Godofredo Simas não ri — rincha. Ambos tão tocados quanto o confesso, pois que são de fraco beber.

Nicolau ofereceu o retrato, de pescoço nu, que tem uma certa força, lembrando bastante Antonello de Messina, muito bem sustentado por um fundo de vibrante azul cobalto.

— Está ótimo! Parecidíssimo! Por que você não faz tudo assim? — pergunta Godofredo, que é realmente um asno.

— Porque não quero — responde o pintor com sinceridade.

Mas bem se poderia duvidar dela, já que a sinceridade não deve constituir, nem nunca constituiu, um elemento moral da arte, já que a sua posição de dupla face favorecia a dúvida, ora oferecendo retratos duma perfeição quase renascentista, como o retrato da sua velha mãe, que era famoso pela severidade das linhas e pela sobriedade queimada da cor, e classificado como categórico exemplo de sua alta condição de artista "quando queria sê-lo", quando deveria sê-lo como um "catálogo do truque"; ora se entregando, nos grandes painéis principalmente, a uma crudelíssima deformação anatômica, que gerava esqueletos e elefantíases, monstrengos que pareciam aos Marcos Eusébios do pincel ou da crítica e ao público ignorante dos caminhos estéticos como enfermiça manifestação de cabotinismo e mistificação.

O dia fora quentíssimo. A sala, saturada de trastes, de tapetes, de sanefas e cortinados, abafava. Procurei a varanda que dava para a enseada, ameaçada de desaparecer sob a avalanche de aterros urbanísticos, na esperança duma viração. Nada! A calmaria era completa, nem buliam os galhos empoeirados. Um bafo senegalesco subia do asfalto ainda amolecido pela canícula, um canto negro e sofrido, acompanhado de tambores, cuícas e trombones, chegava de longe rompendo a atmosfera estática, e os automóveis e ônibus buzinavam tão gritantemente como se o calor enervasse os motoristas e a buzina fosse a válvula de desabafo e compensação.

— Está de doer, não é? — e a voz lânguida, teatral, de Gerson Macário vem da cadeira de vime num canto.

— Não tinha te visto. Como vai?

Pôs no vago os esbranquiçados olhos de garoupa ensopada:

— Triste.

Glabro, mole, vicioso, Gerson Macário estava sempre triste e anunciando a sua tristeza como se ela pudesse passar despercebida. Vivia noturnamente atrás de embarcadiços no Cais do Porto e não foram poucas as vezes que fora socorrido, roubado, esbordoado, em petição de miséria. Empolgado por um jogador de futebol que lhe extorquia tudo, acabara, no desvario da paixão, por dar um desfalque na Caixa Econômica, onde trabalhava, para que o esportista comprasse um carro conversível, que era o supremo chique dos atletas: a família — baluarte da fé e da pureza política — conseguira meios de repor a quantia, mas não impediu que o escândalo e demissão fossem matéria amplamente glosada pelos jornais que fazem dessa espécie de ocorrências a sua fonte de atração.

Poeta e cineasta, como poeta, reputado de primeira linha, aparecendo em todas as antologias, aquinhoado com cobiçados prêmios, sobejamente decalcado pelo hermafroditismo provinciano, descamba para um surrealismo requintado e insosso, no qual o elemento seráfico é abundantemente requisitado; como cineasta, ao lado de Helmar Feitosa e João Soares, defende o cinema mudo em atitudes de último e desiludido abencerragem.

— Por que triste? Tristezas não pagam dívidas.

— Não pretendo pagar as minhas. Mas não quer se sentar aqui? Lá dentro está insuportável! A voz de Altamirano me agride, me violenta, me dá arrepios medulares. É o eco da sua nauseabunda poesia, palavrório néscio e justaposto, como continhas num colar de carregação, num enfeite de bugres. Digo isso porque sei que você não é nada afim com o próspero poeta dos *Poemas ao portador* e essa desafinidade poderá no futuro, em biografias honestas, servir-lhe como primordial elogio para os contemporâneos.

Sentei-me sorrindo. Também não era nada afim com o poeta Macário, cujo cinismo me inibia e cujo estro desprezava. E ele continuou:

— É deprimente para nós como Adonias nos iguala com tais sacripantas. Também quem tem um Fritz como dama de companhia bem pode ter um Altamirano como confidente...

O relincho godofrediano transbordava da sala. Macário espichou as pernas:

— Outra azêmola! E azêmola caloteira! Locupleta-se com o nosso trabalho, como se fosse uma honra colaborar no seu pasquim que o Dip subvenciona. Depois vai deixar o lucro todo nas mesas dos cassinos! Não, meu caro, naquele jornaleco não escreverei nem uma linha mais. Pague o que me deve primeiro!

— Perca as esperanças!

— Você tem razão. Daquele dinheiro nunca verei o cheiro. Pulha! Cafetão! Anda agora comendo a Baby Feitosa, não é? Aquela vaca.
Fui cauteloso:
— Não sei.
— Pensei que soubesse. Todo mundo sabe.
Por um instante o coração parou, assustado no peito, com a violência da freada, mas logo o motor acelerou numa descarga ostensiva e o músculo voltou ao ritmo.
— A morte de galochas!
E Adonias surgiu na porta da varanda com o copo na mão e os olhos injetados de álcool:
— Que idílio é esse?
— Antes fosse! Mas cá o confrade não é meu tipo — respondeu Macário no mesmo diapasão, mas com um forçado trejeito de efebo, quando, consumido pelo deboche, já estava muito distante de sê-lo.

10 de fevereiro

E vou colhendo mais dados para levantar a vida infeliz, apagada e curta de Manuel Antônio de Almeida, com a ternura de quem paga uma dívida. Tão pouco se conhecia dela! Que poucos rastros deixou! E a cada achado, pulsa-me o coração de amor filial.

11 de fevereiro

O calor prometia, e a cidade foi ontem fustigada por uma das mais fortes tempestades dos seus anais meteorológicos. Enchente, desabamentos, mortes, obstruções, paralisação demorada da energia elétrica.
Acendemos velas, mas tão débil era a luz esteárica, tão bruxuleante, que o xadrez foi interrompido exatamente quando se esboçava um impasse para as minhas pedras.
— E ainda dizem que em xadrez não há sorte! Quando eu ia levando vantagem, a falta de luz te salva...

— Que não seja por isso, Garcia. Deixemos a partida como está. Quando voltar a luz, continuaremos.
— Não virá tão cedo. Conformo-me com a adversidade!
— É de um perfeito cavalheiro e desportista, o que não impedirá de chorar a desdita um mês inteiro. Eu te conheço!
Garcia riu:
— É chato perder, não é? Bem faz o Chico Amaro que não joga nada. Jogo estraçalha os nervos da gente. Sabe? Quando você me sapeca certos xeques-mate, não são todos, mas certos, aqueles que você vai dando devagarinho, espremendo o crânio, irritando, me dá vontade de te matar! Vou para a casa e a partida fica atravessada na cabeça, mal consigo dormir, os lances mais safados não saindo do pensamento.
— Estás ficando pitiático, como diz o Gasparini? A única persuasão para a cura é convencer-se sãofranciscamente que és um fundo, mas fundo sem absolvição, e tratar de estudar os mestres para progredir. Por que não lê os livros que compra? Compra só para enfeitar estantes, para deslumbrar os pacóvios?
— Não seja cretino! Você é quase tão fundo quanto eu. Hoje mesmo estava passando por um mau pedaço com a rainha encurralada no meio da minha peonada.
— Mas em compensação não perco noite com as minhas derrotas.
— Isto é que eu não sei. Te conheço muito também... Você é desses que passam fome, morrem, mas não dão o braço a torcer.
— Como você se engana! Nem parece que tem olhos, porque miolos não tem mesmo, está visto.
Garcia riu mais prolongado e com gosto. O rio crescera celeremente e o precipitar revel das suas águas fazia vibrar a casa, enchia-a duma wagneriana impressão de cavalgata líquida.
— Isto não vai parar hoje — calculou Garcia, de nariz espetado na vidraça. — Está um verdadeiro dilúvio. Como vou sair?
— Não tem nada que sair. Dorme aqui. Outro dia o José Nicácio não dormiu? Não ficará tão mal acomodado assim. A casa é hospitaleira...
— Parece que não haverá outro jeito mesmo.

Não houve. O sofá pé-de-cachimbo, com três medalhões ovais de palhinha, é traste que inspira simpatia e que, restolho do patriarcalismo mageense, se improvisa em cômodo e fresco leito nos momentos de aperto. Mas não nos recolhemos cedo. Ficamos taramelando na sala, o que, na escuridão, omissos os gestos e as variações fisionômicas, dava a impressão que conversávamos ao telefone. Acendendo cigarro sobre cigarro, falamos de Adonias e suas fraquezas, de Susana e seu donzelismo, de Mário Mora e seus amores, de Pinga-Fogo e suas misérias conjugais, recordamos Tabaiá que, segundo Saulo Pontes, devia ter levado um susto danado ao constatar que Deus realmente existia! Esboçamos um pessimista panorama do mundo, escoiceando, tresvairado, na antecâmara de um incomensurável conflito, alfinetamos o regime que nos diminuía e invertebrava, tocamos por alto na penúria da própria situação — ordenados baixos, encargos crescentes, horizontes fechados.

Na ausência das imagens, as oiças se apuraram, a voz subia de gama como para varar o negrume mau condutor e, quando menos esperávamos, uma vontade de confissão se apoderou de nós, indiferentes à exigüidade da casa, às paredes que têm ouvidos, às interpretações capciosas, ao desgosto que poderia proporcionar, confissão que, em certos pontos, desceu a uma crueza quase torpe ou doentia, amálgama de desequilíbrio e de pornéia, que me fazia compreender os incoercíveis vômitos dostoievskianos que sempre me repugnaram e que, como um falso escritor, afastara catatonicamente da minha pena. Mas quando fomos, por fim, dormir, e a chuva apenas amainara e o rio não diminuíra o seu fragor, e ela ressonava no fofo travesseiro, levávamos a alma desoprimida, leve, purificada, como se tivéssemos lançado numa sentina providencial um bolo indigerível e nauseabundo que nos atormentava.

12 de fevereiro

E reporto-me ao que escrevi, em 19 de setembro de 1936, para acrescentar que o amor não precisa de fidelidade para a sua existência e fortaleza. Nutre-se de outras seivas, respira outros fluidos, gira sob outros impulsos. A fidelidade é exigida somente da amizade. Dela é pedra e cimento, base e cúpula. Sem ser fiel não se é amigo, e sem espinhos não podemos ser fiéis, que a amizade é um constante ferimento crítico e catalisador. É mais fácil ser amante que ser amigo.

13 de fevereiro

1923-1924. À luz amarela de vinte velas, virgens mundos se abriam pelas madrugadas: *O Ateneu*, com tantos defeitos quanto qualidades, Voltaire, Flaubert, Swift, Thackeray, Sterne, Anatole, o chato Meredith e o olímpico Goethe, Kipling, *Ana Karenina*, cuja primeira linha é uma perseguição, e Machado de Assis, ático, cético, subversivo, queimando como gelo... Os olhos doíam, latejava a ambição, os caminhos se traçavam para os passos da vocação irresistível.

— Estes futuristas precisam é de relho! — enfurecia-se o professor de português, competente e obtuso, lendo as poesias deles na aula. — Relho!

E eles me perturbavam. E o velho mestre me ensinava, sem o saber, como não devia escrever para ser escritor. E no bolso a "Elegia à Rua Suburbana" estava passada a limpo, em letra caprichada, para ser publicada numa revista de São Paulo. E foi. E está morta e perdida como seu veículo, de reduzida tiragem, reduzidos leitores, de clangoroso título nacionalista. Mas Francisco Amaro, que tem perversidades, sabe-a de cor e ressuscita-a para me amargurar, acentuando, com inflexão zombadora e piegas, os torpes adjetivos sentimentais, o intimismo suburbano, o pastichado gosto da época.

15 de fevereiro

O que disse ontem, não sou obrigado a dizer amanhã. É preciso compreender isto, filisteus!

16 de fevereiro

É o carnaval que se aproxima:

*"Eu sou pequeno por fora,
mas grande por dentro.
Tamanho não é documento..."*

Manduca, getulista de quatro costados, diz que é uma alusão ao Baixinho, suposição que aceito sem reservas. É um bom rapaz o Manduca. Estudioso, ajuizado, sempre com um gesto brincalhão para Vera e Lúcio, o que não acontece com a escultural Lina, é extremamente carinhoso com os pais, principalmente com seu Duarte, que, preso em casa como um papagaio no seu poleiro, é através dele que se põe a par dos acontecimentos vivos da rua, cujo relato repete, palavra por palavra, sem juntar uma vírgula própria sequer.

Sempre que se dá uma ocasião, Manduca atravessa a rua e vem conversar comigo, nunca aceitando entrar, e ele na calçada, eu na janela, falamos largamente sobre os assuntos mais variados, porquanto o ecletismo é uma inclinação do seu espírito. Como veio a sua paixão getuliana, nunca me disse nem procurei averiguar. Mas hoje seu bate-papo foi de caráter náutico — está no porto o "Normandie", que é o mais belo e o maior navio do mundo. Embora não pudesse visitá-lo, dado que tinha compromissos em Manguinhos, onde fazia uns estudos sobre cogumelos, que era uma das suas fascinações, falava do transatlântico com uma minúcia e intimidade como se dentro dele houvera nascido e se criado.

17 de fevereiro

Getúlio acumula apelidos: Gegê, Chuchu, Baixinho... E acumula popularidade, que a máquina da propaganda, chefiada por Lauro Lago, não trabalha para outro fim, conquista que, sobremaneira, irrita Cléber Da Veiga. Se Cléber soubesse o quanto me irrita a sua partícula com maiúscula...

18 de fevereiro

No capítulo de irritações, inscrevem-se: o amor ao êxito, de Antenor Palmeiro, insólito, sem peias, como se o mundo fosse se acabar numa semana, como se ao sol só houvesse lugar para um escritor; a sede de lucro, de Altamirano de Azevedo, que chega a ser asquerosa, como se apenas o poder do dinheiro pudesse comandar as ações; a fé, de Martins Procópio, condimentada com os picles de Santo Tomás de Aquino, e que tanto pode ser medo quanto transação; e o modo de Loureiro pegar no garfo, ademane adquirido no convívio dos Ricardos e Zuleicas, tão diverso da firme rudeza com que empolgava os talheres na pensão de dona Jesuína.

20 de fevereiro

Minha filha teve hoje uma longa e importante conversa comigo. Fiquei informado, entre outras coisas, que dente serve para chupar comida.

21 de fevereiro

Gasparini, com gestos bruscos, tão do seu feitio e algo irritante, não dá nenhuma importância — passa com o tempo — e é quase sempre no cinema que isso acontece: é preciso amparar a cabeça, desabotoar o colarinho para aliviar. Como se fosse o último instante, ou o penoso começo do último instante. A vista turva-se, o frio escorre nas têmporas, o entorpecimento tolhe os braços, o desmaio ameaça.

Desgraçados acontecimentos da misteriosa máquina humana, trepidações da vexante máquina humana, que afinal não sei se fica bem a um artista relatar, como o fizera o insigne acadêmico, e nada desprezível memorista, dia a dia, na crônica jornalística, de geral e consternado sucesso, acompanhando, minudente e masoquista, o doloroso evoluir de sua enfermidade deformante e sem remédio, até a tarde fatídica em que seus dedos disformes endureceram e os olhos a saltar das órbitas perderam luz e consciência, relato que teve imediatos seguidores, vítimas de males bem mais vulgares, colites, miocardites, úlceras do duodeno, padecimentos crônicos, embora que possivelmente mortais, seguidores não muito numerosos, é certo, mas atingidos todos pela retumbância publicitária, que eliminava a última parcela de decoro e de respeito próprio.

22 de fevereiro

É extenso o capítulo de irritações. Acrescentemos: a lentidão de Vera para comer, que agüento a duras penas para não botar mais fogo na canjica; a impontualidade de Mário Mora; o jeito de Euloro Filho nos apertar a mão, entre preguiça e descaso; a grosseria congênita de Nilza, e Gasparini estava louco varrido quando a transformou de enfermeira e amante em esposa; a cara ofendida e reprovante de Susana se ouve uma palavra menos limpa, vestal insensível à sujidade de certos preconceitos e opiniões que vicejam em seu salão; a voz pamonha de Anita, que relembra a de Beiçola fazendo adormecer toda a classe com a leitura de vinte linhas da *Antologia nacional*; e a maníaca perseguição que Garcia move aos meus cavalos, como se fossem eles as únicas pedras valiosas do tabuleiro — no décimo lance, raríssimamente tenho ainda um para manobrar.

23 de fevereiro

Suspendo a árdua tradução de Conrad, fico de ouvidos apurados, o suor escorrendo pelo peito nu, as mãos pousadas na mesa como para formar uma corrente de ocultismo. O bloco, em passeata de ensaio, vinha se aproximando na noite adiantada. Vinha, vinha, chegou:

"*Abre a janela, formosa mulher,
e vem ouvir a voz de quem te adora...*"

A janela estava aberta, alcanço-a, o ar parece um sólido morno e estrelado. E canto e movimento, e aqueles passos ritmados, e aqueles trombones, e aquele cheiro quente e fermentado de gente, me fazem estremecer o coração, me arrepiam, me arrebatam, me dão ânsias de tudo abandonar, de me imiscuir naquela massa sonora e gigante, e abraçado a Aldina ou a Clotilde, seguir com ela, livre e completo, pelas ruas abandonadas, num percurso sem fim.

24 de fevereiro

Os trombones gemiam. O bombo martelava. As vozes femininas esganiçavam, enquanto as masculinas eram surdas e graves. Sempre em frente, unidos como as escamas de um peixe, partíamos a noite de forno em dois pedaços e, de cada abrasada calota, com árvores, fachadas, andaimes, letreiros e postes, vinha gente se aglutinar ao improvisado bloco, que se iniciara no Estácio, à volta dos poucos instrumentistas com casquetes de papel, propaganda em tricromia da cerveja Fidalga, regato que se fizera rio encorpado, lambendo as calçadas no seu rolar.

Íamos abraçados e a cintura de Aldina comandava os meus movimentos, como se eu fosse um boneco de ventríloquo que só tivesse vida por força do seu calor. Ela não cantava — berrava, e a jugular crescia com o esforço, parecia que ia estourar, e os seus braços agitavam-se por momentos no ar abafado como os braços de quem se afoga. O suor descia-lhe do rosto para o pescoço, escorria pelos ombros nus de gigolete vermelha, canalizava-se para o entreaberto dos seios túrgidos, empinados, pomos que mordia mais do que beijava sob a clemência das mangueiras noturnas, nas largas camas de aluguel com travesseiros imensos, à meia-luz do seu quartinho de empregada. De espaço a espaço, cantava eu também e ela me olhava como se a minha participação me levasse mais para ela, me identificasse com o seu ser, fizesse fundir o meu destino ao seu.

E os relâmpagos se amiudavam na atmosfera eletrizada. E um trovão roncou longe. Estávamos nas alturas dos Arcos e sob ele passamos coesos e triunfais, levantando os braços, agitando as mãos. Foi quando a poeira se levantou do chão em rodopios, ondas, espirais. Depois a chuva tombou em cordas oblíquas, alternadamente grossas e finas. Era a terça-feira gorda.

Não paramos enquanto o bloco não se diluiu além do Passeio Público, quando, entre chochos aplausos, o préstito dos *Tenentes do Diabo*, que a água desmanchava numa papa multicor, contornava o Obelisco, à luz cor de rubi e groselha dos fogos-de-bengala. As fanfarras soaram! Encharcados, nos encostamos a um oiti, consumimo-nos num abraço imortal, prelúdio duma entrega sem limites.

25 de fevereiro

A minha estréia nos salões do High-Life foi com Clotilde, de odalisca (Zuza ficara de serviço), e Tatá nos acompanhava sem companheira, meio chateado — tivera uma rusga com Dulce Sampaio, que aceitara por despique um convite para o Clube Naval. Mas desacompanhado não entrou. Nas imediações da bilheteria e da porta de entrada, aglomerava-se uma pequena legião de mulheres se oferecendo, com maior ou menor agressividade, para completar o ingresso que dava direito a uma dama — mascaradas todas, na maioria gordas, de pijama, de dominó, de surradas roupas masculinas, com luvas para esconder a denunciadora evidência das mãos, e ventarola abanando o rosto sufocado pela máscara de pano, de papelão, de tela metálica. Tatá, com o ingresso na mão, rodou uma perfunctória e depreciativa olhada e escolheu o desbotado dominó carmesim:

— Vamos, vovó!

A escolhida fez que não entendeu, tomou-lhe o braço numa forçada mesura e entramos, as luzes profusas, a ornamentação oriental, faixas e correntes de papel de seda cruzando o teto de estuque das três salas térreas, que mais tarde, numa abolição gradativa das paredes de pau a pique, se transformaram num único salão, e logo nos perdemos, só nos encontrando de espaço a espaço, ora no capricho das danças, ora nos breves intervalos da música, à beira do bufê, entornando a sua cerveja "gelada como rabo de foca", ou sentado, descansando, na incômoda borda de cimento dos canteiros. No penúltimo encontro, diante do repuxo que irradiava rumor de esguicho e frescura, já se descartara do dominó carmesim. Aderira à cigana sem máscara, e soprou-me:

— Bofe por bofe, este não é antediluviano...

Realmente era jovem, mas feia e maltratada, o nariz de cavalete, os pés de lancha com sujos coscorões, um descomunal dente de ouro. E com ela é que saiu, depois do furioso galope final, com destino ao seu quartinho da Rua Taylor, cercado de prostíbulos, como ele dizia, por todos os lados, exíguo como um ovo, mas onde conseguira prodigiosamente encaixar uma mesa redonda, na qual domingueiramente pegava uns pacas no pôquer, acolitado por Miguel, sem que isto, honra lhe seja prestada, implicasse em combinação e trapaça — era um viciado bafejado por uma sorte invulgar.

Os corpos se colavam na promiscuidade, a poeira cegava os olhos, o calor sufocava, a música estrondava, os gestos de incontida lubricidade tomavam as mãos, as brigas se sucediam. O éter era cheirado à solta. Contra as paredes formava-se um lambrim de gente de lenço no nariz, alguns desequilibrando-se iam cair no meio dos dançarinos, que continuavam, tendo o cuidado apenas de contornar o corpo estendido como se recortassem uma figura no chão. De vez em quando o estouro dum lança-perfume e o grito:

— Oh, que pena!

Clotilde era imitativa:

— Deixe eu cheirar um pouco.

— Para quê? Bobagem!

— Que bobagem! É gostoso... friozinho... danado de bom!

— Não cheira não.

— Uma prise só...

Acabou cheirando. Acabei cheirando também, curioso, e foi uma sensação angustiante, como se tivesse bolas girando dentro de mim, bolas frias, dum perfume enjoado de jasmim, se entrechocando. Parei na experiência:

— Não convence não.

Clotilde prosseguiu, esvaziou o tubo, quis outro sem que eu o desse, os olhos ficaram injetados, custou a se recompor

Quando chegamos no quarto da Rua Barroso, o sol já nascera e ela estava indócil, excitadíssima.

— E se o Zuca chegar duma hora para a outra? Olha que o serviço termina às seis horas...

— Dane-se!

26 de fevereiro

Vera que, muito afinada, sabe todas as músicas carnavalescas, tem as suas preferências:

> *"Vestiu uma camisa listrada*
> *e saiu por aí.*
> *Em vez de tomar chá com torrada,*
> *ele bebeu parati..."*

Quis se fantasiar de malandro e a vontade foi feita. Ao meio-dia já se exibia na calçada devidamente travestida, com viveza que lembrava Cristininha, semelhança que nunca escapara a papai, que pouco pôde desfrutar a alegria que lhe deu a neta. Arrancou-me a promessa dum baile infantil. Garcia, presente à extorsão, prometeu me acompanhar e levar Hebe, que será uma linda ciganinha. Lúcio não é um carnavalesco e isto me deixa intranqüilo, pois era uma das facetas de Emanuel, agora em novo posto na Inglaterra, onde logo de chegada, Glenda foi operada de qualquer coisa peritonial não bem explicada na carta natalina com que às vezes me honra e comove.

27 de fevereiro

Eurico, que tem melhorado (pouco) no seu salário, telefona muito festivo, do escritório, para participar que se mudou de repente para Icaraí, aproveitando uma boa oportunidade.

— Foi um negócio fulminante! Quinta de noite nos falaram. Sexta de manhã fomos ver. Sábado já estávamos lá. Nem pude te dizer nada. A casa é mais cara, não grande coisa mais, porém muito melhor, infinitamente melhor, tem mais um quarto, um bonito jardinzinho e fica perto da praia, o que é ótimo para as crianças. Madalena está satisfeitíssima!

— Isto me alegra muito.

— Olha, você precisa deixar de tanta preguiça e aparecer lá para tomar uns banhos de mar, ouviu? Todos os domingos. E convida o Tatá, traga o Tatá. Nós gostamos muito dele. Não são só as crianças que precisam, não. Nós também precisamos retemperar o organismo, apanhar sol, fazer as pazes com a natureza. Banho de mar é muito bom.

Convenho que sim, prometo e fico na promessa. Já não mais por dominical lassidão. O namorico começara num ônibus de Ipanema, onde fora a serviço. Tomava todas as horas vagas e algumas não vagas.

28 de fevereiro

Ia no último banco do ônibus — cabelos escorridos e ao sabor do vento, os olhos negros, muito grandes, donos duma ponta de melancolia indisfarçável. Os trocadores nunca têm troco, ou nunca dão troco certo. Vai daí, houve a ligeira questão, e ele entrou no meio com palavras e moedas providenciais. Ela não era de muita fala, mas não de tão pouca que não conversassem de trocadores insolentes, chofers impertinentes e do tempo, que andava inconstante, como é próprio do tempo e dos corações.

Foi marcado um provável encontro para quarta-feira — estavam na segunda — quando Lobélia teria aula de datilografia e estenografia na cidade, pois queria se empregar.

A quarta-feira amanheceu chuvosa e chuvosa permaneceu até à tarde, quando um céu subitamente limpo e de doce anil esperou a noite amena e estrelada. E de guarda-chuva em riste, na esquina aprazada, lá estava ele meia hora antes, aguardando-a, consultando o relógio a cada minuto com a ansiedade dos encontros sentimentais. Os sinos da São José excepcionalmente bimbalhavam quando ela surgiu atrasada, decotada e sem abrigo.

— Não tem medo da chuva?
— Não. Chuva não quebra osso.
— Mas pode constipar.
— Que constipar! Até que é bom. Refresca.
— Pois então fechemos o guarda-chuva e refresquemo-nos.
Deram alguns passos sob a chuva.
— Vamos de ônibus ou de bonde?
— Para mim tanto faz.
— Vamos de bonde. Demora mais a chegar...
— Sim, vamos.
Encaminharam-se para a Galeria Cruzeiro e ao passarem diante das vitrinas de uma livraria, vitrinas atulhadas sem gosto e sem inteligência, ele perguntou:
— Você gosta de ler?
— Eu? Não. Não gosto muito não. Também não tenho tempo.
— Meu tempo também é curto, mas nunca deixo de ler pelo menos duas horas de noite, salvo se estou muito cansado. Para as coisas de que se gosta sempre se arranja um tempinho, não é?
— É.
— E de música, você gosta?
— Assim, assim. Aliás não tenho vitrola.
— Que é que te interessa então?
— Cinema. Gosto muito de cinema. Se pudesse iria todos os dias. Saía de um, entrava noutro.
— De cinema já não gosto tanto. Mas não desprezo, é claro. Até que freqüento bastante. Diabo é que para um filme bom há vinte maus pelo menos.
— Acho todos bons!
— É que tem bom estômago.
— E você não gosta de todos os livros?
— Ah, não! A maioria até que é péssima. Mas a porcentagem de livros bons é infinitamente maior que a de filmes. Além disso, livro está em outra categoria. Cinema é apenas divertimento, como a ópera antigamente, podendo naturalmente ter qualidades artísticas. Mas é sempre um divertimento e aliás funestamente perigoso quando ao serviço da propaganda, como

é comum, porque a massa, quando não instruída, esclarecida, tal a nossa, por desventura, persuade-se mais pelos olhos, que são terríveis para ver mal.
— E livro então que é que é? — e ela parecia falar com pouco caso.
— Livro é outra coisa! É...
Mas o bonde chegava, pesadão, batendo a campainha na rangedora curva. Os apressados tomavam-no em movimento.

1.º de março

Que braços há mais fortes que os braços frágeis de uma criança? Fico impaciente:
— Deixa disso, minha filha. Você me enforca.
Vera continua pendurada ao meu pescoço, colombina aflita para ver os préstitos — astros, esferas, vitórias-régias e melancias que se abriam para que as diavolinas, dentro, atirassem beijos.
Humilhado. Vontade de chorar. O jabuti me espia.

2 de março

Luísa foi nomeada. Para os Correios e Telégrafos! O Chefe, participado, fez má cara e Humberto imitou o Chefe.

3 de março

Morte de Gabriel D'Annunzio — cabotino, galante, fanfarrão, demiurgo girassol da decadência e do mau gosto. Servil e imbecil, contaminado pelo fascismo e íntimo de Mussolini, seu passamento abre um encomiástico espaço no noticiário dos jornais, que o compatriota Pirandello, também comprometido com o feixe de varas atadas ao machado lictor, não mereceu.
Desembargador Mascarenhas, em meio dos turíbulos que o incensam no salão de Susana, senhorinha de vida nada dannunziana, pranteia o sibarita do Vitorial, que acentuada

influência exerceu sobre os nossos subliteratos do princípio do século:

— O plinto que sustém a sua glória foi talhado com o ouro olímpico do gênio!

Também gênios para ele foram Rostand e Verdi, e ao sentenciar, sem nenhuma possibilidade de apelação, a genialidade olímpica de D'Annunzio, o virtuoso celibatário da judicatura semicerrava de tal forma as pálpebras, de maceradas bolsas, que talvez fosse para supor que quisesse com ela dar evasão a seu preito secreto pela vida afrodisíaca do extinto, vida tão complacentemente devassada, que nem sei como não se prestou a copular num estádio, de helênica arquitetura como pediam as suas comichões clássicas, para completa patenteação da sua ardência.

5 de março

Luísa tomou posse. Ao se despedir, o Chefe não repetiu a carantonha — já conseguira substituta, uma mocinha simpática e frisadíssima, cuja prova fora satisfatória. Desejou-lhe sucessos, entregou-lhe uma declaração a quem interessar possa, em papel timbrado e dupla assinatura, louvando a competência, a honestidade e a dedicação ao trabalho da ex-funcionária.

— Comigo não tiveram a mesma delicada lembrança...
— Pudera! E que vou fazer com isso?
— Sempre é bom. Guarde-a.
— Vou guardá-la — riu. — Difícil, depois, será encontrá-la...
— E Zilá?
— Glacial! Seu Valença é que foi o pândego de sempre. Gritou-me do seu canto: Você é que é feliz! Se você visse o olhar que Humberto lhe deitou...

6 de março

Ele via Lobélia com olhos que não eram seus. Eis o erro!

7 de março

1) Firmado ostensivamente o eixo Roma-Berlim com a anunciada visita do Führer à Itália, retribuindo prestamente a de Mussolini à Alemanha. 2) Entreguei a traduçãozinha na data prefixada, mas a grana só será paga no dia 15, atraso que não aconteceria com Vasco Araújo, cujos negócios editoriais são sempre pagos na ficha. 3) Loureiro deu uma esbarrada em poste copacabanense, felizmente não pegou mais que ligeiros arranhões, o carro, porém, ficou bem amassado, e Zuleica, que ia com ele, torceu o pezinho, contumaz pisador de galhos verdes. Waldete, cujas ambições sociais crescem assustadoramente, talvez elegantemente fingiu não compreender nada. 4) Emanuel e Glenda me enviaram um romance de Charles Morgan com a recomendação de que era extraordinário... 5) "Adular não é meio de vida, mas ajuda a viver" — é o conselho que nos dá hoje o Barão de Itararé, cujo encontro é garantia de boas risadas, e que já tem cicatrizados os ferimentos que sofreu numa agressão noturna, à porta de casa, por um bando de integralistas, que se presume sejam militares. 6) Catarina, que bicho a mordeu? não me largou a mão no cinema. 7) E Mário Mora, mostrando a primeira falha na dentadura: — "É preciso urgentemente começar!"

9 de março

Hábil, vivo, ignorante, egoísta e egocêntrico. Eis o retrato telegráfico de Nicolau, com o qual Mário Mora, rindo, não concorda.

E Garcia:
— Você é cruel!
— Pior se fosse injusto.
— E pensa que não é? Ele tem talento, um grande talento!
— Não nego, nunca neguei.
— Mas não colocou no telegrama...
— Pois coloque-se a tempo. Não aumentará em nada a taxa. Talento é mercadoria barata. Há mais talento nos homens

do que se imagina. Mas o que importa não é o talento e sim a inteligência, que é a criadora.

— Isto não pode ser considerado um sofisma?

10 de março

Fui buscá-la à saída da repartição, num cotovelo de rua perto da Alfândega, e há dois dias que trabalha; no primeiro dia fora impossível, e só de noite soubera as impressões do novo emprego, retido por precisão premente de dinheiro, que Loureiro, já sem esparadrapos e sem marcas de iodo, solucionou, chegando atrasado, porém, ao encontro marcado no escritório atapetado, com ventiladores do tamanho de hélices de avião, e de idêntica ronqueira, que Ricardo trouxera de Detroit.

— Você me desculpe, velho. Tinha um compromisso, custei a ficar livre dos chatos. Mas vamos ao seu caso.

Comecei a explicar, e Loureiro:

— Não precisa explicar nada não! Quanto é?

Não era muito, mas ele forneceu em cheque:

— É pau para você, e só amanhã poderá receber, que o banco a esta hora já está fechado. Mas é que não quero ficar com a carteira desprevenida. Há algum inconveniente? Se houver, dá-se um jeito.

— Está bem. É a mesma coisa. Faça o cheque nominal que eu endosso para adiante. Dia 15 eu te pago.

— Pague quando quiser. Se não quiser, não pague.

— Obrigado! Abraços em Waldete.

— Apareça. Ela já reclamou o chá de sumiço que você tomou.

— E anteontem não estive lá?

— É o que ela disse. Que você só vai lá em casa agora por doença ou por desastre.

Poderia jurar que era invenção de Loureiro. Waldete é dessas bem comuns criaturas que só se lembram de nós quando estamos na sua frente. Mas prometi dar cobro à minha escassez:

— Esta semana ainda irei vê-los. É que tenho andado com mil probleminhas. Não viu? E Zuleica, melhor do pé?

— Para chutar ainda não estaria em forma, mas para pôr sapato novo já está ótima...

O que impressionara Luísa no seu primeiro dia de repartição, fora a sujeira, o desmazelo, a negligência, e o ar infeliz da maioria dos pequenos funcionários, um ar corroído de desesperança e de fome. No segundo, o chefe da seção, muito atencioso, com enormes dentes postiços, pedira, numa chuva de perdigotos, que passasse a máquina uma grande tabela:

— A senhorita acha que em dois dias poderá fazê-la?

Mal contivera um frouxo de riso. Dois dias! Tabelas dez vezes maiores, o Chefe e Humberto arrumavam-lhe na mesinha para que ela as aprontasse em uma hora, e quem não as faria? Uma hora depois estava diante do homem — pronta a sua tabela... E ele ficara aparvalhado.

11 de março

Marcado o fim da independência austríaca e o início da nova Alemanha. O chanceler Adolfo obteve completa vitória, já que conseguiu materializar um dos princípios do seu programa, exposto em *Minha luta*. "A astúcia germânica — diz um comunicado internacional — venceu a tática dos jesuítas. Schuschnigg está a combater até o fim, tal como o fizeram os seus antepassados tiroleses, mas quando o exército alemão ameaçadoramente apareceu na fronteira, os seus companheiros perderam a coragem e baixaram a cabeça para receber o jugo alemão. Não pode ser posta em dúvida que uma grande parte da população, possivelmente a maioria, recebeu com agrado a reunião ao Reich, mas uma considerável porção de austríacos, inclusive os antigos socialistas e grande número de camponeses e elementos do Partido Cristão Social, continuou firmemente contrária ao atual estado de coisas. Por esse motivo, devemos esperar desordens esporádicas nos próximos dias. Os judeus, que formam uma grande parte da população de Viena, estão em pânico, levando em conta que em quase todos os países a sua entrada está vedada."

E Pedro Morais comenta:

— Agora é fácil exercer pressão sobre a Tcheco-Eslováquia, a fim de induzir os tchecos a consentirem na autonomia da minoria alemã ali radicada.

12 de março

Terminado em Moscou o julgamento dos trotskistas, considerados oposição pelo Kremlin. O placar assinalou o seguinte resultado: dezoito condenados à morte, três condenados à prisão perpétua, e todos com os bens confiscados.
Fala-se que Gorki não morreu, foi assassinado pelo médico que o assistia.
Vamos ver como Antenor Palmeiro explica isto tudo. Que vai explicar, vai.

13 de março

Um momento de silêncio e de comovida lembrança — morreu Alarico do Monte. Morreu de tifo, numa cidadezinha do Nordeste, com pouco mais de vinte anos.
Pálido, magro, franzino, um desajustado ar de menino tristonho, nunca percebeu o mundo, nunca compreendeu a vida. Desconhecendo os homens, esbarrando nas coisas, entediando os amigos com conversas moles, aéreas e intermináveis, sem noção do tempo e da oportunidade, vivia em plena lua, perdido de literatura.
Lia, lia, lia. Jamais se saberá como ele, nos lugares mais remotos e isolados, conseguia estar ao corrente de tudo que de novo se produzia na Suécia, na Noruega, na Finlândia, e em outros países para nós misteriosos.
Alguns ensaios interessantes, embora livrescos, alguns artigos sérios, alguns poemas de exigente forma, e cartas, cartas, cartas — foi tudo que deixou esta árvore singular que não chegou a crescer, que Júlio Melo tentou transmigrar para o Rio, atropelado solo que suas raízes detestavam, árvore fugaz a que os suplementos literários, inimigos da botânica, não dedicaram necrológio.

14 de março

Foi uma visita inesquecível! Alarico chegou às oito horas da manhã (era um feriado) e saiu às duas da madrugada. Só falou em literatura. Fiquei arrasado. Garcia, que aparecera depois do jantar, não agüentou uma hora e deu o fora:

— Livra, que chato você foi me arranjar! — me disse na porta. — Nunca vi igual. É inexcedível!

Mas os chatos, esquecia-se Garcia, não constituem uma espécie definida e classificável. Decorrem das nossas convicções ou disposições, das nossas antipatias ou nervosismos. Para Adonias (esclarecemos), ele era chatíssimo! — e alinhava razões irremovíveis. Para Alarico, Euloro Filho era intragável:

— Que chato é esse homem. Nem parece escritor. Só conversa sobre futebol!

15 de março

Pago a Loureiro e pago-o em seu apartamento, que apresenta a novidade de um biombo terrivelmente chinês.

— Que pressa!

Para surpresa minha, Waldete repetiu de entrada a história do meu chá de sumiço. Ou foi industriada pelo marido, ou então é uma fórmula da roda que freqüenta, tão afeita às cataporas verbais. Espontânea é que não pode ser. Waldete está arredondando o corpo, um arredondamento macio e harmonioso que poderia ser de maternidade, mas é do amor. Waldete não quer filhos, quer volúpia. E no seu regaço encontro um livro como serpente enrolada num cálice de flor — *24 horas da vida de uma mulher,* de Stefan Zweig. Não lê nada, e quando lê é isso.

16 de março

1) Na Câmara dos Comuns, Chamberlain declara que os últimos acontecimentos levarão o Reino Unido a intensificar consideravelmente o seu programa armamentista. 2) Lauro Lago

foi agraciado com alta condecoração italiana, cujo nome esqueci. 3) Rodrigues esteve dois dias no Rio e telefonou-me desculpando-se de não poder me procurar, dados os seus encargos e urgência, lembrança que me tocou. 4) Foi uma façanha chegar ao fim do romance de Ribamar para concluir que é bostífero. 5) Pobre Madalena! Pobre Pinga-Fogo!

17 de março

Envolvido facilmente por um movimento de amigos que lhe garantiram a eleição, na vaga de um pseudofilólogo, sem ter que fazer as protocolares visitas e rapapés às imortais múmias da augusta companhia, Júlio Melo sentou-se na poltrona de veludo com a cômica gravidade de leão das letras. As hostes antiacadêmicas estremeceram, abaladas pela decepcionante deserção do maioral.

— Está gagá! — miou Ribamar Lasotti.
— Nasceu gagá! — gargalhou Antenor Palmeiro.

E Julião Tavares dedicou-lhe um artigo arrasador: "O leão sem juba e sem deⁿtes". Mas o cíclico romancista gozava o prestígio social que o fardão inegavelmente conferia e, se encontrava um ex-colega de rebeldia, procurava comprar-lhe a aquiescência ou o perdão com uma velada promessa:

— Quero vê-lo lá também. A Academia é dos escritores.

18 de março

Retifiquemos Júlio Melo — a Academia é dos acadêmicos.

19 de março

1) Em discurso irradiado para todo o mundo, Cordell Hull, secretário de Estado, expressou a profunda preocupação do seu país, "em face da crescente maré de ilegalidade, do crescente desrespeito aos tratados, da crescente reversão ao

emprego da força e de numerosas outras tendências, que emergem na esfera das relações internacionais." 2) Como quem não se incomoda ou se intimida com discursos de além-mar, Hitler dissolve o *Reichstag* e determina um plebiscito austro-germânico para a questão da anexação da Áustria, e, ao ordenar novas eleições, apelou para os eleitores no sentido de lhe darem um Reichstag com o qual possa ir ao encontro dos grandes problemas e resolvê-los. "Eu tomei medidas que tinham em vista poupar à Áustria a sorte da Espanha" — frisou sob berros entusiásticos. 3) O seráfico musicista me confessou que só podia criar em estado de felicidade, mas de absoluta felicidade. Eis por que do pouco que produziu nada poderá ser considerado uma obra-prima, muito menos que isto. 4) Francisco Amaro me escreve misturando doenças na família, doenças de seu Durvalino, de dona Idalina e de Turquinha, com a admiração pelo romance de Ribamar, o que me parece também doença grave.

20 de março

Da primeira vez, nem o padre ficou no altar, nem o doente na cama. Toda gente correu para a rua ou para a janela. Depois, com outras viagens, o interesse diminuíra, mas roncando surdamente, em curvas majestosas, a aeronave refulgia ao sol esplêndido da manhã como fantástico peixe de prata num aquário azul.

As crianças estavam deslumbradas. Laurinda latia desesperadamente.

— É o zepelim, Lobélia! Chegou!

— Não me interessa.

— Mas é maravilhoso! — insistiu. — Venha ver! Você nunca o viu...

— Não quero ver nada! — e trancou-se no quarto, batendo a porta com estrondo.

Depois é que se soube — ela já o vira, em Macaé, quando da primeira viagem.

21 de março

O caso da tabela rendeu. O chefe relatou-o com entusiasmo ao diretor-geral. Como resultante, Luísa foi transferida hoje para o gabinete, onde as condições materiais são mais aceitáveis e onde se goza de relativas regalias. O homem dos perdigotos é alma efetivamente boa e lacrimogênea. Não toma uma decisão sem que os olhos se umedeçam:

— A senhorita não pode calcular como eu sinto por ficar privado da sua preciosa assistência. Era um descanso para mim. Mas a iniciativa da sua transferência me cabe e desvanece. Acho que no gabinete do diretor-geral seus valiosos préstimos serão melhor avaliados e recompensados.

O diretor-geral é engenheiro-civil, mais acabado do que idoso, preocupadíssimo com a sua administração, o primeiro que chega e o último que sai, desses pés-de-boi que existem em todas as repartições, cônscios das suas responsabilidades, e sem os quais a norma burocrática emperraria de vez.

— Trata-se duma carreira-relâmpago!
— Não zombe...
— A senhora acha que eu estou zombando, dona Carlota?

Dona Carlota nega. Em seus olhos meio mortos brilha uma faúlha de orgulho, sente-se colaboradora daquele triunfo.

22 de março

Uma revista publicada pelo Ministério do Exterior da Alemanha insinua que no momento atual o senhor Adolfo Hitler, protetor de todos os alemães espalhados pelo mundo, lança olhares irados na direção do Brasil. O artigo exprime os ressentimentos contra a administração do presidente Getúlio Vargas, que já foi tão louvado pelo Reich, dando a entender que o chefe do Governo brasileiro não tem dado mão forte para suprimir as medidas antigermânicas em territórios do Brasil.

Lauro Lago, porta-voz do Governo, não tocará no assunto. Pelo menos foi o que confessou a Marcos Rebich, que o interpelara a respeito.

Délio Porciúncula foi convidado para um alto posto no Judiciário, mas recusou preferindo manter-se "na sua banca honrada e desassombrada de advogado".

E Garcia, que tem mania de cortar coisas de jornais, me mostra o telegrama que dá informe de um esquisito recorde verificado em Viena anexada: De 12 a 21 do corrente, houve noventa e quatro suicídios e cem tentativas, todos por motivos políticos. E comenta:

— Só aqui é que ninguém se suicida por questões políticas. A Polícia é que de vez em quando "suicida" certos elementos refratários ao bem-estar público.

23 de março

Plácido Martins respondendo a Gasparini:
— Para que ser contra Deus? O melhor é considerar vãs todas as possibilidades de conhecê-lo.

24 de março

Lobélia amava o mar. Nascera junto a ele, numa praia alva e sem limites, com dunas e coqueirais, nas imediações de Macaé, fora embalada pelo rumor variado das vagas, fortalecida pelo sal e pelo magnésio, enfeitiçada por suas lendas, na intimidade das marés e das vazantes, das gaivotas e procelárias, dos seus peixes, crustáceos e corais. Tivera-o como companheiro e protetor na meninice, como espelho e confidente na juventude, trazia-o na pele curtida, no sangue, nos cabelos de medusa, e por que não acreditar que viera dele, somente dele, pelágico, indomável, a sua alma bravia, abissal, incognoscível?

As mãos, engrossara-as na faina dos arrastões, na descamação do pescado; os pés, enrijecera-os nos bancos de mariscos, nos recifes e atóis. Enfrentava os vagalhões, mergulhava como um pescador de esponjas, zombava das correntezas, ladeando-as ou deixando-se arrastar por elas para vencê-las quando bem lhe aprouvesse, nadava até perder de vista a terra que a oprimia, como se lá longe, só lá longe, quando não havia senão ela, ele e o firmamento, fosse o seu meio, o seu domínio, a sua pátria.

O pai vivia duma venda rudimentar e de negócios de pesca, mas já tinha propriedades no lugarejo. Enviuvando, tornara a se casar, seis meses depois, com uma vizinha trintona, vistosa e de má fama. Nas vésperas do enlace, Lobélia arrumara a trouxa, sem que o pai tivesse feito oposição — estava enrabichado, a nova esposa e a filha não iam se dar bem, já haviam trocado palavras ásperas, melhor seria que houvesse paz em casa. Mesmo, Lobélia queria estudar, trabalhar, e no lugar não havia nem colégio secundário nem empregos para moças. E ela viera para o Rio, com modesta mesada, aos cuidados de uns tios maternos, gente humilde, honrada e dedicada ao espiritismo. Matriculou-se num ginásio, terminou-o sem entusiasmo e sem brilho, preparava-se, num precário curso de secretariado, para obter uma colocação num escritório.

25 de março

Lobélia não chegou a se empregar. A meio do ano abandonou as aulas. O casamento pode ser um emprego, emprego de duvidoso rendimento, que não exige vocação, no fundo uma aventura que se aceita.

26 de março

A manhã era uma redoma translúcida. Mas as crianças gritaram:

"*Sol e chuva,
casamento de viúva!*"

E a redoma quebrou-se e caiu em cacos sobre a terra.

27 de março

Quando chega a noite, bem noite, e na casa os móveis dormem; quando dormem os tapetes, os discos, as louças e os quadros na parede; quando só o relógio e a geladeira elétrica trabalham e só as baratas têm vida, aí a mão, cheirando a cigarro, abre, cansada de tantos cumprimentos dispensáveis, tantos gestos infrutíferos, tanto labor insano, em qualquer página ainda em branco, o escondido diário...

28 de março

Lobélia escondera que já vira o zepelim, mas realmente se privara de outros prazeres, alguns presumivelmente inéditos. As crianças são assim. Castigam-se a si próprias, cuidando, numa forma tosca e automutiladora de vindita, que castigam, infelicitam, fazem sofrer aqueles que as oprimem, que lhes cerceiam os movimentos, que lhes impõem uma disciplina. Há crianças de todas as idades.

29 de março

Se há crianças de todas as idades, o mais comum são os adultos intermitentes. O estado de criança pode ser um estado de graça e isenção, que certas criaturas, contrariando a natureza, não concebem perder?

30 de março

José Nicácio tem as suas teorias, que Adonias incita à exposição:
— Todas as crianças nascem más. E, se do sexo feminino, é regra nascerem absolutamente péssimas. Depois é que, conforme os pais que tenham, poderão melhorar, melhorar até muito, sem contudo alcançarem a perfeição. — Piscou o olho e requisitou mais bebida: — Onde se meteu o Fritz?
E essa teoria, sob certo prisma, confere com o provérbio de Mariquinhas: "De pequenino é que se torce o pepino..."

31 de março

De Francisco Amaro: "... Escrevi-lhe há dias e não obtive resposta: preguiça ou ocupação? Ganhei hoje a inclusa candeia. Resto de senzala. Falta-lhe o espevitador, que não foi encontrado. Procede de uma fazenda próxima, cujo nome tem sua graça: *Bom Jesus do Galho.* Se você não gostar do objeto, jogue-o fora ou dê a outrem.

Você leu o *Vae soli!* de Martins Procópio? Não compreendo a celeuma em torno de tal romance. Acho que estou ficando burro ou me convencendo de que você tem razão. Que quadrúpede! Que mistificador! Estive relendo uma coleção de revistas de 1908 a 1910, que encontrei lamentavelmente bichada na biblioteca da Câmara Municipal, abandonada há mais de vinte anos. Abandonada e saqueada. Tem troços engraçados. Que imensidade de nomes caíram no mais absoluto olvido, e não injustamente, convenhamos. E isso me dá o panorama antecipado se, daqui a uns trinta anos, me lembre de folhear as coleções de revistas do nosso orgulhoso movimento 1922-1927. Quanto à entrada do cacique Júlio Melo para a Academia, que não consigo compreender, você até agora não se dignou me dizer uma palavra — nojo ou aprovação?"

1.º de abril

Começou o plebiscito austro-germânico, certamente como uma homenagem à data. Mas não é em homenagem a ela que os Estados Unidos votam astronômicos créditos para que seja armada, a toque de caixa, a mais poderosa esquadra do mundo.

2 de abril

Garcia compareceu para um xadrezinho, trouxe Hebe, e Laurinda ficou excitadíssima, porque não há a menor dúvida que se considera criança. Jamais aprenderá o gambito da dama, armadilha inacessível ao seu cabeçudismo. Por um milagre, ficou para jantar.

— Garcia, sua menina não come nada.

— Saiu à mãe, que também era uma grande enjoada para comer.

— Mas é preciso torçar um pouco. As crianças têm necessidade de comer.

E pensava na mulher de Garcia, que morrera muito moça, tuberculosa. Mas Garcia é um tanto fatalista, e retoma a conversa interrompida a respeito de Loureiro, que se meteu como incorporador de um gigantesco edifício em Copacabana, associado a Ricardo Viana do Amaral — o Edifício Waldete. Tinha-lhe oferecido todas as facilidades, mas Garcia não se sentia com coragem para arcar com tamanha responsabilidade.

— Você é bobo, Garcia, mete a cara. Loureiro é ótimo sujeito. Não te deixará encrencado. Conheço-o muito bem.

— Eu sei. Depois verei.

— Já sei que nunca verás.

Garcia riu:

— E por que não mete também a cara, já que a proposta foi extensiva a você?

— Vou pensar, como não? É negócio. Mas ser em Copacabana, me esfria. Detesto aquilo!

— Tem a sua classe, deixe lá.

— Bairro de pés-rapados, de gringos e de arrivistas.

— Eu sei é que quando o Chico morava em Copacabana, você não saía de lá.

— Garcia, meu filho, você está ficando um cavalo!

Hebe levantou os olhos, muito admirada da ofensa sem reação. Garcia ria. Olhei o prato da menina — tinha deixado intacta a salada de frutas.

— Garcia, você precisa dar um jeito nesta pequena.

3 de abril

Se os olhos se distanciaram da infância, quando virá outro abril, com o seu cometa, iluminar de inesquecível clarão a face do mundo?

4 de abril

Irrecuperável proxeneta, Altamirano de Azevedo queimou, no altar dos lucros reversíveis, quatro colunas de incenso, mirra e untuosidade em louvor do *Vae soli!*, cujos personagens repetem frases inteiras de Maritain, a quem Martins Procópio se colou como um emplastro tropical, quando o filósofo da Neo-escolástica por aqui esteve, em 1936, de esposa a tiracolo. Luís Pinheiro, altareiro-mor, acendeu também o seu turíbulo, enfumaçando com apostólicas volutas dois palmos de suplemento, frei Filipe do Salvador deitou sermão em prosa e Helmar Feitosa babujou a sua prece com muita citação a trouxe-mouxe das Epístolas de São Paulo aos Coríntios, que são o seu trunfo atual, quando o precedente, esgotado até a última cartada nas biscas literárias em que se empenhou, foi o Evangelho de São Mateus. João Soares não poderia ficar atrás e descarregou os seus cartuchos de festim. O resto foi noticiário, e a esses jogos florais de elogio mútuo e sacristia, Francisco Amaro, um homem inteligente e agudo, chamou de "celeuma em torno do romance" — o que pode a distância!

5 de abril

Aniversário de Francisco Amaro. *"Perduto è tutto il tempo che in amor non se spende."*
Só errei quatro vezes hoje.

6 de abril

Luísa tornou-se sócia da Orquestra Sinfônica, cuja vida é custosa. Tributo que pagou à urbanidade e consideração que o diretor-geral lhe dispensa. Fora da repartição só vê ele uma coisa — a Orquestra Sinfônica, de que foi um dos fundadores e de que é um dos diretores. O conjunto é incipiente, fraquíssimo no naipe de metais, um saquinho de gatos, como diz Catarina, e contratou maestro no estrangeiro para dirigi-lo, cidadão de empolgante melena, que já fez boa soma de inimigos e detratores. Os concertos são semanais e matinais. Empanturram-nos de Tchaikowski.

7 de abril

— Escreva menos e ganhe mais! (Lobélia.)
— Por que você não toma uns passes com a tua tia? Dizem que acalmam...
— Prefiro ter um pedaço apenas de um homem inteligente do que um homem insípido por inteiro. (Catarina.)

8 de abril

Conversa de Catarina:
— Se somente as pessoas dignas fossem amadas, o globo terráqueo seria pouco menos que um deserto.
— Os corações não vivem de paz, vivem de amor.

10 de abril

Não é fácil acostumar-se à traição. E, no entanto, não fazemos outra coisa senão trair. Os pássaros nascem para voar, o homem para atraiçoar. Quando perdoamos aos outros, estamos perdoando a nós mesmos.

11 de abril

Madalena não traiu ninguém. Foi fiel ao seu fado.

12 de abril

Palavras de Saulo Pontes: "O ponto mais significativo do plebiscito não é tanto o seu atual resultado, representado por algarismos concernentes a um delírio crescente das massas, pois o instrumento para revelar a verdadeira atitude da Áustria em relação à anexação é tão despido de significado quanto um termômetro acionado pela mão e não pelo mercúrio. O ponto significativo é que a palavra *livre* foi mascarada ao ser aplicada a um resultado que fora irrevogavelmente determinado com antecedência. E o que deve nos preocupar não é o que os semideuses fizeram agora, mas a sua próxima ação."

Já atinge a dois milhões o número de mortos na guerra sino-japonesa. E o Santo Papa convida Hitler para visitar o Vaticano, segundo fontes autorizadas.

13 de abril

Há razões do coração que Lobélia desconhece.

15 de abril

Sexta-feira santa. Precauções de Madalena — não pisar formigas. Indiretas de Mariquinhas:

— É inacreditável que haja criaturas capazes de rir num dia destes!

E Mariquinhas, que já não era de muito riso — muito riso, pouco siso! — afivelava ao enrugado rosto a máscara da contrição. Amanhecia na igreja, ciliciava-se com jejuns, tirava horas, num alheamento serôdio, ajoelhada aos pés da cama, de virginal alvura, na murmurante tristeza das rezas mnemônicas.

17 de abril

Não sei se Luísa, tão fina, tão penetrante, compreendeu a minha agonia. A tarde era opalina e eu me sentia transparente como a água azulada da piscina que olhávamos. Pelas alegrias da vida pagamos tão caro, que não sei se seria melhor que fôssemos sempre infelizes.

18 de abril

Éramos felizes? Talvez que as crianças só sejam descuidadas, ou melhor, anestesiadas, que a infância tem algo de anestésico, sem o que nenhuma subsistiria aos choques e aos traumatismos familiares, aos impactos do mundo que existe além dos portões caseiros, aos arrasantes descobrimentos. E a imaginação funcionava: cada sabugo de milho poderia ser indiferentemente boneco ou pau de boliche, cada seixo uma granada, cada bambu uma espada; cada grão-de-bico, olhando-o bem, era uma carinha de coruja e, se achatávamos nariz contra nariz, o que se via também era uma recíproca corujinha. O jardim ora era mar, ora campo de batalha. Madalena sustentava que se furássemos bem o chão, sairíamos na China — cuidado!

19 de abril

O amor é descuidado. Pinga-Fogo quis furar o chão do seu jardim. Saiu no inferno.

20 de abril

Pinga-Fogo pede socorro. Quem o viu e quem o vê! Como limão espremido, a vivacidade, a esperteza, a independência, a coragem — tudo Madalena lhe tirou.

— Vê se me vales, Eduardo! Estou despedaçado!

Já sabia de tudo. Mariquinhas, banhando-se em rosas, mas empregando penosa dialética, fora duma meticulosidade cruel. Tenho dó:

— Mas o que é que há, Pinga-Fogo?

— Não posso mais, Eduardo! Não posso mais! É atroz! Madalena...

Tem marejados os olhos, aqueles olhos que conheci tão maganos, mas que, apesar de tudo, ainda por entre lágrimas, brilham pela sua Madalena.

É preciso mentir, consolar:

— É tudo isso tão esquisito, que eu acho que é caso para um especialista, Pinga-Fogo.

Ele abaixou a cabeça:

— Também eu, Eduardo. Também eu. Há muito tempo. Mas tinha medo, tinha pena, tinha vergonha, nem sei mesmo o que tinha. Pobre Madalena! — e chorava enterrando as mãos nos ferozes cabelos.

Sentei-me ao seu lado, passei-lhe o braço sobre o ombro curvado, procurei acalmá-lo. A alma humana é um poço de loucuras e aflições, mas tudo poderia se resolver. Gasparini me falara de um colega muito competente nesses casos. Iríamos procurá-lo no outro dia para que visse Madalena — que sabíamos nós do estranho mecanismo da natureza humana? O que ele dissesse, é que seria feito. Estava visto, aliás, que era coisa curável, uma perturbação apenas, um desajustamento. Ela iria ficar boa, ficasse certo. Talvez demorasse um pouco, os organismos são rebeldes, mas curava-se. E não pensasse em dinheiro. Eu tinha uns cobrinhos juntos, não muito, mas tinha... O que era meu era dele, bem sabia. Pinga-Fogo levantou a cabeça. Foi com dificuldade que eu disse: E Madalena não é minha irmã? Quando gostaria de dizer: Você não é meu irmão, Pinga-Fogo?

Num desespero, beijou-me as mãos. Tentei repelir, sentindo que poderia chorar também — que bobagem! E abracei-o feliz por poder servi-lo, sentindo, desarvorado, contra o peito, o velho Pinga-Fogo da minha infância. E acudiu-me que se não tivesse simpatizado com o sardento menino num dia de gazeta no Alto da Boa Vista, talvez não estivesse sofrendo envergonhado nos meus braços.

Mas ele tinha dúvidas ainda no meio da esperança:

— Mas será que ela se sujeita a um especialista? Você não conhece sua irmã?

— Fique tranqüilo, fique tranqüilo. Eu e Gasparini amanhã iremos falar com ela, convencê-la, ela há de nos ouvir.

E pensava como me iria sair da delicada empresa.

21 de abril

Fracassei na missão. Madalena não me atendeu, e os olhos brilhavam, brilho fixo, vítreo, como se tivessem transformado em olhos de boneca — não estava maluca, não iria a médico nenhum! Quem precisava de alienista era Pinga-Fogo! Ele sim! Miserável!

— Mas quem disse que você está maluca? Então ir a um especialista de doenças nervosas era estar maluco?
— Eu sei! Você não me engana não!
— Mas não estou te enganando, Madalena. Estou te aconselhando. Você está cansada, nervosa... Não me diga que não está cansada, nervosa. Basta ver tua cara...
— Não adianta você gastar seu latim! Não vou! Não vou! Não vou! Se você só veio aqui para isto, pode ir embora. Vá cuidar da Lobélia, que precisa mais de hospício do que eu!
Voltei a Gasparini:
— Não quer ir. Engambelei-a o mais que pude e não consegui nada.
— É assim mesmo. Não desanime. Amanhã dou um jeitinho de manhã e vou lá conversar com ela. Talvez consiga. Pelo menos sondo o seu estado, receito alguma coisa.
— Você é um anjo!
— Anjo rebelde...
— Não deixa de ser anjo.

22 de abril

Gasparini foi. Madalena não estava em casa. Deixara as crianças com a vizinha e saíra sem dizer aonde ia, nem a que horas voltaria. Gasparini esperou o quanto pôde. Era o princípio do fim. No outro dia é que se soube de tudo, desarvorado Pinga-Fogo!

24 de abril

— Assim é que o caso não pode ficar. Absolutamente não pode. Não tolero mais! (Lobélia.)
— Pensar é um sofrimento! Não quero mais pensar nisto! É demais! O que você fizer, está feito. (Luísa.)
— O que é isto? É *Haendel*. (A Venâncio Neves, em casa de Saulo Pontes.)
— Mas você é carioca?! Eu sempre pensei que você fosse nortista. (Délio Porciúncula, num tom quase indignado.)

— Nortista é o Garcia. Nasceu no Amazonas.
— Amazonas? (Délio Porciúncula, num tom quase depreciativo.)

25 de abril

Como diagnosticar? porque julgá-la, nunca! Madalena nos colocava numa encruzilhada: loucura mesmo ou descabelada paixão?
Gasparini esfregava as mãos indecisas:
— Quem sabe? Talvez as duas. Talvez só tédio longamente acumulado.
— Sempre me pareceu ter uma aduela de menos.
— E porventura você acredita ter todas as aduelas?
— Não.
— E então?

26 de abril

E então quem diagnosticou foi doutor Sales de Macedo, algum tempo depois, quando Madalena agrediu o tocador de violão com o seu próprio instrumento. Gasparini livrou-a da delegaciazinha niteroiense e levou-a para as mãos do professor. Ficou internada.

27 de abril

O pior é o medo. Mentimos demais, somos astuciosos demais, interessados demais. Cada passo que damos queremo-lo tão seguro quanto o do tigre que rasteja para o cordeiro. Cada palavra é coada no filtro da oportunidade, pode abrir, como chave mágica, a porta de uma possibilidade. Chega-se desanimadoramente a compreender que uma certa estabilidade na vida repousa nas palavras falsas, nas falsas atitudes, na habilidade dos passos cautelosos. A alma humana teria outro valor se lhe sobrasse coragem, se pelo menos se libertasse de metade do medo em que se aniquila para tomar posição, medo que se esconde facilmente sob o manto da prudência ou do bom senso.

28 de abril

Um livro que não foi publicado pode deixar de ser publicado.

29 de abril

Euloro Filho nunca conseguiu ser mais que um famoso romancista. É pouco. Nicolau nunca conseguirá ser mais que um pintor esperto. É muito. E como se fotografam!

30 de abril

Segue hoje, pelo "Arlanza", a delegação de futebol ao campeonato do mundo que será realizado na França. Salvo leves injustiças, a equipe que irá é a melhor. Delegados é que há em demasia, mas isso é vício insanável, porque afinal passear no estrangeiro é coisa agradável e cultural. E a atmosfera de expectativa, que começou a se criar com a partida dos nossos craques, duvido que possa ser benéfica. Nossa auto-suficiência não permite derrotas, mas nossa inexperiência em prélios internacionais já tem sido brilhante e continuadamente posta à prova.

1.º de maio

Descobriram o trabalhador. Ante uma multidão sindicalmente dirigida e de crianças cantando, o discurso ditatorial endereçou a ele carradas de promessas. A mais categórica — o salário mínimo, para o estudo do qual já haviam sido designadas comissões.
Ataliba põe as mãos na cabeça:
— Patrão é uma espécie humana que vai acabar!

— Você não acha bom? — perguntei a Garcia.
— *That is the question!*
E José Nicácio, mais tarde, em casa de Adonias, com a caveira cheia, rosna:
— Não tardava a demagogia.

2 de maio

Depois de uma crise íntima (há uns cinco anos), o ruivo e obeso Martins Procópio converteu-se por correspondência, o que foi fato sobremodo comentado, e as cartas trocadas entre o convertedor — frei Filipe do Salvador — e o convertido constituem substancioso volume da coleção "Novas Horas Cristãs", dirigida por Luís Pinheiro, como prova evidente de que os tempos não estão inteiramente perdidos. Reconheçamos em Martins Procópio a cultura geral, que não é vulgar entre os aborígines, e o destemor surpreendente, capaz de eliminar os mais desastrosos ridículos, tão encarniçado que aniquila todos os inimigos; por uma e outra razão tem feito jus à carreira brilhante no ministério público e no conceito oficial.

Arrependo-me do que lhe disse à saída da conferência aborrecidíssima de Helmar Feitosa, aparentemente sobre poetas modernos, mas na realidade sobre ele próprio: — "Gostaria que você me escrevesse, Martins, para ver se eu caio." Tenho, contudo, o meu perdão. Meu coração é de pedra bruta, material, animalesco, verdade que não somente o percuciente espelho avoengo pôde reconhecer. O que me punge um pouco é que ele, embora não cortando relações, como aconteceria fatalmente com o suscetível Helmar Feitosa, jamais perdoou a graçola infeliz e estúpida, o que é tolo, porque afinal quem vai para o céu é ele. Aliás é para pensar, como dizia a iluminada Dagmar, que não devemos cultivar ilusões. Ninguém perdoa nada, nem ninguém.

3 de maio

— O gênio de Silva Vergel é grandiosamente copiativo. O artigo 138 da Carta do Estado Novo, por exemplo, que sustenta a integração do sindicato no Estado, nada mais é que a Declaração III da Carta do Trabalho fascista. *Ipsis litteris*, mas sem aspas... — diz-me Délio Porciúncula que também não as usa muito.

E o Führer chegou a Roma sob indescritível entusiasmo e aparatosa demonstração do poderio bélico fascista, mas o Vaticano fechou-se em copas. Saulo Pontes, que andava de bico arrolhado, expandiu-se:

— A Santa Madre Igreja não apóia a tirania!

Ao que Antenor Palmeiro retrucou logo:

— Há um tempo preciso de apoiar as tiranias. Agora é prematuro. Em todo caso, o Santo Papa não deixou de benzer as armas italianas que foram conquistar e dizimar a desarmada Abissínia.

Saulo Pontes, coisa rara, perdeu um pouco a paciência:

— Você é muito ignorante, Antenor, e é difícil que os ignorantes compreendam as coisas!

— Não vejo dificuldade nenhuma em compreender coisa tão simples, de maneira que a minha ignorância não entra no problema. A benzedura de espadas e canhões foi um fato público, objetivo e fotografado, o qual portanto você não pode negar, por mais culto que seja, ou presuma ser.

5 de maio

Se Cléber Da Veiga tivesse o talento do tamanho da sua suficiência ou de sua hipocrisia seria um gênio. Encontrei-o, excelso, catedrático, superlativo, discursando para Venâncio Neves, que, bestificado, aprovava tudo com sua congênita gaguez, e o tema da peroração era o Mês de Maria! — festa mirífica, sacrossanta sublimidade, de inigualável poesia, quase abandonada pelo desmoronamento dos costumes, e que precisava ser reativada, revigorada, enaltecida, como bênção para a alma, e iluminação para o espírito, como muralha de amor e de pureza ante o grosseiro, nefando materialismo, que, medrando das estepes, ameaçava insolitamente a civilização cristã.

Envolveu-me num abraço paternal e perdoativo:

— Eu sei que você zomba das coisas divinas, mas não me engano com as aparências. Sei que não passa de atitude, atitude defensiva, de sentimental que se envergonha do coração que tem, mas que quando escreve, como você escreve, não consegue esconder a ternura, a piedade, a bondade de que ele é forrado pela graça de Deus!
Desvencilhei-me do abraço:
— Não é para te elogiar não, mas você, Cléber, é uma das criaturas mais burras que eu já vi!
Cléber perturbou-se, mas, acobardado, venceu o lance com prolongada e constrangida gargalhada, que procurava cobrir o riso escarninho e irreprimível de Venâncio.

7 de maio

O espelho:
— Tenho as minhas dúvidas de que este livro seja um romance...
— Aceite-o como um breviário de matemática.

8 de maio

Brincadeiras de Jurandir e seu Valença:
— Grande prêmio.
— Prêmio único.
— Único no gênero.
— Gênero livre.
— Livre de despesa!

9 de maio

Há certas dores alheias que se tornam irritantes. O sofrimento de Eurico é uma delas. É o coração que não se conforma em não ter sido aceito o seu perdão, como se fosse lícito esperá-lo de Madalena, que sumiu, preferia morrer a olhar de frente aquela cara sardenta, nojenta, repelente! Eurico é um bagaço. Magro, a roupa suja e amarrotada, veio com os dois filhos, sentou-se no sofá de palhinha, desenrolou pela centésima vez o desditoso rosário das suas humilhações.

— Você acha que ela volta, Eduardo?

— Bem, nada no mundo pode-se dizer em tom categórico. A vida é dúbia por excelência.

A resposta era bestíssima, parecia saída da boca do diplomata Emanuel, mas Eurico não a recebia assim. Gemia sob os ferozes cabelos:

— É.

Eurilena e Lenarico aproveitavam a tarde maravilhosa no jardim. Exaltavam-se em gritos nas suas correrias, pulavam, subiam nas árvores, deixando Vera e Lúcio fascinados. Eurico pretendia desculpá-los:

— São crianças, não compreendem ainda direito as coisas.

Justamente quem menos compreendia as coisas era o meu querido Eurico. Traído, espoliado, espezinhado, abandonado por fim, teimava em não acreditar na realidade dos fatos, apelando para o venturoso dia em que o céu viesse em seu favor trazer-lhe a fugitiva, restaurar o palco da sua comédia de amor. Nem por um momento passava-lhe pela cabeça que aquilo não podia ser de outra maneira, que seriam águas que nunca mais se encontrariam, que, por loucura ou enfado, tudo se quebrara. De pálpebras marejadas, contou-me que várias vezes, em horas diversas, sacrificando até as horas de trabalho, rondara a casa onde morava Madalena, na esperança da reconciliação. Vira-os num cinema. Um vagabundo, um pé-rapado, um tocador de violão! Detalhava a cor do vestido de Madalena com melancólica precisão — ia de bege... Interrompeu-nos a empregada que entrava com a bandeja de café. As mãos de Eurico tremiam segurando a xícara, rodando a colherzinha. Talvez fosse Eurico quem tivesse razão. Talvez que a verdadeira vida não seja mais que uma longa lição de humildade.

10 de maio

Achei do meu dever escrever circunstanciada carta a Emanuel e deliberadamente insinuei a fraca situação financeira de Eurico e o custoso preço do tratamento. O brilhante e atarefado diplomata só me respondeu um mês depois, lamentando, compungidíssimo, a desgraça que abatera sobre a irmã, e descrevendo-me, por seu turno, os patéticos sofrimentos vesiculares e hipocondríacos de Glenda, sem contudo tocar, nem de raspão, no fraternal assunto da ajuda monetária.

Mariquinhas apresentou sinais evidentes de remorso, acalmados com o desfiar piedoso do terço aos pés do oratório. E Lobélia passou a ter mais um refrão:

— Quem tem loucos na família...

11 de maio

O professor João Herculano já tinha a boca torta antes de usar cachimbo.

12 de maio

Enquanto que entrava pela madrugada, dando retoques nos originais de *A estrela*, cuja epígrafe camoniana entusiasmou Mário Mora e faz com que, cada vez que nos encontramos, repita-a em tom eloqüente e trocista, em outro extremo da cidade desenrolavam-se acontecimentos da maior gravidade, que se tivessem sido coroados de êxito ainda tornariam pior a nossa condição, campo aberto para uma ditadura de sangue, extermínio e discriminação racial.

O levante integralista atingiu vários setores e foram assaltados o Palácio Guanabara, o Ministério da Marinha, estações telefônicas e de rádio. A subversão iniciou-se pouco antes de uma hora, na ocasião em que a guarda do Corpo de Fuzileiros, no Palácio Guanabara, devia ser rendida, e justamente no momento da passagem das armas, de sentinela para sentinela, foi que se verificou o primeiro choque. Estabeleceu-se o pânico. Colhido de surpresa, o pequeno contingente foi dominado, logrando algumas praças escapar e alcançar o palácio. Nesse ínterim houve os primeiros disparos. O tenente Fournier acompanhado de um fuzileiro, transpôs os portões internos do palácio. Um sargento tentou embargar-lhe os passos e o fuzileiro prostrou-o a tiros de revólver. Os integralistas espalharam-se pelos jardins, enquanto os soldados que escaparam tomavam posição em diversas dependências do edifício. No interior, Getúlio, sua esposa e filhos, seu irmão Benjamim e alguns elementos da segurança pessoal de pernoite, organizaram a resistência com as armas e munições que ali havia. Estava travada a luta, quando um investigador que regressava duma ausência concedida, apercebendo-se da gravidade da situação, acercou-se cautelosamente da residência presidencial e, pelos fundos, que lhe eram conhecidos, conseguiu atingir uma das dependências do palácio onde se encontrava uma metralhadora. Com ela abriu fogo contra os assaltantes. A munição, porém, era insignificante e em rápidos minutos teve de se render. Foi conduzido à casa da guarda, onde, segundo declarou, foi esbofeteado por um oficial meio embriagado, que ali se encontrava dirigindo o movimento.

Avisado por telefone, o general Dutra, que se encontrava em sua residência, no Leme, dirigiu-se imediatamente para o Ministério da Guerra, e após tomar enérgicas providências, rumou para o local do motim. Ao chegar, foi recebido por descargas de metralhadora e um estilhaço de granada o alcançou de raspão na orelha, ferindo-o levemente. Mas a resistência dos que estavam dentro do palácio não se afrouxara, o que deu tempo para que tropas legalistas chegassem e tomassem posições nas imediações, e até no próprio jardim, onde entraram através do campo do Fluminense. Praticamente cercados, os revoltosos, cuja retirada pelos morros que circundam o palácio também estava cortada, de vez que neles se haviam instalado as tropas do I Grupo de Obuses, adotaram o recurso que lhes restava, recuando para a rua, donde procuraram fugir, o que muitos ainda conseguiram. Cerca das quatro da manhã a luta estava encerrada.

Na mesma hora em que o palácio era assaltado, também o era o Ministério da Marinha, que esteve durante algum tempo sob o domínio dos amotinados. Dominadas as sentinelas que guardavam o Ministério, os integralistas dele se apoderaram e na refrega tombaram homens de parte a parte. Senhores do edifício guarneceram todos os andares, inclusive o sétimo, onde existiam quatro canhões de tiro-rápido. E por telefone intimaram o quartel-general dos Fuzileiros Navais, dizendo ser inútil qualquer resistência, porquanto o presidente já estava preso. O comandante daquela corporação respondeu que resistiria até o fim, e não havia decorrido mais que uma hora e já os fuzileiros rompiam fogo contra o edifício ocupado. Às quatro e pouco tomavam-no de assalto.

13 de maio

Cinqüenta anos de Abolição! E o presidente comparece às comemorações públicas sob entusiásticos aplausos. Silva Vergel, nada à vontade no palanque, tremendo e se virando a cada grito ou movimento, conseguiu falar quase um quarto de hora, quarto de hora que valia três séculos de lugares-comuns e trinta de capachismo, quarto de hora em que procurava demonstrar que a liberação dos escravos era obra getuliana, obra por antecipação, obra que só agora se completava com a liberação de todo um povo, liberação que em vão (e olho para os lados) os sicários da felonia tentaram sufocar numa onda de sangue.

E fala-se de quarenta mortes no entrevero.

14 de maio

— Sacripantas! Bandidos! Miseráveis! (Manduca, verdadeiramente fora de si.)

— O presidente portou-se com a bravura que lhe reconhecemos. (Lauro Lago.)

— A estrela getuliana brilhou mais uma vez, lavrando outro tento na simpatia popular. Era um homem defendendo, de arma em punho, a integridade do seu lar. (Saulo Pontes.)

— Seu Humberto sumiu. Só apareceu hoje, muito ressabiado, muito sem jeito. Precisavas ver a cara de troça que Jurandir lhe fazia... (Seu Valença.)

— E o Chefe?

— Apavorado! (Seu Valença.)

— A única coisa aproveitável da moxinifada foi a dinamite que jogaram no Tribunal de Segurança. Mas são tão errados que não matou nenhum juiz, não chegou mesmo a estragar nenhum móvel. (Gasparini.)

— O Helmar fez das tripas coração, coitado, e na manhã do atentado apareceu na Livraria Olimpo, muito sem graça, dando razão a todos; condenando a ação a mão armada, isto é, procurando à viva força patentear seu desacordo, seu alheamento a movimentos dessa espécie. E como se sabia que os primeiros galinhas-verdes presos, em menos de dez minutos de delegacia, já davam o serviço todo, Ribamar foi crudelíssimo com ele, quando lhe perguntou: — Quantos companheiros você denunciou, hem, Helmar? (Adonias.)

15 de maio

O corpo branco no domingo branco. O pensamento branco como página para escrever.

16 de maio

As prisões se avolumam, de implicados e inocentes, que as suspeitas e denúncias são a granel. Entre elas: a de Miguel, que há muito não via e que nem sabia metido no credo verde — tomou parte saliente no ataque ao palácio, portou-se com a sua nunca desmentida valentia na captura, reagindo a bala, entrincheirado no jardim do seu palacete no Jardim Botânico; a do velho conhecido doutor Xisto Nogueira, cujo laboratório prosperara e é hoje um dos mais importantes e reputados do país, que financiara o movimento, o que, dada a sua índole pacífica e acomodatícia, muito me surpreendeu; a do doutor Sales de Macedo, conhecido psiquiatra, diretor do Hospício Central de Alienados, a quem Gasparini muito devia e que tão generosamente atendeu a Madalena; e a do bancário Sigismundo Furquim, primo de Ricardo Viana do Amaral e freqüentador da casa de Loureiro, onde o encontrei várias vezes, sempre agitado e inconseqüente, cavalheiro de pequeno porte, mas capaz de todos os golpes, membro da ex-Câmara dos Quarenta e orador arrebatado.

João Soares foi detido, mas solto imediatamente após sumário interrogatório, no qual foram constatadas a sua inocência e a sua pulsilanimidade. Martins Procópio, que correra à Polícia Central, logo que soubera da prisão, já não o encontrara mais, mas tivera feridas, talvez, as narinas pelo cheiro imundo da cólica que o inquirido não pudera conter.

17 de maio

Por que razão não consigo gostar de Lenarico e Eurilena?

18 de maio

O governo promete a severa punição dos culpados e, para tanto, uma nova lei para a segurança do estado está sendo urgentemente elaborada. Silva Vergel adianta à imprensa que será admitida a pena de morte e detalha — por fuzilamento.

Cléber Da Veiga, em substancial mas cauteloso rodapé, condena a pena máxima, em qualquer circunstância, firmado no princípio de que não podemos retroagir. Délio Porciúncula, Nicanor de Almeida, Pedro Morais, Saulo Pontes e João Herculano, entre outros, não muitos, causídicos entrevistados, acompanham a tese de Cléber e se esboça no meio intelectual um movimento no sentido de se enviar um memorial ao chefe do Governo contrário à medida "que vai frontalmente de encontro à índole do nosso povo e às mais adiantadas conquistas do direito penal". E Gasparini é inconseqüente:

— Mas que precisamos, precisamos.

19 de maio

Da penosa crítica aos amigos — Loureiro faz-me lembrar certo personagem de um romance inglês: "nunca seria um cavalheiro, por mais que vivesse!" — Um romance de Lawrence.

20 de maio

Não se constrói nenhuma felicidade sobre lágrimas, mesmo que um tanto falsas — é o que dizia Susana, que tem derramado bem poucas, e na verdade seria a mais crassa das impiedades humanas fazer que aqueles olhos morenos vertessem tão desagradável líquido. Admita-se um anjo sem asas, e eis Susana, Susana Mascarenhas, sobrinha do desembargador Mascarenhas, que é o grande homem da família. Quando falam no desembargador Mascarenhas enchem a boca, emprestam aos sons uma retumbância olímpica. Susana o chama só de titio Mascarenhas. Naquele chalé fim-do-império da Rua das Laranjeiras, que algumas reformas já republicanas não conseguiram modificar a atmosfera de decrepitude que se impregnou até nos espelhos encardidos, não se admite que se desconheça o ilustre homem da Justiça. Já presenciei a infelicidade de um rapaz, primo de Adonias e aliás bom pretendente aos olhos e ao resto de Susana, que tudo perdeu por ignorar a existência do nume familiar.

Acabei o chá no seio da família Mascarenhas — porque eles se acham todos Mascarenhas, embora sejam realmente Borges, pois o já bastante aludido Mascarenhas é apenas tio materno dos Borges. As torradas eram barradas com manteiga de um sítio que tem o desembargador em São Gonçalo e no qual mantém homérica luta contra as saúvas. O açucareiro de prata era presente que o desembargador trouxera daquela memorável viagem que fez à Bolívia, como um dos oito meritíssimos representantes do Brasil ao Primeiro Congresso Interamericano de Justiça Católica. A Ceia do Senhor, que abençoava as torradas, em patinada prata, fora recordação de outra viagem célebre: a visita do desembargador à Terra Santa — *Pietas fundamentum est omnium virtutem!* — numa caravana de quatrocentos e poucos peregrinos, organizada por uma agência de turismo a seis contos e trezentos por cabeça, incluindo todas as gorjetas, etc. Se a Parca não consentir que o desembargador chegue a ministro do Supremo, tremo pelo suicídio coletivo da família Borges. Como é possível viver sem o desembargador? Ele é o ar que respiram, a vitamina das suas vidas.

Susana levanta-se e vai para o piano tocar, naturalmente, as valsas que inebriam o desembargador. Na poltrona de palhinha, com almofada bordada, todos lêem um cartaz invisível: "É a poltrona do desembargador." Nela ninguém se senta. Somente às quintas-feiras, as nádegas do impertérrito distribuidor da Justiça conhecem a frescura daquele assento, contemplando de frente os incríveis *flamboyants* de Marcos Eusébio. Foi aí, ao correr molengamente o teclado numa escala preliminar — e Délio Porciúncula fez uma cara compenetrada de entendido, na penumbra propícia do abajur — que Susana largou a frase: "Não se constrói nenhuma felicidade sobre lágrimas, mesmo que um tanto falsas." Perpassou-me a idéia de perguntar se um pensamento tão belo não era também do desembargador. Mas vi imediatamente que Susana ainda cometia a vileza de alguma personalidade. Mascarenhas não conseguia penetrar em algum empedernido recesso do seu ser. É o diabo a gente nascer Borges. Nunca se chega perfeitamente a ser um Mascarenhas!

21 de maio

— Como católico praticante não me repugna a pena capital. As Santas Escrituras... (Desembargador Mascarenhas, ontem, em casa de Susana.)

22 de maio

Ante a ameaça de invasão do seu território por forças alemãs, a Tcheco-Eslováquia mobiliza seu exército.

— Vocês vão ver — diz Venâncio Neves — como a Inglaterra e a França, que têm um pacto com a Tcheco-Eslováquia, vão deixar a pobrezinha na mão.

Marcos Rebich me conta coisas estratosféricas da Censura, cujos memorandos aos jornais, na maioria confidenciais, estão sendo carinhosamente colecionados por Julião Tavares.

E a família presidencial não sai dos cassinos, em permanente patuscada.

24 de maio

Godofredo Simas, numa mesinha de café, sobre temas sortidos, conversou duas horas seguidas — infatigável parlapatão!

E falar orgulhosamente do que poderia ter sido, eis o que resta a Antunes (resistirá até o fim do mês?), e eu o ouço paciente também, Antunes, que nunca conseguiu ser nada e que lança perdigotos como um chuveiro.

25 de maio

Há palavras maravilhosas — açucena, merencório, papoula, miocárdio! Parece que têm gosto, aroma, matiz, parece que podem ser pesadas, como os diamantes, as ametistas, os rubis, por quilates. E então não gastá-las, tal como um usurário.

26 de maio

Afinal acabei a vida de Manuel Antônio de Almeida! Não será boa, lacunosa ainda, mas é a mais completa que se fez, esclarecendo certas sombras, destruindo alguns erros, como aquele, fracamente controvertido, de que o corpo do romancista tenha sido encontrado numa praia de Macaé — sempre Macaé! — quando, na verdade, ficou no mar. Tivéssemos arquivos e poderia ter saído melhor. Vontade não faltava, nem paciência. Aliás deveria me ter limitado à simples, linear biografia, mas falando da obra arrisquei uns frouxos comentários, que afinal não poderão ser levados como crítica. Agora, o difícil é conseguir editor. O meu não quer — biografia não se vende! — e isto me parece mais uma das suas imbecilidades. Oferecer a Vasco Araújo não ficaria bom. Talvez que o Ministério da Educação poderia publicá-la. Vamos ver.

27 de maio

Fui ver e os homens ministeriais, sob o retrato enfaixado do presidente, me receberam bem, tanto mais que o poeta, que trabalhava no gabinete do ministro, onde o retrato enfaixado do presidente está entronizado na parede de honra, serviu de eficiente e generoso corrimão. Vão publicar a biografia numa coleção que já era pensamento lançar, coletânea dedicada aos nossos grandes mortos, e por certo não irão arranjar muitos sem forçar a mão. Propuseram aumentar o volume com numerosas gravuras, pedindo apenas que os orientasse e — o mundo é cheio de surpresas! — pagarão com relativa liberalidade, quando nem falara em dinheiro, já me contentava com a edição oficial. Como parece haver no cultural departamento um desejo ardente de operosidade, logo a seguir fui conduzido à sala do diretor de publicações, rapaz atraente, palrador, parente de Débora Feijó e que eu conhecia de vista e de artigos sobre o barroco, aliás perseverantemente barrocos. Lá ficaram os originais para imediata composição, sob o olhar benevolente do enfaixado presidente, um pouquinho torto na parede, que o vento tem destas irreverências.

28 de maio

— As verdadeiras alegrias são tíbias e sérias. Somente as alegrias medíocres e fugazes se acompanham do riso. (Plácido Martins.)
— É muito boa. Mas a sua bondade extenua.

29 de maio

Não tocar em certas coisas não significa que as esquecemos.

31 de maio

O compositor de dente de ouro, velho companheiro do tempo de militança, me contava que apanhara a mulher em flagrante delito com o Olinto-do-Pandeiro:
— Você conhece, não? Um baixote, sarará, da Rádio Metrópolis? Vivia com a Neusa Amarante. Tanto chupou, que ela chutou!
— De nome. E que é que você fez, Antônio Augusto?
— Que me interessava fazer? Não sou de briga. Fiz um samba-canção do barulho, mas os animalejos da Casa da Música não querem editar. Aliás quem não for da panelinha da Neusa não arruma nada. É uma vergonha!

— Se é assim, por que você não adere à turma da Neusa? Será tão difícil?
— Bem, já pensei. Até que é canja. Me dou bem com a Neusa, sou camarada do Zé-com-Fome, que é muito liga com ela. Mas tenho que dar parceria e você sabe como é a parceria desses sanguessugas. A gente entra com tudo e eles papam mais da metade.
— Mas vale ou não vale?
— Pensando bem, vale. É um jeito de sair do buraco, aparecer. Depois, se der sorte...
— Então, mete o peito, Antônio Augusto! E a mulher?
— Que mulher?
— A sua, ora!
— Ah, anda por aí desgarrada num dar sem conta.
— E você de longe?
Abriu os braços em gesto de protesto:
— Puxa! Por quem me toma? Está me esquecendo? Por azar, sim. Convencido, não!
— E vocês tinham filhos?
— Você já viu pobre não ter filhos? Tenho dois. Estão com a velha. São gozados os garotos. Fortezinhos, sabe?
— Mas o autor de "Sem mulher não posso passar" já arrumou substituta?
Antônio Augusto abriu um riso satisfeito:
— Você se lembra, hem? Bom sambinha, não?
— Ótimo!
— Foi dos primeiros... Bom tempo! — suspirou.
— E a substituta? — insisti.
Fez um gesto modesto:
— Tenho uma cabrochinha aí.
— Boa?
— Comível.
— E o samba-canção, como é?
O sambista não se fez de rogado, meteu logo, em voz rachada:

> *"Hei de viver pra ver teu fim*
> *oh! falsa mulher...*

E ouvi-lo era reportar-me a dias que se esfumavam sob a seqüência dos dias, mas que bastava um encontro, uma frase, um trecho de canção, para reavivá-los, acendê-los, vivê-los novamente com as mesmas emoções e chaturas. O bélico esporão de rocha e concreto entrava pelo mar, que não se deixava subjugar, e nos dias de borrasca, em arrasadoras catadupas, cobria com estrondo a fortaleza, varria por inteiro a extensão da laje, atingia as cúpulas dos canhões, dois a dois, como binóculos assestados para o horizonte oceânico na constante espera de um inimigo que não vinha. Se o mar estava calmo, desfazia-se a gola de espuma que orla a ilha Rasa, e quadrados e triângulos de velas pescadoras se arriscavam enfunados para além das Cagarras, para além das grandes rotas transatlânticas. Se a noite era clara, a água fosforescia como campo de fogos-fátuos, e a sentinela deixava a guarita no alto do morro, ao pé dos postes telegráficos que zumbiam, e era levada para a vertente a pique, pirambeira com onda e pedra embaixo, dominada pelo sortilégio do mistério lunar. A corneta, em melancólicas tenutas, era o despertador das madrugadas verânicas ou hibernais, com cigarras aquelas, cigarras, claridade e o hálito de boca de forno prenunciador de um dia abrasante, com névoa estas, névoa gris, frialdade e cheiro ácido de maresia, que salgava os lábios e se colava à pele. Os dormitórios, vizinhos das sentinas, de colchões duros como pau, eram escuros, morrinhentos, mistura de suor azedo, de chulé e de urina, mas a pituitária é acomodatícia, os músculos extenuados exigem descanso, e os percevejos atacavam impunemente, gordos, nutridos, sempre ávidos todavia, marcando de sangue de todas as castas os lençóis encardidos e ásperos. O refeitório era luminoso, de janelas para o mar alto, pintado dum verde suave, mas, na hora das principais refeições, funcionava como tirante da cozinha ao lado e deixava-se invadir por um vapor denso e gorduroso, tresandando a cebola e a feijão. Zuza reclamava a bóia diária e acerbamente — nem porco engole esta gororoba! Era injustiça. Apenas monótona, rotineira e, como feita em larga quantidade, abundância que poderia ser até tachada de desperdício, não podiam os assoberbados cucas da caserna apurar o tempero e, às vezes, serviam-na insossa, outras por demais carregada no sal ou no alho. Mas acabei por compreender que os reclamos do exigente soldado, como os de tantos outros companheiros humildes de tropa, nada mais traduziam que a maneira primária e popular de esconder a vergonha de ser pobre, dando a entender assim que não era qualquer-um, que sabia o que fosse tratamento, o que fosse fino, que em casa tinha passadio melhor. — Amanhã estou de folga, vou tirar a barriga da miséria em casa! — dizia Zuza, empurrando na boca obrigatórias, desprezadoras garfadas. A casa era um ínfimo quartinho, sem luz e sem ventilação, numa estalagem da Rua Barroso. E o fogareiro a carvão, guardado debaixo da cama quase não se acendia para os apregoados acepipes — Clotilde tinha horror à cozinha, queixava-se de cansaço, armava discussões, acabava carregando o amásio para comer na casa-de-pasto da esquina, com palmeirinhas na porta e cardápio cantado, propriedade de um português, ventrudo e cordial, que fiava, esperto, de olho na mulatinha, porque ela é quem pagava, ela é quem tinha dinheiro, supostamente fruto das suas responsáveis funções de caixa na Padaria e Confeitaria São Jorge, um quarteirão adiante, com minhotas paisagens a óleo pintadas nas paredes, e cujo dono, senhor Reis, também lusitano, era seco pela empregada, secura que a escultural e dengosa samaritana mitigava com atilada moderação, reservando algumas gotas do seu cântaro para o senhor Marques, porquanto a firma era Reis & Marques.

Zuza não ignorava as infidelidades da amante, que conhecera donzela e requestada numa vila operária da Gávea, onde moravam, e, calando no cavo peito sofredor o apaixonado, inolvidável orgulho de ter sido o primeiro, nada lhe dizia, fingia acreditar em todas as mentiras, temeroso de perdê-la — quente, macia, veludosa, mina inexaurível do seu desejo. Não fora a desgraça de ter sido convocado para o exécito, que o obrigara a deixar a profissão de estucador, cujos ganhos davam para sustentar os luxos da mulatinha, e sujeitar-se ao ridículo soldo de soldado, que não chegava nem para pagar o quartinho da Rua Barroso, nada teria acontecido, nada! — e seu coração não viveria na afrontosa ameaça de uma ruptura. Mas refugiara-se na cachaça como esquecimento e consolo, e só quando muito bebido é que extravasava as recalcadas queixas, chamando-a de vaca para baixo, recriminando os superiores de farda como os causadores das suas desditas — sargento Gumercindo, aliás inocente, era o mais visado pelo seu ódio de traído — e ameaçando-os com sangüinárias desforras que jamais pôs em prática.

Antônio Augusto parou na porta do boteco:
— Vamos traçar uma batida?
— Bebe você. Desde aquele tempo nunca mais bebi.
— Não me diga!
— Nunca mais.
— E até que você era dos bons no copo. Que carraspanas você amarrava, companheiro!
— Duas só.
— Que duas! Vinte, você quer dizer, não é?
— Não. Só duas. As únicas da minha vida.
— Também daquele tamanho bastavam só duas ...
— É, foram exageradas ...
— Uma foi na casa do Otílio, não foi? Quebraste a cristaleira do homem, deste uns tapas na Clotilde, querias matá-la com a faca da cozinha — que baderna!
— Todos nós temos as nossas vergonhas para esconder.
— Era uma grande mulata aquela dona, hem! Que peitos, que pernas, que andar de princesa! O pobre do Zuza não dava conta.
— O Zuza era bom sujeito.
— Lá isso era. O que estragava ele era a Clotilde. Que paixão!

Forcei um silêncio e Antônio Augusto voltou:
— E o Otílio? Bom no violão, hem? Nunca mais pus os olhos naquela flor.
— Vai na Penitenciária que você põe.
— Está preso?
— Vinte anos. Passou fogo num cunhado.
— Mulher, não foi?
— Mulheres.

Antônio Augusto tingiu a cara de sério:
— Mulher é chave de cadeia, companheiro. Comigo, não!
— Cachaça também é, meu nego.

O compositor riu:
— Que merda é a vida, não é?

1.º de junho

Lobélia:
— Pode-se ter ciúmes mesmo de quem não se ama!

2 de junho

E admito também que foi uma lição, aquilo que a pálida moça me disse em casa de Catarina:
— Livro bom é livro com o qual a gente chora para dentro.
Procurarei não esquecer. Era uma figurinha simples, sem atavios, mansa no falar. E disse ainda uma coisa de que somente hoje alcanço o doloroso significado:
— Os mortos não fazem falta.

3 de junho

— A Alemanha e a Itália são responsabilizadas pelo ataque aéreo às cidades abertas com o fim de apressar o término da luta na Espanha, e ingleses e franceses são os que mais se acirram na acusação, porque estão com os calcanhares doendo. É que a remessa de gêneros e material bélico ítalo-germânicos já está se tornando pesada, tendo em vista que se aproxima iniludivelmente uma guerra e é preciso ter reservas para ela, que não vai ser sopa! Ingleses e franceses bem que sabem disso. Têm que salvar as suas peles e as suas peles são caras! Já fizeram concessões, e muitas outras e mais indecorosas ainda farão. Mas entre umas e outras, berram, para iludir o mundo contra os procedimentos nazi-fascistas. Uma pândega! (Marcos Rebich.)
— Agora é que vai ser bonito! Foi decretada nos Estados Unidos a proibição de propaganda de extremismos. É a ofen-

siva oficial. Como o americano ainda é muito burro politicamente é pior a emenda que o soneto. Já tiveram a famigerada e primária Lei Seca, que deu mais bêbados à nação que todas as cachaças juntas. Não se emendam! Vai ver como isso vai dar voltas. A famosa liberdade, com ou sem estátua, de que tanto se orgulham irá sofrer os seus percalços. Porque americano acredita mesmo em propaganda. Aliás, quem não acredita? (Gasparini.)

5 de junho

A cidade ficou de ouvido colado no rádio e o locutor caprichava no patriotismo por entre as descargas da estática. O resultado foi favorável aos craques brasileiros, todavia o escore era de bola de meia — 6 a 5! — que o esperto atacante polonês percebendo o nervosismo do nosso arqueiro e atirando de qualquer jeito e distância, sempre o encontrava de mãos atadas, descontroladas. Garcia escondia a emoção, torcia silencioso, mas Gasparini esbravejava a cada gol contrário. — Este desgraçado é pior do que o Guaxupé! — e tecia comentários como se estivesse em Estrasburgo assistindo à partida.

Logo após a irradiação, com um epílogo do locutor em que as virtudes malabarísticas dos jogadores patrícios foram bombasticamente exaltadas, Adonias apareceu janota como um noivo.

— Ganhamos! — gritou-lhe Gasparini. — Custamos, mas ganhamos!

— Ganhamos o quê?

— O jogo com os poloneses, ora essa!

— Ué! Havia jogo? Eu não sabia.

— Será que você vive no mundo da lua? — e a voz de Gasparini trazia um pingo de indignação, o mesmo pingo antigo quando Adonias desperdiçava, displicente, uma jogada que Gasparini, um centroavante estilo bode cego, poderia converter em ponto: — Por que é que você não vai pra casa logo? Jogar sem você fortalece o quadro... — e cruzava os braços no meio do campo, trocava olhares de incompreensão com Burguês ou Tatá, acidez à qual o elegante extrema-direita não ligava a menor importância.

Se Adonias jogava no quadro principal, forçoso será dizê-lo que era por fruto da sua política colegial. Outros melhores havia, principalmente mais corajosos e cavadores, Adonias, porém, distribuía tal sorte de favores aos colegas, que a sua nata soberba e suas deficiências esportivas caíam no oblívio para ser sistematicamente escalado pela direção técnica.

Adonias sorriu, escolhendo cadeira:
— Tenho andado preso a coisas tão sérias que...
— E futebol, por acaso, não é sério? — interrompeu-o Gasparini berrando. — Tudo é sério! Tudo que o homem faz é sério. Nós é que podemos com a nossa indiferença, com a nossa preguiça, com a nossa arrogância, não fazer as coisas serem sérias.
— De pleno acordo, cavalheiro! O que eu ando fazendo é seríssimo.

Mas de que se tratava, não se soube, que ele tinha seus véus. Gasparini bateu no ombro do velho companheiro:
— Você é um animal!
— Depende que animal...
— Chato serve?

Rimos da saída, que era de um crasso destempero. No prodigioso reino, do mais rudimentar protozoário ao mais adiantado mamífero, seria impossível se encontrar um animal equivalente ao desconcertante complexo adoniano, salvo se houvesse um animal desconhecido dos naturalistas, escondido em ignotas paragens, que tivesse tanto de mariposa quanto de morcego, tanto de garça real quanto de felino, tanto de deslizante ofídico quanto de canoro.

E como de parecenças bicharias se falava, Garcia lembrou:
— Vocês não acham o Saulo Pontes parecido com barata?

Nada poderia haver de mais semelhante e nos admiramos como só naquele momento o constatávamos.

6 de junho

Agarrar-se ao corpo branco como a uma âncora. Resistir às correntes.

8 de junho

Quando Garcia me ensinava o jogo da moda, por sinal bastante enfadonho e na base do mais puro azar, me lembrei do baralho de Cristininha. Ouros era quadradinho; paus, cachinho de uva; copas, coração; e espadas, coração com rabinho.
— De que é que você está rindo? — perguntou.
— De nada — respondi.
Garcia não insistiu, o que é uma das suas mais aristocráticas qualidades.

9 de junho

Foram em vão os esforços do bom doutor Vítor. Cristininha não resistiu à crise. O pequeno coração fraquejou. A tarde caía e um vento fresco — um vento que não era de morte — entrava pela janela com o palpitar das primeiras estrelas.

10 de junho

A noite protege a família, que o dia dispersa. A fadiga que domina papai — tanta luta, Deus meu, tanta luta! morre na cadeira de balanço, a cama será a conseqüente sepultura. O grilo invisível atormenta o silêncio e a leitura sempre interessada dos vespertinos. Solta no ar, de quarto em quarto de hora, a música do carrilhão escorre pelo corredor. O corredor é escuro, com uma inútil clarabóia no alto. O meu bico de gás já não mais funciona, vencido pela eletricidade. Lá no fundo fica a cozinha de luz mortiça e um vago cheiro a cebola, éden noturno de inextinguíveis baratas, desespero de mamãe, pavor de Madalena.

12 de junho

Foi em Bordéus, cidade grata a Alfredo Lemos, que lá fizera um curso de aperfeiçoamento em microbiologia, exatamente quando o cândido Emanuel exercia na cidade mediterrânea suas ociosas funções consulares, foi em Bordéus o segundo embate eliminatório e já o endemoniado Leônidas da Silva ganhara o apelido de *Diamante Negro*, que segundo Gasparini era uma vasta burrice, pois diamante negro não tem valor algum, é um reles carbonato, o que Garcia imediatamente contestou, provando que o amigo confundia as bolas — carbonato, negro e poroso, sem condições para lapidação, era a forma primeva e impura do carbônio, na verdade sem valor comercial, enquanto que o diamante negro era uma coloração raríssima, e por isso de preço incalculável, na dilatada escala cromática dos diamantes.

O resultado mais uma vez decepcionou — 1 a 1, havendo a necessidade de um outro encontro, quarenta e oito horas depois, para se qualificar o adversário dos italianos que, sob telegramas inflamados de Mussolini, reproduzidos em todo o mundo, passaram comodamente por mais um compromisso.

A porfia não transcorreu normalmente. E o número de contundidos e fraturados — sete dos brasileiros e dois dos tchecos, anunciado pelo locutor ululante: chacina! massacre! verdadeira carnificina! — porcentagem que os comentaristas tchecos poderão perfeitamente inverter a favor dos seus patrícios é, de qualquer maneira, estatística que confirma como a peleja foi acidentada.

14 de junho

O desempate de Bordéus tornou-se uma angustiosa preocupação nacional, como se nele estivesse empenhada a sacrossanta honra do torrão natal. Ninguém trabalhou. Os principais jornais penduraram alto-falantes nas fachadas e nas árvores fronteiras, e cedo o povo se apinhava embaixo deles em tensa expectativa. O Banco Alemão, o Banco Germânico e algumas firmas alemãs importantes enfeitaram suas janelas e sacadas com as bandeiras brasileira e alemã, e apregoavam o fervor com que receberiam um triunfo auriverde sobre os opressores dos sudetos.

Alguma verdade tinha o incontido e histérico locutor sobre a perseguição que em campo havia sofrido a rapaziada cebedense — o quadro que foi a jogo era o de reserva, mas com a inclusão de Leônidas, uma arma secreta do treinador, pois que até minutos do início era dado como também ausente. E o primeiro tempo foi de murchar coração — terminando com a vantagem mínima dos adversários num desenrolar em que, felizmente, não se repetiu a tourada anterior. Mas no segundo tempo a mola Leônidas funcionou. Num golpe espetacular, muito do seu feitio, igualou o marcador, e a vitória nos sorriu por dois a um, que os tchecos não passaram do seu tento inicial. Ao apito final, de todas as bocas estourou o grito ardente — Brasil! Brasil! — que me arrepiou, que arrepiou Garcia, porquanto estávamos juntos diante do *Jornal do Brasil,* na Avenida intrafegável. Embrulhados na multidão ovacionante — Brasil! Brasil! — conseguimos atingir o consultório de Gasparini, que levara para lá um rádio portátil.

— Como é, compadre? Foi duro, hem!

Ele, de avental sarapintado de permanganato de iodo, despachou-nos:

— Não contem comigo! Tenho que gramar aqui. Não atendi ninguém. Aliás ninguém queria ser atendido, todos queriam ouvir o jogo. Fiquei ouvindo o jogo. Agora tenho consultas pra burro!

— Está bem. Amanhã no barzinho.

E para o barzinho da Rua da Assembléia marchamos. Gustavo Orlando entrou conosco, Mário Mora, o que era raro, estava lá:

— Agora é contra os italianos, não é?

Achamos graça. Mário Mora, tal qual Francisco Amaro, não dava nenhuma importância aos esportes, sendo que Francisco Amaro ainda sabia vagamente que havia um Fluminense e um Flamengo, mas Mário Mora não tinha do assunto a menor idéia, jamais entrara num gramado, jamais, em criança, se deixara seduzir por uma bola.

— É, agora será contra os italianos — respondeu Garcia.

— Podem ganhar?

— Quem?

— Os brasileiros.
— Acredito que possamos. Jogamos isto direitinho, seu Mário...
— Estaremos desgraçados!

Não aprofundamos as suas razões, contudo intimamente sabíamos que ele expressava uma verdade, uma verdade que aprendera no ar como grande, sensível artista que era. E, passada meia hora, eu abandonava o grupinho, e Cléber Da Veiga se mostrava particularmente loquaz, para me encontrar com Luísa. Também ela se mostrava alegre com o triunfo:
— Fizemos bonito, não foi?

Respondi que sim. Apesar da antevisão do amigo, o coração estava vibrando com o resultado, um caminho para o cetro. Deambulamos pelo bairro, ruas Aristides Lobo, Barão de Itapagipe, do Bispo, em cujas fachadas e paredes, muros e telhados, os liquens punham as suas esverdeadas nódoas, em cujos jardins dormia uma graça antiga de fim de século. Dona Carlota atravessava uma fase estacionária, as dores atenuadas, o sono com entorpecente — mioma secreto, tubérculo de adocicado cheiro, amplexo de baunilha e pus.

15 de junho

Visito Adonias, que já voltou aos penates depois de ter ficado livre do apêndice. Foi uma caso de urgência e ele não recebia na casa de saúde. Encontrei-o bem-disposto, nem parecia que tinha sido operado, e cercado de uma pequena roda de amigos, gente díspar, pois uma das facetas de Adonias é seu poder de manter relações com as criaturas mais estranhas ou adversas e obrigá-las a um convívio, o que é bastante singular, porquanto Adonias não é, por seus tiques, vícios e defeitos, aquilo que se pode chamar uma amizade simpática ou cômoda.

A casa de Adonias tem muito de bricabraque, e os quadros na parede, entre ótimos e péssimos, destacando-se dentre aqueles uma natureza-morta de Morandi e a paisagem de inverno, de Zagalo, feita em Campos do Jordão, onde estivera doente, com uma segurança cézannesca, se alinham em pacífica arrumação. Solteirão e rico, arranjou-se com o rebolante Fritz, que ele conhecera no barzinho da Rua da Assembléia, depois de infrutíferas tentativas para conseguir uma governanta à altura do seu celibatarismo e dissolução.

Estava esticado na famosa espreguiçadeira que pertencera, como freqüentemente mencionava, à não menos famosa tia-avó, baronesa, legadora dos bens que proporcionavam ao sobrinho-neto único as delícias de uma vida sem trabalho e sem atropelos.

À volta, em outras cadeiras pertencentes ou não à falecida baronesa, derramavam-se Altamirano, Luís Pinheiro, Martins Procópio, Mário Mora, Nicolau e Saulo Pontes, queixando-se de furúnculos, além de três cavalheiros não identificáveis e de ares suspeitos, que, por uma que outra palavra, pareciam ser pessoal de teatro, mas que falavam de futebol.

Por trás do convalescente, elevava-se, detestável, protetor e italianíssimo, o anjo de mármore que já funcionara no cemitério de Sapucaia e que ele trouxera para que oportunamente viesse a funcionar no seu túmulo, jazigo perpétuo em elegante aléia do São João Batista, ao lado da chorada baronesa. O quadro com borboletas e escaravelhos espetados, habilidade da imperial defunta, desmanchava-se atacado pelos cupins. O clavicórdio, presente de Francisco Amaro, era intocável, embora o proprietário encontrasse nele um som "levemente aguitarrado" de inapreciável encanto.

Fritz, serviçal, rodava assiduamente com café e refrescos. Uísque não, porque Adonias ainda estava proibido e não poderia suportar a abstinência do mais precioso dos líquidos na sua opinião.

A servilidade de Altamirano diante de Martins Procópio é repulsiva. Se Procópio afirmasse que o céu era de pedra, teria incontinenti uma voz confirmadora. Altamirano acaba de dar a lume o quinto folheto poético e, tal como nos anteriores, suspira ingentemente pela morte redentora "pela morte irmã, sudário da paz", através de cansativa repetição dos mesmos estafados adjetivos. Enquanto a morte não vem limpar o mundo da sua pestilência, o angustiado vate é sócio no truste das laranjas, no truste do arroz e no truste do pinho. E não era assim ao tempo da pensão de dona Jesuína. Era até simpático, nas suas roupas sebentas, no amor à poesia, no entusiasmo sincero com que parava na rua, indiferente aos passantes, e declamava os mais líricos trechos de Natércio Soledade, que nutria por ele um esplendoroso desprezo, que só hoje Altamirano paga com idêntica moeda.

Encontrávamo-nos quase todas as noites no acanhado café tijucano e, defronte de repetidos cafezinhos, trocávamos efervescências de vinte anos, destruíamos consagrações, exaltávamos gênios obscuros, tecíamos esperanças e confidências. E neste comércio inexperiente, ficava sempre evidenciado o seu pronunciado pendor para os gestos paternais. E foi este vezo que deu início ao meu afastamento, depois revigorado por certos antagonismos morais, pois seria impossível suportar por mais tempo aquele ar augusto e protetor, quando tão débil e dúbio era no fundo o seu caráter.

E ali estava Altamirano ao meu lado, diante de Adonias sem apêndice. Não nos negávamos cumprimento publicamente, quando a isso as circunstâncias nos obrigavam, e havia sempre por parte dele a tentação de lembrar o tempo passado, como se eu pudesse ser traído tão facilmente pela sentimentalidade. Respondia seco, escusava-me às investidas, deixando patente que o passado por vezes é realmente matéria morta. Vingava-se, pobre homem mercenário e sem fé, procurando me ofuscar, por palavras de través, com as suas conquistas financeiras, suas vitórias sociais. Mas como poderia ele não saber que eu continuava rico, cada dia mais rico, da riqueza de poesia que ele deixara para sempre perdida no botequim da Tijuca?

E não me demorei muito:

— Estou com pressa, Adonias. Amanhã ou depois voltarei pra te ver.

Ele abraça-me e sopra-me ao ouvido:

— Como vai o seu caso, incorrigível? Tenho pensado muito, sabe?

16 de junho

E era como se perguntasse à flor levada pela torrente:

— Aonde vais, ó flor?

17 de junho

A convicção de que éramos efetivamente os "reis do futebol" se apossou do povo, inculcado pela imprensa e rádio que têm nas seções esportivas, cada dia mais avantajadas, os únicos espaços em que a Censura não mete muito o bedelho, pelo contrário, estimula pela ausência, porque enquanto o povo se apaixona pelas atividades esportivas, já de si tão palpitantes, não pensa no governo que o rege e na crise que o ameaça. As crônicas que chegaram dos nossos enviados especiais, os cotidianos comentários radiofônicos, o material cinematográfico que urgentemente se exibia, tudo supervalorizando os feitos e os inatos predicados dos nossos atletas profissionais, criaram na massa, a par dos resultados favoráveis, uma persuasão de superioridade. Ninguém duvidava da vitória sobre os italianos em Marselha. A questão era apenas de quanto. E os repórteres, que entrevistavam meio mundo, não esqueceram os intelectuais, para o que deram uma batida na Livraria Olimpo, que pelo correr do dia era sede de variadas rodinhas.

Ribamar Lasotti prognosticara 2 a 0. Antenor Palmeiro 3 a 1. Euloro Filho, uma autoridade rubro-negra, 1 a 0. Altamirano de Azevedo 3 a 2. Gustavo Orlando, 4 a 1. Luís Pinheiro 4 a 2. João Soares e José Nicácio, pela primeira vez em alguma coisa concordes, 4 a 1. Venâncio Neves 2 a 1. Julião Tavares 3 a 0 e Natércio Soledade 5 a 2. João Herculano, Pedro Morais e Luís Cruz negaram-se a responder. Helmar Feitosa, muito preso à Embaixada Italiana, pagava com subterfúgios a sua visita à Itália e a comenda que ganhara, não dando palpite — qualquer resultado seria honroso para os valiosos disputantes, o que importava era que da peleja os dois países saíssem mais fortemente unidos e amigos! Mas quem mais brilhou na resposta foi Martins Procópio, confirmando, eufórico, o seu alto senso de irrealismo e a sua polidimensional estupidez 10 a 0!

E a palma nos fugiu de chegarmos a finalistas. O esquadrão azul — a *azurra* — mais traquejado em prélios internacionais, jogando um futebol mais de equipe, com antecipado planeamento de ação, agüentou o repuxo e venceu por uma penalidade máxima, bem batida penalidade, de que foi culpada a melhor figura da nossa seleção, embora absurdamente desconhecedora de regras comezinhas de arbitragem.

Mas quando o trilo terminal nos chegou pelo éter, e o locutor não se conformava, acusando o juiz de venal, a alma do povo, não preparada para a derrota, viu, sucumbida ou enraivecida, as favas contadas do campeonato do mundo irem cair em outro bornal.

— Fica pra outra vez — gemeu Gasparini.
— Escreva esta: o Brasil nunca terá vez!
— Puxa, que boca!

E fui me encontrar com Luísa. Conversar com ela é como tomar um banho. Um banho lustral.

19 de junho

De crista caída, esperou-se o resultado da luta contra os suecos, em Bordéus, para a conquista de um terceiro lugar, que não deixa de ser honroso. Começamos mal, mas acabamos bem, 4 a 2, um marcador olímpico, igual ao que, em Paris, os italianos, sagrando-se campeões para júbilo fascista, impuseram aos húngaros.

Para uma coisa, porém, serviu a nossa atuação nos campos franceses — patenteou o que nos falta para almejarmos um título universal. Além de conseguir do conselho da Fifa que o próximo campeonato seja realizado no Brasil, o que já constitui uma grande vitória. Até lá, e se a guerra vier irá atrasá-lo muito, há tempo de aprender bastante, se é que temos disposições para alunos, condição de que não sinto sermos muito capazes — somos o país da improvisação, do autodidatismo, que a fama de inteligentes e vivos mais agrava.

20 de junho

Por sorte a ignorância não é contagiosa, mormente quando revestida de um verniz camuflador, feito de restos de idéias, e que resiste aos arranhões superficiais. Passeio com Gustavo

Orlando impunemente pela praia vesperal de nacarados tons, de cenográficas rutilâncias. E ele, insensível às magias naturais que tão arrebatadora e extensamente descreve nos seus livros, mostra-se amargo com os editores:

— Uns ladrões!

Já Antenor somente por ingratidão, e é bastante ingrato, poderá fazer idêntica acusação. Seu amor pelos pobres e oprimidos já lhe rendeu, este ano, para cima de duzentos contos. E provavelmente seja isso o que irrita Gustavo Orlando, não muito feliz com as suas tiragens.

Insinuo:

— Você não acha que o êxito crítico e editorial, que aparentemente se transforma em êxito literário, depende muito dos círculos de auxílio mútuo que se formam nas editoras?

O escriba é dama de pronta queda:

— É evidente! Veja o Antenor, de quem sou amigo, você sabe, e realmente admirador, porque é de fato um romancista de genuíno talento. Mas você acha que seu êxito seja devido exclusivamente ao seu valor? Nem por sombra! É a pressão da editora, do grupelho armado na editora e funcionando sob medida. Sai um livro meu, ou seu, e se pingam umas dez notas na imprensa é já para lamber os beiços. Mas livro dele, de Euloro ou de Júlio Melo, tem logo de saída um sortimento de artigos focalizando-os, exaltando-os, pondo-os nos cornos da lua!

— Inclusive os seus. Sobre o último romance dele eu li dois...

— Eu sou amigo de Antenor, não confunda.

— Dá para confundir, Gustavo. Você afinal pertence à mesma editora, está ligado publicamente ao grupinho dela.

— Sim, sim, mas *est modus in rebus*.

Era a única coisa que guardara do curso jurídico, além do anelão de pedra vermelha.

As fraldas do morro, verdejantes outrora, hoje fendidas para uma avenida escoadora, receberam um metálico tapume de anúncios luminosos — a imensa caneta que nunca escreverá nada, o frasco milagroso do tônico das gerações, a água mineral caindo borbulhante no copo insaciável.

Parei, as pernas um pouco bambas:

— Estou cansado, Gustavo. Vamos tomar um bonde?
— Vamos. Também estou. Foi uma boa caminhada.
Encontráramo-nos na saída do cinema — canções, canções e mais canções — e ele é que sugerira a passeata, para a qual não encontrei subterfúgio.

21 de junho

Entrevista. A todo momento esperava pela pergunta: que é que você acha do minuto que vai passando?

22 de junho

Marcos Eusébio produziu mais duas obras-primas: Santa Teresinha subindo aos céus numa nuvem de rosas, tendo o Rio de Janeiro ao fundo, que agradou muito ao cardeal, e o *Retrato do Presidente,* ostentando a faixa simbólica, retrato que não teve pose, foi ampliação colorida duma fotografia dipiana adredemente cedida.

Nicolau vê mais longe — pintou, em duas fulminantes sessões, o retrato da filha do presidente, embelezando-a com um discreto rafaelismo. A freguesia da grã-finagem despencou em êxtase no seu ateliê e a moda ganhou mais um azul — o azul Nicolau!

Por cálculo ou repulsão recusava alguns retratos, ou aprazava-os para datas distantes, seis, oito meses depois, alegando necessidade de tempo para criar. Os mais aflitos recorriam a pistolões, e nenhum mais seguro que Lauro Lago. Houve aquelas que queriam vê-lo pintar, compareciam transbordantes de repentino interesse artístico, perfumadas e elegantes, e era bem tratá-lo com intimidade.

— Por que você não pinta uma palmeirinha ali? — perguntou uma.

— Vá à merda! — respondeu sem interromper o trabalho.

A resposta foi glosada como um *potin,* o pintor resolveu não permitir espectadores, senão muito privilegiados, às suas horas de trabalho, mas mandou fazer casaca, porquanto convidá-lo passou a ser chique nas recepções. Marcos Eusébio morria de inveja. Seu prestígio limitava-se a salões de terceiro plano, dos quais a crônica social não tomava conhecimento. Cavou uma condecoração centro-americana e articulou, a propósito da entrega solene nos salões da embaixada, uma bimbalhação jornalística, ridícula e inútil.

23 de junho

Sinto no mais fundo do meu ser que posso me vender. O preço é que é puxado para um mercado tão frouxo.

24 de junho

Facetas do ludibriado diamante lobeliano:
Racista
— Esta mulatinha é muito presunçosa! Não enxerga o seu lugar. É verdade que não a deixaram entrar no baile do Botafogo?
(A mulatinha é Catarina e o incidente fora uma lamentável verdade — Catarina tinha a sua dosezinha de sangue africano e como se queimara na praia a ponto de ficar negra, o diretor, na entrada, tivera a cachimônia de barrá-la. O primo, que a acompanhava, perdeu a tramontana e agrediu o diretor.)
Antifeminista
— Por que cargas d'água essa desocupada não telefona mais?
(A desocupada é Catarina.)
Teológica
— Esta sem-vergonha não sabe que quem faz a Deus paga ao diabo?
(A sem-vergonha é Catarina.)
Fotogênica
— Quem não tem dente não devia tirar retrato rindo.
(Não se sabe onde Lobélia foi buscar a convicção de que Catarina tem falhas na dentadura.)

Literária
— Esta literata não sabe que escrever parvoíces qualquer um escreve?
(A literata é Catarina, que andou publicando uns artigos sobre Rilke, Valéry, Eluard e Apollinaire, um tiquinho pedantescos.)

25 de junho

Após o almoço comprido e conversado, no Jóquei Clube, o ministro da Justiça, Silva Vergel, que elaborou a Constituição que nos rege, tranca-se com Altamirano, no gabinete do Monroe, transformado em Ministério, para a leitura, em mangas de camisa, de Nietzsche, que é o prato de resistência do estadista, pensador, jurisconsulto e poeta.

Quem lê é o totalitário fazedor de leis, que antes, numa capital provinciana, já mobilizara alguns comparsas, entre os quais os irmãos Feitosa, Martins Procópio, Luís Pinheiro, Altamirano e Lauro Lago, atual e desgrenhado diretor do DIP, para uma parada de "camisas-pardas", agremiação partidária de um regime forte, que não se expandiu dados a preguiça congênita do seu organizador e o progresso do integralismo, que não iria permitir um divisor dos seus princípios, e que acabou por absorver quase todos os participantes da parada parda.

Lê alto, sublinhando as passagens mais eloqüentes e mais copiadas de *A vontade do poder*. Altamirano estruge em aplausos:

— Formidável! Formidável!

E ao fazê-lo dá à ênfase um torcido capaz de confundir, na mesma admiração, o pensador germânico e o leitor brasileiro. Aderira ao novel político como um pegajoso emplastro. Através dele rompera obstáculos, evitara as conseqüências de uma peita para o abastecimento de água, conseguira amigos, intrigara outros, participava de negociatas. E explorando a mórbida vaidade do luminar constitucional, convencera-o, e até que foi fácil, de publicar, em edição luxuosa e limitada, um poema lúbrico-filosófico, *O rapto de Helena*, que o cobriu de insensível ridículo, que o levou a candidatar-se à Academia e ser surpreendentemente derrotado, ele o poderoso idealizador do estado forte, coragem que a Academia, estamos certos, jamais repetirá, como se o esforço tivesse para sempre esgotado o estoque de independência e de altivez.

O chefe do gabinete, também poeta nas horas vagas, que não devem ser muitas, pois tudo o ministro deixa por conta e risco do assessor, ousou invadir o sagrado recinto com uma pilha de processos cuja derradeira deliberação e assinatura cabiam ao titular da pasta.

Silva Vergel olhou-o encolerizado e, tomado duma fúria caricata, que exibia contumazmente, entrou a rasgar os documentos e a atirá-los na cesta de papéis, ante o olhar atônito dos dois áulicos.

— Não assino nada! Tudo isso é baboseira! Pode se rasgar tudo! Não acontece nada!

Inaudito que pareça, ninguém reclamou, não aconteceu nada.

27 de junho

Maria Berlini já lera três vezes a *Dama das Camélias.* Chorando sempre.

E Catarina:

— Lembre-se de que amor-próprio é uma coisa que os outros também podem ter.

29 de junho

Só nós podíamos compreender o mar e os seus gemidos; o mar escondido na noite, misturando-se com a noite, e a noite miraculosa cobrindo a areia e os desejos como um pálio; os olhos confiantes de Luísa desvendando afinal o caminho sonhado:

— Vê como brilha o farol? branco, branco, vermelho...

E preto e vermelho eram as cores em que os palpites se dividiam no salão dos passos sem rumor, forrado de azul, resplendente de candelabros. Godofredo, empolgado, nem nos viu.

— Arrisca.
— Nunca joguei.
— Arrisca!
— Vou pôr no 24. Está bem?
— Ponha.

A bolinha rodava. A mão, indecisa, demorava, e a voz gritou:

— Feeeito!
— Agora não pode mais.
— Não tem importância. Na outra vez eu jogo.

A bolinha pára e a voz cantou:

— Preto, 24!
— Que pena! Podíamos ter ganho um dinheirão!
— Bobagem! Dinheiro de jogo não tem bom fim. Dinheiro é de trabalho.
— Mas é tão pouco...

E Loureiro veio ao nosso encontro num abraço efusivo e esmagador:

— Vocês por aqui?
— Viemos dar uma olhada.
— Mas já vão?
— Já. Isso cansa depressa.
— Cansa depressa, nada! Fiquem comigo. Estou solito. Depois vamos ao gril ver o *show*. Há uns cômicos franceses engraçadíssimos. Vale a pena.
— Você quer, Luísa?

Loureiro prendeu-nos nos braços fortes:

— Não tem nada que perguntar. Vamos ao *show* e está acabado! Quem manda aqui sou eu. Mas antes vamos dar um giro por estas mesas. Você jogou?
— Não.

Luísa interveio:

— Ia jogar no 24, não jogou e deu!
— Pois carregaremos no 24 com a maior energia!

Carregou e perdeu. Insistiu e a ágil, diligente pazinha rapou a polpuda aposta. Perdeu ainda, com a cara muito

fresca, em outros números e dúzias, uma grossa pilha de fichas, que sacava do bolso. Afinal foi-se o último lote:
— Por hoje chega. Não passemos da conta.
— Eu acho que nós é que te demos azar.
— É possível. Amor e jogo são troços antagônicos. Mas eu pago o mal com o bem, como mandam as Escrituras. Vamos para o *show*, que está em cima da hora. São gozadíssimos os cabras! Vocês vão ver. Aliás anteontem eu telefonei para convidar vocês. Vocês não estavam.
— Fomos à casa do Garcia. Anda de cama malacafento.
— Que tem esta frondosa cavalgadura?
— Gripe vagabunda.
— Trata-se dum perfeito cretino! Ofereci a ele um apartamento em Copacabana, um negócio ótimo, e ele nem resposta.
— Ele me falou. Ficou com medo.
— Mas medo de quê?
— De não poder agüentar as prestações. Você sabe que ele não ganha muito.
— Sei, sim. E daí?
— Eu disse a ele que você agüentaria qualquer atraso, qualquer dificuldade, não o deixaria mal...
— É besta mesmo! Agora já vendi o apartamentozinho. Uma galinha-morta! E vocês, quando decidem?
— Estamos pensando.
— É de pensar que morrem os burros.
Os quatro excêntricos, espaventosamente vestidos, eram mesmo engraçados, duma graça muda e dinâmica, que se aproximava do absurdo e do drama. Luísa tem um jeitinho compenetrado, ingênuo e comovente, de criança pobre e tímida, para admirar espetáculos, e fica paralisada e atenta, como se o menor movimento de desatenção pudesse privá-la do prazer; a primeira vez que observei isso foi num circo, e chovia a cântaros, quando a trupe de acrobatas chineses se desmanchava em simultâneas piruetas e equilíbrios garrafais.

Loureiro timbra em levar seu cavalheirismo sincero e casca-grossa até ao extremo fim — deixou-nos na porta de casa no carro novo, prodigamente niquelado e macio, e não partiu enquanto não nos viu entrar.

1.º de julho

Debussy derrama-se na sala como véu de luar. Os corpos se diluem, meu corpo deixa de existir, é impalpável, torna-se poeira de amor e compreensão das coisas impalpáveis e eternas.

2 de julho

Não um caminho que ninguém tenha trilhado, mas sempre outro, que não seja moda trilhar, que não leve direto ao apreço dos coevos, um caminho escolhido por bem raros, silenciosos viajantes, um caminho que não atrapalhe ninguém e que nos conduza a todas as partes.

4 de julho

Carta de Emanuel! e que carta! Como nunca me escreveu —fluido, prolixo, cinco páginas datilografadas em papel do consulado! Que raio o levaria a me dirigir tanta substância epistolar? — perguntei aos meus botões ao tirar do envelope o grosso conteúdo. Devia ser grave, que não gastava cera inutilmente. Cuidei até que fosse confissão, desabafo incontrolável de novas complicações com Glenda e conseqüente S.O.S. Mas não — era futebol! Sentia-se enojado com o papelão feito pelos compatriotas no campeonato do mundo, profundamente enojado! Uma vergonha! Não no plano estritamente esportivo, porquanto demonstraram superlativas qualidades, receberam elogios e aplausos e até por certo cronista parisiense foram chamados de "os reis do futebol". Mas no disciplinar, o que é mais importante, pois que influi capitalmente no outro, dado que sem organização, sem ordem, sem educação, não se pode jamais almejar senão resultados esportivos condizentes com as lacunas, o que real e lamentavelmente se verificou. E a vergonheira começava pelos dirigentes — *profiteurs*, não mais que *profiteurs*! Farristas, viviam bêbados pelos alcouces. Incompetentes, jamais sabiam que medidas técnicas tomar, de que maneira proceder junto às autoridades da Fifa, como impor os seus direitos, chegaram ao cúmulo de ignorar horários, de trazerem jogadores sem as mais elementares e obrigatórias condições de registro! Pusilânimes, não se impunham aos comandados, não os obrigavam aos exercícios, consentiam que chegassem de madrugada ao hotel nos dias de jogo, sem uma admoestação que fosse, engoliam os desaforos que lhes dirigiam os mais insubordinados, houve até agressões e pugilatos abafados com dificuldade e falou-se em pedidos misericordiosos de joelhos aos pés de certos craques para que jogassem, o que só queriam atender mediante altas propinas. Desonestos, malbaratavam a régia subvenção federal que receberam, e a maleta do chefe da delegação apareceu arrombada e vazia, uma noite, a maleta onde se dizia conter o dinheiro da delegação. Se os dirigentes eram assim, que se poderia esperar dos jogadores? O que se viu!

A arenga não parava nestes indignados termos generalizantes. Ia ao minucioso e policial. Citava nomes, contava escândalos, reproduzia frases, enumerava embustes, especificava datas e cifras, terminava dando a entender que os serviços diplomáticos tudo notificaram ao Ministério do Exterior para futuras cautelas com respeito ao bom nome do Brasil.

Dei-a a Garcia e a Gasparini:

— Vejam.

Garcia leu-a alto. Gasparini não duvidava de nada — Emanuel não era capaz de inventar tanto! Muitos rumores da bandalheira e bagunça que fora a delegação circularam aqui. Se não chegaram ao domínio público foi porque os cartolas do futebol conseguiram abafá-los, fortalecidos pelas queixas que souberam espalhar radiofonicamente de lá, no correr das partidas e nos comentários delas, queixas das perseguições sofridas e que haviam criado uma atmosfera de nacional e desagravante receptividade para o selecionado brasileiro.

— Quanto às medidas saneadoras que porventura e muito acertadamente pudesse tomar o Governo, que afinal é quem pagou, e sempre pagará a bambochata —, ponderou Gasparini — não creio nelas. Nosso caro Chuchu não é de comprar encrencas a esta hora da noite, fiel ao lema de deixar como está para ver como fica. E quem foi na delegação, no regime em que estamos, é claro e evidente que era gente ligada de embigo a essa calhordagem estadonovista. Está com as costas quentes.

5 de julho

Terminou o inquérito dos implicados na intentona integralista e os processos foram enviados ao Tribunal de Segurança para julgamento. A lista de indiciados é comprida e lá estão os nossos caros amigos Xisto Nogueira, Sigismundo Furquim e Sales de Macedo, que será defendido por Délio Porciúncula, muito otimista. O tenente Severo Fournier, cabeça do assalto ao Palácio Guanabara, que se achava homiziado na Embaixada Italiana, e dizem que gravemente enfermo, será recolhido preso ao forte do Vigia, cujo campo de futebol foi, quando soldado, palco das minhas últimas veleidades esportivas.

A pena de morte, com que Silva Vergel os amedrontava, foi por água abaixo.

6 de julho

Respondo a Emanuel, em papel comprado com o meu dinheiro, sutileza que não notará. Não me sai do bestunto que a carta só teve um fito, o de me ferir, ferindo de tabela a Garcia e Gasparini, que ele igual e cordialmente detesta, sabendo muito bem que gostamos de futebol, com todos os seus vícios, falcatruas e desmazelos, gosto que o *gentleman* acha digno da patuléia e dos débeis mentais, o que é injúria, sobremodo imperdoável, à memória de papai, que se pelava por futebol. E assim sendo, retribuo-lhe na mesma moeda: "o nosso corpo diplomático, com raríssimas exceções, no que tange a bebidas, alconces, desfalques e outros deslizes mais, não procede muito melhor do que os nossos cartolas e jogadores, e com a agravante de ser em caráter menos provisório. Pelo menos não fornece manchetes de algum modo compensadoras à nossa vaidade e brasileirismo. Nunca se disse, por exemplo, nos jornais da estranja, que os nossos diplomatas fossem 'os reis da diplomacia'."

Quando botei a carta no correio, me arrependi, tanto mais que Luísa dissera rindo, após bater a carta que eu ditara:

— Você às vezes é tão mesquinho, tão infantil, meu filho...

Mas já estava posta. Só que não a enviei por via aérea, mais rápida e dispendiosa, como ele o fizera. Era dar excessiva confiança.

7 de julho

Euloro Filho conta-me casos provincianos, aperturas do tempo em que era promotor na roça, e picardias de Júlio Melo, ao qual imita na perfeição. Cá temos uma criatura na qual se pode confiar até sessenta por cento. Depois nos atolamos no pântano da sua vaidade, velada por uma capa de bonomia cheia de gestos fraternais. E então pode se tornar até perigoso como bicho com cria.

8 de julho

Gina, íntima de Lenisa Pinto Lago, é loura, emproadinha, com um estilete de voz que lembra Turquinha, pretensiosíssima, oca que nem bambu. Tornou-se hoje madame Marcelo Feijó, depois de coruscante namoro, e seu vestido de noiva foi do gênero sensacional até para a exigente Susana.

Délio Porciúncula envergou fraque para ser padrinho do noivo. Lauro Lago, idem, para ser padrinho da noiva. Frei Filipe do Salvador abençoou o jovem casal, bênção vesperal na igreja do Sagrado Coração de Jesus, feia de meter medo, mas que é o templo da moda para os consórcios elegantes, ou ditos elegantes.

9 de julho

— Para se ir a Petrópolis qualquer dia vai ser preciso passaporte! Mostrar carteira de identidade e anotar o número do carro já são coisas obrigatórias na barreira. (Um motorista de língua imprudente.)

— Toda a gente em Guarapira se conhece, mas para viajar agora há formalidades policiais a cumprir... (Francisco Amaro.)

10 de julho

Pereira vive às cabeçadas no espaço como um papagaio desgovernado.
— Como vai Lobélia? — pergunta, abraçando-o em plena Rua do Ouvidor. — Há quanto tempo não a vejo!...
Vem o pudor de responder.

11 de julho

"Nicolau, pioneiro do afresco no Brasil", é o título do artigo, sincero, espontâneo e comedido, com que nos brinda Mário Mora, no *Diário de Notícias,* a propósito dos murais que o pintor está terminando nas paredes do salão de espera do gabinete do ministro da Educação, lamentando apenas que ficassem eles tão escondidos do público.

Zagalo, que foi vê-los às escondidas, numa hora em que Nicolau não estava trabalhando com a sua equipe, achou-os desequilibrados, mal entonados, vulgares, "em *resumem* de-testááááá-veis!"

Saulo Pontes é mais generoso:
— Trata-se realmente de uma obra séria, a primeira coisa grande que se faz no gênero cá entre nós, sendo, portanto, perfeitamente desculpáveis as falhas inevitáveis a uma primeira experiência. Imagine-se que até de pedreiro o Nicolau teve de funcionar, pois os nossos operários não sabiam preparar uma massa a contento. Todavia não deixam de ser engraçados os motivos escolhidos: o café, a cana-de-açúcar, o mate, a carnaúba, o fumo, a pecuária, etc. Se couber a Nicolau pintar também as principais paredes do futuro Ministério da Agricultura, é provável que então teremos a gramática, a álgebra, a trigonometria, a zoologia, a química e a física.

12 de julho

Trinta e três anos. Nenhuma emoção em ter entrado na idade de Cristo. Não sou cristão.

13 de julho

Chegaram ontem pelo "Almanzorra" os craques brasileiros. Foi um delírio popular! Imagine-se se eles tivessem voltado campeões...

15 de julho

— Tu sabes que sou triste, espelho centenário, apesar do meu riso?
E o espelho queda-se mudo.

16 de julho

O aviador americano Howard Hughes bateu ontem o recorde de Júlio Verne — fez a volta ao mundo em 3 dias, 19 horas e 14 minutos! Quando baterei um recorde à volta de mim mesmo?

17 de julho

O papa condena as "formas exageradas de nacionalismo". O partido fascista responde-lhe indiretamente, enviando a todos os secretários de províncias cópias da doutrina racial italiana, cujas rigorosas conclusões são de que os judeus não são italianos puros.
E movimenta-se ativamente a nossa política exterior em torno da Paz do Chaco, cujos últimos entendimentos estão sendo processados em Buenos Aires.
Antenor Palmeiro sorri, amargo:
— São os fantoches da Standard Oil... Por trás está o petróleo.

18 de julho

— E assim é que se conta a História do Brasil...
— Como você sabe coisas!

— Eu não sei nada, Luísa. Mas não tenho preguiça de aprender. Aprendo sempre.
— Aprender é reconhecer. (Plácido Martins.)
— Aprender sempre para esquecer depois, querida.

20 de julho

Nesga de lua na ponta de um telhado.

21 de julho

O governo decretou feriado o dia de hoje. Foi assinado, afinal, o Tratado de Paz entre Paraguai e Bolívia, que se sujeitaram à arbitragem. Os jornais enaltecem a política pacifista desempenhada pelo Governo e os termos do decreto, em tom de discurso, obra seguramente de Lauro Lago, fala no espírito de concórdia e no alto grau de cultura política a que chegaram as nações americanas.

E, como uma imagem de gabinete pode puxar uma realidade, Lauro Lago anunciou que o DIP lançará em curto prazo uma revista de grande envergadura, *Cultura Política*, que contará em suas páginas com a colaboração compensadoramente remunerada dos mais consagrados nomes do pensamento nacional literário, artístico, científico e político. Ele mesmo será o diretor do mensário, e para a delicada missão de secretário de redação foi lembrado o nome de Luís Pinheiro, que aceitou.

22 de julho

Passeata de Getúlio por São Paulo, comboiado por Ademar de Barros, o interventor moço, civil e paulista. É o que nós podemos chamar de uma expedição punitiva às avessas. Os discursos de Silva Vergel foram antológicos — todo o corpo mergulhado em lama sofre uma repulsa igual ao peso da lama que desloca.

23 de julho

Operoso Lauro Lago! Eis-me convidado para colaborar na *Cultura Política*:

— Conto com você, não conto? — telefonou-me, trabalho a que jamais antes se dera, explicando-me que os convites eram selecionados, porém, ecléticos (cultura é cultura!), truque sediço, mas frutífero — arregimenta os comparsas e debilita os adversários.

Pensei em recusar, mas encabulei — Lauro Lago sempre me dispensou tal deferência, mostrou-se comigo sempre tão afável e cordial, quando sabia-o tão rústico, que não atinei como fazê-lo. Positivamente é uma das nossas fraquezas sentimentais a precariedade de convicções ante as investidas dos nossos amigos ou amistosos conhecidos. E a mais uma leve insistência, manhosamente na qual enumerou Venâncio Neves, Ribamar Lasotti e Gustavo Orlando como nomes já integrando o corpo de colaboradores, cedi imaginando a decepção de Gasparini, a mofa de José Nicácio:

— Sim, pode contar comigo.

— Então para o primeiro número! Daqui a um mês estará na rua.

— Farei o possível.

— Olhe, você podia fazer uma seção permanente. Seria mais interessante. Não tenho idéia agora qual poderia ser. Pense e me diga. Confio em você.

— Está bem. Vou pensar.

Os escrúpulos, porém, vieram e fico dando tratos à bola — papagaio! como poderei comparecer ao bornal estadonovista sem falar muito ou sem falar nada no Estado Novo?

24 de julho

Procurei Pedro Morais, mas estava enfermo, retirara-se para o sítio de um parente em Itaipava. Explano minhas inquietações a Saulo, que me anima:

— Ganhe o seu dinheiro! Você precisa e eles pagam bem. Também fui convidado. Não como colaborador permanente. E também não me neguei. E não só eu aceitei. Quase todos que foram solicitados. O ínclito democrata Gustavo Orlando foi dos primeiros.

— Lauro Lago me disse.

— Pois é. Dos primeiros. Vai escrever umas vinhetas da vida nordestina. Sabe duma coisa? Por que você não faz também umas cenas da vida sulista? Ficaria engraçado.

A idéia caiu em terra necessitada. E convém acrescentar que *Cultura Política* não é a primeira tentativa de Lauro Lago no gênero mensário cultural. Em 1931 teve outra. Chamava-se *Gerarquia*. Rachava a direção com Helmar Feitosa. Altamirano compareceu assíduo aos seis números publicados. Assíduo e em prosa. Prosa não de ficção, mas de ensaísta político! E como assunto, a panacéia totalitarista que Silva Vergel lhe ministrou em doses cavalares, provavelmente sob a forma de cristel. E Nicolau, pela única vez de que eu tenha conhecimento, trocou os pincéis pela caneta e, até com bem-humorado sabor, traçou uma apologia a Mussolini por seu amor às artes!

25 de julho

Tarde fria e cristalina. Enterramos Antunes. Godofredo Simas, para geral surpresa, custeou o funeral. Infelizmente falou à beira da sepultura no alto do morro, e a eloqüência da despedida — "Não somos nada", começou — bem poderia ser tomada como brincadeira, tais foram os alcandorados adjetivos com que relembrou a inteligência, a cultura, o caráter (adamantino!) e a bondade do desaparecido. José Nicácio compareceu caindo de bêbedo, adernou numa cadeira do minguado velório e não houve brado ou sacolejão que conseguisse despertá-lo à saída do caixão, mais morto do que o morto.

Por estreitas passagens entre túmulos, subindo e descendo degraus, contornando compactas quadras mortuárias, o caixão, com um funcionário do cemitério à frente, ia furando caminho para seu destino. Gerson Macário, olheiras roxas como equimoses, emparelhou-se a mim, no rabo da fila:

— Coisa chata é enterro, não?

— É. Podia ser mais simples. Mas já foi mais complicado, mais terrificante, coisa de roupa escura obrigatória.
— Gostaria de ser cremado.
— Enterrar ou cremar tanto faz. O que complica são as formalidades funerárias, as caduquices religiosas que se aproveitam da dolorosa oportunidade. Mas só o tempo as consome, se não as substitui por outras, porque o tempo tem dessas facécias — de simplificar por um lado e complicar por outro.

Macário atrasou mais ainda os passos:
— Bem medíocre o nosso Antunes, não? Mas tenho uma dívida de gratidão para com ele e aqui estou. Foi por sua mão que publiquei o meu primeiro poema. Eu era estudante em São Paulo, um fedelho, não conhecia ninguém e ninguém me conhecia. Ele era secretário dum jornal de segunda categoria, segunda ou terceira, mas que publicava uma página literária aos sábados não de todo má para a época. Levei-lhe o poema, ele passou os olhos, disse que iria publicá-lo e publicou-o com o maior destaque. Era um aranzel de baboseiras o poema, estás a ver — sorriu — e talvez por isso é que ele o publicou. Não entendia nada de nada! Mas sempre que podia se referia ao caso. Lembra? — dizia ele, sacudindo o indicador — fui eu quem te descobriu!
— Eu gostava do Antunes.
— A morte faz mudar o tempo dos verbos...
— Só o tempo? Muda os verbos também... Mas eu confirmo o meu uso do pretérito imperfeito: gostava do Antunes. Era relaxado, disperso, mas tinha coisas comoventes. Ele foi seminarista...
— Não sabia.
— Escondia, mas foi. E morreu em paz com o Deus a quem não quis servir como profissional. Confessou, comungou, recebeu a morte com serenidade, ele que nunca foi nada sereno. Mas guardou sempre um sagrado, inconsciente respeito pelo pão, confundindo-o com a hóstia. Não podia ver um pedaço de pão atirado no chão. Abaixava-se, apanhava-o, limpava-o, colocava-o sobre um muro, um parapeito, um peitoril de janela, um galho de árvore, enfim sobre uma elevação qualquer que o preservasse. Certa vez estava com ele sob um portal

na Rua do Lavradio, chovia torrencialmente, e um pedaço de pão passou arrastado pela enxurrada. Não teve dúvida. Meteu-se na água até as canelas, salvou-o e ficou com ele na mão, não sabendo onde botá-lo, até que o enfiou no bolso.

— Era poético.
— Penso que era cristão.
— E quando ele meteu o pão no bolso você não disse nada?
— Não. Eu costumo respeitar algumas coisas alheias.
— Diabo é que não haja reciprocidade. Não respeitam nada as nossas.
— Alto lá! Depende do que você chama as nossas.

26 de julho

Duvidar é evoluir.

27 de julho

Julgamento encerrado, portaram-se os juízes do Tribunal de Segurança com um pouco mais de benevolência que com os comunistas de 35, pelo menos não foram esbofeteados pelos guardas no augusto recinto e não apareceram diante da barra com estigmas de maus-tratos na prisão.

Severo Fournier pegou trinta anos, quando afirmam que não durará três meses. Houve três condenações a dez anos, cinco a oito, treze a seis e duas a cinco, com direito a *sursis*. Xisto Nogueira e Sigismundo Furquim estão na pauta dos cinco anos. Délio Porciúncula, citando Dostoievski na *Recordações da Casa dos Mortos*, conseguiu a absolvição do doutor Sales de Macedo. Eurico visitou-o na prisão.

28 de julho

Não guardar cartas de ninguém. Evitar a tentação de que elas possam se converter em armas.

Não usar armas.

29 de julho

Os sudetos, com as costas quentes, recusaram o estatuto das minorias proposto pelo Governo de Praga.
E Fritz:
— Meu falecido pai era de Carlsbad. Mas alemão! Aquilo sempre foi da Alemanha, estes tchecos estão é com histórias. Minha mãe era de Pilsen, mas filha de alemães!
— O que não impede que você seja veado! — arrematou Adonias.

30 de julho

Exposição de Nicolau manifestamente influenciado por Diego Rivera. Enquanto o grosso do público, com esta falta de respeito e compostura que está perigosamente se acentuando na nossa massa, tacha-a de autêntica porcaria, percorrendo o salão às gargalhadas, havendo até tentativas de danificar as telas, e Marcos Eusébio, numa entrevista, sem falar diretamente, é claro, por uma prudente elegância de sentimentos, condena o vandalismo daqueles que querem impingir a beleza sob a estulta forma de aleijões. Nicolau recebe verdadeira consagração do mundo literário, recém-atirado à estimação das coisas plásticas, e os suplementos aparecem entupidos de pseudocríticas. Martins Procópio pontifica. Altamirano, em quilométrico ditirambo, diz-se fanático da obra do artista, o que não impede de jamais ter comprado um quadro dele, esperando tê-lo naturalmente como retribuição do seu entusiasmo e devoção. Mas o ensaio de Saulo Pontes salvou-se da bagaceira. Em termos discretos de conhecedor qualifica o artista, coloca-o no devido lugar, invocando o seu papel histórico, antes que tudo, como elemento de inquietação estética, como mola propulsora duma revolução de idéias e de processos num meio como o nosso, acanhado, acadêmico, preso a reles tradições. Mas a vaidade de Nicolau, que é incomensurável a ponto de se tornar risível, recebeu mal as ponderadas considerações do crítico amador. Sempre que tinha público à sua roda, a elas se referia ironicamente como literatices que precisavam acabar, porque a crítica de arte devia ser feita exclusivamente, sob pena de cadeia, por técnicos e não por diletantes, que jamais entraram num ateliê de pintura, o que pelo menos para Saulo Pontes era inverdade, pois passara ele dias inteiros ao lado do pintor, vendo-o trabalhar, aplaudindo achados, discutindo soluções, comprando obras, levando amigos que nele confiavam para aquisições, que não eram fáceis a princípio, dados os temas, a avançada técnica do artista, e o desconhecido nome que ele tinha. A coisa caiu, como era inevitável, nos ouvidos de Saulo, que, ressentido, se retraiu, deixando de freqüentar a casa do pintor, evitando encontrá-lo nas reuniões, e acabando por romper com ele, fato que Nicolau afirmava, com ar de falso pesar, não saber como explicar.

Uma noite, em casa de Adonias, cometi a leviandade de tocar no assunto, e Saulo, pondo-se sisudo, remexendo-se incomodamente no divã, disse algo confusamente, como se quisesse generalizar:

— As belas ou quase belas obras de arte não isentam seus autores das suas falhas de caráter. Mas devem ser respeitadas e admiradas independentemente delas.

31 de julho

Os jornais anunciaram com estardalhaço de caixa alta — fora morto Lampião! E dessa vez a notícia não era infundada. Não poucas vezes a força volante, que andava no encalço dele há muito tempo, havia travado escaramuças mas, como num passe do demo, os facínoras desapareciam, esquivando-se sempre a um combate frontal e decisivo, o que dava margem a que línguas interessadas qualificassem de lucrativa tramóia aquela perseguição pelas caatingas. Desta feita, a volante recebera precisas indicações — o bando fizera pouso numa grota, no povoado sergipano de Angicos, certo de ter ludibriado os seus perseguidores, que caminhavam para lado oposto por arte de coiteiros. O comandante não era homem para perder uma oportunidade assim preciosa. Os rastejadores se movimentaram como cascavel em carrascal, fez-se o cerco, e Lampião foi pilhado de surpresa pelos malditos macacos que odiava! Nem houve tempo para uma resistência, embora o terreno favorecesse. Dez cangaceiros tombaram no ataque, entre eles Maria Bonita, a amada nada bonita do bandoleiro de olho furado, bentinhos no pescoço e doido por perfume de mascate, dez cabeças foram cortadas para serem expostas em Aracaju, e o resto do bando, em que se encontravam alguns elementos ainda imberbes, foi aprisionado sem nenhum heroísmo.

Se, com mais perversidades que altruísmos, os feitos do capitão Virgulino Ferreira correm mundo, servindo de texto para chatíssimos abecês de feiras nordestinas, de matéria para reportagens e apressadas teorias ontológicas, de assunto para romance, tais como os de Júlio Melo e Ribamar Lasotti, de inspiração para alguns quadros de Nicolau e Mário Mora, foi José Nicácio, flor espinhenta daqueles agrestes, que tivera parentes sangrados, amigos castrados e conhecidos arruinados pela sanha do bandido, quem me forneceu o mais vivo e veraz documentário sobre o fenômeno, nas longas palestras, hoje mais espaçadas, com que alegrava as minhas noites caseiras.

E o que o famoso sociólogo, entrevistado hoje, declara, vem confirmar as palavras autorizadas de José Nicácio: A morte de Virgulino e de alguns de seus acólitos encerrou, apenasmente, um episódio de banditismo do Nordeste. Seu desaparecimento, porém, não implica extinção do cangaço. Era ele não mais que um elo de uma velha história que se repete. O exame dos cangaceiros revela a inexatidão das teorias biopsicológicas. No fenômeno cangaço predominam os fatores sociais. O cangaceiro é lídimo produto do seu mísero meio social.

Mas o que o nosso precípuo sociólogo não disse, primeiro porque não tem peito — é, como troça Adonias, o "cauteloso pouco a pouco" —, segundo porque a imprensa, arrochada, não publicaria, é que a aniquilação da vida política nos latifúndios se aparentemente elimina o cangaço, e favorece-lhe as derrotas, pois dela tirava força e proveito, na verdade obriga-o somente a uma temporária condição de casulo, que romperá tão cedo a normalidade política se restabeleça, porquanto a exploração da massa campesina continua sob um novo regime, e as mesmas miserandas condições de desamparo, desassistência, analfabetismo, de falta de comunicações e baixa produção agrícola e pastoril, são o fermento poderoso onde se geram e crescem os desajustados da lei.

2 de agosto

Toda ação é tristeza. Cada gesto, cada movimento, cada atitude importa em dor. Como se matássemos qualquer coisa dentro de nós. Meu coração e o mundo falam uma linguagem diferente. E o melhor seria calar. Penso na morte, que é a eterna mudez, ou a pergunta sem resposta.

3 de agosto

Nenhuma inquietação ante o mistério da morte, nenhuma. Ele não existe senão em nossas cabeças desorientadas ou pervertidas. Inventamos tudo: o ponto de fé, o ponto de honra e o ponto-e-vírgula, que é matéria tão remota para Antenor Palmeiro como o cálculo vetorial. Inventamos o catolicismo e o isolacionismo, a gramática e os deveres morais, a cânfora sintética, a hipotenusa, a dissociação dos átomos, os adjetivos pomposos para Gustavo Orlando, as máquinas de calcular, os soldados e as células fotelétricas. Até as boas ações inventamos. Porque há boas ações, não duvidemos.

4 de agosto

Em guerra não declarada lutam desesperadamente na fronteira mandchu japoneses e soviéticos.
Gustavo Orlando, radiante:
— Agora o imperialismo nipônico vai ver com quantos paus se faz um esquife! A revolução virá da Ásia.
Oponho as minhas dúvidas:
— A cânfora também só vinha de lá e agora já a fazem sintética...

5 de agosto

Há quanto tempo não entrava num campo de futebol? Desde 1935, quando o América foi campeão numa liga dissidente. Contentava-me em torcer pelo rádio, em acompanhar, sob motejos de Catarina ou de José Nicácio, os campeonatos pelos jornais, o que não impedia acérrimas discussões, tais somos nós os homens e os torcedores em particular.

Gasparini folgara na clínica, me arrastou, arrastou Garcia e lá fomos para o estádio do Fluminense, cotejo noturno em que o nosso caro América se empenhava.

A camisa rubra me emociona, sinto-me ligado a ela por sentimentos umbilicais, a derrota dela me enerva, me acabrunha, me põe doente, contudo não me excedo na arquibancada como Gasparini, cujo sangue itálico ferve, fero, parcialíssimo:

— Desce a lenha, crioulo! Anda! Vamos! Pau nesse cavalo!

Porque para a salvaguarda da meta americana, cujo glorioso passado não nos cansamos de rememorar, tudo lhe é plausível, permitido e honesto. Mas apesar de todo o brio com que se houve a equipe da Rua Campos Sales, voltamos vencidos. Gasparini, que ia criando um caso na saída, chegou mesmo a dar uns encontrões no sujeito com quem se desaviera, apela, como derradeira desculpa da derrota, para a venalidade do juiz:

— Também com aquele ladrão!

Garcia não conteve o riso. O automóvel ficara na Rua das Laranjeiras. Estávamos a dois passos do solar dos Mascarenhas e, como era noite de reunião, alvitrei:

— Vamos ver Susana?

O acabrunhado torcedor deu o contra:

— Nem pago! Agüentar hoje aquelas múmias não é para o filho mais velho do meu pai. Mesmo estou famélico!

Ainda insisti:

— Comemos lá.

— Chá com torradas? Não! Não sou inglês! Vamos é comer um bom bife no *Lamas*.

Já foi famoso o bife deste café com bilhares no fundo, reduto estudantil e boêmio, dia e noite de portas abertas. O acadêmico Francisco Amaro chegou a não poder ir para a cama sem lastrar o estômago com o mal passado produto da célebre frigideira. Hoje é casa que principia a decair; os estudantes vão sendo substituídos por indesejáveis noctívagos, jogadores, desocupados e por laboriosos condutores e motorneiros, portugueses ainda na maioria, da estação de bondes que lhe fica pegada; e como a freguesia não é exigente, os bifes vêm perdendo gradualmente o esmero antigo. Mas Gasparini em estado de concentrada cólera é perigoso, de maneira que não há melhor coisa a fazer que obedecê-lo:

— Vamos.

Antes não tivéssemos ido. Gasparini reclamou a dureza da carne com dureza ainda maior. O garçom respondeu atravessado e ele levantou-se e marretou o insolente em plena fuça. Um outro garçom correu em auxílio do colega e Gasparini recebeu-o com um valente pontapé, que o fez rolar por terra arrastando cadeiras e mesinhas na sua queda. O tempo fechou. Quando os ânimos serenaram, com a intervenção policial, que acatou o doutor Gasparini e não prendeu ninguém, Garcia tinha o lábio rasgado e sangrando com uma murraça e a minha perna mancava da furiosa canelada, ambos os ferimentos de anônima origem.

Na rua, Gasparini, que extravasado o mau humor no desforço corporal tornara à sua rumorosa alegria, deu uma olhada no beiço de Garcia:

— Boa traulitada, hem! — e ria. — Pegou de jeito! Mas não foi nada. Ponha água oxigenada que estanca e fecha logo.

Garcia olhou-o com cara séria:

— Quem haveria de dizer que um homem respeitável como você, um homem formado, cheio de deveres, era capaz de arruaças de botequim e de nos envolver nelas, nós, dois pacatos cidadãos?

— É cidadãos ou cidadões? — perguntou Gasparini. — Nunca soube direito.

E sem esperar resposta, embora que dificilmente a tivesse, entrou a recapitular as badernas em que se metera desde os tempos de ginasiano, e acompanhado as suas recordações com estrondosas gargalhadas:

— Você se lembra, Eduardo, daquela estralada que eu armei no *Elite Clube*? Lembra? Eu metia o pé de um lado, o Miguel completava do outro, quá, quá, quá! Era negra correndo para todos os lados...

6 de agosto

Papai não dizia jogo, dizia *match*.

— Você quer ir ao *match*, meu filho? — perguntava depois do reforçado almoço de domingo, quando havia jogo no campo da Rua Campos Sales, defronte à praça com um rinque de patinação, que de noite fervia de tombos, malabarismos e enamorados.

Desnecessária pergunta. Fora o anseio da semana:

— Quero sim, papai!

— Então vá se aprontar.

— Já vou!

Enfatiotava-me às carreiras com a roupa à marinheira azul, munia-me da bengalinha, dava-lhe a mão e íamos. E à aproximação do campo, ouvindo trilares de apito, ecos de chutes e gritos de estímulo, sentia um espremer de alma, uma ânsia, uma angústia, uma sufocação, que só aliviava quando ultrapassava o portão de entrada — meu pai era amigo do diretor e trocavam palavras animadoras — e meus olhos podiam abarcar a plena extensão do gramado, pintado de suadas, ofegantes camisas vermelhas, com o morro ainda coberto de mato ao fundo.

Cristininha era muito pequena, só queria colo, dava trabalho. Emanuel não gostava. Madalena, um domingo por outro também nos acompanhava, fatalmente se tinha vestido novo para exibir. Mamãe, a única vez que fora, apanhara tal enxaqueca, que jurou nunca mais pôr os pés num campo de futebol, juramento que cumpriu com toda a fortaleza.

A fama dos rubros era respeitada. Bandeiras tremulavam. As arquibancadas de madeira tinham um ar de galinheiro pomposo, oscilantes aos nossos pés.

— Belfort! Belfort!

E Belfort Duarte, grande cabeleira, grandes bigodes, se multiplicava, inteligente, incansável, heróico, defendendo a área, dominando os adversários, arrebatando-lhes a pelota, impulsionando contra-ofensivas, animando os companheiros com gestos e com gritos, estabelecendo o pânico e a derrota diante da meta inimiga.

No intervalo do prélio, os jogadores, de compridos calções, tomavam cerveja, fumavam, vinham conversar com os amigos e familiares no meio da reduzida mas entusiástica assistência com muitas calças brancas e chapéus de palha.

A bola era mágica! Subia como balão no ar translúcido, caía com um batido surdo e emocionante no verde marcial do gramado.

7 de agosto

As bolinhas de gude rodadas, amassadas, nervosamente, na mão, novas, lisinhas, sensuais, coloridas como olhos de pássaros raros, as bolinhas que ganhara para ela, em acirradas disputas no pátio empoeirado do colégio. O canteiro redondo, com a cercadura de espessa grama na manhã de ciúme. As esquálidas roseiras no centro amparando-se em estacas, sem flores naquele ano por causa da praga de pulgões, que mamãe não debelara. As pupilas azuis de Elisabete, as tranças, as gordinhas pernas cor de nata, a boca como cereja! — por que Elisabete tardava? Por que Emanuel sumira? Por que aquele silêncio e aquele abandono, como se estivesse só no meio do mundo? Que fina e desconhecida dor era a que feria o peito, mistura de ódio e desencanto? Que respondam as borboletas. São amarelas as borboletas amigas daquela manhã no jardim. Amarelas e pequenas.

8 de agosto

As borboletas são as minhas amigas, e o jardim, com canteiros cercados de cimento e de conchinhas, e tapetado de miosótis, é o refúgio para as injustiças e para as incompreensões. Oh, vós não sabeis o que contam as borboletas!

9 de agosto

Elisabete, a inglesinha de tranças, na idade da inocência, me iniciou nos capitosos segredos dos porões escuros e dos quartos desertos. A Inglaterra é longe, cercada de mar bravio, esmagada de bruma. Nunca mais verei Elisabete. Calcinhas rentes às virilhas, usava sandálias, era lourinha, rosada, olhos como duas águas-marinhas, parecia uma pintura de Reynolds, e este álbum que folheio de pintores ingleses me enche de finas recordações. Onde ela andava, andava o riso, a alacridade dos gestos, o alvoroço da saúde. Eu não saía da casa dela, clara, asseada, cheia de cromos nas paredes e de livros de estampas, de brinquedos e doces estrangeiros, e onde vagava, por entre cortinas transparentes e congóleos luzidios, um olor de alfazema, que se impregnou em mim para toda a vida e que se evola, dulcificante e redentor, a um simples vidro em vitrina de perfumaria.

10 de agosto

Evocas a graça que eu perdi. A pureza falida, a ternura macerada. As palavras não me acodem e os gestos me abandonam. És fada, és deusa, és melodia e cor. Amo-te no canto do vento, na sombra das árvores, nos castelos de nuvens. És Laura, Aldina, Elvira, Nazaré, Estela, Dagmar, todas elas. De uma tens os olhos, de outra tens o braço, teu andar de onda ficou num vulto do passado, tua voz é a de um amor perdido. Amo em ti todas elas. Rastejo-me a teus pés, os pés de Dagmar; beijo teu colo, o colo que é de Estela. Quando as primeiras estrelas se acenderem, estarei junto a ti, te fitando, estrela minha. Quando o sol se esconder atrás dos montes, estarei a teu lado como caminhante que pedisse abrigo. Quando as rosas florirem, eu beijarei a tua boca e desfalecerei no hálito que vem do céu por tua boca.

12 de agosto

Não tenho visto Gustavo Orlando, que já não deve estar tão satisfeito — Japão e Rússia fizeram o armistício. Mas tenho me visto a mim dentro do espelho, caniço que se quebra por um efeito de refração.

13 de agosto

Mariquinhas conta a Mimi e Florzinha o episódio diplomático, relato que servia como a mais saborosa sobremesa às nossas visitas. Quando Emanuel disse que no Brasil "havia frutas deste tamanho!" (referia-se à jaca) as pessoas da roda, numa recepção do encarregado de negócios da Bulgária em Haia, sorriram com polidez. Emanuel — finíssimo! — percebeu imediatamente que não acreditavam, mas patrioticamente repetiu a afirmativa, com gesticulação ainda mais elucidante.
Papai, quando informado do caso, foi categórico:
— São uns burros!
Mas na verdade não se soube claramente a quem se referia.

14 de agosto

Emanuel contou outro caso, sem mentira o único caso engraçado que ouvi sair de sua boca, mas caso este que Mariquinhas nunca serviu aos seus convivas: o de certo beldroegas que, empurrado por onipotentes pistolões, entrou para o Itamarati e mandou bordar nos lenços o monograma "RE", seja, "Relações Exteriores".
— Este bamba vai a embaixador! — vaticinei.
Emanuel torceu, virou, revirou, mas acabou confessando:
— Vai. Já teve duas promoções por merecimento.

15 de agosto

A nossa vida tem muito dos queijos com buracos. Buracos que nada dizem, mas que pertencem ao queijo.
Não gosto de queijo.

17 de agosto

De prontidão a Tcheco-Eslováquia, cujo exército, segundo garantem entendidos, é o quarto da Europa. Razões — as gigantescas manobras do exército alemão nas imediações da fronteira e com a assistência de observadores militares franceses, ingleses, belgas e italianos, amavelmente convidados.

19 de agosto

 Foi apreendido o último romance de Antenor Palmeiro sob a alegação de conter matéria subversiva. Resultado: nunca ele vendeu tanto livro! E como sabe explorar as oportunidades, soprou a idéia dum memorial de protesto, que rapidamente se encheu das conhecidas assinaturas — Euloro Filho, Ribamar, Gustavo Orlando, Julião Tavares e Marcos Rebich, José Nicácio, Mário Mora, Helena, Venâncio Neves, Natércio Soledade e Nicanor de Almeida — entre as quais graciosamente me inscrevi. Saulo Pontes, Luís Cruz e Pedro Morais não se negaram. Débora Feijó inaugurou o jamegão em atos de tal natureza. Coube a João Herculano a abertura da lista, que contou com o apoio de vários cidadãos avulsos, tais como Martinho Pacheco, Cléber Da Veiga e Zagalo, que viera ao Rio em vilegiatura.
 Lauro Lago não atendeu às razões intelectuais, mas o fez em termos delicados e amistosos. Antenor não sofreu mais que a incineração de alguns exemplares pela vigilante polícia de algumas capitais estaduais. Recebeu manifestos de apoio de várias repúblicas sul-americanas e mostrava-se grave, duma gravidade vaidosa de inimigo do regime.

20 de agosto

A decadência!
— Nem sino sabem bater mais! — deplora Mariquinhas dirigindo-se às novas gerações nas pessoas do entregador do açougue e do mensageiro do Telégrafo.

21 de agosto

 A decadência! Doente andara três anos, mas a lesão não lhe afetara muito o aspecto, salvo uma leve corcova, um descoloramento da pele, que se embaçara, amarelara, adquirira uma rugosidade de pergaminho. Parecia mesmo ser menos idosa do que era. Mas a queda foi brusca, quase vertical. Em quatro meses a estrutura de Mariquinhas ruiu. Como se esvaziasse do orgulho e da dureza, dos gestos de mando e despotismo, era pele e osso na cama, caco abandonado, gemente, implorante, com rápidas crises de choro e lamentação, restolho cifótico, de incontrolados esfíncteres e rebelde ao asseio, gritando alto, doloridamente quando se tentava limpá-la — ela que sempre fora tão limpa, que se lavava duas vezes ao dia, que tanto escovava os dentes, fanática da higiene, desinfetando as mãos com álcool à menor suspeita de um contágio! A esclerose comungava com o câncer em desenfreada corrida, e o oxigênio não lhe regando o cérebro, senão por fracas e descontínuas cargas, fazia com que, obumbrada, desconhecesse as pessoas, trocasse os nomes dos objetos, dissesse tolices, e só se lembrasse, conquanto confusamente, do passado, a todo o momento invocando figuras da juventude mageense, chamando por Esteva, morta há trinta anos, esperando a visita do barão de Ibitipoca, que fora à Corte para beijar a mão do Imperador. Tratá-la, asseá-la, ministrar-lhe medicamentos e alimento, e no derradeiro mês não ingerira absolutamente nada, numa rigidez tetânica de mandíbula, era sacrifício, que as Irmãs do Sodalício piedosamente tentavam cumprir. Na sua última quinzena, já era uma coisa morta e putrefacta, embora emitisse sons, tartamudeasse palavras, embora arfasse, embora o coração teimasse, num prodígio de resistência, em bater, lentíssimo, com um sopro imenso. Causava piedade e asco. Causava sobretudo impaciência, gerando gestos bruscos e ralhos que não compreendia, como se fosse culpada de não se render prontamente à eternidade.

22 de agosto

— Papagaio! Não há botequim que escape. Tome retrato do presidente! Faz concorrência a São Jorge. (Zé-com-Fome.)
— Não é uma vontade, é uma circunstância. Não chegou, foi empurrado. Não tem orientação, espera o vento. Não avança, deixa-se levar. (Saulo Pontes.)

— Nunca administrou, deixa tudo à matroca, exerce simplesmente o poder. Sua única ambição é o poder e, como diz o velho Machado, não há vinho que embriague mais do que o poder. Nessa bebedeira gastou e gasta todas as suas horas, todas as suas energias, todas as suas manhas, todos os seus cartuchos. O Brasil que se fomente! (Cléber Da Veiga.)

— Jamais pensou em trabalhador! É um típico homem da campanha, sem as principais virtudes dos homens da campanha, e como tal um visceral escravocrata. Para ele o trabalhador rural não existe. Seu trabalhismo capenga veio todo do Collor, seu primeiro ministro do Trabalho. Surrupiou-lhe tudo e esconde o nome do surrupiado com máxima desfaçatez ou indiferença. Aliás, a gratidão provadamente não parece ser um atributo do seu coração fundamentalmente cético. Largar amigos na estrada é uma constante do seu caminho político. Bafejar de favores os seus adversários do dia é outro dos seus truques grosseiros. (Délio Porciúncula.)

— Maquiavel de meia-pataca! (José Nicácio.)

— Não podemos acusá-lo de nenhuma desonestidade pessoal. Benza-nos Deus, que o dinheiro não o tenta. Mas a honestidade não é coisa tão limitada assim. Não basta usufruir vantagens com o cargo, locupletar-se com a caneta executiva. Para ser rigorosamente honesto é preciso obrigar aos familiares que também o sejam, é premente fiscalizá-los e contê-los. (Hilnar Feitosa.)

— Sabe? O grande erro, de conseqüências absolutamente catastróficas pelos vícios que determinará e que criarão raízes, é o da centralização da administração, confundindo administração com poder político. Como é viável administrar um país deste tamanho, um colosso destes, com mão única do Catete? Como é possível apreender os problemas se não presentes a eles? Só com uma liberdade funcional nos Estados poder-se-ia conseguir um pouco mais de eficiência, poder-se-ia atender com mais realismo às necessidades gritantes do país, poder-se-ia conjurar os nossos entraves. E vivemos de cabresto na teoria da administração central, sabe? Tudo se atrasa pela dificuldade das distâncias e das comunicações, pelo bridão do poder. Medidas urgentes só são tomadas quando, na maioria das vezes, já não vêm salvar coisa alguma, que o Rio é longe, a burocracia enorme, e o Catete moroso. É o mundo do papelório. Um estafeta de Alagoas é nomeado diretamente pelo presidente da Nação! Um gari de Manaus é nomeado pelo presidente da Nação! Porque é preciso dar ao Brasil, de minuto a minuto, a prova da onipotência do poder central, a prova da força da ditadura. É desanimador! É principalmente imbecil! (Rodrigues.)

23 de agosto

Falava-se da conturbação européia em termos agourentos ou realísticos, vaticinando o que, em decorrência, poderia advir por estas quebradas. No meio da conversa houve um instantâneo barulho de pano que se rasga, um clarão de magnésio e a luz faltou.
— É um curto-circuito! — esclareceu Garcia. — Acende uma vela. Vou consertar esta joça.
— Vê lá, hem!
Respeito a coragem de quem se arrisca a lidar com fios, pólos positivos e negativos, correntes alternadas, transformadores de voltagem, toda essa moxinifada que escapa ao meu entendimento e pela qual tenho aversão. A eletricidade é coisa que temo, temor que talvez se ligue, tinha eu seis anos, a um acidente trágico — uma vizinha, senhora nova, bonita e amável, ao querer torcer uma lâmpada que se desajustara, vitimada por choque, morrera carbonizada. Vi-a de longe, na balbúrdia que se fez na rua; estava negra, cheirando a chamusco, o assoalho, de largas tábuas, ficara com duas marcas sinistras de carvão — a marca dos seus pés.
— Por estas e outras é que eu tenho horror a eletricidade! — benzera-se mamãe. (Em nossa casa ainda usávamos gás.)
Acendo a vela e Garcia põe-se em ação como acidental Jeová. E fez-se a luz. E viu Garcia que a luz era boa.

24 de agosto

Assinalei a eletrocução da vizinha como presumível raiz para meu temor ante a civilizadora conquista que faz a felicidade e a subsistência do distante Rodrigues e que Garcia maneja com a imprudência dos charlatães. Presumível, insisto. Quem sabe se a idiossincrasia materna não tenha sido o potencial mais positivo para a fixação do tabu, que jamais cuidei superar? Também o gás oferecia os seus perigos — certa noite Mariquinhas ia se envenenando no banheiro e noutra Madalena despertara com fortes náuseas, salvando-se de mal pior graças à janela que ficara entreaberta — e mamãe não os considerava. O acidente com os velhos não lhe proporcionou exorcismos, apenas piedade e solicitude, pois acudira-os e socorrera-os antes que chegasse seu Políbio, que fora aplicar umas ventosas na Rua Bom Pastor, pois a ambulância tardara. Foi pouco tempo após a morte da bela vizinha, cujo retrato veio na primeira página da *A Noite*. A casinha estava vaga, casinha de duas janelas de guilhotina ladeando a porta com alpendre de três degraus de granito, a quinta de um correr que lindava de um lado com o capinzal e de outro com o emperiquitado chalé onde Elisabete morou. O casal de velhos viera vê-la apara alugá-la. Como estivesse fechada, às escuras, o ancião, que não sentiu o escapamento, riscou um fósforo na entrada para alumiar a sala e procurar as janelas para escancará-las. Houve um estrondo de explosão de pedreira e o casal foi projetado no alpendre. Não morreram, mas ficaram bastante queimados.

25 de agosto

Trauma da eletrocução, infiltramento da idiossincrasia maternal, ou simbiose dos dois? E por que Emanuel e Madalena não herdaram, como eu, a repulsão pelo leite e seus derivados, que Luísa não compreende e que não transmiti a Lúcio e Vera? Por que, amando Eurico e Madalena, amargurando-me com os seus sofrimentos como se fossem na minha carne, não consigo, por mais que me esforce e me condene, suportar Eurilena e Lenarico, indisposição tão manifesta que já mereceu reparos da mana bem mais sagaz que o marido? Gaia ciência!

26 de agosto

E gaio, ledo, talvez um pouco tredo, é o teu sorriso, Catarina!

27 de agosto

O encanto das ruas — a perito-contadora é fresca como o zéfiro! E afinal, rematou-me o humorista, não há nenhuma razão para ser triste. Não concorda? Concordei.

28 de agosto

— E a concórdia nunca foi o seu forte... — anota, ferino, o espelho.
— Concordo.
— Embora que a discórdia por discórdia, pura e simples, também não.
— Concordo.
— O concordismo e você são planos antagônicos.
— De acordo! Mas, meu querido amigo, isso não parece conversa séria. Parece brincadeira de Jurandir e seu Valença.

29 de agosto

Jurandir e seu Valença... Um baixo, o outro alto, um franzino, o outro musculoso; um ladino, o outro boçal, mal remunerados parceiros de pícaros entreatos no picadeiro de escrivaninhas e máquinas de calcular, indiferentes à moeda do aplauso, que não vinha de toda a platéia. Não, nunca lhes regateei as minhas palmas! Podemos ter saudades dos jograis...

1.º de setembro

Do aprimoramento das idéias puras: Duvidar é evoluir, mas sem permitir que a dúvida se transforme em vício.

2 de setembro

O Governo fascista concede o prazo de seis meses para os judeus abandonarem o país. Alguns, porém, mais precavidos, já haviam deixado a península. E a essa precaução devemos a presença de Luciano del Prete, escultor de razoáveis predicados, muito influenciado pelo elemento etrusco, Ermeto Colombo, ex-diretor do Teatro de Comédia de Milão, que Mário Mora considera uma aproveitável mistura de competência, pederastia, temperamento e confusão, e o simiesco Jacobo de Giorgio, professor de estética e autêntico polígrafo, que em três meses de Brasil já dominava o idioma a ponto de começar a escrevê-lo sem muito auxílio de Saulo Pontes, de quem se tornara amigo inseparável. Antenor Palmeiro, que nutre o mais acendrado amor pela incultura, olha-o arrevesado, como a um perturbador intruso, um demolidor de glórias e reputações.

3 de setembro

Na casa de Saulo é que me entrosei com Jacobo, que não se fartou de me criticar, entre ríspido e paternal, certas opiniões e aversões. Mas não foi Saulo quem mo apresentou. Foi Luís Cruz, que franqueara ao recém-chegado a sua biblioteca de assuntos brasileiros, que Jacobo passou a devorar, pois que lê até entre uma garfada e outra. Fiquei admirado da facilidade com que já se expressava em português.

— O senhor já conhecia o português? — perguntei-lhe.

— Como conheço apreciavelmente o francês, o italiano, o espanhol e o latim, conseguia entender um pouco o que lia. Assim soletrei alguns autores portugueses. Brasileiros, só o Euclides de *Os Sertões*, e por acaso, e que me impressionou, e também por acaso o Taunay de *Inocência,* que não me impressionou nada — riu. Quando me decidi pelo Brasil, um mês antes de vir, e durante a viagem, me atraquei a uma gramática portuguesa, a única que encontrei à venda em Roma. Cheguei falando um pouco à lisboeta — riu. Agora penso que já estou quase curado...

4 de setembro

Pedro Morais, Mário de Andrade, Catarina, entrego a mão à palmatória! Débora Feijó merece apreço. O seu segundo romance é firme como carnaúba. Firme e belo, a tragédia enxuta qual a própria seca que descreve. Não o mandou sozinho para o Rio, como fizera com o primeiro. Desceu com ele num Ita a normalistazinha sem alunos, e abocanhou o Prêmio Primavera, cuja dotação é insignificante, mas cuja concorrência é avultada, deixando amargurados, pelo menos, Ribamar e Venâncio Neves, que contavam com a láurea.

É uma criaturinha rechonchuda e risonha, negra cabeleira esvoaçante, de pele áspera e falar mole e adocicado:

— Eu sei que você não gostou nada do meu primeiro romance. Também eu não...

— Quem lhe disse isso foi o discreto Gustavo Orlando, não foi?

— Também — riu, e a carinha ainda ficava mais redonda.

— Se tivesse elogiado não lhe contariam nada.

— Esse seu Rio de Janeiro me amedronta!

— Amedronta por quê? O resto do mundo não é diferente não, o que é uma realidade e um consolo.

Ficamos amigos.

5 de setembro

Casa	230$000
Empregada	80$000
Luz	23$000
Gás	35$000
Telefone	40$000
Armazém	140$000
Açougue	60$000
Quitanda	70$000
Leite	24$000
Farmácia	38$000
Padaria	40$000
Lavadeira	40$000
Lavanderia	50$000
Colégio	50$000
Geladeira elétrica (prestação)	120$000
Enceradeira elétrica (prestação)	50$000

7 de setembro

Hitler, que é pintor fracassado — e nada pior, mais corrosivo e insano, que um artista fracassado — com berros e murros falou sobre arte e qualificou de degenerada a arte moderna, que se mantinha tão-somente pelo interesse de pequenos grupos possuidores de recursos, opinião que, valha-nos Deus, não difere muito do conceito soviético, que os nossos extremistas repetem como disco de vitrola.

. . . .

Guarnições a postos, na Linha Maginot, que me parece uma repetição igualmente inócua da Muralha da China, como pronta resposta às grandes concentrações de tropas alemãs ao longo do Reno, na fronteira com a França, cujas marcas do sangue de 1914 ainda não estão possivelmente apagadas. E o Governo de Praga apresentou sua última proposta aos sudetos — atendidas todas as exigências germânicas, menos a interferência na política externa do país e a aplicação da ideologia nazista nas regiões por eles habitadas. Mas é evidente que não é isto que satisfará a ambição da cruz suástica.

8 de setembro

A corrente de Mariquinhas ganha outro elo, quando o jovem cônsul aparece com o anel de armas no dedo mindinho. Acabava de ser designado para Marselha — o seu primeiro posto no exterior. Os preparativos são inquietantes.

9 de setembro

Some a tesourinha da gaveta da máquina de costura. Mariquinhas pergunta:
— Onde é que você meteu a tesourinha, Eduardo?
— Por que você não pergunta aos outros também?
— Eu pergunto a todos. Sou imparcial.

10 de setembro

De alto calado, flamante de bandeirolas, gradis e portalós, era um bonito navio inglês, bonito e sólido, de dupla chaminé, cujo nome — "Demerara" — inexplicavelmente evocava a misteriosa existência de terras exóticas, que jamais visitaria: Sumatra! Jamaica! Madagascar!

Emanuel estava ligeiramente nervoso, febril, mas se esforçando, mormente entre os elegantes colegas que compareceram ao seu primeiro bota-fora, por mostrar-se senhor da situação, dominar a emoção da partida para a descoberta de outros mundos mais amplos e desejados.

Papai estava comovido, orgulhoso do filho e da presença do desembargador Mascarenhas, que procurava em vão se defender do sol tombando a pino. Mariquinhas, chorosa, insistindo em recomendações, que o sobrinho recebia com contida impaciência, não ocultava o terço nas mãos encarquilhadas. Madalena, indiferente e fútil, sob a sombrinha nova e espalhafatosa, balançando uma quadrilátera bolsa de couro escarlate, conversava ininterruptamente com Susana sobre pregas e babados, uma que outra vez ralhando com os filhos:

— Impossíveis!

O calor pesava no cais agitado de malas, chapeleiras, pastas, abraços, alegrias e tristezas. Pelas escadinhas o tráfego dos carregadores era incessante e gritado.

— Quando estive em Paris em 1903... — começou o desembargador de pincenê em riste.

Para doutor Vítor tudo que era francês — inclusive Blanche — era sagrado, sublime, inexcedível. Chegou-se mais, apurou o ouvido, e o diplomata de barba à Eduardo VII fingia escutar, apoiado à bengala de junco, tirando o chapéu para enxugar com fina cambraia o suor que aflorava nas têmporas, trocando piscadelas trocistas com um colega próximo de paletó escocês e piteira de âmbar.

Ao rouco e prolongado apito, o primeiro da despedida, que fez vibrar o navio e pôs nos corações um vago medo, fui empolgado por um extraordinário, recôndito sentimento de inveja, nostalgia e impotência. Fiquei incapaz de qualquer palavra. Senti ânsias de bofetadas. Sonhei dificuldades distantes e compensadoras. Talvez Emanuel me adivinhasse, pois fugiu dos meus olhos, abrigando-se à roda de papai, remoçado naquele dia. Afastei-me para a sombra de um armazém atulhado, cheirando a café, onde guinchantes guindastes ameaçavam os basbaques, cortando o ar abrasado do meio-dia com pesados fardos oscilantes. Pinga-Fogo acompanhou-me, agarrado ao meu braço, como se compreendesse e participasse das minhas miseráveis paixões.

— Não agüentava mais o sol. Já estava até tonto.
— É. Está danado.

Tirei o chapéu, abanava-me com ele vagando o olhar por mastros e cascos ancorados. Pinga-Fogo sentou-se num caixote:

— Quanto tempo o Emanuel vai passar lá, você sabe, Eduardo?

— Não. Não sei, nem quero saber. Para mim pode passar o resto da vida!

Quando o navio começou a se afastar, sob o aceno dos lenços, entre os últimos gritos de adeus, e transbordou uma música de charanga, festivo dobrado, clangoroso de metais, eu me acheguei novamente ao grupo familiar. Acenando também com o lenço sem lágrimas, senti que o coração perdia o opressivo peso, não sei se de vergonha da sua fraqueza, se de desaforo ante a certeza da inutilidade de invejar casos consumados.

11 de setembro

Londres e Paris se alarmam com o violento discurso de Goering, que desafia a Inglaterra, tão violento, que, segundo os comentaristas, espantou os próprios chefes nazistas, espanto bem ensaiado, pois seria inadmissível que Hitler não estivesse de acordo com tão imprudentes disposições.

E no sarrabulho do belicoso improviso, com muito trecho decorado, as democracias recebem adjetivos de desprezo, precisamente os adjetivos com que João Soares as condena como caducas, ultrapassadas, e os tchecos levam a sua ripada: "Os sudetos não continuarão a sofrer. Há um pequeno Estado martirizando uma minoria. Um povo sem cultura, que ninguém sabe de onde veio e talvez veio do nada, está oprimindo um povo civilizado. Sei que não são esses pigmeus sozinhos que o fazem. Atrás deles se esconde a sombra sinistra de Moscou — demônios judeus que jamais cumprirão as suas falazes promessas."

12 de setembro

É preciso cumprir as minhas promessas não falazes. Mas entre promessas e ação os dias se escoam. Luísa e Catarina. Luísa e Catarina. Luísa e Catarina. Catarina e Luísa.

14 de setembro

A Tcheco-Eslováquia não se deixou intimidar, talvez confiante na aliança anglo-francesa, e rejeitou o ultimato dos arrogantes sudetos, e como conseqüência irrompeu o pânico nas bolsas de Nova Iorque, Paris, Londres e Berlim. Por que em Berlim, é que não compreendo. E Garcia perguntado não respondeu.

15 de setembro

Gasparini tem a maior repulsão por Chamberlain:
— Você pode imaginar um estadista do século XX que não larga o guarda-chuva?
— Mas você não me condenou por não usar mais chapéu de cabeça? Que incoerência! É a mesma coisa.
E Neville Chamberlain, de guarda-chuva para irritar Gasparini, foi se encontrar com Hitler para a solução pacífica do caso tcheco, o que irrita muita gente.

16 de setembro

Renato Ataliba da Silva Nogueira — se sofresse seria o amanuense da dor.

17 de setembro

A conversa entre o guarda-chuva e o bigode à escovinha foi longa, pois duas horas e meia de conversa não é brincadeira, e terminou por um virtual ultimato suástico — a Inglaterra teria de convir no desmembramento absoluto do território sudeto em determinado e urgente prazo, caso contrário haveria ação militar.

E enquanto a conversa se processava, compadre Mussolini discursava na Praça Veneza, aconselhando que a França e a Grã-Bretanha abandonassem a Tcheco-Eslováquia à sua sorte inevitável.

18 de setembro

Pereira adora Puccini, adora Rostand, adora Marcos Eusébio, mas é tão delicado, tão prestimoso, tão cândido, que só um monstro pode lhe querer mal. Acredita em levitações, copos que andam, ectoplasmas, passes, guias, protetores.

Pede-me livros emprestados. Carrega a *Iniciação filosófica* de Faguet, depois de folheá-lo com os óculos bifocais:

— Este é para ler e meditar.

— Que é que você acha da situação européia? — pergunto.

Faz uma cara bastante odontológica:

— Está preta! E se a Alemanha ronca é porque pode roncar.

19 de setembro

Do serão das palavras perdidas:

— Vivemos num desequilibrado deve e haver. Cada dia que passa é um débito a mais na nossa conta-corrente. A contabilidade é uma ciência, como muito bem diz o vosso sagaz Garcia.

— Não foi Garcia quem disse, foi o Ataliba.

— É a mesmíssima coisa. Pássaros da mesma plumagem. Mas vou mais longe. Digo que é a própria vida. Viver é endividar-se sem possibilidade de resgate...

— Por que você bebe, Adonias?
— Por que você não foi ser pastor? Você dava um bom pregador, palavra que dava! Metodista ou presbiteriano?

20 de setembro

O Duce foi ouvido... França e Reino Unido resolveram pelo desmembramento. Gasparini apareceu apoplético, como se fosse a ele que estivessem desmembrando. E a sua indignação era a única nota enérgica, naquela tarde, na roda do bar. Pesava nela um temeroso relaxamento, como na iminência de um sinistro, que a todos atingisse com imprevisíveis conseqüências.

Pedro Morais falava pausado:

— A Alemanha não parará nas suas reivindicações justas ou descabidas, e essa foi um bom teste para a fraqueza adversária. Cada dia surgirá com mais uma, até que o cântaro da tolerância transborde e com isso estale a hecatombe. A confiança nas suas forças, que Goering tão bem expressou no seu discurso balão-de-ensaio, fará que nada tema. E a Europa se tornará um oceano de sangue e de ruínas, visto que os poderes destruidores hoje são terríveis.

E Adonias num gemido:

— E a Europa é linda!

Tudo faz crer que não me será dado conhecer a "minha" Europa, e nunca a estulta Europa de Emanuel. Consola-me todavia que, sem ponderável tristeza, sempre coloquei este conhecimento como privilégio além das minhas possibilidades. Os livros que amo e os olhos de Catarina poderão bastar, trazê-la a mim.

21 de setembro

O vitorioso nazismo exige dos tchecos a aceitação incondicional do seu ultimato até o meio-dia de hoje. E a Rússia, pela voz de Litvinov, se alteia — "a mutilação da Tcheco-Eslováquia, para satisfazer aos apetites de agressores insaciáveis, é crime que não impedirá de modo algum uma grande conflagração amanhã, e a inadmissível capitulação da França e da Inglaterra terá incalculáveis conseqüências".

. . . .

E a noite vai adiantada, e os surdos passos, do quarto para o banheiro, do banheiro para o quarto, forçando uma pergunta, não me fazem levantar a cabeça do papel ou do livro. Sei que descargas trazem no bojo essas nuvens erradias. Não me exporei jamais inutilmente. Está tudo terminado.

22 de setembro

A República da Tcheco-Eslováquia sonhada por Masarik e criada pelo Tratado de Versalhes, menos pelo direito dos tchecos que por conveniências inconfessáveis dos Aliados, cessou de existir às 4 e 55 minutos da tarde de hoje, quando o Governo de Praga, após uma noite e um dia procelosos, em que por todas as formas tentou impedir a derrocada, deu à publicidade ao agoniado e amedrontado mundo livre o seguinte comunicado: "O Governo da Tcheco-Eslováquia, sob a pressão irresistível dos Governos da França e da Grã-Bretanha, vê-se forçado a aceitar, em meio da maior aflição, as propostas elaboradas em Londres."

Covardemente não apareci na Livraria Olimpo nem no barzinho. Era penoso me encontrar com Helmar Feitosa, um João Soares ou um Gérson Macário. Matei a tarde devoluta no ateliê de Mário Mora, com tredos vestígios do seu último caso sentimental, uma loucura de morena, para a exaltação de cuja beleza ele repetia os versos do romântico — "formosa, qual pintor em tela fina debuxar jamais pôde ou nunca ousara..." O júbilo da nova posse aliviava-o de todas as angústias temporais, de todos os amargurantes presságios, de todas as dívidas assumidas. E diante do cavalete, com um molho de pincéis na mão, produzia com calor, vibração, entusiasmo.

— Estás nas tuas sete quintas, hem!

Riu, imitando a voz presidencial:

— Só o amor constrói para a eternidade!

Saí mais animado para a esquina vesperal de todos os dias:
— Vamos a um cinema?
— Vamos.
Luísa estava muito galante com o vestido novo riscadinho:
— Gostou?
— A aurora não se veste com mais primor! — respondi embalado pelo ritmo do pintor.

23 de setembro

Antologia de Luísa:
— Há mulheres que nascem para ser amantes, outras que nascem para ser esposas. Eu nasci para ser esposa.
— Esposa é uma mãe adotiva.
— Quem não sabe, deve aprender a adivinhar.
— Ouvir é melhor do que falar.
— Ler é bom. Mas a música é a minha poesia, a completa evasão, uma espécie de sono.
— Dormir é como o amor. O máximo!
— Não sou paciente, meu filho. Sou um pouco medrosa, um pouco apática...
— Tenho medo da escuridão como tenho medo de ser enterrada viva. Não deixe, sim? Veja que eu esteja bem morta!

25 de setembro

Abro o rádio: Mobilização parcial da França, Inglaterra, Bélgica, Polônia e Hungria. E um milhão de homens estão em armas na Tcheco-Eslováquia.
E minutos depois aparece Francisco Amaro. Vem gordo e animoso tratar de negócios, e aproveitou a circunstância para trazer Turquinha para se examinar — andava ela com umas tonteiras, umas perturbações na vista, umas besteiras...
— É filho demais! Mas quedê ela?
— Ficou no hotel. Trouxemos a Maria Angélica e ela não poderia ficar sozinha.
— Já sei que vem de relance, não é?

467

— Três dias no máximo. Depende mais da consulta da Turquinha. Quero até falar com Gasparini para ver se ele me indica um bom médico de senhoras.

— E o povo lá, como vai?

— Vai remando. Papai está muito contente com a maquinaria nova da usina. O rendimento é ótimo. Material superior! Dona Idalina é que andou meio jururu com umas pontadas nos rins, mas já sarou.

— E o Assaf?

— Meteu-se num pôquer com uns viajantes, que o raparam em mais de dez contos!

— Não?!

— Para você ver. Sabido é assim. Sempre encontra um outro mais sabido. E ele encontrou três! Ainda não se refez do golpe... Mas sabe duma coisa? Vamos comprar a fábrica de tecidos, ou melhor dito, vão transformá-la em sociedade anônima e nós entraremos como maiores acionistas e, portanto, ficamos com a direção. Vou ver até se arranjo aqui um bom mestre, pois o que temos lá é um bagunceiro. Aquilo lá anda à matroca!

— Mas nós quem?

— Eu, papai, Assaf, a família...

— Será bom negócio?

— Tenho esperanças. Se houver guerra, você acha que teremos importação?

— Bem, a guerra vem... E tudo em que você põe a mão vai pra frente.

— É... eu que o diga...

— E não é, por acaso?

26 de setembro

Perdura na opinião dos cronistas desportivos o pressuposto de que somos os mestres do futebol e que a perda do campeonato do mundo não foi mais que um revés da sorte, revés no qual a atuação de um árbitro faccioso interviera decididamente. E, como mais um fruto a nossa participação naquele torneio, intensificou-se o interesse popular pelo futebol, crescendo as assistências às partidas, a ponto de se tornarem os nossos campos insuficientes para a torcida, fazendo com que os veículos de informação mais atenção ainda dispensassem ao mundo da bola, fazendo subir a cotação dos craques e conseqüentemente o preço de luvas e ordenados, desenvolvendo os serviços de medicina esportiva dentro de cada clube, de molde a que os custosos contratados pudessem render o máximo, estabelecendo uma concorrência de técnicos, que antes não havia, e antecipando os planos de um gigantesco estádio, que a Prefeitura levantará para a realização do próximo campeonato mundial. E, decorrendo dessa fremente atividade, abriu-se, como seria fácil prever, já que as portas da política partidária estão cerradas, um campo novo de política, a esportiva, e uma outra fauna de paredros começa a brotar com fecundidade no seio dos clubes. Cléber Da Veiga e Altamirano de Azevedo embarcaram na atraente canoa. Altamirano foi eleito tesoureiro do clube da Estrela Solitária, e Cléber tem posto destacado na diretoria do grêmio rubro-negro.

27 de setembro

Não adiantou insistir, invocar a amizade, provar que a sua ausência por mais uns dias não prejudicaria nada, que seu Durvalino e Assaf arrumariam tudo que fosse necessário — o meteoro voltou para Guarapira!

Turquinha não tinha nada. Gasparini mesmo deu conta do recado:

— Isso sai com as urinas.

28 de setembro

A mocidade é um terreno de erros. Mimi e Florzinha atravessaram esse terreno como Jesus sobre as ondas. Chegaram aos cinqüenta anos, solteiras, imaculadas, piedosas, inteiramente dedicadas à velha mãe, que morreu hoje, e aos sobrinhos, que as enterrarão.

29 de setembro

Volto do enterro no São João Batista — Mimi e Florzinha mostraram o que pode ser a dor sem espalhafato — e resolvo passar na casa de Adonias, talvez jantar com ele. Ao atravessar o jardim, encontro Jacobo de Giorgio lendo num banco. Seus encontros me agradam, numa mescla de sedução e mortificação, deixando-me um resíduo que rumino — as estreitas limitações do meu conhecimento, as largas, insanáveis falhas da minha formação tão autodidata, os horizontes que me estão fechados, as improváveis possibilidades de descerrá-los. Trazem-me a alegria dos encantos comuns — Renard, Jens Peter Jacobsen, Thornton Wilder — impulsionam-me para a descoberta de tantos valores despercebidos — Kafka, Holderlin, Lichtenberg, o desempenado anão e corcunda para quem "um dia será tão ridículo crer em Deus como hoje acreditar em fantasmas".

Parei:

— Que está lendo com tanto interesse?

— Estou relendo. Um xará: Jacó Burckhardt.

Não precisaria ser um lince para ver no meu rosto o sinal do desconhecimento. E fala-me de Burckhardt, que para nós, no momento que atravessamos, tornou-se o conselheiro íntimo da nossa angústia, profeta que esperava crises terríveis, mas que nenhuma revolução anularia a sua sinceridade, a sua verdade interior — antes de tudo, será preciso ser sincero, sempre sincero.

Expõe em ordem direta, sem interpolações esdrúxulas, como um bom condutor de idéias. Sua linguagem e o fluxo lógico, concatenante da sua explanação, têm muito do divulgador, todavia lhe sobra, abundante, o conteúdo do ensaísta, do pensador. Adivinho a onda que poderá formar contra si, com a extensão da sua formação humanística, com a sua severidade de criticismo europeu, aferição rude para as nossas almas auto-suficientes, sem lastro e sem tradição, tão afeitas ao ligeirismo da crítica impressionista, tão acostumadas ao adjetivo fácil e rotundo, à louvação desenfreada, sensitivas, que ao mais leve reparo ou remoque se ofendem, se revoltam e, revoltadas, mordem, apunhalam!

30 de setembro

Na reunião de Munique, ontem, a Tcheco-Eslováquia deu carta branca à França e à Inglaterra para solucionarem a questão sudeta. Na realidade seria resolvida a sorte do mundo. E decidiu-se mesmo pelo sacrifício da pequena e valente nação, o que é o atalho mais curto para a guerra.

1.º de outubro

Lauro Lago errou nos cálculos. Somente há uma semana saiu o primeiro número de *Cultura Política*. Tirante a parte doutrinária e demagógica, é uma bela revista, com bonito formato, um formato sério, que lembra as melhores estrangeiras. A síntese do nosso panorama literário feita por Martins Procópio tem um mérito — não esquece ninguém, lembra-se até dos mais desconhecidos ou esquecidos fantasmas, e só Arnaldo Tabaiá ficou no olvido. E Gustavo Orlando tem páginas surpreendentes — o que escreveu sobre os comedores de barro é precioso, comovente, antológico.

Também eu concorro para o sucesso. Lauro me telefonou:
— O Presidente gostou imensamente...
Obrigado!

2 de outubro

Iniciada a ocupação dos territórios anexados, Hitler discursou: "Nesta hora de tanto regozijo, cumpre-nos agradecer ao Todo-Poderoso por ter-nos abençoado no passado e pedir-lhe que continue a abençoar-nos para o futuro." E, certamente, será atendido, pois o Todo-Poderoso não esconde sua encorajadora predileção pelos fortes e ousados.

3 de outubro

A estrela está composta, talvez não chegue a trezentas páginas, e em cada personagem há um pouco dos meus passos, um travo das minhas aflições e contradições, a lembrança de perfumes e fedentinas que me afetaram. Está composta, sopra nela um ar de piedade, mas falta-lhe uma última demão. É mister relê-la, sofrer em cima de cada linha, mondar, enxertar, enxugar os transbordamentos, polir, repolir, tarefa severa e atenta que tanto pode durar um mês quanto um ano. Vou procurar ser rápido. Cada livro que faço vai me dando mais trabalho.

4 de outubro

Anita fechou a vitrola, limpou os discos com um quadrilátero de veludo, guardou-os com certa ostentação de cuidado no vasto móvel apropriado. Era um quarteto de Beethoven, dos últimos que compôs, em conscienciosa gravação de um conjunto húngaro, que ouvíramos calados, Saulo de pálpebras cerradas, Jacobo de Giorgio amparando a testa protuberante na mão fidalga, eu, incapaz de fixação, a todo instante desligando-me, embiocando-me nos meus pensamentos, onde o violino ou o violoncelo ia me buscar ao sublinhar uma frase mais vibrante de orgulhosa paixão, de contençado sofrimento, de sublime exultação.

É que Jacobo, um melômano, intensificou a inata inclinação musical de Saulo, que se iniciara na ópera, progredira, mas se enclausurara demasiado no mundo mozarlesco e bachiano, e conduziu-o para outros caminhos, fê-lo respirar outras pautas, estudar, aprofundar-se na audição, com métodos um tanto didáticos, e a música de câmara beethoveniana era achado recente e transcendente, achado pelo qual Saulo se entusiasmara com o ardor de quem, se sentindo lesado pelo tardio encontro, quisesse recuperar o gozo perdido.

— Já se faz tempo de comer alguma coisa — disse Saulo. — Vamos para o jardim-de-inverno.

Fomos, nos instalamos nas confortáveis cadeiras de vime, mas, enquanto aguardávamos, o assunto ainda foi música. E às voltas tantas, Susana quis saber:

— Que acha do nosso Vila-Lobos, senhor Jacobo?

Houve uma careta, antes da resposta:

— É grande! Um vulto de gigante. Não compreendo como se não dá a ele aqui o devido apreço. Praticamente não há gravações nacionais da sua obra, que é vasta e variada. Isso me espantou muito. Parece que não é levado a sério. Afinal, na Europa é conhecido e valorizado.

Susana larga o lugarzinho-comum, que não destoaria no salão dos Mascarenhas:

— Santo de casa não faz milagre!

Jacobo sorriu:

— Talvez não seja por isso...

Saulo interveio:

— Há suas razões. O nosso meio musical é acanhado. O da música elevada, bem entendido. No campo popular marchamos melhor, e até que temos coisas já consideráveis. No outro é que vamos mal. Não temos orquestra, não temos público, poucos são os intérpretes... Também, e como um círculo vicioso, pouquíssimos são os compositores. Vila-Lobos é um fenômeno. Sempre tivemos os nossos fenômenos!

Jacobo limita-se a sacudir a cabeça, como se procurasse outras causas e não as encontrasse, ou se as tendo não quisesse externá-las.

— Mesmo assim — ajuntei — nestes últimos tempos conseguiu maior projeção, mais prestígio popular. O Governo mesmo favoreceu-o. Essa história dos coros orfeônicos, criada e incrementada por ele sob um aspecto desagradavelmente estadonovista, tem ido para a frente e...

Anita chegava com o prato de sanduíches, os guardanapos de papel:

— Já trago o resto. Hoje é dia da folga da empregada...

Susana levantou-se:

— Ó, Anita! Por que você não me disse? Deixe eu te dar uma mãozinha.

. . . .

Fui levar Susana em casa. É amiga, é amiga sincera, sobejas provas disso tem dado, mas nunca perdeu um desconfiado ar de porcelana, que se traduz pelo temor que se quebre ao menor contato — conserva entre nós, em danças, e, quando sozinhos, em sofás e veículos, pelo menos um palmo de previdente distância, fosso que ela procura, hábil e discretamente, encher com ininterruptas conversas, parolagem estudadamente natural e interessada, com gestos adequadamente distanciantes.

Adonias, que é alma cruel, já disse:

— Eu conheço esta espécie de porcelanidade. No dia que alguém se encostar nela, ela se entrega imediatamente. É a queda total! E é tudo o que ela secretamente deseja...

O solar dos Mascarenhas fica afastado da rua, escondido por mangueiras, as lanças do gradil têm um ar romântico, inebriante, emoliente é o perfume das brancas damas-da-noite, que se agarram a elas, o portão tem sineta, de som côncavo, discreto.

— Aqui mais uma vez te deixo sã e salva! — soltei irrefletidamente.

Não me pareceu perceber:

— Mais uma vez, muito obrigada. Você foi um amor! Se você não se desse ao trabalho, teria vindo de táxi. Economizei uns tostões, e prolongamos o nosso bate-papo.

Detesto certos termos e entre eles — bate-papo! Mas estimo Susana, nem sei mesmo por que estimo, sendo tão artificial como é, e, como estimo, tenho reprimido sempre a notificação do arrepio que sinto com aquela palavra.

— Até!

— Aparece, ouviu? — e Susana já estava do lado de dentro. — Você anda muito escasso — e prudentemente não continuou.

— Vou aparecer. Adeus!

E fui matutando nas razões por que, há tantos anos, desde meninote, freqüentava aquela casa, onde nunca me senti à vontade, onde nada me agradava, onde tudo me sabia a falso, a postiço, a bolorento. Não seria pela amizade e respeito que o desembargador, companheiro de vovô, dispensava a papai, sendo até seu padrinho de casamento, que nem morava ele com a família, vivia sozinho, sempre viveu sozinho, num sobrado de azulejos do Largo de São Salvador. Muito menos por Susana, com quem poderia me dar, ser amável, afetuoso, sem precisar freqüentar a casa. Seria um hábito, apenas um hábito? Adonias, Catarina, não seriam um hábito? A primeira vez que ali viera, fora com papai e mamãe... Mas atravessava a Rua Uruguaiana

— ainda iria à casa de Luísa — e a baratinha passou, a baratinha de Godofredo Simas, azul, rodas de arame, capota baixada. Passou célere, largando fumaça. Uma mulher ia com ele. Não pude ver quem fosse. Provavelmente Neusa Amarante. E me lembrei dum episódio de que me arrependo. Tendo que receber certa importância de Godofredo, que nunca deixou de me pagar, quando é unânime sua pecha de caloteiro, passara na sua *garçonnière*, e, como ele acorda sistematicamente tarde, ainda se encontrava de pijama e me prendeu:

— Espere que eu me vista. Tomo banho ligeiro... Vamos almoçar juntos. Uns camarões hoje estavam a calhar.

— Já almocei.

— Que pena. Mas me faça ao menos companhia. É um instantinho.

Como nada tinha a fazer, concordei e esperei. E, enquanto esperava, folheei livros e revistas, bisbilhotei suas estantes e prateleiras com alguns objetos curiosos, objetos orientais, na maioria. Em cima da mesinha de centro, ao lado do terrível cinzeiro de jaspe verde, um verde repelente de lagarta, havia um caderno escolar. Era de inglês, poucas páginas usadas — substantivos, adjetivos, com a competente significação em português ao lado, numa letra de primeiro ano primário.

— Que diacho é isso? — perguntei.

Godofredo nu, mal enxuto, escolhia roupa branca no gavetão da cômoda:

— Ah, isso é um caderno da Neusa. Deixou-o aí, ontem. Ela é muito esquecida. Eu estou lhe ensinando inglês. Ela é muito inteligente. Quer aprender. Pretende cantar em inglês também. Está ficando em moda.

Pensei com os meus botões que espécie de inglês Godofredo poderia ensinar a quem quer que fosse — pobre moça, vai aprender uma nova língua! E prossegui folheando o caderno, quando dei com uma folha de papel impermeável, dobrada em quatro, e abria-a. Era o decalque caprichado de numerosos NA, NA, NA, juntos ou entrelaçados, uns vinte na mais folgada das contas, diferentes todos, desses horrendos monogramas que se encontram nas modestas revistas de bordados. Mas, quem os fizera, achara que devia assinar a paciente obra, e assinara-a a um canto com uma dessas retorcidas e pingadas chancelas características dos débeis mentais. E a determinante da assinatura era, evidente, de condição enamorada, porquanto no meio daquele desbragamento de NA, NA, NA, havia dois minúsculos corações, feridos, sangrando, e marcados, um com NA, outro com as iniciais da assinatura, que tinha data e data recente.

Fiz-me de tolo:

— Mas não me venha dizer que você também ensina a bordar monogramas...

— Quê?!

Estendi-lhe o mísero papel. Godofredo olhou-o, empalideceu, e com verdadeiro esforço se conteve:

— Essa garota tem mania de aprender tudo.

E tolo continuei:

— Mas que egocêntrica! Só aprende a fazer o seu próprio monograma. — E guardei o papel no lugar onde o encontrara.

Foi um almoço melancólico, o do impenitente jogador. Acabei contrafeito. Contei o caso a Garcia, que me condenou:

— Não se brinca com o coração dos outros.

Ainda relutei:

— Talvez não fosse coração, fosse apenas vaidade.

E Garcia foi seco:

— Você procedeu mal. Muito mal.

5 de outubro

— O fim está próximo — diz-me Gasparini. — Pode ser uma questão de dias, como pode ser uma questão de horas, a gente nunca sabe o que é capaz de resistir um organismo humano. Já há um ano que nada havia a fazer...

Alimento, só com soro. Um cheiro doce e enjoativo, contra o qual Luísa se vale de defumações de benjoim e alfazema, enche o quarto de dona Carlota. Revezamo-nos à cabeceira. O diretor-geral dispensou a funcionária, ofereceu seus préstimos, mandou um subalterno em visita, que foi tão rápida quão penosa, como são constrangedores certos deveres!

6 de outubro

Frases:
— Munique resolveu exigir de nós a paz do mundo e nós resolvemos concedê-la. (Benes, ex-presidente da Tcheco-Eslováquia.)
— Fui acusado de covardia, fraqueza, presunção e estupidez! (Chamberlain, na Câmara dos Comuns.)
— Perdemos a honra e não conseguimos a tranqüilidade. (Lloyd George.)
— Dez mil vidas e dez bilhões de liras foi quanto custou até agora a intervenção italiana na Espanha. (Mussolini.)

7 de outubro

A morte veio buscar dona Carlota. Veio de noite, tarde da noite. Não forçou a porta, não saltou a janela qual ventanista que a encontrasse descuidadamente aberta. Entrou como pessoa que entra em seu domicílio, como familiar que fosse esperado e que tardasse. Encontrou-a imersa no sono barbitúrico.

8 de outubro

Foi um dia medonho. O Corcovado desaparecera. O céu de fuligem colava-se à terra, infiltrava-se, empapava-a, escorria dos mármores e das cruzes, dava um úmido verniz ao verde das folhas. O corpo de dona Carlota, reduzido a um graveto, saiu da capela do cemitério numa carreta. Éramos sete acompanhantes (e duas coroas) tiritando sob guarda-chuvas para zombaria do vento, chapinhando nas poças. Eu, Luísa e Gasparini estávamos entre os sete.

11 de outubro

Era a decisão final, as árvores por testemunhas, o azul tão desvairado na tarde que contaminava tudo.
— Sem olhar para trás, Luísa?

— Você sabe que sim, meu amor. Para a vida ou para a morte, sem olhar para trás!

E fez-se um silêncio tão tenso na velha praça que se poderia ouvir os corações pulsarem.

15 de novembro

E ali estava ela de valise na mão, na plataforma da pequena estação como jurara. Não demasiado nervosa. Não. Apenas mais pálida. E seus olhos — como poderia ver tão bem com olhos tão lindos? — buscando com insistência o trem que partiria para o infinito.

16 de novembro

As galinhas soltas ciscam na poeira, sob a vigilância ciumenta do galo de excitada crista. As roupas, nos varais, adejam ao vento brando. Um pintassilgo trina. O trem apita longamente na distância azulada. Luísa, os olhos inundados de silêncio, senta-se na pedra — o infinito!

17 de novembro

A paisagem, como paisagem, não me toca muito. Avesso ao panteísmo, tanto a real quanto a pintada, e bem pintada, pintada como Cézanne a pintava, não merecem de mim mais que um minuto admirado, discreto e pagão. Não consigo sentir a natureza sem a presença humana, muito mais rica em imperfeições. Paisagem é cenário. Tem que ter gente movimentando-se na sua frente. Que importância tem um maravilhoso cenário vazio? Isso não impede que considere as árvores mais belas do que os homens. Também o arminho é mais macio e pulcro que a pele das mulheres, no entanto... Ah! que diria Luísa se lesse isto hoje, agora?

18 de novembro

Será que as moscas me tomam por boi?

19 de novembro

O menino ia de mansinho na ponta dos pés, com a atiradeira pronta para um balázio seguro, mas pisou num galho seco e o passarinho voou assustado.

20 de novembro

A papoula é uma borboleta narcotizada pelo seu próprio ópio.

21 de novembro

Abríamos o caminho na noite negra, passo a passo. O vento zunia como chicote, um vento quente, que não cortava, que era como o bafo de boca com febre. Os sapos coaxavam aos milhares, pulavam aos seus pés.
— Ai! Ai! — ela tremia de medo, agarrada ao meu braço. — Que horror!
As luzes do povoado haviam se apagado sem que soubéssemos, e só os relâmpagos, numa claridade fulgurante de magnésio, de espaço a espaço, denunciavam o caminho ao lado da lagoa.
— Está longe? — e a vozinha sumia-se de pavor.
— Não. Está perto.
— Será que perdemos o caminho? Estou apavorada!
— Não, não perdemos. Tenha calma, Luísa. É que a noite está muito escura, não está vendo? Temos que ir devagar, apalpando o terreno, esperando os relâmpagos para maior segurança.
— Eu tenho medo dos raios.
E os raios estalavam cada vez mais freqüentes, cada vez com mais próximo estampido, reboando pelas quebradas, como se o mundo fosse acabar.
— Valha-me Nossa Senhora!
A princípio morna, depois fria, a chuva desceu, afinal, diluvial, estrepitosa. A superfície da lagoa rufa como uma caixa de esticada pele. E quando relampejava só se via, então, uma

coisa branca na frente, como funesta e espessa cortina que quisesse esconder os caminhos. A água cresceu rapidamente. Os tropeções se amiudaram, caíamos em buracos, a água chegava às canelas, ia subindo sempre.

— Eu morro de medo!
— Não solte a minha mão.
— Não! Não!
— Calma, calma, querida. Não há de ser nada.
— Nós nos perdemos! Nós estamos perdidos!
— Não. Não me perdi. Que idéia! Estamos perto do povoado. Eu conheço o lugar. Tenha confiança. É que não se vêem as luzes. A chuva não deixa. Está muito forte. Mas vamos chegar direito, tenha calma.

O vento abrandara para logo voltar com mais violência, mas frio já. Cada vez mais difíceis se faziam os passos com os pés pesados, encharcados, no fundo lodoso, quase cego, pois tirara os óculos que a água torrencial e as rajadas tornavam imprestáveis.

A água me vinha agora até aos joelhos. Estaríamos entrando pela lagoa? — lembrei-me de repente. Sim, bem possível, e poderíamos perder o pé, cair num poço... Quase que parava, mas reagi. Não, era a água da chuva mesmo. Mas muito lentamente é que avançava um passo, sondando o terreno. Os relâmpagos já não mais me adiantavam, pois que espaçavam muito e já não tinham o mesmo esplendor. Súbito, senti-me preso numa moita. Tive a certeza: eram as moitas da lagoa! Estaria talvez a uns duzentos metros da praia, talvez mais. Como é que ainda duvidara que estivesse entrando pela lagoa adentro? Tonto! Se fosse água da chuva, ela viria em enxurrada, e aquela estava movendo-se apenas pelo ímpeto do vento. Parei e senti medo, medo verdadeiro.

— Que foi, meu filho?
— Nada. Estou descansando um pouco. É duro andar dentro d'água.
— Que plantas são estas?

Fui muito rápido:
— É um capim aí da beira do morro.

E fiquei à espera. Será que ela, tão distraída, guardara, naqueles dois breves dias, a existência das plantas aquáticas, onde narcejas se escondiam? Ela, porém, não disse mais nada. Tranqüilizei-me e — melhor assim. E os sentidos ficaram vigilantes, como se estivesse cercado por mil inimigos. Imóvel, eu esperava os relâmpagos, e a cada um olhava para determinada direção. Inútil. Ao clarão de um segundo, tudo era terrivelmente prateado, para depois ficar tudo inteiramente negro. Então, percebi que do lado direito a água esbarrava nas minhas pernas mais pronunciadamente. Ah! — raciocinei — devia ser a enxurrada que descia agora mais forte dos montes que cercavam a lagoa. Tinha a certeza! Era! E, sempre segurando a mão dela, fui me virando até ficar de frente para a salvadora pressão. Aí, comecei novamente a andar confiante, os pés cada vez mais pesados, trêmulos, dormentes, lutando com o lodo do fundo.

— Firme na minha mão, e atrás de mim.
— Sim.

Caminhávamos. O vento mudava de direção, mas a água continuava batendo-me contra os joelhos, e cada vez mais forte, e se estava cada vez mais forte era porque, quanto mais perto da praia, mais intensa seria a enxurrada. Senti um jubiloso calor invadir-me o peito:

— Estamos perto, nega!

Percebia que estava perto, mais perto, porque a água batendo, cada vez com mais força, já estava abaixo dos joelhos. Durante alguns minutos patinhei com água pelos tornozelos. Estávamos salvos!

A chuva diminuía, diminuía o vento, como se estivesse cansado, e novo e frouxo relâmpago fez com que Luísa visse a nesga de muro.

— Um muro! Um muro!

Repus os óculos, amarrando o lenço encharcado na testa, para que a água não escorresse diretamente pelas lentes. E encontrei o muro, um muro de adobe, empapado de chuva, vestido de avencas. Logo adiante havia o beco sinuoso, calçado de grossas lajes.

— É por aqui, nega!

Chegamos ao hotelzinho, onde brilhava o lampião de querosene, qual amarelado farol no amplo largo de lama, pingando, imundos, tremendo de frio. Ela perdera um sapato como Cinderela.

— Foi de amargar, hem! — disse, despindo-se, os pés vermelhos de barro. Mas não desconfiou, talvez nunca desconfiará do perigo em que estivera.

22 de novembro

Nova vida, nova casa. Adeus, seu Duarte! Adeus, Manduca! Adeus, batuques do Salgueiro! Adeus, rio amigo, piscina das rãs esquivas, que amedrontavam Madalena e que Pinga-Fogo capturava, espelho dos bem-te-vis e das libélulas, água cuja voz, ora dormente ou preguiçosa, ora impetuosa ou colérica, foi o fundo sonoro de quase toda a minha vida.

Só que não é uma casa minha, escolhida e alugada por mim. É um pouso de empréstimo. Adonias, tomado por seguidas crises de chateação, resolvera ausentar-se por algum tempo do Rio para espairecer.

— O verdadeiro remédio seria o suicídio, mas como me falta coragem para ato tão definitivo, vou "suicidar-me" com São Paulo. Fique lá em casa. Não pagará aluguel por uns tempos e ainda me fará o favor de tomar conta dos meus badulaques.

— Mas o Fritz?

— Vai comigo. Castor e Pólux não se separam...

— Ah, bem! Porque com ele entre os badulaques não ficaria. Nossos nervos não combinam... Mas se você voltar de repente, como vai ser?

— Não tenha cuidados! Não voltarei de repente. Terá seu aviso prévio como prescreve a nossa boa lei trabalhista. Aliás, antes de três meses não volto mesmo. Quero descansar. Terá bastante tempo para arranjar uma casa para vocês. Casa ou apartamento, como é moda agora...

Luísa não achou mal. Liquidamos a casinha de dona Carlota e, quando voltamos de fora, viemos diretamente para este conhecido sobrado botafoguense, cujas paredes não têm um palmo sem uma tolice pendurada ou encostada.

23 de novembro

E é um passatempo a mais para as horas noturnas o jocoso inventário do lixo familiar e sentimental que Adonias acumula pela casa toda: quadros de cortiça de manufatura portuguesa, mangas de cristal, candelabros, pratos de parede, relógios sem conserto, travessas de louça da Índia, paliteiros de todos os materiais, álbuns de retratos, daguerreótipos, um gramofone de 1910 com as gravações em forma cilíndrica, uma máquina de costura centenária, ou quase centenária, miríades de insetos — borboletas, aranhas, efemérides, besouros, escaravelhos, jitiranabóias — alfinetados em caixas com fundo de veludo verde, e profusão de conchas e caramujos, pólipos e estrelas-do-mar, em caixas de alcochoado carmesim, e comendas, rocas, bengalas, cachepôs, leques de cetim e de sândalo, grinaldas e buquês nupciais sob redomas de vidro, estatuetas de mármore italiano, bibelôs de Sèvres, de Saxe e de Limoges — cupidos, pastoras, duquesas, bailarinas — e, sobressaindo entre tudo, as pinturas da baronesa, que enviuvara cedo e fora nos pincéis que encontrara consolação e olvido, vinte quadros pelo menos, de tamanho descomunal alguns, de flores e de frutos, com cisnes e pierrôs, com regato correndo ou casebre à beira-rio, como imensas almofadas a óleo.

24 de novembro

Alma limpa e gentil, gema sem jaça dos desconcertantes filões da pequena burguesia, que ignora tantas coisas, tantas coisas!

Tecedeira de dias calmosos e fecundos, que não sabe que esta luz de primavera é pólen de um jardim que não plantei.

25 de novembro

Às vezes podemos pensar que não merecemos tanto.

26 de novembro

Jacobo de Giorgio em casa de Saulo:

— Sua injustiça é alegre e divertida, mas você é injusto com Júlio Melo, injusto com Ribamar, injusto com Nicolau...
— Injusto comigo mesmo.
— Não! Não chega a tanto. E Antenor Palmeiro não é nada mesmo, e Altamirano é execrável papel-carbono.

27 de novembro

Não sei se reconstruo bem o pensamento de Jacobo de Giorgio: A glória no mais das vezes é um conjunto de mal-entendidos. Muitas vezes esses mal-entendidos formam um denso nevoeiro, donde surge um busto de gesso, o ídolo da Obras Completas, cobertas de poeira. É o caso dos "clássicos"...

28 de novembro

Às vezes penso que devo todos os meus erros literários aos clássicos, ou chamados clássicos, ou pseudoclássicos, erros, defeitos, formalismos, limitações e, ainda por cima, uma inelutável tendência para a reação fria, como se não tivesse ficado liberto deles, marmóreas potestades, como se continuassem a correr dentro de mim qual rio subterrâneo, talvez por tê-los lido cedo, quando minha ânsia de curiosidade era um virgem estendal de areia esponjosa, e não os ter relido com olhos maduros, maduros e mais duros, salvo bem esporádicos casos — que se pode aproveitar dum *D. Quixote* aos dezessete anos, de um Dante aos vinte?

....

E confesso, sem constrangimento, a incapacidade de reconstruir as grandes idéias que leio, de absorvê-las, de compreendê-las mesmo na sua totalidade. Quanta coisa Jacobo me fala, que não consigo apreender! Como me foi impossível acompanhar certos raciocínios de Plácido Martins, perceber, de Rodrigues, a exposição da teoria dos *quanta*...

....

Sou como prato raso, Adonias disse-o bem. Tudo o que escrevo é de superfície, de sensibilidade, de oitiva — tenho boa orelha para as vozes fáceis que me rodeiam, sei reproduzi-las com fidelidade e habilidade, digamos com arte — como os capadócios que, não lendo uma nota de música, podem, de ouvido, dominar o violão, tirar dele plangentes, sentimentais acordes, que os fazem escutados e aplaudidos nas serenatas, que a cumplicidade romântica da lua favoreceu. Nascesse surdo, pouco que fosse, e não seria um escritor.

29 de novembro

Hosana! Podada e penteada, *A estrela* está pronta! Foram perto de dois meses de refrega contra o manuscrito e da derradeira lixa somente as epígrafes escaparam, bíblica uma, camoniana a outra.

Numa semana, Luísa passou-a a limpo na perfeição, cooperando na ortografia. Levá-la-ei ao velho editor. Vasco Araújo foi simpático, mas ficará para outra vez — não consigo romper os meus laços. Bem, não faltará ocasião.

30 de novembro

A 10 de novembro, quando no Brasil se comemorava com solenidade e clarins o primeiro aniversário do Estado Novo, e era inaugurado o edifício do Ministério do Trabalho, que é jóia arquitetônica digna de um joão-de-barro, nos Estados Unidos os democratas, comandados por Franklin Roosevelt, venciam as eleições e, na Alemanha, irrompia com violência sem precedentes uma nova campanha contra os judeus.

E também se comemoram em novembro os dois anos do sítio de Madri. Falta água, falta comida, falta combustível, milhares de casas não são mais que destroços, centenas de ruas não são mais ruas, os caminhos que lhes restam são cemitérios de heróis, mas o povo madrilenho, na barricada ou a peito nu, resiste sob a chuva da metralha, gritando: Eles não passarão! (Tudo pode ser fonte de poesia.)

1.º de dezembro

Gasparini delirou:
— É um índice da famosa cultura americana!

Referia-se ao ocorrido quando foi irradiada, pela *Columbia Broadcasting*, uma sensacional descrição da invasão de Nova Jersey por habitantes de Marte. Em toda a nação centenas de milhares de pessoas ficaram em acentuado estado de superexcitação. Milhares dentre elas, sobretudo, que haviam ligado os aparelhos mais tarde, acreditaram estar ouvindo informações oficiais. O número de famílias que se refugiaram nas montanhas foi incalculável. Chorava-se e rezava-se fervorosamente para que a cidade não fosse destruída. Centenas de médicos e enfermeiras telefonaram às autoridades oferecendo os seus serviços. Um alucinado entrou num cinema com tais gritos de pânico, que a assistência correu apavorada para a saída, morrendo quarenta espectadores esmagados. E muito mais de quarenta foram aqueles que sucumbiram de choques cardíacos. E tudo não passava, afinal de contas, da dramatização de um livro de H. G. Wells, *A guerra dos mundos*, adaptado aos Estados Unidos, e tendo Nova Jersey como ponto central.

O engano, afirmaram psiquiatras e psicólogos ianques, foi devido, em parte, a que, durante a semana, a transmissão de boletins sobre a crise européia tinha levado milhões de norte-americanos a considerar como possível uma catástrofe qualquer.

2 de dezembro

Reivindicações alemãs sobre os territórios africanos em poder da Bélgica. E Lloyd George:
— A política de submissão resulta ineficaz, como afirmara sem contestações, visto não trazer solução ao problema da paz, dada a voracidade dos ditadores.

E Adonias escreve de São Paulo, contando das suas conversas com Mário de Andrade e Oswald, e informando que Altamirano de Azevedo emite seus pseudópodos comerciais até aquela praça com uma bonita cobertura de imprensa. Seus negócios atualmente visam ao monopólio do vidro.

3 de dezembro

— Filantropia é remorso. Freud deve explicar.

4 de dezembro

Outros entretenimentos arqueológicos: o sinete do barão, dotado de cabo de marfim; a tabaqueira de prata e esmalte, que pertencera a D. Pedro I; a espátula otomana e o punhal malaio; o porta-jóias de xarão; os estribos de prata e de latão, alguns em forma de caçamba; o espevitador de velas; a enferrujada escopeta com o seu competente polvarinho de chifres; a coleção de maçanetas de cristal e porcelana; as duas luminárias, uma azul, outra cor de rubi, procedentes da casa senhorial de Sapucaia; o livro de termos, com toscas iluminuras, da Venerável Ordem Terceira de Nossa Senhora da Luz da Imperial Vila dos Remédios da Borda do Campo; o retábulo de um altar, que viera duma assaltada capela de Grão-Mogol; o genuflexório de jacarandá, que servia de porta-calças; e um muxarabiê, proveniente de Diamantina, e que Adonias pregara numa quina da escada, dificultando a subida e ameaçando cabeçadas.

5 de dezembro

Ia levar *A estrela* ao editor, não satisfeito, porém, fiquei catando miudezas, vírgulas mal colocadas, reticências tolas, esdruxularias — piolhos do estilo.
Luísa gracejou:
— Já não é um pouquinho de exagero, filho?
— Talvez. Mas quando a gente nasce assim, que remédio?
E continuo de ancinho, arrancando tiriricas e mata-pastos.

6 de dezembro

Comparecer a uma Vara de Família não constitui um prazer. O ambiente é mesquinho. O paletó-saco substituiu a toga. As escarradeiras são alvos raramente atingidos.

7 de dezembro

Tio Gastão, 1914:

*"O que eu fiz, hoje não faço...
Eu por ti já dei a vida,
hoje não dou nem um passo..."*

8 de dezembro

Garcia não é metediço, pelo contrário, mas encontrando Luísa passando a limpo os originais de *A estrela*, e como eu não protestasse, leu uma porção de páginas, mais do que obrigaria a amizade e bem menos do que exigiria o interesse literário.

— Você já imaginou a imprudência que cometeu? — perguntei, quando ele se cansou.

Garcia riu:

— Pois até que gostei.

— Foi por imprudência dessa ordem, que muita amizade teve fim.

9 de dezembro

Magé! Magé! Não encontrada no caderno cor-de-rosa de Mariquinhas, Mimi e Florzinha sabiam a receita das afamadas rosquinhas de sal amoníaco, que o Imperador tanto gabara na noite que passou no sobradão dos barões de Ibitipoca a caminho de Petrópolis: dois pratos rasos de farinha de trigo, cheios; um pires de banha derretida; um pires de manteiga derretida; dois copos de água ou leite; duas colheres de sopa de açúcar, cheias; duas colheres de sopa de sal amoníaco; uma colher de sopa de sal, rasa.

— Ouve, Luísa. Põe-se a farinha na pedra mármore, faz-se uma cova no centro, bota-se o açúcar, o sal, o sal amoníaco. Derrete-se a banha, depois a manteiga e, mornas, jogam-se na cova. Vai-se amassando devagar com água, ou leite. Depois de bem amassada, abre-se a massa com o rolo, corta-se em pequenas tiras finas com faca, enrolando-as em forma de macar-

rão na palma da mão. Com estes fios armam-se as rosquinhas. Levar ao forno quente. Entendeu?
— Entendi.
As rosquinhas devem ser pequenas, delgadas, torcidinhas, levemente tostadas e saboreadas com um dia de descanso, em latas bem fechadas. Quando se abre o forno, o vapor amoniacal arranca lágrimas dos olhos.
— Que tal?
Luísa entregou os pontos:
— O Imperador não elogiou por delicadeza.

10 de dezembro

Mimi é de antes do registro civil. Por Mirandolina foi batizada. O nome de Florzinha é Florisbela. E Luísa quis saber que coisa é essa "de antes do registro civil". A explicação puxa outras explicações. E a árvore genealógica, cujas raízes sugaram o húmus mageense, regadas com muito suor escravo, com muita lágrima negra arrancada a chibata, por breves momentos estirou seus esquecidos ramos por esta atulhada sala botafoguense, tapou com as suas franças os desenhos do teto, ramos ora floridos, ora carregados de frutas, doces umas como mamãe, bichadas outras, bem ácidas algumas, como Mariquinhas e o barão de Ibitipoca, gentil-homem na corte e paxá na senzala.
— Pois eu não sei praticamente nada da família dos meus pais. Só sei que o pai de papai, que também se chamava Augusto, trabalhava no Correio Geral e morreu afogado numa pescaria. E que um tio de mamãe era major, major Mariano, daí mamãe se chamar Mariana por ser sua afilhada.
— Pois é melhor assim. Felizes aqueles que não têm família, como felizes são os povos que não têm história.

11 de dezembro

Não desfaçamos totalmente da força dos colegas de Emanuel. Também podem ser portadores de centigramas de altivez. Talvez o que lhes falte seja exercício. Agora tiveram um — proposto pela delegação brasileira à Oitava Conferência Pan-Americana, reunida em Lima — o não-reconhecimento de minorias estrangeiras na América!

12 de dezembro

Folheamos o caderno cor-de-rosa, breviário e espólio de Mariquinhas, as páginas marcadas de gordura e compulsação, em letrinha espremida e tremida, receitas que desapareceram das casas de hoje, menos da de Madalena antes do desastre, doces que tentarei ressuscitar pelas mãos da incipiente, mas decidida Luísa; quindim, alfenim, bom-bocado, queijadinha, cocada rosa, olho-de-sogra, mãe-benta, baba-de-moça, todos à base de coco, riquíssimos em açúcar. A cocada rosa leva essência de rosa e carmim como corante, a baba-de-moça tem a água de flor de laranja como um dos seus componentes aromáticos.

— Desembargador Mascarenhas marcava visita. Protocolar e esperto. Marcar visita equivalia a encontrar na compoteira, à sua espera, a baba-de-moça, que adorava!

E papo-de-anjo, ambrosia, tarecos, pão-de-minuto-da-princesa, pão gostosíssimo, de rápida preparação, que aparecia à mesa do café no caso de visitas imprevistas. E barriga-de-freira, merengues-de-sinhá, pastéis de nata — a delícia das delícias! — pastéis de Santa Clara, e brevidades, que eram bolinhos de polvilho, muito secos, que entalavam, mas que papai e Ataliba consideravam a última palavra em matéria de quitanda. E biscoitos apressados, também para consumação das visitas de surpresa, biscoitos mimosos, feitos de fubá fino, biscoitos de araruta, leves como pena. E bolos — bolo da dindinha, bolo do Imperador, que levava mais de vinte ovos, bolo supimpa.

— É supimpa mesmo! E olhe que não gosto de bolo.

— Vou caprichar! — promete Luísa. — Mas não conte muito comigo não. Sempre fui uma negação em cozinha. A culpa cabe à madrinha, que me livrava de panelas e de costura.

13 de dezembro

Elaborado o projeto do Estatuto do Funcionário Público! Délio Porciúncula, que vem se metendo em tudo, brilhou intensamente na confecção desta carta magna mirim. E José Nicácio:

— Afinal não somente as classes armadas podem ter as suas garantias. Podem ter maiores, isto sim.

14 de dezembro

Falamos em garantias e pergunto-me: que garantias tenho eu? Se vier uma doença grave, uma desgraça, como nos arranjaremos? A sensação tornou-se tão cruciante, tão penosa que pediu extravasamento. Abro-me em confissões e temores, e Luísa toma a roca da esperança:

— Somos tão felizes! Só penso na felicidade... Para que pensar em desgraças? Pensar em desgraça atrai desgraça.

— E não sou um grande pára-raios...

— Tudo se arranjará. Deus é grande. Vamos tocando.

Tio Gastão era assim:

— Vamos tocando. Um dia a gente acerta a viola...

Morreu com ela desafinada. Havia dívidas. Papai pagou-as todas, todas além das promissórias de que era avalista, além das promissórias que Ataliba endossara, apesar da resistência do amigo em receber o dinheiro. Mamãe sacrificou o broche de safiras. Não adiantava empenhá-lo, vendeu-o duma vez. Mas não há broches vendáveis na nossa caixinha de jóias. Nem jóias. Pouco vale o anel de grau, ou a pulseirinha antiga...

15 de dezembro

Estou aliviado, temporariamente aliviado — não pensemos em garantias. Tal como Emanuel associo o Céu às minhas aperturas — Deus é grande... E Garcia prometeu vir jantar e o caderno cor-de-rosa de Mariquinhas funcionou. A enseada é um espelho onde a quilha desliza, onde sombras de morros se refletem. A brisa sopra enfunando velas, a tarde desce serena com

tons de madrepérola no poente. Puxo contra mim o corpo que se faz pequeno, protegido:
— Lá vai uma barquinha carregada de...
— Amores!

16 de dezembro

Barca carregada de penas é o coração de Pinga-Fogo.

17 de dezembro

De tempos em tempos recrudesce a campanha pró divórcio. Agora houve um surto, que como os demais será sufocado pela energia inquebrantável do clero. Mas enquanto os amantéticos do diabo e da corrupção dos costumes não forem mais uma vez derrotados, o espetáculo é deleitoso e o melhor dos circos não poderia oferecer palhaçada mais hilariante.

Martins Procópio vai para a liça fantasiado de indomável cruzado e sua pena hábil em fisgar trechos de Santo Tomás de Aquino, para apresentá-los com a sua indubitável assinatura, transforma-se em lança de arcanjo São Miguel para perpassar os tinhosos do deboche e atirá-los, como coisa pútrida e contagiante, ao monturo da ilha da Sapucaia, para regalo dos urubus. Altamirano é fiel escudeiro do cavaleiro andante. Saulo Pontes, João Soares, professor Alexandre, Camilo Barbosa e Luís Pinheiro contentam-se em ser soldados rasos, todavia com que destemor se empenham na batalha! Helmar Feitosa, armado dos chavelhos, que Baby Siqueira Passos há uns bons quinze anos lhe deposita na fronte, investe não menos denodadamente, apenas mais cauteloso, não vá perder no impacto da chifrada o precioso berloque que o nazismo pregou no seu peito. "Como católico e como médico, afirmo que nada mais científico do que a Igreja — esclarece o egrégio professor de Anatomia Patológica. — Desde Lutero e sua reforma que a Igreja confirmou com forte documentação estatística o erro, sob qualquer ponto de vista, do divórcio." E frei Filipe do Salvador é um dínamo. Do púlpito, da tribuna, da cátedra, das mesas-redondas, deixa

rolar a infatigável catarata de razões apostólicas, teológicas, sociais, econômicas, fisiológicas, sacramentais, com que sustenta a indissolubilidade do vínculo matrimonial.
José Nicácio é o moleque que se conhece:
— Mas vem cá, Saulo, me explique uma coisa. Só se um dos cônjuges morrer é que se rompe o sacramento nupcial, não é? Digamos que morreu a virtuosa esposa de um virtuosíssimo cristão. A alma da falecida vai para o céu, como ambos desejariam. Mas suponhamos que o sobrevivente contraia novo casamento, com uma não menos virtuosa dama da cristandade. Quando morrer este novo par, digamos que morrem juntos num desastre de aviação, com quem ele estará casado no outro mundo? Com a primeira ou com a segunda esposa?
— Não seja engraçado! Há coisas que não são para fazer graça. São para serem respeitadas.
— Assim é muito fácil responder a uma questão teológica.

18 de dezembro

Lembro-me de Adonias pegando num ensaio de João Herculano sobre a evolução do pensamento brasileiro:
— Este também é para ler e meditar?

19 de dezembro

Martins Procópio assume tons melífluos: Eis o que a Igreja fez do casamento — a garantia de um compromisso solene e irrevogável, uma obra de Deus, uma imagem de sua inefável união com o Cristo, uma humilde e sábia compreensão de vida, um preparo à morte, uma norma dos gozos e um conforto nas aflições.
"A norma dos gozos" é fina! E é extraordinário como o moralismo cristão pode tornar obscenas, grotescamente obscenas, as coisas mais puras e naturais.

20 de dezembro

Contabilização de negativas: Falta-me a fluência, quase irresponsável de Gustavo Orlando, fluência que não se confunde com naturalidade, mas que pesa como ganga bruta, no meio da qual muito minério precioso é encontrado; falta-me a capacidade produtora de Júlio Melo, cujos livros se sucedem como ovos de uma boa poedeira, ovos que se não são de ouro pelo menos são dourados, o que não é desprezível para uma literatura de ovos de papelão como certos ovos de Páscoa; falta-me o estilo firme e gramatical, embora desataviado, de Venâncio Neves; falta-me o cheiro de terra que ressalta da obra de Ribamar Lasotti e que o identifica com o povo, sem privá-lo do agrado dos sensitivos; falta-me a sondagem interior presente em vários personagens de Martins Procópio, malgrado que a sonda perfuradora, no mais das vezes, seja lubrificada com os fáceis e simplificantes santos óleos; falta-me a coragem panfletária de Antenor Palmeiro, algum tanto ridícula e parcial, mas quase sempre justa e meritória; falta-me a coerente inventiva de Luís Cruz, o único romancista que, entre nós, sabe arquitetar um entrecho e dele não discrepar como locomotiva conduzida por maquinista traquejado e cauteloso.

Se sou tão peco de qualidades literárias, paralelas ou opósitas, que pode, em última análise, haver de louvável e amenizante nestas resmas de *A estrela*, que me consumiram quatro anos de esforço e sacrifício, sacrifício de tempo e de sonhos, de sono e de prazeres, de amores e de conquistas sociais, e que, passadas a máquina por Luísa, com técnica e correção, entregarei por toda esta semana ao editor?

21 de dezembro

Assomo à janela — as rolinhas que ciscavam na calçada levantam-se em debandada, inclinam-se num vôo circular, desaparecem. A anciã tricota no banco do jardim, o bebê dorme no carrinho, a menininha brinca no saibro, com a vara de pescar sobre o ombro passa o simpático negrinho de camisa rasgada. O céu é azul, azul pálido, brilhante o verde das árvores — figos e amendoeiras, acácias e oitizeiros — o ar diáfano! E era a diafaneidade de um outro meio-dia, vadio e pueril, meio-dia do Trapicheiro, o bilboquê nas mãos de Natalina, esfera que se nega a encaixar no pino sem destreza, o diabolô nas mãos de Madalena — pobre Madalena vesânica! — carretel que sobe e desce aos impulsos vertiginosos do cordel, polia que se equilibra girando por momentos no alto contra o céu desmaiado, zumbindo como geradora de sortilégios.

Afinal, o carretel cai, rola no chão, desaparece sob o manto de tinhorões.

— Cento e doze vezes! — grita Madalena ufana, as gotículas de suor perlando-lhe o buço trigueiro. — Duvido que me vençam!

Não! Ninguém a vencia. Em que carretel de diabolô transformou o servo Pinga-Fogo!

22 de dezembro

Como não têm nada para dizer, agarram-se à providencial falta de liberdade.

23 de dezembro

A censura ditatorial, exercida com primorosa obtusidade, fez germinar duas novas espécies de escritores: a daqueles que não escrevem porque (dizem) não deixariam publicar; e a daqueles que passariam despercebidos se o censor não cometesse a mancada de apreendê-los.

Os primeiros, a que chamam de "sereno" da literatura, são relativamente inofensivos. Contentam-se em parecer homens de letras, freqüentando com assiduidade as rodinhas intelectuais de café e porta de livraria, tão propensas à osmose, brilhando no primeiro plano nas fotografias de reuniões, respondendo aos inquéritos artísticos e semi-artísticos, comparecendo com a chancela nos manifestos, nos memoriais, nas listas de banquetes comemorativos. Alarico do Monte contava-me que, quando chegou, batera logo para o Amarelinho, que na ocasião era a sede nacionalmente conhecida da intelectualidade federal. Estava lotado! E por entre aquelas caras inteligentes e palradoras não reconheceu mais que três ou quatro, Gustavo Orlando e Ribamar entre eles. Mas provincianamente tomou-os todos por trigo e procurava emocionalmente identificá-los.

Os segundos, que os tolos classificam de subversivos, são corrosivos, criam auréolas, confundem-se com a literatura, e só o tempo os tirará do mostruário, apagando a cor dos vistosos rótulos que lhes pespegaram. Isso porque são oportunamente aproveitados como elementos de combate pelos inimigos da ditadura e pelos propagadores do romance-social, arbitrariedade com a qual se procura cindir o campo literário, confusão que muito demorará a ser esclarecida.

Luís Cruz, com quem conversei a respeito, não considera fenômeno novo as duas espécies, apenas floração ligeiramente diferenciada. Recorda-me que a Academia foi fundada com a colaboração de uma plêiade de moços que não era mais que o "sereno" literário da época e nela tiveram assento, vício de formação que ainda hoje persiste e a diminui pela aceitação dos diletantes de salão e das duvidosas expoências. Na *Semana de Arte Moderna* quanto bonifrate social não pousou de renovador? Quanto pintamonos não se engatou à aparente facilidade do processo? E no que tange à segunda espécie, a campanha da Abolição e o republicanismo fizeram brotar uma flora congênere. Consultasse eu a imprensa contemporânea e ficaria pasmado da quantidade de nomes do mais invejável esplendor e dos quais hoje ninguém mais se lembrava.

24 de dezembro

Passeio na *Feira de Amostras* com Catarina, encalorada, decotada, a blusinha tão leve de batista! numa desculpa sem palavras. Também ela não toca no assunto e apenas no olhar, que procura fugir ao meu, há um pedido de explicação, que eu não saberia dar. Fala da praia, que tem estado concorridíssima, da família que já se refugiou na serra, do último livro de Carlos Drummond de Andrade, que a empolgou, dos concertos de Backhaus, que foram magníficos:

— Você não sabe o que perdeu! (E a entonação fazia com que eu traduzisse: Por que você me perdeu?) Principalmente o da *Cultura Artística*. A primeira parte foi quase toda com o seu Schumann.

— O nosso!

— Sim, o nosso. Schumann pode ser uma coisa comum.
Antes que ela escorregasse, travei-a:
— Que tocou ele?
— "Ao Cair da Tarde" e "Visões". E com que limpeza, com que finura! Com uma clareza meridiana nos deu todas as minúcias do fraseado, todas as revelações sutis dos sonhos que ali sombreiam.
— Mas ele só tocou isso?
— Não. Também tocou "Por quê?".
Estávamos diante de um álacre estande de latas de goiabada campista. Não era um título o que me informava, mas uma pergunta que me fazia. Por que, quando do casamento, ela não dissera nada, nunca dissera nada? E fingi não perceber a intenção de sutileza schumanniana:
— Não conheço.
Rodopiou como num passo de bailado:
— Pois devia conhecer.
E daí por diante portou-se como sempre — cativante, amiga, alegre e amorosa. Ria dos cartazes, comentava os produtos expostos, encaixava epigramas nos passantes, trescalava juventude.
Levei-a ao ônibus, que foi presto. Deixou-se abraçar com ternura, apertou-me os dedos com efusão:
— Até! E obrigada pelo presente de Natal.
— Que presente?!
— O passeio, ué! Não foi presente?
Bati direto para uma casa de flores. Mandei-lhe uma braçada das mais belas rosas que encontrei — rosas vermelhas.

25 de dezembro

De longe parece um botão, de perto é flor.

26 de dezembro

O telegrama de Catarina amanheceu na minha porta sem a telegráfica economia de artigos, preposições, conjunções e pontuação, e nem sei como, varando a vigilante argúcia dos censores postais, me chegou em termos suspeitosos: "O túmulo sensibilizado agradece as rosas, aliás vermelhíssimas, que chegaram com a noite. A morta, não!"

Leio-o, redobro-o, rasgo-o sem crueldade, entrego ao vento o grosso confete recriminatório. E sem dureza, mas também sem nenhum enlevamento, penso na expedidora como íntegro juiz, juiz singular, que julgasse pelos autos, só pelos autos, longe da presença aliciante da ré, bonita, inteligente e querida, muito mais querida do que poderá jamais imaginar. Saio absolvido. Não tenho de que me incriminar. Não houve nenhum segredo premeditado. Não houve crime ou dolo. Há líquidos que não se misturam e nem todos os vasos são comunicantes.

27 de dezembro

A mesinha de tampo de mármore oval é simpática. O canapé de jacarandá-roxo tem um ar terno de poleiro de namorados. Mas o único móvel, entre tantos que Adonias possui, de caráter agasalhante e amical é esta cadeira de balanço de patinada palhinha, que me recebe de braços abertos para um embalo macio. Cadeira de balanço é o berço dos que já não são crianças.

28 de dezembro

— Eis aqui o romance que lhe prometi.

O editor abre as pernas de cegonha no meio do escritório com gastas passadeiras e anacrônica escarradeira, folheia o calhamaço com um desinteresse profissional que não tenta disfarçar — o livro para ele não é mais do que uma mercadoria, mercadoria que no fundo depreciava, porquanto não a consumia praticamente, passava perfeitamente bem sem ela, seu negócio era mais tipográfico do que editorial:

— Está muito bem. Vamos mandá-lo logo para a oficina. Amanhã mesmo. Máquina parada não dá camisa a ninguém. E livro não dorme na minha mão. Se peço para publicar, publico imediatamente. Não faço como o Vasco Araújo não. — E numa desnecessária demonstração de eficiência comercial, chama um empregado: — Olhe aqui! Amanhã, logo cedo, mande estes originais para a composição. O formato de costume. Quero provas logo.

O rapazinho, que é todo acne e humildade, faz uma mesura de assentimento e os originais somem na gaveta subalterna como morto que se enfia no sarcófago.

— Amanhã ou depois você passa aqui para assinar o contrato, está bem? Vou mandar prepará-lo direitinho.

— Não há pressa.

— Não é pressa, é ordem. Isto aqui não é casa de Vasco Araújo. Negócio comigo é preto no branco.

A sua diferença é o Vasco Araújo. Envenena-o o sucesso do outro. Pura inveja, que a sua oficina é procuradíssima, seus lucros líquidos e certos. E o editor volta à escrivaninha de imbuia, atulhada de papelório, com um pequeno busto de Getúlio servindo de peso de papéis, para continuar a sua vida de operosidade e lucro:

— Vou entregar a capa para o Mário Mora fazer, está conforme?

— É claro.

— Faço votos que seja tão bom quanto o outro.

— O outro que ninguém leu?

— Como não?! Vendeu, vendeu...

Deixo A estrela como se deixasse um pedaço de mim, pedaço doloroso, arrancado a duras penas, pingando sangue, mais lágrimas que sangue, pranto de indecisões e de impotências, retrato móvel de um ser que é um pouco de todos nós. Deixo-a comovido, sabendo que a perdi, que dela me separava para sempre, como se entregasse a filha amada a um desconhecido.

Desço os carcomidos degraus, caio na Rua da Quitanda como se viesse de um enterro — que cheiro de passado tem aquela loja de especiarias!

Este livro foi impresso em Guarulhos, em abril de 2002,
pela Lis Gráfica e Editora para a Editora Nova Fronteira.
O papel do miolo é offset 75g/m² e o da capa é cartão 250g/m².

Visite nosso *site*: www.novafronteira.com.br